FIONA McINTOSH

Das Mädchen im roten Kleid

Buch

Ein englischer Soldat, genannt Jones, erwacht in einem Hospital ohne jede Erinnerung an sein früheres Leben. Es ist der Herbst 1918, der Erste Weltkrieg ist vorüber, doch die Spanische Grippe wütet in Europa und fordert weitere Todesopfer. Als sie schließlich auch das Sanatorium erreicht, überredet Jones eine hübsche junge Frau, der er im Garten begegnet, ihm zur Flucht zu verhelfen. Eden Valentine ist die Tochter eines angesehenen Londoner Schneiders und träumt davon, eines Tages selbst ein eigenes Atelier zu eröffnen. Obwohl sie verlobt ist, fühlt sie sich sofort zu dem attraktiven Soldaten hingezogen. Sie tauft ihn kurzerhand Tom, und da er niemanden hat, quartiert sie ihn – den Bedenken ihres Vaters zum Trotz – in ihrem Elternhaus ein. Was die beiden nicht wissen: Eine junge Frau ist verzweifelt auf der Suche nach Tom und hat ihn im Hospital nur knapp verpasst … Edie und Tom verlieben sich, heiraten, und bald schon erwartet das glückliche Paar ein Kind. Doch dann holt die Vergangenheit sie mit aller Macht ein und reißt die beiden von einem Tag auf den anderen auseinander. Wird ihre Liebe den Hindernissen, die das Schicksal noch für sie bereithält, trotzen?

Autorin

Fiona McIntosh stammt aus Brighton in England, zog jedoch schon als Teenager nach Australien. Gemeinsam mit ihrem Mann baute sie sich dort eine erfolgreiche Karriere in der Tourismusbranche auf, bevor sie sich dem Schreiben zuwandte. Die Autorin lebt mit ihrer Familie – bestehend aus ihrem Mann, ihren beiden Söhnen, zwei frechen Hunden und zwei verrückten Vögeln – im Süden Australiens.

Von Fiona McIntosh bereits erschienen

Herzen aus Gold · Der Duft der verlorenen Träume · Wenn der Lavendel wieder blüht

FIONA McINTOSH

Das Mädchen im roten Kleid

Roman

Deutsch von
Theda Krohm-Linke

blanvalet

Die Originalausgabe erschien 2013 unter dem Titel
»The Tailor's Girl« bei Penguin Group, Australia.

FSC
www.fsc.org
MIX
Papier aus verantwortungsvollen Quellen
FSC® C014496

Verlagsgruppe Random House FSC® N001967

1. Auflage

Neumarkter Str. 28, 81673 München
Redaktion: Andrea Kalbe
Umschlaggestaltung: www.buerosued.de
Umschlagmotiv: © Elisabeth Ansley/Trevillion Images
AF · Herstellung: sam
Satz: Vornehm Mediengestaltung GmbH, München
Druck und Bindung: GGP Media GmbH, Pößneck
Printed in Germany
ISBN 978-3-7341-0569-2

www.blanvalet.de

Für Jack McIntosh …
der davon träumt, sich seine Anzüge in der
Savile Row schneidern zu lassen.

1

November 1918

Der Mann schreckte aus dem Schlaf auf. Er starrte auf die vertraute Deckenfarbe, die Blasen warf, aber je mehr er versuchte, die Erinnerungen aus seinem Traum festzuhalten, desto schneller trieben sie davon, wie spinnwebfeine Seidenfäden im Wind. Doch die nächtlichen Schrecken hinterließen eine beißende Bitterkeit in seinem Mund, den metallischen Geschmack von Blut, den üblen Gestank von fauligem Fleisch und menschlichen Ausscheidungen, den durchdringenden Schießpulvergeruch und den von kaltem Tabak, Schweiß … aber vor allem den eisigen, scharfen Geschmack von Angst. Diejenigen, die ihn pflegten, versicherten ihm, er würde lediglich die Zeit in den Schützengräben noch einmal durchleben – *Das kommt häufig vor; machen Sie sich keine Sorgen, es wird vergehen,* und andere freundliche Beschwichtigungen –, aber nichts vermochte den wiederkehrenden Albtraum zu verscheuchen.

Er fröstelte unter der Decke des Krankenhausbettes. In einer Ecke war der Name seines gegenwärtigen Heims blau eingestickt. Edmonton-Militärhospital. Die Decke war grob und viel zu klein, aber immerhin stand sein schmales Eisenbett neben der Heizung. Der uralte, pfeifende Heizkörper tröstete ihn, und er fragte sich, wie viele andere Männer wohl in diesem Bett gelegen hatten und warum. Ein flüchtiger Beobachter hätte ihn für gesund halten können. Die Wunden waren so gut wie verheilt, und mittlerweile zeugte nur noch ein leichtes Humpeln von der Verletzung, die er sich an der Front zugezogen hatte. Wesentlich schlimmer war die unsichtbare Narbe, die er im Inneren mit sich trug.

Er konnte sich nicht daran erinnern, wie er verletzt worden war, und weil er als »unbekannter Soldat« eingeliefert worden war, konnten ihm die Ärzte und Schwestern auch nichts dazu sagen. Sie waren einhellig der Meinung gewesen, dass er dem Zustand seiner Wunden und dem besonderen Kreuz-und-quer-Stil seines Verbands nach zu urteilen eine Zeitlang in einem Feldlazarett gelegen haben musste, wahrscheinlich in Flandern. Und deshalb dachte er, er habe möglicherweise in Ypern gekämpft.

Vor einigen Monaten war er nach Hause geschickt worden, und man hatte ihn hierher nach London gebracht. Die meiste Zeit war er aufgrund einer schweren Gehirnerschütterung bewusstlos gewesen, zwischendurch hatte er Fieberanfälle durch die Infektionen gehabt und vor Schüttelfrost mit den Zähnen geklappert.

Abgesehen von den lebhaften Traumbildern, die ihm sofort entglitten, wenn er aufwachte, konnte er sich an nichts erinnern, was vor dem Juni 1918 passiert war. Seine erste klare Erinnerung war, dass er auf einem Schiff aufwachte, das den Kanal nach England überquerte. Um ihn herum sangen, rauchten, redeten Männer leise in den Ecken, während andere vor Schmerzen stöhnten. Allen war heiß, und die meisten wären wohl lieber an Deck gewesen, aber niemand beklagte sich. Sie alle waren in der Hölle gewesen und hatten überlebt. Mit ausdruckslosem Gesicht hatte er die Szene um sich herum betrachtet. Er fühlte nur Verwirrung – er konnte sich einfach nicht an das erinnern, was sie alle zu vergessen versuchten.

»Morgen, Jonesy.« Eine helle Stimme durchschnitt seine Erschöpfung und brachte ihn in die Gegenwart zurück. »Brrr … heute ist es aber kalt.«

»Guten Morgen, Nancy«, sagte er und rang sich für die Krankenschwester, die niemals ihre gute Laune zu verlieren schien, ein Lächeln ab.

»Wie geht es uns?« Sie fühlte ihm den Puls.

»*Uns* geht es gut«, sagte er. Das strahlende Weiß ihrer gestärkten Schürze, das einen starken Kontrast zu ihrer blauschwarzen Schwesterntracht bildete, beeindruckte ihn sehr. Beides trat jedoch in den Hintergrund vor ihren leuchtend roten Haaren. Nancy hatte die Krankenschwesternhaube so weit wie möglich zurückgeschoben, wodurch goldrote Löckchen hervorquollen. Sie war nicht unbedingt ein Hingucker, aber er fand sie trotzdem äußerst attraktiv. Ihre kecke Art war verführerisch, und sie war sogar jetzt zu spüren, während sie konzentriert zählte und auf ihre Taschenuhr blickte.

»Sie sehen auch gut aus«, sagte sie schließlich. »Und, wenn ich das sagen darf, auch sehr attraktiv trotz dieses Bartes.«

Er rieb sich über das Kinn. Noch weigerte er sich, den wilden schwarzen Bartwuchs abzurasieren.

»Vielleicht würde Sie ja jemand erkennen, wenn Sie sich rasierten«, sagte Nancy schelmisch und schüttelte ihm die Kissen auf. »Wollen Sie sich anziehen?«

»Hat das einen Sinn?«, sagte er, wobei er ihren fröhlichen Tonfall nachahmte.

Sie versetzte ihm einen leichten Klaps. »Ja, Mr Jones. Ich würde schrecklich gerne Ihren richtigen Namen erfahren. Sie klingen überhaupt nicht so, als würden Sie hierher gehören.«

»Wohin gehöre ich denn?«, fragte er und stand auf,

damit sie seine Bettdecke und das Laken richten konnte. Er trat ans Fenster, wobei er zu verbergen versuchte, dass der Pantoffel an seinem linken Fuß wie ein leiser Seufzer über das Linoleum glitt.

»Oh, vermutlich an irgendeinen eleganten Ort im Süden«, antwortete sie.

Er überlegte. »Vielleicht bin ich ein berühmter Schauspieler.«

»Dann hätte ich Sie erkannt.« Stirnrunzelnd schüttelte sie den Kopf. »Ich glaube, Sie waren eher Anwalt oder Bankier«, sagte sie. »Dann würde ich definitiv mit Ihnen ausgehen.«

»Habe ich Sie darum gebeten?«, fragte er und wandte sich verlegen zu ihr um. Unwillkürlich zog er seinen Morgenmantel fester um sich.

»Nein, aber ich warte auf eine Einladung, jetzt, wo Sie wieder laufen können und wir endlich Frieden haben.« Sie warf ihm einen wissenden Blick zu.

Frieden. Das hatte für ihn keine Bedeutung. »Was haben wir heute für ein Datum, Nan?«

»Den neunzehnten November. Sie sind bestimmt nicht der Erste, der das heute fragt. Ich glaube, das ganze Land hat immer noch so eine Art Kater.« Lachend schüttelte sie den Kopf. »Ich muss mich ja selbst immer wieder kneifen. Vier Jahre …« Seufzend schnippte sie mit den Fingern. »Einfach so vorbei. Worum ist es eigentlich gegangen?«

Da fragte sie den Falschen. Er drehte sich erneut um und blickte aus dem Fenster in den gepflegten Krankenhauspark. Früher einmal, so hatte man ihm erzählt, hatten prächtige Blumenbeete den Vordereingang geschmückt, aber in den letzten Jahren war dort Gemüse angepflanzt worden. Im nächsten Frühjahr würde erneut ein Blütenmeer das Feld der Geschichte überdecken. Er befand sich in dem Flügel, den sie das Sanatorium nannten. Er lag ein wenig abseits vom Krankenhaus, und es war angenehm gewesen, als sie noch zu viert waren, aber seine drei Zimmergenossen waren mittlerweile wieder nach Hause zu ihren Familien zurückgekehrt, und jetzt verstärkte die Lage des Sanatoriums nur seine Isolation.

Ein weiterer kleiner Garten draußen war umgeben von kahlen, dornigen Rosenbüschen. Reif bedeckte den Rasen, und er sah ein Rotkehlchen in einem fast laublosen Strauch. Es hockte zwischen den orangefarbenen Hagebutten und zwitscherte melodiös. Der U-Form der olivbraunen Stirn nach zu urteilen, war es ein Männchen. *Woher weiß ich das?*, dachte er. Das Rotkehlchen sah so einsam aus, wie er sich fühlte, und sein Gesang klang so kläglich wie seine Stimmung. Er verstand es, weil er wusste, dass dieser Vogel die Ruhe so sehr mochte wie er.

»So, Jonesy. Ich komme gleich wieder. Haben Sie sich bis dahin geduscht?«

»Ja, bestimmt. Ich hasse es, Sie zu enttäuschen.«

Sie drückte seinen Arm. »Wenn nur alle Patienten so einfach wären wie Sie. Meinetwegen können Sie für immer hierbleiben.«

Bei ihren Worten lief es ihm eiskalt über den Rücken. Er wusste, dass sie es nur lieb gemeint hatte, aber ihm drehte sich der Magen um.

»Sie gehören zu den Glücklichen«, fügte sie hinzu. »Sehen Sie diese hübsche Frau da?« Sie wies mit dem Kinn zum Fenster, und er sah eine dunkelhaarige Frau in einem dunkelblauen Kostüm und braunen Handschuhen, die den Weg entlangging, der an seinem Flügel vorbeiführte. »Ich habe heute gehört, dass sie ihren Bruder verloren hat. Er muss in Ihrem Alter gewesen sein; sie sagte, er sei dreiunddreißig gewesen. Sie klang so niedergeschlagen … als ob es erst gestern passiert wäre.«

»Vermisst?«

»Nein, gefallen, aber es gibt keine genauen Informationen darüber – seine Leiche wurde neben anderen namenlosen Soldaten 1915 beerdigt. In Ypern, meine ich, hätte sie gesagt.«

Er blinzelte. »Wo ich war?«

»Wir nehmen an, dass Sie von dort gekommen sind«, sagte sie und hob warnend den Finger.

Die Frau war hinter der Hecke verschwunden. »Wen besucht sie?«

»Niemanden. Dort, wo Sie an den meisten Tagen mürrisch draußen sitzen, befindet sich auch der Lieferanteneingang.« Nancy zuckte mit den Schultern. »Sie hat dem Krankenhausdirektor etwas gebracht. Anscheinend hat sie in der Cafeteria auf ihn gewartet. Dort habe ich gehört, wie sie über ihren Bruder geredet hat.« Nancys Tonfall wurde wieder sachlich. »So, und jetzt ab in die Dusche. Danach gehen Sie in den Frühstücksraum …«

»Oh, Nancy, ich würde lieber …«

»Ja, Mr Jones, ich weiß, was Sie lieber würden, aber … Krankenhausordnung.«

»Was ist mit der Spanischen Grippe?«

Sie blinzelte und war sofort abgelenkt. »Wir haben in der Nacht zwei weitere Patienten verloren. Und zwei Krankenschwestern – mittlerweile sind vier von uns gestorben.«

»Nan, das tut mir so leid«, sagte er, beschämt, weil er ihr die gute Laune verdorben hatte.

»Es ist eine schreckliche Krankheit, und sie trifft jeden. Beth Churcher war eine großartige Krankenschwester – wir haben sie alle geliebt. Sie ist innerhalb von zwei

Tagen gestorben. Länger hat es nicht gedauert. In der einen Sekunde war sie noch gesund, und in der nächsten hatte sie auf einmal diese schreckliche blaue Hautfärbung, die ihr das Todesurteil verkündete.« Er schüttelte voller Bedauern den Kopf. Zwar kannte er Beth nicht, aber er sah Nan an, wie nahe es ihr ging. »Und der junge Joey Nesbitt. Er wollte in einer Woche nach Hause gehen. Den anderen Patienten und auch die andere Krankenschwester kannte ich nicht, aber es wurde uns heute früh in der Morgenbesprechung mitgeteilt. Und das werden nicht die letzten Opfer sein«, sagte sie traurig.

»Umso mehr ein Grund für mich hierzubleiben«, sagte er.

Erstaunlicherweise stimmte Nan ihm zu. »Dieser Teil des Krankenhauses ist ziemlich verlassen. Wahrscheinlich sind Sie hier geschützt, und ich habe nicht auf denselben Stationen gearbeitet wie Betty, wo Joey und der andere Mann gestorben sind.« Sie lächelte wieder. »Na gut. Bleiben Sie hier. Ich bringe Ihnen gleich etwas zu essen. Aber vergessen Sie nicht, morgen ist die Friedensfeier. Ich habe Ihr gutes Hemd in die Wäscherei gegeben. Alle ziehen ihre besten Sachen an. Ich bringe Ihnen auch ein Rasiermesser.« Sie zwinkerte ihm zu, als sie ging.

Er konnte sich nicht vorstellen, dass eine Feier angesichts der Grippeepidemie, die die gesamte Nation überrollte, besonders klug war. Erst letzte Woche hatte er im Garten gesessen, als auf der anderen Seite der Hecke eine Familie vorbeiging. Ein kleines Mädchen sang einen Kinderreim, in dem es um einen kleinen Vogel namens Enza ging, der die Influenza ins Zimmer brachte. Er bezweifelte, dass das Kind den makabren Sinn hinter den Worten verstand.

Die Spanische Grippe, wie sie auch genannt wurde,

tötete alles, was ihr über den Weg lief. Es war ihr völlig gleichgültig, dass Europa schon eine ganze Generation junger Männer verloren hatte. Jetzt brachte sie auch noch die Eltern, die Großeltern, die Geschwister, die Tanten und Onkel, Vettern und Cousinen … und alle ihre Freunde um.

Manche sagten, diese Krankheit sei schlimmer als der Schwarze Tod und sie raffe die Menschen schneller dahin, als jeder Krieg es vermochte. Er hatte gelesen, sie habe in den Schützengräben begonnen. Soldaten, die nicht auf dem Schlachtfeld gestorben waren, hatten die Krankheit mit nach Hause gebracht – manche glaubten, sie sei in Schottland ausgebrochen und habe sich auf einen mörderischen Weg nach Süden begeben und Tausende getötet. Er hatte auch gelesen, dass im Oktober schon mehr als eine Viertelmillion Briten, die meisten von ihnen gesund, an der Spanischen Grippe gestorben waren.

Und jetzt starben sie schon hier im Krankenhaus.

Er wandte seine Aufmerksamkeit wieder dem Weg zu, den die trauernde junge Frau eingeschlagen hatte. Das Geräusch ihrer Absätze auf dem Pflaster hallte dumpf in seinem Kopf nach, und er beneidete sie um die Freiheit, diesen Ort wieder verlassen zu können.

Die Träume waren jetzt schlimmer, erfüllt von gelblich grünem Totendunst und Männern, die blind umherstolperten, erstickten und sich auf erniedrigende Weise entleerten, wenn ihre Körper knietief im Schlamm versanken. Niemand hatte einen Namen, die Uniformen sagten ihm nichts, und seine Gefährten hatten keine Gesichter – manche waren weggeschossen worden, andere nicht zu erkennen.

Heute erwachte er traurig. Er hasste das Gefühl, niemand zu sein. Auch er hatte doch bestimmt mal zu jemandem gehört!

Er duschte sich rasch, insgeheim erfreut darüber, dass er sich endlich wieder alleine waschen konnte. Er befeuchtete die Seife, die Nan ihm zusammen mit dem Rasiermesser dagelassen hatte. Sie hatte es bereits zusammengeschraubt und mit einer neuen Klinge versehen, wie sein erfahrener Daumen ihm mitteilte. Woher er diese Erfahrung allerdings hatte, ließ sich nur vermuten. Die Seife war trocken und rissig, weil sie nicht gebraucht worden war. Doch das Wasser glättete die Risse, und als er seinen Bart einseifte, erfüllte der scharfe, medizinische Duft nach Kohlenteer das kleine Badezimmer. Eine flüchtige Sekunde lang weckte der beißende Geruch eine Erinnerung in ihm. Er sah sich als Kind in einer Badewanne sitzen, und eine ältere Frau in Dienstbotentracht hüllte ihn lächelnd in ein großes weißes Handtuch. Aber dann war das Bild wieder weg; ihr Gesicht hatte sich ihm nicht eingeprägt, doch die großen Hände mit den unberingten Wurstfingern waren schmerzlich vertraut, die ferne Stimme geliebt. Aber dann plötzlich fand er diese Erinnerung nicht wieder, konnte ihr leises Murmeln nicht mehr hören – ganz gleich, wie tief er den starken, öligen Geruch einatmete.

Jones nahm sich ein Handtuch und wischte den Dampf vom Spiegel. Das alte Glas war fleckig, in den Ecken war das Silber abgeplatzt, vor allem dort, wo die Löcher für die Schrauben waren. Kleine metallische Punkte zogen sich über eine Seite seines Spiegelbilds, das er mürrisch betrachtete. Dass sie fast sein halbes Gesicht seltsam undeutlich machten, schien ihn zu verspotten. Er war nur ein halber Mann; die andere Hälfte – die sich kannte und wusste, wer er war, wo er herkam – wanderte wie ein Geist über die Schlachtfelder von Ypern … wenn er da überhaupt gewesen war.

Warum konnte er nicht erkennen, wer ihn im Spiegel anschaute, mit diesen glänzenden, fast schwarzen Haaren und diesen erschreckten Augen? *Sie haben die gleiche Farbe wie dein Schulblazer*, hörte er in Gedanken, aber wer hatte diese Worte gesagt? Auf welcher Schule war er gewesen, wo die Schüler dunkelblaue Blazer trugen? Plötzlich bebten die Rohre im Badezimmer laut, und er warf das Rasiermesser ins Waschbecken. Das Metall klapperte auf der Emaille und zerfiel in seine Einzelteile. Genau so fühlte er sich innerlich. Kaputt. Demontiert.

Statt sich zu rasieren, wusch er sich die Seife wieder ab und rieb sich in seiner Frustration grob das Gesicht mit dem Handtuch ab. Der Petroleumgeruch der Seife hing immer noch in seinem Bart. Nancy würde nicht erfreut sein. Gehorsam zog er das frisch gewaschene und gebügelte Hemd an, das sie mitgebracht hatte. Sein einziger Anzug – eine milde Gabe von Gott weiß wem – war alt, abgetragen an den Knien und fadenscheinig an den Ellbogen, an zwei Knopflöchern ausgefranst. Bis zu einem gewissen Grad störte es ihn, aber eigentlich erfüllte er seinen Zweck und passte leidlich. Er hatte nicht wirklich Grund, sich zu beklagen. Die meisten verletzt heimgekehrten Soldaten waren sofort zu erkennen an einem sächsischblauen Anzug mit weißem Revers und einer hellroten Krawatte dazu. Nan, die großes Interesse an ihm hatte, hatte ihm diesen Anzug von zu Hause mitgebracht. Der Freund ihrer Cousine brauchte ihn nicht mehr. Jones hatte nicht nach dem Grund gefragt, aber bei dem schwachen Kohleduft hatte er die Nase gerümpft.

»Tragen Sie ihn häufiger und lassen Sie ihn auslüften«, hatte Nancy vorgeschlagen und ihm einen leichten Stups versetzt. Er wusste, dass sie ihn gerne spielerisch berührte. »Dann verschwindet der Geruch nach Mottenkugeln.«

Vielleicht vermag das Naphthalin ja den Erreger der Spanischen Grippe zu vertreiben, dachte er grimmig, während er am Jackett zupfte.

Er eilte sofort in den kleinen Garten vor seiner Station. In der frischen Luft würde sich seine Laune heben, und die leichte Brise würde den Geruch nach Kohlenteer vertreiben. Heute war es milder, vielleicht würde es sogar Regen geben. Dunkle Wolken ballten sich zusammen wie eine düstere Versammlung, aber er ging trotzdem nach draußen, ohne seinen Übermantel, der auf dem Haken neben der Tür hing, eines Blickes zu würdigen. Er hasste diesen Mantel. Er war zwar gereinigt worden, stank aber immer noch nach Tod. Stattdessen trug er einen Wollpullover unter seinem Jackett, den eine der freiwilligen Helferinnen für ihn gestrickt hatte. Ihm gefiel die moosgrüne Farbe, und er hoffte, sie würde ihn darin sehen.

Er winkte einer der Schwestern zu, die gerade durch den Garten eilte – sie war schon älter, aber sie pflegten hier einen zwanglosen Umgang.

»Wie geht es Ihnen, Mr Jones?«

»Oh, gut, gut«, gab er ihr die übliche Antwort. »Sieht nach Regen aus«, fügte er im Konversationston hinzu.

Sie blickte zum Himmel. »Sie bleiben besser nicht zu lange hier draußen.«

»Nein, das mache ich nicht. Alle scheinen beschäftigt zu sein«, ergänzte er, erfreut darüber, dass er einen neuen Baustein zur Unterhaltung beitragen konnte.

»Das ist wegen der Friedensfeier – endlich haben wir es geschafft. Wir können uns auf das glücklichste Weihnachtsfest freuen.«

»Ja, dieses Jahr gibt es viel zu feiern«, stimmte er ihr zu, bedauerte seine Bemerkung jedoch sofort, weil so viele um teure Angehörige trauerten.

»Ja, das stimmt«, erwiderte Schwester Bolton und hob zum Abschied grüßend die Hand. »Wir sehen uns dann auf der Feier. Von unseren amerikanischen Freunden ist ein neues Paket Tuxedo-Tabak gekommen. Ach übrigens, es wäre schön, wenn Sie sich rasierten.«

Er nickte und erwiderte ihren Gruß; er brauchte dringend neuen Tabak. Die Erinnerungen mochten einen ja verlassen, die Süchte jedoch seltsamerweise nicht. Die Erwähnung des Tabak-Pakets hatte in ihm den Wunsch nach einer Zigarette ausgelöst. Er zündete eine der letzten Selbstgedrehten an, inhalierte tief und spürte das Nikotin hinten im Rachen. Der erdige Geschmack erinnerte ihn – einen kurzen Moment lang – daran, im Grab zu liegen. Aber es hatte keinen Zweck, dieser Fährte nachzugehen; er hatte gelernt, dass es zwecklos war, ein Gefühl heraufbeschwören zu wollen. Stattdessen zwang er sich, dem Rat der Ärzte zu vertrauen, die erklärten, sein Gedächtnis würde zurückkehren, wenn es wieder gesund sei.

»Es ist genau wie bei Ihrer Beinverletzung, Jones. Es braucht Zeit.« Ein Schlaumeier – das musste wohl Nancy gewesen sein – hatte sogar gemeint, dass vielleicht ein weiterer Schlag auf den Kopf sein Erinnerungsvermögen zurückbringen würde. Seufzend dachte er, wie einfach das klang. Vielleicht sollte er Nancy vorschlagen, dass sie demnächst einen Hockeyschläger mitbrachte, um zu sehen, ob ihre Theorie funktionierte.

Der Aufenthalt an der frischen Luft tat ihm unweigerlich gut. Wenigstens regte er sich nicht mehr auf. Die Ärzte hatten ihm versichert, dass Gedächtnisverlust bei Soldaten, die an einem sogenannten »Schützengrabentrauma« litten, häufig vorkam. Ein Teil seiner Behandlung hatte aus Gesprächen mit einem Psychiater bestanden, und Dr. Vaughan hatte gemeint, dass sein extremer Gedächtnisverlust zwar ungewöhnlich, aber trotzdem nicht überraschend war, wenn man bedachte, was die alliierten Soldaten an der Front erlebt hatten.

Warum also kam er sich trotzdem vor wie ein Simulant? Wenn er sich erinnern könnte, dann würde er es tun, verdammt noch mal! Er wollte kein Mitleid; er hatte den Gedächtnisverlust ganz bestimmt nicht benutzt, um aus dem Höllenloch herauszukommen, aus dem sie ihn geholt hatten. Nun, er würde keinen Tag länger an diesem Ort bleiben und darauf warten, dass jemand ihn erkannte – ihn fand und wie ein verlorenes Gepäckstück zurückholte. Es war Zeit, eine Entscheidung zu treffen.

Als diese Erkenntnis sich bei ihm festsetzte, begann ein Rotkehlchen – vielleicht war es wieder dasselbe – melodisch zu zwitschern, und genau in diesem Moment tauchte die hübsche Frau von gestern überraschend hinter den Sträuchern auf. Gewohnheitsmäßig griff er nach seiner Taschenuhr, die es jedoch nicht mehr gab, aber dann dachte er, dass es wohl ungefähr die gleiche Uhrzeit sein müsse wie gestern. Heute war sie in Grau gekleidet, aber die dunkle Farbe wirkte bei ihr alles andere als trist; ihr maßgeschneidertes Kostüm schmiegte sich perfekt an ihren Körper. Sie trug nicht die bauschige Kriegskrinoline, wie sie die meisten Frauen bevorzugten, die keine Tracht oder Uniform trugen. Bei ihrem Rock herrschten klare Linien vor. Er war lang genug, um als züchtig zu gelten, mit Falten, die weite Schritte erlaubten, aber der Fantasie genug Raum ließen, um von der Krümmung ihrer Beine zu träumen, die weder lang noch kurz waren. Er war sich nicht sicher, warum er ihre Kleidung so genau betrachtete. Gestern hatte er sie offensichtlich aufmerksam genug angesehen, um sich an ihr marineblaues Ensemble zu erinnern. Vielleicht hatte er vor dem Krieg etwas mit Kleidung oder Stoffen zu tun gehabt? Vor dem Abgrund, wie er mittlerweile immer häufiger dachte – dort, wo alle seine Erinnerungen hinuntergestürzt und mit den übrigen Toten begraben lagen.

Ohne zu zögern, rief er: »Äh … Entschuldigung, Miss?« Sie blieb stehen und drehte sich zu ihm um. Jetzt hatte er es getan. »Entschuldigen Sie, dass ich Sie aufhalte.«

»Ja?«, fragte sie. Ihre Stimme gefiel ihm. Sie war leicht heiser.

»Äh, haben Sie Feuer?«, sagte er, froh darüber, dass seine Zigarette ausgegangen war.

Sie schüttelte den Kopf. »Nein, leider nicht.« Nein, ihre Stimme war nicht heiser. Sie war rauchig. Aber das gefiel ihm sogar noch besser, weil er jetzt ihren Mund sehen konnte. Sie hatte einen vollen Mund mit klar definierten Lippen, so präzise wie der Schnitt ihres Kostüms.

Er zuckte mit den Schultern. »Schenken Sie mir dann eine Minute Zeit?« Der Mund, den er bewunderte, verzog sich zu einem kleinen Lächeln. »Ich verspreche, ich beiße auch nicht«, fügte er hinzu.

»Wie kann ich Ihnen helfen?«

»Setzen Sie sich einen Augenblick zu mir?«

Sie legte den Kopf schräg, als ob sie seine Bitte abwägen würde, dann blickte sie sich um, um zu sehen, ob jemand in der Nähe war. Wahrscheinlich fragte sie sich, ob er nett oder einfach nur seltsam war. Nett gewann offensichtlich die Oberhand, denn sie kam näher. Vielleicht empfand sie aber auch nur Mitleid mit ihm.

»Ich kann einen Moment lang bei Ihnen stehen bleiben«, bot sie an. »Es ist hübsch hier zwischen den Rosenbüschen.«

»Noch vor wenigen Monaten hat es hier geduftet«, gestand er. »Aber ich bin sowieso ein Wintertyp, die kahlen Rosenbüsche passen zu mir.« Er streckte die Hand aus. »Ich bin Jones«, sagte er. Einen seltenen Moment lang war er angesichts ihrer strahlenden Schönheit dankbar dafür, am Leben zu sein.

Ihre dunklen Augen, die im trüben Licht fast schwarz wirkten, funkelten amüsiert. Sie schüttelte ihm die Hand. »Nur Jones?«

Ihr klarer Teint war weder blass noch bräunlich – sondern irgendwas dazwischen –, und ihre Wangen waren aufgrund der Kälte rosig angehaucht. Ihre Haare, so dunkel wie eine mondlose Nacht in Flandern, hatte sie im Nacken zusammengesteckt, und ein Hut mit einer gestreiften Feder saß keck auf ihrem Kopf.

»Leider ja«, antwortete er. Er hätte ihre Hand am liebsten nicht losgelassen, musste es aber. »Ich muss sagen, Ihre verwegene Feder gefällt mir.«

Sie grinste, und er hatte das Gefühl, aus der Kälte heraus vor einen warmen Ofen zu treten. »Haben Sie Ihren Namen vergessen?«, fragte sie leicht ungläubig.

»Und mein Gedächtnis dazu«, sagte er, wünschte sich aber sofort, er hätte geschwiegen. Es sollte fröhlich und tapfer wirken, klang aber nur hilflos.

»Oh.« Sie warf ihm einen verlegenen Blick zu. »Es tut mir leid. Ich wollte nicht …«

»Bitte entschuldigen Sie sich nicht.« Er wand sich. »Ich bin es müde, Mitleid zu erregen. Ich habe allen Grund, dankbar zu sein«, log er. Im selben Moment allerdings beschloss er, dass er sie nicht anlügen wollte. »Nein, das stimmt nicht ganz. Ich empfinde keineswegs Dankbarkeit, aber jetzt gerade bin ich froh, überlebt zu haben.«

Sie nickte, als ob sie sein Dilemma verstünde, und

setzte sich in züchtigem Abstand zu ihm auf die Bank. Das gefiel ihm. »Mein Bruder hat leider nicht überlebt.«

»Das habe ich gehört.«

»Wie bitte?«

Er schnipste die Asche von seiner Zigarette und steckte mit einer Geste, die ihm wieder seltsam bekannt vorkam, die kaum gerauchte Zigarette in seine Tasche, um sie sich für später aufzuheben. »Eine der Schwestern hat gehört, wie Sie in der Cafeteria über Ihren Bruder gesprochen haben.«

Sie blinzelte. »Er hieß Daniel.«

»Es tut mir leid.«

»Mir auch. Ich vermisse ihn schrecklich, und vor allem meinem Vater fehlt sein Sohn sehr. Ich bin mir nicht sicher, ob ich ihm genug bin.«

»Oh, das kann ich mir nicht vorstellen. Für mich wären Sie es.«

Sie warf ihm einen verwirrten Blick zu.

»Ich muss mich schon wieder entschuldigen. Ich weiß nicht, warum ich das gesagt habe. Ich war offensichtlich lange nicht mehr in der Gesellschaft schöner junger Frauen. Vielleicht haben meine Verletzungen auch meine Filter getrübt …«

Sein Geständnis brachte sie wieder zum Lächeln, und er sah, wie ihr Blick wärmer wurde. Ihre Augen waren wie dunkle Schokolade, stellte er fest, keineswegs schwarz, wie er ursprünglich gedacht hatte. »Und was machen wir da mit Ihnen?«, fragte sie.

Er zuckte mit den Schultern. »Wer weiß? Ich habe nur einen Spitznamen und keine Ahnung, woher ich komme, in welchem Regiment ich gekämpft habe, noch nicht einmal, wo ich gekämpft habe. Als man mich gefunden hat, hatte ich wahrscheinlich keine Uniformjacke mehr an, sonst wüsste man es ja. Ich hoffe nur, dass eines Tages meine Familie hier erscheint und überglücklich darüber ist, dass sie mich gefunden hat.«

»Und Sie haben nicht den kleinsten Hinweis?«

Er schüttelte den Kopf. »Ich weiß nicht, wer ich war. Ich weiß noch nicht einmal, wie alt ich bin. Allerdings kann ich mich an einen Hund erinnern, einen Foxterrier, glaube ich.«

»Nun, das ist doch schon einmal ein Anfang«, sagte sie. Ihre Miene hellte sich auf.

»Man hat mir gesagt, das sei wahrscheinlich der Zigarettenhund in den Schützengräben gewesen, oder vielleicht sogar die Ratten, für die wir alle anscheinend so dankbar waren, deshalb ist es nicht wirklich ein Hinweis für mich.«

»Ach du liebe Güte«, sagte sie, und aus irgendeinem Grund – wahrscheinlich weil sie beide verlegen waren – mussten sie beide kichern. »Gibt es noch andere Optionen?«

»Ich warte nicht wirklich auf jemanden, der nach mir sucht«, sagte er mit spöttischem Grinsen. Sie wartete. »Darf ich Sie um einen Gefallen bitten?«, fügte er hinzu, bevor er den Mut verlor.

»Das hängt davon ab, worum es sich handelt.«

»Würden Sie mir helfen, hier herauszukommen?«

Jetzt war ihr Gesichtsausdruck wieder alarmiert. Besorgt musterte sie ihn. »Sie sollten sicher besser …«

»Sie wissen ja gar nicht mehr, was sie mit mir machen sollen. Ich bin jetzt seit fast fünf Monaten hier, und niemand hat auch nur die kleinste Verbindung für mich gefunden.«

»Es ist ja noch früh. Der Krieg ist doch erst …«

Er schüttelte den Kopf. »Ich glaube, ich werde verrückt,

wenn ich noch eine einzige Nacht hierbleiben muss. Ich habe beschlossen zu gehen. Heute gehe ich fort, egal was kommt. Aber ich habe keine Ahnung, wohin ich gehen soll. Ich glaube, ich weiß noch nicht einmal, wie man einen Bus oder einen Zug nimmt. Und ich habe auch überhaupt kein Geld.«

»Und was kann ich da tun?«

»Zeigen Sie mir einfach nur die richtige Richtung. Wenn Sie mich auch nur ein paar Meilen von hier wegbringen, dann komme ich schon zurecht. Ich muss einfach nur weg aus dem Krankenhaus, damit sie mich hier vergessen können – einfach nur ein weiterer Kriegsverlust.«

»Es tut mir leid, Mr Jones, ich glaube wirklich nicht …«

»Bitte.« Es war peinlich, so betteln zu müssen. »Ich bezweifle, dass sich mir eine bessere Chance als heute bietet.«

Er sah in ihren Augen, dass sie ins Wanken geriet. Vielleicht dachte sie an Daniel.

»Ich bin ein erwachsener Mann, falls Sie das noch nicht bemerkt haben«, fügte er hinzu. Das durchbrach die Anspannung. Sie blickte auf ihre behandschuhten Hände, aber er sah ihr Lächeln, als sie den Kopf senkte. »Ich bin mir sicher, dass ich vor dem Krieg perfekt in der Lage war, für mich selbst zu sorgen, deshalb werde ich einfach lernen, es wieder zu tun. Ich weiß, dass ich nicht hilflos bin. Aber hier im Krankenhaus fühle ich mich so.«

Wieder musterte sie ihn, und er sah kein Mitleid in ihren Augen. Stattdessen spürte er ihren Ehrgeiz und ihre Stärke, und vielleicht fand sie es ja richtig, ihm seine Unabhängigkeit wiederzugeben.

»Na gut. Es ist wohl kaum ein Verbrechen, einem Kriegsveteranen zu helfen.«

»Wirklich?«

Sie nickte. »Und wie sollen wir es anstellen?«

»Heute ist ja die Friedensfeier. Alle werden abgelenkt sein, wenn erst einmal die Feierlichkeiten beginnen. Sie ergreifen einfach meinen Arm und gehen mit mir vom Gelände. Wenn wir draußen sind, werde ich Sie nicht mehr behelligen. Aber ich wäre Ihnen dankbar, wenn Sie mir sagen könnten, in welche Richtung ich mich wenden soll.« Ein goldenes Glitzern zwischen den Rosenbüschen erregte seine Aufmerksamkeit. Wind war aufgekommen und hatte ein paar Blätter weggeweht. »Warten Sie mal«, sagte er. Er erhob sich und humpelte über den Rasen. Eine Münze war an einen kahlen, dornigen Rosenbusch gerollt.

»Aha!«, sagte er triumphierend. »Ein halber Sovereign. Jetzt bin ich nicht mehr mittellos. Das sollte so sein!« Er trat wieder an die Bank. »Wahrscheinlich wird jemand das Geld vermissen, aber wie heißt es so schön: ›Was du anderen Gutes tust, kommt irgendwann zu dir zurück.‹«

Sie warf ihm einen ironischen Blick zu.

»Und in diesem Sinn werde auch ich Ihnen eines Tages Ihre Freundlichkeit vergelten. Wenn Sie meine Träume wahr machen, dann werde ich das Gleiche eines Tages für Sie tun … das verspreche ich.«

Sie schüttelte amüsiert den Kopf, streckte aber die Hand aus. »Abgemacht. Ich bin Eden. Eden Valentine.«

Selbst ihr Name war reizend. »Danke, Miss Valentine«, murmelte er und küsste das weiche Wildleder ihres Handschuhs.

2

Edie Valentine empfand amüsierte Verwirrung darüber, dass ein Fremder – ohne Gedächtnis, ohne Namen – gerade ihren Arm ergriffen hatte und sie den Weg entlang zu einem Seitentor des Krankenhauses begleitete.

»Wir sollten uns wahrscheinlich unterhalten«, murmelte er. »Es lenkt die Leute ab und vermittelt ihnen, dass wir zusammengehören und hier entlanggehen dürfen.«

»Worüber sollen wir denn reden?«, stieß sie verwirrt hervor.

»Nun«, sagte er fröhlich, »wie wäre es zum Beispiel damit, dass Sie mir erzählen, was Sie im Krankenhaus wollen? Das bringt uns bestimmt bis an die Hecke, und dann sind Sie mich bald wieder los.« Er lächelte ermutigend, tätschelte ihr sogar die Hand, als wären sie sehr gute Freunde.

»Na gut«, sagte Edie. »Heute war ich hier, um Geld abzuholen, und gestern habe ich dem Direktor des Krankenhauses etwas gebracht.«

»Und was haben Sie ihm gebracht?« Er bedeutete ihr höflich, sie solle auf dem schmalen Weg vorangehen.

Edie entspannte sich ein wenig, angetan von seinen guten Manieren. »Es war ein Anzug. Der Direktor ist … nun, mein Vater ist Schneider, und Mr Donegal gefallen die Anzüge, die mein Vater für ihn näht.« Sie räusperte sich und fügte hinzu: »Mr Donegal war zu beschäftigt, um … äh … jetzt ist es nicht mehr weit.«

Plötzlich ging ein Grammofon an, und Musik ertönte. Das war sicherlich das Zeichen dafür, dass das fröhliche Treiben jetzt begann. Der Wind trug Stimmen und das Gelächter einer Frau zu ihnen herüber.

»Sie klingt wie ein Huhn, das gerade ein Ei gelegt hat«, bemerkte er.

Edie kicherte, als weiteres glucksendes Lachen folgte, und sie sah im Geiste den Hühnerhof des Krankenhauses vor sich. »Es ist so schön, fröhliche Stimmen zu hören«, sagte sie mit leiser Wehmut.

»Sie machen das sehr gut, Miss Valentine«, versicherte er ihr so sanft, dass sie ihn zärtlich anlächelte.

»Ich bin an Intrigen nicht gewöhnt. Sie scheinen sich ganz wohl damit zu fühlen.«

»Na ja, vielleicht war ich ja während des Krieges Spion«, sagte er augenzwinkernd.

»Oh. Glauben Sie wirklich?«

Er schüttelte den Kopf. »Nein. Wie heißt Ihr Vater?«

»Abraham. Abe.«

»Hat er ein Geschäft?«

»Ja. Es heißt Valentine & Sohn. Oh, sehen Sie mal!« Edie freute sich darüber, dass der graue Himmel über London auf einmal voller bunter Kugeln war, die über dem Dach des Krankenhauses aufstiegen. Nach und nach trennten sich einzelne Ballons von der Menge, um sich vom Wind in alle Richtungen treiben zu lassen. Er hatte den Kopf gehoben, um ihrem Blick zu folgen, ihn aber rasch wieder gesenkt, als jemand, der ein Fahrrad schob, um die Hecke bog.

Sofort überfielen sie Schuldgefühle, und ihr Magen krampfte sich zusammen. Wenn jetzt ein Zulieferer – ein Lebensmittelhändler – sie als Fluchthelferin identifizieren würde? Aber dann rief Edie sich ins Gedächtnis, dass Mr Jones kein Krimineller war. Sie erwiderte den bewundernden Blick des jungen Mannes mit einem freundlichen Gruß. »Sehen Sie nur die Ballons da oben«, sagte sie und lenkte seine Blicke von sich ab gen Himmel. Vielleicht konnte er sich ja dann später nicht mehr an den Mann an ihrer Seite erinnern. »Das ist alles wegen der Feierlichkeiten. Es gibt auch Kuchen.« Sie grinste.

Der junge Mann hob höflich die Finger an seine Kappe.

»Und Sohn?«, fragte Mr Jones im Konversationston.

Sie blinzelte und konzentrierte sich wieder auf das Thema, über das sie geredet hatten. Edie nickte und zuckte mit den Schultern.

»Oh, verzeihen Sie. Ich wollte nicht …«

»Nein, ist schon in Ordnung. Daniel war schon seit seiner Kindheit auf das Geschäft vorbereitet worden. Mein Vater wollte immer, dass er es fortführte.«

»Natürlich. Und Sie? Haben Sie auch etwas damit zu tun?«

Sie seufzte leise. »Ja, ich bin Näherin.«

»Können Sie einen Anzug für einen Mann zuschneiden und nähen?«

»Natürlich«, erwiderte sie.

Er blieb stehen und ließ sie zuerst durch die schmale Öffnung in der Hecke treten, die die Welt draußen vom Krankenhausgelände trennte. Sofort umgaben sie Verkehrsgeräusche, aber der Jubel von der Party war immer noch lauter.

»Dann ist ja die Zukunft des Geschäfts gerettet, oder?« Stirnrunzelnd folgte er ihr.

Edie zuckte mit den Schultern. Es war müßig, darüber zu reden. »Wir sind da, Mr Jones«, sagte sie, als sie beide durch den kleinen Torbogen, der halb von der hohen Ligusterhecke verdeckt wurde, auf das Pflaster des Bürgersteigs getreten waren.

Sie beobachtete, wie er sich verwundert umblickte. Nach der langen Zeit im Krankenhaus musste es ihm vorkommen wie eine ganz neue Welt.

»Ja, das stimmt«, bestätigte er, und Edie stellte verlegen fest, dass sie ihren Gedanken laut ausgesprochen hatte.

Durch die dichte Hecke drang die fröhliche Tanzmusik nur noch von ferne zu ihnen, aber Edie überkam auf einmal der Wunsch, Mr Jones hätte sie gebeten, mit ihm zu tanzen. Sie hatte gehört, dass überall in der Gegend Straßenfeste stattfanden, aus Freude darüber, dass endlich wieder Frieden war und keine tapferen jungen Männer mehr sinnlos ihr Leben lassen mussten. Sie schüttelte den Kopf, um die Gedanken zu vertreiben, und blickte auf die bunten, patriotischen Wimpel, die zwischen den Straßenlaternen hingen.

»Wie fühlen Sie sich?«, fragte sie, da ihr plötzlich einfiel, dass sie vielleicht gerade einem kranken Mann bei der Flucht geholfen hatte.

»Frei«, gestand er. »Wie einer dieser bunten Ballons.« Er blickte kurz zum Himmel und erwiderte dann lächelnd ihren Blick. Edie ertappte sich bei dem Wunsch, sein jungenhaftes Grinsen einmal ohne den Bart zu sehen, der sein Gesicht verdeckte. »Danke, Miss Valentine. Ich habe mein Versprechen nicht vergessen. Ich stehe in Ihrer Schuld.«

Sie lächelte und räusperte sich, um die leichte Verwirrung zu überspielen, die sie befallen hatte. Er war ein Fremder; sie sollte keine derartige Verbindung zu ihm fühlen. »Und, in welche Richtung wollen Sie gehen?«

Er zuckte mit den Schultern. »So weit weg von hier wie möglich. Was würden Sie vorschlagen?«

»Wenn Sie mir die Bemerkung erlauben, so klingen Sie, als ob Sie aus dem Süden kämen. Ich würde Ihnen zwar nicht raten, nach London zu gehen, aber vielleicht könnten Sie fürs Erste in einen kleinen Ort in der Nähe von London reisen.«

»Perfekt«, sagte er. »Dann mache ich mich besser mal auf den Weg, ich fürchte nämlich, es fängt gleich an zu regnen.«

»Hier«, sagte sie und griff in die Stofftasche, die sie bei sich trug. »Nehmen Sie meinen Schirm.«

»Auf Sie wird es genauso regnen wie auf mich, Miss Valentine.«

»Aber ich habe es nicht so weit.«

»Wohin müssen Sie denn?«

»Nach Golders Green.« Sie sah ihm an, dass ihm das nichts sagte.

»Darf ich Sie zur Bushaltestelle begleiten?«

Edie blickte auf, als der erste Regentropfen mit einem dumpfen Geräusch auf ihrer Schulter zerplatzte. Sie spannte ihren Schirm auf. »Warum nicht, dann können wir beide unter dem Schirm gehen.« Bei dem Gedanken daran, seine Gesellschaft noch ein paar Minuten genießen zu können, empfand sie schuldbewusstes Vergnügen, aber das ignorierte sie. »Schade für die Partyteilnehmer.«

Unbewusst ergriff er wieder ihren Arm und zog sie dichter an sich heran, damit sie beide unter den Schirm passten. Es regnete jetzt heftiger. Lachend rannten sie los und erreichten leicht außer Atem das Schutzhäuschen.

»Der Schirm hat nicht viel geholfen.« Edie streifte lächelnd das Wasser von ihrer Jacke.

»Aber hier kommt ja schon der Bus«, sagte er und nickte zu dem Gefährt, das aus der Ferne langsam auf sie zukam. Der Motorbus hatte ein offenes Dach, weshalb das abgehärtete Paar, das oben saß, völlig durchnässt war, genau wie der Fahrer, der unten ebenfalls den Elementen ausgeliefert war. Im Gegensatz zu den Passagieren jedoch war er von Kopf bis Fuß in einen Wachstuchmantel gehüllt. »Ihr Timing ist tadellos«, sagte Jones. »Ich nehme an, das ist Ihr Bus?«

»Ja«, sagte sie stirnrunzelnd. »Kommen Sie allein zurecht?«

»Ich habe ja meinen Glücks-Sovereign.«

»Oh, warten Sie bitte«, sagte sie. Sie kramte erneut in ihrer Tasche und zog ihre Geldbörse heraus. »Ich wollte Ihnen noch sagen, dass Sie diesen halben Sovereign besser nicht verwenden.«

»Warum?«

»Es ist zu viel. Hier«, sagte sie und drückte ihm einen silbernen Threepence in die Hand. »Sparen Sie sich Ihre Glücksmünze auf. Sie werden sie noch brauchen.«

»Ich kann doch unmöglich Ihr Geld annehmen …«

»Bitte, nehmen Sie es. Ich kann Sie ohne das Geld nicht mit gutem Gewissen zurücklassen. Außerdem haben Sie doch selbst gesagt, was man anderen Gutes tut, kommt irgendwann zu einem zurück. Bestimmt erweist auch mir jemand einmal eine Wohltat. Und wenn Daniel …« Sie brach ab und schüttelte den Kopf. Sie wollte nicht ständig von Daniel reden. Fast vier Jahre waren inzwischen vergangen, Zeit, die Toten endlich ruhen zu lassen.

Er legte die Münze wieder in ihre behandschuhte Hand und schloss ihre Finger darüber. Kopfschüttelnd sagte er mit traurigem Lächeln: »Ich werde …« Plötzlich kam der Bus in schnellem Tempo mit einer lauten Fehlzündung auf sie zu. Im Bruchteil einer Sekunde hockte Jones sich hin und hielt schützend die Arme über den Kopf.

Edie beugte sich zu ihm herunter. »Mr Jones?« Er sagte nichts, aber sie hörte ihn stöhnen. Er tat ihr so leid, als sie begriff, was der Knall bei ihm ausgelöst hatte. »Ich glaube, Sie kommen besser mit mir.« Als er verwundert den Kopf hob, fügte sie hinzu: »Bitte. Ich kann Sie hier nicht zurücklassen.«

Jones ließ zu, dass sie seine Hand ergriff und ihn zum Bus führte. Obwohl Edie bei dem schlechten Wetter eigentlich nicht offen fahren wollte, nahm sie an, dass er nicht in der Enge des geschlossenen Fahrgastraums sitzen wollte.

»Ist oben in Ordnung?«

Er nickte, plötzlich ganz grau im Gesicht. Edie ging mit ihm die Treppe hinauf und setzte sich mit ihm ganz nach hinten, wo sie alleine waren.

»Atmen Sie tief durch«, drängte sie ihn, als sie sah, dass seine Stirn feucht von Angstschweiß war.

»Es tut mir so leid«, murmelte er und starrte auf den Sitz vor sich. »Ich dachte, ich sei schon bereit. Ich weiß noch nicht einmal, wovor ich eigentlich Angst habe. Mein Gedächtnis sagt es mir jedenfalls nicht. Ich habe einfach nur reagiert. Gewohnheit, nehme ich an.«

Der Regen wurde zu einem Tröpfeln und hörte dann genauso schnell auf, wie er begonnen hatte.

»Das ist völlig verständlich«, versicherte sie ihm. Sie schüttelte ihren Schirm aus und schloss ihn. »Ich weiß zwar nicht viel darüber, aber wir haben alle gehört, wie schlimm es in den Schützengräben und an der Front war. Sie mussten sich vermutlich ständig zum Schutz ducken. Sie müssen sich Zeit geben, um gesund zu werden, und außerdem müssen Ihr Geist und Ihr Körper erst einmal akzeptieren, dass wir jetzt Frieden haben. Vielleicht wird Sie eine Zeitlang jede Fehlzündung, jeder laute Knall oder jede laute Stimme erschrecken.« Sie drückte seinen Arm. »Es kommt schon alles wieder in Ordnung«, sagte Edie beruhigend über dem rumpelnden Geräusch, mit dem der Bus anfuhr.

»Ich glaube, ich bin Ihnen eine Last, Miss Valentine.«

»Überhaupt nicht«, sagte sie. Sein trauriger Blick hielt sie fest. Er hatte tief dunkelblaue Augen. Sie fragte sich, was um alles in der Welt sie bloß mit ihm machen sollte, aber eines wusste sie genau: Sie konnte Mr Jones jetzt nicht so einfach verlassen. Und sie wollte auch nicht von diesem gutaussehenden, etwas hilflosen Burschen weggehen. »Würde es Ihnen helfen zu reden?«

»Ich weiß nicht. Ich tue nichts anderes als reden, aber es ist alles zwecklos.«

»Nun, wenn es Sie tröstet, ich gäbe alles, um noch einmal mit Daniel reden zu können. Und irgendwo gibt es sicher auch Leute, die das Gleiche für Sie empfinden. Bitte, verlieren Sie nicht den Mut.«

Endlich wandte er den Kopf, um sie anzusehen. »Danke, Miss Valentine. Das werde ich nicht.«

»Sagen Sie Edie zu mir.«

»Dann müssen Sie mich Jones nennen.«

Sie wechselten einen amüsierten Blick.

Edie kam eine Idee. »Strengen Sie sich nicht zu sehr an, aber warum sagen Sie nicht einfach den ersten Männernamen, der Ihnen in den Sinn kommt?«

Er zögerte nur eine Sekunde. »Thomas«, sagte er. Dann runzelte er die Stirn.

»Thomas?«, wiederholte sie, als ob sie den Namen an ihm ausprobieren wollte. »Warum?«

Er zuckte mit den Schultern.

»Sie sehen nicht aus wie ein Thomas, aber ich denke, Tom könnte zu Ihnen passen.«

»Tom«, wiederholte er. »Ja, das klingt fröhlich. Es gefällt mir.«

»Klingt es vertraut?«

Er schüttelte den Kopf. »Nein.« Edie seufzte insgeheim

enttäuscht auf. »Seltsamerweise *fühlt* es sich jedoch ein bisschen vertraut an.«

»Wirklich?« Sie strahlte ihn an.

»Ja. Aber fragen Sie mich nicht, warum.«

»Dann heißen Sie eben Tom, es sei denn, Sie müssen sich irgendwo formell vorstellen. Wenn wir diesen Namen benutzen, dann erinnern Sie sich vielleicht auch irgendwann daran, warum er Ihnen als Erstes eingefallen ist. Es ist ein Anfang, verstehen Sie?«

»Sie tun mir sehr gut, Edie. Warum hat das Krankenhaus das nicht vorgeschlagen?«

»Ich bin kein Arzt.« Sie beugte sich zu ihm, um ihm zuzuflüstern: »Aber ich glaube, Frauen sind einfach praktischer veranlagt.«

Er lächelte. »Wo setzen Sie mich ab?«

»Ich werde Sie nirgendwo absetzen. Ich nehme Sie mit nach Hause zu meinem Vater.« Der Satz war ihr herausgerutscht, bevor sie darüber nachgedacht hatte. Tom war wie ein verirrtes, hilfloses Tier. Wenn sie ihm nicht helfen würde, wer sonst? Und immerhin hatte sie sich bereiterklärt, ihn aus dem Krankenhaus herauszuholen.

Und aus welchem Grund noch? Sie konnte die Stimme ihres Vaters förmlich in ihrem Kopf hören, ignorierte sie jedoch.

Tom starrte sie an, als spräche sie plötzlich eine fremde Sprache. »Aber warum?«

Edie zuckte mit den Schultern. »Ich fühle mich verantwortlich.«

»Das sollten Sie aber nicht. Ich habe Sie ja gezwungen. Sie haben schon genug für mich getan.«

»Nein, ich bin erst zufrieden, wenn Sie sich ein bisschen besser an die … äh … Außenwelt gewöhnt haben. Abba – mein Vater – ist ein sehr kluger Mann. Er wird wissen, was zu tun ist. Vielleicht müssen Sie wenigstens für eine Nacht unter Freunden sein. Ihm macht das nichts aus.«

»Freunde. Das klingt so nett und normal.«

»Sie sind normal, Tom. Sie sind nur verwundet. Ihr Geist ist so verletzt worden wie bei anderen Soldaten Arme oder Beine.«

Der Schaffner kam. »Einen schönen Nachmittag.« Dann runzelte er die Stirn. »Ist es überhaupt noch Nachmittag? Das kann man bei diesem grauen Himmel gar nicht sehen.«

»Zwei, bitte.« Edie reichte ihm ihren Threepence.

»Danke, Liebchen.« Der Blick des Schaffners ruhte auf Edie, als er ihr die beiden Tickets gab. Dann ging er.

»Soll ich ihm eins auf die Nase geben, was meinen Sie?«

Edie lächelte verlegen. »Noch vor einem Jahr wäre dieser Schaffner eine Frau gewesen. Ich bin mir sicher, dass die Frauen ihre Aufgaben vermissen, jetzt wo die Männer heimgekehrt sind.«

»Ja, sie haben wahrscheinlich ein Gefühl der Freiheit empfunden und müssen jetzt wieder zu ihrem Leben zu Hause zurückkehren.«

Edie nickte – er sagte die Wahrheit –, aber insgeheim hörte sie »Gefängnis« statt »Leben«.

»Er hat den gequälten, erschreckten Blick eines heimgekehrten Soldaten«, fuhr Tom fort.

»Woher wissen Sie das? Ihr Gedächtnis kann Ihnen doch keinen Hinweis geben.«

»Eine logische Frage. Vielleicht liegt es einfach nur daran, dass seine Schaffner-Uniform ihm um den Leib schlottert und ich daraus eine Schlussfolgerung gezogen habe, egal ob sie nun richtig oder falsch ist.« Er kniff die Augen zusammen. »Aber haben Sie den Ausdruck in seinen Augen nicht gesehen?«

Sie schüttelte den Kopf.

»Er sucht nach Gesellschaft, ist aber trotzdem distanziert … irgendwie unruhig.«

Edie zuckte mit den Schultern. »Nein, mir ist nichts aufgefallen.«

»Ich glaube, ich habe diesen Blick schon über tausend Mal gesehen, das sagt mir mein Bauchgefühl. Wahrscheinlich gucke ich genauso.«

»Sie sehen sehr gut aus und keineswegs distanziert«, versicherte sie ihm, spürte jedoch sofort, wie ihr die Röte in die Wangen stieg. Er warf ihr einen Blick von der Seite zu, sagte aber nichts. Stattdessen wandte er sich ab und beobachtete den vorbeifahrenden Verkehr, der immer dichter wurde, da sie an der Innenstadt von London vorbeifuhren.

»Evening News, Schweppes Water, Oakey's Messerpolitur, Claymore Whisky, Iron Jelloids …«, las er leise.

»Wie bitte?«

Er schüttelte den Kopf. »Ich lese nur die Werbung auf den anderen Bussen. Es fällt mir schwer zu glauben, dass der Krieg gerade erst zu Ende gegangen ist. Es sieht alles so bunt und fröhlich aus.«

Edie fand nicht, dass mitten im November etwas bunt oder fröhlich aussah, aber vielleicht war das nach den Schützengräben so. »Weckt irgendetwas Erinnerungen?«

»Der Whisky vielleicht.« Er grinste entwaffnend, und Edie wusste, dass der Charme dieses Mannes sie schon in der kurzen Zeit, in der sie zusammen waren, angesteckt hatte. Sie fand seine aufrechte Haltung, seine vorsichtige, höfliche Art und seine ruhige Art zu sprechen attraktiv.

»Golders Green liegt an der Endstation, Sie können also einfach die Eindrücke genießen. Man weiß ja nie.«

»Macht es Ihnen etwas aus, wenn ich rauche?«

Sie schüttelte lächelnd den Kopf, und er griff in seine Tasche. »Höchstens meinem Vater.«

Er riss ein Streichholz an und entzündete die Zigarette, die er aus dem kleinen Päckchen klopfte. Es war nur noch eine drin. »Das ist meine letzte«, sagte er ohne Bedauern.

»Warum?«

»Neuanfang. Heute fühlt sich alles neu an, und ich möchte mich so fühlen, als ob ich ein neues Leben beginnen würde.« Er nahm einen letzten tiefen Zug und schnipste die Kippe dann achtlos weg.

Den Rest der Fahrt über schwiegen sie, aber Edie war sich der Wärme zwischen ihnen nur allzu bewusst. Ihr Inneres brannte wie ein Feuerrad, das unsichtbare Funken sprühte. Es fühlte sich gefährlich und aufregend an.

Eine zierliche Frau, elegant in einem tief scharlachroten Mantel, stieg vor dem Hauptportal des Edmonton-Krankenhauses aus einem Taxi und bat den Fahrer zu warten. Wenn sie jemand beobachtet hätte, hätte er festgestellt, dass die Besucherin nicht nur bei der Farbe, sondern auch beim Design ihrer Kleidung Mut bewies, denn der Mantel war eigentlich ein Cape, das mit einem übergroßen Knopf an einer Seite geschlossen wurde. Darunter trug sie einen mitternachtsblauen schmalen Rock, der ihr bis zu den Knöcheln reichte, und ihre behandschuhten Hände griffen automatisch nach der breiten Krempe ihres dunkelblauen Hutes, als ein Windstoß ihn von ihren goldblonden, sorgfältig gescheitelten und an beiden Ohren zu Schnecken gedrehten Haaren wehen wollte.

Am Empfang sagte man ihr, dass die Friedensparty für die Patienten in vollem Gange sei. Als sie sagte, sie suche nach einem speziellen Mann – einem Gentleman, einem Kriegsheimkehrer –, wurde sie gebeten zu warten.

Schwester Bolton setzte gerade einen Becher warmen Holunderblütensaft an die Lippen, als sie ins Schwesternzimmer gerufen wurde. Sie bemühte sich, nicht die Augen zu verdrehen.

»Wer will denn was von mir?«

»Miss Fairview hat mich zu Ihnen geschickt.«

»Warum?«

Das Mädchen sah so aus, als wollte es mit den Schultern zucken, besann sich aber gerade noch rechtzeitig. »Ich weiß nicht genau, Schwester. Ich glaube, sie hat einen wichtigen Gast erwähnt.«

»Nun gut. Dann lauf, Smith.«

Bolton machte sich auf den Weg zum Empfang. Hilflos verzog sie die Lippen, weil sie von den Feierlichkeiten weggeholt worden war, die den heimgekehrten Soldaten ein wenig Glück schenken sollten, während ihre Wunden heilten und sie zu vergessen versuchten, was sie auf den Schlachtfeldern Europas erlebt hatten. So viele mussten sich noch von ernsthaften Verletzungen erholen, dabei litten die meisten an viel tieferen Narben, die auch die entschlossenen Pflegerinnen mit ihrer Fürsorge niemals heilen könnten.

In der Empfangshalle traf sie auf eine junge Frau, die nach einem exquisiten blumigen Parfüm duftete und so teuer gekleidet war, dass die Krankenschwester beinahe einen Knicks gemacht hätte.

»Oh hallo, Schwester Bolton«, sagte die Frau. Ihre zwanglose Begrüßung sagte der Schwester, dass der Gast sich offensichtlich nichts aus sozialem Status machte. »Man hat mir gesagt, ich solle mit Ihnen sprechen.« Ihr warmes Lächeln brachte Emilia Boltons kühle Fassade zum Schmelzen. »Ich bin Penelope Aubrey-Finch.«

»Miss Aubrey-Finch.« Schwester Bolton nickte und

schüttelte der Frau die Hand. Ihre dunkelblauen Handschuhe waren aus so feinem Leder, dass es sich anfühlte wie eine Liebkosung. »Wie kann ich Ihnen behilflich sein?« Ihr Blick glitt zu einem jungen Mann, dem man in einem Feldlazarett während der Schlacht an der Somme beide Beine amputiert hatte. Sie blickte dem Patienten, der in einem Rollstuhl zur Party gefahren wurde, nach, bevor sie ihre Aufmerksamkeit wieder Miss Aubrey-Finch zuwandte.

»… und ich habe in allen Militärkrankenhäusern und Einrichtungen, in die verwundete heimgekehrte Soldaten gebracht worden sind, nachgeforscht«, sagte diese gerade.

Schwester Bolton verstand. »Natürlich. Ihr Vater? Ihr Bruder?«, fragte sie.

»Nein. Ein sehr entfernter Vetter«, antwortete die andere, dann fügte sie hinzu: »So entfernt, dass wir eigentlich mehr befreundet als blutsverwandt … äh, ein ganz besonderer Freund.«

Die ältere Frau lächelte sie ermutigend an. Sie verstand sofort, was diese Art von Suche einer Familie abverlangte. So viel Hoffnung und doch auch so viel potenzielle Verzweiflung.

»Und offensichtlich ein sehr wichtiger Freund, da Sie ihn mit so großem Aufwand suchen.« Die junge Frau zögerte. Schwester Bolton fand Penelope Aubrey-Finch außergewöhnlich schön – wie ein zarter Schmetterling –, und sie fragte sich, warum eine junge Frau wie sie sich alleine auf die Suche gemacht hatte. »Hat Sie jemand begleitet?«

Miss Aubrey-Finch schüttelte lächelnd den Kopf. »Nein. Ich habe mich alleine aufgemacht, Cousin Lex zu finden. Draußen wartet ein Wagen.«

»Lex?« Schwester Bolton runzelte die Stirn. »Sie können Ihren Schirm zum Trocknen hierlassen. Kommen Sie mit.« Sie ließ sich am Empfang eine Maske geben, die sie ihrer vornehmen Besucherin reichte. »Es ist nur eine Vorsichtsmaßnahme, aber darf ich Sie bitten, sie aufzusetzen? Die Influenza wütet, und wir bitten alle Besucher darum, eine Maske zu tragen.«

Die Frau nickte. »Danke. Ich habe mich schon fast daran gewöhnt, mein Gesicht zu bedecken«, sagte sie. Die Vorsichtsmaßnahme brachte sie kaum aus der Fassung.

»Sie wären bestimmt eine gute Krankenschwester«, bemerkte Schwester Bolton und bedeutete ihrem Gast, ihr zu folgen.

Während sie durch die Flure gingen, erzählte Penelope Aubrey-Finch von ihrer Fahrt von Belgravia, wohin ihre Eltern sich für die Festlichkeiten begeben hatten, hierher zum Krankenhaus. »Das Anwesen meiner Familie steht in York, aber ich bin in London und in der Schweiz zur Schule gegangen, und ich denke, im Süden fühle ich mich einfach wohler.«

»Natürlich«, erwiderte Schwester Bolton, die sich das privilegierte Leben dieser jungen Frau, die kaum älter als zwanzig sein konnte, nur mit Mühe vorstellen konnte, aber es war äußerst schwierig, Miss Aubrey-Finch, die so gut duftete und so makellos gekleidet war, so gute Manieren und vor allem so eine unbekümmerte, reizende Art hatte, nicht zu mögen.

»... aufgegeben. Nur ich nicht. Ich glaube von ganzem Herzen, dass er noch lebt. Vielleicht ist er verletzt.«

»Ich verstehe.«

Sie führte ihren Gast in den »Speisesaal« – wie die Schwestern ihn nannten –, der der Hauptort für die Friedensparty geworden war. Allerdings leerte er sich jetzt zusehends, da es aufgehört hatte zu regnen und die Leute in den Garten eilten, um die Freiheitsballons zu sehen, die aufgestiegen waren.

»Hier, meine Liebe. Alle bis auf die kränksten Soldaten sind versammelt. Erkennen Sie Ihren Cousin? Ich muss Sie jedoch warnen, wir haben hier niemanden, der Lex heißt.«

Miss Aubrey-Finch blieb vor jedem der Männer stehen und wechselte mit jedem ein oder zwei Sätze, bevor sie sich zum nächsten begab. Schwester Bolton war beeindruckt von der Haltung der jungen Frau, vor allem davon, wie großzügig sie jeden der verwundeten Soldaten mit freundlichen Worten bedachte. Egal, wie schwer die Verwundungen waren, sie wich nicht zurück, und als sie achselzuckend wieder zu Schwester Bolton trat, blickten die Patienten ihr grinsend nach. Ja, wirklich, sie würde eine gute Krankenschwester abgeben.

»Es tut mir so leid«, sagte Schwester Bolton, als offensichtlich wurde, dass der entfernte Cousin sich nicht unter den Männern befand.

»Das muss es nicht. Es war sehr freundlich von Ihnen, dass Sie mir erlaubt haben, einen besonderen Tag zu unterbrechen«, erwiderte Miss Aubrey-Finch. Ihre Augen waren feucht, aber ihre Stimme klang fest. Sie nahm ihre Maske ab.

»Glauben Sie mir, meine Liebe, solche Unterbrechungen machen uns gar nichts aus. Wenn ich heute einen dieser Männer mit Ihnen nach Hause schicken könnte, dann wäre das das schönste Weihnachtsgeschenk für mich.«

Die junge Frau lächelte. »Danke. Ich würde am liebsten alle mit nach Hause nehmen und sie wieder lachen sehen.«

»Wir können noch auf die Station nebenan gehen. Dort sind zwei … äh, nein, drei andere Männer, denen es zu schlecht geht, um die Party zu besuchen.«

Miss Aubrey-Finchs Miene hellte sich auf. »Danke.« Sie setzte die Atemmaske wieder auf und folgte Schwester Bolton.

Doch auch unter diesen drei Patienten war der gesuchte Cousin nicht. »Trotzdem, meinen aufrichtigen Dank«, sagte sie und schüttelte Schwester Bolton erneut die Hand, dieses Mal ohne Handschuhe. Die ältere Frau stellte fest, wie weich und makellos die Hand ihrer Begleiterin war. Die Nägel waren perfekt manikürt und poliert.

»Ich wünschte, ich hätte Ihnen und Ihrer Familie zu Weihnachten eine Freude machen können, Miss Aubrey-Finch.«

Penelope schenkte ihr ein trauriges Lächeln. »Es wäre das perfekte Weihnachtsgeschenk gewesen.«

»Lassen Sie sich nicht entmutigen. Ich bewundere Sie für Ihre Entschlossenheit. Wenn er noch lebt, werden Sie ihn finden.« Sie musste die Frage einfach stellen: »Sind Sie mit ihm verlobt?«

Penelope Aubrey-Finch schüttelte den Kopf. »Nein, Schwester, aber ich würde lügen, wenn ich sagen würde, dass ich nicht darauf hoffe.« Die ältere Frau sah, wie ein Schatten über das offene Gesicht der jungen Frau glitt. »Für mich hat es nie einen anderen gegeben.«

»Nun, vielleicht lassen Sie eine Beschreibung oder ein Foto hier oder …«

»Ach du lieber Himmel! Ich habe doch ein Foto mitgebracht. Fast hätte ich es vergessen!« Sie kramte in einem Satinseitenfach ihrer kleinen blauen Ledertasche, in die sie ihre Handschuhe gesteckt hatte. »Hier«, sagte sie seufzend. »Das ist er.« Sie lächelte. »Die Aufnahme ist schon ein paar Jahre alt, und Lex hat es immer gehasst, fotografiert zu werden …«

Schwester Bolton ergriff das Foto und starrte auf die

Gestalt, auf die die junge Frau zeigte. Blinzelnd runzelte sie die Stirn, dann schüttelte sie den Kopf. »Es tut mir leid, aber …« Sie zögerte.

»Was ist? Kennen Sie ihn?«, fragte die junge Frau flehend.

Die Krankenschwester betrachtete nachdenklich das Bild, aber dann schüttelte sie erneut den Kopf. »Ich kenne diesen Mann nicht, das muss ich ehrlich sagen … aber er hat etwas Vertrautes. Ich weiß nicht, was es ist – die Form seines Kopfes oder wie er ihn leicht zur Seite neigt. Ich …« Sie seufzte leise. »Ich kann es wirklich nicht sagen.«

Ihre Besucherin stöhnte leise. »Es ist kein gutes Foto, zumal es ja auch noch eine Gruppenaufnahme aus einiger Entfernung ist. Und alle tragen weiße Tenniskleidung.« Sie zuckte mit den Schultern. »Glücklichere Zeiten.«

»Haben Sie es bei allen Militärkrankenhäusern versucht?«

»So gut wie. Aber ich habe an alle geschrieben und ihnen eine äußerst detaillierte Beschreibung von Lex gegeben.«

»Nun, Sie tun sicherlich alles, was Sie können. Äh … haben Sie es auch in den psychiatrischen Abteilungen versucht?«

Miss Aubrey-Finch keuchte auf. »Nein. Sollte ich?«

Schwester Bolton hob eine Schulter. »Viele unserer Soldaten sind nicht nur körperlich, sondern auch geistig versehrt zurückgekommen. Nehmen Sie zum Beispiel unseren Mr Jones. Das ist nicht sein wirklicher Name. Wir nennen ihn nur so.«

Miss Aubrey-Finch schaute sie verwirrt an. »Warum?«

»Er leidet an einem Schützengrabentrauma und erinnert sich an nichts, noch nicht einmal an seinen Namen.

Die mit Amnesie eingelieferten Patienten in Edmonton bekommen einfach übliche Nachnamen – wir hatten vier. Mr Smith, Mr Green, Mr Brown und Mr Jones. Die Soldaten zeigen eine unterschiedliche Symptomatik. Manche werden depressiv, andere ziehen sich komplett zurück. Nachts haben sie schreckliche Albträume, und ich habe schon von normalerweise friedlichen und netten Männern gehört, die ohne jede Vorwarnung gewalttätig wurden.« Traurig schüttelte sie den Kopf.

»Hat denn niemand nach ihnen gefragt?«

»Oh doch. Smith, Green und Brown sind bereits wieder zu ihren liebenden Angehörigen zurückgekehrt.«

»Und Mr Jones?«

»Er weiß überhaupt nichts über sich. Er hat keine Erinnerung mehr an sein früheres Leben.« Schwester Bolton blinzelte. »Es ist schon komisch, aber ich dachte gerade, dass er mich irgendwie an Ihren gutaussehenden Freund erinnert.« Sie lächelte die junge Frau an, die sich über das Kompliment zu freuen schien. »Kann ich das Foto bitte noch einmal sehen?«

Miss Aubrey-Finch reichte ihr noch einmal die Fotografie, und Schwester Bolton studierte sie eingehend. »Wissen Sie, er könnte es durchaus sein. Ähnlich groß, ähnliche Figur …«

Ihre Besucherin stieß einen hoffnungsvollen Seufzer aus.

Die Krankenschwester fuhr fort: »Seit er das Bewusstsein wiedererlangt hat, fehlt ihm jegliche Erinnerung. Wir nehmen an, dass er Ende 1917 in Ypern verwundet wurde, dann an verschiedenen Orten in unterschiedlichen Einrichtungen war, bevor er vor ein paar Monaten zu uns gekommen ist.«

»Er hat mir zuletzt aus Flandern geschrieben! Lex ist

hier?«, rief die junge Frau aus. Die Tränen strömten ihr übers Gesicht, und sie schlug sich die Hand vor den Mund. »Wirklich?«, fragte sie mit bebender Stimme.

Schwester Bolton richtete sich auf. »Nein, ich bin mir keineswegs sicher, Miss Aubrey-Finch. Bitte, erwarten Sie nicht zu viel. Aber irgendetwas an dem Foto erinnert mich an ihn. Mr Jones weigert sich aus irgendeinem Grund, sich den Bart abzurasieren. Ich habe noch vor kaum einer Stunde mit ihm darüber gesprochen. Warten Sie, ich hole Nan. Sie kennt ihn am besten. Warten Sie hier, meine Liebe. Ich verstehe gar nicht, warum er nicht auf der Party ist.« Sie ging wieder zum Speisesaal. Nan trank gerade einen Schluck Ingwerbier und kicherte mit zwei der Patienten.

Schwester Bolton trat auf sie zu. »Entschuldigung. Nan, wo ist Mr Jones?«

Nan verzog verwirrt das Gesicht. »Äh, ich habe ihn zuletzt im Garten gesehen.« Nan runzelte die Stirn. »Er trug seine guten Sachen«, fuhr sie fort.

»Ja, ich habe mit ihm gesprochen. Er meinte, wir würden uns auf der Party sehen.«

Nans Lächeln erlosch. »Ist er in seinem Zimmer?«

»Schauen Sie rasch einmal nach. Ich habe eine Besucherin hier mit der Fotografie eines Mannes, der ihm ähnlich sieht. Wir wollen keine Chance verpassen, seine Familie zu finden.«

Während Schwester Bolton zu Penelope Aubrey-Finch zurückkehrte, eilte Nan zu der Station, auf der Jonesy in den letzten Tagen alleine gelebt hatte. Ihre Befürchtungen bewahrheiteten sich – das Zimmer war leer. Er war heute früh in einer seltsamen Stimmung gewesen – böse Träume hatten erneut seinen Schlaf gestört, und bei ihrer

Morgenrunde war er ihr seltsam still, fast schwermütig vorgekommen.

Er hatte doch versprochen, sie im Speisesaal zum Tanzen aufzufordern, wenn sie etwas Fröhliches auf dem Grammofon spielte. Hatte er sie absichtlich in die Irre geführt? Sie glaubte nicht, dass er ihr ins Gesicht lügen würde. Aber warum war er gerade heute verschwunden? Was war so besonders am heutigen Tag, dass er sich gedrängt fühlte, das Krankenhaus zu verlassen? Sie schaute in allen Badezimmern, in allen freien Zimmern nach, huschte sogar in den Garten, für den Fall, dass er sich irgendwo in den Regen gehockt hatte, aber sie fand ihn nicht. Als Nancy zu den beiden wartenden Frauen zurückkehrte, tat ihr das Herz weh, als sie sah, wie sich die Miene der schönen Besucherin erwartungsvoll aufhellte.

»Und?«, fragte Schwester Bolton.

»Ich kann ihn nirgendwo finden, Schwester. Ich denke, Jones hat das Krankenhaus verlassen.«

Schwester Bolton schloss kurz die Augen. »Das Seitentor. Es wird wegen der Zulieferer nicht abgeschlossen. Es wurde so selten benutzt.«

Nan nickte. »Ja, genau das ist wohl passiert, Schwester. Das denke ich auch. Er hat von seinem Zimmer aus auf das Tor geblickt und seit Monaten Leute herein- und hinausgehen sehen.«

»Was reden Sie da?« Die Besucherin blickte entsetzt von einer zu anderen. »Er ist entkommen?«

»Entkommen?«, wiederholte Schwester Bolton ungläubig. »Nein, meine Liebe. Unsere Patienten sind keine Gefangenen. Ich nehme an, dass er sich selbst entlassen und beschlossen hat, uns das Leben unnötig schwer zu machen, indem er den ganzen Papierkram ignorierte.«

»Wohin mag er gegangen sein?«

Nan schüttelte den Kopf. »Soweit ich weiß, hat er noch nicht einmal gewusst, was hinter der Ligusterhecke liegt. Er war traumatisiert, Miss, er hatte kein Gedächtnis mehr und wurde furchtbar von Albträumen geplagt. Ich hätte nie geglaubt, dass Jonesy … äh, Mr Jones das Krankenhausgelände ohne Hilfe oder Ermutigung verlassen würde.« Oder ohne sich zu verabschieden, dachte sie traurig. Sie würde die leise Vorliebe, die sie für ihn hegte, lieber vergessen.

»Sie haben gesagt, er litt an einem Schützengrabentrauma. Ist das der korrekte Ausdruck, Schwester Bolton?«, fragte ihr Gast.

Die Krankenschwester nickte. »Ja. Er hatte keine sichtbaren Verletzungen mehr, aber er ist trotzdem verletzt.«

»Und er humpelt auch ein wenig«, fügte Nan hinzu. »Eine Schrapnell-Wunde, die zwar geheilt ist, aber trotzdem ihre Narben hinterlassen hat.«

»Er könnte ja überall sein!«, rief Miss Aubrey-Finch aus. Sie hörten ihr an, wie hart sie darum kämpfte, die Fassung zu bewahren.

»Kommen Sie mit, meine Liebe. Sie brauchen erst einmal eine schöne Tasse Tee, und dann werden wir sehen, was getan werden kann.« Schwester Bolton führte die elegant gekleidete Frau weg. Nan blieb mit einem hohlen Gefühl in der Magengrube zurück. Sie wusste noch nicht einmal, ob die weinende Schönheit Jones' Frau war, aber in einem hatte sie recht gehabt – der Patient, in den sie sich verliebt hatte, war kein gewöhnlicher Soldat gewesen.

3

Sie stiegen an der Endhaltestelle aus und machten sich auf den Weg nach Golders Green.

»Das riecht gut«, stellte Tom fest.

»Bagels«, erwiderte Edie.

»Was ist ein Bagel?«

Sie lachte. »Das finden Sie bestimmt noch heraus. Das ist eine Überraschung.« Sie zeigte in eine Richtung. »Hier entlang.«

»Wo ist Ihre Mutter, Edie?«

»Sie ist gestorben.«

»Oh, das tut mir leid.«

Edie zuckte mit den Schultern. »Ist schon in Ordnung. Ich habe sie gar nicht gekannt, und ich bin irgendwie froh, dass sie mir nicht so fehlt wie Daniel.«

»Sie und Ihr Vater scheinen sich ziemlich nahezustehen.«

»Ja. Und jetzt sind wir …« Sie führte den Satz nicht zu Ende. »Wir müssen nur noch die High Street überqueren, und dann sind wir zu Hause«, sagte sie.

»Zu Hause?« Er blickte überrascht auf die Straße, die vor ihnen lag. Über den Läden befanden sich Wohnungen.

»Es ist eine recht große Wohnung über dem Geschäft.«

Edie war bereits weitergegangen, aber Tom blieb zurück und blickte immer noch auf die Häuserreihe, als ein Lastwagen durch eine große Pfütze an ihm vorbeifuhr und ihm den Rücken durchnässte. Er schrie auf, und Edie musste unwillkürlich lachen.

Tom grinste. »Ich bin nicht sonderlich heroisch für einen heimgekehrten Soldaten, was?«

»Kommen Sie, wir müssen Sie rasch aus den durchnässten Sachen holen, sonst erkälten Sie sich am Ende noch.«

Sie eilten weiter, eng aneinandergedrückt, da genau in diesem Moment wieder ein Wolkenbruch herniederprasselte. Es hatte keinen Zweck, den Schirm aufzuspannen. Sie kniffen die Augen zusammen und rannten zur High Street, auf der es trotz des schlechten Wetters von Menschen wimmelte. Edie trat in einen dunklen Laden, und sofort bimmelte die Ladenglocke.

»Abba?«

Ein kleiner, rundlicher Mann mit silberfarbenem Haar und dichtem Bart tauchte in einer Tür hinter der Theke auf. Er lächelte seine durchnässte Tochter an, seine Miene verfinsterte sich jedoch, als er ihren Begleiter bemerkte. »Haben wir einen Gast?«

Atemlos gab Edie ihrem Vater einen Kuss. »Abba, das ist Mr Thomas Jones. Er ist … äh, er ist ein Soldat, der von der Front heimgekehrt ist.«

Die Manieren des älteren Mannes gewannen die Oberhand über seine Zurückhaltung. Er trat auf Tom zu und schüttelte ihm die Hand. »Mr Jones. Ich bin Abraham Valentine.«

»Mr Valentine.« Tom verbeugte sich leicht, als er Edies Vater die Hand schüttelte. Er spürte sofort die Anspannung und musste Edie aus dieser Situation befreien. »Verzeihen Sie, Sir. Ihre Tochter war so freundlich, mich vor dem Regen zu retten. Ich verspreche Ihnen, ich werde Sie nur ein paar Minuten behelligen, bis ich ein wenig abgetrocknet bin.«

»Abba, ich erkläre es dir. Lass mich Mr Jones erst einmal aus seinen nassen Sachen holen und …«

Valentine warf ihr einen verwirrten Blick zu. »Ich würde vorschlagen, ich helfe unserem Gast aus seinen nassen Kleidern, Edie, Liebes, und du machst uns vielleicht in der Zwischenzeit einen Tee?«

»Natürlich«, sagte Edie und warf Tom einen entschuldigenden Blick zu.

»Kommen Sie mit«, bot der ältere Mann Tom an. Tom ließ sich von ihm in das Zimmer hinter dem Laden führen. Überall lagen Stoffballen und Knöpfe, und an Kleiderbügeln mit Zetteln, auf denen die Namen der jeweiligen Kunden standen, hingen Muster. Garne und ein Sortiment seltsam aussehender Werkzeuge steckten ebenso wie diverse Scheren an Haken an der Wand. Es roch nach Wolle, was Tom zutiefst tröstlich fand, er wusste nur nicht, warum. »Nun, lassen Sie mich mal gucken. Was haben wir denn für Sie?« Valentine wies auf eine Ecke. »Am besten ziehen Sie Ihre nassen Sachen dort drüben aus, während ich Ihnen ein paar Kleidungsstücke hole. Sie haben wahrscheinlich normalerweise Konfektionsgröße 50, aber im Moment sieht es so aus, als müssten Sie noch ein paar Pfund zulegen, um wieder dorthin zu kommen. Ich schaue mal, ob ich etwas in Größe 48 habe. Und ein Jackett? Mmm, überlassen Sie das mir.« Er verschwand um eine Ecke, und eine Tür schloss sich leise. Oben knarrten die Fußbodendielen, da Edie vermutlich in der Wohnung auf und ab ging.

Dann hörte Tom unterdrückte Stimmen: Edies klang flehend, die ihres Vaters ernst. Anscheinend hatte er Edie die Befragung nicht ersparen können.

Oben warf Abraham Valentine seiner Tochter einen verwunderten Blick zu. »Er ist dir vollkommen fremd, und du bist verlobt!«

»Er brauchte Hilfe, Abba«, flehte Edie.

»Aber er war doch im Krankenhaus. Schlimmer noch, er war in der psychiatrischen Abteilung, erfahre ich jetzt.«

»Nein, das habe ich nicht …«

»Warum musstest gerade du ihm helfen?«

»Er musste entkommen.« Edie war klar, dass das falsch klang. Aber jetzt war es zu spät. Die Augen ihres Vaters hatten sich bereits geweitet.

»Entkommen?«

»Er ist in seinem Gedächtnisverlust gefangen, meinte ich. Er sagt, er müsse selbst etwas über sich herausfinden, vielleicht nachforschen, woher er kommt, und seine Familie suchen.«

»Was vermutlich das Krankenhaus für ihn schon getan hat.«

»Er war seit fünf Monaten dort, ohne dass etwas dabei herausgekommen ist«, sagte Edie. Sie wandte sich wieder dem Tee zu, damit ihr Vater nicht merkte, wie durcheinander sie war. Gleichzeitig fragte sie sich, ob Tom sie wohl hören konnte.

»Tochter, was bringt dich auf den Gedanken, in einer Sache helfen zu können, an der die gesamte militärische Bürokratie Englands scheitert … hm?«

Sie drehte sich erneut zu ihm um, verzog aber keine Miene. Abba schätzte aufbrausendes Verhalten nicht. Sie musste ruhig bleiben. Leise sagte Edie: »Ich hatte ursprünglich nicht die Absicht, ihm bei der Suche nach seiner Herkunft zu helfen. Ich bin lediglich deinem Prinzip gefolgt, dass ich helfen soll, wenn jemand mich um Hilfe bittet. Er hat mich gebeten. Und ich habe ihm erlaubt, mich vom Krankenhausgelände zu begleiten.«

Der Gesichtsausdruck ihres Vaters wurde weicher. Hastig fuhr sie fort: »Es regnete. Der Bus hatte eine laute Fehlzündung«, sagte sie und dachte daran, wie erschreckt Tom ausgesehen hatte. Einen Moment lang war sein Blick weit in die Ferne gerichtet gewesen. »Und ich merkte, wie sehr es ihn erschreckte. Hast du schon einmal etwas vom Schützengrabentrauma gehört?«

Ihr Vater nickte.

»Ich vermute, dass Tom daran leidet.«

Ihr Vater zog die Augenbrauen hoch, als er hörte, dass sie ihren Gast beim Vornamen nannte.

»Und die Fehlzündung hat ausgereicht, um ihn so zu verstören, dass ich ihn dort nicht einfach zurücklassen konnte, völlig durchnässt und allein. Ich schlug ihm vor, mit nach Hause zu kommen, weil ich dachte, du wüsstest, was zu tun ist. Ich sagte ihm, du würdest ihm helfen.«

Er nickte. »Und das werde ich natürlich auch. Stell das Tablett mit dem Tee ins Wohnzimmer. Ich komme mit ihm herauf.«

Edie umarmte ihren Vater. »Danke. Er ist sehr dankbar und höflich, Abba.«

»Das sind sie alle, Liebes«, murmelte er und küsste sie auf den Scheitel. Stirnrunzelnd blickte sie ihm nach, wie er den Flur entlang zu Daniels altem Zimmer ging. Er hielt sich nicht lange dort auf, da ihm klar wurde, dass Tom schon zu lange unten allein war.

Unten im Atelier kam Tom sich ein wenig lächerlich vor, als er in seinem Hemd, das trocken geblieben war, den kratzigen Socken und der Unterwäsche, die das Krankenhaus gestellt hatte, dastand. Schließlich kam Valentine mit zwei Anzügen ins Zimmer.

»Ich denke, sie passen beide. Welchen hätten Sie denn gerne?«, fragte er.

Tom war es ein bisschen unangenehm, auch noch die Wahl zu haben. »Äh, den dunkleren, glaube ich.«

»Sie haben einen guten Geschmack, Mr Jones. Er ist aus der feinsten Merino-Wolle gemacht, die man für Geld kaufen kann.«

Da Tom annahm, dass Valentine von ihm eine Würdigung dieser Tatsache erwartete, betastete er den Ärmel und fühlte die feine, weiche Wolle. »Ganz hervorragend. Eine Hunderter-Kräuselung pro Inch?«

Valentine warf ihm einen erstaunten Blick zu. Tom zuckte mit den Schultern. »Ich weiß gar nicht, warum ich so eine Frage gestellt habe. Habe ich etwas Falsches gesagt?«

»Nein, keineswegs. Ich finde sie sogar ziemlich aufschlussreich. Hier, bitte, probieren Sie ihn an.« Er hielt ihm den Anzug hin.

Die Hose passte perfekt, sie war nur einen Hauch zu kurz.

»Ich lasse Ihnen den Saum heraus, Sohn. Es dauert nur ein paar Minuten. Ich habe gehört, Sie erholen sich noch von Kriegsverletzungen?«, sagte Valentine. Er drehte Tom ein wenig, um den Sitz der Hose zu begutachten.

»Ja.«

»Nun, im Moment passt Ihnen die Hose in der Taille wie angegossen, aber wenn Sie wieder ganz gesund sind, wird sie zu eng sein. Das sehe ich an Ihrem Brustumfang.«

»Das hätte ich nicht gewusst«, gab Tom zu und schlüpfte mit einem Arm in den Ärmel des Jacketts, das Valentine ihm geschickt über die Schultern gelegt hatte.

Gewohnheitsmäßig fuhr er mit beiden Händen über das Tuch, um es zu richten und etwaige Fussel zu entfernen.

»Ja, sehr eng, wie ich es mir gedacht habe«, stellte Valentine fest. »Der Anzug wurde für jemanden mit einer 32-Inch-Taille und einer 37-Inch-Brust gemacht. Sie können sich für die Zukunft merken, dass Sie 34 und 40 haben.«

»Ich bin Ihnen mehr als dankbar, dass ich die Sachen benutzen darf, bis mein Anzug trocken ist.«

»Ich möchte, dass Sie sie behalten. Sagen wir, es ist ein Geschenk von einer dankbaren Familie an einen tapferen Soldaten, der vielleicht sogar Seite an Seite mit ihrem geliebten Sohn gekämpft hat.«

Tom blinzelte.

»Adrettes Aussehen wird Ihnen auf Ihrem zukünftigen Weg nützen. Und jetzt kommen Sie, meine Tochter hat den Teetisch für uns gedeckt.«

Tom folgte Valentine nach oben. Die Großzügigkeit überraschte ihn, aber er wollte nicht widersprechen. Sie traten in einen dämmerigen, aber nicht uneleganten Wohnraum. Edie nahm gerade ein Teegedeck von einem Tablett. Ihr Lächeln wich einem überraschten Blick, und Tom wurde klar, dass das an seinen neuen Kleidern liegen musste.

»Abba … bist du sicher?«, fragte sie und warf ihrem Vater, der bereits Platz genommen hatte, einen besorgten Blick zu.

»Daniel hat keine Verwendung mehr dafür«, erwiderte er. »Nun, ich nehme an, Jones ist nicht Ihr wahrer Name«, sagte er und bedeutete Tom, sich ebenfalls zu setzen.

»Nein.«

»Edie hat mir ein bisschen von Ihrer Lage berichtet, aber am besten erklären Sie es mir selbst«, sagte er. Sein

Blick war freundlich, aber er konnte sein Misstrauen nicht ganz verbergen. Edie schenkte Tee ein, und Tom blieb nichts anderes übrig, als Valentine seine Lebensgeschichte zu erzählen, die allerdings nur aus fünf Monaten öder Routine bestand, da er seine trüben Nächte in einem Krankenhausbett zugebracht und über seine verlorenen Erinnerungen nachgegrübelt hatte.

4

Valentine hatte schweigend dagesessen und dem Mann zugehört. Sein Leben war nicht mehr besonders ereignisreich seit jenem dunklen Tag vor fast vier Jahren, als er von Daniels Tod erfahren hatte. Sein schöner, fröhlicher, intelligenter Sohn, der niemandem wehtun konnte und es doch als seine Pflicht ansah, zu den Waffen zu greifen und das Land zu verteidigen, das seiner Familie vor zwei Generationen ein Heim gegeben hatte.

Sir, es ist meine schmerzliche Pflicht, Ihnen mitteilen zu müssen, dass wir einen Bericht des Kriegsministeriums erhalten haben, in dem uns der Tod von … Er hatte nicht weitergelesen. Er hatte den Jungen mit den blassen Augen, der das Telegramm an Edie übergeben hatte, einfach stehen lassen. Seine Tochter und der junge Telegrammbote hatten an der Tür gestanden und gesehen, wie er ihnen den Rücken zukehrte.

Er erinnerte sich jetzt, dass er nicht in der Lage gewesen war – und auch nicht bereit – aufzunehmen, was er in diesem Eröffnungssatz gelesen hatte. Edie war schockiert gewesen, weil er sofort ins Hinterzimmer gegangen war und begonnen hatte, ein Schnittmuster auszuschneiden. Wenn er sich im tröstlichen Geräusch der Schere, die durch den hochwertigen Stoff glitt und den weißen Kreidelinien folgte, verlieren konnte, dann konnte er vielleicht auch die Wahrheit des Telegramms vergessen. Seine Kreidelinien ließen ihn nie im Stich, sie führten ihn immer; sie waren verlässlich. Und dann hatte eine kleine Stimme in ihm gesagt: *Auch sie können ausgelöscht werden. Wie Daniel.*

Daniel war so verlässlich und fest wie Abes weiße Kreide gewesen, aber er war auch genauso verletzlich gewesen, als eine deutsche Kugel aus einem Maschinengewehr ihn am Nacken traf, wie sie später erfahren hatten. An den guten Tagen machte Abe sich klar, dass Daniel Glück gehabt hatte, weil er sofort tot gewesen war; kein Schmerz, keine Gliedmaßen, die ihm fehlten, kein Schock von hohem Blutverlust, keine Kameraden, die ihn mit hohlen Worten trösteten, während er starb. In einem Moment war sein Körper noch voller Leben gewesen, im nächsten war er nicht mehr da, sein Körper nur noch ein leeres Gefäß wie die Patronenhülsen, die überall auf den Schlachtfeldern herumlagen.

»Hmm?«, sagte er jetzt und blickte von seinem Teller auf, aufgeschreckt aus seinen Erinnerungen.

»Abba. Hörst du überhaupt zu?«, wiederholte Edie und runzelte besorgt die Stirn.

»Ja … ja, natürlich«, erwiderte er. Er trank den letzten Schluck Tee, und als er Tasse und Untertasse auf den kleinen Beistelltisch neben seinem Sessel stellte, pflückte er ein Teeblatt von seiner Zunge. Sofort bereute er es. Seine vor langer Zeit verstorbene Frau, Nina, hatte das immer als ein schlechtes Omen bezeichnet. Ihre älteste Tante hatte angeblich Dinge vorausgesehen und immer behauptet, dass es eine Vorwarnung sei, wenn man ein Teeblatt aus dem Mund entferne. Er erinnerte sich noch gut an Ninas rätselhafte Bemerkung: »Esther würde sagen, dass jeder, der in diesem Moment in dein Leben tritt, oder alles, was du in diesem Moment tust, von äußerster Bedeutung ist. Ignoriere es nicht.«

Warum hatte er das Teeblatt von der Zunge genommen? Jetzt fühlte er sich verpflichtet, dem geheimnisvollen Tom noch mehr Aufmerksamkeit zu schenken. Oder er musste sich Nina widersetzen. Und niemand hatte sich Nina jemals widersetzt. *Aber warum gerade jetzt, Liebling?*, fragte er insgeheim. Warum bei diesem wohlerzogenen Fremden, den seine Tochter offensichtlich so unwiderstehlich wie einen heimatlosen Welpen fand?

»Warum waren Sie nicht in der Friern-Barnet-Irrenanstalt?«, fragte Abe plötzlich.

Er wusste, dass seine Tochter sich über dieses Verhör aufregte, aber sein Gast schien deswegen nicht beleidigt zu sein. Er lächelte nur und beantwortete die Frage in seiner angenehmen Art. Abe betrachtete den Mann, der ihm gegenübersaß. Er war größer als Daniel, der knapp eins achtzig gemessen hatte. Und obwohl Jones behauptete, sein Gedächtnis verloren zu haben, wirkte er selbstbewusst. Er saß aufrecht, aber doch entspannt auf seinem Stuhl, als ob ihm die Situation nichts ausmachte. Er war respektvoll, aber das lag vermutlich daran, dass er mit einem älteren Mann sprach.

Die Faszination seiner Tochter bereitete ihm Sorgen; mit dreiundzwanzig neigte sie zwar nicht mehr zu dem theatralischen Getue, das er bei den jüngeren Töchtern seiner Freunde beobachtet hatte, aber sie war trotzdem verletzlich. Der Verlust ihres Bruders hatte sie tief getroffen. Seine Liebe zu Edie, dem einzigen Mitglied seiner kleinen Familie, das ihm noch geblieben war, war unendlich, und er wollte verdammt sein, wenn er zulassen würde, dass ein gutaussehender Frontheimkehrer mit einer tränenreichen Geschichte ihr Herz stahl. Schließlich war sie nicht nur verlobt, sondern stand kurz vor der Hochzeit. Abe Valentine hatte sie für seine Tochter geplant. Levis Sohn, Benjamin, passte perfekt zu ihr.

»Entschuldigung, aber haben Sie gerade gesagt, Sie *waren* in einer Irrenanstalt?«, fragte Abe.

»Ja, Sir, das ist richtig. Aber ich wurde verlegt, weil diese Anstalt nur für die Geisteskranken war … und bei den Heimkehrern wurde sie hauptsächlich für die Soldaten genutzt, die gemütskrank waren.«

»Und das waren Sie auch nicht, nehme ich an?«, sagte Abe.

Tom setzte Tasse und Untertasse ab und lächelte Edie dankbar an. »Der Gedächtnisverlust hat mich mürrisch, vielleicht sogar reizbar gemacht, aber ich bin weder feindselig noch eine Gefahr für die Menschen um mich herum, Sir. Ehrlich gesagt glaube ich, ich habe dem Kriegsministerium einen großen Gefallen getan, weil ich sie von einem Problem befreit habe.«

»Und was haben Sie jetzt vor?«

Er sah, wie Jones ausatmete, und wusste die Antwort bereits. »Ich weiß nicht genau. Heute Morgen wollte ich einfach nur einen gewissen Abstand zwischen das Krankenhaus und mich bringen. Ich war es leid, hoffnungsvollen Familien vorgeführt zu werden, nur um dann zu erleben, wie sie tief enttäuscht die Köpfe schüttelten.«

»Das muss wirklich demütigend gewesen sein«, murmelte Edie.

»Ja. Und letztlich auch herzzerreißend. Ich konnte die Verzweiflung in den Gesichtern, weil ich nicht der war, der ich sein sollte, einfach nicht mehr ertragen, und mit jedem Kopfschütteln schmerzte mein Herz ein bisschen mehr. Außerdem möchte ich meine eigenen Entscheidungen treffen – das habe ich in meinem Zivilleben vor dem Krieg bestimmt auch getan. Und ich sehe keinen Grund, warum das jetzt anders sein sollte. Ich bin nicht krank. Ich kann mich einfach nur nicht erinnern.«

»Die Behörden können Familien doch sicher auf sensiblere Weise wieder zusammenbringen, oder?«, sagte Abe und tupfte sich aus Gewohnheit mit seinem großen weißen Taschentuch den Bart ab.

»Vielleicht, aber unter den gegebenen Umständen tun sie wahrscheinlich schon ihr Bestes. So viele Soldaten können sich an nichts mehr erinnern und versuchen, ihren Weg zurück nach Hause zu finden. Ich will niemanden kritisieren oder undankbar klingen. Als ich erfahren habe, dass die Spanische Grippe das Krankenhaus erreicht hat, wollte ich so schnell wie möglich hinaus.«

Als Abe ihn erschrocken anblickte, hob Tom die Hände, um zu zeigen, dass er von ihm nichts zu befürchten hatte. »Ich war in einem komplett geschützten Flügel, aber ich wollte nicht abwarten, bis sie mich dort auch erwischt, Sir. Ich kann Ihnen versichern, ich bin bei bester Gesundheit.«

Abe blinzelte. »Mein Problem ist, dass Sie meine Tochter ermutigt haben, das Gesetz zu brechen.«

»Es ist kein Gesetz gebrochen worden, Mr Valentine. Ich bin aus der Armee entlassen worden. Ich bin ein freier Mann mit einem freien Willen. Das habe ich bis heute nur nicht ausgenutzt. Von mir oder meinen Handlungen droht Edie keine Gefahr.«

»Das ist gut zu wissen, Mr Jones, denn Edie steht kurz vor der Hochzeit.« Er hatte beschlossen, dass dies ein guter Zeitpunkt war, um darauf hinzuweisen.

Edie warf ihm einen bösen Blick zu. »Nun«, sagte sie und stand auf. »Abba, du hast in weniger als zwanzig Minuten einen Termin. Mr Fletcher kommt, und du hast seinen Anzug noch nicht überprüft.«

Abe beruhigte seine Tochter mit einem müden Kopfnicken der Unterwerfung und erhob sich aus seinem Sessel. Tom stand ebenfalls auf. »Nun … es war mir ein

Vergnügen, Sie kennenzulernen. Entschuldigen Sie mich, aber Sie haben ja die Anweisungen meiner Tochter gehört. Edie bringt Sie hinaus … äh …« Er hörte, wie der Regen aufs Dach prasselte, und fühlte sich schuldig, weil er ihren Gast so zum Aufbruch drängte.

»Danke, Sir. Ich bin Ihnen äußerst dankbar für Ihre Nachsicht, und vor allem danke ich natürlich Edie, weil sie mir so geholfen hat.« Er streckte dem älteren Mann die Hand hin, und Abe ergriff sie. »Ich habe von Daniel gehört. Es tut mir sehr leid, dass Sie Ihren Sohn verloren haben. Ich war in Ypern. Ich glaube, ich träume immer noch davon.«

Abe blinzelte. »Sie haben in Ypern gekämpft?« Der Gedanke, dass ihr Gast vielleicht Seite an Seite mit Daniel gekämpft hatte, war vielleicht gar nicht so weit hergeholt.

»Ja, das hat man mir gesagt«, erwiderte Tom mit einem traurigen Lächeln. »Ich kann mich zwar an nichts erinnern, aber das Humpeln ist auch eine Art Erinnerung. Die Explosion, bei der ich verwundet wurde, raubte mir nämlich auch das Gedächtnis. Angeblich bin ich von Flandern hierher gebracht worden.« Er zuckte mit den Schultern.

»Mein Sohn ist in der Zweiten Schlacht gestorben.«

»Vielleicht kann ich mich glücklich schätzen, Sir, weil ich mich nicht daran erinnern kann, aber ich habe viele Männer im Krankenhaus gesehen, die nur noch Gespenster waren. Sie überlebten zwar die Schlacht, aber anscheinend sind nur ihre Körper zurückgekommen. Ihr Geist war geflohen.«

Abe runzelte die Stirn. Was er hörte, bereitete ihm Übelkeit. Er wusste, dass Tom ihm schonend beizubringen versuchte, dass es für Daniel vielleicht ein größeres Glück gewesen war, zu sterben und nicht als eines dieser Gespenster zurückzukehren. Als er seinem Gast die Hand schüttelte, ging ihm durch den Kopf, dass er Daniel in den letzten vier Jahren nie näher gewesen war als durch diesen Fremden jetzt. Es hatte keine Leiche gegeben, er konnte kein Grab besuchen, ihm blieben nur Erinnerungen und Trauer. Erneut spürte er Verzweiflung in sich aufsteigen.

»Wohin wollen Sie jetzt eigentlich gehen?«, fragte er und räusperte sich.

Tom zuckte mit den Schultern.

»Wo es mich hinzieht«, sagte er und klang überraschend fröhlich dabei. »Für die Nacht miete ich mir erst einmal ein Zimmer, und dann werde ich Pläne machen. Ach, übrigens, dieser Anzug, Sir, ich …«

»Sie können ihn behalten, wie ich bereits sagte.«

Tom nickte. »Dann werde ich ihn mit Stolz tragen.«

Valentine blickte zu seiner Tochter. Er sah den Schmerz in ihrem Gesicht, obwohl sie seinen Blick nicht erwiderte. Er wusste, was sie von ihm wollte.

»Hören Sie … Junge … ich möchte Sie nicht in den Regen hinaus…«

Sein Gast verzog aufrichtig besorgt das Gesicht. »Bitte, Mr Valentine, das brauchen Sie nicht. Ich habe mich nicht mehr so optimistisch gefühlt, seit ich vom Kontinent zurückgekehrt bin. Wirklich, meine Stimmung wird besser mit jeder Minute, die ich vom Krankenhaus und seiner gedrückten Atmosphäre weg bin. Ihre Familie war so freundlich. Vielleicht kann ich eines Tages zu Besuch kommen und Ihnen diese Freundlichkeit vergelten. Ihrer Tochter gegenüber stehe ich sowieso in der Schuld.«

»Ach?«

Edie schüttelte verlegen den Kopf. »Es ist nichts, Abba. Nur so ein paar aus einer Laune dahergesagte Worte.«

Abe wandte seine Aufmerksamkeit wieder Tom zu,

der ihn offen anblickte. Der Mann war kein Betrüger. Abe seufzte. Was konnte es schon schaden? »Ich wollte Ihnen vorschlagen, dass Sie gerne bleiben können …« Tom blinzelte überrascht, und Abe zuckte verlegen mit den Schultern. »Zumindest, bis Sie wieder auf den Beinen sind und sich selbst ein Ziel, eine Richtung setzen können.«

»Oh Abba!« Edie umarmte ihren Vater. »Wirklich? Ich wusste, dass du helfen würdest. Siehst du, Tom – ich habe dir doch gesagt, er weiß bestimmt, was zu tun ist.«

Jones war überrascht und fassungslos. »Ich … ich weiß nicht, was ich sagen soll, Sir. Ich habe eigentlich das Gefühl, ich sollte lieber gehen. Sie haben bereits so viel mehr …«

»Unsinn!«, sagte Abe und winkte ab. »Ich muss jetzt arbeiten. Und ich meine mit meinem Angebot nicht, dass Sie hier herumsitzen und Däumchen drehen sollen, junger Mann. Sie können sich Ihren Lebensunterhalt verdienen, bis Sie den nächsten Abschnitt Ihrer Reise antreten.«

»Ich verstehe nichts vom Schneidern.«

»Wer hat denn etwas von Schneidern gesagt?« Abe schmunzelte. »Kohlen müssen heraufgebracht werden, Botengänge gemacht werden. Ich habe Stoffballen, die so schwer sind, dass ich sie nicht tragen kann … Edie?«

»Ich zeige ihm alles. Kümmere du dich um Mr Fletchers Anzug.«

»Dann sehen wir uns beim Abendessen, Tom«, sagte Abe und nickte. Mit einer gemurmelten Bemerkung darüber, wie sehr er es hasste, bei Kunden nicht pünktlich zu sein, wandte er sich zum Gehen.

Edie warf Tom einen triumphierenden Blick zu. »Sag ja«, drängte sie.

»Wie könnte ich einem von euch widerstehen?«

Sie klatschte in die Hände. »Ich bin froh. Und wenn

du das nächste Mal aufbrichst, fühlst du dich hoffentlich weniger chaotisch. Na komm. Ich zeige dir, wo alles ist, obwohl es vielleicht das Beste wäre, wenn du dich erst einmal umziehst. Dieser Anzug ist nämlich aus italienischem Tuch«, fügte sie hinzu, als ob er jetzt tief beeindruckt sein müsste.

Bis zum Abendessen hatte Tom die beiden Kohlehaufen sauber aufgeschichtet und, nachdem er sich gewaschen hatte, hoch aufragende Stapel von Stoffballen im Lager in kleinere, besser handhabbare umgeschichtet. Aber es gab noch viel mehr zu tun.

Er war erleichtert, dass niemand ihm vorgeschlagen hatte, in Daniels Zimmer zu schlafen, und froh darüber, dass in der Wohnung so viel Platz war, dass die Familie ihm ein Gästezimmer zur Verfügung stellen konnte. Edie hatte es für ihn hergerichtet. Es war spärlich möbliert, aber mehr als adäquat. Tom wusch sich Gesicht und Hände, dann zog er die Hose seines Leihanzugs sowie Hemd und Pullover aus dem Krankenhaus an. So trat er in die Küche.

»Guten Abend«, sagte er, woraufhin Edie vom Herd zurücktrat und ihn anerkennend musterte.

»Dir auch einen guten Abend, Tom. Nun, jetzt hast du doch wenigstens wieder Farbe auf den Wangen.«

»Es geht doch nichts über ein bisschen körperliche Arbeit«, sagte er und tat so, als ließe er seine Muskeln spielen. »Ich habe viel zu lange im Krankenhaus faul herumgelegen.«

»Ich bin froh für dich«, sagte sie. Sie lächelten einander zärtlich an, als Abe die Küche betrat. Er hatte sich zum Abendessen umgezogen und trug außerdem eine runde, flache Kappe am Hinterkopf.

»Du kannst den Tisch decken, wenn du willst, Tom«,

sagte Edie. »Alles, was du brauchst, findest du in der Anrichte. Vielleicht zündest du auch die Kerzen an.«

»Sofort!«, sagte er, salutierte und verschwand im angrenzenden Raum. Vor ihm standen zwei Anrichten, eine davon voll mit passendem Geschirr.

Er brauchte nicht lange. Vielleicht lag es daran, dass er in der Armee gewesen und daran gewöhnt war, Dinge schnell zu tun, aber er fand in Null Komma nichts eine perfekt gebügelte Damasttischdecke, die er ausschüttelte und auf den Tisch legte. Passende Servietten und Serviettenringe folgten. In einer Mahagonikiste entdeckte er das Besteck und legte drei Gedecke auf. Hinter einer der Schranktüren befanden sich Gläser. Er trat einen Schritt zurück, um sein Werk zu bewundern. Perfekt. Den Kerzenleuchter, den er oben auf der Anrichte erspäht hatte, stellte er ebenfalls auf den Tisch und bestückte ihn mit vier neuen Kerzen, die er anzündete. Es fühlte sich alles so heimelig an, und er stellte fest, wie sehr und wie lange er sich nach dieser Art von Normalität gesehnt hatte.

Tom kehrte in die Küche zurück, wo Vater und Tochter sich gerade freundschaftlich darüber stritten, wie das Gericht in der großen Terrine gewürzt werden sollte.

»Der Tisch ist gedeckt!«, verkündete Tom.

Als Abe und seine Tochter den Raum betraten, verstummten sie beide. Er blickte sie überrascht an und folgte ihren verwirrten Blicken zum Tisch. Er hatte keine Ahnung, was ihre Aufmerksamkeit erregt hatte. Der Tisch war korrekt gedeckt. Silber und Kristall glitzerten im Kerzenschein.

»Stimmt etwas nicht?«, fragte er.

Sofort beeilten sie sich, ihn zu beruhigen.

»Es ist nur … ein einfaches Mahl«, fügte Edie hinzu und blickte zu dem prächtig gedeckten Tisch.

Auch Tom betrachtete erneut sein Werk. Er begriff immer noch nicht.

»Tom, mein Junge, wann hast du das letzte Mal an einem Dienstag mit Silberbesteck gegessen und Wasser aus Kristallgläsern getrunken?«, fragte Abe. Tom hörte die Freude in der Stimme des alten Mannes. »Sieh mal, Edie, anscheinend erwartet unser Gast mehrere Gänge«, sagte er und wies auf die doppelten Bestecksets an jedem Platz. »Ich hoffe, du hast wenigstens noch Pudding gemacht, Tochter.« Er schmunzelte.

Edie stellte die Terrine auf den Tisch, und Tom sah, dass es eine schlichte Keramikschüssel mit Deckel war. Die silberne Terrine stand im Geschirrschrank. Aber Edies Augen funkelten ebenso wie die ihres Vaters vor Vergnügen.

»Abba, wie lange ist es her, dass wir das gute Geschirr und Besteck benutzt haben?«

»Zu lange, Kind«, gab er zu.

»Es ist wundervoll, Tom«, sagte Edie. »Danke.«

»Gibt es denn eine andere Möglichkeit?« Tom runzelte die Stirn.

Sie zeigte auf die zweite, schlichtere Anrichte. »Darin befinden sich unser alltägliches Geschirr und Besteck. Das hier ist unser bestes Geschirr«, sagte sie mit einem Blick auf den schön gedeckten Tisch. »Aber es ist wundervoll. Vielleicht ist es ja ein Hinweis auf deine Vergangenheit, Tom.«

Er merkte, dass seine Gastgeber ratlose Blicke wechselten, auch wenn sie ihn ermutigend anlächelten. Abe reichte ihm eine kleine schwarze Kippa aus Samt, die er sich auf den Kopf setzen sollte. »Es kann nicht schaden, sie bei Tisch zu tragen«, sagte Abe in entschuldigendem Ton.

»Ich setze sie gerne auf. Morgen werde ich wieder im Lager arbeiten.«

Abe nickte. »Du hast bereits mehr gemacht, als ich mir vorgestellt hatte.«

Tom lächelte Edie an, die den Deckel von der Terrine hob. Darin befand sich ein Eintopf. Tom riss die Augen auf. »Ich weiß nicht, warum, aber ich habe Hühnersuppe mit Klößchen erwartet«, sagte er zur Erklärung.

Abe hob den Finger. »Meine Großeltern sind in London geboren, aber ich glaube, wir stammen ursprünglich aus Russland oder Osteuropa.«

»Dort herrscht kühleres Wetter, deshalb gehören herzhafte Eintöpfe zu unserer Kultur«, fügte Edie hinzu und setzte sich.

»Lasst uns beten«, sagte Abe.

Tom senkte den Kopf und legte die Hände in den Schoß. Hoffentlich war das die richtige Art, an diesem jüdischen Tisch zu beten. Eigentlich wollte er die Hände falten oder, besser noch, nach Edies Hand greifen und sie halten, aber das wagte er nicht, und so empfand er lediglich stilles Vergnügen bei dem Gedanken daran, dass Edie heute seine Hand auf der Fahrt zweimal gehalten hatte. Da die Erinnerung daran, wie er die behandschuhte Hand berührt hatte, eine Reihe körperlicher Reaktionen auslöste, musste er sich räuspern, als Abe Valentine Gott für das Essen auf seinem Tisch, für die Gesundheit seiner Familie und für die Genesung ihres Gastes dankte. Auch Tom fühlte die ungewohnte Wärme in sich. Zum ersten Mal in seinem neuen, kurzen Leben hatte er das Gefühl, wieder dazuzugehören.

Und als Edie aufstand, um seinen Teller zu ergreifen und ihm aufzutun, legte er seine Finger so um den Teller, dass er wie »zufällig« ihre Hand berührte. Den Teller und damit ihre Fingerspitzen loszulassen kam ihm schwerer vor, als er geglaubt hatte, und sie warf ihm einen amüsierten Blick zu, als sie ihm den Teller förmlich entreißen musste. Ihre dunklen Augen wirkten seelenvoll im Schein der Lampe, die sie entzündet hatte, um den Raum heller zu machen, und obwohl Tom die besten Absichten gehabt hatte, nicht weiter über Edies Leben und ihre Pläne nachzudenken, gab er seinen irrationalen Gedanken über ihren Verlobten nach … vor allem darüber, wie sehr er ihn beneidete.

»Verzeih die Öllampen«, sagte Edie. »Wir haben Gaslicht, aber Abba wird ein wenig kurzatmig, wenn wir es zu lange anlassen. Wir machen es später im Wohnzimmer an.«

Tom lächelte. »Kerzen und Öllampen sind sowieso viel romantischer.«

»Beides zusammen ist zu teuer«, warnte Abe leise und entfaltete die Serviette auf seinem Schoß.

Edie begann, den Eintopf in Teller zu schöpfen. Zuerst bediente sie ihren Vater, dann Tom und zuletzt sich. Sie reichte einen Korb mit warmen Brötchen herum, die in der Mitte ein Loch hatten, und als Tom sich eines dieser Brötchen nahm, streifte seine Hand Edies Finger, dieses Mal tatsächlich unabsichtlich. Der Brotkorb wackelte ein wenig, sie blickte ihn erschrocken an, und auf einmal war er sich sicher, dass nicht nur er spürte, wie es zwischen ihnen knisterte.

»Entschuldigung«, sagte er.

Ihr Gesichtsausdruck wurde wieder gleichmütig, aber sie erwiderte seinen Blick nicht, sondern begann, mit ihrem Vater über den Anzug zu reden, den sie ins Krankenhaus geliefert hatte. In der Zwischenzeit brach Tom das Brötchen auseinander, das mit groben Salzkörnern bestreut war. Unter einer knusprigen Kruste verbarg sich ein weicher Teig, der im Mund angenehm zu kauen war.

»Das ist absolut wundervoll!«, sagte er.

Seine Gastgeber unterbrachen ihre Unterhaltung und schauten ihn überrascht an.

»Das ist ein Bagel, Tom«, sagte Abe. »Du wirst sie oft essen, während du bei uns wohnst.«

Während du bei uns wohnst. Es gefiel ihm, wie das klang.

»Es schmeckt wundervoll«, sagte er. »Ich schmecke Zwiebeln.«

Edie lächelte. »Und ein wenig wilden Knoblauch.«

Der Eintopf war so herzhaft, wie Edie versprochen hatte, und es war ihr gelungen, die winzige Menge Fleisch, die die Rationierung hergab, durch eine Vielzahl von Gemüse auszugleichen.

»Nimm dir noch«, ermunterte ihn Abe. »Du musst zunehmen«, fügte er hinzu, obwohl Tom bemerkt hatte, dass weder Edies Portion noch die seines Gastgebers besonders groß ausgefallen war. Erst jetzt, als er sich zum zweiten Mal nahm, fiel ihm auf, dass sie sich wahrscheinlich zurückhielten, damit ihr Gast genug hatte.

»Es schmeckt köstlich, Edie, vielen Dank.«

»Gern geschehen.« Dieses Mal musterte sie ihn, und es war Tom, der wegsah. Bei der Intensität ihres Blicks stockte ihm der Atem. Er konnte sich nicht erinnern, sich jemals mit jemandem so verbunden gefühlt zu haben.

Schweigend aßen sie weiter, bis Tom schließlich die Stille durchbrach. »Äh, Mr Valentine …«

»In meinem Haus, an meinem Tisch bin ich Abe.«

»Abe«, wiederholte Tom. »Diese Stoffballen in Ihrem Lager.«

»Ja?«

»Der Vorrat schien mir ziemlich groß zu sein.«

Edie warf ihrem Vater einen Blick zu.

»Hast du mit meiner Tochter geredet, Tom?«, sagte Abe gutmütig.

»Nein, Sir«, antwortete er aufrichtig und runzelte die Stirn. »Bei zweiundsechzig Ballen habe ich aufgehört zu zählen, aber da liegen immer noch mehr als doppelt so viele.«

»Es ist ein strittiges Thema«, warf Edie ein.

»Was willst du mir damit sagen?«, fragte Abe Tom und lehnte ab, als Edie ihm noch einmal auftun wollte. In der Schüssel war nur noch ein bisschen Gemüse. »Danke, Liebes. Es war genauso gut wie bei deiner Mutter.«

Edie stand auf, um seinen Teller zu ergreifen. Tom sah, wie sie ihrem Vater zärtlich die Hand auf den Arm legte, und fragte sich, wie es wohl sein mochte, wenn Edie ihm so über die Schulter streichelte. Seine Gedanken schweiften ab, während Abe auf eine Antwort von ihm wartete.

»Ich war nur neugierig. Brauchen Sie wirklich so viel Stoff? Ich meine, ist es klug, so viel Stoff zu lagern? Vor allem in diesen Zeiten. Wie viele Anzüge schneidern Sie im Monat?«

»Oh, vielleicht acht«, erwiderte Abe viel zu schnell.

»Du musst nicht flunkern, Abba. Du hast Glück, wenn es vier sind … im Durchschnitt«, sagte Edie und räumte auch Toms Teller ab. »Du fertigst vier neue Anzüge – wahrscheinlich eher nur drei –, und wir arbeiten vielleicht an sechs weiteren.« Sie blickte Tom an. »Mein Vater bietet auch Ausbesserungen und Änderungen an. Da niemand besonders viel Geld hat, begnügen sich die Leute damit, ältere Kleidungsstücke ändern zu lassen.«

Ihr Vater nickte zustimmend. »Man sagt, jüdische Schneider seien fett und reich geworden, indem sie Uniformen für unsere Soldaten geschneidert hätten. Aber ich kenne niemanden, auf den das zutrifft.« Er zuckte mit den Schultern. »Vielleicht auf Schneider anderswo in London.«

»Oder oben im Norden«, warf Edie ein. »Abba arbeitet hauptsächlich für die Leute hier in der Gegend. Er hat nie wirklich über den Tellerrand geschaut.« Sie warf ihrem Vater einen liebevoll vorwurfsvollen Blick zu. »Und dabei bist du so begabt, Abba. Das sagen alle. Deshalb will der Direktor vom Krankenhaus auch nirgendwo anders hingehen, und auch Mr Linden, der reiche Fabrikant, weigert sich, seine Anzüge woanders schneidern zu lassen.« Sie lächelte traurig. »Mr Hughes, Mr Frayne, Mr Beeton, Mr …«

»Genug, Edie … es reicht«, sagte ihr Vater. Er klang erschöpft. Anscheinend hatten sie schon häufig darüber diskutiert, deshalb wechselte Tom das Thema.

»Auf einigen der Stoffballen liegt so viel Staub, dass sie wahrscheinlich seit Langem nicht benutzt wurden. Und doch ist die Qualität hervorragend.«

Abe nickte. »Ich habe über die Jahre einen Vorrat angelegt. Vor dem Krieg habe ich viel eingekauft, aber in der heutigen Zeit …« Wieder zuckte er mit den Schultern und beendete seinen Satz nicht.

Tom runzelte die Stirn. In ihm regte sich eine Erinnerung. Er konnte sie zwar nicht greifen, weil die Tür zu seiner Vergangenheit verschlossen war, aber der unsichtbare Teil von ihm – seine Seele, sein Geist … was auch immer es war, das ihn zu dem machte, der er war – konnte diese Barriere überwinden und zu seinen Erfahrungen vor dem Krieg gelangen.

»Für die Armen ist es eine Zeit der Entbehrungen. Aber nicht für die Wohlhabenden.« Der ältere Mann stellte sein Glas ab und musterte Tom, der lebhafter fortfuhr: »Reiche

Leute wollen doch, dass das Leben wieder so normal wie möglich wird. Sie wollen auf die Jagd, auf Bälle gehen, ins Theater in der Stadt, in die Oper, zu Verlobungen, zu Hochzeiten …« Er warf Edie einen Blick zu. »Sie wollen Partys zu allen möglichen Anlässen feiern … und für all das brauchen sie neue, teure Anzüge. Jetzt, kurz vor dem Jahr 1919 wollen die meisten ihr Leben wieder neu aufbauen, obwohl wahrscheinlich keiner von uns, der auf den Schlachtfeldern war …«

»Es sei denn, sie haben ihr Gedächtnis verloren«, warf Edie ein, die immer noch den Tisch abräumte.

»Genau«, sagte Tom und hob einen Finger. »Aber die meisten Leute zwingen sich, nach vorne zu sehen und ihr Leben wieder neu zu beginnen. Die Wohlhabenden werden das durch Geschäfte, Festlichkeiten und neue Unternehmungen machen. Und sie werden es durch ihre Häuser, ihre neuen Wagen, ihre Reisen, ihre Frauen und ihren Lebensstil beweisen.« Er blickte Abe unverwandt an.

»Du sprichst mit großer Autorität, Tom«, bemerkte der ältere Mann.

Tom zuckte mit den Schultern. »Aber ergibt das in Ihren Augen nicht auch Sinn? Liegt es nicht auf der Hand?«

Widerstrebend nickte Abe. »Ja, doch.«

»Nun, zu diesem neuen Leben gehört ganz bestimmt auch elegante Kleidung. Womit kann man Reichtum besser zeigen als mit Nerz und Frack?«

»Und?«, fragte Abe.

»Verkaufen Sie die Stoffe.« Tom hatte den Punkt erreicht, auf den er hinauswollte. Insgeheim war ihm nicht klar gewesen, wohin das Gespräch führte, aber plötzlich ergab es Sinn. »Warum wollen Sie sie lagern, wenn Sie sie verwenden können? Verkaufen Sie sie. Ich nehme an, Sie haben sie zu günstigen Vorkriegspreisen gekauft?«

»Ja, das stimmt. Aber hier in Golders Green wird sie niemand kaufen. Es gibt nur noch einen anderen Schneider. Wir kommen beide zurecht, aber …«

»Vergessen Sie Golders Green, Abe«, unterbrach Tom ihn. Er warf Edie, die in der Tür stehen geblieben war, einen Blick zu. »Wo lassen die wirklich reichen Leute ihre Anzüge schneidern?«

»In der Savile Row«, sagten Abe und Edie gleichzeitig.

»Was ist das, ein Geschäft?«

Beide lachten. »Die Savile Row, mein Junge«, erklärte Abe herablassend, »ist eine Straße. Es ist der Hochaltar der britischen Schneiderkunst.«

»Warum?«

Abe zuckte mit den Schultern. Edie zog sich in die Küche zurück. »Sie arbeiten für das Königshaus, den Adel, den Landadel und die Reichen. Die Schneider, die für diese reichen Leute arbeiten, sitzen alle dort.«

»Und warum sind *Sie* nicht dort?«, fragte Tom.

»Ja, warum wohl nicht!«, sagte Edie, die mit einem Stück Käse wieder an den Tisch trat.

»Abe?«, fragte Tom.

Der alte Mann seufzte. »Meine Tochter hat recht. Das ist ein strittiges Thema. Sie drängt mich seit Jahren, so wie Daniel früher auch. Er hat davon geträumt, Valentine & Sohn auf der Savile Row zu eröffnen.«

»Und Sie ziehen das nicht in Betracht?«

»Tom, ich werde bald siebzig. Was soll ich sagen? Ich habe erst spät eine Familie gegründet. Und jetzt … habe ich die Hälfte davon verloren. Wozu soll ich noch nach Höherem streben? Wir führen ein angenehmes Leben. Wir haben genug zu essen, wir können unsere Rechnungen bezahlen, auch wenn man immer noch ein bisschen mehr Geld gebrauchen könnte. Aber warum soll ich den

Traum von der Savile Row aufrechterhalten, wenn es Valentine & Sohn niemals geben wird?«

Tom brauchte Edie nicht anzusehen, um zu wissen, dass sie bei den ernsten Worten ihres Vaters auf das Tischtuch starrte. Er konnte sich ihre Gefühle gut vorstellen.

»Wie wäre es denn mit Valentine & Tochter?«

Der Schneider blickte ihn verdutzt an, dann schaute er zu Edie, die sich an der Anrichte zu schaffen machte. Da sie ihnen den Rücken zuwandte, sagte er zu Tom: »Wie meinst du das?«

»Wie soll ich es meinen? Ich mag ja nichts von Ihrem Geschäft verstehen, Abe, aber ich könnte mir vorstellen, dass Edie genauso gut verkaufen kann wie jeder Mann.« Er hatte nicht vorgehabt, es wie eine Anschuldigung klingen zu lassen, aber genau so kam es heraus. Plötzlich wünschte er sich, er hätte dieses Thema nie angeschnitten. Instinktiv wusste er, dass Edie Tränen in die Augen traten, aber er konnte sie nicht anschauen. Doch jetzt war es zu spät, um das Thema zu wechseln. »Oder nicht?«

»Ja«, antwortete Abe widerwillig.

Tom schüttelte den Kopf. »Sie wollen doch bestimmt, dass Edie eine sichere Zukunft hat?«

»Und du denkst, die liegt in der Savile Row?«

»Im Moment kenne ich die Savile Row nur vom Hörensagen, aber Sie wissen es doch. Nur Sie können mir sagen, ob die Idee lächerlich ist.«

Abe nickte und blickte zu seiner Tochter. »Kannst du uns einen Kaffee machen, Edie, Liebes?«

Edie zuckte zusammen wie unter einem plötzlichen Schmerz. »Ja, natürlich.«

»Wir nehmen den Kaffee im Wohnzimmer«, sagte Abe zu Tom. Er sah nicht glücklich aus.

Tom warf Edie einen entschuldigenden Blick zu, weil

er offensichtlich einen wunden Punkt berührt hatte. Außerdem hatte er nichts von dem Käse probiert, den sie auf den Tisch gestellt hatte.

Im Wohnzimmer flackerte ein Kohlenfeuer mit blauen Flammen. Es roch leicht nach Schwefel. Abe drehte das Gaslicht herunter, woraufhin es im Zimmer so dunkel wurde, dass die schweren Möbel kaum zu erkennen waren.

»Setz dich, Tom«, sagte er und ließ sich auf einem bequem aussehenden Sessel in der Nähe des Ofens nieder. »Warum setzt du meiner Tochter solche Flausen in den Kopf? Dabei kommt nichts Gutes heraus.«

»Verzeihen Sie mir. Ich wollte mich nicht einmischen. Aber es waren Edies Vorstellungen, nicht meine.«

Ihr Vater nickte, aber Tom sah ihm an, wie überrascht er war. »Eden Valentine kann wundervoll nähen … viel besser als ihr Bruder.« Murmelnd bat er um Verzeihung, dass er so etwas über seinen toten Sohn sagte, bevor er fortfuhr: »Doch sie ist eine Frau … ich möchte gerne sagen, ›falls dir das noch nicht aufgefallen ist‹, aber ich habe durchaus bemerkt, dass sie dir tatsächlich aufgefallen ist.«

Tom räusperte sich. »Edie ist sehr schön. Ich …«

»Eden ist auch verlobt, Tom«, unterbrach Abe ihn leise. Dann musterte er ihn traurig.

»Ja, das habe ich mitbekommen. Aber wir haben bald 1920, und die Frau von heute hat den wohlverdienten Luxus …«

»Sie wird Benjamin Levi nächsten Monat heiraten«, sagte Abe und zerstörte damit Toms keimende Hoffnung, dass es vielleicht doch noch eine Chance für ihn gab.

»So bald schon?«, rutschte es ihm bei Abes herzloser Enthüllung heraus.

Dem alten Mann entging anscheinend Toms Schmerz,

nicht jedoch seine Absicht. Warnend sagte er: »Er ist ein guter Junge. Die beiden kennen sich seit ihrer Kindheit. Unsere beiden Familien haben diesen Lauf der Dinge beschlossen, bevor meine geliebte Edie geboren war. Er hat Aussichten …« Abe sprach nicht weiter.

»Das kann ich mir vorstellen.« Tom räusperte sich. »Aber Edie träumt davon zu schneidern.«

»Sie ist Näherin … sie näht Kleider.«

»Und doch haben Sie ihr einen Anzug anvertraut.«

Trotz des schwachen Lichts und der tanzenden Flammen sah Tom, dass Abes Miene so kühl wurde wie der Novemberabend draußen.

»Was hat Edie dir eigentlich erzählt … einem Fremden?«

Tom schüttelte den Kopf. »Es ist vielleicht eher das, was sie nicht gesagt hat. Sie hat von ihrem Traum gesprochen, einmal einen eigenen Laden zu besitzen.«

»Ach ja, der Traum eines kleinen Mädchens, den ein einsamer Vater, der seine Tochter sehr liebt und stolz auf sie ist, vielleicht duldet. Aber es ist nicht das Streben einer Frau. Bald wird sie eine Ehefrau und Mutter sein und sich um ihren Haushalt kümmern müssen …«

»Verzeihen Sie mir, Abe, es geht mich ja nichts an, aber die Rolle der Frau verändert sich. Sie sprechen von den Frauen eines vergangenen Jahrhunderts, nicht von der modernen Frau, die ihren Mann stehen musste, weil die Männer zu beschäftigt damit waren, sich auf den Schlachtfeldern Europas und darüber hinaus töten zu lassen.«

Augenblicklich bedauerte er seine Worte. Sie waren unsensibel und bevormundend.

»Du hast recht, Tom, es geht dich nichts an. Edie wird heiraten, und sie wird nach den Regeln ihres Mannes in dessen Haushalt leben. Ich denke, wir sollten uns über etwas anderes unterhalten.«

5

Edie lehnte sich in die Ecke und wischte stumm ihre Tränen ab. Der liebe Tom. Er war für sie in die Schlacht gezogen, ohne darum gebeten worden zu sein. Hatte sie ihn dazu bewegt? Vielleicht. Sie konnte sich nicht vormachen, dass sie ihn nicht ermutigt hatte, wenn sie an ihre gewagt offene Unterhaltung mit dem Fremden oder das sogar noch gewagtere Unternehmen, ihm bei seiner Flucht aus dem Krankenhaus zu helfen, dachte. Sie hatten einander zugelächelt, hatten im Bus dicht beieinander gesessen, waren fröhlich lachend durch den Regen gelaufen … Sie konnte nicht so tun, als ob sie nicht auch spürte, dass zwischen ihnen etwas war. Sie hatte fast den Brotkorb fallen gelassen, als er zufällig ihre Hand berührt hatte. Und sie war sich auch sicher, dass Tom mittlerweile glaubte, sie könnten vielleicht mehr als nur Freunde werden. Wenn es als Hinweis gelten konnte, dass er ihre Hand nach dem Gebet nur zögerlich losgelassen hatte, dann musste sie ihn schleunigst wieder davon abbringen.

Ihr Vater hatte von einer Verbindung zwischen den Familien Levi und Valentine geträumt, seit ihre Mutter vor mehr als zwanzig Jahren verstorben war. Edie hatte den Schock in Toms Stimme gehört, als ihr Vater ihm erklärte, wie bald die Hochzeit schon stattfinden würde, aber sie hatte auch gehört, wie er weiter fest für sie eingetreten war und mit ihrem Vater diskutiert hatte. Das würden nur wenige Menschen tun. Ihr Vater gehörte zu den

Ältesten in Golders Green; was er sagte, hatte Gewicht, sein Rat wurde befolgt. Wie ein Hieb hallten seine Worte in Edies Kopf nach: »Sie wird nach den Regeln ihres Mannes in dessen Haushalt leben.«

Immer mehr Regeln. Männerregeln. Ihre Träume und Wünsche waren irrelevant. Und hier war auf einmal ein Fremder namens Tom, der für ihr Recht kämpfte, ihre eigenen Entscheidungen treffen zu können. Während sie insgeheim zwar zusammengezuckt war, aber doch nie den Mut gefunden hatte, Abe Valentine zu sagen, womit dieser tapfere Soldat gerade ins Niemandsland des jüdischen Gesetzes gestolpert war. Ihr Vater hatte nicht gelogen. Sie kannte Ben Levi seit frühester Kindheit. Ihre beiden Mütter waren enge Freundinnen gewesen, und als Ben zur Welt gekommen war, hatte seine Mutter die schwangere Nina Valentine angeschaut und sich gewünscht, dass sie eine Tochter erwartete. Falls es ein Mädchen wäre, sollte es Ben versprochen werden, hatten sie vereinbart. Ihre Familien würden sich zusammenschließen. Ihr Vater tat nichts anderes, als diesen Plan zu verfolgen, aber niemand hatte Edie je gefragt, ob ihr dieses Vorhaben gefiel. Sie hatte immer gewusst, dass sie mit Ben verlobt war. Sie hatte es nur nicht wirklich ernst genommen, und jetzt war es zu spät; jetzt stand die Hochzeit kurz bevor.

Edie starrte auf den Ring aus Roségold, den sie heute Morgen vom Finger gezogen hatte. Sie hatte vergessen, ihn wieder anzustecken, als sie ins Krankenhaus gefahren war. Jetzt saß er wieder an Ort und Stelle, mit seinem winzigen Diamanten, in dem sich das Licht brach, ein Ausdruck dessen, dass sie »versprochen« war. Sie musste ein Schluchzen unterdrücken. Das Versprechen, das sich die beiden Mütter einst gegeben hatten, würde jetzt eingelöst werden. In siebenundzwanzig Tagen würde sie unterwürfig dem Rabbi zustimmen, dass sie von nun an Eden Levi heißen würde. Doch nun gab es einen Mann, von dem sie kaum etwas wusste, der sie ermutigte, weiter Valentine zu heißen und für ihren Traum zu kämpfen. Vor allem rührte Tom an ihre Angst, dass sie nur noch sechsundzwanzig Nächte davon entfernt war, das Ganze bitter zu bereuen. Alles, was seit ihrer Begegnung mit Tom geschehen war, bestätigte, dass sie diese Ehe keineswegs so sehr wollte wie alle anderen um sie herum. Sie war eine hilflose Marionette, die an Schnüren tanzte, die andere zogen.

Aber Tom hatte keine Schnüre. Sie fühlte sich unwillkürlich zu ihm hingezogen, wollte mehr über ihn erfahren, mehr Zeit mit ihm verbringen, obwohl Abba es mit finsteren Blicken verbot und Ben ihn sicher verabscheuen würde. Aber Ben hatte sowieso etwas gegen jeden Mann, der Interesse an ihr zeigte. Das hatte sie auf unangenehme Art und Weise erfahren, als sie siebzehn war und mit einem gleichaltrigen Freund aus der Synagoge ihres Vaters eine Veranstaltung im Ort besucht hatte. Ben hatte eine schreckliche Szene gemacht, weil er sie gesehen hatte, als sie in einem Café lachend beieinandersaßen. Erst da war ihr wirklich klar geworden, was das Versprechen, das ihre Mutter Bens Familie gegeben hatte, für sie bedeutete – Ausschließlichkeit, Kontrolle, Macht. Aber wie konnte sie ihre Pflichten als Tochter erfüllen, wenn sie sich den Wünschen ihrer Eltern widersetzte? Und als Daniel – der Einzige, dem sie sich anvertraut hatte – gestorben war, hatte sie noch viel stärker das Gefühl gehabt, gehorsam sein zu müssen. Nur so konnte sie ihre Liebe und Verpflichtung der Familie Valentine gegenüber zeigen.

Die Hochzeitsvorbereitungen hatte Bens Mutter übernommen, da ja Nina nicht mehr lebte. Edie hatte sich resigniert gefügt, aber es hatte auch nie wirklich eine Alternative gegeben; niemand hatte Bens Rolle in Frage gestellt, bis heute Abend … sie hatte gehört, wie Tom der Atem gestockt hatte, als Abba ihn wiederholt auf Edies Verlobung hingewiesen hatte.

Sie genoss es, wie er sie ansah, wie sein Blick auf ihr ruhte, bis sie errötete und sich auf köstliche Weise unbehaglich fühlte. Als sie sich in der Küche heimlich angelächelt hatten, war es ihr vorgekommen, als hätten sie sich Tausende von Worten gesagt … alle gefährlich romantisch. Allein schon Toms Anwesenheit war aufregend. Am liebsten wäre sie ins Wohnzimmer marschiert und hätte ihren Vater angeschrien, dass sie mit Ben lediglich lustige Erinnerungen und Geheimnisse aus der Kindheit teilte – eine Vergangenheit, aber keine Hoffnung auf eine Zukunft.

Sie hörte die Männer im Raum nebenan und eilte auf Zehenspitzen hastig zur Küche, um das Tablett zu holen. Rasch wischte sie sich mit dem Taschentuch über die Augen und kniff sich in die Wangen. Als sie mit dem Tablett in den Flur kam, wäre sie beinahe mit Tom zusammengestoßen.

»Ich dachte, du brauchst vielleicht Hilfe«, sagte er.

»Nein, es geht schon. Danke«, erwiderte sie und lächelte ihn an. »Oh, du kannst das schon mal nehmen. Ich habe die Milch vergessen.«

Sie drückte ihm das Tablett in die Hand und spürte, wie seine Finger ihre berührten, als er es entgegennahm. Das war bestimmt Absicht. Wenn sie jetzt auf ihre Hand hinunterblickte, würde sie bestimmt Brandblasen sehen, wo Toms Fingerspitzen sie liebkost hatten. Sie wischte die Hände an der Schürze ab. Tom drehte sich um, um das Tablett zu ihrem Vater zu bringen. Im dämmerigen Licht wirkte er auf einmal so imposant. Ihr Vater wollte sicher nicht, dass sie weitere Momente allein verbrachten. Vielleicht fürchtete er ja, sie könne Toms offensichtlichem Charme erliegen. Nun, jetzt war es zu spät … sie war bereit, sich ihm hinzugeben.

»Ist dir warm genug, Abba?«, fragte sie besorgt, als sie ins Wohnzimmer kam.

Ihr Vater nickte schweigend und ergriff die Kaffeetasse, die sie ihm reichte. Edie konnte das unangenehme Gespräch, das die Männer eben geführt hatten, förmlich in der Luft spüren. Sie fragte, als wüsste sie gar nicht, worüber die beiden geredet hatten: »Habt ihr das Problem mit dem Stoff gelöst?«

»Nein«, gab Abe zu. »Tom wollte mir noch von seinen Plänen erzählen.«

Tom zuckte mit den Schultern. »Keine Pläne, nur eine Idee, wie sich der Stoff für Sie bezahlt machen könnte.«

»Willst du mir vorschlagen, dass ich mich in die Stadt begeben und den Stoff einfach auf einer Schubkarre in die Savile Row bringen soll?«, fragte Abe.

»Nein. Ich würde vorschlagen, Sie machen sich eine Musterkollektion – eine Art Katalog –, sodass Sie Ihre Stoffe den Einkäufern zeigen können. Wie viele Schneiderateliers gibt es dort?«

Abe seufzte. »Die Gegend wächst schnell. Im Moment sind es vielleicht sechs, aber ich weiß von mindestens zwei weiteren, die bald eröffnen wollen.«

»Also acht Ateliers, an die wir verkaufen können.«

Abe schüttelte misstrauisch den Kopf.

»Das ist ein guter Plan, Abba«, drängte Edie. »Tom macht wenigstens relevante Vorschläge für die Stoffe – ich habe nur genörgelt.«

»Ich will nicht wie ein Bettler in der Savile Row vorstellig werden«, sagte Abe schließlich. »Ich will nicht der verzweifelte Jude sein. Mir geht es doch gut.«

»Aber du bist auch der Meinung, dass der Stoff verschwendetes Geld ist, wenn wir ihn nicht verarbeiten oder verkaufen.«

»Ja, natürlich. In meinem Lagerraum liegen viel zu viele Stoffballen.«

Tom seufzte. »Na gut. Wie finden Sie Folgendes, Abe? Sie bringen die Einkäufer dazu hierherzukommen, und ich verdreifache die Summe, die Sie für den Stoff bezahlt haben. Benutzen Sie mich als Mittelsmann und bleiben Sie selbst im Hintergrund.«

Der alte Mann lachte. »Verdreifachen! Na, so ein Geschäft möchte ich gerne mal machen!«

»Ich lüge nicht. Ich habe Selbstvertrauen.«

»Das sehe ich. Ich muss mich fragen, woher dieses Selbstvertrauen kommt, wenn du kein Gedächtnis hast und meine Tochter mir erzählt, dass eine einfache Fehlzündung dich in ein zitterndes Häufchen Elend verwandelt.«

Edie keuchte auf. »Abba, das ist nicht fair!«

Der alte Mann zuckte nur mit den Schultern.

»Entschuldigung, Tom«, sagte Edie.

»Du brauchst dich nicht zu entschuldigen«, erwiderte Tom. »Es ist ja die Wahrheit.«

»Und was hast du davon, Tom?«, fragte Abe ruhig.

»Nichts, Sir. Ich will es nur bewirken. Ich bin dankbar für die Großzügigkeit, die mir erwiesen wurde. Für mich ist es eine Möglichkeit, Ihnen Ihre Freundlichkeit zu vergelten.«

»Du willst keinen Anteil, Tom? Tatsächlich nicht?«

Tom blickte den älteren Mann stirnrunzelnd an. Sein

Vorgehen verunsicherte Abe offensichtlich. »Anteil? Nein, keineswegs. Ich sehe nur eine gute Gelegenheit für Ihre Familie. Abe, Sie haben mich aufgenommen. Sie haben mir zu essen gegeben. Sie waren freundlich zu mir und haben mich verstanden.«

»Wenn ich unterbrechen darf«, sagte Abe und hob die Hand. »Edie hat dir all diese Freundlichkeiten erwiesen. Sie ist durch und durch die Tochter ihrer Mutter.«

Tom schüttelte den Kopf. »Ich sehe nur, dass sie durch und durch die Tochter des Schneiders ist … während Edie mich eher wie ein verletztes Tier betrachtet hat, haben Sie, Abe, den Mann in mir gesehen und mich in Ihr Haus aufgenommen. In nur wenigen Stunden bin ich in Ihre Privatsphäre eingedrungen, Sie haben mit mir gebetet, das Brot gebrochen und mir sogar den Anzug Ihres geliebten Sohnes gegeben. Sie haben mir eine Arbeit gegeben, bei der ich mich endlich wieder nützlich und produktiv gefühlt habe. Und bei dieser Arbeit ist mir eine Idee gekommen, die mich glauben lässt, dass mein Gehirn wieder arbeitet, auch wenn meine Erinnerung noch nicht da ist. Sie haben mir das Gefühl gegeben, als ob ich wieder etwas zur Welt beitragen könnte.«

»Und das nur wegen eines alten Anzugs und eines Eintopfs, Tom?« Abe schmunzelte.

Aber Tom ließ sich nicht beirren. »Nein, Abe. Weil ich seit heute weiß, dass ich mir auch alleine ein neues Leben aufbauen kann. Ich werde aufhören, immer nur an die Vergangenheit zu denken und an meiner Erinnerung herumzufingern wie am Schorf über einer Wunde. Das liegt jetzt hinter mir. Und der Krieg ist vorbei. Mir wird immer klarer, wie glücklich ich mich schätzen kann, dass ich mich an nichts erinnern kann. Heute ist der erste Tag meines neuen Lebens. Ich werde mir ein schönes Leben schaffen, und ich hoffe, Sie und Edie werden immer meine Freunde sein.«

Edie starrte in die Flammen, aber bei Toms provokativen Worten schossen ihr die Tränen in die Augen. Er musste den Blick abwenden.

»Das freut mich für dich, mein Sohn«, sagte Abe. »Ich helfe dir gerne. Lass uns doch gleich mit deinem neuen Leben beginnen. Ich hole einige der Einkäufer in meinen Laden. Ich gebe dir vier Wochen Zeit. Du holst mir das Geld für mein Tuch zurück, und alles, was darüber liegt, gehört dir.«

Edie blickte ihren Vater mit offenem Mund an. Tom schwieg. Er wartete, bis Edie das Wort ergriff. »Meinst du das wirklich, Abba?«, sagte sie leise.

Er warf ihr einen Blick zu. »Warum nicht?«

Edie blickte Tom an. »Hast du gehört, Tom?«

»Ich weiß nicht, was ich sagen soll, Abe.«

»Sag nichts. Wir wollen erst einmal abwarten, was in dir steckt, Junge. Diese Einkäufer sind cleverer, als du dir vorstellen kannst«, sagte der ältere Mann und tippte sich an die Nase. »Es sind hauptsächlich Juden, und wir sind nicht bekannt dafür, unser Geld freiwillig herzugeben.« Er kicherte leise, und Tom hielt lieber den Mund. »Sie werden dich über den Tisch ziehen.«

»Warten wir erst einmal ab«, sagte Tom.

»Ja, gut. Ich setze die Idee morgen in die Tat um.« Abe erhob sich. »Ich bin zum Tee mit einem der Schneider bei Gieves & Hawkes verabredet. Er wird es bestimmt weiterverbreiten, wenn ich ihm erzähle, welch schönes Tuch ich im Lager habe.«

Edie grinste. »Das ist aufregend.«

»Für mich leider zu viel Aufregung«, sagte Abe und küsste seine Tochter. »Gute Nacht, mein geliebtes Kind.«

Er reichte seinem Gast die Hand. »Schlaf gut, Tom. Du hast ein großes Abenteuer vor dir.«

Tom grinste. »Gute Nacht, Abe. Noch einmal vielen Dank für Ihre Gastfreundschaft.«

Abe wehrte ab, aber Tom sah auch die Warnung in seinem Gesichtsausdruck. Er wusste, was der ältere Mann meinte.

Als Abe aus dem Zimmer geschlurft war, sagte Edie: »Danke, Tom.«

»Wofür? Du liebe Güte, die Valentines haben …«

»Du weißt, wofür«, sagte sie leise. »Es tut mir leid, dass mein Vater so altmodisch ist. Er hat sich schon schwer damit getan, mich überhaupt gehen zu lassen, damit ich meine Kriegspflichten erfüllen konnte. Er hat nur nachgegeben, weil ich gesagt habe, er solle an Daniel denken.«

»Was hast du gemacht?«, fragte Tom und stellte seine Tasse und Untertasse aufs Tablett. So konnte er sich näher an das Feuer … und zu Edie setzen.

»Ich habe für die Soldaten genäht. Hemden, Verbände, absolut alles, was man mit Nadel und Faden bewerkstelligen konnte. Oft habe ich das Gefühl gehabt, eigentlich in einer der Munitionsfabriken arbeiten zu müssen. Diese Mädchen – sie wurden Kanarienvögel genannt – haben eine so gefährliche Arbeit mit den Giften übernommen.«

Tom schüttelte den Kopf. »Edie, jeder hat das getan, was er am besten konnte. Warum hat man sie Kanarienvögel genannt?«

Edie lächelte traurig. »Ihre Haut wurde durch den Schwefel, mit dem sie in Berührung kamen, gelblich. Ich habe sie um ihren Mut beneidet. Sie haben wirklich etwas Wichtiges beigetragen.«

»Und du nicht?«

Sie zuckte mit den Schultern. »Vielleicht wäre ich besser als Landarbeiterin zu den Bauern gegangen, die das Essen für unsere Soldaten angebaut haben.«

»Deine Fähigkeiten haben vielleicht Leben gerettet, weißt du. Nur eine wirklich fähige Näherin konnte so schnell und geschickt arbeiten.«

»Du bist lieb, Tom. Danke.«

»Ich werde dafür sorgen, dass Abe seine Meinung ändert.«

»Seine Meinung worüber?«

»Ich glaube, die Antwort darauf weißt du.«

»Er wird nie zustimmen, dass ich einen eigenen Salon aufmache.«

»Nein, Edie«, sagte er und legte seine Hand über ihre. »Wegen Benjamin Levi.«

Sie zog ihre Hand weg. »Nicht, Tom. Du … du verstehst nicht.« Hastig ergriff sie das Tablett und stand auf.

Auch er erhob sich und nahm ihr das Tablett aus den Händen. »Liebst du ihn?«, flüsterte er und blickte sie eindringlich an.

»Es spielt keine Rolle, was …«

»Liebst du ihn, Edie?«, drängte Tom mit leiser Stimme.

Sie schüttelte den Kopf und starrte auf das Tablett. »Ich fühle mich nicht einmal zu ihm hingezogen. Er ist mein ältester Freund – so denke ich über ihn.«

»Mehr brauche ich nicht zu wissen«, sagte er. »Gute Nacht, Edie. Danke für einen wundervollen Abend. Ich bringe das Tablett in die Küche, ja?«

Sie nickte. »Schlaf gut«, sagte sie. Sie würde bestimmt kein Auge zutun.

Der nächste Tag verging ereignislos. Tom arbeitete ruhig und sorgfältig im Lagerraum, legte die Stoffballen – von denen er eine Inventarliste gemacht hatte – nach Farben und Stoffart zusammen. Abe kehrte vom Tee mit dem Schneider in der Savile Row zurück. Beim Abendessen berichtete er, die Saat sei gelegt.

»Jetzt müssen wir sie nur noch wässern«, sagte er und rührte in seiner Hühnersuppe, um sie abzukühlen.

»Was ist denn mit den anderen Schneiderateliers?«, fragte Tom.

»Neuigkeiten verbreiten sich rasch«, versicherte Abe ihm. Er schlürfte einen Löffel Suppe und sagte dann zu Tom: »Iss nur tüchtig, du hast heute hart gearbeitet.«

Tom blickte sich um. »Warten wir nicht auf Edie?«

Abe aß weiter. »Sie wird heute Abend nicht hier sein.«

»Ach so?«

Der ältere Mann blickte auf und tupfte sich den Bart mit seiner Serviette ab. »Sie isst heute Abend bei engen Freunden der Familie. Sie bereitet sich gerade darauf vor aufzubrechen.«

Enttäuschung stieg in Tom auf. Er hatte gar keinen Appetit mehr; er hatte sich den ganzen Tag auf Edie gefreut: auf ihr Lächeln, ihre leicht heisere Stimme, ihre raschen Seitenblicke, die er nur zu gerne so interpretiert hätte, dass ihr Interesse an ihm über reine Höflichkeit hinausging. Er hatte vorgehabt zu versuchen, einen Moment mit ihr alleine zu sein; er wollte sie noch einmal so unbeschwert lachen hören wie im Krankenhaus. Wenn ihr Vater in der Nähe war, war sie so vorsichtig und pflichtbewusst, dass es Tom ganz nervös machte. Und jetzt ging sie den ganzen Abend weg, und er hatte nur Abe als Gesellschaft. Der würzige Duft der Hühnersuppe reizte ihn auf einmal gar nicht mehr. Er blickte auf seinen Suppenteller, von dem Dampf aufstieg; der Reis, den Edie hinzugegeben hatte, bedeckte den Boden des Tellers. Aus den Augenwinkeln sah er eine Farbe aufblitzen. Er blickte auf. Edie stand in der Tür, wunderschön in Scharlachrot. Sie zog sich ihre Handschuhe an und schien seinen Blick zu meiden.

»Es ist noch reichlich Suppe da«, sagte sie zu niemand Bestimmtem. Ihre Stimme klang gezwungen. Fieberhaft überlegte Tom, wie er Blickkontakt zu ihr herstellen könnte.

»Du siehst reizend aus heute Abend«, bemerkte er schließlich gleichmütig, aber es war ihr Vater, der antwortete.

»Genieß den Abend, Liebes«, sagte Abe. »Vergiss auch bitte nicht diese Checkliste. Ich muss das für Benjamins Anzug wissen.«

Tom musterte Edie. Sie band sich einen Seidenschal um und nickte ihrem Vater zu. Das rote Kleid umspielte elegant ihren Körper. Ein Gürtel ohne Schnalle war in das Kleid eingearbeitet. Es hatte einen kleinen weißen Kragen und passende Manschetten mit schwarzen Knöpfen, genau wie der Mantel, nach dem sie griff.

»Sie hat mir versichert, dass das jetzt der neue Look ist«, sagte Abe. »Wie findest du es?«

»Hast du es genäht?«, fragte Tom Edie.

Sie nickte lächelnd, sah ihn aber immer noch nicht an. »Ja. Diese tiefe Taille ist nicht leicht zu nähen, aber …« Sie zuckte mit den Schultern. »Bald trägt jede Frau so etwas.«

»Du brauchst gar nicht zu fragen, woher sie das weiß, Tom«, sagte Abe und zwang Tom, den Blick von Edie abzuwenden. »Es ist ein Mysterium. Es ist Magie. Es ist … Osmose. Sie nimmt es einfach auf, alles, was sie liest, hört oder sieht.«

»Nun, es fällt auf jeden Fall ins Auge. Es setzt Trends, würde ich sagen«, stellte Tom fest und boxte in die Luft. Abe grinste.

»Davon verstehe ich nichts, Tom«, gestand Edie und fuhr sich verlegen durch die Haare. Sie drehte ihm den Rücken zu.

Abe drohte scherzhaft mit dem Finger. »Du brauchst dich nur darum zu kümmern, Liebes, ob Benjamin Levi dein Aussehen gefällt.« Sein Blick glitt zu Tom, und dann widmete er sich wieder seinem Essen, als hätte es keine Unterhaltung gegeben.

Tom rang sich ein Lächeln ab, nach dem ihm nicht zumute war. »Ach, deshalb isst du nicht mit uns«, sagte er und ergriff sein Glas, weil er seinen Ärger mit irgendetwas ablenken musste. Fachmännisch ließ er das Wasser im Glas kreisen.

»Es ist kein Wein, Tom«, bemerkte Abe.

»Ich wünsche dir einen schönen Abend, Edie«, sagte Tom.

»Danke«, erwiderte sie und drehte sich endlich zu ihm um. In ihrem Blick lag leiser Schmerz.

Falls Abe es auch merkte, so ließ er sich nichts anmerken. »Sag der Familie Levi schöne Grüße von mir«, sagte er fröhlich. »Du kannst Moshe ausrichten, er soll zur Anprobe vorbeikommen. In ein paar Wochen ist die Hochzeit.«

»Ja, das mache ich, Abba«, sagte sie und mied erneut Toms Blick.

Er wollte sich nicht ignorieren lassen. »Wie kommst du zum Haus eurer Freunde?«, fragte er.

Sie lächelte spröde. »Ich gehe zu Fuß. Es ist nicht sehr weit.«

»Trotzdem, es ist kalt und glatt. Ich werde dich begleiten und aufpassen, dass du sicher dort ankommst.« Er warf Abe einen Blick zu. »Ich bringe Edie nur bis zur Ecke, wenn ihr das lieber ist, aber ich bin mir ziemlich sicher, dass ich dazu erzogen wurde, eine Dame von Tür zu Tür zu begleiten.«

»Was für gute Manieren Tom doch besitzt, Liebes«, sagte Abe trocken. Tom war klar, dass er den alten Mann in eine Falle gelockt hatte. Seiner Tochter eine sichere Begleitung zu verwehren wäre ungehobelt gewesen. »Na, dann los, junger Mann. Aber es sind kaum fünf Minuten bis dahin.«

»Trotzdem«, sagte Tom und sprang auf.

»Dein Essen wird kalt werden«, wandte Edie ein.

»Ich glaube, in den Schützengräben habe ich wesentlich schlechter gegessen. Kalte Suppe schadet mir nicht. Außerdem kann ich sie aufwärmen.«

Sie nickte, und Tom war sich sicher, dass sie ihre Freude über die unerwartete Wendung der Ereignisse zu verbergen versuchte. Hoffentlich war das Glück ihm heute Abend hold.

»Na gut. Bis an die Ecke«, sagte Edie. »Danke, Tom. Gute Nacht, Abba. Du brauchst nicht aufzubleiben, um auf mich zu warten.«

Vor der Tür bot Tom ihr seinen Arm. »Dein Vater hat nicht versucht, mich aufzuhalten.«

»Ich glaube, er hat seinen Standpunkt deutlich genug gemacht. Er weiß, dass ich ihm nicht die Stirn biete. Und er weiß auch, dass du es nicht riskieren würdest, ihn zu betrügen.«

»Er hat anscheinend großes Selbstvertrauen.«

Edie seufzte. »Lass uns gehen«, sagte sie, ohne seinen Arm zu ergreifen.

»Wie läuft der heutige Abend ab?«

»Wie meinst du das?«

»Sitzt ihr da und unterhaltet euch mit den Eltern, oder begrüßt du sie nur und dann geht ihr alleine aus?«

»Heute Abend findet ein Familienessen in ihrem Haus statt.«

»Will Benjamin es auch?«

Edie nahm es ihm nicht übel, dass er das Gespräch so schnell auf das Thema brachte, das für ihn am wichtigsten war. Sie zuckte traurig mit den Schultern. »Benjamin hat mich schon gefragt, ob ich ihn heiraten wolle, als er neun war. Da war ich gerade mal sieben. Er wusste damals genauso wenig wie ich, dass unsere Eltern sich genau das für uns ausgedacht hatten. Er hat seinen Wunsch nicht geändert.«

»Aber jetzt bist du dreimal so alt, kannst selber denken und hast Ambitionen …«

»Die mir nicht erlaubt sind, Tom. Du musst vergessen, was ich dir gesagt habe.«

»Das kann ich nicht.« Er zeigte auf eine gefrorene Pfütze, damit sie ihr ausweichen konnte.

»Nun, schlag es dir aus dem Kopf. Es hat keine Zukunft. Ich bin vom Einkommen meines Vaters abhängig, und bald werde ich von Benjamin abhängen. Er ist Anwalt.«

»Wie schön für ihn«, erwiderte Tom trocken.

»Hier über die Straße«, sagte sie, und dieses Mal ergriff sie seinen Arm. Sofort durchzuckte ihn Verlangen.

»Und wenn du selber die Mittel hättest?«

»Mittel?«

»Die finanziellen Mittel, um ein Atelier zu eröffnen.«

Edie lachte. »Du bist ein solcher Träumer, Tom«, sagte sie liebevoll. »Das liebe ich an dir.«

»Es gibt also etwas, was du an mir liebst?«, fragte er. Der Duft von gebackenem Brot stieg ihm in die Nase und verstärkte noch die Freude, die ihre Worte in ihm ausgelöst hatten. »Wird hier auch nachts gebacken?«, fragte er, als sie an der Bäckerei vorbeikamen.

»Tom, nicht …«

»Was nicht?« Er konnte nicht mehr höflich sein. »Soll ich dir nicht sagen, dass ich mich in dem Moment, als ich dich sah, in dich verliebt habe?« Selbst im schwachen Schein der Gaslaterne konnte er sehen, dass sie vor Überraschung blass wurde. Seine Amnesie hatte sicher dazu geführt, dass er keine Hemmungen hatte, seine Gefühle unmittelbar auszudrücken. Oder war er immer schon so freimütig gewesen? Rasch redete er weiter, auch wenn er zu direkt und zu schnell vorging. »Ich weiß noch genau, was du anhattest, wie du deine Haare frisiert hattest, wie deine Schritte noch Stunden später in meinem Kopf nachhallten. Vielleicht möchtest du lieber nicht hören, dass ich mich noch mehr in dich verliebte, als du dich zu mir auf die Gartenbank im Krankenhausgarten gesetzt hast, und als du mich angelächelt hast, wusste ich, dass ich nie mehr eine andere Frau lieben würde.«

Edie blieb stehen. Ihr Atem kam stoßweise und bildete kleine Dampfwölkchen in der eisigen Abendluft. »Tom, du redest nur so, weil du noch so verletzlich bist. Du hast dich einsam und allein gefühlt … Vielleicht war ich die erste Person, die dir die Freundschaft erwiesen hat, die du suchtest, aber …«

»Nein, Edie, tu das nicht.«

Sie schluckte. »Was?«

»Erklär mir nicht meine Gedanken. Ich mag mein Gedächtnis verloren haben, aber meine Fähigkeit zu denken besitze ich noch, und ich weiß ganz genau, was ich will und was ich in diesem Moment fühle. Und ich weiß auch, wie ich für dich empfinde. Es mag plötzlich sein, vielleicht sogar schockierend – für uns beide –, aber ich empfinde es trotzdem. Und ich hoffe, das klingt in deinen Ohren nicht anmaßend.«

»Tom, ich …« Sie wirkte verwirrt, aber er spürte doch, dass sein Geständnis sie nicht beleidigt oder erschreckt hatte. »Hör zu … du hast vielleicht irgendwo Familie. Eine Frau, ein Kind! Dein Name könnte John sein oder Edward.«

»Liegt es daran, dass ich kein Jude bin?«

»Ja! Nein«, sagte sie, dann fügte sie traurig hinzu: »Nein, definitiv nicht.« Sie lächelte ein wenig. »Mit diesem Bart siehst du sowieso ziemlich jüdisch aus.«

Trotz seiner Anspannung musste er grinsen. »Weißt du was, Edie? Du bist die einzige Frau, die mich, seit ich aufgewacht bin, nicht dazu aufgefordert hat, mich zu rasieren.«

Sie zog eine Schulter hoch. »Ich bin an Männer mit Bärten gewöhnt. Allerdings sähe ich dich natürlich auch gerne glatt rasiert«, fügte sie hinzu.

»Aha!«

»Warum hast du dich denn eigentlich nicht rasiert?«

Tom seufzte. »Ich glaube, ich habe mir die ganze Zeit eingeredet, dass mein wirkliches Ich auf mich wartet und ich den Mann im Spiegel sofort erkenne, wenn ich mich erst einmal rasiert habe. Aber während mein Herz das gerne glauben möchte, versichert mein Kopf mir, dass ich ihn nur verwirrt und wütend anschauen werde, weil ich ihn nicht kenne.«

»Und?«

»Dann habe ich gar keine Hoffnung mehr.«

»Unsinn!«, sagte sie entsetzt und verärgert zugleich. »Du bist *du*, Tom. Du lebst, wirst immer kräftiger und kannst dich bewegen. Du hast nur das Gedächtnis verloren, mehr nicht. Wenn alle Wunden geheilt sind, wird es zurückkehren, und wenn nicht, dann bist immerhin *du* zurückgekehrt. So viele sind im Krieg gefallen!«

Sie blickte ihn forschend an und wartete darauf, dass er ihr zustimmte. Einen Moment lang schwiegen sie beide, dann nickte Tom. »Danke.«

»Keine Ursache«, erwiderte sie und lachte leise, ein Laut, der nächtliche Albträume verdrängen und seine Träume mit Licht erfüllen konnte. »Rasier deinen Bart erst ab, wenn du bereit bist, den Mann darunter so zu akzeptieren, wie er eben ist, und ihn nicht zu verachten.«

»Du bist meiner Frage ausgewichen, Edie.«

»Ich kann mich noch nicht einmal mehr daran erinnern«, sagte sie, schaute ihn aber dabei nicht an. Sie ging weiter. »Komm, ich darf nicht zu spät kommen. Außerdem glaube ich, dass mir gleich die Augenbrauen abfrieren.«

Er ließ sich nicht beirren. »Du weißt ganz genau, dass ich dir gesagt habe, ich hätte mich in dich verliebt. Ich glaube, du hast nur Angst«, sagte Tom.

»Angst?«

»Angst davor, Benjamin zu enttäuschen, die Familien und vor allem deinen Vater. Natürlich spielen auch die Aussichten, von denen Abe gesprochen hat, eine Rolle. Ich habe nämlich keine.«

»Ja, das stimmt alles«, sagte sie, »doch das Letzte hat nur wenig Bedeutung für mich.«

»Edie, gib mir eine Chance«, sagte er und stellte sich vor sie, als sie um die Ecke in eine Nebenstraße einbiegen wollte … eine dunkle Häuserreihe, ein Hund bellte in der Ferne, und hinter den zugezogenen Vorhängen schimmerte Licht, als ob sie durch halb geschlossene Augen beobachtet würden.

»Ich …«

»Nein, sag nichts mehr. Wenn du heute Abend mit Benjamin und seiner Familie zusammensitzt, dann denk an …

nun, denk einfach an unser Gespräch und an das, was du vielleicht nicht laut aussprichst.«

»Ich kenne dich doch kaum, Tom«, sagte Edie mit verzagter Stimme.

»Doch, du kennst mich, Edie«, erwiderte er selbstbewusst. »Und du weißt, dass ich so bin, wie du es dir vorstellst. Ich habe Pläne und denke groß. Und du auch. Wir würden ein gutes Team abgeben, wir beide. Und was meine Vergangenheit angeht, so bin ich absolut sicher, dass ich es spüren würde, wenn ich verheiratet oder auch nur verlobt wäre. Oder vielmehr, ich könnte dann für dich nicht so empfinden, wie ich es tue. Ich gehöre dir ganz, wenn du mich willst. Heirate *mich*, Edie. Denk nicht zu viel darüber nach – folge einfach deinem Instinkt, der dir gute Dienste geleistet hat, als du mir dabei geholfen hast, das Krankenhaus zu verlassen, und mich zu dir nach Hause brachtest. Er hat uns hierher geführt. Es hat einen Grund, dass wir uns begegnet sind.«

Ohne Vorwarnung zog Tom Edie in eine schmale Gasse. Er blickte nach beiden Seiten, dann drückte er sie tief in den Schatten einer Ziegelmauer; einen Moment lang wartete er, ob sie protestierte, aber es kam nichts. Verborgen vor den Blicken neugieriger Augen hinter den Fenstern zog er sie an sich. Das Mondlicht schimmerte auf ihrem schönen Gesicht. Er sah ein Feuer in ihren Augen lodern, und er wusste, sie gehörte ihm.

Und als Edie den Mund öffnete, um auf seine Herausforderung zu antworten, erstickte er ihre Worte, indem er mit seinem Mund ihre Lippen berührte. Das hatte er schon von dem Moment an tun wollen, als sie auf der Bank gesessen und ihn angelächelt und damit das Feuer in ihm wiederentzündet hatte, das zu lange ohne Wärme gewesen war. Sie wehrte sich nicht, und obwohl es lange her war, löste sich Toms anfängliche Panik sofort auf, als er erkannte, dass seine Angst unbegründet war. Wie man küsste, vergaß man anscheinend nie.

Er verlor sich in dem Kuss. Ein Jahr voller Qualen in Krankenhäusern und drei Jahre – da war er sich sicher – voller Entsetzen und Verzweiflung in den Schützengräben waren mit einem Schlag verschwunden, weil er Eden Valentine küsste. Und sie erwiderte seinen Kuss, zögernd zuerst, aber bald schon zeigte sie ihm, dass ihre Gefühle für ihn über reines Mitleid weit hinausgingen.

Sie küsste ihn leidenschaftlich, und er schloss hilflos die Augen, als sie ihn noch fester umfing. Sie schlang ihm die schlanken Arme um den Hals und zog ihn dichter an sich. In ihrem Kuss lag alles, was er bereits über sie wusste: ihre Großzügigkeit, ihre Lebensfreude, ihre Intensität, ihre Träume und vor allem ihre Hoffnung. Er liebkoste ihren warmen Hals, ließ seine Lippen über ihre süße, feste Kinnlinie gleiten und wünschte sich verzweifelt, er könne ihren ausdrucksvollen, schönen Mund immer weiter küssen, ohne Angst haben zu müssen, dass sie gesehen würden.

Schließlich löste er sich von ihr. Ihr Atem, den die Kälte sofort in kleine Dampfwölkchen verwandelte, kam in kurzen, harten Stößen und vermischte sich mit seinem. Ihre Lippen waren leicht geschwollen und umso begehrenswerter. Er konnte sehen, dass ihre Augen feucht schimmerten, und als sie wortlos um ihn herumtrat, streichelte sie ihm sanft über die Wange und ließ ihre behandschuhten Finger kurz über sein Kinn gleiten. Dann eilte sie auf die von Gaslaternen erhellte Straße. Und wieder hörte er, wie sich Eden Valentines Schritte von ihm entfernten.

Edie konnte kaum atmen, als sie davoneilte. Es war ein eiskalter Abend, doch sie fürchtete, dass ihre Wangen brannten: vor Verlegenheit, vor Schuldgefühl, vor Scham, aber vor allem vor Leidenschaft … so ein neues, erregendes Gefühl. Erst gestern Abend hatte sie sich gefragt, wie es wohl sein mochte, von Tom im Arm gehalten zu werden. Als ihr Vater vor dem Abendessen die Augen geschlossen hatte, um den Segen zu sprechen, hatte sie ihrem Gast verstohlen einen Blick zugeworfen. Er hatte den dunklen Kopf zum Gebet gesenkt, respektvoll die Kippa ihres Glaubens getragen, und sie hatte sich vorgestellt, wie es sich anfühlen würde, von ihm geküsst zu werden.

Sie hatte sich geirrt. Ihre Vorstellungskraft hatte nicht ausgereicht.

Erfahrung mit Küssen hatte sie nicht. Bisher war sie nur im Kino mit geschlossenen Lippen geküsst worden. Und Benjamins Küsse natürlich – trocken, kurz, jungenhaft. Aber Toms Kuss! Wenn sie nur daran dachte, stieg von Neuem Erregung in ihr auf. Toms Kuss war tief und prickelnd gewesen, wie ein aufregendes Geheimnis. Weich war seine Zunge in ihren Mund gedrungen und hatte von ihr verlangt, seinen Kuss zu erwidern. Und das hatte sie getan. Sie schämte sich sehr, und doch … schämte sie sich auch wieder nicht, denn Tom zu küssen war etwas Schönes gewesen – eine Erfahrung, die sie weder bereute noch jemals aufgeben wollte. Jetzt, wo sie seine Lippen geschmeckt hatte, wollte sie sie immer und immer wieder spüren … und sie wollte seinen Mund an ihrem ganzen Körper fühlen. Erneut errötete sie wegen ihrer Gedanken, und doch dachte sie immer weiter an Toms Kuss – an seinen harten Körper, an das Verlangen, das sie empfunden hatte, als er sie so dicht an sich gezogen hatte.

Mit innerlichem Widerstreben ging sie auf Bens Haus zu. Sie wollte gar nicht dort ankommen. Nichts, was mit der Familie Levi zu tun hatte, sollte ihre Erinnerung an den Kuss in der Gasse trüben. Unwillkürlich musste sie lachen, als sie an ihr unglaubliches Verhalten dachte. Was würde ihr Vater von ihr denken? Und spielte es überhaupt noch eine Rolle, nachdem sie jetzt erlebt hatte, wie Toms Leidenschaft sie aufwühlte? Normalerweise verlor Edie nicht so leicht die Beherrschung, aber bei Tom war auf einmal alles anders. Sie war tatsächlich seine Gefangene. Und wenn sie einen Gefängniswärter akzeptieren würde, dann nur Tom! Wenn alle um sie herum darauf bestanden, dass nur ein Mann dem Leben einer Frau eine Bedeutung geben konnte, dann sollte es Tom sein, der ihre Zukunft und ihr Leben formte. *Bitte, bitte,* flehte sie im Stillen, lass es diesen Fremden sein, diesen faszinierenden Mann, zu dem sie sich so hingezogen fühlte, der von ihren Träumen und Ambitionen sprach, der ihr das Gefühl gab, begabt und besonders zu sein, wichtig und begehrenswert für ihn. *Bitte verzeih mir,* stieß sie hervor und versuchte den viel gefährlicheren Gedanken zu ignorieren, dass ihr das Schlimmste erst noch bevorstand.

Sie legte die Hand an ihre glühende Wange – sie war völlig außer sich. Zugleich aber auch fasziniert. Ein leidenschaftlicher Kuss in einer dunklen Gasse, das verzweifelte Verlangen, seinen harten Körper noch fester zu spüren, ein heißes Begehren nach nackter Haut …

Hör auf, Eden!

Wie hatte sie es bloß zulassen können? Und doch war nichts Schmutziges daran. Während Edie versuchte, wieder ruhiger zu atmen und ihre chaotischen Gedanken in den Griff zu bekommen, wusste sie ganz genau, dass alles, was geschehen war, wunderschön war. Noch nie hatte sie sich so begehrt gefühlt, noch nie hatte sie jemanden so sehr begehrt. Ben liebte sie voller Inbrunst, aber mit einem einzigen Kuss ließ Tom Benjamin weit hinter sich. Wenn Leidenschaft eine Person wäre, dann wäre sie Tom, dachte sie. Unwillkürlich lächelte sie über die Vorstellung.

Benjamin! Oh, was für eine Verräterin sie war! Aber als sie vor dem Haus der Levis stand und sich noch einmal in den Schatten drückte, dankbar dafür, dass der Mond jetzt hinter den Wolken verschwunden war, sagte sie sich, dass dieses Gefühl vielleicht unvermeidlich war.

Dass Tom in ihr Leben getreten war, hatte so sein müssen. Es bestätigte alle ihre Vorbehalte gegenüber ihrer Verlobung mit Ben. Ihre Beziehung war so wie die zwischen Geschwistern. Von dieser ersten, verrückten Entscheidung an, Tom zu helfen, hatte sie gewusst, dass sie das tat, weil sie sich unwiderstehlich zu ihm hingezogen fühlte.

Intuition. Instinkt. Chemie. All diese primitiven Elemente hatten die Herrschaft übernommen, und jetzt hatte Edie das Gefühl, ihnen erlegen zu sein, obwohl sie es bisher als Liebelei hatte abtun wollen.

Doch jetzt verstand sie, dass sie sich selbst getäuscht hatte. Immer wenn Tom neben ihr stand, hielt sie den Atem an – ob er es gemerkt hatte? Als er im Zimmer neben Daniels geschlafen hatte, hatte sie wachgelegen – ruhelos, nervös. Und als sie dann endlich eingeschlafen war, waren ihre Träume erfüllt von Sehnsucht. Toms Stimme, Toms Lachen, Toms Berührung … Sie wollte alles.

Bens Kuss? Sie gab einen erstickten, schuldbewussten Laut von sich und trat auf die Eingangstreppe seines Hauses zu, konnte sich aber nicht überwinden hinaufzugehen, als sie daran dachte, dass es ihm an Glut fehlte – er war kalt, schnell und verlegen. Er war ihr treu ergeben, und vielleicht glaubte er ja auch, dass daraus Romantik entstehen konnte. Er liebte sie – da war sie sich sicher –, aber er hatte nie eine andere Freundin gehabt, nie eine andere Frau begehrt.

Vielleicht hofft er, ich lerne ihn so zu lieben, wie er mich liebt?, dachte Edie traurig. Sie starrte die Haustür der Levis an wie eine Gefangene, der die Tür zu ihrer Zelle gezeigt wird.

»Das wird nie geschehen«, flüsterte sie den Tauben zu, die leise auf dem Dach des Hauses gurrten.

Sanft berührte Edie ihre Lippen, und sofort überkam sie wieder die Erinnerung an Toms gestohlenen Kuss. Er war so ein außergewöhnlicher Mann, ein Anführer mit untadeligen Manieren. *Außer wenn er nichtsahnende junge Frauen in dunkle Gassen zieht*, dachte sie amüsiert. Abba hatte schon vermutet, Tom habe vielleicht in einem Hotel als Oberkellner gearbeitet, aber Edie dachte insgeheim, dass er wahrscheinlich aus gutem Hause kam.

»Nein, Abba«, hatte sie erwidert. »Dazu fällt ihm zu viel auf. Er sieht teure Dinge. Und was er über Geld gesagt hat, deutet darauf hin, dass er gesehen hat, was man mit Reichtum bewirken kann. Vielleicht war er ja Butler?«

Sie waren dem Rätsel seiner Herkunft nicht näher gekommen.

Edie merkte, dass sie die Finger immer noch an den Lippen hatte. Ihr ganzer Körper prickelte vor Erregung bei dem Gedanken daran, wie Toms Hände ihr Kinn umfasst hatten, bevor er sie ganz dicht an sich gezogen hatte …

»Edie? Bist du das?«

Sie schrie beinahe auf, als sie Bens schmale Schultern und seinen schlanken Körper sah. Er trug den Pullover, den seine Mutter ihm letztes Jahr gestrickt hatte. Er war so eng, dass er darin noch dünner aussah. »Ja … ja, Entschuldigung, Ben.«

»Was machst du hier draußen im Dunkeln?«, fragte er und kam ihr die drei Treppenstufen auf den Bürgersteig entgegen.

»Ist das Eden?«, fragte die vertraute Stimme seiner Mutter.

»Ist alles in Ordnung?« Als Ben bei ihr ankam, kam gerade der Mond hinter einer Wolke hervor. In seinem Schein wurde sie rot vor Scham. Ein anklagender Lichtfinger … oder vielleicht war es auch nur die beruhigende Liebkosung des himmlischen Lichts, das ihr erlaubte, ihrem Herzen zu folgen und glücklich zu sein …

Ben wiederholte seine Frage. Das Mondlicht überzog seine kurzen, drahtigen Haare mit Silber, und Edie schüttelte den Kopf. Sie zwang sich zu einem Lächeln. »Natürlich. Mir ist nur gerade etwas eingefallen, was ich vergessen habe. Es tut mir leid, ich habe nur gerade darüber nachgedacht.«

Er runzelte die Stirn, aber sie sah die Erleichterung auf seinem Gesicht. »Das sieht dir gar nicht ähnlich.«

»Edie, meine Liebe, was tust du da draußen im Dunkeln … bei dieser Eiseskälte?«, wollte seine Mutter wissen.

»Wie bitte?«, sagte sie zu Ben, um Zeit zu schinden. Konnten sie ihr ansehen, dass sie einen anderen Mann geküsst hatte? Auf einmal stieg Angst in ihr auf. Hatte Tom ihren Hals geküsst? Ja, das hatte er, ganz kurz. Es hatte sich wundervoll verführerisch angefühlt. Sie war sich sicher, dass man auf ihrer empfindlichen Haut sofort die Art von dunklem Fleck sehen würde, die sie bei anderen schon gesehen hatte. Verlegen fasste sich Edie an den Hals, und als Ben ihr aus dem Mantel half und sie ihren

Schal aufband, versuchte sie voller Angst ihren Hals im Spiegel zu betrachten. Doch es war nichts zu sehen. Natürlich war nichts zu sehen. An Tom war nichts Vulgäres.

Sie warf einen Blick über die Schulter aus der offenen Haustür. Mrs Levi eilte aus der Diele zurück ins Wohnzimmer, und Ben hängte ihren Mantel auf. Er wandte sich zur Tür, um sie zu schließen, und in diesem Moment erblickte Edie eine vertraute Gestalt auf der anderen Seite der Straße. Und sie wusste, dass Tom sie beobachtete.

Kurz schloss sie die Augen und holte tief Luft, um sich zu beruhigen. *Oh Tom, was sollen wir nur tun?*

6

Als die Haustür zuging und er Edie nicht mehr sehen konnte, drehte Tom sich um. Aber er hatte gesehen, wie sie sich scheu umgeblickt hatte, und er spürte, dass sie wusste, dass er hier draußen war, und wünschte, er könnte sie aus dieser Familie herausholen, die sie immer näher an sich heranzog. Dachte sie an ihren Kuss? Wollte sie mehr? *Edie!* Und wenn er nie sein Gedächtnis zurückbekäme und nur Edie hätte, so wäre sie genug. Ben sollte sie nicht bekommen!

Eine einsame Nachtigall sang über ihm. Und irgendwo, ein paar benommene Momente lang, blitzte eine Erinnerung an dieses Zwitschern auf. Das schreckliche, pfeifende Geräusch von Bomben, die Leben nahmen und Familien zerstörten, hallte auf einmal laut in seinen Gedanken, und sein Kopf schmerzte. Er sah vor sich, wie die tapferen Soldaten fielen, umknickten wie Zielscheiben auf einer Kirmes, aber es waren Männer mit Familie, mit Lieben und Träumen; es waren mutige Männer, darauf vorbereitet, das größte Opfer zu bringen – und sie waren schon tot, bevor sie auf der harten Erde des fremden Landes aufschlugen. Die Nachtigall sang lauter, als hätte sie allein die Macht, seine Erinnerungen zu beschwören, und er sah weitere Soldaten taumeln, bluten, ohne Gliedmaßen, und die Bilder wurden immer schlimmer, bis er dachte, sein Kopf würde platzen. Dann löste sich die Vision auf, und er war wieder in einem stillen

Park in Golders Green. Immer noch sang die Nachtigall, aber ihr Lied war süß und bereitete ihm keine Schmerzen.

Nachtigallen … genau! Eine der Krankenschwestern hatte ihm erzählt, dass auch andere Soldaten sich an den Gesang dieser Vögel, denen die schrecklichen Kriegsgeräusche anscheinend nichts ausmachten, erinnert hatten. In den seltenen, überwältigenden Momenten der Stille hatten sie die Soldaten mit ihrem schönen, sehnsüchtigen Gesang überrascht. Wenn er sich an dieses winzige Detail erinnern konnte, warum dann nicht auch an alles andere?

»Ich weiß, es ist da«, murmelte er. Er warf einen letzten Blick auf das heimelige Licht, das aus den Fenstern des Levi-Hauses drang, und zwang sich, sich abzuwenden. Binnen Kurzem saß er in einem Pub und ertränkte seine Sorgen in einem Whisky, den er sich von dem Geld leistete, das Edie ihm geliehen hatte. Der rauchige Karamellgeschmack stieg ihm in die Nase, bevor der Alkohol sich seine Kehle hinunterbrannte. Er erinnerte ihn an das Feuer, das der Kuss in ihm entzündet hatte. Er schmeckte Edie immer noch, roch immer noch ihr Parfüm, fühlte ihre Berührung. Am liebsten hätte er die Augen geschlossen und den Kuss im Geiste noch einmal erlebt, aber die Leute im Pub würden ihn wahrscheinlich als seltsam empfinden.

Nein, Benjamin durfte sie nicht haben. Benjamin würde sie ersticken, ihre Träume zerstören und sie kontrollieren …

»Kämpfe um sie, Kumpel«, sagte ein älterer Mann mit grauen Schläfen.

Tom zuckte mit den Schultern. »Vielleicht tue ich das.«

»Vierundzwanzigstes Bataillon«, sagte der Mann und streckte die Hand aus. Tom schätzte ihn auf etwa vierzig.

Er schüttelte ihm die Hand. »Ich habe keine Ahnung,

welches Bataillon«, sagte er. »An der Front hat man mir das Gedächtnis gestohlen.«

»Tja, da hast du vielleicht sogar Glück gehabt.«

»Das sage ich mir selbst auch oft, wenn ich mich nicht an meine Kindheit oder meine Freunde in den Schützengräben erinnern kann.«

»Ich habe dich humpeln sehen.«

Tom nickte. »Ypern, glaube ich. Dritte Schlacht. Das hat man mir jedenfalls gesagt. Ich bin Mitte des Jahres nach Hause gekommen, ohne jede Erinnerung, wer ich war oder wo ich gewesen war.«

»Ah, Passchendaele.«

Tom nahm einen weiteren Schluck aus seinem Glas, und wieder bahnte sich der Whisky eine Feuerspur durch seine Kehle. Er zuckte zusammen. »Und du?«, krächzte er.

»Ich war in einem Teufelsloch namens Beaumont-Hamel. Die Somme.«

»Dafür siehst du gut aus.«

»Ich bin ein guter Schauspieler«, sagte der Mann und malte mit dem Bierschaum, der an der Seite seines Kruges heruntergelaufen war, Kreise auf die Theke. Er zog an seiner Zigarette und blies den Rauch in den dichten Nikotinnebel, der über ihren Köpfen hing.

Tom verstand. »Sind wir das nicht alle?«

Der ältere Mann seufzte. »Ich bin Alfred … Alf. Ich war früher Buchmacher.«

»Früher?«

Er zuckte mit den Schultern. »Ich hab immer noch ein Auge auf die Gäule, aber ich wette nur noch für mich … Geld für Bier und Fritten, könnte man sagen.«

»Hast du Familie?«

Alf nickte. »Ich hatte. Meine Frau und meine Tochter sind an Influenza gestorben.«

Toms Miene umwölkte sich. »Das tut mir leid für dich.«

»Ja, wie blödsinnig das ist! Du kommst von der Westfront nach Hause, hast Bombenhagel, Maschinengewehre und Senfgas überlebt … und findest deine Frau vor, die keine Luft mehr kriegt, und dein kleines Mädchen stirbt innerhalb weniger Tage. Es hat nur zwei Wochen gedauert, dann waren beide tot. Ich, der große Held, der den Krieg überlebt hat, konnte meine Liebsten nicht retten.«

Tom wusste nicht, was er sagen sollte. Hier versagten alle Trostworte. Er bedeutete dem Wirt, noch einen Whisky zu bringen. Er schenkte ihn ein, und Tom schob dem älteren Mann das Glas zu. »Kipp dir das ins Bier.«

»Von dem harten Zeug halte ich mich normalerweise fern. Lange Geschichte. Aber danke. Stoß du damit mit mir an.«

Tom hatte nicht vorgehabt, noch einen Whisky zu trinken, aber er ergriff das Glas und stieß mit Alf, der seinen Krug erhoben hatte, an. »Na, dann Prost, Alf. Ich bin Tom … glaube ich.«

Alf hatte offensichtlich Sinn für Humor, denn er prustete lachend in sein Bier. »Blöder Kerl. Sieh nur, was du angerichtet hast.« Er leckte sich den Schaum von den Lippen. »Was ist mit dir?«

Tom erklärte seine Situation, wobei er Alf wesentlich mehr erzählte, als er vorgehabt hatte. Nur Namen und Berufe behielt er für sich. Dieses Viertel war nicht groß, und es konnte durchaus sein, dass Alf die Valentines kannte. Wie lange er geredet hatte, merkte er erst, als er feststellte, dass sein Whiskyglas leer war und auch Alf kein Bier mehr hatte. Er fühlte sich völlig nüchtern … und spürte immer noch Edies Arme um seinen Hals.

»Oh … ich verstehe«, sagte Alf. »Du denkst also, wenn du die nötigen Mittel aufbringst, dann könnte diese schöne junge Frau sich bereiterklären, dein Mädchen zu werden?«

Tom zuckte theatralisch mit den Schultern. »Sie soll mehr als mein Mädchen werden, Alf. Ich will sie heiraten.«

»Du liebe Güte, du bist aber von der schnellen Truppe, Junge.«

»Findest du?«

»Genau wie Pretty Penny«, sagte Alf augenzwinkernd.

Tom blickte ihn verblüfft an. »Pretty Penny?«

»Cheltenham am Freitag. Sie ist erstklassig und wird sicher groß absahnen. Aber niemand setzt auf sie.« Alf tippte sich verschwörerisch an die Nase. »Da ist Geld zu holen, Junge.«

Tom kniff die Augen zusammen. »Wie viel?«

Alf lachte und schob dem Wirt seinen Krug zu. »Wie tief ist das Meer?«

»Wie viel, wenn ich dir einen halben Sovereign gebe?«

Der Gesichtsausdruck seines Kumpels änderte sich. Er riss die wässerigen blauen Augen auf. »Das ist aber ein hoher Wetteinsatz, Junge.«

»Ich will auch viel Geld gewinnen.«

Alf zögerte. Er schien sich unbehaglich zu fühlen.

»Na komm, Alf. Du hast selbst gesagt, sie sei erstklassig. Setz das Geld auf Pretty Penny. Ich vertraue dir.«

Alf drückte seine Zigarette im Aschenbecher aus und blies den Rauch vom letzten Lungenzug in den Raum. Er rieb sich das Kinn. »Im Moment liegen die Wettquoten bei fünfzehn zu eins.« Er lächelte. »Gegen sie.«

Tom schüttelte verwirrt den Kopf.

»Das bedeutet, dass du zum Gewinn auch noch deinen Einsatz zurückbekommst. Und fünfzehn zu eins dagegen ergibt eine große Summe.«

Tom begriff schnell. Er merkte, dass er alles leicht verstand, was mit kommerziellem Gewinn zu tun hatte. War das ein Hinweis auf seine Vergangenheit? »Ich nehme dreizehn zu eins. Der Rest gehört dir.«

»Was? Bist du wahnsinnig, Kumpel? Wenn wir gewinnen, überlässt du mir einen Haufen Geld.«

»*Wenn* wir gewinnen. Wenn nicht, verliere ich einen halben Sovereign. Außerdem werde ich den Typ, der mir den Tipp gegeben hat, nicht kritisieren, wenn das Pferd gewinnt.«

»Warum wettest du denn nicht selbst und steckst den gesamten Gewinn ein?«

Tom zuckte mit den Schultern. »Ich weiß nicht, wie das geht. Und ich möchte es auch nicht lernen. Vor allem möchte ich nicht von gewissen Leuten in einem Wettbüro gesehen werden.« Dabei dachte er an Abe.

Alf überlegte. »Na gut, Sohn. Dann lass uns das machen. Ich gebe dir dreizehn zu eins. Manche sehen die Dreizehn als Unglückszahl an.« Er streckte die Hand aus.

»Ich habe bisher Glück gehabt«, erwiderte Tom, als er die Münze aus der Tasche zog. »Zahlen machen mir keine Angst.« Er legte den halben Sovereign auf Alfs Handfläche. Auf der schimmernden Münze war ein Mann auf einem Pferd abgebildet, der einen Drachen besiegt hatte. Es fühlte sich beinahe prophetisch an. Tom kannte jede Delle an der Münze. Auf der Rückseite war der Kopf von George V. abgebildet. »Frag mich besser nicht noch einmal, ob ich mir sicher bin«, sagte er, als Alf den Mund öffnete, um etwas zu sagen. »Gewinne mir ein kleines Vermögen, Alf.«

Alf pfiff leise, spuckte auf seine Hand und besiegelte den Handel mit einem Händedruck. »Abgemacht, mein Junge. Wir treffen uns Freitagnachmittag wieder hier.«

Tom nickte. »Wenn du nicht hier bist, weiß ich, dass wir verloren haben.«

»Bereitet dir das keine Probleme?«

»Nein.«

»Du bist sehr vertrauensselig. Wenn ich nun hingehe und dein Geld für Bier ausgebe?«

»Das tust du nicht. Ich glaube, ich habe ziemlich gute Menschenkenntnis.«

»Na ja … dann wollen wir mal sehen, was Pretty Penny gegen deinen Liebeskummer machen kann.« Alf hob grüßend die Hand und verließ den Pub.

Tom wartete noch fünf Minuten, bis er sicher war, dass er sich auf den Beinen halten konnte, dann öffnete er die Schwingtür und trat in die frostige Luft. Als sie frisch und kalt in seine Lunge drang, musste er husten. Der Whisky hielt ihn innerlich warm, und er versuchte, eine andere Erinnerung, die mit Alkohol verbunden war, zu ignorieren. Während er zu Abes Haus eilte, tastete er unwillkürlich nach etwas an seiner Seite – einer Taschenflasche vielleicht. Auf einmal hörte er das Bellen von Hunden und das Signal eines Jagdhorns, aber sofort hatte sich der Gedanke wieder aufgelöst wie der Rauch aus Alfs Zigarette.

Als Edie nach Hause kam, war es kaum halb zehn, und Abe saß am Feuer und nippte an einem Brandy.

»Oh, du hast einen Schwall kalte Luft mitgebracht, Mädchen. Zieh dir den Mantel aus und setz dich zu deinem alten Herrn ans Feuer«, brummte er.

Sie trat zu ihm, um ihm einen Kuss zu geben, und er zuckte theatralisch zusammen, als ihre kalte Wange seine berührte.

»Beschwer dich nicht«, sagte sie zu ihm. »Es ist eigentlich eine wunderschöne Mondnacht.«

»Hat Ben dich nach Hause gebracht?«

»Natürlich.«

»Und er ist nicht mit hereingekommen?«

Sie kniff die Augen zusammen. »Wie du siehst, nein«, erwiderte sie und hielt die Handflächen über den Ofen.

»Warum nicht?«

»Weil ich ihn nicht hereingebeten habe, Abba! Er hat morgen viel zu tun und ich auch«, sagte sie so ungezwungen wie möglich. »Kann ich dir etwas bringen?«

Er schüttelte den Kopf.

»Wo ist Tom?«, fragte sie in beiläufigem Ton, als sie zur Küche ging. Während sie auf die Antwort ihres Vaters wartete, hielt sie den Atem an.

»Er ist früh zu Bett gegangen. Kopfschmerzen oder so.«

Sie schwieg, um nicht zu verraten, wie enttäuscht sie war. Schließlich ging sie wieder ins Wohnzimmer. »Die Levis lassen dich lieb grüßen, wie immer. Wir hatten einen schönen Abend.« Sie setzte sich. »Es gab Gefilte Fisch.«

»Gut … gut.«

»Und, Toms Kopfschmerzen. Hast du ihm eine von diesen Aspirin-Tabletten angeboten, auf die du so schwörst?«

Ihr Vater blickte von seinem Buch auf und musterte Edie über den Rand seiner Brille. Sie fürchtete diesen Blick, weil er damit anscheinend das sehen konnte, was sie *nicht* aussprach. »Ja«, sagte er.

Sie wartete.

»Wir waren uns beide einig, dass es wahrscheinlich am Whisky lag und Schlaf das beste Heilmittel sei.«

»Tom war betrunken?«, fragte Edie bestürzt.

»Das habe ich nicht gesagt«, fuhr Abe gemessen und ruhig fort.

»Aber warum gibst du ihm Scotch, wenn du doch weißt, dass er sich gerade von …«

»Erstens, Edie, hast gerade du sicher schon gemerkt, dass Tom für sich selbst einstehen kann. Er mag dir, jung und großzügig, wie du bist, als jungenhafte Seele vorkommen, die verwundet und verwirrt ist, aber Tom ist stark. Und er ist es gewohnt, seinen Willen durchzusetzen. Du kannst mir glauben, Kind, an unserem Gast ist nichts Hilfloses.«

Edie wollte das alles nicht hören, aber sie wagte auch nicht, die Augen zu verdrehen oder wegzuschauen, wenn ihr Vater seine »Miene der Wahrheit« aufsetzte.

»Ich bin nicht Toms Hüter. Wenn er Scotch trinken und dafür den Preis zahlen möchte, so ist das seine Entscheidung. Er sagte mir, er sei in einen Pub gegangen und habe ein wenig mit den anderen Gästen geplaudert.« Ihr Vater blickte wieder auf sein Buch, und Edie wusste, dass er nichts mehr dazu sagen würde. Seine Worte vermittelten ihr deutlich Vorwurf und Vorsicht.

Und als ob er etwas von dem Kuss wüsste, fügte er, ohne sie anzusehen, hinzu: »Was gibt es von der Hochzeit zu berichten?«

Noch bevor sie es aussprach, wusste sie, dass sie besser schweigen sollte, aber der Kuss hatte sie mutig gemacht. »Darüber wollte ich heute Abend nicht mit ihnen sprechen.«

Abe Valentine legte das Buch auf den kleinen Tisch, der neben seinem Sessel stand. Er setzte seine Brille ab, klappte sie umständlich zusammen und rieb sich die Augen. »Setz dich, Kind«, sagte er.

Edie holte tief Luft und tat, was er sagte. Jetzt kam es: Jetzt wurde ihr Vater zornig. Und Edie wusste, er würde seinen Zorn genauso ruhig und gemessen äußern, wie er sie anwies, ein Schnittmuster auszuschneiden oder es mit Kreide auf den Stoff zu zeichnen. Abba verfügte über große Selbstbeherrschung. Aber sie auch.

»Möchtest du mir etwas sagen, Edie?«

Das erschreckte sie. Sie hatte sich auf eine Gardinenpredigt vorbereitet. Mit ihren Gefühlen war sie überhaupt noch nicht im Reinen, ganz zu schweigen davon, sie in die richtigen Worte zu fassen.

Ihr Schweigen sprach Bände. Abe beugte sich vor und schüttelte leicht den Kopf. »Nun?«

»Es geht alles so schnell, Abba«, stieß Edie hervor. »Ich bin mir überhaupt noch nicht sicher, ob ich Benjamin Levi heiraten möchte.« Ihr Vater war über ihre Worte mindestens ebenso überrascht wie sie selbst. Er wollte sich seine Enttäuschung nicht anmerken lassen und richtete seinen Blick schnell auf die Sicherheit des Feuers, dessen Wärme die sinkenden Temperaturen zwischen ihm und seiner Tochter nicht verhindern konnte.

»Warum?«, fragte er.

Ja, warum, dachte Edie. *Sag ihm die Wahrheit.* »Weil ich nicht weiß, ob ich ihn liebe.«

Ihr Vater nickte ernst.

Hastig redete sie weiter. »Eigentlich stimmt das nicht – ich liebe Benjamin sehr. Aber ich liebe ihn eben wie einen Bruder, und das wird immer ein Problem für uns sein.«

Ihr Vater sah sie an. »Wie meinst du das?«

»Wir sind Freunde. Ich mache mir Sorgen, dass ich nicht darüber hinausgehen kann. Und ich glaube, wir würden beide unglücklich.«

»Benjamin Levi betet dich an!«

»Ich weiß«, erwiderte Edie traurig. Sie sprang auf und trat zu ihrem Vater. Sie hockte sich vor ihn und ergriff seine Hand. »Das weiß ich. Aber das macht es nur noch schlimmer. Ich fühle mich … von der Art, wie er mich ansieht, bedrängt. Ich denke, Ben glaubt, seine Liebe reiche für uns beide.«

»Nun«, sagte ihr Vater kopfschüttelnd. »Ich habe noch nie gehört, dass ein Mädchen sich über zu viel Liebe beklagt hat.«

»Abba, hör mir doch zu«, bat Edie. »Ben und ich sind seit unserer Kindheit enge Freunde – das weißt du. Er war nie mit jemand anderem zusammen, um etwas anderes zu erleben.«

»Du doch sicher auch nicht.«

Sie spürte, wie ihre Wangen heiß wurden, und wandte den Blick ab.

»Edie?«

Sie schüttelte den Kopf. Hinter ihren Augen brannten Tränen. Sie konnte nicht lügen, aber sie wagte es auch nicht, ihrem Vater die Wahrheit zu sagen. Hin- und hergerissen zwischen Pflicht und Verlangen schwieg sie.

»Es ist akzeptabel … vollkommen normal, in dieser Phase Zweifel zu hegen. Ich glaube, deine Mutter hat sich in der Woche vor der Hochzeit jeden Abend in den Schlaf geweint. Sie hatte Angst davor, ihre Familie zu verlassen … ein neues Leben zu beginnen. Das war zu erwarten.«

»Ich liebe ihn einfach nicht. Nicht so, wie du meine Mutter geliebt hast … und immer noch liebst.« Ihr Vater hob ihr Kinn, um in ihre tränenfeuchten Augen zu blicken. »So möchte ich lieben.«

Sie sah ihm an, dass das etwas in ihm anrührte. »Ich glaube, dass Tom daran schuld ist«, sagte Abe leise. »Er hat dich von Benjamin abgelenkt, hat deine Bindung an ihn in Frage gestellt.«

Edie fühlte sich, als hätte er sie geschlagen. Tränen traten ihr in die Augen. »Nein, Abba …«

»Der Mann ist wie ein Meteorit in deinem Leben eingeschlagen und hat dich gefangen genommen.«

Edie schüttelte den Kopf, aber es war hoffnungslos; sie hasste es, ihn so zu verletzen.

»Er setzt dir Flausen in den Kopf.«

»Nein, die Flausen waren immer schon da, Abba.«

Er nickte traurig und musterte sie aufmerksam. »Wie kann ich dir helfen, Edie? Du weißt, dass ich nur dein Glück will.«

Das war ihre Chance. Eine solche Möglichkeit würde sich ihr nie wieder bieten, das wusste sie. »Daniel hat mich immer gedrängt, meinen Träumen zu folgen, Abba.«

Dazu sagte er nichts, als ob er Daniels Namen in Verbindung mit diesem Gespräch nicht hören wollte. »Und Tom?«

»Ich möchte – nein, ich bin darauf angewiesen –, dass du ihm eine Chance gibst.«

»Meine Tochter zu stehlen? Ganz bestimmt nicht.« Abe Valentine erhob sich. Er zuckte zusammen, und Edie wusste, dass ihn wieder die Arthritis plagte, weil er sich ein Leben lang über Schnittmuster und Zuschneidetische gebeugt hatte. Auch sie stand auf. Zärtlich ergriff er ihre Hände und küsste sie. »Ich liebe dich, Kind, aber du bist naiv – und das sage ich mit dem allergrößten Respekt. Es gehört zu dir und macht dich unwiderstehlich und schön. Du siehst in jedem nur das Beste. Du bist liebevoll und großzügig.« Er seufzte. »Ich denke, früher oder später wird Tom die Wahrheit über sich herausfinden.«

»Und?«

Er zuckte mit den Schultern. »Dann warten nur Schmerzen auf dich.« Als sie den Mund öffnete, um etwas zu erwidern, hob er einen Finger, und sie schwieg. »Geh zu Bett, Edie. Denk gut über das nach, was ich sage.

Deine Mutter wollte diese Verbindung. Ich will sie auch für dich. Benjamin ist ein guter junger Mann aus einer guten jüdischen Familie.«

»Ich bin härter, als du glaubst, Abba. Denk daran, als du Frau und Sohn verloren hast, habe ich meine Mutter und meinen Bruder verloren. Wir haben beide unsere Trauer, und wir haben sie beide überlebt. Jetzt habe ich meine Träume. Lass es mich versuchen.«

»Bist du sicher, dass Tom genauso für dich empfindet?«

Edie schwieg, überrascht, weil ihr Vater so zielsicher auf den Punkt dieses Gesprächs gekommen war.

»Ich … ich habe ihn nicht gefragt«, sagte sie. Sie redete sich ein, eigentlich die Wahrheit zu sprechen, und ignorierte die Tatsache, dass er sich ihr vor ein paar Stunden erklärt hatte. Sie musste die Gefühle ihres Vaters schützen.

»Benjamin bietet dir Gesundheit, Stabilität, eine gute Familie, ein Einkommen und eine verlässliche Zukunft. Ich kann dir nur sagen, dass Tom dir nichts dergleichen bietet …«

»In diesem Stadium, Abba«, unterbrach sie ihn. Er nickte.

»Nun, dann sag mir, wie Tom mit nichts als einem geliehenen Anzug und ohne Erinnerungen dir ein Heim geben, eine Familie ernähren und dir diesen Laden ermöglichen wird, den du dir erträumst, Edie?«

»Das kann ich dir nicht sagen. Ich weiß nur, dass Ben mir niemals den Laden ermöglichen würde, selbst wenn wir genug Geld hätten. Ben will, dass ich Kinder bekomme, sie versorge und ihm seine Mahlzeiten koche.«

»Ist das so unvernünftig?«

»Abba, ich will wunderschöne Frauenkleider und Brautkleider entwerfen. Ich will Gründerin, Eigentümerin sein. Ich will das Atelier«, sagte sie und zuckte mit den Schultern, als müsse sie sich für ihre Sehnsüchte und Hoffnungen entschuldigen.

Ihr Vater seufzte. »Und du glaubst, Tom kann dir das geben?«

Edie fuhr auf: »Dazu brauche ich Tom nicht. Aber ich will nicht aus Bequemlichkeit oder wegen einer sicheren Zukunft heiraten. Ich will nicht für den Rest meines Lebens mit jemandem zusammengeschweißt sein, den ich nicht so liebe, wie ich sollte. Ich möchte selbst für mich wählen … in allem, vom Beruf bis hin zu dem Mann, den ich liebe und heiraten will.«

Abe schnalzte leise mit der Zunge. »Ich würde lügen, wenn ich sagen würde, dass du mich mit diesem Gespräch nicht verletzt. Auch ich muss darüber nachdenken und zu einer Entscheidung kommen. Ich bin dein Vater und lasse mir die Verantwortung für dich nicht nehmen.« Er nickte und seufzte erneut. »Ab ins Bett mit dir, Edie. Morgen gibt es viel zu tun.«

Sie drückte ihrem Vater einen Kuss auf die Wange. »Denk daran, wie sehr du Mutter bis zum heutigen Tag liebst, und frage dich, ob du für mich in meiner Ehe weniger als diese Art von Liebe willst. Bitte.«

7

Am nächsten Morgen schob Edie die unangenehmen Gefühle wegen des Gesprächs am Vorabend beiseite und brachte ihrem Vater eine Schale Porridge mit einem großzügigen Klecks Honig und dem Rahm, der sich oben auf der Milch gebildet hatte. Sie hatte einen großen Topf Haferbrei gekocht und eilte zurück in die Küche, um die blubbernde, zähe Masse umzurühren, die Abes und Toms Magen für viele Stunden füllen würde.

»Tom!«, rief sie über den Flur. »Frühstück!« Sie kam zurück ins Esszimmer. »Wo ist Tom?«

»Du stellst die Frage ziemlich häufig, Kind«, bemerkte Abe. »Er liefert die Sachen bei Goldbergs ab und macht ein paar Besorgungen.«

»Bei Goldbergs?«, sagte sie und blickten ihren Vater erstaunt an. »Ich habe ihm gar nicht den Weg dorthin erklärt.«

»Er findet es schon, ich habe es ihm aufgeschrieben.«

»Abba, du hast an diesen Kunden seit Jahren nicht mehr ausgeliefert. Er kommt sich seine Bestellungen immer abholen.«

»Tom ist ein erwachsener Mann, Edie. Lass ihn ruhig. Er versucht, alleine seinen Weg zu finden.«

»Und wenn er sich verläuft? Wenn er einen seiner Anfälle bekommt?« Sie blickte ihren Vater besorgt an. »Wenn er nun nicht wieder nach Hause kommt?«

»Ach, das ist jetzt sein Zuhause?«

»Abba, was soll das?«

»Bleib ganz ruhig, Kind. Lass uns einfach abwarten, wie er es macht. Er soll Rückgrat zeigen.«

»Rückgrat? Er ist von der Front heimgekehrt! Ich glaube nicht, dass einer unserer Soldaten seinen Mut beweisen muss. Wir können uns noch nicht einmal vorstellen, was er gesehen oder erlebt hat!«

»Du missverstehst mich, Edie. Wenn dein Tom wieder zitternd in einer Bushaltestelle hockt, dann ist meine Sorge berechtigt, dass dieser Mann nicht gut für dich ist und besser in ein Krankenhaus ginge, wo er hingehört, damit die Behörden sein wahres Zuhause und seine wahre Familie finden können.«

»Warum bist du so herzlos?«

»Ich glaube nicht, dass ich herzlos bin.« Ihr Vater schüttelte den Kopf. »Nein, ich glaube nicht, dass man mir das vorwerfen kann, wohingegen dein Verhalten Benjamin gegenüber durchaus als herzlos bezeichnet werden könnte.«

Edie starrte ihren Vater an, als ob er ihr eine Ohrfeige gegeben hätte. »Das Problem mit diesem Gespräch wird immer dasselbe sein, Abba«, sagte sie schließlich, überrascht, wie ruhig sie klang. »*Du* willst Benjamin als Schwiegersohn. Aber wir reden über mein Herz, deshalb habe allein ich zu entscheiden, für wen es schlägt. Ich bin sicher, du liebst Benjamin mehr und mehr, weil er sich wie Daniel benimmt«, sagte sie. Erst als sie es ausgesprochen hatte, wurde ihr die Wahrheit ihrer Worte voll bewusst, und sie blinzelte verwirrt. »Er ist ein guter jüdischer Sohn aus gutem Hause. Er sieht sogar ein bisschen wie Daniel aus – so schlank und mit diesen leicht lockigen Haaren. Und Daniel war genauso ernst wie Ben.« Sie sah, wie ihr Vater mit seinen Emotionen kämpfte, und hasste sich. »Aber ganz gleich, wie sehr du es dir wünschst, Abba, du kannst deinen Sohn nicht ersetzen. Er ist nicht mehr da. Er ist gestorben, tapfer, sinnlos, irrsinnigerweise – ich war nie einverstanden damit, dass er sich freiwillig gemeldet hat –, aber er hatte den Mut, sein Leben für sein Land zu lassen und die Welt für uns, die wir zurückgeblieben sind, ein wenig sicherer zu machen. Wie lächerlich wäre es dann, die Chance, die er mir geschenkt hat, zu vertun, indem ich mein Leben mit jemandem verbringe, den ich nicht so lieben kann, wie du es möchtest. Ich möchte meinen Mann selbst aussuchen und ihn heiraten, weil ich ihn von ganzem Herzen liebe, nicht weil ich ein Versprechen einlösen muss, das sich zwei alte Freundinnen gegeben haben, die glaubten, sie könnten die Liebe ihrer Kinder beeinflussen.«

Ihr Vater schürzte die Lippen, als sie ihre Mutter erwähnte.

»Würdest du denn außerhalb deines Glaubens heiraten, Kind?« Seine Stimme klang schockiert.

»Ich habe nicht gesagt, dass ich jemanden außerhalb meines Glaubens heiraten würde, Abba«, erwiderte sie. Ihr Gesichtsausdruck war empört, aber sie konnte das hoffnungsvolle Glitzern in ihren Augen nicht unterdrücken. Sie hörte selbst, wie unaufrichtig sie klang. Ihr Vater wusste wahrscheinlich, dass sie sich selbst belog, deshalb sprach sie die Wahrheit aus, auch wenn sie für ihn kaum zu verkraften war. »Aber ich würde nicht zögern, wenn ich ihn liebte. Wir leben nicht mehr im Mittelalter!«

Abe schüttelte den Kopf. Sein Gesichtsausdruck war bekümmert. Hatten sie beide den Namen »Tom« in dem Wörtchen »ihn« gehört? »Ich bin nur froh, meine Tochter, dass deine Mutter das nicht mehr hören muss. Sie würde sich im Grab umdrehen.«

Edie hatte keine Lust mehr, die Gefühle ihres Vaters

zu schonen. Obwohl dies der erste Streit war, den sie seit Daniels Tod hatten, gab sie zurück: »Meine Mutter liebte ihren Mann. Warum willst du mir das verwehren? Ich liebe Ben nicht und werde ihn auch nie lieben.« Sie musste von diesem Heiratsthema abkommen, das wusste Edie. Sie stach damit in ein Wespennest, und es kam nichts Gutes dabei heraus. »Und wieso hast du Tom überhaupt ohne Frühstück weggeschickt?«, fügte sie hinzu. Ihr war klar, dass das den Zorn ihres Vaters noch mehr entfachte, aber zumindest würde es ihn vom Thema der Heirat ablenken.

Er schnaubte und warf ihr einen verärgerten Blick zu. »Der Mann hat die Schützengräben überlebt. Er kann sicherlich auch einen Morgen ohne Porridge überleben.«

»Du anscheinend nicht, Abba«, erwiderte sie und drehte sich auf dem Absatz um. Ihre Wangen brannten vor wütender Enttäuschung, gepaart mit Schuldgefühlen, weil sie ihren Vater so angiftete und ihre Gefühle so offen zeigte.

Plötzlich tauchte er mit seinem leeren Teller hinter ihr auf. »Tochter, der Mann möchte beweisen, was er kann. Lass ihn zeigen, wie unabhängig er ist.« Er zuckte mit den Schultern. »Mach dir keine Gedanken. Er ist kein Kind mehr.«

An der Tür läutete es. Edie runzelte verwirrt die Stirn, konnte aber ihren Ärger und ihre Verletzung darüber, dass Tom heute früh offensichtlich absichtlich weggeschickt worden war, um sie nicht zu sehen, nicht ablegen. Ihr sechster Sinn schlug Alarm. Irgendetwas stimmte hier nicht.

»Wer mag das denn um diese Uhrzeit sein?«, sagte sie.

»Ich weiß, wer es ist«, murmelte ihr Vater und verschwand, bevor sie etwas entgegnen konnte.

Edie räumte das Geschirr weg, wobei sie mehr Lärm machte, als notwendig war, aber irgendwie musste sie ihre Wut loswerden.

Sie hörte leise Stimmen und fuhr überrascht herum, als eine Gruppe von Frauen, die sie kannte, das Esszimmer betrat. An der Spitze marschierte Benjamins Mutter Dena.

»Was … was ist los?«, stammelte Edie.

»Guten Morgen, Eden, Liebes«, sagte Dena überfreundlich. »Da unsere geliebte Nina nicht mehr unter uns weilt«, sie nickte Abe zu, als ob sie diesen Satz auswendig gelernt hätte, »habe ich eingewilligt, in der Woche vor der Hochzeitszeremonie deine Hüterin zu sein.«

»Was?«, erwiderte Edie benommen. »Die Hochzeit … sie …« Sie blickte ihren Vater an. »Ich verstehe nicht.«

Die Frauen traten näher. Es waren nur drei, aber sie wirkten wie ein Trio dicker schwarzer Hennen, die einen bewaffneten Angriff planten.

»Edie, gestern Abend haben wir eine gewisse Zurückhaltung deinerseits hinsichtlich der Hochzeit gespürt, die schon dein ganzes Leben lang geplant ist. Liebes, wir wissen, dass es dir wie ein großer Schritt vorkommt, aber es ist eine völlig natürliche Reise für eine junge Frau deines Alters und deines Glaubens, vor allem, da der Mann, der dich liebt, ideal für dich ist. Benjamin will nicht mehr länger warten.« Dena strahlte alle vergnügt an und musterte dabei das Esszimmer, in dem sie standen. »Ben und dein Vater sind sich einig, dass wir die Trauung vorantreiben sollten.« *Vorantreiben,* wiederholte Edie im Geiste. Sie wollte, dass das Ganze ein Scherz war, aber niemand lächelte … niemand außer Dena, und Edie kannte Tante Dena gut genug, um zu wissen, wann ihr Lächeln aufgesetzt war. »Warum sollen wir warten?«, sagte Dena und zuckte mit den Schultern. »Ihr beiden kostbaren Seelen seid seit eurer Geburt einander versprochen.« Sie schaute ihre Begleiterinnen an, und Edie war sich sicher, dass sie sich gleich auf sie stürzen und sie fesseln würden, um sie zu Ben zu schleppen. »Samuel und Ben reden gerade mit dem Rabbi über die Ketubba – wir müssen den Ehevertrag ausstellen lassen.«

»Abba?«, stöhnte Edie. Sie kam sich völlig verraten vor. »Was ist hier los?« Er hatte bestimmt gestern Abend noch vom Telefon im Laden aus, auf das er so stolz war, die Levis angerufen. Edie wurde ganz schlecht bei dem Gedanken.

»Es ist das Beste für dich, Tochter«, sagte er, aber seine Stimme bebte und seine Lippen zitterten, als er sprach.

»Komm, Edie, wir müssen dich auf deine Hochzeit vorbereiten.«

»Vorbereiten? Wann soll die Trauung denn stattfinden, Tante Dena?«, fragte Edie erschrocken. Aber eigentlich wollte sie die Antwort gar nicht hören.

Dena kicherte, aber dahinter war deutlich ihre Entschlossenheit zu spüren, ihren Willen durchzusetzen. »Wir dachten, heute Abend. Die Familie Levi ist bereit; das sind wir seit Jahren.« Sie blickte Abe an. »Auch dein Vater ist bereit, Kind, dich deinem Ehemann zu übergeben … einem ganz besonderen Mann.« Edie war so geschockt, dass sie nur »heute Abend« hörte. *Heute Abend?* Das war lächerlich. Grausam. Es würde nicht passieren. *Tom, wo bist du?*, schrien ihr Kopf und ihr Herz.

Falls Dena es sah, so ignorierte sie Edies Entsetzen. »Du musst ein rituelles Bad nehmen, und …« Sie drohte mit ihrem fetten Finger. »Du darfst deinen Verlobten nicht mehr sehen. Nicht bis heute Abend jedenfalls, wenn die Ketubba und die Tora gelesen werden und unsere Familien sich vereinen.«

»Hör auf!«, unterbrach Edie sie.

Die drei älteren Frauen keuchten. Edie hörte das wütende Blubbern des Porridges aus der Küche. Sie spürte förmlich die Hitze auf dem Herd, und genauso fühlte sie sich auch in diesem Moment – sie stand kurz davor überzukochen.

Edie trat zu ihrem Vater. »Abba, was hast du getan? Wie konntest du diese Wendung der Ereignisse hinter meinem Rücken besprechen? Das geht nur …«

Dena verlor offensichtlich die Geduld und versetzte Edie eine leichte Ohrfeige. Sie war nicht fest, noch nicht einmal mit der ganzen Handfläche ausgeführt. Es war die Art von Klaps, die Eltern einem Kind versetzten, wenn es Widerworte gab. Es tat nicht weh, es klatschte auch nicht, und doch keuchte Edie entsetzt auf, als sie begriff, was gerade passiert war.

»Hör mir zu, Eden Valentine«, sagte Dena, aber Edie hörte nicht zu. Sie wollte kein Wort mehr von Mrs Levi hören, die gerade einen Schritt zu weit gegangen war. Sie blickte ihren Vater an, der den Kopf hängen ließ, und die beiden stummen Freundinnen, die auf einmal sehr verlegen wirkten.

Am liebsten hätte Edie zurückgeschlagen und Dena ebenfalls eine Ohrfeige verpasst, aber ihr letzter Rest an Geduld und Respekt ließ sie stattdessen laut in die Hände klatschen. Sie überraschte sich selbst damit, aber vor allem Dena, die sofort schwieg.

»Dena, sei still!« Ihr Mut, eine ältere Frau so anzufahren, erschreckte sie. »Heute Abend ist Schabbat. Ich möchte dich und deine Familie bitten, mit uns zu Abend zu essen, und ich werde mit Benjamin unter vier Augen reden. Danach können wir alle gemeinsam unsere Gebete sagen, das Brot brechen und versuchen, diese Situation zu lösen. Aber ich kann dir versichern, dass ich heute Abend nicht heiraten werde. Ganz bestimmt nicht an Schabbat und auch nicht in der unmittelbaren Zukunft. Du kannst deine Badeutensilien wieder mit nach Hause nehmen und Ben und Samuel sagen, dass ohne meinen Vater und ohne meine Einwilligung kein Rabbi einen Ehevertrag ausstellt. Ich habe Rechte, Dena, und eines davon ist, dass ich meiner Heirat zustimmen kann … und heute Abend stimme ich nicht zu.«

Dena stand der Mund offen, aber sie sagte nichts. Edies Blick glitt zu ihrem Vater. Er nickte.

Seufzend sagte er: »Dena, meine Tochter hat recht. Schande über uns. Das war ein Hinterhalt. Unsere Vorfahren haben so etwas vielleicht getan, aber ich kann es nicht. Bitte kommt heute Abend, wie Edie es gesagt hat. Wir sind eine Familie. Wir werden eine Lösung finden.«

Dena verzog finster das Gesicht. Sie hob drohend den Zeigefinger, wodurch ihre Armreifen klirrten, und trat einen Schritt vor, sodass Edie die Falten um ihre Lippen sehen konnte, in die sich der Lippenstift eingegraben hatte. Mit eisiger Stimme zischte sie: »Wag es nicht, meinen Sohn zu verletzen.«

Edie schluckte. Sie hatte einen Kloß im Hals. »Ich habe nicht vor, Ben zu verletzen.« Sie wandte sich ab und wartete, bis ihr Vater die Besucher hinausgeführt hatte.

Als er zurückkehrte, erwartete sie ihn bereits. Ihre Gedanken überschlugen sich, aber es gelang ihr trotzdem, ruhig zu bleiben.

»Abba«, sagte sie leise, als er zu ihr kam und sie verlegen anschaute.

»Ich weiß, du bist wütend, Edie, ich …«

»Nein«, sagte sie und holte tief Luft, »ich bin nicht wütend, ich bin verstört.«

Er schaute sie an, sagte aber nichts.

»Es erschreckt mich zutiefst, dass du mich in eine solche Situation bringst wie gerade eben.«

Abe ließ sich schwer auf einen der Stühle sinken und hielt sich den Kopf. »Was für ein Chaos.«

Edie tat das Herz weh. Sie wusste, dass er für sie beide nur Glück wollte; seiner Vorstellung nach verkörperte Ben das für sie – sie verstand das. Rasch trat sie zu ihm und hockte sich vor ihn. Sie ergriff seine Hände. »Es bräuchte kein Chaos zu sein«, sagte sie. Tränen traten ihr in die Augen, aber sie drängte sie zurück. »Wir müssen nur aufrichtig sein.«

»Ich will doch nur das Beste für dich.«

»Ich weiß, Abba, ich weiß. Aber Ben ist nicht der Richtige.«

»Bist du sicher?«, sagte er und schaute sie forschend an. Sie wusste, dass er an Tom dachte, es jedoch nicht über sich brachte, es zu sagen.

Und sie schwankte … wie konnte sie sich überhaupt so sicher sein, wo sie doch gar nichts von der Liebe wusste? »Nein. Aber gibt es überhaupt Sicherheit im Leben? Ich weiß nur, dass es ein Fehler ist, Ben jetzt zu heiraten.«

Abe stieß einen Seufzer aus. »Ich würde vorschlagen, Kind, dass du Ben über deine Gefühle in Kenntnis setzt, bevor du deine Gefühle für Tom erforschst. Die Levis wissen nichts davon, dass dein Herz für einen anderen schlägt. Sie wissen nur, dass deine modernen Gedanken und die Frage, ob du überhaupt dieses Jahr noch heiraten willst, mir Sorge bereitet haben.«

Edie überraschte sich selbst, indem sie entschlossen ihre Chance ergriff. »Ich werde ganz bestimmt dieses Jahr noch heiraten«, sagte sie. Ihr Vater musterte sie misstrauisch.

»Er wird dir das Herz brechen, Edie.«

»Warum?«, fragte sie mit leiser Verzweiflung.

Abe schüttelte den Kopf. »Intuition.«

»Du hast dich schon einmal geirrt. Vielleicht überrascht er dich ja.«

»Ich kann dich nicht umstimmen, deshalb muss ich mich auf meine Pflicht als Vater berufen. Ich muss darauf bestehen, dass Tom mir beweist, dass er deiner würdig ist. Du wirst mir ja mein väterliches Recht, mich zu vergewissern, dass gut für meine Tochter gesorgt wird, nicht absprechen wollen.«

»Nein, ich wäre wütend, wenn du es nicht tätest. Aber sei fair. Gib ihm eine Chance – das ist alles, worum ich dich bitte.«

Er blinzelte, und sie sah ihm an, dass er böse auf sie war. »Ich werde Benjamin direkt aus der Synagoge mitbringen. Samuel kommt mit Dena später nach. Ich kann Tom nicht hinauswerfen, aber wenn er kommt, werde ich ihn bitten, den Abend woanders zu verbringen.«

Zumindest rechnete ihr Vater mit seiner Rückkehr. »Was soll er machen?«

»Das ist mir egal. Er kann sich wieder in einem Pub vergnügen oder in ein Filmtheater gehen, aber das hier ist eine Familienangelegenheit und geht ihn nichts an … auch wenn er der Grund dafür ist, dass diese Heirat nicht stattfindet.«

Edie reagierte nicht auf die verletzende Bemerkung ihres Vaters. »Ich brauche Geld, um für unsere Gäste heute Abend etwas zu essen zu kaufen.«

»Kauf aber nur für fünf ein, nicht für sechs«, warnte er sie und wandte sich zum Gehen. »Nimm das Geld aus meiner Kommode.«

Edie lief zur High Street. Sie machte sich Sorgen um Tom. Eigentlich glaubte sie nicht, dass ihr Vater ihn absichtlich losschicken würde, damit er sich verlaufen und nicht mehr nach Hause finden würde. Aber sie spürte auch, wie tief Enttäuschung und Verzweiflung bei ihrem Vater saßen. Der Gedanke daran, Edie an einen Fremden zu verlieren, führte vielleicht doch dazu, dass er irrational handelte. Nichts in seinem Leben war nach Plan verlaufen, und jetzt versagte sie ihm auch noch die einzige Freude, die ihm in seinen letzten Jahren noch Glück schenken konnte.

Edies Pflichtbewusstsein meldete sich, aber die Erinnerung an den Kuss gestern Abend verdrängte es sofort wieder. Toms Unbekümmertheit und der körperliche Ausdruck seiner Gefühle waren verführerischer als all ihre Fantasien. Als sie sich heute früh die Haare gebürstet hatte, hatte sie unwillkürlich lächeln müssen. *Heirate mich, Edie!,* hatte er gefleht.

Und er hatte es ernst gemeint, da war sie sich ganz sicher. Seltsam war allerdings, dass auch sie nicht den leisesten Zweifel hegte – sie wollte ja sagen. Das sah sie ganz klar vor sich, ebenso wie ihre neue Rolle als Ausgestoßene in ihrer Gemeinschaft, wenn sie einen Nichtjuden heiratete. Ihrem Vater zu verwehren, dass sein einziges Kind im richtigen Glauben vor einem Rabbi heiratete, würde Schande über ihr Haus bringen, und es würde zwei Familien auseinanderreißen, die ihr ganzes Leben lang befreundet gewesen waren. War sie bereit, so viel Verzweiflung zu verursachen?

Ja. Sie liebte Tom. Und diese Tatsache konnte sie nicht ändern, und wenn sie noch so sehr ihre Seele erforschte.

Liebe auf den ersten Blick. Tom hatte alles geändert, und Edie wollte nur noch dieses unglaubliche neue

Gefühl spüren. Sie wollte Tom nie mehr aus den Augen verlieren, auch nicht für einen kurzen Moment. Und selbst wenn ihr Vater mit seinen Warnungen recht hatte und Tom ihr in der Zukunft keine finanzielle Sicherheit bieten konnte, dann war ihr das egal, denn ihr reichte es schon aus, dass er überhaupt in ihrer Zukunft war. Allein der Gedanke, ihn jeden Tag umarmen und küssen zu können, seine sanfte Stimme zu hören, sein schönes Lächeln zu sehen … Edie seufzte im Stillen, als sie an den vertrauten Geschäften vorbeiging: dem Schuster, dem Tabakladen, dem Gemüsehändler. Obwohl sie ihn erst seit ein paar Tagen kannte, hatte sie Tom bis ins Detail studiert: Ihr gefiel die Krümmung seines Daumens, wenn er den Teebecher hielt, sie lauschte seinem leisen Räuspern, beobachtete, wie sorgfältig er den Löffel hielt, wenn er morgens seinen Porridge aß, oder wie er mit dem Messer Butter auf seinen Toast strich. Manchmal, wenn er nachdachte, trommelte er mit dem Mittelfinger seiner rechten Hand eine Melodie auf den Tisch, an die Wand oder auf seinen Oberschenkel. Sie hatte sich schon oft gefragt, welche Melodie das wohl sein mochte. Sie wollte alles über ihn wissen, aber über seine Vergangenheit wollte sie lieber nichts wissen, denn dort lauerten natürlich andere … vielleicht sogar eine romantische Verbindung.

Ein Mann mit seinem Aussehen und seinem Charme würde wohl kaum unbemerkt von Frauen bleiben. Nein, seit er ihre Hand genommen und sie ihn in den Bus geführt hatte, wollte Edie nicht einen einzigen Moment lang wissen, was in Toms Leben passiert war.

Und seit dem Kuss dachte sie ganz anders an seine Hände. Sie stellte sich vor, wie er sie an sich zog, fest an sich drückte, sie berührte …

Wenn ihr Vater sie noch einmal gefragt hätte, ob sie

sich sicher sei, dann hätte sie gesagt: ja, hundertprozentig. Edie wollte Tom.

Und sie traf eine Entscheidung, als sie sich in die Schlange beim Metzger einreihte. Wenn Tom sie noch einmal fragte, ob sie ihn heiraten wolle, würde sie ja sagen, aber sie musste sich sicher sein, dass er gestern Abend nicht nur von der Leidenschaft des Augenblicks überwältigt gewesen war. Sie würde auf diese Frage warten, und sie musste aufrichtig gestellt werden.

»Enttäusche mich nicht, Tom«, murmelte sie und fügte im Stillen hinzu: *Komm sicher nach Hause.*

Die Schlange war vorgerückt, und kurz darauf trat sie durch das Sägemehl auf dem Boden des Metzgerladens vor die Marmortheke.

»Kalt genug für dich, Edie?« Eli war ein alter Freund der Familie.

Sie grinste. »Hallo, Eli. Ist der Rinderbraten zart?« Sie zeigte auf ein Fleischstück hinter ihm.

»Ja, mein Mädchen«, sagte er und kniff sie in die Wange, wie er es immer getan hatte, als sie ein kleines Mädchen war. »So wie du. Ich habe das Bein gerade zerlegt. Es ist sehr gutes Fleisch.«

»Ich nehme es, bitte.«

Er nickte, ergriff den Braten, schlug ihn in seine Handfläche und entfernte die Fettschicht obendrauf. »Das müsste für sechs Personen reichen. Brat es nicht zu lange, Edie.«

Er wickelte das Fleisch in große, weiße Papierbögen, zog den Bleistift, den er sich hinters Ohr gesteckt hatte, und notierte etwas auf einem Notizblock. Dann hielt er ihn ihr hin, legte den Finger auf den Mund und zwinkerte ihr zu.

Eli war wirklich gut zu ihr. Sie kramte in ihrer Geldbörse nach den paar Schillingen, die er ihr berechnete.

»Bist du sicher?«, murmelte sie, als sie ihm die Münzen und die Rationierungskarten reichte.

Er nickte. »Natürlich bin ich sicher. Dein Vater hat meiner Familie so viel Gutes getan. Und der Preis für Fleisch ist im Moment wirklich lächerlich.«

Sie lächelte ihn an. »Danke, Eli.«

»Grüß Abe von mir.«

Sie legte den Rinderbraten in ihren Korb. Jetzt konnte sie sich auch noch Eier leisten. Tom trank gerne Milch, deshalb überlegte sie, ob sie einen Liter mehr und vielleicht auch noch einen zusätzlichen Brotlaib kaufen sollte. Dann fiel ihr ein, dass sie keinen Tee mehr hatten. Das würde noch einen Sixpence verschlingen. Sie eilte in die Bäckerei und den Lebensmittelladen und machte Konversation mit den Frauen, denen sie begegnete – über das Wetter, darüber, was sie heute Abend kochte, über die Gesundheit ihres Vaters … die üblichen Themen, mit denen sie geschickt von ihrem persönlichen Leben ablenkte. Wegen des Schabbat, an dem von Sonnenuntergang an niemand mehr arbeiten durfte, überlegte Edie, wann sie das Stück Fleisch in den Ofen schieben musste, bevor sie nicht mehr in der Küche arbeiten durfte. Im Geiste hakte sie die Portionen ab – es würde reichen, wenn sie noch ein bisschen Gemüse mit in die Kasserolle gab. In der Zwischenzeit konnten auch die Kartoffeln kochen.

Als Edie schließlich zu Hause war, ihre Einkäufe weggeräumt hatte und sich daranmachte, den Braten vorzubereiten, war es fast eins und von Tom immer noch nichts zu sehen. Sie machte für ihren Vater eine Kleinigkeit zum Mittagessen und kochte ihm eine Kanne Tee. Dann trug sie alles auf einem Tablett hinunter in den Laden.

»Ah, du bist wieder da, Liebes.«

Sie nickte und küsste ihn auf die Wange. »Ich dachte,

du hast so viel zu tun, dass du vielleicht lieber hier unten essen möchtest.«

»Danke, Kind. Geht es dir besser?«

Sie nickte und lächelte traurig. »Ich freue mich nicht auf heute Abend.«

Er zog ihre Hand an die Lippen und drückte einen Kuss darauf. »Wir Valentines halten zusammen.«

»Versprochen?«, fragte sie spröde.

Er nickte. »Ich könnte es nicht ertragen, dich unglücklich zu sehen. Mit deiner Mutter habe ich nur Glück gekannt.« In Edie keimte Hoffnung. »Heute wurden zwei neue Anzüge bestellt«, fuhr er fort.

»Siehst du? Wir kommen gut zurecht.« Sie blickte ihn aufrichtig erfreut an.

»Wenn ich jünger wäre, käme ich vielleicht auch auf die Idee, in der Savile Row zu arbeiten.«

»Abba, du hattest nie vor, deinen Laden in der Savile Row aufzumachen. Ich glaube, du fühlst dich hier einfach wohl.«

Abe seufzte. »Es geht uns doch gut, Edie, oder?«

»Ja, natürlich. So vielen Menschen geht es viel schlechter als uns.«

»Du klingst wie deine Mutter.«

Edie grinste. Das sagte er gerne. »Soll ich heute Nachmittag Mr Goldsteins Hose umnähen?«

»Ja, danke, Liebes. Passt du auf den Laden auf, während ich meinen Tee trinke?«

Sie scheuchte ihn nach hinten und setzte sich an den Tresen. Durch das große Schaufenster beobachtete sie das Treiben auf der Straße, während sie die Hose umnähte. Aber eigentlich hielt sie dabei die ganze Zeit nur Ausschau nach Tom. Kurz lief sie nach oben, um nach ihrem Braten zu schauen und eine Tischdecke zu bügeln – sie freute sich darauf, ihm zu Ehren den Tisch mit einer Damasttischdecke zu decken, auch wenn er in der Abendrunde nicht willkommen war. Dann kehrte sie wieder zu ihrem Platz am Fenster zurück, um hinauszublicken und zu sehen, wie er nach Hause kam.

Um Viertel vor vier gab es immer noch kein Zeichen von Tom, und Edie beherrschte ihre aufsteigende Panik nur, weil sie dafür sorgte, dass sie ständig beschäftigt war. Sie hatte sogar eine Schublade mit alten Baumwollbändern aufgeräumt … Hauptsache, sie konnte sich ablenken.

Die Ladenglocke läutete, aber sie wusste, dass es nur ihr Vater war, der Mr Tomlin hinausbegleitete. Ihr Vater kam zurück, während sie Stäubchen von zwei neuen Anzügen bürstete, die am Montag den Kunden gezeigt werden sollten.

»Nun, mein Kind, es ist Zeit für Schabbat. Ich habe den Laden geschlossen.«

»Geh schon nach oben, Abba. Ich komme gleich.«

»Die Sonne ist beinahe schon untergegangen, Edie.«

»Ich weiß.« Normalerweise hätte sie es dabei belassen, aber mit dem heutigen Tag begann etwas Neues in Edies Leben und ihrer Haltung. Das wussten sie beide. »Ich möchte die Seitentür aufsperren, bevor ich nach oben komme«, sagte sie. Sie legte die Bürste weg und machte sich im Laden zu schaffen, als wäre das alles vollkommen normal.

Ihr Vater blieb stehen und schaute sie an. »Edie, vielleicht ist es besser …«, begann er.

Sie wollte ihm nicht erlauben, es auszusprechen. »Er kommt sicher gleich nach Hause. Er weiß ja, dass wir Schabbat feiern«, sagte sie sachlich. »Und ich überlasse es dir, ihm zu sagen, dass er heute Abend beim Essen nicht erwünscht ist.«

Der Blick ihres Vaters wurde milder, aber sie wusste, dass er seine wahren Gefühle verbarg. Dieses Mal schien er Erleichterung, ja sogar ein wenig Befriedigung zu empfinden, als ob seine Warnungen sich bestätigt hätten. »Tom war den ganzen Tag weg, Kind. Vielleicht hat er die Gelegenheit ergriffen, sich ohne Abschied zu entfernen.«

Bei dem Gedanken krampfte sich Edies Magen zusammen, aber sie sagte ruhig: »Nein. Tom ist kein Feigling, Abba. Wenn er gehen wollte, würde er sich auf jeden Fall verabschieden und sich bei uns bedanken.«

Sie sah ihrem Vater an, dass er am liebsten gesagt hätte, Tom habe sich vielleicht verlaufen, aber er schwieg.

»Außerdem«, fuhr sie fort, »wenn wir die Seitentür auflassen, braucht Ben nicht zu läuten.« Sie lächelte unschuldig. »Zieh dich zu Schabbat um, Abba. Ich bin auch gleich oben.«

Er ging, und Edie nahm sich einen Moment Zeit, um die dumpfe Angst zu bekämpfen, die sich Bahn brechen wollte. Als sie an die Tür trat, um das »Geschlossen«-Schild umzudrehen, blickte sie einen Moment in die Dämmerung hinaus. Sie bat alle Engel, die Tom den Krieg über beschützt hatten, ihn zu ihr zurückzubringen.

»Ich verspreche, ich werde ja sagen. Ich kann ihn nicht bitten, zum jüdischen Glauben zu konvertieren, aber ihr wisst, dass er ein guter Mann ist. Ich verspreche, ihm eine liebende Ehefrau zu sein, die ihrem Mann immer die Treue halten wird. Nur bringt mir Tom bitte zurück«, sagte sie leise. Erst da wurde ihr klar, dass sie nicht nur eine Hoffnung aussprach, sondern betete.

Es klopfte an der Tür, und sie zuckte erschrocken zusammen. Sofort flammte Hoffnung auf. Aber dann öffnete sie die Tür und lächelte traurig. »Abend, Ben.« Ein wenig verlegen küsste sie ihn auf die kalte Wange. Ihre Schuldgefühle, gepaart mit der Angst um Tom und der Angst vor dem, was später noch auf sie zukommen würde, verstärkten sich noch, als Ben sie fröhlich angrinste.

»Ich hatte schon Angst, ich komme zu spät«, sagte er und umarmte sie.

»Nein, du bist pünktlich wie immer«, versicherte sie ihm. »Ben?«

»Ich weiß«, unterbrach er sie. »Wir reden nach der Synagoge miteinander.«

Edie nickte. »Geh nach oben. Abba wartet schon.« Sie wandte sich ab. Ihr war klar, dass sie beide das Unvermeidliche vermieden. »Ich schließe nur noch ab«, schwindelte sie. »Ich komme sofort nach.«

Ben verschwand. Es kam ihr lächerlich vor, dass er so tat, als wäre alles beim Alten. Seine Mutter hatte doch zugegeben, dass er erst heute früh den Ehevertrag mit dem Rabbi besprochen hatte.

Edie empfand leises Mitleid mit ihm, während sie noch einen letzten sehnsüchtigen Blick in den finsteren Novemberabend schickte. Es war so kalt, dass es durchaus anfangen konnte zu schneien. *Tom ist auf das kalte Wetter gar nicht vorbereitet*, dachte sie, beruhigte sich dann aber im Stillen damit, dass er auch lebend aus dem Krieg zurückgekommen war, den andere nicht überlebt hatten.

Seufzend eilte sie hinauf zu den beiden Männern, um mit ihnen ein kurzes Gebet zu sprechen und einen Schluck Wein zu trinken. Dann verabschiedeten sich ihr Vater und Ben von ihr, um zum Freitagsgebet mit den anderen Männern aus Golders Green in die Synagoge zu gehen. Während sie den Tisch mit ihrem besten Geschirr und den Kristallgläsern deckte und dabei an Tom dachte, lauschte sie die ganze Zeit über auf Anzeichen seiner Rückkehr.

8

Edie und Ben saßen sich im Wohnzimmer gegenüber, während Abe im Esszimmer auf die Ankunft von Dena und Samuel wartete.

Edie hatte keine Ahnung, wie sie dieses schwierigste Gespräch ihres Lebens anfangen sollte. Die Uhr tickte bedrohlich und untermalte das verlegene Schweigen zwischen ihnen. Die Gaslampen machten die Szene auch nicht fröhlicher, und als die Flamme des Feuers im Ofen plötzlich flackerte, setzte sie endlich zu diesem schrecklichen Gespräch an. Ben hatte anscheinend nicht vor, als Erster etwas zu sagen. Sie hatte erwartet, dass er schlechte Laune haben würde, aber er wirkte beherrscht. Vielleicht hatte ihr Vater ihm in der Synagoge vorgeschlagen, er solle versöhnlich auf sie zugehen, da er wohl mittlerweile glaubte, Tom käme nicht mehr zurück. Ja, so war es wahrscheinlich, denn eigentlich besaß Ben Temperament. Allerdings hatte sich seine kindliche Neigung zu Wutausbrüchen mit den Jahren gewandelt – jetzt als Erwachsener war er durchaus in der Lage, seinen Zorn zu verbergen oder in andere Kanäle zu lenken. Höflich begann sie: »Wie war es in der Synagoge?«

»Es war ein guter Gottesdienst«, erwiderte er und lächelte sie an. Er hatte offenbar nicht vor, es ihr leicht zu machen.

Edie verlor die Geduld. »Ich kann dich nicht heiraten, Ben«, sagte sie mit erstickter Stimme.

Er zuckte mit den Schultern. »Du bist wahrscheinlich nur nervös.«

Seine Herablassung machte es einfacher für sie. »Nein, das ist es nicht.«

»Deine Stimme zittert ja.«

»Mir ist nicht wohl dabei, dich mit dieser peinlichen Situation zu konfrontieren.«

»Nun, ich will dich heiraten, Edie. Das weißt du.«

»Ja. Aber es ändert nichts an meinen Gefühlen.«

»Und was fühlst du?«

Auf so eine Frage war sie nicht gefasst gewesen. Auch nicht darauf, dass er so gemessen reagierte. Mit Wut hätte sie viel leichter umgehen können. Zögernd suchte Edie nach den richtigen Worten. »Nun, ich fühle mich … unglücklich.«

»Unglücklich?« Sein Tonfall war ruhig. Anscheinend setzte er sein Verhandlungsgeschick als Anwalt ein.

»Unglücklich, weil ich Gefahr laufe, dich mit dieser Entscheidung zu verletzen, aber ich bin auch sehr entschlossen. Ich kann dich nicht heiraten, ganz gleich, wie sehr Tante Dena mir droht.«

»Ich verstehe. Aber du kannst mir nicht sagen, warum?«

»Ich liebe dich nicht … nicht so, wie eine Frau ihren Mann lieben sollte.«

»Woher willst du denn wissen, wie eine Frau ihren Mann lieben sollte, mein Schatz? Woher willst du wissen, dass es nicht perfekt ist, wie du mich liebst?«

»Bitte lass das, Ben. Dreh mir nicht das Wort im Mund herum. Spar dir das für den Gerichtssaal auf. Ich empfinde keine romantische Liebe für dich.«

Er schüttelte den Kopf und sah sie spöttisch an. »Verglichen mit?«

»Mit der Liebe, wie sie meine Eltern füreinander empfunden haben.«

»Deine Mutter ist bei deiner Geburt gestorben, Edie. Du weißt überhaupt nicht, was für eine Beziehung sie hatten.«

Edie schluckte ihren Ärger über seine belehrende Art hinunter. Sie konnte ihn nicht mehr vor der Wahrheit bewahren. Es war nur fair, dass er es wusste, ganz gleich, welche Erschütterungen es auslöste. »Na gut. Wenn du es unbedingt hören willst, ich liebe dich nicht so, wie ich jemand anderen liebe. Wolltest du das hören?«

Er lachte. »Na, das ist ja faszinierend«, sagte er in kryptischem Ton, wobei er ihr erneut diesen herablassenden Blick zuwarf. Offensichtlich hatte Abba ihn schon wegen Toms Wirkung auf sie vorgewarnt. Von draußen ertönten vertraute Stimmen.

»Deine Eltern sind da.« Sie seufzte.

»Sollen wir zu ihnen gehen?«

»Ben?« Er drehte sich zu ihr um. Sie hatte ihn nicht verletzen wollen, aber sie musste sich ganz klar ausdrücken, auch wenn es wehtat. »Nichts, was ihr sagt, kann mich dazu bewegen, meine Meinung zu ändern. Ich liebe dich nicht so, wie ich sollte.«

»Nun, ich werde dich immer lieben. Sollen wir?« Er wies zur Tür, und Edie fühlte sich machtlos angesichts seiner Hingabe … nein, seiner Besessenheit.

Als sie sich alle an den Händen hielten, damit ihr Vater den Segen über das kleine Festmahl sprechen konnte, hörte Edie von ferne Schritte. Ihr Herz machte einen Satz. Ein kleiner Laut – ein Schluchzen – entschlüpfte ihr, aber sie tat rasch so, als müsste sie husten. Mit geschlossenen Augen wartete sie darauf, dass sich die Seitentür quietschend in den Angeln drehte.

»So sei es«, sagte sie mit den anderen auf Hebräisch, obwohl Edie eine Spur später ansetzte, weil sie innehielt, um auf das vertraute Knarren des Dielenbodens unten zu lauschen.

»Das ist bestimmt Tom«, murmelte sie. Am liebsten hätte sie vor Erleichterung geweint. Ihr Herz schlug so laut, dass sie beinahe Angst hatte, ihre Gäste könnten es hören.

»Unser Hausgast«, sagte Abe, ohne Edie anzusehen. »Er bleibt nicht zum Abendessen.«

Sie drehte sich um, und plötzlich war er da – groß und breitschultrig, mit von der Kälte geröteten Wangen und strahlendem Lächeln, das seine weißen Zähne zeigte. In diesem Moment sprengte er fast den Türrahmen, und sie spürte, wie ihr ganzer Körper von Wärme durchflutet wurde. Sie hatte einen Kloß im Hals, und ihr Puls ging noch schneller. Sie war sich nicht sicher, ob ihre Stimme ihr gehorchen würde – ihre Hände zitterten jedenfalls.

»Hallo, Edie«, begrüßte er sie. Er brachte die Kälte mit herein, und sie schien sich auf die Gäste am Tisch zu legen.

»Tom, willkommen«, sagte Abe höflich. »Darf ich dir die Familie Levi vorstellen?«

»Danke, Abe. Es hat ein wenig Mühe gekostet, aber ich habe den Weg gefunden. Der Anzug wurde pünktlich heute Morgen ausgeliefert, Sir.«

Abe räusperte sich. »Wir haben Familienangelegenheiten zu besprechen, Tom, deshalb dachte ich, du könntest vielleicht im Pub vorbeischauen, um dort etwas zu essen. Dies sind die ältesten Freunde der Familie. Das ist Benjamin Levi, Edies …« Er schien sich überhaupt nicht wohl in seiner Haut zu fühlen.

»Ich bin Edies Verlobter, oder wenigstens glaube ich das«, sagte Ben. Es sollte spöttisch klingen, kam aber gezwungen heraus. Edie blickte unglücklich auf die Szene. »Meine Eltern … Samuel und Dena.«

Tom lächelte entwaffnend und schüttelte allen die Hand. Edie wandte sich verlegen ab. »Hallo, Ben, ich habe viel von Ihnen gehört«, sagte Tom.

»Hoffentlich nur Gutes?«, erwiderte Ben erwartungsgemäß, und Edie zuckte zusammen, als er über seinen eigenen Witz lachte. Er wirkte plötzlich nervös, anscheinend verfehlte Tom auch auf ihn seine Wirkung nicht. »Und ich habe auch viel über Sie gehört, Tom. Gestern Abend in unserem Haus konnte Edie gar nicht mehr aufhören, von Ihnen zu reden.«

Edies Wangen brannten vor Scham.

»Nun, das klingt ja ermutigend«, sagte Tom.

Edie schickte ein Stoßgebet zum Himmel. Hoffentlich klang ihre Stimme ruhig. »Tom, möchtest du dich frisch machen?« Es war schrecklich, dass ihr Vater ihn bereits vor allen Anwesenden weggeschickt hatte.

»Noch nicht, Edie«, sagte er. Sie wandte sich stirnrunzelnd ab. Plötzlich fiel es ihr schwer zu atmen.

Abe musterte ihn missbilligend. »Das solltest du aber, Sohn. Du riechst wie eine Brauerei.«

»Ja, verzeihen Sie mir das. Ich habe zwar nichts Stärkeres als eine Kanne Tee in einer kleinen Bahnhofsgaststätte getrunken, Abe, aber ich war tatsächlich im Pub, und auf meinem Spaziergang durch das Viertel heute hatte ich reichlich Zeit nachzudenken.«

Alle schauten Tom erwartungsvoll an, als er in die Innentasche seines Jacketts griff und ein Bündel Geldscheine herauszog. »Das ist vielleicht nicht der richtige Moment, Abe, aber ich möchte uns allen viel Zeit und Mühe ersparen und dir die Stoffballen abkaufen.«

Alle starrten benommen auf das Geld, das Tom auf die

Anrichte gelegt hatte. Es sah abgegriffen und benutzt aus. Die Levis warfen einander verwirrte Blicke zu, während Edie feststellte, dass Ben Tom nicht aus den Augen ließ.

Ben redete als Erster. »Grundgütiger! Das sieht nach einigen Pfund aus«, sagte er gezwungen locker.

»Ja, in der Tat«, erwiderte Tom und warf Edie einen Blick zu. »Sieben, um genau zu sein.«

Edie wurde blass. »Wie bist du an so viel Geld gekommen?« Sie merkte deutlich, dass es Tom nichts ausmachte, Publikum zu haben; er wirkte sogar froh darüber, dass er dieses Gespräch öffentlich führen konnte.

Er griff in eine andere Tasche und zog den halben Sovereign heraus. »Erinnerst du dich noch daran, Edie?« Sie nickte, bleich vor Schock. Tom zuckte mit den Schultern. »Ich habe mit ihm gewettet und ihn zurückgewonnen, plus dreizehn Mal seinen Wert.«

»Gewettet?«, sagte Abe wie vom Donner gerührt. »Auf was?«

»Auf Pretty Penny.«

Erneut keuchten die Gäste überrascht auf.

»Warst du heute beim Pferderennen?«, fragte Abe, der so geschockt klang, dass Edie zu ihm trat und ihm beruhigend die Hand auf den Arm legte.

»Nein, Sir. Ich habe meine Münze nur jemandem gegeben, den ich vor Kurzem kennengelernt habe. Er wollte sie eigentlich nicht nehmen, aber ich habe darauf bestanden, weil ich entschlossen war, Ihnen Ihre Gastfreundschaft zu vergelten. Jetzt bin ich dazu in der Lage und kann Ihnen auch noch einen guten Preis für Ihren Stoff bieten, wenn Sie einverstanden sind.«

»Sie kaufen Abe Valentines Stoff?«, fragte Ben verwirrt. »All den Stoff, der da hinten im Lager verstaubt?«

Tom nickte.

»Was ist der Haken daran?«

»Es gibt keinen Haken, Ben«, erwiderte Tom kühl, fast warnend.

Abe hob die Hände. »Aber Tom, du verstehst doch überhaupt nichts von Stoffen oder vom Nähen.«

»Das hat doch nichts mit Nähen zu tun, Abe. Hier geht es nur um ein Geschäft. Wir waren uns doch einig, dass Sie diese Stoffe nicht mehr lagern sollten, oder?« Er warf Edie einen Blick zu. »Wir haben doch darüber geredet.«

Edie biss sich auf die Lippe. Sie fragte sich, worauf Tom hinauswollte und ob es klug war, dieses Gespräch vor allen Anwesenden zu führen. Aber sie vertraute ihm. »Ja«, sagte sie. »Wir drei waren uns einig, dass die Stoffe im Lager nur nutzlos herumliegen.«

»Danke«, sagte er. »Abe, lassen Sie mich den Stoff kaufen, damit ich ihn ohne Risiko oder Peinlichkeit für Sie weiterverkaufen kann.«

»Aber Tom, mein Vater hat doch mit dem Einkäufer aus der Savile Row gesprochen. Warum willst du denn …«

Edie sah den Blick, den Tom Abe zuwarf. Dann wandte er sich lächelnd an sie. »Dein Vater hat noch nicht mit dem Kollegen aus der Savile Row gesprochen.«

Edie sah ihren Vater an. »Das hast du doch, Abba, oder? Gieves & Hawkes. Du sagtest …«

»Nein, ich habe noch nicht mit ihm gesprochen, Kind«, unterbrach ihr Vater sie.

Edies Herz zog sich zusammen. Abba hatte Tom etwas vorgemacht.

»Was ist hier los, Abe?«, fragte Dena. Ihr Mann warf ihr einen finsteren Blick zu.

Tom fuhr fort, als wären er und Abe die beiden einzigen Personen im Zimmer. »Dann wollen wir Sie auch nicht mehr darum bitten, Abe. Sie sind ein stolzer Mann.

Und Sie sind ein großartiger Schneider, der es nicht nötig hat, den Eindruck zu erwecken, er bräuchte die Savile Row, um ihm Stoff abzukaufen.«

Edie wandte sich an ihren Vater. »Bereitet dir das Kummer?«

»Ich käme mir vor wie ein Bettler«, gab er zu. »Als ob ich es nötig hätte.«

»Diesen Kummer kann ich Ihnen ersparen, Abe. Hier ist das Geld.« Tom wies erneut auf das Bündel Banknoten. »Mehr als Sie erwartet hatten. Ich werde nur den Anteil nehmen, den wir vereinbart haben, also etwa ein Drittel Ihres Lagerbestands. Im Moment liegen die Stoffballen da nur herum.«

»Nun, ich bin sicher, Abe hat Pläne mit diesen Stoffen«, begann Ben. »Ich meine, wenn ihr Geld braucht, frage ich nur zu gerne meine ...«

»Lass es, Ben«, warnte Edie ihn. Sie wollte nicht, dass die Situation sich noch verschärfte. Sie sah die Flamme, die in Toms Augen loderte, als er seine Aufmerksamkeit dem Mann zuwandte, dem sie versprochen war.

»Ben, Sie wissen nicht, worum es geht. Am besten mischen Sie sich nicht ein, denn ich muss meine Familie nicht um Geld bitten.« Ben öffnete empört den Mund, aber Tom redete bereits weiter. »Ich habe hier mein eigenes Geld.«

Ben stand auf und schob seinen Stuhl zurück. »Jetzt hören Sie mir mal zu, Tom oder wie immer Sie heißen mögen. Ich habe jedes Recht, mich in die Zukunft meiner Verlobten einzumischen. Und als Anwalt ist es meine Pflicht, Abe in allen geschäftlichen Angelegenheiten zu beraten.«

»Ach, wirklich? Und was ist mit Edie?«

»Tom«, sagte Edie, aber es war zu spät. Ihre Verehrer

standen sich bereits wutschnaubend gegenüber, und nichts konnte den unvermeidlichen Kampf mehr aufhalten.

»Was meinen Sie damit?«, sagte Ben.

»Na, ihre Zukunft zum Beispiel.«

»Edies Zukunft liegt bei mir. Sie wird meine Frau. Im Moment wehrt sie sich vielleicht noch dagegen, aber ich bin sicher, meine Eltern und ich können sie überreden …«

»Ist das alles?«, sagte Tom.

»Wie, alles?«

»Ist das alles, was Edie zu erwarten hat? Ihre Frau zu sein, meine ich?«

Ben warf ihm einen entsetzten Blick zu. »Was reden Sie da?«

»Zu kompliziert für Sie?«, spottete Tom. »Sie haben das Recht, Ihrem Herzen, Ihren Träumen zu folgen. Was ist mit Edie?«

Dena ertrug es offensichtlich nicht mehr, den Mund zu halten. »Abe, wer ist dieser Fremde, der …«

»Was für Träume?«, gab Ben zurück. Er blickte zuerst Edie und dann Abe an, der verdächtig still war. »Ich weiß, dass sie eine hervorragende Näherin ist.«

»Haben Sie Edie jemals gefragt, was sie vom Leben erwartet, außer Ihre Ehefrau, die Mutter Ihrer Kinder und die Hüterin Ihres Hauses zu sein? Sie findet Sie jetzt schon nicht aufregend, wie soll das denn erst in den nächsten Jahren werden?«

Ben blinzelte, und in Edie stieg Mitgefühl mit ihm auf. Sie warf Tom einen flehenden Blick zu, damit er aufhörte, und sofort wurde sein Gesichtsausdruck milder.

»Kann mal jemand diesem Mann den Mund verbieten?«, warf Dena ein.

»Sei still, Mutter«, murmelte Ben.

»Genug!« Abe stand schwerfällig auf, stieß aber Edies Hand weg, als sie ihm helfen wollte. »Tom, ich denke, du hast ein Feuer in unser Haus gebracht, das vielleicht alles niederbrennen wird.«

Tom holte tief Luft. »Ihnen wäre es also lieber, ich würde mit meinem Feuer woanders hingehen, Abe«, sagte er.

Abe nickte. »Lass es bei dir selbst brennen, Junge. Hier verursacht es nur Schmerzen.«

»Schmerzen für wen, Abe? Für Ben, der Ihre Tochter heiraten will? Für seine Familie, die denkt, ein Recht auf sie zu haben, weil die Heirat beschlossen wurde, noch bevor sie überhaupt auf der Welt war? Für Sie, der Ben als Schwiegersohn möchte, weil Ihre Frau das so wollte? Oder für Edie, die zu keinem Aspekt ihres Lebens etwas sagen darf?«

Der alte Mann hob warnend den Finger.

Ben verlor die Fassung und fuhr Tom an: »Wer sind Sie eigentlich, dass Sie in dieses Haus hier kommen und reden, als ob Sie der Familie Valentine nicht viel schuldig wären?«

Tom bedachte Ben mit einem Blick, als ob er völlig unwichtig wäre, und richtete seine Aufmerksamkeit wieder auf Abe. »Ich schulde ihnen etwas und bin mir dessen auch bewusst, Mr Levi. Deshalb will ich es ja auch zehnfach zurückbezahlen. Abe, bitte, lassen Sie uns das Geschäft machen. Erlauben Sie mir, Ihren Stoff zu kaufen, und dann verlasse ich Ihr Haus.«

Edie keuchte innerlich auf. Er würde sie doch nicht wirklich verlassen?

Abe seufzte. »Na gut, Tom. Vielleicht bringt es dich wieder auf die Beine, sodass du einen Neuanfang für dein Leben findest.«

»Ja, das wird es«, erwiderte Tom. »Ich will Ihnen das Geld nicht über den Schabbat-Tisch geben. Aber Sie wissen ja, dass es da ist. Können wir uns die Hände schütteln, um den Handel zu besiegeln?«

»Ich treibe keinen Handel an Schabbat. Aber du hast mein Wort, dass wir uns einig sind«, sagte Abe. »Du kannst die Stoffballen abholen, wann immer du dazu in der Lage bist. In der Zwischenzeit möchte ich, dass du dir mit einer dieser Pfundnoten ein Hotel in London suchst und dir eine Zeitlang ein Zimmer nimmst, um deine Gedanken zu ordnen und einen Plan zu machen.«

»Abba …« Edie stieß den Atem aus, den sie die ganze Zeit über angehalten hatte. Selbst Ben schwieg. Ihr Verdacht bestätigte sich; ihr Vater hatte sie in der Synagoge verraten, obwohl er zu ihr gesagt hatte, die Valentines würden zusammenhalten.

»Nein, es ist in Ordnung, Edie«, sagte Tom sanft. »Es ist richtig von deinem Vater, dass er mich bittet zu gehen. Und ich werde auch gehen, aber erst möchte ich Gelegenheit haben, eine Frage zu stellen.«

»Nur zu«, sagte Abe. »Frag mich, was du willst.« Er reckte plötzlich sein Kinn, als wäre er entschlossen, wieder die Kontrolle über seinen Haushalt zu übernehmen.

»Ihnen will ich keine Frage stellen, Abe«, sagte Tom. »Meine Frage ist an Edie gerichtet.« Er drehte sich zu ihr um und schaute sie an. Sie erwiderte seinen Blick, überzeugt, alle könnten das laute Klopfen ihres Herzens hören. Ihr wurde ganz schwindlig.

»Edie, willst du mich heiraten?«

Eigentlich war es kein Schock für sie, und doch, als er seine Frage so ernst stellte – und sie dabei aus seinen dunkelblauen Augen anblickte, die so stürmisch und erregend waren –, schnürte ihr die Emotion fast die Kehle zu. Ben rief entsetzt: »Was haben Sie gesagt?«, seine Mutter schrie vor Empörung auf, und sein Vater protestierte. Edie jedoch nickte und lächelte unter Tränen.

Schließlich fand sie ihre Stimme wieder. »Ja, Tom«, erwiderte sie laut und deutlich. »Ich will dich heiraten.«

Es war ein Risiko gewesen. Aber nach seinem Erfolg bei der Wette auf Pretty Penny hatte Tom beschlossen, dass er eine Glückssträhne erwischt hatte und es keinen besseren Zeitpunkt mehr geben würde, um Edie um ihre Hand zu bitten. Als er die Treppe in die Wohnung der Valentines hinaufgestiegen war, hatte er sich sogar noch vorgenommen, dass er es am besten völlig unvermittelt fragen würde. Was danach geschah, würde er sehen.

Er hatte sich schon gedacht, dass Abe ihn vielleicht auf einen Botengang schicken würde, bei dem er sich verlaufen konnte, deshalb hatte er sich Schneiderkreide mitgenommen, die er im Atelier gesehen hatte. Während des Gehens hatte er verstohlen Markierungen auf Hauswänden, auf dem Pflaster und sogar auf einem Laternenpfahl hinterlassen, die ihn sicher zu der Frau zurückbringen würden, die er liebte. Abe konnte gar nicht wissen, wie sehr Tom Edie liebte. Er hätte seinen letzten Atemzug dafür gegeben, sie zu finden und wieder zu ihr zurückzukommen. Und als ihm Alf heute freudig seinen Gewinn präsentiert hatte, wusste er, dass dies die Gelegenheit war, um zu zeigen, dass er für Edie sorgen konnte. Außerdem besaß er ja immer noch seinen Glücks-Sovereign.

Als er in die Wohnung zurückkehrte, sah er Benjamin Levi auf dem Platz sitzen, den er noch am Abend zuvor eingenommen hatte. Sein Entschluss wurde noch bestärkt, als er Edies Erleichterung sah, weil er heil nach Hause gekommen war. Auch Levis unschuldig selbstgefällige Haltung und Abes betonte Bemerkung darüber, dass er den Pub besucht habe, trugen dazu bei. Er wusste, dass sein Antrag einen Berg von Problemen für Edie mit sich brachte. Unter anderem verriet sie ihren Glauben … zumindest in den Augen der Leute, die um sie herum waren. Er war darauf vorbereitet, zum Judentum zu konvertieren, wenn ihr das half, aber das bot er nicht von sich aus an, da er irgendwie nicht glaubte, dass das Abe Valentine reichen würde.

Und so spürte er zwar Abes Verzweiflung, hörte Levis stammelnde Einwände, das Entsetzen seiner Mutter, konzentrierte sich jedoch vor allem auf Edies Ja und auf die Freude, die sich auf ihrem Gesicht abzeichnete. Er ergriff Edies Hand und küsste sie, ohne dafür um Erlaubnis zu bitten. In der Sekunde, als seine Lippen ihre Haut liebkosten, wusste er, dass er nie wieder allein sein würde.

Endlich hatte ihn jemand gefunden.

9

Epping, August 1920

Edie blickte von ihrem Kissen aus auf die im Schlaf erschlafften Gesichtszüge ihres Mannes. Seit ihrer Heirat waren seine Träume viel friedvoller geworden. Sie konnte sich noch gut daran erinnern, wie er in Golders Green nachts im Schlaf aufgeschrien hatte, und wenn sie ihn dann danach gefragt hatte, hatte er nur mit den Schultern gezuckt und gesagt, er könne sich nicht erinnern. Oder sie war aufgewacht, weil ihr Vater und Tom in den frühen Morgenstunden leise miteinander redeten. Edie wusste, dass Abe Mitgefühl hatte und Tom deshalb in diesen einsamen Stunden Gesellschaft leistete. Edie stieß einen dankbaren Seufzer aus, denn seit der schmerzhaft peinlichen Konfrontation mit Ben hatte sich ihr Vater damit abgefunden, dass sie diesen Mann, der erst vor so kurzer Zeit in ihr Leben getreten war, heiraten würde. Abba hatte einen Weg gefunden, seinen Stolz hinunterzuschlucken, und es Tom um ihretwillen leicht gemacht. Sie wusste, dass ihr Vater immer noch nicht ganz sicher war, ob er sie nicht eines Tages im Stich lassen würde, aber auch er sah, dass sie seit jenem Abend mehr und mehr aufblühte.

Und jetzt würde sie ihm einen Enkel schenken. Abe sehnte sich nach kleinen Valentines, und die Tatsache, dass eine neue Generation heranwachsen würde, erfreute sein wundes Herz, beruhigte seine geheimen Sorgen und stellte seinen Glauben ans Leben wieder her. Sie wusste, dass sie an jenem Abend, als sie Toms Heiratsantrag vor Benjamins Augen angenommen hatte, den Haushalt in seinen Grundfesten erschüttert und zur Demütigung ihrer ältesten Freunde beigetragen hatte. Und ihr Vater hatte geglaubt, dass die Wendungen des Lebens ihn nur noch quälen und letztendlich umbringen wollten.

»Du machst dich für einen Nichtjuden zur Ausgestoßenen?«, hatte Ben gesagt. Er war völlig außer sich gewesen, da er darauf vertraut hatte, Tom mit Unterstützung ihres Vaters schon loszuwerden.

Edie dachte daran, wie sie alle traurig angelächelt hatte, während sie gleichzeitig Toms große Hand um ihre Finger spürte. »Nein. Du machst mich zu einer Ausgestoßenen.«

»Das ist bestimmt eine Muss-Heirat«, hatte Dena gezischt, als sie ihre Sachen an sich gerafft hatte, um zu gehen.

Abe hatte entsetzt gekeucht und Edie erschrocken angeschaut, aber sie hatte beruhigend den Kopf geschüttelt. Sie erwiderte nur: »Ich tue meinem besten Freund einen Gefallen. Du wirst sehen, Benjamin«, hatte sie gesagt und Dena einfach ignoriert, »wenn du dich wirklich einmal verliebst, wirst du merken, wie anders sich das anfühlt.«

Und in diesem Augenblick hatte ihr Vater anscheinend begriffen, wie Edie für Tom empfand. Abe unterließ jede Feindseligkeit, auch wenn sie noch so versteckt war, und die Hochzeit, die sie wegen Tom bewusst klein gehalten hatten, war ein fröhliches Fest gewesen.

Abba hatte überraschenderweise vor Glück gestrahlt, und Edie wünschte von ganzem Herzen, sie hätte eine Fotografie von sich, ihrem Vater und Tom, aber im Atelier des Fotografen und dem Süßwarenladen nebenan hatte es gebrannt, und dabei waren die Platten von der Hochzeit vernichtet worden. Sie hoffte, das bald mit Babyfotos ausgleichen zu können. In Wahrheit jedoch brauchte sie kein Foto von Tom, denn jede einzelne Linie seines Gesichts hatte sich tief in ihr Gedächtnis eingegraben. Ihr war aufgefallen, dass er seinen Bart gestutzt hatte und ihn regelmäßig trimmte, was ihr gut gefiel. Aber sie erwähnte es nicht. Niemals wollte sie eine dieser nörgelnden Ehefrauen werden.

Erneut studierte sie sein Gesicht, die dunklen Wimpern, die auf seinen Wangen lagen, und die dicken Halbmonde seiner Augenbrauen, die sie gerne geküsst hätte. »Wie pelzige Raupen«, hatte sie einmal geflüstert, als sie miteinander in der Badewanne lagen. Edie dachte daran, wie sie sich an seine breite Brust gelehnt hatte, sicher gehalten von seinen Armen, beide eingehüllt in wunderbar warmes Wasser, während sich draußen mit den Kirchenglocken ein frostiger Sonntagmorgen im Frühling ankündigte.

»Beim Glockengeläut komme ich mir hier ganz ungezogen vor«, hatte er geflüstert.

»Das gilt nur für einen Nichtjuden«, hatte sie erwidert und geseufzt, als er ihre feuchten Haare beiseiteschob, um ihren Nacken zu küssen. Seine Hände umschlossen ihre Brüste, und seine Finger neckten ihre Nippel. Edie hatte leise gestöhnt; sie wollte ihn in sich spüren, aber die Erregung auch nicht zu hastig vorantreiben. Tom jedoch schien es nicht mehr aushalten zu können. Seine Küsse wurden härter und drängender.

Edie dachte daran, wie sie sich im Wasser auf ihn gelegt hatte. Sie wollte ihn halten, die Liebe in seinen Augen sehen. Immer wieder hatte sie sich geschworen, seine

Liebe nie für selbstverständlich zu halten. Sie würde sie wie etwas Kostbares behandeln und sie immer erwidern.

»Wir müssen unbedingt in die Flitterwochen fahren, wenn wir es uns leisten können«, hatte sie gesagt.

»Wohin? Nenne einen Ort.«

»Paris«, seufzte sie. »Und dann Venedig.«

»Mit dem Zug?«

»So langsam wie möglich, damit ich die Reise und dich quer durch Europa genießen kann«, neckte sie ihn.

»New York kann warten, oder?« Sie redeten oft davon, einmal in diese Stadt zu reisen.

»Alles kann warten. Bring mich ins Bett.«

Sie trockneten sich kaum ab und taumelten ins Bett, wo sie zitternd vor Kälte unter die Decke schlüpften. Und dann liebten sie sich. Edie war sicher, dass sie an jenem Sonntagmorgen ihr Kind gezeugt hatten.

Sie lächelte bei der Erinnerung daran und betrachtete Toms perfekt geformte Lippen. Sie wollte diesen Mund jetzt auf ihrer Haut spüren, und in Momenten wie diesen staunte sie immer wieder darüber, wie sehr sie diesen Mann begehrte. Sie hatte ihre Gefühle immer beherrscht und zurückgehalten, aber Tom hatte die wahre Eden Valentine zum Vorschein gebracht. Was war es doch für ein Glück gewesen, Tom zu begegnen. Sie hätte schließlich an jenem Tag sein unverschämtes Angebot auf dem Krankenhausgelände auch ablehnen können.

»Das Leben ist seltsam, nicht wahr?«, murmelte Tom schläfrig, ohne die Augen zu öffnen.

Edie lächelte. Offensichtlich hatte er gemerkt, dass sie ihn beobachtete. »Ja?«, flüsterte sie.

»Stell dir doch nur mal vor, ich hätte nicht auf dieser Bank vor dem Krankenhaus gesessen, als du zufällig vorbeikamst.«

»Oh Tom. Ich habe gerade das Gleiche gedacht.«

»Das liegt daran, dass wir eins sind«, sagte er mit einer belegten Morgenstimme. Er zog sie an sich, und sie küsste ihn. Ganz sanft und leicht, damit er nicht ganz wach wurde. Dann drehte sie sich um, damit Tom sich an sie schmiegte und sie seine verschlafene Wärme an ihrem Körper spüren konnte. Sie drückte sich fester an ihn, zog seinen Arm über sich, und er fing sofort an, ihren dicken, festen Bauch zu streicheln. Sie spürte eine zuckende Bewegung hinter sich und grinste.

»Tom«, warnte sie, »heute ist ein großer Tag.«

»Da sagst du was«, stöhnte er. »So groß habe ich mich noch nie gefühlt.«

Edie musste lachen. »Nein!«

»Ach komm! Gib mir eine schöne …«

»Tom! Nein. Ich mache dir jetzt ein üppiges Frühstück für deine erste Fahrt alleine nach London, und deine … äh … großen Pläne kannst du dir für heute Abend aufsparen.«

»Zur Belohnung?«, fragte er gedehnt.

Sie riskierte einen raschen Kuss, zog sich aber sofort wieder zurück. »Wir feiern, dass du deine Dämonen besiegt hast!« Dann sprang sie so leichtfüßig, wie ihr dicker Bauch es erlaubte, aus dem Bett, bevor er sie aufs Neue packen konnte. »Geh unter die Dusche. In einer Viertelstunde gibt es Frühstück.«

Seufzend drehte er sich um. »Gut. Aber heute Abend sind wir hier in diesem Bett miteinander verabredet.«

»Oder vielleicht im Badezimmer …«, erwiderte sie und lächelte ihn kokett an.

Tom blickte von seiner Zeitung auf, als sie ihm den Tee einschenkte. »Wie geht es dir heute?«, fragte er.

»Ich bin ein bisschen müde. Aber man hat mir gesagt, dass ich damit rechnen müsste. Er hat mich stundenlang getreten. Er ist eine unruhige Seele.«

»Er?«

Sie lächelte. »In ein paar Wochen wissen wir mehr.«

»Du solltest es mir sagen, wenn du nicht schlafen kannst«, sagte Tom. Er legte die Zeitung beiseite, um ihr seine volle Aufmerksamkeit zu schenken.

»Und was willst du dagegen tun?«, neckte sie ihn.

»Ich könnte dir den Rücken reiben. Oder unserem Kind vorsingen.«

»Oh nein«, wehrte sie mit gespieltem Entsetzen ab. »Du hast eine schreckliche Stimme – das arme Würmchen würde sich wahrscheinlich noch mehr winden.«

Tom packte sich ans Herz. Lachend wehrte Edie ihn ab, als er sie an sich ziehen wollte. »Oh nein, nicht. Wo bleibt mein Morgenkuss?«

Sie liebte diese Momente, zumal sie wusste, dass dieses schöne Leben zu zweit bald ein Ende haben würde. Kinder veränderten unweigerlich den Fokus in einer Ehe, und der euphorische jugendliche Überschwang zwischen Eheleuten verwandelte sich in den Wunsch, dieses kostbare Kind nicht mehr loszulassen.

»Noch einmal«, drängte er, hungrig nach ihrer Zuneigung.

Dieses Mal küsste Edie ihn länger. Sie konnte gar nicht aufhören.

»Und jetzt richtig«, verlangte er, als sie sich endlich von ihm löste.

Dieses Mal küssten sie sich langsam und tief; Tom zog sie auf seinen Schoß, gab einen leisen Laut der Lust von sich und streichelte ihren Bauch und ihre Brüste, bis sie aufseufzte.

»Tom«, stöhnte sie.

»Ich weiß. Heute Abend.«

Sie lächelten sich zärtlich an.

»Nein, ich wollte sagen, ich kann mir gar nicht vorstellen, dass ich jemals ein Kind mehr lieben könnte, als ich dich liebe.«

»Das kann ich mir auch nicht vorstellen«, sagte er. Sie umarmte ihn so fest, wie es ihr Bauch zuließ, und drückte ihr Gesicht an seinen Hals. Tief atmete sie seinen Duft ein – er roch nach Seife und Brillantine, die er sparsam verwendete, um seine dicken schwarzen Haare zurückzukämmen. Seit sie sich das erste Mal begegnet waren, waren sie länger geworden, und er sah nicht mehr so aus wie ein heimgekehrter Soldat. Jetzt wirkte er eher so wie ein Filmstar … wenn nur der Bart nicht wäre.

Zum Glück erschreckte er sich nicht mehr so bei lauten Geräuschen. Zwar mochte er große Menschenansammlungen immer noch nicht, aber mit jedem Tag wuchs sein emotionales Gleichgewicht. Edie hatte akzeptiert, dass der leicht gehetzte Ausdruck in den Augen ihres Mannes eines der Merkmale war, die ihm vielleicht für immer bleiben würden.

»Ich werde mit deinem Vater über die Zeit sprechen, wenn du nicht mehr arbeiten kannst.«

»Lass es besser«, sagte sie. »Das mache ich.«

»Ich habe dir doch gesagt, dass er bei uns wohnen kann. Epping ist nicht weit von London entfernt, und mir ist es egal.«

»Ich weiß, aber er wird aus Golders Green nicht weggehen. Außerdem ist er jetzt ein alter Mann. Er ist daran gewöhnt, in seinem eigenen Haus zu leben und zu bestimmen.« Sie wies mit dem Kinn auf Toms Tasse. »Trink deinen Tee. Du musst gleich gehen.«

»Nun, ein bisschen wird er sich umgewöhnen müssen – er bekommt bald ein Enkelkind.«

Edie seufzte glücklich.

Tom trank den letzten Schluck Tee, dann stand er auf und umarmte sie von hinten. »Wenn es ein Junge wird, nennen wir ihn Daniel; Nina, wenn es ein Mädchen ist.«

Edie drehte sich zu ihm um. »Meinst du das ernst?«, fragte sie.

»Warum nicht? Es sind schöne Namen … Familiennamen. Mir gefällt die Vorstellung, Namen zu nehmen, die für die Familie etwas bedeuten.«

»Bist du immer noch froh, dass du meinen Namen angenommen hast?« Sie blickte ihn forschend an.

»Edie, du suchst ja immer noch nach einem Haar in der Suppe!«

Sie lächelte verlegen. »Ja. Ich sehe dich immer noch als Geschenk der Engel an.«

»Und was sie einem geben, können sie auch ganz leicht wieder nehmen … Ich kenne das Sprichwort. Dein Vater wiederholt es oft genug.«

Edie grinste. »Wirklich? Daniel oder Nina?«

Er küsste sie. »Soll ich es mit Blut besiegeln?«

Edie knuffte ihn, aber dann verzog sie das Gesicht. »Oooh«, stöhnte sie. »So ein kleiner Wildfang! Fühl mal.« Sie legte Toms Hand auf ihren Bauch.

Er wartete, dann strahlte er sie stolz an. »Vielleicht spielt er ja später mal in einer englischen Mannschaft!«

»Für unsere neuen FA Cup Champions, Aston Villa?«

»Nein! Für Manchester United natürlich!«

»Warum? Wir wohnen doch in der Nähe von London.«

Grinsend zuckte er mit den Schultern. »Keine Ahnung. Vielleicht eine alte Erinnerung.«

»Du kommst nicht aus dem Norden. Darüber waren wir uns doch einig.«

Tom schien das egal zu sein. »Das Geheimnis meiner Vergangenheit interessiert mich nicht mehr. Ich will gar nicht mehr wissen, wer ich war. Mich interessiert nur, wer ich jetzt bin.« Er zeigte auf Edie. »Dein Ehemann.« Dann zeigte er auf ihren Bauch. »Sein oder ihr Vater.« Und schließlich zeigte er auf sich selbst. »Bald selbständiger Unternehmer, äußerst wohlhabend und ungeheuer gutaussehend …«

»Und eine Zeitlang bescheidener Buchhalter«, warf sie ein.

»Um wie viel Uhr trifft dein Vater ein?«

»Der Zug kommt um fünf, glaube ich. Ganz bestimmt vor Sonnenuntergang. Du kennst die Regeln.«

»Nun, ich werde versuchen, heute Abend nicht allzu spät zurückzukommen, aber da ich kein Jude bin und es auch nicht vorgebe zu sein, erkläre ihm bitte, dass das keinen mangelnden Respekt vor Schabbat ausdrückt. Ich habe einfach nur eine Überraschung für dich.«

»Und was für eine?« Edie schlang die Arme um ihn.

»Nun, ich denke, ich wage heute endlich einen Vorstoß und erschüttere die Savile Row.«

Sie zog aufgeregt die Luft ein. Ihre Augen glänzten vor Freude. »Wirklich?«

Er nickte. »Es ist an der Zeit. Ich bin es leid, dass die Käufer zum Laden deines Vaters kommen und unsere Stoffe in kleinen Mengen erwerben. Ich habe das nicht mit genügend Energie verfolgt und war außerdem abgelenkt«, sagte er und küsste sie auf den Scheitel. »Aber wir haben immer noch jede Menge auf Lager, und wir könnten eine kräftige Finanzspritze gebrauchen. Ich möchte, dass sich die Fahrt lohnt. Sie soll nicht nur der Beweis sein, dass ich alleine reisen kann.«

»Wie meinst du das?«

»Nun, ich habe vor, die Stoffballen auf die Wagonette zu laden. Ich werde alles auf einmal in der Savile Row verkaufen.«

»Alles?«, fragte sie.

»Ja. Solly Goldman hat alles mit mir zusammen eingefädelt. Übrigens mit dem vollen Einverständnis deines Vaters«, fügte Tom hinzu.

»Es ist dein Stoff, Tom. Du hast ihn fair erworben. Du brauchst Abbas Erlaubnis nicht.«

Tom zuckte mit den Schultern. »Wir leben seit der Hochzeit von dem Erlös, deshalb kann ich mich überhaupt nicht beklagen. Ich möchte einfach, dass Bargeld ins Haus kommt.«

»Dann ist jetzt also ein guter Zeitpunkt?«

»Ja, obwohl viele vielleicht nicht der Meinung sind. Abe möglicherweise auch nicht, aber ich habe es im Gefühl.«

»Vielleicht warst du früher auch Geschäftsmann, Tom.«

»Ein Börsenmakler vielleicht, oder? Ich kann gut mit Zahlen und Geld umgehen.«

»Und mit eleganten Kleidern«, erinnerte sie ihn schelmisch. Sie lächelten sich an, dann wurde Edie wieder ernst. »Abba sagt, es kommt eine Wirtschaftskrise.« Sie bemühte sich, es nicht so klingen zu lassen, als ob sie seinen Instinkt in Frage stellte.

»Das stimmt vermutlich sogar, wenn man bedenkt, was in politischer und industrieller Hinsicht passiert … und die Probleme in Irland machen es auch nicht besser. Aber die Leute, die sich ihre Anzüge in der Savile Row schneidern lassen, haben genügend Geld. Ihnen macht die Krise nichts aus, weil sie finanziell geschickt sind und genügend ›Fett‹ haben, das sie schützt. Sie werden die Privilegien, die sie sich selbst gönnen, nicht aufgeben, aber vielleicht greifen sie zu weniger teuren Optionen.« Er zuckte mit den Schultern. »Die Reichen wollen nicht das Gesicht verlieren, Edie, vor allem nicht diejenigen, die in London führend sind.«

»Ich wüsste gerne, woher du diese Dinge weißt, Tom.«

Er stieß die Luft aus. »Intuition vermutlich. Wir haben alle unsere Gaben.«

»Du glaubst also, wenn du alle Stoffballen auf einmal verkaufen kannst, machst du ein kleines Vermögen, weil der Preis unwiderstehlich sein wird?«

Er grinste und küsste sie. »Du bist eine gute Geschäftsfrau, Edie.«

»Ich bin stolz auf dich. Allein das Wissen, dass du dir endlich die Savile Row anschaust, hätte mich schon glücklich gemacht.«

»Ja, das hätte es bestimmt.«

Sie hörte den Unterton in seinen Worten. »Hätte?« Sie runzelte die Stirn.

Verlegen schaute er sie an. »Ich fahre zwar nach London, aber nicht in die Savile Row. Das macht Solly für mich.«

»Warum?«, fragte sie verwirrt. »Wenn du es bis nach London schaffst, ohne Angst zu bekommen, dann kannst du doch auch in die Savile Row fahren. Es ist dein Verkauf, deine Chance, den ganzen Gewinn einzustecken. Die Käufer sollen dich treffen – Tom Valentine, Unternehmer.«

»Für mein Selbstbewusstsein brauche ich bei einem Handel nicht persönlich anwesend zu sein. Ich habe alles vorbereitet. Solly weiß, was ich will, und er ist ein ehrenhafter Mann. Er kriegt seinen Anteil. Ich brauche ihm nur beim Aufladen auf den Wagen zu helfen. Das ist in Ordnung so.«

»Du hast also noch nicht genug Selbstvertrauen, um alleine nach London zu fahren?«

»Das ist es nicht. Ich will nach London fahren – muss es, um mir zu beweisen, dass ich keine Angst mehr habe, alleine unterwegs zu sein. Aber dass ich mich meinen Ängsten stelle, verlangt mir vielleicht zu viel ab, und ich will nicht riskieren, dass ich am Ende in der Savile Row auf irgendeine Weise geschwächt bin, wenn ich verhandeln muss. Solly ist mein Beauftragter. Das nächste Mal brauche ich sicher niemanden mehr, aber die Stoffballen, die wir gelagert haben, müssen jetzt weg. Wir können nicht darauf warten, bis ich mich sicher genug fühle, um mitten in die Stadt zu fahren. Wir müssen jetzt zuschlagen, Edie, bevor die Wirtschaftslage schlechter wird.«

Sie wirkte niedergeschlagen. Offenbar war sie noch nicht bereit, das Thema ruhen zu lassen. »Wenn du dich so stark fühlst, wie du klingst und erscheinst, dann finde ich wirklich, dass du selbst fahren solltest. Dabei ergeben sich vielleicht zahlreiche andere Möglichkeiten. Du kannst nicht weiter die Buchhaltung für Ladenbesitzer machen, Tom. Du kannst so viel mehr. Du hast hochfliegende Pläne. Ignoriere die Angst, riskiere es, in die Londoner Innenstadt zu fahren und den Handel selbst abzuschließen. Mach es selbst!«

»Es wird eine Herausforderung für mich sein, so weit alleine zu fahren.«

»Aber du bist doch nicht alleine«, entgegnete sie. Sie wusste zwar, dass er nur die Reise von Epping nach Golders Green gemeint hatte, aber sie beschloss, es zu ignorieren, um ihn davon zu überzeugen, dass er den Handel selbst abschließen musste. »Und die Savile Row wird dich begeistern«, fuhr sie mit flehender Stimme fort.

»Was bewegt dich dazu, so auf mich einzureden, Edie?«

»Stolz vermutlich«, gab sie achselzuckend zu. »Sie sollen wissen, dass sie Valentine-Stoff von einem Valentine kaufen. Und neidisch werden. Ich würde alles geben, um Zeit in der Savile Row verbringen zu können, aber es ist ja eine Männerwelt. Mein Vater ist ziemlich revolutionär, weil er mich immer schon ermutigt hat, auch das Schneiderhandwerk zu erlernen. Er hat mir schon früh erlaubt, mit seinen Kunden zu arbeiten.«

»Ich würde dich ja bitten, mit mir zu kommen, aber mir gefällt die Vorstellung nicht, dass du so kurz vor der Niederkunft noch reist.«

Edie winkte ab. Sie brauchte heute nicht mitzukommen. Aber sie tippte ihn auf die Brust. »Eine wichtige Person könnte dein Potenzial sehen. Vielleicht bietet dir jemand einen wundervollen Job in der Row an.«

Tom grunzte. »Das bezweifle ich. Ich will hier sein, mit dir und unserem neugeborenen Kind in unserem hübschen kleinen Haus mit dem Gemüsegarten und meinen Rosen. Und außerdem bin ich gerne selbständig. Als Angestellter kannst du nichts Großes erreichen.«

»Großes erreichen?«

»Ich möchte dir so viel geben. Und unserem Kind … unseren Kindern!« Lächelnd umarmte er sie. »Ich will nicht jeden Tag meines Lebens für jemand anderen arbeiten. Das können andere machen.«

Edie unterbrach ihn mit einem Kuss. »Ich liebe dich, Tom Valentine.«

»Ich liebe dich mehr, Eden Valentine.«

Sie schüttelte den Kopf. »Das bezweifle ich.«

»Ich kann es beweisen.«

»Na los.« Sie grinste.

»In Ordnung. Wenn ich das Geld für die restlichen Stoffballen habe, gehört es dir.«

Sie blickte ihn perplex an. »Wofür? Du bist doch das Finanzgenie in dieser Familie.«

Tom lächelte, und seine Augen funkelten. »Komm mit.« Er ergriff ihre Hand und führte sie zum Gartenschuppen, wo ein alter Lederrucksack hing, den Abe ihm gegeben hatte. Er gehörte zu den zahlreichen Dingen, mit denen Abe seine »Kinder«, wie er sie nannte, beschenkte. Alles, von Möbeln bis zu Kochtöpfen und Pfannen, hatte so seinen Weg in ihr kleines, glückliches Heim gefunden.

Edie schüttelte erstaunt den Kopf, als Tom den Rucksack vom Haken nahm.

»Halt deine Schürze auf«, sagte er.

Sie tat, worum er sie bat, und Tom drehte den Rucksack um. Geld fiel heraus. Viel Geld.

Edie starrte in stummem Staunen auf die Banknoten und Münzen. »Was ist das, Tom?«, flüsterte sie schließlich. Alles Lachen war aus ihrem Gesicht verschwunden. »Hast du eine Bank ausgeraubt?«

»Ehrlich verdient, investiert und reinvestiert, bis ich genügend Gewinn an der Börse gemacht hatte.«

»Was verstehst du von der Börse und Geldanlagen?«

Tom zuckte mit den Schultern. »Das ist eine gute Frage. Nichts, aber ich habe sehr schnell gelernt.«

»Ich hatte ja keine Ahnung.«

»Ich wollte nicht, dass du dir Sorgen machst. Deshalb habe ich auch von dem Geld, das ich als Buchhalter verdient habe, nie etwas genommen. Erinnerst du dich noch an die sieben Pfund?« Edie nickte. »Ich habe viel mehr gewonnen, habe aber ein paar Pfund für uns zurückbehalten. Ich dachte, wir könnten das Geld vielleicht brauchen, falls dein Vater sich von uns abwenden würde. Aus diesem Gewinn habe ich das hier alles gemacht.«

»Mit dem Gewinn durch Pretty Penny, meinst du?« Tom grinste. »Wie bist du auf die Idee gekommen?«

»Durch dich, Edie.«

Sie runzelte die Stirn. »Ich verstehe nicht.«

Tom öffnete die Tasche vorne am Rucksack und zog einige Papiere heraus. »Du wirst es verstehen, wenn du das hier gelesen hast.«

»Mir wäre es lieber, du sagst es mir. Du machst mir Angst.«

Er lächelte und blickte sie voller Wärme an. »Du brauchst keine Angst zu haben. Es ist aufregend. Ich habe einen Mietvertrag unterschrieben.«

Sie kniff die Augen zusammen. »Einen Mietvertrag … wozu?«

»Für das Atelier, von dem du träumst. Ich habe an Petticoat Lane gedacht, dann habe ich Lavender Hill in die engere Auswahl gezogen, aber du sollst wirklich Geld verdienen, Edie – und das richtige Geld wird an Orten wie dem Sloane Square ausgegeben. Dein neuer Salon ist auf der King's Road. Wenn ich heute den Stoff verkauft habe, kannst du es dir leisten, den Laden mit allem auszustatten, was du für Kleider- und Brautmode brauchst.«

Edie hätte ihren Mann am liebsten mit Fragen überschüttet, aber sie bekam keinen Ton heraus. Sprachlos blickte sie auf das Geld in ihrer Schürze und auf Tom.

Lachend vor Begeisterung fuhr Tom fort: »Es ist an der Zeit, dass du aus Abe Valentines Schatten und vor allem aus dem deines Bruders heraustrittst. Hier geht es nur um Eden Valentine und ihr Atelier.«

Edie starrte ihn an.

»Der Papierkram für den Laden ist komplett erledigt. Ich habe mit einem Anwalt gesprochen, der sich um alles kümmert. Alle Einzelheiten stehen hier drin. Wir können sie zusammen durchgehen …« Er schwieg und lachte erneut. »Wenn du erst einmal den Schock überwunden hast. Aber ehrlich gesagt brauchst du mich dazu gar nicht.«

Edie holte tief Luft. »Ich weiß gar nicht, was ich sagen soll.«

»Es gibt nichts zu sagen. Folge einfach deinem Traum, Edie.«

»Aber unser Kind?«

»Da finden wir eine Regelung. So viele Menschen suchen nach Arbeit, und wir können hinten im Salon ein Kinderzimmer einrichten.«

Edie hatte das Gefühl, als ob plötzlich ein ganzer Schwarm Schmetterlinge in ihrem Brustkorb herumflatterte.

»Edie? Das ist es doch, was du willst, oder nicht?«

Sie nickte unter Tränen. »Es ist sogar noch viel mehr, Tom. Du hast mir meinen Traum gegeben – meinen Salon, ein Kind … und dich. Ist es gerecht, dass einem Menschen so viel Glück auf einmal beschieden ist? Mir ist ganz schwindlig vor Schuldgefühlen.«

»Bloß nicht!«, warnte er sie. »Du hast dein ganzes Leben lang deine Pflichten erfüllt. Jetzt bist du an der Reihe, nach den Sternen zu greifen, und ich werde dir stolz dabei zuschauen. Mach mich stolz, Edie. Ergreife diese Gelegenheit und mach dir keine Gedanken über etwas, was du nicht in der Hand hast. Das Leben verläuft immer anders, als du es planst. Aber ich bin da … ich werde immer für dich da sein.«

»Versprich es mir.«

Tom küsste sie lange und zärtlich und löste sich erst von ihr, als sie beide Luft holen mussten. Er legte einen Finger auf seinen Mund. »Schscht, Edie«, murmelte er. »Du brauchst nichts zu fürchten.«

10

Als Tom und Edie beschlossen, aus der Wohnung über dem Laden auszuziehen und sich außerhalb von London niederzulassen, war Abe zunächst untröstlich gewesen.

Es war den beiden schwergefallen, den alten Mann zu verlassen, aber trotz Edies flehentlicher Bitten und Toms Drängen war er nicht dazu zu bewegen gewesen, zu ihnen in das Cottage zu ziehen, das sie eines Sommernachmittags entdeckt hatten, als sie im Wald von Epping picknickten.

Ein wenig abseits von den Jagdhütten und Landhäusern lagen hübsche Arbeiterhäuschen, und schmale Straßen schlängelten sich durch die unberührte Natur. Edie hatte sich sofort in den Landstrich verliebt. Vor allem ein verlassenes Cottage hatte es ihr angetan, umgeben von einer wild wuchernden Geißblatthecke und mit einer Laube am kaputten Tor, die unter einer Glyzinie und Kapuzinerkresse beinahe zusammenbrach. Uralte Rosenbüsche, deren Hauptäste beinahe so dick waren wie Edies Arme, blühten süß duftend und überreichlich in allen Farben. Die Blumentöpfe auf den Fensterbänken waren schon lange vertrocknet und voll mit verwelkten Blumen, sahen aber trotzdem irgendwie fröhlich aus, vielleicht wegen der Sonnenblumen, die in den Beeten vor dem Haus Wache hielten.

Es war innen und außen heruntergekommen und baufällig, aber Edie sah trotzdem die gute Substanz. Sie versicherte Tom, so etwas könnten sie sich leisten. Sie würden es schon hinbekommen.

»Du machst mich nervös, Edie«, hatte er ihr gestanden und die Stirn gerunzelt, als er an die Renovierungsarbeiten dachte, die vor ihnen lagen.

»Ich mache es uns hier so schnell gemütlich, dass du kaum zum Luftholen kommst. Mit dem Bus sind die siebzehn Meilen bis nach London schnell zurückgelegt. Es ist perfekt. Mein Vater kann uns jederzeit besuchen, und ich kann bei ihm Arbeit abholen und sie wieder zurückbringen.«

Tief in Gedanken versunken hatte Tom genickt. »Mir gefällt, dass es hier im Ort einen Markt gibt.«

»Offenbar jeden Montag«, hatte sie geantwortet.

Innerhalb weniger Wochen waren die Jungverheirateten eingezogen und hatten das Cottage in ihr Zuhause verwandelt. Als Tom seine Frau jetzt küsste, standen sie zu beiden Seiten des reparierten und frisch gestrichenen Gartentors. Edie seufzte.

»Was ist los?«, fragte Tom besorgt.

»Nichts«, erwiderte sie.

»Sag es mir.«

»Ich kann es nicht ertragen, wenn wir getrennt sind.«

Er schnalzte mit der Zunge. »Du fährst ständig nach London.«

»Ja, aber dann bist du hier in Sicherheit und wartest auf mich. Dieses Mal fährst du.«

»Du brauchst keine Angst zu haben. Sei doch einfach erleichtert, dass ich mich unabhängig genug fühle, um alleine in die Stadt zu fahren.«

»Mein Herz platzt fast vor Stolz auf dich.«

»Na siehst du«, sagte er. »Ich fahre nach London, um ein Vermögen mit unseren prächtigen Stoffen zu machen, und dann werden wir feiern. Du bekommst bald das Kind, und dann eröffnest du deinen Salon … und wir haben es geschafft.«

»Mach bitte heute keinen Abstecher in den Pub.«

Er schüttelte den Kopf. »Ich bin kein Kind mehr.«

»Ich weiß. Ich habe auch nicht deine Adresse in dein Jackett genäht«, sagte sie traurig. »Aber ich hätte es am liebsten getan.«

»Hör bitte auf, dir Sorgen zu machen, Edie. Ich bin wieder gesund, und ich muss jetzt endlich anfangen, es zu beweisen.«

Dieser Logik war nicht zu widersprechen. »Ich habe aber trotzdem etwas für dich genäht.«

Fragend blickte er sie an.

»Schau einmal in deine Brusttasche.« Sie musste ein Grinsen unterdrücken. »In die nicht sichtbare.«

Er zog ein rotes Taschentuch heraus, das sorgfältig gefaltet und gebügelt war. Tom runzelte die Stirn. »Ich habe doch ein Taschentuch«, sagte er und klopfte auf seine äußere Brusttasche.

»Nicht so eines«, sagte Edie. »Öffne es.«

Er schüttelte es aus und stellte fest, dass die Mitte herzförmig ausgeschnitten war.

Tom lächelte. »Ich glaube, Eden Valentine, du hast mein Herz.«

Edie öffnete die Hand und zeigte ihm das Stoffherz, auf das sie ihre beiden miteinander verschlungenen Initialen gestickt hatte. »Für immer«, antwortete sie. »Und ich werde es immer dicht an meinem aufbewahren.« Lächelnd steckte sie das kleine Stück Stoff unter ihre Bluse in ihren Büstenhalter.

Tom zog eine Augenbraue hoch. »Ich komme zurück, um es mir zu holen. Aber ich möchte, dass es nie irgendwo anders ist als dort.« Er küsste sie sanft. »Ich bin bald wieder zurück.«

Sie nickte. »Ich werde dich die ganze Zeit über vermissen.« Edie umarmte ihn fest. Und dann war er weg, ging mit großen Schritten die schmale Straße entlang, in dem neuen dunkelblauen Anzug, den ihr Vater ihm kürzlich genäht hatte. Er blieb stehen, um ein paar Worte mit Mrs Bailey zu wechseln, die gerade in ihrem Garten Rosen schnitt, und dann lupfte er seinen Hut erneut, für Mrs Charmers, die ihren Säugling im Kinderwagen spazieren fuhr. Edie reckte den Hals, um Tom noch sehen zu können, bevor er um die Ecke bog und zur Hauptstraße ging, wo der Bus in die Stadt abfuhr.

Edie beneidete Tom um seine lockere Art mit anderen. In der ländlichen Umgebung schien er sich sogar noch wohler zu fühlen als sie. Eine leichte Sommerbrise spielte in ihren Haaren.

»Manchmal tut Liebe weh, nicht wahr?«

Edie fuhr herum. Es war die Wirtsfrau aus dem King's Head, wo Tom und sie ein paarmal gewesen waren. Die laute, stets fröhliche Frau hinter der Theke konnte man einfach nicht übersehen. Ihre Falten verrieten, dass sie ihre besten Jahre schon hinter sich hatte, aber Edie war aufgefallen, dass Delia sehr viel Sorgfalt auf ihr Erscheinungsbild verwandte. Überraschenderweise wirkte sie jetzt jedoch jugendlicher, ohne Lippenstift und mit einem Pferdeschwanz.

»Delia, nicht wahr?«

»Gutes Gedächtnis. Wohin geht Ihr gutaussehender Freund?«

»Hallo. Ich bin Eden Valentine. Ist es so offensichtlich, wie sehr ich ihn liebe?«

»Ab und an.«

»Tom ist mein Mann.« Geistesabwesend streichelte sie über ihren Bauch. »Er bleibt heute den ganzen Tag weg.« Verlegen wandte sie den Blick ab.

»Warum so besorgt?«

Auf einmal erzählte Edie einer fast Fremden an ihrem Gartentor vom Gedächtnisverlust ihres Mannes, davon, wie sie sich kennengelernt und verliebt hatten, und dass sie aus der Stadt aufs Land gezogen waren, damit er wieder ganz gesund wurde. Sie erzählte der anderen Frau sogar von ihren Plänen, einen Brautmodesalon zu eröffnen.

»Nicht nur Brautmode natürlich … ich möchte die Kleidung für das ganze Drum und Dran, die Feierlichkeiten und die Flitterwochen und so, anbieten. Und Kleidung für die viel beschäftigte Frau – auf der Arbeit, in der Freizeit, zu Hause.« Sie blickte Delia an. »Heute allerdings geht es nur um Tom. Ich wüsste gerne, ob es ihm gut geht.«

Delia zuckte mit den Schultern. »Irgendwann müssen Sie ihn einmal alleine gehen lassen. Das nächste Mal fällt es Ihnen bestimmt leichter. Und bald winken Sie ihm fröhlich hinterher und sind froh, dass Sie ein bisschen Zeit für sich haben«, sagte sie und stupste Edie an. »Ich kann es manchmal kaum erwarten, Bert mal aus unserer Wohnung schicken zu können.«

»Wohnen Sie über dem Pub?«

Delia nickte. Ihre Miene verfinsterte sich. »Wir konnten keine Kinder bekommen«, sagte sie und blickte auf Edies Bauch. Doch sofort hellte sich ihr Gesicht wieder auf. »Aber das bedeutet natürlich auch, dass wir den Pub lange öffnen können und viel verdienen. Bert meinte, nächsten Winter sollten wir einmal Urlaub machen. Vielleicht fahren wir ja irgendwohin, wo es wärmer ist.«

»Sie Glückliche«, sagte Edie.

»Sie haben dann alle Hände voll zu tun, nehme ich an.« Delia zwinkerte ihr zu. »Lebt Ihre Familie in der Nähe?«

Edie schüttelte den Kopf.

»Was ist mit Freunden? Haben Sie schon viele gefunden?«

Edie zuckte mit den Schultern. »Noch nicht.«

»Nun, Sie hatten wahrscheinlich zu viel zu tun«, bemerkte Delia trocken und blickte erneut auf Edies dicken Bauch. »Kommen Sie, ich habe meinem Bert für heute Abend einen leckeren Obstkuchen versprochen.«

»Wohin soll ich mitkommen?« Edie runzelte die Stirn.

»Sie wissen doch, dass die besten Brombeeren in ganz England hier unten an Ihrer Straße wachsen, oder?«, fragte Delia.

Edie blickte sie verständnislos an.

»Ach du liebe Güte. Jetzt holen Sie sich schon eine Schüssel, und heute Abend erwartet ein warmer Kuchen mit Brombeeren und Äpfeln triumphierend die Heimkehr Ihres Mannes.«

Edie kicherte. »In unserem Garten steht ein Apfelbaum voller Früchte.«

»Hervorragend.«

Edie eilte zurück ins Cottage und kam mit einer großen Glasschüssel wieder.

Delia hakte sie unter. »Na komm, Eden.«

»Edie«, korrigierte sie.

»Gut, denn ich muss mit dir über deine Haare sprechen.«

»Über meine Haare?«, fragte Edie.

»Wir schneiden sie ab. Du bist jung, Edie! Trag sie doch in dem neuen Bob-Stil.«

Edie warf ihrer neuen Freundin einen misstrauischen Blick zu.

»Was ist?«, fragte Delia.

»Tom mag meine Haare lieber lang.«

»Das gilt für alle Männer, aber wir leben in den Zwanzigerjahren! Wie alt bist du?«

»Vierundzwanzig«, antwortete Edie.

»Na dann!«, sagte Delia, als wäre dies die Antwort auf alles. »Es gibt keine Frau unter dreißig, die sich nicht die Zöpfe abschneiden lässt. Und du hast dicke, dunkle, glänzende Haare, für die andere Frauen töten würden. Du kannst in London modisch den Ton angeben, Edie.«

»Warum tust du das nicht?«

»Weil ich schon vierundvierzig werde! Wenn du diesen Salon eröffnest, dann musst du den Frauen doch sicherlich auch Ratschläge in puncto Mode geben.«

»Ich denke schon.«

»Lass dir die Haare abschneiden, Mädchen. Ich habe im Rundfunk gehört, dass die Friseurläden in New York jede Woche von Tausenden von Frauen überflutet werden, die sich die Haare schneiden lassen wollen. London kommt als nächste Metropole an die Reihe. Du hast doch sicherlich die Modemagazine gesehen.«

Edie nickte.

»Wahrscheinlich jagt das den Männern Angst ein.« Delia lachte. »Aber wir haben Madeleine.«

»Madeleine?«

»Eine großartige Friseuse, die als Mannequin gearbeitet und sich jetzt aus Paris zurückgezogen hat. Sie wohnt neben dem Pub und kann dir die Haare im neuesten Stil schneiden. Wahrscheinlich können wir das schon heute Nachmittag machen, und du kannst deinen Mann nicht nur mit einem warmen Brombeerkuchen überraschen, sondern auch mit einer flotten Frisur.«

»Delia, ich bin mir nicht sicher …« Edie schüttelte den Kopf.

»Oh, es wird ihm gefallen.« Sie tätschelte Edie den Arm, als wäre alles schon abgemacht. »Und jetzt erzähl mir noch ein bisschen über deinen gutaussehenden Gatten. Ich muss dich warnen, wenn ich zwanzig Jahre jünger wäre …«

Edies Lachen hallte über die hübsche Landstraße mit ihren hohen Hecken und Brombeerranken.

Tom schwitzte ein wenig von der Anstrengung und trank jetzt zur Abkühlung in Abes Küche ein Ingwerbier mit Sol. Abe rührte in einem Topf auf dem Herd.

»Heiß heute, Abe. Ob Suppe eine so gute Idee ist?«, sagte Sol.

»Hühnersuppe kann man immer essen, Sol.«

Sol zwinkerte Tom zu. »Wir haben alles aufgeladen, Abe.«

»Gut. Ich bin froh, dass wir die Ballen los sind.«

»Noch sind wir sie nicht los«, warnte Tom. »Für mich sind sie erst verkauft, wenn ich das Geld in der Hand halte.«

»Hör mal, Tom, komm doch lieber mit mir heute.«

»Sol, das hast du bestimmt schon zehn Mal vorgeschlagen«, seufzte Tom.

»Dann lass uns das Dutzend voll machen. Komm mit. Abe wäre es auch lieber. Und mir sowieso. Du solltest den Handel abschließen.«

»Jetzt klingst du wie ein Valentine. Ich bin ganz zufrieden damit, hinter den Kulissen zu wirken.«

»Du hast es großartig gemacht, Tom«, versicherte Abe ihm. »Ist alles in Ordnung?«

»Ja, ich fühle mich wundervoll«, sagte er. »Es hat gutgetan, den Bus alleine zu nehmen, voll und ganz die Verantwortung für mich zu übernehmen. Aber Edie macht sich Sorgen, das weißt du ja.« Er erzählte nicht, dass der Bus fast leer gewesen war, dass der Schaffner ihn mit seinem Geplauder abgelenkt hatte und dass kaum Verkehr gewesen war. Von Golders Green in die Londoner Innenstadt hinein würde es allerdings voll werden, und all der Lärm von Menschen und Autos, Tieren und hektischem Stadtleben konnte seine gegenwärtige Ruhe bedrohen.

Abe nickte. »Zugegebenermaßen bin ich ein bisschen traurig, dass du die Savile Row nicht sehen wirst. Es ist ja nicht weit von hier. Die Row ist ein ganz besonderer Ort ... auch für Edie. Bevor sie als Kind in die Schule kam, ist sie immer zu all meinen Terminen mitgekommen. Ich habe mir dort die Arbeit für eine Woche abgeholt, habe sie hier erledigt und die Anzüge dann wieder in den verschiedenen Geschäften abgeliefert.«

Tom runzelte die Stirn. »Das wusste ich nicht.«

Abe zuckte mit den Schultern. »Ja. Ich habe das genäht, was sie nicht mehr geschafft haben, aber als meine Frau dann starb, war ich eine Zeitlang ziemlich seltsam. Ich traute mir nichts mehr zu und hatte das Gefühl, ich könne keinen Anzug mehr richtig ausmessen. Aber Edie liebte die Savile Row schon damals. Sie spielte mit den Knöpfen und Satin-Einfassungen und war fasziniert von den großen Scheren. Aber es ist kein Ort für Frauen.«

Tom seufzte, als er sich vorstellte, wie es wäre, wenn er Edie erzählen könnte, dass er in der Row gewesen war. »Ich sage dir was, Sol. Ich fühle mich jetzt eigentlich ziemlich gut und hätte nichts dagegen, ein bisschen weiter in die Stadt zu fahren. Du kannst mich ja irgendwo absetzen, damit ich Edie ein Geschenk kaufen kann. Wir sind hier ja früher fertig geworden als gedacht.«

»Ist das klug?« Abe musterte Tom forschend. »Du bleibst besser die ganze Strecke über bei Sol.«

Damit war die Sache für Tom entschieden. »Ich muss nicht ständig beaufsichtigt werden. Ich will nicht bis zur Savile Row, sondern ich möchte meine Grenzen austesten. Ich habe es ja auch heil bis hierher geschafft.«

»Die Londoner Innenstadt ist ein bisschen komplizierter«, warnte Abe ihn.

»Lass mich einfach in der Nähe einer Bushaltestelle heraus. Dann laufe ich eine Stunde herum und fahre dann zurück.« Er erwiderte Abes Blick. »Edie wird es auch gefallen – das nächste Mal werde ich zu den Schneidern fahren, die unser Tuch gekauft haben.«

»Das nächste Mal hast du ein Kind, für das du sorgen musst, Sohn. Das Leben wird dann ganz anders für dich sein.«

11

Vielleicht war es die optimistische Freude auf die Zukunft, die ihn zu neuem Wagemut verleitete. Er drängte Sol, ihn weiter in die Innenstadt mitzunehmen, als er ursprünglich vorgehabt hatte.

»Wir können ja die gesamte Strecke zusammen fahren … komm doch mit mir zur Row«, versuchte Sol es noch einmal.

Tom hatte keine Ahnung, wo oder wie nahe sie an der Savile Row waren, aber er schüttelte den Kopf. »Nein, ich möchte irgendwo aussteigen, wo es eine Bushaltestelle gibt und wo ich ein passendes Geschenk für Edie finde. Nichts für das Baby oder das Kinderzimmer, sondern nur für sie. Parfüm vielleicht?«

»Dann wäre Piccadilly Circus am besten, aber da ist auch am meisten los, Tom. Viel Verkehr und Lärm, Menschen und Betriebsamkeit. Ich hätte ein schlechtes Gefühl, wenn ich dich dortlassen würde.«

Es fühlte sich an wie eine Herausforderung … ein Handschuh, der ihm hingeworfen wurde. Ja, er wollte die Savile Row sehen, aber das würde bedeuten, dass Sol auf ihn aufpasste, und Tom war entschlossen, alleine etwas zu unternehmen. Dann bräuchte sich Edie nie mehr um ihn zu sorgen. Er konnte es schaffen. Zum ersten Mal, seit er auf dem Schiff aus der Bewusstlosigkeit erwacht war, hatte er das Gefühl, alles unter Kontrolle zu haben.

»Ich habe mein Gedächtnis verloren, aber meinen Mut habe ich nicht auf dem Schlachtfeld zurückgelassen.«

»Nein, Sohn, aber …«

»Setz mich am Piccadilly Circus ab«, beharrte Tom.

Edie saß in ihrer Wohnküche mit einem Handtuch über den Schultern. Neben ihr standen Delia und Madeleine, eine große, schlanke Frau mit goldblonden Haaren. Sie hatte eine kleine, aber ziemlich gefährlich aussehende Schere in der Hand. Im Zimmer roch es beruhigend nach dem Obstkuchen, den Edie in den Backofen geschoben hatte. Während sie den beiden anderen Frauen zuhörte, dachte sie an Tom. Wie mochte es ihm gehen? Saß er bereits im Bus nach Hause? Oder hatte er beschlossen, bei ihrem Vater zu übernachten? Und wie war wohl der Verkauf gelaufen? Es war außergewöhnlich, was Tom für sie auf sich genommen hatte, und so unerwartet, dass seine Worte immer noch in ihr nachhallten. Edie hatte noch nie Champagner getrunken, aber sie hatte es schon im Lichtspieltheater gesehen. Das Prickeln der Bläschen war bestimmt genauso erregend wie Toms Entschlossenheit, ihr einen eigenen Salon einzurichten.

»Du hast noch nie Champagner getrunken?«

»Wie bitte?« Edie schreckte aus ihren Gedanken auf.

Madeleine schaute sie aus ihren graugrünen Augen an. Die Schere klickte unheilverkündend in ihrer rechten Hand. Obwohl es mitten am Tag war und dazu noch auf dem Land, hatte sie Rouge und Lippenstift aufgelegt. Sie kam Edie exotisch und gefährlich vor. »Habe ich das richtig gehört?«

»Habe ich das laut gesagt?«

Edies neue Freundinnen lachten, und Madeleine schob eine Hüfte vor. Es war eine völlig mühelose Pose, selbstbewusst, ja sogar arrogant und definitiv sexy.

»Champagner, Eden, ist der Nektar der Götter«, gurrte Madeleine mit ihrem verführerischen Akzent. »Der französischen Götter«, fügte sie mit einem Augenzwinkern hinzu. »So, und jetzt zu deinen langen Haaren.«

»Ich will nur …«

»Eden«, unterbrach Madeleine sie. Ihre Stimme klang sanft, aber die klappernde Schere verriet ihre Irritation. »Du hast einen sehr schönen Namen, und doch erlaubst du allen, ihn so zu verkleinern, dass er so klingt, als würde die Tante der besten Freundin von Delias Großmutter ihn aussprechen.«

Delia blinzelte verwirrt, aber Edie musste lachen. »Ich bin immer Edie genannt worden«, gab sie zu.

»Aber Eden ist so exotisch. So ganz Frau.« Sie beugte sich dicht zu Edie. »Es ist Sex.«

Delia hustete.

»Schau mal nach dem Kuchen, Delia«, schlug Edie vor. Sie war sich nicht sicher, worauf Madeleine mit ihrer seltsamen Unterhaltung hinauswollte.

Die Französin ließ sich nicht beirren. Sie war vielleicht zehn Jahre älter als Edie und trug ihre Haare fast so kurz geschnitten wie ein Mann. Edie fand, dass die Frisur aussah wie ein Helm, aber sie traute sich nicht, es ihr zu sagen. Der Haarschnitt glänzte seidig, hatte stumpfe Kanten und einen merkwürdig kurzen Pony. An den meisten Frauen hätte es streng ausgesehen, aber zu Madeleine passte es – es sah sensationell aus. Ihre Lippen waren kirschrot geschminkt. Trotz der warmen Jahreszeit trug sie schwarz, und während sie Edies Frisur kopfschüttelnd betrachtete, musste Edie immerzu daran denken, wie Madeleine aussehen würde, wenn sie Kleider vorführte. Ihre Kleider.

»Ein ›Elfenschnitt‹ würde Eden so gut stehen«, sagte

Madeleine schließlich. Sie stieß sich vom Spülbecken ab und schnippte mit der Schere in die Luft.

Delia schloss die Backofentür. »Noch nicht ganz fertig.«

»Elfenschnitt?«, wiederholte Edie.

Madeleine nickte. »Kürzer als meine.«

»Oh nein! Definitiv nicht«, sagte Edie und stand auf.

»Ich weiß, was dir stehen würde, Eden«, sagte Madeleine streng.

»Mein Mann wird vor Schock sterben … wenn ihm nicht zuerst das Herz bricht. Nein, nein, nein! Ich bin einverstanden mit einer neuen Frisur, aber ich lasse dich erst mit dieser Schere in meine Nähe, wenn wir uns einig sind über das, was ich will.«

Die Frauen warteten.

»Bis hier«, sagte Edie und zeigte an, welche Länge sie zulassen würde.

Die Frauen blickten sie entsetzt an.

»Das ist doch nichts Halbes und nichts Ganzes«, erwiderte Madeleine.

»Nun, dann ist es eben so.« Edie zuckte mit den Schultern. »Ich will zwar einen Bob, aber in der welligen Version. Mit kurzen Haaren würde ich aussehen wie ein Junge.«

»Da hat sie nicht unrecht«, sagte Delia. »Fang langsam an, Mads.«

Madeleine fluchte leise auf Französisch. »Dann wollen wir mal loslegen.«

In London wurde es immer voller, und die Unbesiegbarkeit, die Tom den ganzen Vormittag über empfunden hatte, begann zu schwinden, als der Lärm der vielen Menschen und des Verkehrs in der Innenstadt an seinen

Nerven zerrte. Mit sinkendem Herzen tippte er Sol auf den Arm.

»Setz mich bitte hier ab.«

»Hier ist Green Park. Piccadilly ist noch …«

Tom holte tief Luft. »Hier ist es besser, Sol. Ich möchte mich eine Weile in den Park setzen.«

Sol fuhr langsamer und warf Tom einen Blick zu. »Es ist keine Schande, es zu lassen, Kumpel. Du hast an diesem einen Tag schon so viel erreicht.«

»Nur noch ein Test. Ich muss den Weg nach Hause finden.« Als Sol den Mund öffnete, um etwas zu erwidern, fügte Tom hinzu: »Alleine.«

Sie schwiegen beide, aber schließlich nickte Sol. »Hier ist die Bushaltestelle.« Er zeigte darauf. »Ich schreibe dir die Nummer auf … nur für den Fall …«

Tom wusste, dass er eigentlich sagen wollte: *Nur für den Fall, dass du sie vergisst,* oder *nur für den Fall, dass du wieder dein Gedächtnis verlierst.*

»Ich setze mich ein paar Minuten lang in den Park, dann nehme ich den Bus mit dieser Nummer. Verkauf meine Stoffe gut und bring uns allen einen ordentlichen Gewinn. Und denk daran, Sol, es ist für Edie. Sie soll das Geld bekommen, deshalb lass dich nicht übervorteilen.«

Tom schüttelte Sol die Hand und stieg dann aus dem Wagen auf den Bürgersteig. Die Grünanlage war Balsam für seine Seele. Er setzte sich auf eine Bank, um sich zu beruhigen. Er hatte es geschafft. Er war mitten in der Stadt, und obwohl er nicht hätte weiterfahren können, wurde sein Atem langsam ruhiger, und das Gefühl, ein Abenteuer zu erleben, kam zurück.

Ein eleganter alter Mann setzte sich ans andere Ende der Bank und lupfte grüßend den Hut.

»Hoffe, es macht Ihnen nichts aus, wenn ich mich zu Ihnen setze?«

»Keineswegs. Ich wollte nur den Frieden für ein paar Minuten genießen, bevor ich weitergehe«, sagte Tom.

»Ich komme jeden Tag hierher«, sagte der Mann und zog ein Stück Zeitung hervor, das er zu einer Tüte gedreht hatte. »Ich füttere die Vögel und beobachte die jungen Leute, die hier vorbeihasten.«

Tom lächelte. »Wohnen Sie in der Nähe?«

Der Mann nickte. »Mayfair. Ich lebe allein, deshalb gehe ich hinaus, um Leute zu sehen und mich mit jemandem wie Ihnen zu unterhalten.«

»Ich lebe in Epping.«

»Ah, Sie kommen vom Land. Großartig! Aber die Stadt wächst schnell, und überall wird gebaut. Ich bezweifle, dass Epping noch lange so ein verschlafenes Nest bleibt. Haben Sie schon immer da gewohnt?«

»Ich kann mich nicht erinnern.« Tom tippte sich an die Stirn. »Der Krieg hat mir das Gedächtnis geraubt. Ich bin Tom.« Seinen Nachnamen nannte er absichtlich nicht.

»Edgar. Freut mich, Sie kennenzulernen, Tom. Ich bin froh, dass der Krieg Ihnen nicht das Leben geraubt hat. Das Gedächtnis wird zurückkehren, oder Sie können es im schlimmsten Fall ersetzen. Sehen Sie es einmal so … Sie sind glatt und sauber im Oberstübchen, was ich leider von Ihrem Kinn nicht sagen kann.«

Tom lachte. »Nicht gut?«

»Sie sehen damit zwielichtig aus, so als hätten sie etwas zu verbergen. Hat sich Ihre reizende Gattin noch nie darüber beklagt, dass der Bart kratzt?«

»Nein, noch kein einziges Mal«, sagte Tom. Aber Edgars Bemerkung gab ihm zu denken. »Wirklich? Zwielichtig?«

Edgar kicherte. »Ich war früher Anwalt. Habe mich aber schon vor Jahren zur Ruhe gesetzt. Aber Männern mit Bärten habe ich nie ganz vertraut, es sei denn, der Bart sollte eine Narbe verdecken oder hatte einen religiösen Hintergrund.«

Tom dachte nach, während Edgar weiter seine Vögel fütterte.

»Gibt es hier in der Nähe einen Barbier?«

Seine Frage schien Edgar nicht zu überraschen. Er erklärte ihm den Weg. »Es ist nur drei Minuten von hier … gehen Sie aus diesem Tor, biegen Sie links ab, dann die erste rechts, und Sie sind schon da.«

»Danke, Edgar.« Tom stand auf und schüttelte dem alten Mann die Hand.

»Keine Ursache. Ihre Frau wird es mir danken. Das ist das beste Geschenk, das Sie je aus der Stadt mitgebracht haben, was?« Er tippte sich an die Nase und kicherte erneut. »Auf Wiedersehen, Tom. Es war nett, Sie kennenzulernen. Ach so, und reden Sie nicht zu viel mit ihm, wenn Ihnen Ihre Privatsphäre lieb ist. Er ist ein neugieriger Kerl.«

Am Tor winkte er Edgar noch einmal zu, dann ging er in die angegebene Richtung. Bald schon sah er in der Ferne das rot-weiß gestreifte Schild des Barbiers.

Eine Rasur kam ihm auf einmal wie das perfekte Geschenk für Edie vor. Als er auf den Laden zuging, durchzuckte ihn der Gedanke, dass dies ursprünglich das Schild für Aderlass gewesen war. Rot und Weiß symbolisierten Blut und Verbände, was ihn daran erinnerte, dass Bader früher einmal beim Militär eine große Rolle gespielt hatten. Aber dann richtete er seine Gedanken energisch wieder auf seine plötzliche, vermutlich bedeutungsschwere Entscheidung, sich den Bart abrasieren zu lassen, nachdem er sich so lange dagegen gewehrt hatte.

Wie würde Edie sich freuen! Sie hatte ihn zwar nicht einmal gebeten, ihn abzurasieren, aber er wusste, dass sie nur aus Geduld ihre angeborene Neugier überwand, den Mann, den sie liebte, aus seinem Versteck auftauchen zu sehen. Und er hatte sich ja auch versteckt. Am heutigen Tag jedoch, wo alles um Veränderung und Fortschritt ging, war die Zeit gekommen, sich dem wahren Tom zu stellen.

Tom trat in den weiß gefliesten Laden und nickte dem Barbier in seinem weißen Kittel zu. Der Mann war gerade mit einem Kunden fertig geworden und gab zum Abschluss einen Klecks Brillantine auf die Haare des Mannes.

»Guten Morgen, Sir … ein Haarschnitt?«

»Hinten und an den Seiten kurz und eine Rasur, bitte«, erwiderte Tom.

»Eine vollständige Rasur, Sir?«

»Ja, bitte.«

Der Barbier lächelte und wies auf einen Stuhl. »Nehmen Sie Platz. Ich bin Eric.«

Unter den geschickten, schnellen Händen des Barbiers tauchte das verborgene Gesicht von Tom Valentine auf. Es war ein ebenmäßiges Gesicht mit eckigem Kinn, hoher Stirn und griechischer Nase.

Da er an Edgars Warnung dachte, lenkte Tom den geschwätzigen Mann von allen zu persönlichen Informationen ab. Stattdessen unterhielten sie sich über allgemeine Themen vom Wetter in England bis hin zu der neuesten Männermode mit dreiteiligen Anzügen, Hosen mit Bügelfalte und Aufschlägen sowie Homburgs. Tom stellte fest, dass ihn das Leben mit Edie gut auf solche Gespräche über Mode vorbereitet hatte. Dem Barbier schienen die helleren Farben zu gefallen, die Männer jetzt trugen.

»Ist Ihnen auch aufgefallen, dass die Herren jetzt pastellfarbene Hemden tragen?«

Tom nickte, sagte aber nichts, da der Barbier gerade mit dem Bart über seiner Oberlippe beschäftigt war.

»Schmale Schnurrbärte sind auch modern«, erklärte der Barbier.

»Danke, ich bleibe bei glatt rasiert.«

Schließlich drückte der Mann ihm ein heißes Handtuch aufs Gesicht, und als er es herunternahm, starrte Tom sich schweigend im Spiegel an.

Er hatte keine Ahnung gehabt, dass er Grübchen hatte. Sie zeichneten sich deutlich ab, als er mit glatt rasiertem Gesicht zum ersten Mal ein Lächeln versuchte.

»Die letzte Rasur ist wohl eine Weile her, Sir?«

Tom nickte. Er brachte keinen Ton heraus. Er sah völlig anders aus, und auf einmal machte er sich Sorgen, ob Edie ihn überhaupt noch erkennen würde, ganz zu schweigen davon, ob sie dieses Geschenk, das er ihr aus London mitbrachte, auch schätzen würde. Er erklärte dem Barbier, dass seine Frau ihn noch nie ohne Bart gesehen habe.

»Machen Sie sich keine Gedanken, Sir. Sehen Sie sich doch den gutaussehenden Mann an, der Ihnen aus dem Spiegel entgegenblickt. Keine Frau könnte Ihnen widerstehen.«

»Für mich gibt es nur eine.«

»Das ist schön. Sie wird den neuen Mann in ihrem Leben lieben. Bärte sind außerdem nur etwas für alte Männer. Wie alt sind Sie, wenn ich fragen darf?« Eric trocknete Toms Gesicht ab und klopfte ihm einen frischen Zitrusduft auf die Wangen, der höllisch brannte.

»Äh …«

»Also älter als dreißig können Sie nicht sein, Sir«, fuhr Eric fort.

Tom lächelte erleichtert. »Ich habe heute Geburtstag«, log er, ohne die Frage des Mannes zu beantworten. Es schien ihm angebracht, den heutigen Tag als Geburtstag zu feiern, schließlich war es ja wie eine Wiedergeburt.

»Wirklich? Nun, dann herzlichen Glückwunsch zum Geburtstag.«

Tom rieb sich das ungewohnt glatte Kinn. »Ich sollte ihn eigentlich hier in London noch feiern, was?«

»Oh, Sie können jetzt nicht direkt nach Hause fahren, Sir«, sagte der Barbier. »Genießen Sie die Sehenswürdigkeiten, auch wenn Sie sich vielleicht nur auf die Treppe am Piccadilly setzen. Und dann kaufen Sie etwas für Ihre reizende Frau in einem dieser feinen Geschäfte. Sie hören sich an, als könnten Sie es sich leisten, zu Fortnum & Mason zu gehen!« Er stupste Tom spielerisch an.

Tom hatte das Gefühl, dass sein Wagemut zurückgekehrt war und sein Selbstbewusstsein wuchs. Das schien ein guter Plan zu sein, und außerdem würde er sich selbst Feigheit vorwerfen, wenn es ihm nicht gelang, sich seinen Dämonen zu stellen und seine Willensstärke am belebtesten Ort Londons zumindest zu testen. Vielleicht konnte er ihr ja etwas für das Baby mitbringen?

Als er aus dem Barbierladen in Mayfair trat, sah er aus wie ein neuer Mann, aber seine Vergangenheit war ihm leider immer noch nicht klarer.

Als Tom auf den Stufen unter dem Eros saß, wunderte er sich erneut über seine Naivität. Oder war er einfach nur dumm? Relativ ruhig war er Erics Wegbeschreibung mitten in die hektische Betriebsamkeit von Piccadilly Circus gefolgt. Aber jetzt merkte er, dass er dem Ganzen überhaupt nicht gewachsen war. Das Treiben um ihn herum – allein schon die Vielfalt der Farben – ließ seinen

Puls jagen, und während er versuchte, sich auf die kühlen Steine der Treppe zu konzentrieren, merkte er deutlich, dass er die Kontrolle über sich verloren hatte.

Er atmete bewusst langsam ein und aus, wie Edie es ihm gesagt hatte. Anfangs funktionierte es auch. Zunächst geriet er nicht in Panik, obwohl ihn die Intensität von Lärm, Bewegung, Farben, Gerüchen und Geräuschen nervös machte. Aber die Panikattacke würde nicht lange auf sich warten lassen, so heftig wie sein Herz klopfte.

Der Verkehr wogte wie ein Meer, und er war auf einer Insel mitten in diesem Ozean. Er versuchte sich auf ein Fahrzeug, einen alten Lieferwagen, zu konzentrieren, aber er verlor es bald aus den Augen, als es in der Menge unterging. Toms Selbstvertrauen schwand, und er fühlte sich wie in der Falle. Um ihn herum kreisten schwarze Automobile, gejagt von den dunklen Bus-Ungeheuern. Er fühlte sich an die dunklen Rauchwolken im Krieg erinnert. Zwar sah er diese Erinnerungen nicht klar vor sich, aber das Parfüm der Frauen um ihn herum roch für ihn wie Gas, während das Rauschen des Verkehrs zu dem dämonischen Lärm von Bomben und Kugelhagel wurde. Der Schweiß brach ihm aus, und sein Hemd klebte ihm feucht am Körper. Er hatte so große Hoffnungen gehabt, aber tatsächlich wurde er nicht alleine damit fertig … noch nicht.

Tom steckte den Kopf zwischen seine Knie, um den Schwindel zu bekämpfen, und atmete tief ein. Es roch nach Benzin und Abgasen, was verstörende Erinnerungen heraufbeschwor. Erinnerungen an Dunkelheit … Gefahr … an klaffende Wunden und gebrochene Männer … an Tod und, immer wieder, an Ersticken.

Von Zeit zu Zeit drangen Rufe und Lachen zu ihm durch, und der letzte Rest an Rationalität, der ihm geblieben war, sagte ihm, dass er hoffnungslos feststeckte. Er glitt ab in die völlige Verwirrung. Tom versuchte aufzustehen, wobei er sich fragte, ob er schwankte oder ob die Welt sich neigte. Er versuchte, etwas zu sagen, wusste aber nicht, ob überhaupt sinnvolle Worte aus seinem Mund kamen. Er dachte an Edie und das Baby und versuchte erneut, sich in den Griff zu bekommen, indem er sich zwang, aufzublicken und die Schilder um ihn herum zu lesen.

Oben auf einem Gebäude stand in großen Lettern *Bovril*, und unwillkürlich musste er an die aufgerissene Brust eines Mannes denken, aus der das Blut spritzte. Er blinzelte erschrocken und richtete seinen panischen Blick auf die große Uhr über dem Juweliergeschäft. Dabei fiel ihm seine Zeit im Haus der Valentines ein. Über einem anderen Laden stand *Nest* – das hatte er sich mit Edie in Epping geschaffen. Auf einmal stieg Hoffnung in ihm auf, dass er den Weg zurück in ihr gemütliches kleines Cottage finden würde, aber dann blieb sein Blick an dem Wort *Mine* hängen, und er hörte fernen Bombendonner, als ein Automobil mit knallender Fehlzündung vorbeifuhr. Plötzlich hatte er das Gefühl, er müsse einem Verwundeten helfen. Er presste die Hand auf die Wunde, aber das Blut sickerte ihm durch die Finger. Ein junger Mann, fast noch ein Junge, flehte Tom an, ihn nicht sterben zu lassen. Der Geruch nach Senfgas waberte durch seine Sinne. Kurz sah er vor sich, wie Soldaten aus dem Schützengraben heraussprangen, aber sofort wieder in ihr Grab zurückgeschleudert wurden, darunter auch er. Das Bild kam in schrecklichen Farben ganz nahe, verschwand aber genauso schnell wieder. Toms Atem ging jetzt schnell und stoßweise.

Er spürte Stein unter sich, realisierte, dass er sich wieder hingesetzt hatte. War er umgefallen? War er das, der diese seltsamen wimmernden Geräusche von sich gab?

»Hey, Mister«, hörte er eine Stimme. Mühsam hob er den Kopf, sah einen Jungen vor sich stehen, aber er hielt ein Gewehr in der Hand. *Gewehr!*, dachte Tom panisch. In seinem Kopf hallte Maschinengewehrfeuer, Kugelhagel, Wunden, Blut … überall Blut.

»Peng!«, schrie der kleine Junge fröhlich und zielte mit seinem Spielzeuggewehr auf ihn. Der Mechanismus klackte, aber im Geiste hörte Tom eine ohrenbetäubende Detonation. Er sprang auf und stürzte sich in das Meer der Fahrzeuge. Fahrer hupten, warfen ihm entsetzte Blicke zu, schwenkten die Fäuste und stießen Flüche aus, auch wenn er keine Worte hörte. Die Fahrgäste in einem kleinen Bus blickten ihn erschrocken an, die Münder wie zu stummen Schreien geöffnet.

Tom wusste nicht mehr, wo er war und in welche Richtung er rannte. Er stieß gegen einen Laternenmast und gegen eine Mauer, lief auf die Straße und ließ sich auf den Bürgersteig zurückzerren. Er wusste nichts. Wenn er sich selbst hätte sehen können, hätte er einen Mann gesehen, der im Zickzack vorwärts taumelte, sich den Kopf hielt, gegen Hauswände stieß und sich schmerzhaft die Knie aufschlug, als er hinfiel. Er rappelte sich wieder auf und stolperte weiter, mit zerrissener Hose und aufgeschürften Händen, während ein leiser Schrei wie von einem Tier in seinen Ohren gellte, von dem er wusste, dass er ihn ausstieß.

Und plötzlich packten Hände nach ihm. »Hey, Trunkenbold!«, hörte er.

Er dachte, er hätte gemurmelt: »Helfen Sie mir bitte«, aber er hörte nur undeutliches Flüstern und Lachen. Finger wühlten in seinen Taschen, und mit den Worten

»Blöder Idiot!« wurde er weggestoßen. Er stolperte weiter, weg vom Schlachtfeld Piccadilly Circus, während das Gewehrfeuer und das Blut ihn verfolgten.

Er rannte. Nur weg vom Kugelhagel und den Detonationen. *Zurück zum Schützengraben! Du musst den Schützengraben erreichen!* Um ihn herum wurde es ruhiger – vielleicht hatte er es bis zum Niemandsland geschafft? Sein Atem ging stoßweise, ihm war übel und schwindlig. Erstickte er? War es Giftgas? Seine Gliedmaßen waren so gefühllos, dass nur das Prickeln in seinen Fingern und am Hals ihm sagte, dass er noch lebte. Sein Sichtfeld hatte sich auf einen winzigen Kreis eingeengt, und selbst dieser Kreis verschwamm ihm vor Augen. Wenigstens konnte er das Schlachtfeld nicht mehr hören. Alles war still geworden. Plötzlich drangen seltsame, höfliche Stimmen zu ihm durch.

»Ich habe gefragt, ob Sie in Ordnung sind, Junge?«

»Du liebe Güte, Mann! Was ist mit Ihnen?«

Die Worte klangen so dumpf, als kämen sie aus den Tiefen eines Grabes, als ob alle lebendig begraben wären und die Toten mit ihm zu sprechen versuchten, um ihn zu mahnen, dass Edie auf ihn wartete. Er musste zurück zu Edie. Ihr Kind sollte bald kommen. Abe würde ihm das nicht verzeihen. Seine Ängste würden bestätigt werden.

Sie hätte eben doch Ben Levi heiraten sollen.

Tom war in Schweiß gebadet, sein Helmd klebte ihm am Körper. Der Nachmittagswind strich in einer kühlen Brise über ihn, und er begann hilflos zu zittern.

Ein letztes Mal hörte er eine Stimme.

»He! Pass auf!«

Er hatte einen letzten Gedanken – ein einzelnes Wort kam ihm in den Sinn. *Eden.* Auf diesen sicheren Garten rannte er zu. Ein Schlag streckte ihn zu Boden, als er in Richtung seiner Zuflucht taumelte.

Der Fahrer des Automobils, das gerade in die Savile Row eingebogen war, sah den Betrunkenen, schwenkte aus, um ihm auszuweichen, aber das Heck des großen, soliden Crossley 20/25 erfasste ihn. Er wurde herumgeschleudert und prallte gegen einen Laternenpfahl. Der Fahrer drehte sich entsetzt um, sah, wie der Kopf des Mannes das Eisen traf und er vor dem schmiedeeisernen Zaun von Pool & Co auf dem Bürgersteig zusammenbrach.

Und in diesem Moment starb Tom.

12

Edie hörte das leicht unangenehme Schaben der Schere an ihren Haaren, die ihr ausgekämmt bis zu den Schulterblättern reichten. Tief im Inneren hatte sie keine Angst, sich die Haare abschneiden zu lassen – eigentlich wollte sie es sogar unbedingt, weil sie wusste, wie modisch und schick es war –, aber sie war sich nicht ganz sicher, wie Tom reagieren würde. Sie hatte gesehen, wie sehr so ein kurzer Bob die Erscheinung der amerikanischen Frauen veränderte, und sie wusste, dass damit auch eine unweigerliche Veränderung im Kleidungsstil einherging.

Kurze Haare waren die unmittelbare Zukunft und bedeuteten weitaus mehr als einfach nur einen neuen Stil. Sie zeugten von einer neuen Freiheit, was nicht nur einen Abschied vom langen Rock und dem engen Korsett bedeutete, sondern auch die Unabhängigkeit von Nadeln und Spangen, Knoten und Pferdeschwänzen, Löckchen und Wellen. Wenn es ihnen gefiel, konnten Frauen auf einmal jungenhaft wirken, aber sie konnten für abends ihre Haare auch äußerst elegant mit diamantbesetzten Stirnbändern oder Perlenschmuck verzieren, es in Wellen legen oder gewagt kurz tragen.

»Du bist dir sicher, Edie, oder?«, fragte Delia, die plötzlich zweifelnd klang.

»Zu spät, *ma chérie*«, sagte Madeleine kichernd, und Edie spürte, wie ein großes Haarbüschel abging. Verstohlen warf sie einen Blick auf den Boden. Die Haarbüschel dort verkörperten den Tod von Edie Valentine, und in ihrer Seele stieg ihr verborgenes Ich auf – die unternehmungslustige, exotische Eden Valentine.

Madeleine schnitt noch mehr ab und drückte schließlich Edies Schultern. »Alles weg«, murmelte sie dicht an ihrem Ohr. Es klang jedoch nicht unfreundlich. »Ich muss es noch sauber schneiden«, erklärte sie und musterte die scharfe Linie in Edies Nacken. »Aber du kannst es dir schon einmal anschauen. Das bist du mit kurzen Haaren.« Sie gab Edie einen Handspiegel.

Als Edie die Fremde sah, die ihr aus dem Spiegel entgegenblickte, blieb ihr fast das Herz stehen. Ihr stockte der Atem. Genau so würde Tom sich fühlen, wenn er den Mut fände, sich den Bart abzurasieren. Davor hatte er Angst – eine ganz neue Person zu sehen … oder, was in seinem Fall wahrscheinlicher war, sich an eine frühere Person zu erinnern.

In diesem Moment durchfuhr sie ein Schmerz.

»Sag etwas!«, flehte Delia und musterte sie besorgt.

»Es ist etwas passiert«, flüsterte Edie unter Schock. Sie legte die Hand auf ihren Bauch. Sie konnte es nicht erklären. Aber es hatte sich angefühlt, als ob in diesem Moment, mit diesem schmerzhaften Herzschlag, die Welt für sie aus dem Gleichgewicht geraten war. Sie war sich bewusst, dass die beiden Frauen sie verständnislos anblickten, aber sie fand nicht die richtigen Worte. Auf einmal begannen die beiden gleichzeitig zu sprechen, während Edie noch nach Luft rang.

»Wovon redest du?«

»Ist etwas mit dem Baby?«

Edie schüttelte den Kopf. »Ich … ich weiß nicht. Ich fühle mich ganz seltsam.« Sie presste die Hände auf die Brust.

»Bist du krank, Eden?«, fragte Madeleine und hockte sich vor sie. Der Blick aus ihren graugrünen Augen beruhigte Edie; sie hatte auf einmal gar nichts Spöttisches mehr an sich, sondern wirkte zuverlässig und stark.

Delia holte Edie ein Glas Wasser. »Trink, Edie. Du siehst aus, als hättest du gerade einen Geist gesehen.«

»So habe ich es auch empfunden«, gestand Edie und trank hastig, weil ihre Kehle auf einmal wie ausgedörrt war.

»Du kannst es ja wieder wachsen lassen«, schlug Madeleine besorgt vor.

Edie schüttelte den Kopf. »Nein, es ist nicht wegen der Haare. Ich kann es nicht erklären. Mir ist auf einmal das Herz beinahe stehengeblieben … es hat wehgetan.«

Die beiden Frauen wechselten einen Blick.

»Herz? Warst du in letzter Zeit krank?«, fragte Delia.

Edie konnte langsam wieder klar denken. »Nein. Es ist etwas passiert …«

»Dein Baby«, sagte Madeleine ängstlich. »Hast du vielleicht schon Wehen? Wie nennt man noch einmal diese ersten Anzeichen?«

Edie erstarrte vor Schreck. »Er ist …«

Ihre Freundinnen warfen sich erneut einen besorgten Blick zu. Madeleine legte die Schere zu Boden. »Eden?«, murmelte sie angespannt.

»Nein, er ist in Ordnung.« Edie atmete auf. »Er tritt. Das sind keine Wehen. Mein Wasser ist auch nicht abgegangen. Ich habe keine Schmerzen.«

»Deinem Kind geht es gut«, sagte Madeleine mit ruhiger Stimme. »Deine Frisur ist wunderschön. Dein Kuchen ist prachtvoll«, fuhr sie fort. Edie lachte unter Tränen. »Alles ist gut«, beruhigte Madeleine sie. »Das war nur eine kleine Panikattacke, wahrscheinlich vor lauter Entsetzen darüber, dass deine Haare ab sind. Aber es steht dir ungeheuer gut!« Sie grinste.

»Das ist wahr«, warf Delia ein.

»Du siehst einfach wundervoll aus«, sagte Madeleine und hielt erneut den Spiegel hoch. »Sieh doch nur!«

Edie drängte die Angst zurück. Sie wehrte sich dagegen, dass ihre Gedanken sie ständig zu Tom in London führen wollten. »Mir gefällt es auch sehr gut, Madeleine«, gab sie zu. »Es werden sich einfach alle daran gewöhnen müssen.«

»Ja, genau, sie haben ja auch keine andere Wahl«, bemerkte Delia und kehrte Edies Haare zusammen.

Edie lachte. »Setz den Wasserkessel auf, Del. Ich mache uns einen Tee.«

Madeleine schnalzte mit der Zunge. »Delia kann den Tee machen. Ich bin noch nicht fertig mit dir. Ich möchte, dass du heute Abend für deinen gutaussehenden Mann hinreißend aussiehst.«

Menschen eilten zu dem am Boden liegenden Mann.

»Er ist mir direkt in den Wagen gelaufen«, sagte der Taxifahrer mit zitternder Stimme. Er war vor Schreck ganz grau im Gesicht.

»Ich habe es gesehen«, beruhigte ihn jemand. »Es war nicht Ihre Schuld.«

Zwei Frauen in der Menschenmenge schauten entsetzt auf den Mann auf der Straße. Eine tupfte sich die Augen mit einem Spitzentaschentuch.

»Oh Geoffrey, er ist tot.«

»Komm, komm, meine Liebe, das wissen wir doch gar nicht.«

»Machen Sie bitte Platz. Ich bin Arzt«, kam eine Stimme von hinten. Ein Mann drängte sich durch die Menge.

Seine makellos frisierten weißen Haare machten ihn zu einer auffälligen Erscheinung.

»Oh Sir, Sie sind nur halb angezogen«, sagte Geoffrey.

»Ich war gerade bei Pooles, wo mein Schneider mir einen Anzug angepasst hat, wenn Sie nichts dagegen haben«, konterte der Mann empört. »Ich bin Dr. John Cavendish aus der Harley Street. Und jetzt macht mir mal hier ein bisschen Platz, ihr guten Leute, damit dieser Mann und ich überhaupt noch Luft bekommen.«

»Ist er tot?«, fragte jemand.

»Das versuche ich gerade herauszufinden«, sagte Cavendish scharf.

Aus den Salons strömten Schneider heraus. Sie hatten Maßbänder um den Hals, einer trug ein langes Lineal, ein anderer hatte sogar noch Nadeln im Mund stecken. Alle waren entweder in Dunkelgrau oder Schwarz gekleidet, und die Kleidung wirkte äußerst elegant, auch wenn die meisten hemdsärmelig auf die Straße gelaufen waren.

»Dr. Cavendish, Sir?«, sagte jetzt ein Mann. Sein Schnurrbart, der so aussah wie ein Kohlestrich über seiner Oberlippe, zuckte besorgt, als er seinen Kunden in dem halbfertigen Abendanzug auf dem Boden knien sah.

Cavendish tastete nach der Halsschlagader des Mannes und fühlte seinen Puls. Schließlich nickte er. »Der Mann ist nicht tot. Er ist nur bewusstlos.«

Überall waren Seufzer der Erleichterung zu hören.

»Wer hat gesehen, was passiert ist?«

Einige Leute begannen gleichzeitig zu berichten, und Cavendish verzog gequält das Gesicht, als er versuchte, aus dem Gehörten schlau zu werden. »Gegen den Laternenmast, sagen Sie?«, wiederholte er.

Ein Mann nickte. »Charles Rainsford«, stellte er sich vor. »Ich arbeite in der City. Ich kam gerade aus Gieves

& Hawkes heraus, als dieser Mann, der offensichtlich betrunken war, um die Ecke getaumelt kam und beinahe in mich hineinlief. Ich rief ihm zu, er solle besser aufpassen. Der Taxifahrer schwenkte aus, um dem Kerl auszuweichen, erwischte ihn aber leider an der Schulter, woraufhin er wie gesagt herumgeschleudert wurde und mit dem Kopf gegen den Laternenpfosten prallte. Allerdings konnte ich nicht sehen, ob mit dem Kinn oder der Stirn.«

»Danke«, sagte Cavendish. »Aber dieser Mann ist nicht betrunken. Ich kann keinen Alkohol riechen.«

Ein Murmeln ging durch die Menschenmenge.

»Warum ist er denn dann so durch die Gegend geschwankt?«, wollte Rainsford wissen.

»Nun, das versuche ich gerade herauszubekommen«, erwiderte Cavendish. »George, habt ihr Riechsalz im Laden?«

Ein jüngerer Mann in Hemdsärmeln und Weste nickte. »Ja, natürlich, Doktor. Bin gleich wieder da.« Er rannte die kleine Treppe zum Eingang eines der Ateliers hoch.

Ein vornehm aussehender Mann mit einem modisch schmalen Schnurrbart drängte sich nach vorne. Mit seinen akkurat geschnittenen dunklen Haaren, die bereits mit Silberfäden durchzogen waren, wirkte er wie ein Militär. Er öffnete den Mund, um etwas zu sagen, aber in diesem Moment kam George mit einer kleinen dunkelbraunen Flasche mit MacKenzies Riechsalz wieder.

»Hier, Dr. Cavendish«, sagte er eifrig.

Cavendish schraubte den Deckel ab und verzog das Gesicht, als er probeweise an der offenen Flasche roch. »Ja«, sagte er hustend. »Es ist ganz frisch.« Er schwenkte das Fläschchen unter der Nase des am Boden liegenden Mannes. »Komm schon, guter Junge. Tief einatmen.«

Alle warteten.

»Verzeihen Sie, Doktor«, ertönte eine Stimme in der angespannten Stille.

Cavendish blickte den Mann mit den graumelierten Haaren und dem dünnen Schnurrbart an.

»Ich bin zufällig hier vorbeigekommen, Sir. Ich bin Percival Fitch.« Der Arzt blinzelte, und der Mann fuhr fort: »Äh, von Anderson & Sheppard«, sagte er und wies vage über seine Schulter. »Ich kenne diesen Herrn.« Er nickte zu dem auf dem Boden liegenden Mann, der in diesem Moment stöhnte, hustete und den Kopf von dem beißenden Geruch wegdrehte.

Die Zuschauer seufzten erleichtert auf.

»Ganz langsam«, beruhigte Cavendish ihn. »Sie waren ohnmächtig. Wir versuchen, Ihnen zu helfen.«

Der Mann schlug die Augen auf und blickte sich verwirrt um. Als er seine Umgebung wahrnahm, bekam sein Gesicht einen entsetzten Ausdruck.

»Was zum Teufel ist passiert?«, krächzte er.

Der Arzt wiederholte kurz, was er wusste. »Wie fühlen Sie sich?«

»Peinlich berührt«, sagte der Mann. Er stützte sich auf seine Ellbogen. »Hallo, Fitch. Helfen Sie mir hoch? Das wäre nett.«

»Ich denke, Sie sollten …«, begann Cavendish.

»Unsinn. Ich habe in den Schützengräben genug Treffer abbekommen, um ein kleines Stolpern auf der Savile Row wegzustecken. Ich muss ja völlig lächerlich aussehen. Falls Sie Unannehmlichkeiten hatten, tut es mir sehr leid«, wandte er sich an die Umstehenden. »Mir geht es gut, ich bin nur ein bisschen angeschlagen.« Er rieb sich die Schulter und berührte eine Stelle an seinem Kinn. »Bitte, keine Umstände mehr.«

»Wie Sie wünschen. Ich bin Dr. Cavendish«, sagte der

Arzt. Er erhob sich und verzog das Gesicht, als seine Kniegelenke knackten. Die Leute lupften grüßend ihre Hüte, und die Menge begann sich aufzulösen, während der Mann seine Kleider abklopfte. Das Drama war vorüber. »Wie viele Finger halte ich hoch?«

»Vier«, erwiderte der Mann gelangweilt.

»Beide Hände bitte«, forderte Cavendish ihn auf.

»Sieben«, antwortete der Mann zunehmend gereizt.

»Und können Sie sich an Ihren Namen erinnern?«, fragte Cavendish, als arbeitete er einen Fragebogen ab.

Der Mann blickte ihn finster an und richtete seine Krawatte. »Ja. Ich glaube nicht, dass ich so etwas vergessen würde, Dr. Cavendish. Ich bin Alexander Wynter.« Er nickte Fitch zu. »Was habe ich eigentlich für Kleider an, Fitch? Ich trage doch niemals Dunkelblau.«

»Nein, Sir. Aber ich habe diesen Anzug auch nicht gemacht, Mr Wynter.«

»Tatsächlich?«

Fitch zuckte entschuldigend mit den Schultern. »Nein, Mr Wynter, obwohl man schon von Weitem sieht, wie gut er gearbeitet ist, höchstens vielleicht ein bisschen eng, wenn Sie gestatten.«

Wynter nickte. »Aber Sie machen doch alle meine Anzüge, Fitch.« Er runzelte die Stirn.

Fitch zuckte erneut höflich mit den Schultern. »Wir haben Sie seit Jahren nicht gesehen, Sir.«

Der Mann starrte ihn fassungslos an, als hätte Fitch gerade gesagt, es würde in England nicht mehr regnen.

»Der Krieg hat das Geschäft für uns geändert, Mr Wynter.« Fitch seufzte. »So viele unserer Kunden sind nicht zurückgekehrt. Ich dachte, Sie sind vielleicht auch im Krieg geblieben.« Er blinzelte und räusperte sich entschuldigend. »Verzeihen Sie mir.«

»Nein, nein, keine Ursache. Äh … was für ein Datum haben wir?«

»Den 18. August, Sir.«

»Ah, gut. Äh … und welches Jahr?«

Fitch und Cavendish starrten ihn erstaunt an. Cavendish fand als Erster die Sprache wieder. »Es ist 1920. Wissen Sie das nicht?«

Wynter verzog das Gesicht zu einem Grinsen, aber der Arzt sah, dass er geschockt war. »Ich bin vermutlich noch ein bisschen benommen von dem Schlag«, sagte Wynter. »Vielleicht sollte ich mich untersuchen lassen.«

»Dann kommen Sie am besten gleich mit mir, Mr Wynter. Ich bin sowieso auf dem Weg in die Harley Street. Ich wollte mir ein Taxi nehmen.«

»Ich habe meinen eigenen Arzt, Sir. Lloyd Rathbone kümmert sich für gewöhnlich um unsere Familie.«

»Ich kenne Lloyd.« Cavendish nickte. »Er befindet sich gerade auf einer Rundreise durch Europa, soweit ich weiß. Erlauben Sie mir, Sie in meiner Praxis noch einmal gründlich zu untersuchen, sonst ist mir nicht wohl bei dem Gedanken, Sie aus meiner Obhut zu entlassen.«

Wynter seufzte dramatisch. »In Ordnung, wenn Sie dann heute Nacht ruhiger schlafen können.«

»Ja, bestimmt.«

»Fitch, dieser Anzug ist jetzt ein wenig mitgenommen, und mir ist gerade aufgefallen, dass er einen kleinen Riss am Knie hat.«

»Das ist mir auch aufgefallen«, sagte Fitch vorsichtig.

»Sie haben nicht zufällig …«

»Nun, Sir, durch einen seltsamen Zufall habe ich tatsächlich einen Anzug für Sie. Bevor Sie eingerückt sind, haben Sie 1915 einen bestellt und mich gebeten, ihn bei Ihrer Rückkehr fertig zu haben. Es werde nicht lange dauern, haben Sie zu mir gesagt«, schloss Fitch traurig.

»Fünf Jahre«, murmelte Wynter.

»Er passt Ihnen, Mr Wynter, daran zweifle ich nicht. Ich glaube nicht, dass Sie in der Zeit, in der Sie weg waren, auch nur ein Gramm zugenommen haben; Sie sind höchstens ein bisschen schlanker geworden.«

»Wenn das einer weiß, dann Sie, Fitch. Sie haben einen Anzug für mich. Großartig!« Wynter klang erfreut.

»Er ist bereits bezahlt und hängt immer noch in seiner Hülle. Ich habe immer gehofft, dass Sie ihn eines Tages abholen werden, Sir«, sagte Fitch. Dann räusperte er sich, damit er nicht zu gerührt klang. »Äh, verzeihen Sie mir. Zu wenige sind zurückgekehrt.«

Alexander Wynter lächelte Fitch strahlend an. Dann wandte er sich an Cavendish. »Lassen Sie mir die Zeit, Cavendish. Ich ziehe mich nur rasch um.«

»Natürlich. Ich rufe uns ein Taxi, und wir treffen uns dann in der Old Burlington Street.«

Wynter nickte und folgte Mr Fitch ins Atelier von Anderson & Sheppard. In einem früheren Jahrhundert war das Gebäude zweifellos ein prachtvolles Wohnhaus gewesen, in dem vielleicht auch ein Arzt seine Praxis betrieben hatte, bevor die Schneidergilde die Straße in Besitz genommen hatte. Alle Ärzte waren vor dem Ansturm der Kleidermacher in die Harley Street geflohen, und jetzt gab es in dieser Gegend nur noch Ateliers, die für Herren und das Königshaus arbeiteten.

Während sie zum Laden gingen, betrachtete Wynter die Vielzahl der Geschäfte und Salons, die sich in diesem Londoner Viertel ballten. Jeder hatte sein Spezialgebiet. Manche hatten als Helm- und Hutmacher begonnen, so wie Thomas Hawkes, einer der Partner von Gieves &

Hawkes in der Savile Row eins. Andere waren Jagdausstatter oder Lieferanten für den Hof und andere Würdenträger gewesen.

Anderson & Sheppard befanden sich in einem dreistöckigen Gebäude mit Dachboden und Keller. Mr Fitchs Schneiderwerkstatt erstreckte sich über alle drei Stockwerke. Wynter wusste, dass die Näherinnen in der Mansarde saßen, weil dort das Licht gut war zum Nähen der Knopflöcher und für abschließende Arbeiten, die nur von zarten, geschickten Händen erledigt werden konnten. Im Untergeschoss befanden sich normalerweise die Zuschneider und Schnittmusterzeichner. Dort fiel das Sonnenlicht in den kleinen Hof, der unter Straßenniveau lag, und durch die großen Fenster direkt auf den Zuschneidetisch.

Sie erreichten das markante Gebäude mit dem tief dunkelblauen Schild, und Wynter hielt sich an dem hübschen Eisengeländer fest, als sie die Treppe in den Salon hinaufgingen. Er wollte sich nicht anmerken lassen, dass er sich immer noch ganz »durcheinander« fühlte.

Holzgetäfelte Wände und ein Marmorkamin hießen ihn im Inneren willkommen.

»Ah, das ist besser«, sagte Fitch. »Elton?«

Ein jüngerer Mann erschien. »Mr Wynter, Sir!« Er strahlte vor Freude. »Wie wundervoll, Sie wieder bei uns begrüßen zu können!«

Wynter stellte sich mit dem Rücken zum Kamin. »Es ist wunderbar, wieder zurück zu sein, Elton. Sie haben es auch nach Hause geschafft. Wie geht es Ihnen?«

»Oh, wie Sie sehen, bin ich heil und gesund, Sir, vielen Dank.«

»Wo waren Sie denn?«

»In Italien, Sir. Aber es ist schön, wieder zu Hause zu

sein. Ich habe meinen Schatz geheiratet, Sally. Sie erwartet jeden Moment unser erstes Kind. Sie freuen sich sicherlich auch, wieder zu Hause zu sein.«

»Guter Junge«, sagte Wynter. Er wollte nicht zugeben, dass er keine Ahnung hatte, wie es zu Hause war.

»Mr Elton, holen Sie bitte Mr Wynters Anzug und sorgen Sie dafür, dass etwas Warmes zu trinken gebracht wird. Tee, Sir?«

Wynter überlegte. »Besser nicht«, sagte er dann und griff nach seiner Taschenuhr. Sie war nicht da. »Merkwürdig«, murmelte er. »Äh, Dr. Cavendish wartet.«

»Oh ja, natürlich«, erwiderte Fitch. »Mr Wynter, wenn Sie mir folgen möchten, wir entledigen Sie Ihrer Kleidung im Hinterzimmer.«

Innerhalb weniger Minuten hatte Fitch ihn in einen dunkelgrauen Anzug von tadellosem Schnitt gesteckt. Wynter wusste, dass er einen langen Oberkörper hatte, aber Fitch wusste das auch, und so blickte ihm aus dem Spiegel ein perfektes Bild entgegen. Fitch fuhr noch rasch mit einer Bürste über die Schultern seines Kunden.

»Hervorragend, Sir. Ich bin begeistert. 1915 waren Sie natürlich der Mode ein wenig voraus. Sie wussten einfach, dass dieser gewagte Stil die Zukunft war. Ihr Vater ist an jenem Tag mit Ihnen gekommen. Wissen Sie noch, Sir?«

Vater? »Ah ja, natürlich«, sagte Wynter. Nach und nach erinnerte er sich wieder an die Zeit, bevor er an die Front gegangen war. Er holte tief Luft, um sich zu beruhigen. Plötzlich sehnte er sich danach, seinen Vater, Thomas Fineas Wynter, wiederzusehen.

»Ich habe damals Ihrem Vater seinen neuen Morgenanzug angepasst. Erinnern Sie sich, wie entsetzt er über Ihre Wahl war?« Fitch schmunzelte, und auch Wynter verzog lächelnd das Gesicht. »Ihren nächsten Anzug machen wir auf jeden Fall mit Aufschlägen an der Hose, breiteren Revers, denke ich, und das Jackett wird zweireihig.«

»Wirklich?«

»Sie waren immer schon einer der Ersten, der die neuen Schnitte getragen hat.«

»Ich verlasse mich da ganz auf Sie, Fitch. Danke auch noch für das Hemd und die Krawatte.«

»Nicht der Rede wert, Mr Wynter. Wir hatten alles schon zusammengestellt, bevor Sie … äh, bei der letzten Anprobe. Und es steht Ihnen sehr, sehr gut, wenn ich das sagen darf, Sir. Und die Farbe, das sind ganz Sie, Sir.«

Wynter lächelte. »Nun, ich mache mich jetzt besser auf den Weg. Danke noch einmal. Äh, Bezahlung?«

»Schon bezahlt, Sir.«

»Exzellent. Dr. Cavendish wird sicher schon ungeduldig.«

»Äh, was ist mit dem alten Anzug, Sir?«

»Ich brauche ihn nicht mehr.«

»Ich werde ihn ausbessern und an ein Armenhaus geben, wenn es Ihnen recht ist? Dort gibt es viele bedürftige Männer.«

»Natürlich«, sagte Wynter. Es war ihm peinlich, dass er nicht selbst darauf gekommen war. Wenn Fitch die Wahrheit erkennen würde, würde er merken, dass sein Kunde kaum denken konnte. Die Welt kam Wynter vor wie ein schrecklich fremder Ort, und er musste sich anstrengen, um mit der Unterhaltung mitzukommen. Es war 1920! Was war seit 1917, als er im Schützengraben gestanden und versucht hatte, seinen Männern gut zuzureden, geschehen?

»Ich bringe Sie hinaus, Mr Wynter. Bitte beehren Sie uns bald wieder. Sie brauchen doch sicher ein paar neue

Kleidungsstücke für den Herbst, vielleicht sogar einen neuen Wintermantel?«

»Oh, absolut.« Cavendish wartete bereits im Taxi vor der Tür, und Wynter hob grüßend die Hand.

»Hoffentlich ist das nicht das Taxi, das Sie angefahren hat, Sir«, bemerkte Fitch im Scherz.

»Ja, das hoffe ich auch.« Er schüttelte dem Mann die Hand. »Bis bald, Fitch.«

»Ja, Sir. Danke.«

Wynter stieg in den Wagen. »Danke, Cavendish.«

»Keine Ursache. Ich könnte es mit meinem Gewissen nicht vereinbaren, wenn ich Sie nicht gründlich untersuchen würde. In die Harley Street, bitte«, sagte er und klopfte mit seinem Stock an die Trennscheibe zwischen ihnen und dem Fahrer. »Hoffentlich ist das nicht der Mann, der Sie umgefahren hat«, murmelte er.

Später, in Cavendishs Praxis, musterte der Arzt ihn stirnrunzelnd.

»Und, wie ist die Diagnose?«, fragte Wynter.

»So weit, so gut; Sie sind bei guter körperlicher Gesundheit, humpeln allerdings ein wenig.«

»Schrapnell?«, riet Wynter.

»Wo waren Sie?«

»In Ypern.« Er lächelte freudlos. »Die Generäle teilten alles in verschiedene Schlachten auf. Für uns in den Schützengräben war es einfach nur ein langer Krieg. Aber um bürokratisch genau zu sein – die Verletzung stammt aus der sogenannten Dritten Schlacht.« Ganz genau wusste er es zwar nicht, aber es erschien ihm am wahrscheinlichsten. Zumindest erinnerte er sich daran, dass es Ende 1917 gewesen war. Sie waren auf das Dorf Passchendaele vorgerückt, der Boden unter ihren Füßen eine endlose Schlammwüste.

Der Arzt griff nach seinem Stethoskop und hängte es sich um den Hals. »Erzählen Sie weiter«, ermunterte er Wynter und stellte ein Gerät aus einer glänzenden, länglichen Blechdose auf.

Stirnrunzelnd versuchte Wynter sich an die Bilder zu erinnern. »Wir sind hintereinander durch Niemandsland gelaufen. Dicht bei uns ist eine Mine explodiert, und die Druckwelle hat mich in einen Graben geschleudert.« Er kniff die Augen zusammen, als sähe er alles wieder vor sich. »Der Graben war sehr tief und voller Leichen und sterbender Männer. Ich hörte schreckliche Schmerzensschreie; sie schrien nach ihren Müttern, die meisten von ihnen waren noch so jung.«

Der Arzt nickte und legte Wynter die Manschette des Blutdruckmessgeräts an.

»Granatsplitter und Kugeln pfiffen über uns hinweg, und der Boden bebte, wenn die Minen hochgingen. Ich glaubte nicht, dass ich die nächsten Minuten überleben würde, und kletterte aus dem Graben heraus, um den tapferen Männern oben zu helfen.«

Der Arzt legte einen Finger an seine Lippen. Er hatte sich das Stethoskop in die Ohren gesteckt. Wynter lauschte dem pfeifenden Geräusch, mit dem er die Manschette aufpumpte, und fühlte den leichten Druck um den Oberarm. Cavendish schien mit dem Ergebnis zufrieden zu sein, denn er löste die Manschette vom Arm. »Bitte fahren Sie fort …«

Wynter zuckte mit den Schultern. »Mehr gibt es nicht zu erzählen. Ich … nun ja, ich glaube, es gab noch eine weitere gewaltige Explosion, und der Schützengraben wurde noch einmal direkt getroffen. Ehrlich gesagt weiß ich nicht, wie ich es überlebt habe, aber ich vermute, ich war eine Weile bewusstlos und kann mich deshalb auch an nichts Weiteres mehr erinnern.«

»In der Tat, Sie haben großes Glück gehabt«, sagte der Arzt seufzend. »Der Blutdruck ist ein wenig hoch, aber das war zu erwarten. Alles in allem sind Sie ziemlich gut in Form. Morgen werden Sie dort eine ordentliche Beule haben«, er wies auf das Kinn seines Patienten, »und wahrscheinlich wird es eine Weile wehtun.«

»Aua!«, sagte Wynter auch prompt, als der Arzt die Stelle berührte.

»Mmm, tut mir leid.« Cavendish runzelte die Stirn. »Und Ihre Schulter wird auch eine Zeitlang schmerzen. Aber sie ist nicht gebrochen und auch nicht ausgekugelt. Mit der Zeit wird es besser.« Cavendish stieß die Luft aus. »Also, Wynter, ich kann feststellen, warum Sie in der Savile Row ohnmächtig geworden sind, aber was zu dem Unfall geführt hat, kann ich nicht herausfinden. Können Sie mir dazu etwas sagen?«

Wynter blickte ihn an. »Leider nicht.«

Der Arzt verzog verwirrt das Gesicht. »Können Sie sich daran nicht erinnern?«

Wynter zuckte mit den Schultern. »Nein, absolut nicht.«

Cavendish kniff die Augen zusammen. »Was ist los, Wynter? Erzählen Sie es mir. Ich werde Ihnen helfen.«

»Es gibt nichts zu erzählen. Ich kann mich nicht erinnern.«

»Ich verstehe nicht.«

»Ich erinnere mich an nichts … außer an das Grab. Danach … nichts, bis heute.«

Der Arzt blickte ihn über den Rand seiner Brille hinweg an. »Wollen Sie mir sagen, dass Sie sich nicht erinnern können, wie Sie nach Hause gekommen sind?«

Wynter schüttelte den Kopf. »Das Letzte, woran ich mich erinnern kann, ist der Moment, in dem der gute alte

Johnny, der mir nur Minuten vorher einen Tee gemacht hatte, in die Luft geflogen ist.«

»Grundgütiger Himmel! Kompletter Gedächtnisverlust?«

Wynter nickte. »Wahrscheinlich. Ist Amnesie normal?«

»Es ist auf jeden Fall kein Makel, sie beim Namen zu nennen, Wynter. Das Schützengrabentrauma kommt bei unseren heimgekehrten Soldaten weit häufiger vor, als die meisten Menschen ahnen.«

Wynter zuckte mit den Schultern. »Offen gesagt wundert es mich, dass ich hier stehe. Es ist so, als hätte ich ein ganzes Stück meines Lebens verloren. Meine letzte klare Erinnerung ist der Schützengraben während der Schlacht. Danach, nichts.«

»Faszinierend«, sagte Cavendish, obwohl er sichtlich besorgt war. »Es gibt also keinen Hinweis darauf, warum Sie in London oder in der Savile Row waren?«

Wynter schüttelte den Kopf. »Ich habe keine Ahnung, wie ich überhaupt nach England gelangt bin, Cavendish! Warum bin ich in London? Warum taumele ich herum, wo Sie doch eindeutig festgestellt haben, dass ich nicht betrunken bin? Der Sitz meiner Familie ist in Sussex, aber ich kann mich nicht daran erinnern, dort gewesen zu sein.«

»Sie können sich nicht an Ihre Familie erinnern … ich meine daran, dass Sie sie gesehen haben?«

»Nein. Ehrlich gesagt, erst als der Schneider meinen Vater erwähnte, fiel mir ein, dass ich ihn das letzte Mal gesehen habe, als ich ihn auf der Treppe von Larksfell umarmte.«

»Oh, natürlich, Larksfell Hall«, bemerkte Cavendish stirnrunzelnd. »Ich glaube, mein Cousin kennt Ihre Familie. Richard Bosworth.«

Wynter grinste. »Dickie Bosworth? Er und mein Vater sind alte Freunde.«

»Und welches Datum ist Ihre letzte Erinnerung?«

»Ich erinnere mich an den 12. Oktober 1917. Links von uns waren die Neuseeländer und rechts die Australier – wir wollten Passchendaele angreifen und einnehmen. Auf beiden Seiten erstreckten sich meterdicke Bündel Stacheldraht. Dahinter standen deutsche Maschinengewehrposten, und weiter hinten im Tal befanden sich die deutschen Bunker. Die Neuseeländer und Australier hatten sich schon weitestgehend von der Frontlinie zurückgezogen, und dabei brauchten wir dringend Unterstützung bei den Angriffen. Meine Männer waren völlig erschöpft, die Moral war auf dem Tiefpunkt, wir hatten schwere Verluste erlitten, das Essen war furchtbar und die Wetterbedingungen entsetzlicher, als man es sich in seinen schlimmsten Albträumen vorstellen kann.«

Cavendish sah, dass Wynters Blick in die Ferne gerichtet war, als ob er dort dieses Bild sähe. Sein Tonfall wurde verträumt. »Schon am Abend vorher hatte der Wind aufgefrischt, und nun fegte über Flandern ein heftiger Sturm hinweg. Die Truppen waren erschöpft, und das Wetter machte alles noch schlimmer. Unsere Jungs bewegten sich auf Holzplanken, mit denen wir den durchweichten Boden befestigt hatten. Ohne diese Konstruktion wären wir bis zu den Knien eingesunken.« Er schüttelte den Kopf. »Ich versicherte meinen Jungs, der Befehl von oben laute, nur anzugreifen, wenn das Wetter besser sei. Die Erfahrung hätte uns lehren sollen, wie sinnlos es ist, Männer unter so ungünstigen Wetterbedingungen in die Schlacht zu schicken. Sie sind isoliert, doppelt so schnell erschöpft wie sonst, verlieren rasch die Orientierung, da die Sicht so schlecht ist, und geraten in hoffnungslose

Situationen … ganze Einheiten werden ausgelöscht.« Wynters Tonfall war leidenschaftlich.

Doch dann wurde seine Stimme wieder monoton. »Natürlich war im Prinzip vereinbart, unter solchen Bedingungen nicht anzugreifen, aber in der Realität drängten unsere Generäle trotz aller Erfahrung und allem Wissen vorwärts … all die sinnlosen Tode von tapferen jungen Männern, nur weil wir die Stadt nach Jahren vergeblicher Versuche endlich einnehmen sollten.« Er lachte erstickt auf. »Sie hofften wahrscheinlich, der Sturm würde die Wachsamkeit des Feindes beeinträchtigen und sie könnten die Deutschen überrumpeln.«

Wynter blinzelte. Er schüttelte den Kopf, als wollte er nicht weitersprechen. Cavendish blickte ihn schweigend an.

»Wir gruben uns ein, aber sich in Wasser einzugraben ist ein Widerspruch in sich. Steif von der eisigen Kälte hatten unsere Männer überhaupt keine Chance. Es war stockdunkel, aber unsere Vorgesetzten verlangten von uns, dass wir noch vor der Dämmerung den Hügel einnehmen sollten, mitten in den tosenden Sturm hinein, während sie vermutlich Brandy tranken und sich über ihre Karten beugten wie Schuljungen, die ihre Zinnsoldaten hin und her schieben!« Sein Tonfall zeigte seine Verachtung. »Die Deutschen saßen oben hinter dem Hügel. Es war alles so sinnlos. Wir wussten noch nicht einmal, ob sie Nachschub bekommen hatten. Die Männer und ich taten unsere Pflicht, und die meisten starben dabei. Ich hatte wieder Glück. Ich war einer der Ersten oben auf dem Hügel, hörte das Rattern der Maschinengewehre, rannte viel länger, als ich mir zugetraut hätte, und dann gab es eine gewaltige Explosion.« Er rieb sich übers Gesicht, als wollte er die Erinnerung wegwischen. »Und dann war ich lebendig begraben, das habe ich Ihnen ja erzählt. Fragen Sie mich nicht, wie sie mich gefunden haben. Ich verlor erneut das Bewusstsein, deshalb weiß ich nicht, wie ich Aufmerksamkeit auf mich gezogen habe. Ich habe keine Ahnung, wie lange ich dort im Schlamm gelegen habe – ich weiß es nicht. Alles schien sich in wenigen Augenblicken abzuspielen. Aber von der Explosion an erinnere ich mich an nichts. Halt nein, das stimmt eigentlich nicht. Ich kann mich verschwommen an einen Arzt erinnern, an Medikamente und Fieber. Und ich bin sicher, irgendwie von dem Gemetzel gehört zu haben.«

Cavendish nickte. »Einer unserer schwärzesten Tage. Ich habe den Krieg sehr genau verfolgt. Zwei meiner besten Freunde waren in Passchendaele.«

»Haben sie es überlebt?«

Cavendish klappte die Blechdose mit dem Blutdruckmessgerät zu. »Sie können Ihren Ärmel wieder herunterrollen und sich anziehen«, sagte er. »Nur Clifton ist zurückgekommen. Ich war in einem dieser Feldlazarette an der Westfront. Ich habe viel Leid gesehen und kann Ihre Beschreibungen gut nachvollziehen, aber diese Schlacht war laut Donald eine der schlimmsten. Fast eine halbe Million Tote. Die Australier und die Neuseeländer hat es am schlimmsten getroffen; die Aussies haben in nur einem Monat mehr als sechsundzwanzigtausend junge Soldaten verloren. Don sagte, sie seien unglaublich tapfer gewesen, genau wie die Kanadier.«

Beide Männer saßen einen Moment lang schweigend da und hingen ihren trüben Gedanken nach.

»Und sonst fällt Ihnen nichts mehr ein?«

Wynter schüttelte den Kopf.

»Nun, ich denke, wir sollten Sie endlich wieder mit Ihrer Familie zusammenbringen. Die heutigen Ereignisse haben keine direkten medizinischen Komplikationen hervorgerufen, aber Sie brauchen jetzt Ruhe. Eine Gehirnerschütterung sollte man nicht auf die leichte Schulter nehmen. Im Moment mögen Sie sich gut fühlen, aber es kann sein, dass Sie noch nach Tagen ein leichtes Unwohlsein verspüren.«

Es klopfte leise an der Tür, und Cavendishs Assistentin erschien.

»Ja, Miss Appleyard?«

»Verzeihen Sie, Dr. Cavendish, aber ein Mr Percival Fitch von Anderson & Sheppard hat eine Notiz und diesen kleinen Umschlag geschickt. Einer seiner Boten hat sie gerade abgegeben.«

Wynter drehte sich zu ihr um. »Für mich?«

»Vielleicht«, sagte die Frau. Sie reichte Cavendish das kleine Päckchen.

Er setzte die Brille auf und las das Schreiben laut vor. *»Vermutlich hat Mr Wynter seine Brieftasche und andere private Gegenstände bei sich, aber ich habe mir trotzdem die Freiheit genommen, alle Taschen des Anzugs, den er hiergelassen hat, zu durchsuchen. In der inneren Sicherheitstasche habe ich dies hier gefunden, was ich ihm hiermit zurückschicke. Ich hoffe, mein Bote hat ihn noch angetroffen. Hochachtungsvoll, Percival Fitch.«* Cavendish setzte die Brille ab und reichte Wynter den kleineren Umschlag.

Wynter erbrach das Siegel und blickte stirnrunzelnd hinein. Verwirrt betrachtete er das kleine rote Taschentuch, das er herauszog. Als er es entfaltete, zeigte sich ein herzförmiger Ausschnitt in der Mitte.

Miss Appleyard unterdrückte ein Lächeln. »Entschuldigen Sie, Sir«, sagte sie und verließ das Zimmer.

»Du liebe Güte, Mann. Sagt Ihnen das nichts?«

Wynter zuckte mit den Schultern. »Nein, nichts. Warum sollte ich so etwas bei mir tragen?«

»Nun, es zeigt zumindest, dass Sie für jemanden etwas Besonderes sind.«

»Ich habe noch nie in meinem Leben ein rotes Taschentuch bei mir gehabt.«

»Nun, dieses hier offensichtlich schon. Und das Herz in der Mitte fehlt.«

Wynter warf ihm einen unglücklichen Blick zu.

»Ist Ihnen das zu sentimental?«, fragte Cavendish. Der Arzt ergriff das Taschentuch und betrachtete es. »Saubere Arbeit. Die Kanten sind umsäumt, damit sie nicht ausfransen. Wohlüberlegt.«

Wynter nickte und zog sein Jackett an. »Trotzdem hat es keine Bedeutung für mich.« Er tastete in seinen Taschen. »Du liebe Güte! Ich habe gar kein Geld … ich habe nichts dabei, womit ich Sie bezahlen kann …« Er blickte den Arzt verlegen an. »Ich laufe ohne Geld, ohne irgendeinen Ausweis und mit einem roten Taschentuch herum? Ich muss wahnsinnig geworden sein.« Er gab einen leicht verzweifelten Laut von sich. »Diese Geschichte wird immer merkwürdiger.«

Cavendish winkte ab. »Ich organisiere alles für Sie. Sie können Ihre Rechnung bei mir jederzeit begleichen.« Er drückte einen Knopf auf seinem Schreibtisch. »Miss Appleyard?«

Sie tauchte erneut auf. »Ja, Doktor?«

»Können Sie bitte auf meine Rechnung einen Fahrer besorgen, der Mr Wynter zu seiner Adresse in Sussex fährt?«

»Jetzt sofort, Doktor?«

»Sind Sie bereit, nach Hause zu fahren, Mr Wynter?«, fragte Cavendish, der spürte, wie zerrissen sein Patient war.

»Ja, ich wüsste nicht, wo ich sonst hinfahren sollte«, gestand Wynter. »Danke für Ihre Großzügigkeit.«

Cavendish nickte seiner Assistentin zu, und sie schloss die Tür hinter sich. »Kommen Sie wieder mal vorbei. Ich stehe Ihnen jederzeit zur Verfügung, solange Ihr eigener Arzt verreist ist. Vielleicht erinnern Sie sich ja noch, was passiert ist. Ich glaube, es wäre hilfreich, wenn wir der Sache auf den Grund gehen könnten und wüssten, was Sie in die Savile Row verschlagen hat. Vielleicht verschafft es uns ja auch Einblicke in Ihr Leben in den letzten Jahren … und beantwortet die Frage, warum Sie dieses Taschentuch besitzen, warum Sie einen gut geschnittenen Anzug getragen haben, den Sie nicht kannten, und so weiter.«

Wynter fuhr sich mit der Hand durch die dunklen Haare und strich sich die Strähnen, die nach vorne gefallen waren, aus der Stirn. »Ich wäre froh, wenn ich erführe, wo ich mich in den letzten Jahren aufgehalten habe, Cavendish. Aber noch nicht. Erst muss ich mit meiner jetzigen Situation und dem, was vor mir liegt, fertigwerden.«

»Kleine Schritte. Da bin ich völlig Ihrer Meinung. Sie müssen sich Zeit lassen, Wynter.«

Wynter schüttelte dem Arzt die Hand. »Sie waren äußerst freundlich.«

Der Mann schnalzte mit der Zunge. »Unsinn. Das ist mein Beruf. Und Sie sind ein faszinierender Fall. Ich … äh, ich hoffe, die Rückkehr zu Ihrer Familie macht Ihnen nicht zu viel Angst. Hier, Wynter, meine Karte. Melden Sie sich!«

13

Edie ging unruhig auf und ab. Abe hatte es aufgegeben, seine Tochter wegen der Verspätung ihres Mannes beruhigen zu wollen, denn auch er wusste natürlich, dass ein liebendes Paar durch ein unsichtbares Band verbunden war. Er konnte es nicht erklären – vielleicht vermochte das ja ein Biologe oder einer dieser neuen Philosophen oder Theologen, die sich Psychologen nannten. Es musste aber auch gar nicht erklärt werden, er hatte es ja mit seiner Nina selbst gespürt.

Edie jedenfalls murmelte wiederholt: »Ich weiß einfach, dass etwas passiert ist.« Abe nahm es mittlerweile als gegeben hin, dass sie es tatsächlich wusste. Sie wussten so wenig über Tom, dass sein Verschwinden vielleicht niemanden erschrecken sollte.

Er war jetzt schon Stunden zu spät, und der Schabbat hatte begonnen. Abe hatte keinen Zweifel daran, dass dieser Mann seine Tochter liebte und ihren Glauben respektierte. Obwohl er kein Jude war, würde Tom nie zu spät zum Schabbat kommen. Abe dachte insgeheim sogar, dass Tom den Bart stehen ließ, weil er so aussehen wollte wie die Männer in seiner angenommenen Familie. Kummervoll schürzte er seine Lippen, als er seine Tochter leiden sah. Sie starrte schon die ganze Zeit aus dem Fenster, um Ausschau nach ihrem Mann zu halten, aber er sah ihr an, dass ihre Hoffnungen schwanden.

Seit Tom in Edies Leben getreten war, war sie so fröhlich geworden. Immer hatte sie ein Lächeln im Gesicht, und sie lachte viel. Selbst wenn Tom ihr nur quer durch den Raum einen Blick zuwarf, konnte das Edie zum Lachen bringen; sie brauchten keine Worte. Sie hatte sich für ihre Schwangerschaft neue Kleider genäht, alle wundervoll gestylt und geschnitten. Wahrscheinlich hatte sie eine ganze Schublade voller Babykleidung, die sie ebenfalls genäht hatte. Sein Enkelkind würde das bestangezogene Baby in ganz England sein, davon war Abe überzeugt.

Sein Enkelkind. Abes Herz sang, wenn er daran dachte. Eine neue Generation von Valentines; hoffentlich wurde es ein Junge wie Daniel.

Eine große Französin stand in der Küche und kochte eine Kanne Tee nach der anderen, obwohl sie keinen Schluck davon getrunken hatte, seit Abe um vier Uhr nachmittags im Cottage seiner Kinder angekommen war. Die hochgewachsene Frau ging, als ob sie über die Bodenfliesen schweben würde.

»Kann ich Ihnen etwas bringen, Mr Valentine?«, fragte Madeleine.

»Nein, meine Liebe, Sie waren äußerst aufmerksam.«

Sie seufzte. »Ich beschäftige mich lieber.«

»Wie lange kennen Sie meine Tochter schon?«

»Ich bin ihr heute zum ersten Mal begegnet. Gefällt Ihnen ihre Frisur?«

»Es war ein ziemlicher Schock. Ich habe es lieber, wenn sie ihre Haare lang trägt, wie ihre Mutter.«

»Aber es missfällt Ihnen nicht?«, fragte sie mit leisem Lächeln.

»Nein, es missfällt mir nicht.« Eigentlich hatte er sagen wollen, dass er es nicht verstünde. »An Edie missfällt mir gar nichts.«

Sie nickte. »Ich glaube, sie und ich werden gute Freundinnen. Ich mag aufrichtige Menschen. Und Eden ist aufrichtig.«

Abe runzelte die Stirn. »Und Sie kennen Tom gar nicht?«

Madeleine zuckte mit den Schultern. »Ich habe ihn nie gesehen. Ich wohne nicht auf dieser Seite von Epping. Aber es ist hübsch hier. Vielleicht sollte ich umziehen.« Sie lächelte träge, als wollte sie ihn necken. »Edie konnte mir ja noch nicht einmal ein Hochzeitsfoto von sich zeigen.«

Abe fluchte leise. »Das ist eine unglückliche Geschichte. Sie hatten so schöne Fotos.«

»Was ist passiert?«

»Im Atelier des Fotografen hat es gebrannt«, sagte Edie, die gerade von einem erneuten Gang um das Cottage hereinkam. »Wir haben alle Negative verloren, und Tom wollte keine neuen machen lassen.« Sie seufzte. »Er hat gesagt, damit sollten wir warten, bis unser Kind auf der Welt ist.« Geistesabwesend rieb sie sich über den Bauch und trat wieder ans Fenster.

Die Uhr auf dem Kaminsims – eines von Abes Hochzeitsgeschenken an seine Tochter – zeigte schon nach neun, aber erst jetzt senkte sich die Dämmerung herab. Niemand hatte etwas gegessen, und Abe hatte bei einem Stück Brot mit Butter seine privaten Schabbat-Gebete gesprochen. Mehr hatte er trotz Edies Aufforderung nicht hinunterbekommen. Sie hingegen nahm gar nichts zu sich außer einem Schluck Tee ab und zu.

Abe trat hinaus in den milden Abend. Es kühlte nur ab, weil die Luft so klar war. Über ihm spannte sich dunkel und samtig das Himmelszelt, mit Sternen besetzt wie mit Diamanten. Insgeheim liebte er den Nachthimmel auf dem Land. Er war so viel schöner als in der Stadt, wo die künstliche Beleuchtung ihn beinahe überdeckte. Er musste zugeben, dass er verstand, warum Edie so viel Freude an diesem Ort empfand.

Edie kam regelmäßig nach London – mindestens zweimal pro Woche –, um Aufträge von ihm entgegenzunehmen, einzukaufen und die Nachbarn zu besuchen, die sie vermissten. Ihre Arbeit bekam er mit dem Pferdewagen geliefert, aber jetzt fragte er sich, wie das Leben sich ändern würde, wenn erst einmal das Kind da war. Er sah, wie jemand auf das Haus zukam, und wandte seine Aufmerksamkeit der schattenhaften Gestalt zu, die sich rasch näherte. War das Tom? Sein Herz machte einen Satz. Hoffentlich hatte sein Schwiegersohn eine gute Erklärung parat, warum er so lange weggeblieben war und sie alle geängstigt hatte.

Abe hatte seinen neuen Schwiegersohn mit Anstand akzeptiert. Die Levis hatte er bedauert und sich bei ihnen viel zu oft für die scheinbar ungeheuerliche Entscheidung seiner Tochter, einen Nichtjuden zu heiraten, entschuldigt. Samuel hatte es ebenfalls akzeptiert, aber Dena würde Edie nie verzeihen. Ben redete nicht darüber. Und so hatten sie dann das Thema auch nicht mehr angeschnitten. Sie gingen höflich miteinander um, aber das Familiengefühl, das in Jahren der Freundschaft entstanden war, war verloren, als Edie Toms Heiratsantrag angenommen und damit Benjamin abgelehnt hatte. Ihre Weigerung schwebte über jedem Treffen, war in jedem Gespräch mit Ben oder Dena spürbar, auch wenn sie ihn anlächelten, sich höflich nach Edie – niemals nach Tom – erkundigten und ihm sogar gratulierten, als er ihnen berichtete, dass sie ein Kind erwartete.

Es war zwar eine kluge Entscheidung von Edie gewesen wegzuziehen, aber er fand es furchtbar, dass seine kostbare Tochter nicht mehr in Golders Green wohnte. Nichtsdestotrotz hatte er schon bei seinem ersten Besuch in diesem heruntergekommenen Cottage die Liebe darin gefühlt, und er hatte gespürt, wie sehr Edie es genoss, sich ein Nest zu bauen. Sie hatte das Cottage rasch in ein Zuhause verwandelt; sie hatte Vorhänge aufgehängt und alte Möbel, die er ihnen geschenkt hatte, aufgearbeitet, sodass sie wieder wie neu aussahen. Sie hatte Tagesdecken und bunte Tischtücher genäht. Ja, er musste zugeben, dass seine Tochter nie glücklicher oder zufriedener ausgesehen hatte. Und insgeheim tat es ihm weh, dass er seinem wundervollen Mädchen solche Vorwürfe wegen Benjamin Levi gemacht hatte.

Edie und Tom hatten die Hochzeit kaum erwarten können, sodass die Verlobung eigentlich nur eine Formalität gewesen war. Abe hatte immer davon geträumt, dass seine Tochter einmal unter der Chuppa heiraten würde, aber das war in diesem Fall nicht erlaubt. Stattdessen musste Abe sich an den Gedanken gewöhnen, dass seine Tochter auf dem Standesamt heiratete. Nach all dem Kummer an jenem Abend im November wollte Abe das traurige Zerbrechen von Freundschaft und Glaube nur noch hinter sich lassen. Im Januar schließlich hatte er akzeptiert, dass Edie niemals fröhlicher und glücklicher ausgesehen hatte. Auf keinen Fall wollte er sein einziges Kind wegen dessen moderner Einstellung verlieren. Ja, natürlich hatte er seine Tochter umgeben von den Ältesten im Sonnenschein sehen wollen, aber nur Solly war bei der Trauung dabei gewesen. Natürlich hatte er gewollt, dass Edie von ihrem zukünftigen Mann sieben Mal im Kreis geführt wurde, während der Segen gesprochen wurde. Und er hatte auch sehen wollen, wie ihr Mann das Glas unter dem Leinen zertrat. Aber obwohl dies alles nicht der Fall gewesen war, hatte er all seine Bedenken beiseitegeschoben und »*Masel tov!*« gemurmelt, als der Standesbeamte Edie und Tom zu Eheleuten erklärte. Insgeheim hatte Abe gebetet, dass Tom Edie nicht das Herz brechen, sondern ihr treu bleiben würde, denn jetzt hatte sie ihre Gemeinschaft für ihn aufgegeben. Es hatte kein Fest, keinen Tanz, keine Lieder gegeben … nur ein Festmahl für sie vier über dem Laden, während das junge Paar Pläne schmiedete, aus Golders Green wegzuziehen.

Abe riss sich aus seinen Erinnerungen, als die Gestalt aus der Dunkelheit heraus auf einem Fahrrad ins Licht fuhr, das durch Edies offene Tür fiel.

»Edie«, rief Abe über die Schulter, »die Polizei ist hier.«

14

Das Taxi hatte London schon vor langer Zeit verlassen. Sie waren von der Straße zwischen London und Brighton abgefahren und fuhren seit ungefähr einer halben Stunde über schmale Landstraßen.

Alex konnte es nicht genau sagen, zumal er keine Uhr bei sich trug. Es sah alles fast genauso aus, wie er es in Erinnerung hatte, mit hohen Hecken und schmalen Straßen. Die Weiden und Wiesen zu beiden Seiten erstreckten sich über die hügelige Landschaft. Sie waren durch ein kleines Waldgebiet gefahren, wo der Löwenzahn am Straßenrand blühte, und durch Orte mit Pubs, die immer noch keine Beleuchtung einschalten mussten, weil die Tage jetzt so lang und die Abende so wundervoll warm waren, dass die Männer ihr Ale draußen tranken.

»Wunderschönes Fleckchen Erde«, bemerkte der Fahrer. »Ich habe allerdings auch noch nicht viel gesehen zwischen Liverpool und Brighton. Und Sie, Sir?«

»Oh ja, ich bin weit gereist. Dafür hat der Krieg schon gesorgt, aber ich hatte auch das Glück, noch in Friedenszeiten den Kontinent bereisen zu können.«

»Man hat mir gesagt, ich solle Sie nach Larksfell Hall bringen. Das ist richtig, oder?«

»Korrekt.«

»Sie werden mir den Weg erklären müssen. London kenne ich wie meine Westentasche, aber hier weiß ich nicht so zuverlässig Bescheid. Sind Sie vertraut mit der Gegend hier?«

»Ja, gewiss. Ich habe mein ganzes Leben hier gelebt. Gleich geht es um eine scharfe Kurve, und dann sind wir auf Larksfell-Land. Die Haupttore sind etwa eine halbe Meile entfernt.«

»In Ordnung, Sir.«

Als sie um die Kurve bogen, wurde auf einmal alles schmerzlich vertraut, und Alex hatte das Gefühl, nie weg gewesen zu sein. Sogar die Lorbeerbäume zu beiden Seiten der Straße schienen sich nicht verändert zu haben – sie waren weder größer noch kleiner oder buschiger, sondern einfach so wie immer, zehn Meter hohe Wachtposten, die das Abendlicht abschirmten und Alex daran erinnerten, dass er seine Familie vor dem Zubettgehen stören würde. Wer mochte wohl da sein? Als das Haus des Torwächters in Sicht kam, kam ihm plötzlich ein neuer banger Gedanke: Wenn nun seine Brüder während des Kriegs gestorben waren? Douglas war in London stationiert gewesen, als Alex nach Frankreich eingerückt war – wer wusste schon, wo sie ihn hingeschickt hatten? Und Rupert hatte sich trotz seiner Jugend bestimmt auch freiwillig gemeldet. Das wurde von adeligen Familien erwartet. So viele der jungen Soldaten, die ihr Leben auf dem Schlachtfeld gelassen hatten, kamen aus Familien wie seiner … eine Generation von Grundbesitzern und potenziellen Wirtschaftsmagnaten war einfach ausgelöscht worden.

Als sie aus dem Schatten der Lorbeerhecke auftauchten, lag plötzlich Larksfell Hall vor ihnen. Alex schlug das Herz bis zum Hals. Zu Hause. Vor ihnen ragte ein gewaltiges elisabethanisches Monument auf, und Alex fühlte sich sofort in die lange Empfangsgalerie zurückversetzt, wo er als Kind mit seinem Dreirad entlanggefahren war.

Schwalben schwirrten ums Haus, um sich für die Nacht unter den Dachvorsprüngen niederzulassen. Der Himmel wölbte sich tiefblau über ihnen. Das Anwesen der Wynters sah prächtig aus – hinter den Bleiglas-Fenstern schimmerte Licht, und Alex suchte unwillkürlich nach seinen Räumen. Ganz links im ersten Stock. Aber sie waren dunkel.

Er hatte einen Kloß im Hals. Das Internat, die Anglerhütte in Lancashire, die er als zweites Zuhause betrachtete, weil er an die Aufenthalte dort mit seinem Vater, seinen Brüdern und ein oder zwei Onkels die glücklichsten Erinnerungen hatte. Danach hatte es nur noch die Schützengräben gegeben.

Auf einmal stieg das Bild eines Schuppens in einem Garten voller alter Rosen vor ihm auf. Er blinzelte überrascht. Es war sofort wieder verschwunden, aber in jenem Moment hatte er über dem Duft der Rosen Nähmaschinenöl gerochen. Diesen Geruch kannte er aus dem Schlupfwinkel seiner alten Nanny, wie alle Wynter-Kinder das winzige Zimmer neben dem Kindertrakt nannten. Nanny nähte für sie auf ihrer Tretmaschine, Schürzen für seine Schwester und Hemden für die Jungen. Nanny – mit ihren großen Händen – badete sie, fütterte sie und tröstete sie, wenn ihre Eltern mal wieder nicht da waren – und manchmal sogar, wenn sie da waren. Er hatte Nanny wie seine eigene Mutter geliebt und erst sehr viel später begriffen, dass sie keine Blutsverwandte war. Aber für ihn gehörte sie zur Familie … bis zu dem Tag, als sie an Nierenversagen starb. Aber es war nicht Nanny, an die er gerade gedacht hatte. Überrascht schüttelte er den Kopf über das unvertraute Bild, das mit dem Maschinenölgeruch gekommen war … dann sah er einen Lederrucksack, ein altes Fahrrad, Frauenschuhe, noch eine Nähmaschine, eine Schneiderpuppe. Er hatte keine Ahnung, was das bedeutete.

»Wie spät ist es bitte?« Das Bild verschwand.

Der Taxifahrer blickte auf seine Uhr. »Es geht auf acht Uhr zu, Sir.«

Das Licht wurde schwächer. »Halten Sie am Torhaus, bitte. Dort können Sie mich absetzen.«

»Sind Sie sicher, Sir? Ich fahre Sie gerne bis zum Haus.«

»Nein, ich möchte noch ein bisschen laufen. Vielen Dank. Äh, finden Sie den Rückweg alleine?«

»Ja, Sir. Machen Sie sich keine Sorgen. Ich kenne den Weg jetzt. Ich werde die Augen offen halten nach Igeln und Dachsen.«

»Und Rotwild«, warnte Alex ihn, als das Auto anhielt.

Der Fahrer sprang hinaus und öffnete Alex die Tür. Höflich tippte er sich an die Mütze. »Gute Nacht, Sir.«

»Gute Nacht«, sagte Alex und blickte dem Auto nach, als es mühsam wendete und die Lorbeerallee wieder entlangrumpelte.

Die Tür zum Haus des Torwächters flog auf.

»Wer ist da?«

»Clarence?«

»Nennen Sie bitte Ihren Namen. Wenn Sie ein Landstreicher sind, der hier etwas zu essen zu finden hofft, daraus wird heute Abend nichts mehr. Morgen vielleicht.«

»Clarrie, ich bin's.«

Der alte Mann blinzelte in das schwache Licht. »Wer ist ›ich‹? Aus der Entfernung kann ich Sie nicht erkennen. Sie kommen heute Abend sowieso nicht mehr herein«, warnte er. »Die Familie empfängt keine Gäste.«

»Wirklich? Seit wann weisen die Wynters Familie ab?«, erwiderte Alex. Clarence sah um zehn Jahre älter aus. Seine weißen Haare standen wild um den Kopf.

Wahrscheinlich war er in seinem alten, zerschlissenen Ohrensessel eingenickt. Woher kam auf einmal der Buckel? So wie er humpelte, schien seine Hüfte verletzt zu sein. Es erinnerte Alex an sein eigenes Humpeln, das mittlerweile so sehr zu ihm gehörte, dass er kaum noch daran dachte.

»Familie? Heute Abend keine Gäste. Und wenn Sie tatsächlich so eng mit der Familie verbunden wären, dann wüssten Sie, dass ihnen gerade der heutige Abend heilig ist.«

»Warum ist der Freitag so etwas Besonderes?«

»Du liebe Güte, Mann. Sehen Sie zu, dass Sie weiterkommen! Sie sollten sich schämen! Lassen Sie sie in Ruhe. Ich hole mein Gewehr, wenn Sie nicht aufpassen.«

Alex lachte. »Clarrie, um Himmels willen, Mann. Ich bin es, Alex … Lex.« Er seufzte. »Wynter.«

Der Mann musterte ihn unsicher aus trüben Augen, und Alex bekam Gewissensbisse, als er sah, wie Clarries Kinn zitterte.

»Captain Wynter?«, flüsterte er.

»Ach, was soll das mit Captain und so. Für dich bin ich immer noch Lex, Clarrie.« Mit einem Schritt war er bei dem Mann und umarmte ihn. »Mmm, du rauchst wohl immer noch Savinelli English Mixture, was? Ich dachte, du hättest das Pfeiferauchen schon lange aufgegeben?«

Clarrie trat einen Schritt zurück und starrte ihn mit offenem Mund an. »Mr Alex …«, stieß er mit zitternder Stimme hervor, und Alex überkam plötzlich die Sorge, der alte Mann könne an Herzversagen sterben. Er sah so aus, als ob er jeden Moment zusammenbrechen würde.

»Ich bin es«, versicherte er ihm.

»Auferstanden von den Toten«, flüsterte Clarrie ungläubig.

Alex grinste. »Einen Wynter wird man nicht so leicht los.«

Clarrie brach in Tränen aus, und Alex tat das Herz weh, als sein lieber alter Freund – ein Mann, den er seit seiner Kindheit liebte – wegen ihm weinte.

»Nicht, Clarrie. Ich bin ja wieder da. Alles wird gut.«

»Nein, Master Alex. Sie kommen zu spät.«

»Zu spät?« Forschend blickte er den Mann im Dämmerlicht an. »Wieso zu spät?«

»Wegen Lord Wynter, Sir. Ihr lieber Vater ist verstorben und wurde gestern beerdigt.«

Alex war, als hätte ihm jemand einen Schlag in die Magengrube versetzt. Er rang nach Luft und musste sich an eine der hohen Säulen lehnen, die das große Tor von Larksfell Hall flankierten.

»Es tut mir leid, Junge.« Clarrie kam zögernd zu ihm gehumpelt, als wäre er immer noch unsicher, ob der Mann vor ihm ein Geist war. »Er ist friedlich eingeschlafen. Die Familie war bei ihm. Er hatte keine Schmerzen.«

»Warum? War er krank?«

Der Mann zuckte mit den Schultern. »Wenn Sie mich fragen, glaube ich, dass er an gebrochenem Herzen gestorben ist, Master Lex, aber das ist natürlich nicht die offizielle Version.« Er räusperte sich. »Er war stolz darauf, dass seine Söhne in den Krieg gezogen waren, aber er hat sich nie damit abgefunden, dass er Sie in Ypern verloren hat. Mit der Familie hat er nicht viel darüber gesprochen, Sir, aber wir hatten unsere stillen Momente, wenn wir zusammen über den Besitz gegangen sind, und … na ja, das Alter findet jeden von uns früher oder später. Ich werde ihm bald folgen, da bin ich sicher. Und vielleicht will ich auch gar nicht mehr hier sein, jetzt, wo Mr Thomas nicht mehr da ist. Wir waren seit unserer Kindheit befreundet, wissen Sie … gute Freunde, nur eben auf unterschiedlichen Seiten des Bettes geboren, wenn Sie verstehen, was ich meine.«

Alex nickte. Gequält fragte er: »Und meine Mutter?«

»Sie ist oben im Haus und trauert mit der Familie.«

»Meinen Brüdern ist nichts passiert?«

»Nein. Mr Douglas und Mr Rupert geht es gut. Mr Rupert war verletzt, aber er ist mittlerweile wieder völlig gesund.«

Erleichterung durchfuhr Alex und milderte den Schmerz über den Tod des Vaters. Er würde noch Zeit zum Trauern haben. Jetzt wollte er erst einmal die Familie umarmen, die den Krieg überlebt hatte. »Oh, was für ein Glück«, sagte er. »Es tut mir leid, dass ich jetzt noch mehr Unruhe bringe«, sagte er mehr zu sich selbst als zu Clarrie.

»Nein, Sir. Ihre Rückkehr ist genau das, was das Haus jetzt braucht. Ihr Vater war seit Jahren schon leidend. Mr Bramson wird Ihnen alles erzählen.« Clarries Stimme klang jetzt wieder barsch wie immer. »Soll ich ihm Bescheid sagen, dass Sie hier sind, Sir?«

»Ja, bitte.«

»Soll ich Sie begleiten, Master Alex?«

Alex schüttelte den Kopf und drückte dem Torwächter die Schulter. »Nein, Clarrie. Sagen Sie Mr Bramson nur Bescheid. Ich gehe langsam hinauf.«

»In Ordnung, Sir.« Clarrie lächelte. »Es ist so schön, dass Sie wieder da sind, Master Alex.«

»Ach, Clarrie, noch etwas. Außer meiner Mutter will ich zunächst niemanden sehen. Würden Sie mir den Gefallen tun und Bramson erst in zwei Stunden anrufen?«

»Sir?«

»Es ist schwer zu erklären. Sagen Sie Bramson, dass ich

da bin, aber nicht sofort ins Haus komme. Wann gehen alle zu Bett?«

»Normalerweise erst in ein paar Stunden, Master Lex. Aber in dieser Trauerwoche gibt es wahrscheinlich kein gemeinsames Abendessen. Die meisten haben sich aus Respekt vor der Trauer Ihrer Mutter auf ihre Zimmer zurückgezogen.«

»Wie spät ist es, Clarrie?«

Der alte Mann zog seine Taschenuhr hervor und hielt die Laterne darüber. »Es geht auf halb neun zu, Sir.«

»Ich werde warten bis um zehn.«

Alex saß auf seinem Lieblingsbaumstumpf und überdachte noch einmal den seltsamen Tag. Er war froh, dass er hier alleine war, um seine Gedanken und Emotionen ordnen zu können. Sein Vater war tot. Wo war er, der älteste Sohn, gewesen, als sein Vater den letzten Atemzug getan hatte? Er hatte geglaubt, sein Sohn sei in Ypern gefallen, begraben unter metertiefem Schlamm mit Zehntausenden anderer Unschuldiger.

Aber es nützte ja nichts, so zu denken. Seinen geliebten Vater holte er dadurch nicht zurück. Das Wichtigste war, dass er jetzt zu Hause war – er sollte seine Energie in den Wiederaufbau der Familie stecken und Geld verdienen, statt sich auf die Vergangenheit zu konzentrieren.

Leicht gesagt. Es fiel ihm schwer, in diesem Moment nicht daran zu denken, was für ein Leben er wohl seit der Verletzung in Ypern geführt hatte. Er redete sich ein, ein unsichtbarer Mann würde ihn von nun an überallhin begleiten. Und jedes Mal, wenn ihn jemand anschaute, würde er unweigerlich auch den Fremden anblicken und die unvermeidliche Frage stellen: »Wo bist du in den letzten Jahren gewesen?«

Aber im Moment schwieg dieser Mann, dessen Leben er geführt hatte, und konnte die Frage nicht beantworten. Und Alex Wynter liebte es, Geheimnisse zu enträtseln. Er hatte seine Brüder immer irritiert, weil er hinter ihre Zaubertricks gekommen war oder sie beim Verstecken viel zu schnell gefunden hatte. Und es war schwer, ihn zu überraschen. Seit seiner Jugend hatten sich die Mädchen beschwert, weil sie ihm nie etwas schenken konnten, das er nicht bereits hatte. Sie beklagten sich immer, dass er keine Freude zeigen würde, ganz gleich, ob sie ihm Seidenschals, Ballettkarten oder lächerlich teure Flaschen Cognac schenkten.

»Sie sollten dir einfach ein Puzzle mit fünftausend Teilen schenken, Lex«, hatte seine Mutter einmal zu ihm gesagt. »Das ist stundenlanges Entzücken für dich.«

Seine Mutter kannte ihn nur zu gut, denn alles, was für Geld zu erwerben war, konnte er sich selber kaufen. Sie wusste auch, dass Menschen ihn nur selten beeindruckten, vor allem nicht durch ihren Besitz. Alex musste sich leider eingestehen, dass die vielen hübschen, jungen Dinger, die um seine Aufmerksamkeit wetteiferten, zu einer unbestimmten Masse von Mündern und schlanken Leibern verschmolzen. Solche Frauen langweilten ihn, weil sie im Allgemeinen verwöhnt waren, daran gewöhnt, immer ihren Willen zu bekommen, und bemerkenswert achtlos gegenüber Menschen, denen es nicht so gut ging wie ihnen.

»Wenn dir eine begegnet, die dich überrascht, Lex, dann wirst du dich in sie verlieben.«

»Aber wo finde ich sie denn, Mutter?«

Er erinnerte sich daran, wie seine immer noch schöne Mutter ihn mit ihren blauen Augen angeschaut und den Kopf geschüttelt hatte. »Nicht in den Kreisen, in denen du dich bewegst, Liebling.«

Wie recht sie hatte. Er war als Junggeselle in den Krieg gezogen, trotz einer Liaison mit Jemima Bartleby, einer schönen Frau, die ihm bestimmt schöne Kinder geschenkt hätte und in jeder Beziehung eine perfekte Partnerin gewesen wäre. Er hätte sie beinahe geheiratet, aber er liebte sie nicht. Er wollte keine Frau, die nichts anstrebte. Er wollte eine gleichberechtigte Partnerin, die eigene Träume, eigenen Ehrgeiz hatte, jemanden, dessen Fähigkeiten er bewundern konnte, jemanden, mit dem man sich über mehr als nur die Treffpunkte unterhalten konnte, an denen man gesehen wurde.

»Ich will Liebe«, hatte er einmal zu seiner Mutter gesagt. »Ich glaube, bei Jemima würde ich vor Langeweile von der Klippe springen.«

»Oh Liebling, das ist grausam. Sie kann doch nichts dafür, dass sie langweilig ist. Sieh dir ihre Mutter an. Sie ist ein Mäuschen. Jemima hat wenigstens versucht hervorzustechen. Sie ist sehr schön.«

»Ja, aber hohl. Ich verbringe Tage mit ihr und kann mich an nichts erinnern, was sie gesagt hat.«

»Die perfekte Chemie kann man sich auch mit Geld nicht kaufen, mein Liebling. Wenigstens hast du den Mut gezeigt, dich nicht für die Zweitbeste zu entscheiden. Mir ist es gleich, wenn du dich weiter umschaust, Lex, aber wenn du einmal eine Entscheidung getroffen hast, darfst du deine Frau nicht betrügen. Das werde ich nicht dulden. Wenn du dich also einmal wirklich verliebst und weißt, es ist die Richtige, dann gib dich ihr ganz hin.«

Cecily Wynter war eine großartige Frau. Und sie hatte einen großartigen Mann geheiratet, den sie von Herzen liebte; Alex beneidete sie um ihre Beziehung. Und jetzt war dieser Mann tot. Er konnte sich nicht vorstellen, wie sie damit fertigwerden sollte, und doch wusste er, dass sie die Fassung bewahrte und damit das Verhalten für ihre Familie vorgab. Sie würde stark sein. Niemand würde Cecily Wynter, geborene Gilford, jemals nachsagen können, dass sie nicht jede Situation beherrscht gemeistert hätte.

Alex wünschte, er hätte seine Uhr dabei. Wo mochte sie sein? Vielleicht lag sie ja unter dem Schlamm auf einem Schlachtfeld in Flandern, wo er seinen Verstand zurückgelassen hatte?

Alex seufzte. Egal, wie spät es war, er hatte diesen Moment lange genug ausgekostet. Er erhob sich und ging auf das Haus zu. Der Kies auf der geschwungenen Einfahrt knirschte leise unter seinen Schuhsohlen. Hier hatte er zum ersten Mal die Harley Davidson ausprobiert, die sein Vater ihm 1912 zu seinem einundzwanzigsten Geburtstag geschenkt hatte, als Belohnung dafür, dass er sein Studium in Oxford abgeschlossen hatte.

Ein paar Jahre später, mit fünfundzwanzig, hatte er als Captain eine Einheit befehligt – viele Männer jünger als er, aber die meisten älter … alle wagemutig, alle willig, ihrem gutaussehenden, furchtlosen Offizier zu folgen. Damals hatte er die schreckliche Lektion gelernt, dass niemand unbesiegbar war, ganz gleich, wie jung oder wie tapfer er war … oder wie reich.

Zwischen der Universität und dem Krieg hatte er seinem Vater mit seinem Geschäftssinn nachgeeifert und alles gelernt, was er über das Familienunternehmen lernen musste. Thomas Wynter war ein begnadeter Unternehmer gewesen. Er hatte das Familienvermögen, das aus Woll- und Textilfabriken stammte, in alle möglichen Unternehmungen investiert, von Landwirtschaft – »Essen müssen die Leute immer, Lex«, hatte sein Vater immer gesagt – über Fracht bis hin zur Eisenbahn. Lex hatte seinen Vater gedrängt, zusätzlich in die Zukunft zu investieren, in die Produktion von Automobilen und die blühende Schiffsbau-Industrie.

Wynter & Co. Ltd erstreckte sich auf die meisten profitablen Wachstumsbereiche in England und im Ausland, und selbst der geschäftstüchtige Thomas sah, dass sein ältester Sohn ein angeborenes Talent besaß, Gelegenheiten wahrzunehmen und Geld zu machen. Alex' Jugend ließ ihn Risiken eingehen, die ein reiferer Mann scheute.

»Lerne aus deinen schlechten Erfahrungen und mache die guten zu Geld«, pflegte Thomas zu Lex zu sagen.

Alle in der Familie akzeptierten, dass Lex als Ältester einmal Titel und Anwesen der Wynters erben würde, und dieses Recht hatte er sich erarbeitet, indem er sein Talent für Geschäftliches und Management dafür eingesetzt hatte, das Familienimperium profitabel zu halten.

Alex hörte das Bellen und lächelte über das vertraute Geräusch. Gin und Tonic. Sie mussten beide schon ziemlich alt sein. Ginny war vermutlich fast vierzehn. Die Hunde erregten bestimmt Aufmerksamkeit, zumal Clarrie ja mittlerweile sicher auch Bramson schon Bescheid gesagt hatte. Gerade als Alex das dachte, gingen neue Lichter an.

Er drängte die Gedanken an das Familienunternehmen zurück, fragte sich allerdings, ob Douglas sich wohl immer noch übergangen fühlte. »Es ist schwer, der mittlere Bruder zu sein«, hatte seine Mutter ihm einmal erklärt. »Du hast es leicht – als brillanter, begabter Ältester. Für Dougie hat es immer so ausgesehen, als ob du alles bekommen würdest.«

»Was ist denn mit Rupert? Er kümmert sich gar nicht ums Geschäft.«

»Für Rupert ist es auch leicht. Er ist der Drittgeborene.

Von ihm wurde nie etwas erwartet, und da er der Jüngste ist, hat er nie auch nur einen Gedanken daran verschwendet, die Nachfolge deines Vaters im Unternehmen anzutreten. Außerdem ist er verwöhnt, wird geliebt, sieht großartig aus und geht unbeschwert und sorglos durchs Leben – er ist so leicht zu lieben, findest du nicht auch? Die Frauen vergöttern ihn. Was könnte sich ein reicher junger Mann Besseres wünschen?« Sie hatte gelächelt. Alex liebte seine Mutter. Sie sah ihre drei Söhne ganz klar und liebte jeden von ihnen auf seine Weise. Selbst Dougie hätte seiner Mutter nie vorwerfen können, ihn anders zu behandeln, ganz gleich, welche privaten Dämonen in ihm rangen.

Die Tür ging auf, und Alex wurde in die Gegenwart gezogen. In der Tür zeichnete sich der vertraute Umriss von Bramson ab.

»Mr Alex, Sir?« Er hatte Bramsons Stimme noch nie so beben gehört. »Sind Sie es wirklich?«, fragte er leise in die Dunkelheit.

»Ja, Bramson, ich bin es. Ich bin wieder da.«

Der große, schlanke Butler, der bei der Familie als Hausbursche begonnen hatte und mit ihr gewachsen war, wurde von allen sehr geschätzt. Seit Alex mit acht Jahren ins Internat gekommen war, war er der Butler der Wynters. Jetzt trat der Chef des Personals Alex über die steinerne Treppe entgegen und umarmte den ältesten Sohn ganz entgegen seiner üblichen Zurückhaltung.

»Äh …« Er räusperte sich. »Verzeihen Sie mir, Sir. Ich bin völlig überwältigt, Sie lebend zu sehen.«

»Es gibt nichts zu verzeihen, Bramson.«

»Ihre Mutter wird so glücklich sein. Sie ist … nun, Sie verstehen sicher. Ich wünschte …«

Alex rettete ihn. »Weiß meine Mutter schon, dass ich zurückgekommen bin?«

»Nein, Sir. Ich musste mich erst mit eigenen Augen überzeugen. Ich konnte nicht glauben, was Clarrie mir berichtet hat.«

Alex nickte. »Das war klug von Ihnen. Dann wollen wir also zu ihr gehen und sie aufheitern.«

»Das mit Mr Thomas tut mir so leid.« Alex schluckte bei Bramsons Worten. »Mr Wynter war … nun, beinahe wie ein zweiter Vater für mich, und als sein früherer Kammerdiener …« Er führte den Gedanken nicht zu Ende. Seine Stimme wurde fröhlicher. »Ihre Rückkehr wird dazu beitragen, die Trauer, die sich über das Haus gesenkt hat, zu lindern.«

»Danke, Bramson.« Alex war froh, dass seine Stimme fest klang. Aber so gerne er auch mehr gesagt hätte, er konnte es nicht. Die Worte ballten sich wie ein Kloß in seiner Kehle, als er daran dachte, wie wohl die Welt ohne die überragende Stärke, das Wissen – und das dröhnende Lachen – von Thomas Wynter aussehen würde.

»Ich wecke die Familie, Sir.«

»Äh, nein …« Er packte Bramson am Ellbogen. »Besser nicht.«

»Sir?«

»Bramson, für mich ist das alles sehr schwierig. Ich bin heute Morgen zu mir gekommen, nachdem ich gestürzt bin und mir den Kopf angeschlagen habe. Abgesehen von heftigen Kopfschmerzen habe ich dadurch auch das Gedächtnis wiedererlangt. Sie können sich nicht vorstellen, wie seltsam sich das alles anfühlt. Ich habe Jahre irgendwo verloren, weiß aber nicht, wo. Ich versuche, mir alles zusammenzureimen, aber es geht nicht so einfach. Eigentlich sogar überhaupt nicht.«

»Oh, Master Alex. Mir ist nie in den Sinn …«

»Wie sollten Sie auch? Machen Sie sich bitte keine

Vorwürfe deswegen. Aber wenn alle wach wären und mich mit ihren Fragen heute Abend überfallen würden, nun …« Er stieß die Luft aus. »Das hat noch ein paar Stunden Zeit. Ich muss mich erst wieder … äh … eingewöhnen. Morgen früh sind ja auch noch alle da.«

»Ja, Sir. Morgen Nachmittag wird das Testament Ihres Vaters verlesen.«

»Ich verstehe. Zu welch schrecklichem, unpassendem Zeitpunkt ich hier auftauche.«

Schweigend standen die beiden Männer in der Dunkelheit. Alex war sich sicher, dass sie beide das Gleiche dachten. Seine Rückkehr jetzt änderte alles, vor allem für Douglas.

Bramson räusperte sich. »Ich glaube, Ihre Mutter ist noch wach, Sir. Effie hat vor einer halben Stunde noch ein kleines Tablett mit Kakao und Keksen nach oben gebracht.«

»Dann gehe ich hinauf. Ich habe den Weg nicht vergessen.«

»Natürlich, Sir. Kann ich Ihnen etwas bringen?«

»Ich habe schrecklichen Hunger, jetzt, wo Sie es erwähnen. Ich kann mich nicht erinnern, wann ich zuletzt etwas gegessen habe.«

»Überlassen Sie das nur mir. Äh, Ihr altes Zimmer wird ein bisschen muffig sein, Sir.«

Alex blieb auf der Treppe stehen und grinste den Butler an. Das schwache Licht aus der Eingangshalle fiel auf die Gesichter der beiden Männer. »Ich könnte auch auf dem Boden schlafen, so müde bin ich.« Er stellte fest, dass Bramson kaum gealtert schien, wenn man von den silbergrauen Schläfen einmal absah. In diesem Moment merkte er, wie er ruhiger wurde.

Es war, als ob alles Vertraute ihn umarmte – vom

sanften Lächeln des Butlers bis hin zu dem Duft nach Bienenwachs-Politur, der durch die offenen Türen der Empfangshalle zu ihnen drang. Es legte sich zärtlich um ihn, zog ihn an die Brust und sagte ihm, dass er jetzt in Sicherheit war … Er war zu Hause.

Alex holte tief Luft und betrat sein Haus. Lediglich kleine, gedämpfte Wandlampen brannten, deshalb kam ihm die Empfangshalle so untypisch finster vor, aber das passte natürlich zu einem Trauerhaus. Es war totenstill, nur die massive Standuhr, die schon lange vor Alex' Geburt die Stunden geschlagen hatte, tickte. Er fuhr mit den Fingern über das prächtige Intarsienmuster. Sofort hatte er die Daten parat: eine seltene George III von Christopher Goddard aus London, Mitte achtzehntes Jahrhundert, mit römischen Stundenzahlen und arabischen Minutenziffern. Der Mechanismus stammte vom Uhrmacher Jennens & Sohn, ebenfalls aus London, mit neun Schlägen für die Viertelstunde und einem wunderschön tiefen, weichen Gong, der die volle Stunde anzeigte. Alex schüttelte den Kopf. Wie konnte er sich so detailliert an ein Möbelstück erinnern und nicht wissen, wo er seit Ende des Krieges gelebt hatte?

»Master Alex?«

»Die Uhr hat glückliche Erinnerungen geweckt.«

»Ja, das kann ich mir denken, Sir. Als Sie gingen, habe ich sie immer aufgezogen. Sie haben die Pflicht immer sehr ernst genommen.«

Alex lächelte. »Ich habe Großvater jahrelang darum angebettelt, aber er sagte immer nur, erst wenn ich groß genug sei, um den Schlüssel zu drehen, ohne mit einer Trittleiter zum Aufziehmechanismus hinaufzusteigen.« Er zuckte mit den Schultern.

»Da waren Sie fünfzehn, Sir.«

Alex drehte sich um und betrachtete die sanft geschwungene Treppe. »Ich nehme an, meine Mutter hat die Lapsang-Souchong-Räume nicht geräumt?«

Bramson schmunzelte über den Kindheitsscherz. »Nein, Sir. Die orientalischen Räume sind immer noch ihre private Suite.«

Alex grinste schief. »Wünschen Sie mir Glück.«

»Sie werden es nicht brauchen.«

Er nickte und stieg die Treppe hinauf. Dann jedoch begann er, zwei Stufen auf einmal zu nehmen, weil ihm einfiel, wie er früher immer hier hinaufgerannt war. Im ersten Stock befanden sich seine Räume und die seiner Eltern. Er blickte nach rechts, wo sein Zimmer gewesen war, mit Blick auf den von einer Mauer umgebenen Garten seiner Kindheit. Oben waren die Räume seiner Brüder und mehrere Gästezimmer. In den Dachkammern darüber wohnten die Dienstboten. Man erreichte sie über eine Treppe, die die Familie nie benutzte.

Dann wandte er sich nach links, entschlossen, die Suite seines Vaters und den Duft des Pfeifentabaks, der in diesem Teil des Hauses noch in der Luft hing und wahrscheinlich nie vergehen würde, zu ignorieren. Er ging an den Erinnerungen vorbei bis zum Ende des Korridors, wo ein Lilienarrangement auf einem Marmorsockel vor dem großen Koppelfenster stand. Alex wusste, dass durch dieses Fenster morgen früh weiches Morgenlicht fallen würde, das allerdings trotzdem den exquisiten Seidenteppich, auf dem er jetzt stand, ausgeblichen hatte.

Er holte tief Luft und klopfte leise an die Tür zur Suite seiner Mutter. Von drinnen hörte er leise Stimmen. Er erkannte die Stimme seiner Mutter, und sein Herz machte einen Satz.

Die Tür wurde geöffnet, und Effie stand vor ihm. Sie

war mittlerweile Anfang vierzig, sah aber immer noch wie ein junges Mädchen aus, mit schmalen Hüften und blonden Haaren. Sie erkannte ihn nicht sofort, aber das konnte er ihr nicht übelnehmen. Das Licht war gedämpft, und wie alle anderen aus der Familie hatte sie längst akzeptiert, dass er tot war.

Er konnte den geraden Rücken seiner Mutter sehen. Sie saß an ihrem Schminktisch, und Alex kam es auf einmal so vor, als stünde die Zeit still. Sie war gerade dabei, Creme in ihre Hände einzumassieren, wie sie es jeden Abend vor dem Schlafengehen tat, und Alex war froh, als er sah, wie seine Mutter mit Hilfe von Routinehandlungen Fassung bewahrte. Ihr Gesicht sah im Spiegel eingefallen und verhärmt aus – sie war viel zu dünn, als ob die gesamte Trauer der Familie Wynter auf ihren Schultern läge. Er hoffte, dass es an der schlechten Beleuchtung lag, denn seine Mutter sah so aus, als wären die Jahre seiner Abwesenheit grausam für sie gewesen.

Er hörte ihr leises Keuchen, als sie sich auf dem Hocker zu ihm umdrehte. Eine Mutter erkannte ihr Kind immer und überall, und es konnte keinen Zweifel geben, dass Cecily Gilford Wynter ihn auch jetzt erkannte.

Mit ungläubig aufgerissenen Augen stand sie auf. »Lex?«

Jetzt starrte auch Effie ihn mit offenem Mund an. »Master Alex!«, flüsterte sie.

Und dann durchquerte er das Zimmer, ohne sich darum zu scheren, wie ungehörig es war, um diese Uhrzeit in das Boudoir einer Frau einzudringen.

»Ja, ich bin es, Mutter«, stieß er hervor und schloss sie in die Arme. Sie war zart wie ein Vögelchen, zerbrechlich und so leicht, dass er sie ohne Weiteres hätte hochheben können. Er hörte ein herzzerreißendes Schluchzen.

»Lex«, wiederholte sie. »Bist du es wirklich?«

Er löste sich ein wenig von ihr und versuchte, spitzbübisch zu lächeln, aber er wusste von vorneherein, dass es ihm nicht gelingen würde, seine Gefühle zu verbergen. Jahre voller Erinnerungen überwältigten ihn, vom ersten Blick auf den chinesischen Einrichtungsstil des Zimmers bis hin zum Duft ihres Parfüms, der ihn nun einhüllte.

Er betrachtete ihr ungeschminktes Gesicht, das sich jetzt unter den Tränen, für die seine Mutter normalerweise nicht bekannt war, verzog.

»Wie? Wie? Wie?«, stammelte sie nur.

Alex hielt sie fest umschlungen, nickte über seine Mutter hinweg einer gleichermaßen vor Rührung aufgelösten Effie zu und gab beruhigende Laute von sich.

»Ich werde dir alles erklären, soweit ich es kann. Aber erzähl du mir zuerst von Vater.«

Sie löste sich von ihm, versuchte, etwas zu sagen, doch ihre Worte gingen im Schluchzen unter. Alex meinte, sie hätte gesagt: »Es tut mir so leid, dass er dich verpasst hat.«

15

Edie hatte nicht geschlafen. Ihr Vater hatte versucht, ihr Gesellschaft zu leisten, ebenso wie Madeleine, die sich geweigert hatte, nach Hause zu gehen. Wenn Edie von Zeit zu Zeit aus ihren verängstigten Gedanken und ihrer angespannten Starre aufschreckte, war Madeleine um sie herum wie ein stummer Engel. Sie übernahm alle Aufgaben vom Öffnen der Tür – wo sie mitfühlende Besucher abwimmelte – bis hin zur Versorgung von Edies Vater. Endlich hatte Edie eine wahre Freundin, jetzt, wo sie sie am meisten brauchte.

Polizeiwachtmeister Ball hatte den fast sechs Meilen langen Weg noch zweimal am Abend zurückgelegt, um ihr zu versichern, dass die Untersuchungen »in vollem Gange« seien. Edie stand so unter Schock, dass sie die ganze Nacht über kein Auge zugetan hatte. Auch als die ersten Lerchen über Epping zwitschernd in den Himmel stiegen, saß sie immer noch wie erstarrt da.

Madeleine drückte ihr etwas in die Hand. Edie blinzelte, weil sie aus ihren schönen, tröstlichen Erinnerungen an Tom, der sie im Arm hielt und küsste, gerissen wurde und erkennen musste, dass Tom nicht da war. Ihr Vater döste in Toms Sessel und pfiff leise beim Schnarchen.

»Du hast dich um das Feuer gekümmert, danke«, murmelte sie höflich, aber eigentlich gleichgültig. »Du warst so gut zu mir, Madeleine«, fügte sie hinzu, als sie merkte, dass ihr die Freundin eine Tasse mit dampfendem Tee in die Hand gedrückt hatte.

»Verschütte ihn nicht«, warnte Madeleine sie. »Ich kann dich doch jetzt nicht alleine lassen.«

»Wir kennen einander doch kaum.«

Madeleine warf einen kurzen Blick auf Abes gesenkten Kopf. »Doch, wir kennen einander«, versicherte sie ihr. »Trink.« Erneut blickte sie zu Abe. »Er sieht nicht gut aus.«

»Was?« Edie schreckte auf. Ihre Gedanken waren schon wieder abgedriftet.

»Sollte dein Vater nicht besser in einem richtigen Bett liegen?«

Edie zuckte mit den Schultern. »Er wird mich nicht verlassen wollen.«

»Dann solltest du vielleicht auch …«

»Er kommt nicht mehr nach Hause.«

»Das weißt du nicht, Eden. Er hat vielleicht …«

»Ich weiß es. Ich kenne Tom.«

»Vielleicht ist etwas passiert. Ein Unfall oder so.«

»Ja, aber ganz gleich, was passiert ist, Tom kommt nicht mehr nach Hause. Ich fühle es.«

»Hör auf, so zu reden.« Madeleine hockte sich vor die Freundin, als Edie stumm zu weinen begann. »Gib die Hoffnung nicht auf«, beschwor sie sie.

»Nein, das werde ich nie. Aber ich kann es fühlen.« Edie zuckte mit den Schultern. »Instinkt. Sechster Sinn. Ich weiß nicht, wie ich es nennen soll, aber ich weiß, dass Tom mich verlassen hat.« Madeleines Augen weiteten sich überrascht. »Vielleicht nicht absichtlich. Aber er ist weg. Ich wusste ja, dass wir zu glücklich waren. Das ist die gerechte Strafe.«

»Du wirst nicht bestraft!«

»Doch. Ich weiß es. Und meine Bestrafung beginnt erst. Zuerst Tom.« Madeleine runzelte die Stirn. »Und ich kann mein Kind nicht spüren. Es hat sich seit gestern Abend nicht mehr bewegt.«

»Das liegt bestimmt am Schock.«

Edie nickte. Die beruhigenden Worte langweilten sie. Sie stand auf. »Ich mache mich wohl besser ein bisschen zurecht für Wachtmeister Ball.«

Als ob ein unsichtbarer Regisseur eingegriffen hätte, klopfte es an der Tür. Beide Frauen zuckten zusammen, und Abe schreckte aus dem Schlaf. Madeleine bewegte sich als Erste.

»Hallo, Wachtmeister Ball. Kommen Sie doch herein.«

Der Polizist setzte seinen Helm ab und trat ein. Seine Hosen wurden unten durch Fahrradklammern zusammengehalten, und die Knöpfe an seiner Uniform glänzten so, dass Edie meinte, sich darin spiegeln zu können. Sie wandte den Blick von der düsteren Miene des Polizisten ab. Ihr Vater richtete seine Kleidung und wischte sich getrockneten Speichel aus den Mundwinkeln. Sein normalerweise makellos frisiertes Haar war zerzaust. Edie konnte kaum atmen, weil alle so traurig waren.

Wachtmeister Ball räusperte sich.

»Gibt es etwas Neues?«, fragte Edie, obwohl sie die Antwort schon kannte.

Er schüttelte den Kopf. »Nein, leider nichts. Es ist, als ob Ihr Gatte nicht existieren würde, Mrs Valentine. Meine Kollegen in Golders Green haben mit Mr Solomon Goldman gesprochen, der ihn als Letzter gesehen hat, aber Mr Goldman hat Mr Valentine am Green Park in der Innenstadt abgesetzt.«

Edie runzelte die Stirn. »Warum gerade am Green Park?«

Ball zuckte mit den Schultern. »Es tut mir leid, Mrs Valentine. Ich dachte, das sagt Ihnen vielleicht etwas.«

Abe warf ein: »Möglicherweise kann ich da behilflich sein.« Er wandte sich an Edie. »Wie ich dir schon sagte, wollte Tom sein neu gewonnenes Selbstbewusstsein auf die Probe stellen. Er beschloss, nicht sofort nach Hause zurückzukehren, sondern mit Sol ein bisschen weiterzufahren.«

Sie nickte. »Hat Sol gesagt, ob Tom nervös war?«

Ball blickte auf sein Notizbuch. »Nein, ich glaube nicht.«

Madeleine brachte eine Tasse Tee und ein paar Kekse für den Polizisten, der ihr zutiefst dankbar zu sein schien. Edie ging durch den Kopf, dass Wachtmeister Ball wahrscheinlich auch nicht geschlafen hatte, und jetzt, als ihr das klar wurde, sah sie auch die verräterischen Bartstoppeln an seinem Kinn. Seine Augen blickten zwar aufmerksam, aber sie waren rot gerändert.

»Wie bitte?«, fragte Ball.

Edie hatte gar nicht gemerkt, dass sie laut gesprochen hatte. »Äh, ich sagte, Tom würde das nie wissentlich tun.«

»Wissentlich?« Er trank einen Schluck Tee.

Bis zu diesem Moment hatte sie zwischen Tom und dem Wort »verschwunden« keinen Zusammenhang hergestellt. Aber auf einmal wurden ihre schlimmsten Ängste wahr.

»Ich … ich meine«, stammelte sie und blinzelte durch Tränen, die ihr in die Augen traten, »Tom hat es wieder verloren.« Alle blickten sie stumm an. Edie blinzelte erneut und stieß hervor: »Als ich ihn gefunden habe, hatte er es auch verloren.«

»Wie meinen Sie das, Mrs Valentine?«

Madeleine legte Edie beruhigend die Hand auf den

Arm. »Sie meint, dass Tom so etwas anscheinend schon vorher passiert ist.«

Abe blickte Edie schmerzerfüllt an. »Du meinst, er hat sein Gedächtnis erneut verloren?«

Edie begann unkontrolliert zu zittern. »Nein, Abba. Ich glaube, er hat es dieses Mal wiedergefunden.« Sie schluchzte voller Qual auf, und auf einmal kam ein ganzer Schwall warmes Wasser aus ihr heraus. Ein scharfer Schmerz durchfuhr ihren Körper.

Madeleine half ihr, sich zu setzen. Edie hörte die besorgte Stimme ihres Vaters und sah aus den Augenwinkeln die dunkle Uniform des Polizisten. Aber das Bild wurde rasch verschwommen. Was geschah mit ihr? Die scharfen Stiche hatten sich in Krämpfe verwandelt. Sie dachte, sie würde es sich einbilden; sie wollte unbedingt glauben, dass es nicht die Wehen waren, die sie auf einmal überwältigten. *Nicht ohne Tom! Bitte, nicht …*

»Eden? … Eden?«

Edie drückte Madeleines Hand.

»Wie kann ich dir helfen?«

»Es geht los.« Blinzelnd versuchte sie, alles um sich herum wieder deutlich wahrzunehmen, und tatsächlich wurden Madeleines Gesichtszüge klarer. Fragend blickte sie Edie aus ihren graugrünen Augen an. »Das Kind kommt«, flüsterte Edie und ließ sich vom Schmerz tragen. Die Qual des Augenblicks schien zu ihrem Verlust zu passen.

Tom wird dir das Herz brechen. Die Worte ihres Vaters hallten in ihrem Kopf, während sie immer tiefer in die Dunkelheit der Verzweiflung glitt. Doch Abbas Worte folgten ihr, jagten sie durch den Nebel des Schmerzes.

Früher oder später wird Tom die Wahrheit über sich herausfinden.

Nur vage bemerkte Edie, wie sich nach dem Abgang des Fruchtwassers die Krämpfe verstärkten. Hände zogen an ihr, erschrockene Stimmen drangen an den Rand ihres Bewusstseins. Nicht nur die Worte ihres Vaters, dass sie Tom an seine Erinnerungen verlieren würde, waren prophetisch gewesen – auf einmal war sie sich auch sicher, dass die göttliche Bestrafung eingesetzt hatte und auch sein Kind ihr genommen würde.

Es war eine lange, seltsame Nacht für Alex gewesen. Er hatte in der Suite seiner Mutter gesessen, ihre Hand gehalten und ihr alles erzählt, woran er sich erinnern konnte, seit sie sich zuletzt gesehen hatten. Effie war leise wieder ins Zimmer gekommen und hatte ihm ein Abendessen vorgesetzt, das er gierig zu sich genommen hatte. Vor allem den heißen Kakao mit einem Schluck Brandy hatte er genossen.

»Damit Sie besser schlafen können, Master Lex.« Sie lächelte, und er sah das Erstaunen in ihren Augen darüber, dass er nach Hause zurückgekehrt war.

Als sich die Tür hinter ihr geschlossen hatte, hatte seine Mutter fragend die Augenbrauen hochgezogen.

»Ja, ich weiß. Die Dienstbotenquartiere werden vor Klatsch und Tratsch summen, bevor das Haupthaus erwacht«, sagte er.

»Mein Liebling, das ist nichts im Vergleich dazu, was deine Ankunft mit dem armen Dougie machen wird.«

»Bin ich ein böser Vorbote, Mutter?«, fragte er und zwinkerte ihr zu.

»Seiner Meinung nach bestimmt noch etwas viel Schlimmeres.«

»Aber er wird sich doch wenigstens darüber freuen, dass ich noch am Leben bin, oder?«

»Lex, Dougie liebt dich. Ihr drei Brüder steht euch alle nahe, das ist keine Frage; dein Vater und ich waren insgeheim immer stolz darauf … das war unsere beste Leistung. Aber vor dem Krieg hatte jeder von euch seinen Platz im Familienunternehmen. Obwohl Dougie als Kind oft darüber gejammert hat, hat er doch begriffen, dass es für ihn als den mittleren Sohn immer ein bisschen härter sein wird.«

»Deshalb hast du ja auch immer Partei für ihn ergriffen.«

Sie lächelte traurig. »Ich habe versucht, mich zurückzuhalten, aber es ist schwer, kein Mitgefühl mit ihm zu haben. Dein Vater hat darauf bestanden, dass er selbst damit fertigwerden muss.« Sie streichelte ihrem Sohn über die Wange. Sie staunte immer noch darüber, dass er wirklich vor ihr saß, und konnte kaum aufhören, ihn zu berühren, damit er nicht wieder verschwand. »Und dann warst du auf einmal nicht mehr da. Dougie wurde sozusagen zum ›Erstgeborenen‹. Und diese Feststellung traf unglücklicherweise damit zusammen, dass er jemanden heiratete, der ihm keinen Ausgleich bieten konnte, wie ihn die meisten Ehen brauchen.«

»Dougie ist verheiratet?«, sagte Alex verwundert.

»Oh ja! Eine große Gesellschaftshochzeit – alles, was dein Vater und ich insgeheim verabscheuen. Aber um Dougies willen sind wir natürlich an diesem Tag spektakulär aufgetreten.«

»Wer ist die Glückliche?«

»Rate mal«, forderte sie ihn mit verschmitztem Lächeln auf.

»Helena James?«

»Ach komm. Das kannst du besser.«

»Doch nicht etwa Daphne Kirkham-Jones?«

Sie zuckte zusammen. »Nur über meine Leiche«, murmelte sie. »Aber es wird wärmer, Liebling. Schau dir den Kreis der grauenhaften Daphne an und denk dann an die Salonlöwin par excellence.«

»Du scherzt«, sagte er ungläubig, als es ihm dämmerte. »Er hat die furchtbare Fern mit ihrem Modetick geheiratet?«

Cecily Gilford Wynter brach in hilfloses Kichern aus. »Ich sollte nicht lachen, schließlich bin ich in Trauer«, sagte sie schuldbewusst und begann leise zu weinen. »Dein Vater war lange Zeit schwerkrank. Es war eigentlich keine Überraschung. Verzeih mir.«

»Mutter, Vater hat dein Lachen immer ganz besonders an dir geliebt. Lache und hoffe, dass er dich hören kann. Also ist die furchtbare Fern jetzt eine Wynter?«

»Hör auf, Lex. Du wirst sie in ein paar Stunden sehen.«

»Sie ist hier?«

»Natürlich! Nichts konnte sie davon abhalten, den letzten Willen deines Vaters zu hören – ach, das erinnert mich daran, dass ich Gerald anrufen muss.« Tief bekümmert verzog sie das Gesicht. »Er fehlt mir so.«

»Gerald?«, fragte Alex, um ein wenig Leichtigkeit ins Gespräch zu bringen. Er erinnerte sich gut an den Familienanwalt und engen Freund seines Vaters.

Sie warf ihm einen tadelnden Blick zu. »Was werden wir nur alle ohne Thomas machen?«

Alex ergriff erneut die Hand seiner Mutter. »Weißt du, er hat mir sehr gefehlt, als ich ging, aber mit den Jahren wurde mir klar, dass er mich mit allem ausgestattet hat, um alleine zurechtzukommen. Alles war in Ordnung, und ich geriet nicht in Panik. Ich wusste, dass andere sich auf mich verlassen würden, weil er mir das immer gesagt hatte.«

Seine Mutter blickte ihn zärtlich an. »Dein Vater war immer so stolz auf dich, mein Sohn. Oder sollte ich besser sagen, Captain Wynter?«

»Nein, das solltest du nicht. Was ich sagen will, ist, dass Vater auch dich mit allem Nötigen versehen hat, damit du dein Leben ohne ihn führen kannst. Der Altersunterschied war immer …«

»Nicht, Liebling. Dass sein Tod unvermeidlich war, ändert nichts am Gefühl des Verlusts, und es macht auch die Trauer nicht leichter.« Traurig zuckte sie mit den Schultern.

»Ich wusste, noch bevor ich hereinkam, dass er tot ist. Ich war einige Stunden draußen, um mich an den Gedanken zu gewöhnen, dass er nicht mehr da sein würde. Draußen habe ich angefangen zu trauern, auf dem Baumstumpf, wo er und ich immer gesessen und über alles geredet haben, über den Besitz, die Familie … meine Verantwortung.«

»Und du bist genau wie er«, sagte sie.

»Ja?«

Cecily nickte. »Dein Vater grübelte nie über etwas, was außerhalb seiner Kontrolle lag. Ich sehe dir an, dass du deine Trauer schon beiseitegeschoben hast, weil dir klar geworden ist, dass du nichts an seinem Tod hättest ändern können.«

»Nicht beiseitegeschoben, Mutter; ich habe sie nur im Inneren verborgen. Ich kann die Zeit nicht zurückdrehen, und …«

»Du tust es schon wieder, Liebling.«

»Was?«

»Du verschwindest … oder zumindest entgleitest du mir. Ich will dich nicht noch einmal verlieren. Es tut mir innerlich weh, wenn ich daran denke, dass du wahrscheinlich monatelang in Krankenhäusern gelegen hast. Die Armee hat uns versichert, dass sie nach dir gesucht haben.«

Alex seufzte frustriert. »Entschuldigung. Mich beschäftigt das Thema, dass ich die Zeit nicht zurückdrehen kann.«

Seine Mutter lachte leise. »Oh, ich glaube, das täten wir alle, wenn wir könnten.«

Er legte seine Hand auf ihre.

Sie seufzte. »Ich muss Gerald anrufen.«

»Wirklich? Um diese Uhrzeit?«

»Du hast mir doch zugehört, Liebling, oder … es geht um die Testamentsverlesung. Du bist zurück. Das ändert alles.«

Alex' Miene wurde ernst.

»Ich dachte, du würdest es nicht schnell genug begreifen. Dougie wird nicht erfreut sein über diese Neuigkeiten. Jetzt ist er nicht mehr der älteste Wynter, mit all dem Prestige, das dazugehört, und er erbt auch nicht mehr alles.«

Alex nickte. Sein Herz sank. »Ich komme mir vor wie ein Aussätziger.«

Seine Mutter schüttelte den Kopf. »Lass das! Das ist dein rechtmäßiger Platz.«

»Und der furchtbaren Fern wird es noch weniger gefallen, dass ich wieder zurück bin.«

»Das ist nicht dein Problem.«

»Weißt du, Mutter, ich könnte auch einfach wieder gehen.«

»Mach dich nicht lächerlich«, sagte sie beleidigt.

»Nein, denk doch mal drüber nach. Im Moment ist alles geregelt. Selbst du hast gesagt, Dougie habe sich an seine neue Rolle in der Familie als ältester Sohn gewöhnt.

Warum soll ich alles durcheinanderbringen? Die Familie trauert …«

»Umso mehr Grund, deine Rückkehr zu feiern.«

»Bist du sicher, dass es Grund zum Feiern gibt?«

»Aber natürlich! Du hast doch Effies Gesicht gesehen. Wie sehr Bramson sich freut, kann ich mir vorstellen – und Clarrie ist bestimmt außer sich vor Freude. Charlotte wird auf Wolke sieben schweben – deine Schwester liebt dich mehr als ihr neues Automobil!«

»Die gute Charlie. Immer noch so jungenhaft?«

»Leider ja. Die Tochter ihrer Mutter ist sie jedenfalls nicht«, sagte Cecily augenzwinkernd. »Sie ist so furchtlos, Lex. Sie hat sich älter gemacht, als sie ist, nur um so schnell wie möglich auf den Kontinent zu kommen und sich im Krankenschwesterncorps zu melden. Ich mag mir gar nicht vorstellen, was sie alles gesehen hat.«

»Ich aber. Wir sollten alle mächtig stolz auf sie sein.«

»Das war dein Vater auch. Er hat zwar nicht viel gesagt, aber tief im Inneren hat er sich über ihr Verhalten gefreut.«

»Hat sie jemanden an ihrer Seite?«

»Ich glaube ja. Ein netter Junge. Er heißt Julian Phelps. Gute Familie. Sie redet nicht gerne darüber. Du kennst ja Charlotte: Sie gibt nur ungern zu, dass sie eigentlich ein ganz normales Mädchen ist.«

Alex grinste liebevoll.

»Ach übrigens, Cousine Penny ist auch hier.«

»Tatsächlich?«

»Dein Vater hatte immer eine Vorliebe für sie.«

»Sie war aber auch ein süßes, kleines Ding.«

»Klein ist sie jetzt nicht mehr, Liebling.«

Alex war in Gedanken bereits bei seinem Lieblingsbruder. »Wie geht es denn Rupert?«

»Er ist genauso wie du … nur unbekümmerter. Er war verwundet.«

Alex runzelte die Stirn. »Ich habe gehört, dass seine Verletzungen ausgeheilt sind.«

Seine Mutter schüttelte den Kopf. »Rupert hat ein sonniges Gemüt, wie du weißt, aber ich habe ihm angemerkt, dass er alle zum Narren hält. Alle, außer mir natürlich. Er weigert sich zu erzählen, was er erlebt hat.«

»Es ist zu schmerzlich, Mutter. Ich kann ihn absolut verstehen. Wer nicht dabei war, kann es sich nicht vorstellen.«

Sie nickte. »Er kam angeschlagen und verwundet nach Hause, aber im Wesentlichen unversehrt. Ich hatte Glück, und jetzt fühle ich mich wirklich gesegnet – alle meine Söhne sind zurückgekehrt.« Die Falten auf Cecilys Stirn wurden plötzlich tiefer. »Vielleicht sollte ich mich eher schuldig fühlen.«

Alex umarmte seine Mutter. »Das glaube ich nicht. Wie spät ist es?«

Cecily griff nach ihrer schmalen Armbanduhr, die auf dem Frisiertisch lag.

»Du liebe Güte, Liebling, wir haben ja stundenlang geredet! Mitternacht ist schon vorüber.«

»Dann ab ins Bett. Morgen ist ein großer Tag.«

»Ich muss erst noch Gerald anrufen.«

Er verzog schmerzerfüllt das Gesicht. »Lass die Dinge so, wie Vater sie vorgesehen hat … bitte.«

»Lex, ich hoffe doch nicht, dass zu deinen Kriegsverletzungen auch Wahnsinn gehört«, erwiderte sie mit leisem Spott.

Er seufzte.

»Dein Vater hat mit seinem letzten Atemzug noch von dir geredet. Thomas neigte nicht dazu, sich lange mit

Kummer aufzuhalten, aber als er starb, bekümmerte es ihn sehr, dass er die Zügel seines Unternehmens nicht an Alexander Wynter übergeben konnte. Er hatte dich auf diesen Moment vorbereitet, und du hattest ihm schon vor vielen Jahren bewiesen, dass du die Zukunft der Familie sichern wirst.«

»Dougie …«

»Nicht, Lex. Mir ist absolut klar, dass dir das jetzt alles fremd und beunruhigend vorkommt, aber du musst deine persönlichen Probleme zurückstellen. Du hast eine Verpflichtung deinem Vater gegenüber … der Familie gegenüber.«

Lex holte tief Luft.

»Man verlernt ja nicht, ein Unternehmen zu führen. Das ist wie Fahrradfahren oder eine schöne Frau zu küssen.« Sie blinzelte überrascht. »Was machst du denn für ein Gesicht? Hast du einen Geist gesehen?«

Alex schüttelte den Kopf. »Irgendwelche Erinnerungen, nehme ich an.«

»Wen magst du geküsst haben?«, sagte sie leicht amüsiert.

Alex dachte an das Taschentuch mit dem herzförmigen Ausschnitt. Wer besaß sein Herz?

Abe Valentine saß im zugigen Korridor des Krankenhauses in Epping. Die Französin, die neben ihm saß, zog alle Blicke auf sich, aber im Moment achtete Abe nicht auf die Schönheit an seiner Seite. Er wollte nur, dass das normale Leben wieder zurückkehrte. Wenn er doch nur die Uhr um einen Tag zurückdrehen könnte …

In Wahrheit hätte Abe am liebsten die Uhr auf 1918 zurückgedreht und seine geliebte Tochter nicht an zwei Tagen hintereinander wegen des Anzugs für den Krankenhausdirektor ins Edmonton Hospital geschickt. Dann wäre sie Tom niemals begegnet, wäre nie von zu Hause weggezogen und würde jetzt nicht diesen Schmerz durchleben müssen. Sie wäre mittlerweile mit Benjamin Levi verheiratet und würde Bens Kind erwarten. Das wäre doch absolut genug. Tom hatte Komplikationen und Unruhe gebracht, die ein alter Mann in dieser Phase seines Lebens nicht mehr verkraften konnte. Er hatte immer gewusst, dass Tom irgendwann wissen würde, wo er herkam.

Edie war ein Geschenk des Himmels gewesen, und das Kind, das sie von Tom erwartete, sollte ein neuer Anfang werden. Die Familie wuchs … Es war wieder Leben im Haus. Edie hatte ihm immer viele Enkelkinder versprochen, und sie hatte keine Zeit verschwendet, bis sie das erste erwartete. Und jetzt war vor ein paar Stunden sein Enkelsohn zur Welt gekommen, zu früh, weil seine Mutter sich so aufgeregt hatte. Würden sie beide durchkommen? Würde überhaupt einer von ihnen überleben?

Eine kühle Hand legte sich auf seine. »Mr Valentine?«

Madeleine zeigte auf einen Arzt und eine Krankenschwester, die auf sie zukamen. Abe erhob sich mühsam, wobei er sich von seiner Begleiterin helfen ließ.

»Abraham Valentine?«, fragte der Arzt.

Abe konnte nichts sagen.

»Ja, das ist Mr Valentine«, antwortete Madeleine für ihn. »Ich bin eine Freundin der Familie. Miss Delacroix.«

Abe stellte fest, dass die Krankenschwester ihre Haare zu einem so strengen Knoten auf ihrem Kopf gedreht hatte, dass ihr Hut fest darauf saß. Sie blickte ihn nicht direkt an, sondern seitlich an ihm vorbei. Er wusste sofort, dass es schlechte Nachrichten gab … er fühlte es in seinem Herzen.

»Mr Valentine, Ihre Tochter schläft, und es geht ihr gut.«

Voller Hoffnung blickte er den Arzt an. »Wird sie wieder gesund?«, stieß er hervor.

Die düstere Miene des Arztes veränderte sich nicht. »Ja, ich glaube, sie ist außer Gefahr. Allerdings ist sie noch schwach und braucht einige Tage Bettruhe und Erholung.«

Der Arzt räusperte sich. »Ich habe aber leider nicht nur gute Nachrichten.«

Abe schluckte. Hatte er richtig gehört? Er wartete.

»Ich muss Ihnen leider sagen, dass das Kind nicht sehr kräftig ist. Und wir können nicht viel tun. Eine der Schwestern glaubt fest an diese neumodischen Inkubatoren, aber ich ehrlich gesagt nicht. Ich würde Ihnen falsche Hoffnungen machen, wenn ich behaupten würde, dass das Neugeborene, das kaum sechsunddreißig Wochen im Mutterleib verbracht hat, ohne Muttermilch überleben kann.«

Abe blinzelte erschrocken, aber ein Blick zu Madeleine, die plötzlich ganz verloren wirkte, bestätigte ihm, dass er richtig gehört hatte.

Hastig sprach der Arzt weiter, um die furchtbare Stille, die nach seinen Worten eingetreten war, zu füllen. Er versicherte Abe, seine Tochter würde noch mehr Kinder bekommen und ganz von vorne anfangen können. Aber für Abe waren es nur bedeutungslose Worte, während er mit der Erkenntnis rang, dass ihm schon wieder ein kostbarer Valentine genommen werden sollte.

Bestrafung. Warum? Er war ein treuer Ehemann gewesen, ein liebevoller Vater. Er hatte für seine Familie gesorgt und sich um seine Freunde gekümmert. Warum, warum, warum?

»… viel Sonne und gutes Essen, damit sie gesund wird – sie ist ein bisschen zu dünn. Im Moment empfehle ich jedoch vor allem Ruhe.«

Die Worte flogen um Abe herum wie dunkle Wespen, die ihn angriffen. Er hörte ihr Summen, mit dem die Stimme des Arztes verschmolz. Das Stechen wurde zu einer Faust, die sich um sein Herz schloss und Leben und Lachen aus ihm herausdrückte. Ein entsetzlicher Schmerz nahm ihm den Atem, und auf einmal konnte er den Arzt und die Schwester nicht mehr sehen.

Das Letzte, was er hörte, war das erschrockene Keuchen einer Frau, und dann fiel er. Er hielt Ninas Hand. Seine Frau war an seiner Seite, und sie zog ihn mit sich weg. Doch sie lächelte. »Komm, Abe«, hörte er, und er folgte ihr nur zu gerne.

Madeleine hatte keine Familie in England und auch kaum Angehörige in Frankreich, höchstens vielleicht einen alten Onkel in Algier, wenn er noch lebte, aber im Laufe dieses Tages hatte sie eine neue Familie gefunden. Sie fühlte sich Eden Valentine verbunden – das hatte sie in dem Moment gespürt, als sie der jungen Frau mit dem Vornamen, der zu ihrer Schönheit passte, begegnet war.

Ein Blick durch ihr Cottage, und sie sah, dass das Mädchen Stil besaß. Und nachdem sie ihren Kleiderschrank durchgesehen hatte, der wesentlich besser bestückt war, als es ihren Lebensumständen entsprach, wusste Madeleine auch, dass Eden eine Begabung hatte. Edens Können als Schneiderin ging weit über das hinaus, was Madeleine je gesehen hatte … selbst in Paris.

Diese junge Frau hatte eine Vision. Ihre Entwürfe und ihre Schnittführung waren so schick und von so schockierender Schönheit, dass es Madeleine den Atem verschlagen hatte. Niemand im Dorf wusste, dass die Französin früher einmal als Mannequin für Callot Sœurs gearbeitet hatte. Die vier Callot-Schwestern hatten bei ihrer Mutter, einer begabten Spitzenklöpplerin, Nähen gelernt und waren bekannt für ihre einfachen, aber exotischen Schnitte, die an Madeleines eckiger Gestalt hervorragend zur Geltung kamen.

Und Eden war wie Marie Callot, die Chef-Designerin bei Callot Sœurs, den meisten anderen Modehäusern einen Schritt voraus. Madeleine sah an Edens Kleidern, dass ihre neue Freundin die Fähigkeit besaß, die Zukunft der Mode zu sehen. Sie hatte vielleicht sogar ein angeborenes Gefühl dafür vorauszusagen, was Frauen tragen würden … tragen *sollten*.

Es hatte sie beeindruckt, dass die junge Designerin sagte, Frauen sollten tragen, was sie wollten und was ihnen gefiel, statt sich dem Diktat von Modehäusern zu unterwerfen. Aber natürlich müsse auch jemand die Kleidung entwerfen, die Wünsche weckte.

Darüber hatten sie beide gelacht.

»Und du bist vielleicht diese Frau, Eden«, hatte sie gesagt, ohne preiszugeben, woher sie kam.

Madeleines Mutter und Tante hatten mit Haareschneiden Geld verdient. Das kleine Mädchen, das in dieser Umgebung aufgewachsen war, eignete sich unwillkürlich einige ihrer Fertigkeiten an. In Epping war sie gelandet, weil es ein verschlafenes Nest weit weg von Europa war, wo sie sich vor einem gewalttätigen Mann verstecken konnte. Die Flucht hatte Madeleine ihre Reputation als das bevorzugte Mannequin bekannter Pariser Couturiers und ihren damaligen Lebensunterhalt gekostet, aber sie hatte es nie bereut, Frankreich verlassen zu haben. Pierre glaubte wahrscheinlich, sie sei nach Marokko oder Algerien geflüchtet, vielleicht auch in die Schweiz oder nach Belgien, aber auf die Idee, sie im uneleganten England zu suchen, würde er nie kommen.

Und so hatte sie Haare geschnitten, ab und zu Delia im Pub ausgeholfen und sich in aller Ruhe ein langweiliges, aber neues Leben aufgebaut, das in seiner öden Regelmäßigkeit sicher war.

Aber Eden Valentine änderte das. In wenigen Stunden hatte sie sich nicht nur in eine neue Freundin verliebt, sondern sah auch vor sich, wie sich ein ganz neues Leben eröffnete, da Eden vorhatte, ihren eigenen Salon aufzumachen. Madeleine wusste, dass sie ihr dabei helfen konnte – mehr noch, sie wusste, sie konnte das Ass im Ärmel für Eden sein, um ihre Kleider mühelos an Frauen zu verkaufen.

Und dann war, wiederum in nur wenigen Stunden, Edens Leben völlig aus den Fugen geraten.

Abe hatte Madeleine an ihren Großvater erinnert, so solide und zuverlässig, wie er war, aber plötzlich war er nicht mehr da. Sie hatte noch seine Hand gehalten und sie fest gedrückt, als der Arzt die Nachrichten überbrachte, aber dann war er auf einmal zusammengebrochen.

Die Krankenschwester mit ihren stämmigen Waden und dem verkniffenen Gesichtsausdruck bewegte sich überraschend schnell und effizient und öffnete sofort Abes Krawatte und Kragen. Der Arzt riss das perfekt genähte gestreifte Hemd auf und enthüllte eine Altmännerbrust mit grauen Haaren, auf die er sein Stethoskop drückte, während die Schwester rasch dafür sorgte, dass dem alten Mann nichts in die Atemwege kam.

Sie warteten, während der Arzt lauschte.

Madeleine hielt die Luft an, die Hand vor den Mund geschlagen.

Schließlich seufzte der Arzt und nahm das Stethoskop aus den Ohren. Er blickte hoch zu Madeleine und schüttelte düster den Kopf. »Es tut mir leid, Miss Delacroix. Er ist tot.«

»Oh Eden«, flüsterte Madeleine. Ungläubig schüttelte sie den Kopf, als ihre Gedanken direkt zu Abes Tochter flogen. Wie sollte sie ihr nur beibringen, dass sie innerhalb eines Tages so gut wie ihre ganze Familie verloren hatte?

16

Douglas Wynter schlenderte zu der geschnitzten Kredenz und inspizierte, was es zum Frühstück gab, das unter Bramsons Aufsicht dort aufgetragen worden war. Der Butler stand jetzt neben dem Buffet und begrüßte jedes einzelne Mitglied der Familie. Es überraschte ihn nicht, dass Douglas als Erster erschien. Er wurde begleitet von seiner gesellschaftlich äußerst ambitionierten Frau, die er vor vier Jahren geheiratet hatte. Mit jedem Mal schien sie die Besuche auf Larksfell Hall mehr zu genießen. Vielleicht lag das daran, dass Fern Wynter, geborene Duffield, sich bei jedem Aufenthalt näher daran fühlte, Herrin von Larksfell Hall zu werden. *Was für ein herber Schock sie heute Morgen doch erwartet,* dachte der Butler mit trockenem Humor.

Douglas und Fern Wynter bedienten sich mit der üblichen Gier am Frühstücksbuffet. Der Butler dachte, dass kaum jemand Alex und Dougie Wynter, wenn sie nebeneinanderstünden, als Verwandte, geschweige denn als Brüder erkennen würde. Sie waren in Gestalt und Haarfarbe so unterschiedlich, dass sie aus verschiedenen Familien hätten stammen können. Douglas hatte schütteres mausbraunes Haar, das eine hohe, glänzende Stirn freigab. Seine eng stehenden blauen Augen wirkten seltsam im Vergleich zu der breiten Nase, und der bleistiftdünne Schnurrbart über schmalen Lippen bildete kein Gegengewicht zu seinem fliehenden Kinn, das in einer

Falte an seinem Hals verschwand. Es war ein Hinweis auf die Tatsache, dass Dougie Wynter schon in mittleren Jahren einen Bauch bekommen würde. Ohne jeden Grund schnupperte er an einem hartgekochten Ei und versenkte es in einem Eierbecher aus Porzellan, den er auf seinem Teller balancierte.

Bramson lächelte bei dem Gedanken daran, dass das Frühstück heute – gemessen an den Standards der Wynters – bewusst einfach gehalten war: kein Rührei mit Butter und Schnittlauch, keine Eier Benedict mit Räucherlachs. Heute hatte die Köchin, Mrs Dear, nur ein wenig Haferbrei, gekochte und pochierte Eier und gedünsteten Spinat aufgetischt. Frühstücksspeck, Zwiebeln, Pilze und Tomaten fehlten völlig, wie Douglas feststellen musste, der verschiedene Deckel anhob, in der Hoffnung, mehr zu finden.

»Magere Auswahl heute, Liebling«, sagte seine Frau und verzog die blutrot geschminkten Lippen. Ihre glänzenden Knopfaugen, die genauso braun waren wie ihre zu einem lockeren Knoten geschlungenen Haare, blickten spöttisch. Ferns Kleidung war unauffällig in der Farbe, aber aus sichtlich teuren Stoffen geschneidert. Sie trug flache dunkelbraune Schnürschuhe, die jedoch aus weichem Ziegenleder waren. Sie roch förmlich nach Geld, aber auf eine trübsinnige Art und Weise. Sie erinnerte Bramson immer an ein unscheinbares Amselweibchen, so bemüht, ihrer Familie zu gefallen, aber so leicht zwischen den bunten, lauten Pfauen, unter denen sie jetzt lebte, zu übersehen.

»Hmm. Frühstück ohne Würstchen bringt meinen Vater auch nicht zurück«, murrte er. »Und es fühlt sich deswegen auch niemand besser.«

»Eher schlechter, Liebling, oder?«, bemerkte die Amseldame an seiner Seite. Ihr Ehemann nahm sich zwei Scheiben Toast und zwei Röllchen Butter und setzte sich an den Haupttisch. Fern folgte ihm.

»Guten Morgen, Bramson«, ertönte eine neue Stimme. Charlotte kam ins Zimmer. Sie wirkte erhitzt. »Danke für das wunderbare Bett, das Sie mir haben richten lassen. Ich merke immer erst, wie sehr ich diesen alten Kasten vermisse, wenn ich zurückkomme und in meinem eigenen Bett schlafe. Ooh, lecker, pochierte Eier. Was für ein Luxus!«

»Kaffee, Miss Charlotte?«

»Ja, bitte«, sagte sie. »Wo ist Rupe?«

»Nie weit von dir entfernt«, sagte Rupert, der wie aufs Stichwort mit strahlendem Lächeln das Frühstückszimmer betrat. »Ich weiß, wir müssen heute alle traurig dreinblicken, aber ich glaube, unserem Vater wäre es schrecklich unangenehm, wenn er seine Familie mit so finsteren Mienen sähe. Lasst uns lieber fröhlich sein, oder?«

»Guten Morgen, alle zusammen.«

»Hallo, Pen. Oh, warum gelingt mir das nicht?«, jammerte Charlie.

»Was?«, fragte die junge Frau und blickte verlegen an sich herunter.

»Na ja, es ist noch nicht einmal halb neun, und du siehst schon großartig aus, mit deiner perfekten Frisur und der perfekten Kleidung zum Anlass.«

»Perfekte Pen, das ist ab jetzt unser neuer Spitzname für dich«, sagte Rupe und schickte seiner Cousine einen Luftkuss.

Bramson lächelte die junge Frau an. Wie sein Arbeitgeber mochte auch er die Cousine der Wynter-Geschwister. Sie waren zwar entfernt verwandt, aber niemand konnte sagen, um wie viele Ecken, deshalb bezeichneten sie sie der Einfachheit halber als Cousine. »Kaffee, Miss Aubrey-Finch?«

»Danke, aber ich frühstücke nicht«, sagte sie und schenkte ihm ein strahlendes Lächeln.

»Achtest du auf dein Gewicht, Pen?«, bemerkte Rupert und setzte sich.

»Machst du Witze, Rupe? Sie hat eine hinreißende Figur. Ich bin ganz neidisch«, sagte Charlotte und betrachtete seufzend ihren voll beladenen Teller. »Sieh mich an. Ich esse für zwei.«

Douglas blickte entsetzt von seinen Eiern auf.

»War nur ein Scherz, Doug.«

»Wo ist übrigens dein netter junger Mann, Charlotte?«, fragte Fern.

Während Charlotte ihr erklärte, wo Julian war und warum sie noch keinen Ring am Finger hatte, schaute Bramson auf seine Taschenuhr. Mr Alex würde gleich herunterkommen. Er hatte heute in der Frühe mit dem zukünftigen Hausherrn gesprochen und war mit ihm übereingekommen, dass er auf seine Mutter warten sollte, die ihr Frühstück täglich um Punkt 8.45 Uhr einnahm. Noch eine Minute.

Er lächelte in sich hinein, als er Schritte hörte. Unwillkürlich drehte er sich um und sah, wie Master Lex, eine wieder strahlende Cecily Wynter am Arm, sich anschickte, sie die Treppe hinunterzuführen.

Bramson schwoll das Herz vor Glück. Wenn Master Lex wieder im Haus war, würde sich endlich alles wieder richtig anfühlen. Er warf einen Blick auf Douglas und freute sich auf die Überraschung, die bevorstand. Er mochte Master Douglas auch, aber das Personal vergötterte Alex Wynter … das war schon immer so gewesen. Der arme Dougie, dachte Bramson.

Fern hatte das morgendliche Gespräch auf ihr Lieblingsthema gelenkt, auf sich. »Nun, Douglas und ich können es kaum erwarten, eine Familie zu gründen. Ich möchte viele Kinder. Natürlich seid ihr alle jederzeit mit euren Familien willkommen in Larksfell, und es ist ganz gleich, wie viele Kinder dann hier sind. Eure Mutter kann gerne …«

»Was kann Mutter, Fern, meine Liebe?«, unterbrach Cecily sie, die gerade das Zimmer betreten hatte. »Seht nur, was mit der Post gekommen ist«, fuhr sie strahlend fort, ohne Ferns Antwort abzuwarten.

Bramson hielt den Atem an. Fünf Augenpaare weiteten sich überrascht. Die Wynter-Geschwister saßen da wie erstarrt. Fern trat in die Falle, die ihre Schwiegermutter ihr unabsichtlich gestellt hatte.

»Guten Morgen, Cecily. Ein neuer Gast?«

Cecily kicherte. »Ihr könnt die Münder wieder zumachen, meine Lieblinge. Heißt euren großen Bruder willkommen.«

Alex war der größte der drei Brüder, und Bramson fand, dass er heute besonders groß wirkte. Sein Lächeln brachte eine Helligkeit ins Zimmer, wie sie schon seit Jahren gefehlt hatte. »Hallo zusammen. Entschuldigt den dramatischen Auftritt. Ich bin gestern Abend erst sehr spät gekommen«, sagte Alex in entwaffnendem Tonfall.

Plötzlich wurden Stühle zurückgeschoben, und alle Wynters sprangen auf. Fern blickte sich verwirrt um, während Penelope, die normalerweise über einen rosigen Teint verfügte, ganz blass geworden war.

Charlotte stürzte zu Alex und warf sich in seine Arme. Als sie ihn begrüßte, weinte sie bereits.

»Komm schon, Charlie. Hier bin ich doch, heil und gesund«, sagte Alex und hielt sie ein Stück von sich weg. »Jetzt sieh mal einer an! Du bist so schön!«

»Ich kann es nicht glauben, dass du hier bist! Du lebst!«

»Lex …« Auch Ruperts normalerweise leicht spöttischer Tonfall war entzückt und ungläubig. »Was zum Teufel ist passiert?«

»Lange Geschichte, alter Junge«, sagte Alex und zog seinen jüngsten Bruder an die Brust. »Du hast mir so gefehlt. Wir haben viel nachzuholen.« Er wandte sich Douglas zu. »Dougie. Wie geht es dir?«, sagte Alex. Er trat zu Douglas und zog auch ihn in eine Umarmung. »Großartig, dich zu sehen.« Dann trat er einen Schritt zurück und reichte der verwirrten Frau neben seinem Bruder die Hand. »Und du musst Fern sein. Herzlichen Glückwunsch, ihr beide. Was für ein gutaussehendes Paar ihr doch seid.«

Douglas wurde blass. »Aus welchem Höllenloch bist du denn herausgesprungen, Lex?«

Während alle leise, tadelnde Laute von sich gaben, zwinkerte Cecily Wynter Bramson zu. »Ich habe großen Appetit heute Morgen, Bramson«, flüsterte sie.

»Es freut mich, das zu hören, Lady Wynter.«

»Alex«, rief seine Mutter. »Cousine Penny ist auch hier.«

Alex drehte sich um. Bramson hatte schon immer gewusst, dass die junge Dame eine Vorliebe für den Ältesten hatte, aber es war ihm nicht in den Sinn gekommen, dass ihre Zuneigung mit den Jahren gewachsen war. Jetzt jedoch fiel es ihm auf. Sie saugte seinen Anblick förmlich auf, wie eine Verdurstende, der in der heißen Sommersonne ein gekühltes Getränk angeboten wird.

»Penny!«, rief er, ohne von ihrer Qual etwas zu bemerken. Er trat zu ihr, um sie zu umarmen, hob sie hoch und wirbelte sie herum. »Du meine Güte, Cousine Penny. Du bist ja erwachsen geworden! Und so entzückend!«

Er stellte sie wieder ab, und sie zupfte verlegen an ihrem Kleid. »Ich ziehe jetzt Penelope vor.«

»Wirklich?«

Sie zuckte mit den Schultern. »Eigentlich ist Pen auch in Ordnung.«

»Na … du bist ja wirklich ein großartiger Anblick für müde Augen, Cousine.« Dann wandte er sich erneut an die anderen. »Noch einmal, es tut mir leid, dass ich hier so unangekündigt hereinplatze, aber ich werde während des Frühstücks alles erklären. Ich habe schrecklichen Hunger, Bramson. Machen Sie mir bitte einen Teller fertig?«

Der Butler lächelte. »Sehr gerne, Lord Wynter«, sagte er. Unwillkürlich warf er dabei Douglas einen Blick von der Seite zu. Der mittlere Bruder verbarg seine Enttäuschung angesichts der Umstände ziemlich gut.

»Na, genug, Bramson. Für Sie bin ich immer noch Mr Alex, und so soll es auch bleiben.«

»Also …« Fern begann, hilflos laut zu denken. Sie warf ihrem Ehemann einen entsetzten Blick zu. »Also … du bist wieder da, und das bedeutet, du bist …«

»Ja, Fern, meine Liebe«, warf Cecily ein. »Unser geliebter Alex ist wieder da, die Erbfolge ist wieder korrekt, und, was am wichtigsten ist, alle meine Kinder sind heil und gesund um mich herum. Thomas kann in Frieden ruhen; seine Familie ist intakt.«

Bramson servierte Cecily das Frühstück, und sie lächelte ihn strahlend an. »Ihr solltet wissen, dass ich in den frühen Morgenstunden mit Gerald gesprochen habe, um ihn auf die sichtliche Veränderung hinzuweisen, die Lex' Rückkehr mit sich bringt.« Ferns Mund stand immer noch leicht offen, und ihr Frühstück wurde kalt. »Euer Vater hat vernünftige Vorsichtsmaßnahmen ergriffen und seinem Testament ein Kodizill angefügt, was wir Cousine Penny zu verdanken haben, da sie Thomas davon überzeugt hat, niemals die Hoffnung aufzugeben, dass sein ältester Sohn und Erbe eines Tages wieder nach Hause kommt. Und genau das ist gestern Abend geschehen«, sagte sie und legte Alex zärtlich die Hand auf den Arm. »Douglas, mein Liebling, lass uns in aller Ruhe nach dem Frühstück darüber reden; wir beide haben einiges zu besprechen. Dein Vater hätte es so gewollt.« Sie schenkte ihrem mittleren Sohn ein trauriges Lächeln. »Jetzt soll Lex euch seine Geschichte erzählen.«

Während Mr Alex begann, von den Ereignissen zu berichten, an die er sich seit seinem Weggang von Larksfell erinnern konnte, stellte Bramson fest, dass zwei Personen am Frühstückstisch nicht zuhörten. Mr Douglas schien so unter Schock wie die Männer, die sein Bruder in den Schützengräben von Ypern erlebt hatte, und Miss Aubrey-Finch blickte ihren ältesten Cousin wie hypnotisiert an, als wäre er eine vom Himmel gesandte Erscheinung.

Edie fuhr aus dem Schlaf und fand sich in einer unvertrauten Umgebung. Laut hallte Metall auf Metall, Absätze klapperten auf kalten Böden, und in der Ferne ertönten Stimmen. Sie lag in einem harten Bett, spürte unter sich Gummi quietschen, und dann fiel ihr ein, dass sie zu Hause ohnmächtig geworden war.

Sie versuchte sich zu erinnern, was dann passiert war, aber sie erinnerte sich nur an verschwommene Bilder von Krankenschwestern, die sich an ihr zu schaffen machten und viel zu laut auf sie einredeten. Sie war in einen tiefen Schlaf geglitten, der manchmal schmerzhaft, meistens jedoch ohne jede Empfindung gewesen war. An etwas anderes konnte sie sich nicht erinnern, auch nicht daran, warum sie überhaupt ohnmächtig geworden war.

Blinzelnd drehte Edie den Kopf. Ihr Blick fiel auf Madeleine.

»*Bonjour, chérie*«, flüsterte sie.

Edie lächelte müde. »Bin ich im Krankenhaus?«

Ihre Freundin nickte. »Wie fühlst du dich?«

»Schwach«, gestand Edie.

Eine Krankenschwester mit gestärkter Haube erschien. Sie wirkte streng, war aber freundlich. »Hallo, meine Liebe. Haben Sie Schmerzen?«

»Kaum«, sagte Edie. »Wo ist mein Kind?«

Die beiden Frauen an ihrem Bett wechselten einen Blick.

»Ich lasse Sie allein«, sagte die Schwester. »Rufen Sie mich, wenn Sie etwas brauchen. Sie wird wahrscheinlich Durst haben.«

»Wo ist mein Kind?«, wiederholte Edie ängstlich.

»Dein Sohn ist noch schwach, aber er hat Mut. Er hat schon eine Nacht und den heutigen Tag überstanden. Ein gutes Zeichen. Die Kinderschwestern haben große Hoffnung. Bleib ganz ruhig. Hier, trink das«, sagte Madeleine und stützte Edie, damit sie einen Schluck Wasser trinken konnte. Erleichtert sank Edie in die Kissen zurück.

»Mir tut alles weh, aber ich möchte ihn sehen.« Die Französin nickte, und Edie sah, wie sie tief Luft holte, als hätte auch sie Schmerzen. »Madeleine?«

»Eden … hör mir zu.«

Und dann fiel es Edie wieder ein. »Tom!«

Ihre Freundin schüttelte den Kopf. »Es gibt keine Neuigkeiten.«

Edie durchfuhr ein scharfer Schmerz.

»Eden …« Madeleine zögerte und sah auf einmal so blass und bestürzt aus, dass Edie sie stirnrunzelnd anblickte. Sie begriff, dass Toms Verschwinden offensichtlich nicht die einzige schlimme Nachricht war.

»Sag es mir einfach«, verlangte sie. Sie schaute Madeleine, die ihre Hand ergriff, an, als wäre sie nur ein unbeteiligter Beobachter.

»Hör mir zu. Ich muss dir etwas sagen, was dir wehtun wird. Aber ich bin hier und werde dich nicht verlassen.«

Edie schluckte.

Das Testament von Thomas Wynter war vor der versammelten Familie verlesen worden. Im Kodizill stand exakt das, was alle erwartet hatten. Die vier Geschwister waren alt genug, um zu wissen, wie die Erbfolge aussah. Alle waren für die Zukunft gut gerüstet. Für Douglas jedoch, und vor allem für seine Frau, kam es völlig unerwartet.

Alle bemerkten das, und vor allem Alex hatte Mitgefühl mit ihnen. Während Fern sich schluchzend in ihre Suite zurückgezogen hatte und hastig versuchte zu packen, ging Alex zu seinem Bruder, der mit düsterer Miene im Pflaumengarten saß.

Als Alex leise näher trat, fuhr Douglas auf. »Bist du gekommen, um mich zu verspotten?«

»Das kannst du doch nicht wirklich auch nur einen Moment lang glauben. Du solltest mich besser kennen, Dougie.«

Douglas seufzte. »Das macht es ja so unerträglich, alter Knabe. Es gibt niemanden, der dich nicht mag, mich eingeschlossen. Du und Rupe, ihr wart immer schon so, werdet immer so sein.« Er warf eine unreife Pflaume, die er in der Hand gehalten hatte, beiseite. »Noch ein paar Wochen, dann wird hier alles voller reifer Früchte hängen, die darauf warten, eingekocht oder zu Marmelade verarbeitet zu werden«, sagte er wehmütig. Er schaute auf die Kronen der Obstbäume, die voller Früchte für die Küche der Wynters hingen.

»Dir hat es hier immer gefallen.«

Sein Bruder nickte. »Ich habe immer Bauchschmerzen bekommen, weil ich so viele Pflaumen direkt vom Baum gegessen habe.« Er klang melancholisch, und Alex spürte, dass sein Bruder, der in so vieler Hinsicht das genaue Gegenteil von ihm war, nie vergessen hatte, wie nahe sie sich als Kinder gestanden hatten. Als Heranwachsender hatte Doug manchmal Bitterkeit empfunden, weil Alex in allem Glück hatte, und er hatte oft gesagt, dass er lieber der Jüngste als der Mittlere wäre. Und jetzt hörte Alex im wehmütigen Tonfall seines Bruders eine Sehnsucht nach der Einfachheit ihrer Kinderzeit heraus.

»Weißt du, Dougie, ich habe das nicht geplant. Ich würde dich niemals absichtlich verletzen.«

Douglas nickte. »Das weiß ich. Es ist einfach nur ein Schock. Wir hatten uns alle an die Vorstellung gewöhnt, dass du tot bist, und ich habe um dich getrauert, das kannst du mir glauben. Aber mir hat die Aussicht gefallen, der Chef des Wynter-Imperiums zu werden, und ...« Er lachte traurig auf. »Fern hatte schon detaillierte Pläne gemacht, wie sie Larksfell umdekorieren wollte.«

Alex warf ihm einen verwirrten Blick zu.

»Daran darfst du mir nicht die Schuld geben«, fuhr Dougie fort. »Ich würde es so lassen, wie es ist, schließlich bin ich genauso sentimental wie wir alle, aber Fern hatte immer das Gefühl, dass keiner in dieser Familie sie wirklich mag.«

»Und deshalb wollte sie uns alle mit ihrem neuen Besen hinauskehren?«

Douglas zuckte mit den Schultern. »So in der Art. Ich liebe meine Frau, Lex, trotz ihrer Ecken und Kanten. Nachdem du weg warst, hat unser Vater gemeint, ich solle noch abwarten, bis ich mich freiwillig melde.« Er schüttelte den Kopf. »Letztlich bist du sogar der Held. Vater erlaubte auch Rupe, in die Armee einzutreten – er sagte, es sei definitiv seine und deine Rolle. Meine war es, hierzubleiben und ihn in seiner Arbeit zu unterstützen, vor allem auf den Höfen. ›Wichtige Nahrung für die Jungs in Uniform.‹ Ich fand es großartig, Lex; ich hatte das Gefühl, endlich eine wichtige Rolle zu spielen.«

Alex seufzte. Erst jetzt wurde ihm wirklich bewusst, wie sich sein mittlerer Bruder sein Leben lang gefühlt hatte.

»Jedenfalls musste ich eines Tages nach Eastbourne, um irgendwelche geschäftlichen Aufträge für Vater zu erledigen, und da war gerade Parade. Eine weitere Schar von Männern wurde unter lautem Jubel ihrer liebenden Ehefrauen und Freundinnen in den Krieg verabschiedet. Ich blieb stehen, um ebenfalls Beifall zu klatschen, ich war stolz auf sie, und in jenem Moment wünschte ich mir von ganzem Herzen, einer von ihnen sein zu können. Ich war so abgelenkt, dass ich gar nicht merkte, wie eine Frau auf mich zukam und mir eine weiße Feder in die Brusttasche steckte; das wurde mir erst klar, als sie höhnisch lächelnd wieder ging. Später erfuhr ich, dass dies eine Art Aufstand der Women of England's Active Service League war. Die Aktion sollte die Männer beschämen und sie so drängen, in die Armee einzutreten. Und dazu war den Frauen jedes Mittel recht, auch, sie öffentlich als Feiglinge anzuprangern.«

Alex hörte, wie die Stimme seines Bruders brach. Voller Mitgefühl sagte er: »Davon habe ich nichts gewusst, Dougie.«

»Es war nicht meine einzige Feder. Ich habe die drei Federn, die ich für meine Feigheit bekommen habe, aufbewahrt, und erst nach einem schrecklichen Streit mit den Eltern durfte ich mich dann schließlich auch für den

Kriegsdienst melden.« Er lächelte freudlos. »Ich bin mir nicht einmal sicher, ob unsere Eltern den Test nicht beeinflusst haben – du weißt schon, irgendwelche Beziehungen haben spielen lassen –, damit ich nicht an die Front gelassen werde.«

Lex nickte. »Du hast über Fern geredet«, sagte er sanft. Er musste seinen Bruder von diesem Gerede über den Krieg abbringen.

»Ja … das habe ich. Sie war die einzige Frau, die nicht missbilligend die Augenbrauen hochzog, weil ich nicht an der Front war. Sie verstand, dass manche Männer zu Hause bleiben mussten, um sich um das Land zu kümmern, die Fabriken, die Höfe …«

»Mich brauchst du nicht zu überzeugen.«

Sein Bruder fuhr fort. »Auf jeden Fall bin ich kein Dummkopf, alter Knabe. Fern mag gierig sein, aber sie hat nie viel besessen, und ihre Eltern haben sich sehr bemüht, so zu tun, als wäre das Gegenteil der Fall, da sie ja immerhin über einen guten Familiennamen verfügen. Vermögen gibt es allerdings nicht, und sie hatte es zu Hause sicher nicht leicht. Ich führe es auf den Schock zurück, dass sie sich auf einmal alles leisten kann, was sie will; ich hoffe einfach, dass sich ihre Kaufsucht eines Tages totläuft. Alle ihre Schwestern mussten Vernunftehen aus strategischen Gründen eingehen. Niemand von uns weiß, wie sich das anfühlt. Aber sie und ich haben Glück, denn in unseren stillen Stunden weiß ich, dass Fern mich aus den richtigen Gründen liebt … ebenso sehr wie aus Gründen der Klugheit.«

»Ich verurteile dich nicht, Dougie. Ich verstehe dich. Wenn ich planmäßig aus dem Krieg zurückgekommen wäre oder wenn ich tatsächlich in der Schlacht gefallen wäre …« Er seufzte. »Nachdem ich zuerst bei Mutter war, habe ich die ganze Nacht darüber nachgedacht, ob ich nicht einfach wieder gehen und Larksfell und das Erbe einfach vergessen sollte …«

»Sei nicht blöd. Der Platz hier hat dir immer rechtmäßig zugestanden. Ich wusste das ja. Es ist nur quälend, dass ich so lange so nahe dran war …«

Alex warf ihm einen schmerzerfüllten Blick zu. »Ich habe so viel vergessen. Ich muss mich jetzt voll und ganz auf die Familie verlassen. Es ist ein seltsam leeres Gefühl, nicht zu wissen, wo ich seit Ende 1917 war.«

»War es sehr schlimm?«

»Ich glaube, ich finde weder genug noch die richtigen Worte, um das Leben in den Schützengräben zu beschreiben. Worte … na ja, sie sind einfach nicht adäquat. Die körperlichen Schmerzen sind das Geringste.« Alex tippte sich an den Kopf. »Der Albtraum ist hier drin. Am schlimmsten ist die emotionale Qual. Die Angst vor dem, was kommt. Angst um die Familie – so viele der braven Soldaten, für die ich verantwortlich war, hatten Familie. Es brach ihnen jeden Tag ein bisschen mehr das Herz, wenn sie an die Kinder dachten, die sie nicht kannten, die sie nie im Arm halten würden, an die Frau, die nie mehr neben ihnen schlafen würde, die Eltern, denen sie nie gesagt hatten, wie sehr sie sie liebten. Und es war alles so sinnlos, Dougie! Unsere Generäle haben viel Schuld auf sich geladen! Unzählige Tote und Verwundete auf beiden Seiten – Hunderttausende –, und für was, frage ich dich? Ypern, ein kleiner Ort in Flandern. Ein emotional unbeteiligter General irgendwo an einem Schreibtisch, der offensichtlich fand, es sei der Mühe wert …« Er beendete den Satz nicht, sondern knurrte nur angewidert.

Dougie sah ihn an. »Ich war nie im Feld. Hat Mutter das erwähnt?«

Alex log und schüttelte den Kopf. »Ich bin froh darüber. Die Albträume, die ich habe, brauchst du nicht.«

»Doch, Lex, ich wünschte wirklich, ich wüsste, wovon du redest. Als sich herausstellte, dass mein Gesundheitszustand die Einberufung nicht zuließ, hatte ich das Gefühl, öffentlich entmannt worden zu sein. Alle aus dem King's von meinem Jahrgang waren an der Front. Es ist traumatisierender, zugeben zu müssen, dass du ein Schreibtischpupser bist, als zu dem jubelnden, rotwangigen Haufen dazuzugehören, der dem sicheren Tod entgegenfährt.«

»Aber genau das ist der Punkt. Es war wie ein verdammtes Spiel. Meine Jungs warfen Obst und Kekse zu den deutschen Schützengräben hinüber, und von ihnen bekamen wir ihre Leckereien. Und dann schleuderte irgendein Witzbold einen Tennisball, und eine neue Sportart namens ›Schlagt die Boches‹ war erfunden. In den seltenen ruhigen Zeiten wurde der Ball hin und her durch das Niemandsland geworfen. Es wurde gejubelt, und wir haben sogar Punkte verteilt! Ich habe sogar irgendwo gehört, dass ein Captain beschloss, seine Leute über den Gipfel des Hügels zu führen, indem er einen Rugby-Ball so weit hinüberschoss, wie er konnte. Es war wohl ein großartiger Schuss, und er bekam eine ordentliche Ladung Kugeln ab, während seine Leute ›Tor‹ jubelten.« Alex beugte sich vor. »Verstehst du nicht, Dougie? Keiner von uns hatte eine Ahnung, worauf er sich einließ. Wir dachten, es sei unsere Pflicht, König und Heimatland zu verteidigen. Keiner von uns war ausgebildet. Ich hörte, wie ein anderer Offizier bemerkte, die einzige Qualifikation, um Offizier zu werden, sei, dass wir lateinische Verben konjugieren und gut Cricket spielen könnten.«

Dougie blickte ihn verwirrt an.

Alex fuhr fort: »Es hatte nichts damit zu tun, wie geeignet wir waren; die Armee zog ›Gentlemen‹ den Militärs vor. Wichtig war, zu welchem Club du gehörtest, wie dein Bankkonto aussah, ob du Keats zitieren konntest. Führung ist keine erlernte Fähigkeit – Leute wie wir werden anscheinend dazu geboren.« Alex stieß einen verächtlichen Seufzer aus. »So wie wir von Anfang an wissen, welches Messer wir benutzen müssen.«

»Aber du kannst tatsächlich großartig führen, Lex.«

»Darum geht es doch gar nicht! Ich wäre auch ohne diese Fähigkeit Captain geworden, und ich hätte auch einen behaglicheren Job weit weg von der Front haben können. Wir waren junge, naive Burschen, die frisch von der Universität kamen, und haben Metzger und Bäcker, Minenarbeiter und Briefträger, die nicht den blassesten Schimmer hatten, um was es überhaupt ging, in den sicheren Tod geführt. Niemand hat unsere Führung auf dem Schlachtfeld überprüft, niemand hat unsere Fähigkeiten getestet oder sich unsere Entscheidungen angeschaut. Wir waren *Gentlemen*, wir würden sicherlich schon das Richtige tun. Aber ein Krieg ist nicht gentlemanlike, Dougie, mit Anständigkeit hat das Ganze nichts zu tun.«

Alex lachte bitter auf. »Es war sogar verdammt unsportlich von den Deutschen, unseren Tennisball über Nacht zu behalten und ihn, versehen mit einem kleinen Stein darin, am nächsten Tag wieder zurückzuwerfen. Er hat einen von unseren Soldaten getötet.« Er stand auf und ging auf und ab. »Was Rang und Status angeht, so waren es ganz gewöhnliche junge Kerle, die jeden Tag vor meinen Augen zu Hunderten starben. Ich habe mich davor gehütet, mich mit irgendjemandem anzufreunden, weil ich wusste, dass die meisten von uns höchstens ein paar Tage überleben würden.«

»Aber du hast überlebt. Du bist nach Hause gekommen.«

»Ja, und ich weiß nicht, warum. Das Schuldgefühl ist überwältigend. Ich versuchte alles, um auch zu sterben, jedenfalls fühlte es sich damals so an. Dreh mir keinen Strick daraus, Dougie. Ich weiß ja nicht, wo ich sonst hin soll. Und nach allem, was ich gesehen und erlebt habe, will ich nirgendwo anders sein als auf Larksfell. Du kannst mir glauben, ich würde nur zu gerne dir und Fern den Titel, Partys und das große Vermögen lassen und wieder verschwinden. Ich hatte nie Zeit dafür – das weißt du doch. Ich würde dir alles überlassen, aber Mutter würde einwenden, dass Vater es so gewollt hat. Und ich weiß, du würdest das Gleiche sagen.«

Dougie nickte und blickte seinen Bruder gequält an. »Ich glaube, da liegt das Problem. Ich finde es schrecklich, dass du dir nichts daraus machst und trotzdem alles bekommst.«

»Nein, so ist es ja gar nicht. Und ich bin dazu erzogen worden, das Wynter-Unternehmen zu leiten und nach Vaters Tod zu übernehmen. Die Familie kann sicher sein, dass ich die Fähigkeiten besitze, um ein starkes Imperium noch zu vergrößern. Du und Fern, ihr solltet die Familie gründen, die Fern doch so gerne möchte. Dann fehlt dir nichts mehr.«

»Nichts, außer dem, was du hast, Bruder. Aber das ist ja nichts Neues, oder?«, erwiderte er. Dougie schüttelte den Kopf. »Ich wünsche dir nichts Schlechtes, aber ich wünsche mir auch, du wärst nicht nach Hause gekommen. Zum ersten Mal in meinem Leben hatte ich das Gefühl, mein Schicksal in der Hand zu haben.«

»Es tut mir leid, alter Knabe.«

Dougie nickte resigniert. Er stand auf und schüttelte seinem Bruder die Hand. »Wiedersehen, Lex. Ich nehme an, wir sehen uns an Weihnachten.«

»Zweifellos.« Alex seufzte und blickte Dougie nach. Dabei drückte er auf einer unreifen Pflaume herum. Und während er den Schmerz bedauerte, den seine Heimkehr seinem Bruder bereitete, roch er den süßlichen Duft der zerquetschten Frucht, deren vertrauter Geruch ihn an seine glückliche Kindheit erinnerte, und wünschte sich von ganzem Herzen, in diese Zeit zurückkehren zu können.

17

Oktober 1920

Edie saß auf dem Doppelbett, in dem sie mit Tom geschlafen hatte, und strich über den weichen Stoff der gesteppten Daunendecke. Sie war eines ihrer Hochzeitsgeschenke von den Levis gewesen. Bens Mutter wusste genau, welche Farben Edie liebte; kein Rosa, kein Violett, keine Pastelltöne. Nein, Dena Levi wusste, dass Edie Grün und Dunkelgrau mochte, mit einem Hauch Rot und Gelb dazwischen. Diesen Bettüberwurf hatte sie mit großer Sorgfalt ausgesucht – ein florales Muster, hauptsächlich Mattgrün mit Akzenten von Fuchsia und Weiß. Edie hatte die Decke auf den ersten Blick geliebt, aber sie hatte trotzdem gewusst, dass die Familie Levi ihr mit dem Geschenk eine Botschaft übermittelte. Vielleicht war es ja ein wenig paranoid, aber Edie wusste, dass sie immer an die Vorbehalte der Levis denken sollte, weil sie ihr Bett mit einem anderen Mann als Ben teilte. Und durch die Decke würden die Levis immer in ihrem Schlafzimmer anwesend sein und sie daran erinnern. Tom fand, dass sie zu viel hineininterpretierte, aber Edie kannte Dena, und vielleicht hatte ja Bens Mutter ihre Ehe irgendwie verflucht? War Tom deshalb verschwunden? War dies ihre Bestrafung dafür, dass sie ihrem Herzen statt ihrer Pflicht gefolgt war?

Er wird dir das Herz brechen, hatte ihr Vater sie gewarnt.

Ja … Tom brach ihr gerade das Herz.

»Wo bist du, mein Liebling?«, flüsterte sie. Sie ließ den Kopf auf sein Kissen sinken und drückte das Gesicht gegen die Stelle, wo er gelegen und sie angelächelt hatte.

Sie war sechs Wochen im Krankenhaus geblieben, aber sie hatte sich nur wie in Trance bewegt und lernen müssen, mit dem Verlust von Vater und Ehemann zu leben. Ihr Sohn wurde zum Glück immer kräftiger, was alle außer Edie überraschte.

Sie wusste nicht, wann sie zugestimmt hatte, dass Madeleine bei ihr einzog, aber mittlerweile akzeptierte Edie, dass die Französin ebenso wie ihr Sohn ein Geschenk des Himmels für sie war. Beide waren in ihr Leben gekommen, um sie geistig gesund zu halten.

»Jetzt schau dir diesen süßen, kleinen Kerl an«, sagte Madeleine und trat in das Schlafzimmer. »Er wird jeden Tag kräftiger.« Sie hielt Edie das winzige, in Decken gehüllte Bündel hin. »Ich bin mit ihm ein bisschen draußen spazieren gegangen, aber er hat Hunger und schreit nach seiner *maman*«, erklärte sie und blickte Edies Sohn zärtlich an.

Edie lehnte sich bequem in die Kissen. »Komm her, mein Liebling«, sagte sie. Sie nahm ihren Sohn in die Arme und legte ihn an die Brust. »Entschuldige bitte, ich war eingeschlafen«, fügte sie hinzu und bemühte sich, nicht schon wieder zu weinen.

»Edie, du trauerst. Das ist normal, aber es ist zu viel Schmerz auf einmal. Du musst für eine Weile weg von hier – von all den Erinnerungen –, damit du alles aus der Distanz betrachten kannst.«

Die liebe Madeleine, pragmatisch wie immer.

Edie blickte auf den winzigen Kopf ihres Sohnes mit dem dunklen Haarbüschel. Er war perfekt. Stark wie sein

Vater, dachte sie, entschlossen durchzuhalten und alle Lügen zu strafen, die gesagt hatten, er würde es nicht schaffen, so wie Tom auf dem Schlachtfeld in Flandern.

»Warum hast du eigentlich deinem Kind noch keinen Namen gegeben?«

Edie zuckte mit den Schultern und verzog schuldbewusst das Gesicht. »Im Krankenhaus haben sie ihm so geringe Überlebenschancen prophezeit.«

»Aber die Oberschwester hat ihn nie aufgegeben«, rief Madeleine ihr ins Gedächtnis.

Edie erinnerte sich gut an die Entschlossenheit der untersetzten Frau. »Wir haben eine ganze Generation von Söhnen an den Krieg verloren. Ich werde nicht zulassen, dass wir noch ein Kind verlieren. Ich werde den Feind bekämpfen«, hatte sie gesagt und einer anderen Krankenschwester dabei geholfen, eine spezielle Kiste auf Edies Station aufzubauen, die sie Inkubator nannten. »Stellen Sie sich eine Glucke vor, die auf ihren Eiern sitzt«, erklärte sie Edie. »Dadurch werden die Eier ständig warm gehalten und geschützt. Und Sie, mein Mädchen, werden durch dieses kleine Glasfenster schauen und darum beten, dass Ihr Sohn durchhält und am Leben bleibt. Sie können ihn leider nur selten anfassen, aber er wird wissen, dass Sie da sind, und Ihre Liebe spüren.«

Und so war es gewesen. Jeden einzelnen stillen Tag im Krankenhaus hatte sie um ihren Vater geweint, sich verzweifelt nach Tom gesehnt und das schnelle Heben und Senken der winzigen Spatzenbrust ihres Sohnes beobachtet, der kämpfte und die Prognose des Arztes Lügen strafte. Aus Tagen waren Wochen geworden, und irgendwann hatte Edie gemerkt, dass die weichen, goldenen Sommernachmittage dem kühleren, schärferen Licht des Herbstes wichen. Edie war mit ihrem Säugling im Krankenhauspark spazieren gegangen. Sie hatte ihn dick eingepackt aus Angst vor der bevorstehenden Winterkälte, aber auch entschlossen, ihn die frische, klare Luft atmen zu lassen, damit seine kleine Lunge kräftiger wurde.

Seine zu frühe Ankunft ließ ihn wirken wie einen kleinen Geist. Madeleine hatte es eines Nachmittags in Worte gefasst, als sie zusammen in der Nähe des Ententeichs spazieren gingen.

»Er ist so still. Ich dachte, Babys schreien immerzu.«

Edie sagte es zwar nicht laut, aber auch sie fand ihren Sohn viel zu still. Sie fragte sich oft, ob er ihren Kummer spürte.

Die Oberschwester hatte sie beruhigt. »Seien Sie dankbar, meine Liebe. Sie werden ihn noch oft genug darum bitten, Ihnen nicht ständig Fragen zu stellen, von ›Warum geht der Mond auf?‹ bis hin zu ›Können Ameisen denken?‹.« Sie hatte Edies Arm getätschelt. »Sie machen es beide so gut. Sehen Sie doch, wie er gedeiht. Sie würden es wissen, wenn etwas nicht in Ordnung wäre.« Sie klopfte sich auf die Brust. »Ich habe riesengroßen Respekt vor dem Instinkt einer Mutter. Er sollte eigentlich erst diese Woche zur Welt kommen. Und er hat sich in den letzten vier Wochen so gut entwickelt. Er braucht Zeit und Verständnis. Und wenn er gleichaltrige Säuglinge eingeholt hat, werden Sie es schon merken. Und Sie sollten ihm einen Namen geben«, hatte sie mit fester Stimme hinzugefügt.

»Ich liebe Sie, Oberschwester.«

»Nun, ich würde lügen, wenn ich nicht zugeben würde, dass alle Valentines einen besonderen Platz in meinem Herzen haben. Ich hoffe, dass Sie mich besuchen und mich daran teilhaben lassen, wie sich dieser kleine Kerl entwickelt.«

Edie lächelte sie an. »Unsere Familie gibt es jetzt nicht mehr. Vielleicht sollten wir Sie zur Ehrentante machen.«

»Dann bin ich Tante Tilda.« Die Oberschwester hatte gestrahlt. »Er wird noch lange Zeit klein sein«, hatte sie Edie gewarnt. »Das habe ich schon öfter erlebt. Die meisten dieser Kinder schaffen es gar nicht, aber deine Familie ist gesegnet, und dieser Junge hat Lebenswillen, also begrüße freudig jeden seiner Fortschritte ... auch wenn er spät laufen lernt oder erst lange nach anderen Kindern sauber wird. Und wenn er die Rennen in der Schule nicht gewinnt oder nicht so schnell lernt wie andere Kinder, dann hab Mitgefühl und denke an diesen Moment. Er braucht Zeit und Verständnis, um aufzuholen.«

Und jetzt lag Toms Sohn in ihren Armen, saugte gierig an ihrer Brust, und sie konnte fühlen, dass er an Gewicht zugelegt hatte. Die Oberschwester hatte recht gehabt. Ihr Junge gedieh prächtig. Wenn nur Tom ihn jetzt sehen könnte!

Ihre Gedanken schweiften zu jenem Morgen ab, als sie sich zum letzten Mal geküsst hatten und sie ihn schließlich aus dem Blick verlor, als er um die Ecke bog und aus ihrem Leben ging.

»Kann ich dir etwas bringen?«, unterbrach Madeleine ihre Gedanken.

Edie schüttelte den Kopf und schenkte ihrer Freundin das tapferste Lächeln, das sie aufbringen konnte, aber sie wusste, dass es nur traurig wirkte. »Ich habe gerade versucht, mich an unseren letzten gemeinsamen Morgen zu erinnern. Aber ich bin schon so oft jede Minute durchgegangen und habe nach Anzeichen gesucht. Es gab nichts, Mads. Nichts, was darauf hindeutete, dass irgendetwas nicht stimmte.«

»Ich weiß, *chérie*.«

Edie warf ihr einen entschuldigenden Blick zu.

»Hör zu, Eden. Ich habe eine Idee. Lass uns nach Paris fahren.«

»Was?« Eden blickte ihre Freundin perplex an. Machte sie einen Witz?

»Paris wird dir helfen, gesund zu werden«, sagte Madeleine. »Ich habe einen Plan. Ich weiß, dass du keine große Reise machen willst, aber ich rede ja auch nur von ein paar Tagen. Es gibt ein englisches Sprichwort, das besagt, dass eine Veränderung so gut ist wie ein ganzer Urlaub, und ich glaube daran. Ich glaube, wenn wir für kurze Zeit die Umgebung wechseln, dann wirst du dir klar darüber, was du tun musst.«

»Mads, du kommst über so etwas nicht mit einem Fingerschnipsen oder mit einer Reise über den Kanal hinweg. Es schmerzt ... so tief. Es gibt Momente, in denen ich am liebsten nicht mehr aufwachen möchte, weil ich das Leben nicht ertragen kann. Nur für ihn ...« Sie schaute den Säugling zärtlich an und strich ihm über die weichen dunklen Haare.

Ihre Freundin warf ihr einen warnenden Blick zu. »Aber was nützt denn all dein Grübeln, Eden? Wird dir auch nur ein einziger Gedanke die Männer zurückbringen, die du verloren hast?«

Edie keuchte. »Nicht.«

»Antworte auf meine Frage.«

»Du weißt doch, dass das nicht so ist.«

»Aber weißt du das auch? Natürlich kannst du den Rest deines Lebens trauern, aber das bedeutet doch nicht, dass du dein Leben aufgeben musst. Es geht doch vor allem um dein Kind und dich.«

»Mads ...«

»Trauere, aber tu es hier drin«, sagte Madeleine und

zeigte auf Edies Herz. »Dein Sohn soll nicht den Preis für deinen Verlust zahlen, so wie dein Vater dir seine Trauer aufgebürdet hat.«

Edie spürte, wie ihr Mut bei Madeleines wahren Worten wuchs. Einen Herzschlag lang trat sie aus dem Schatten der Verzweiflung in das Sonnenlicht der Vernunft. Für einen Moment bewirkten Madeleines Worte, dass sie begriff, dass nur sie alleine ihre Zukunft gestalten konnte. »Und was Tom angeht, könntest du die Tatsache, dass du nichts gehört hast, auch positiv sehen«, sagte Madeleine.

Edie schüttelte den Kopf: »Aber wie denn, Mads?«

Ihre Freundin zuckte mit den Schultern. »Es gab weder Hinweise auf Verletzungen noch auf Todesfälle. Das bedeutet, dass dein Mann irgendwo da draußen lebt. Er wird schon noch auftauchen. Du hingegen könntest durch deine vergebliche Suche zu Tode kommen. Du kannst aber auch darauf vertrauen, dass Toms Liebe zu dir stärker ist als alles, was ihn von dir fernhält. Also, reiß dich zusammen, Eden Valentine, und fang für diesen kleinen Jungen wieder an zu leben. Werde wieder stark. Und alle Eltern sterben. Dein Vater hatte ein langes Leben.«

»Aber er ist in dem Bewusstsein gestorben, dass sein Enkel es nicht schafft!«, erwiderte Edie bitter.

»Nun, daran kannst du jetzt auch nichts mehr ändern«, sagte ihre Freundin. Es war hart, aber Edie war schon an Madeleines heftige Äußerungen gewöhnt.

Die Französin hockte sich vor sie und schaute Edie so eindringlich aus ihren ernsten graugrünen Augen an, dass sie es nicht wagte, den Blick abzuwenden.

»Ich habe nicht behauptet, dass es leicht würde, aber lass uns wirklich planen, bald einmal nach Paris zu fahren – nur für ein paar Tage … deinen Sohn nimmst du natürlich mit. Dort wirst du in der Lage sein, eine Entscheidung hinsichtlich des Ladens deines Vaters und eures Hauses zu treffen, die du jetzt noch vor dir her schiebst. Und du wirst darüber reden können, was du hier mit dem Cottage in Epping vorhast. Ich weiß, dass dir der Gedanke, wieder in London zu leben, Angst macht, aber ich werde dich bei jedem Schritt unterstützen, Eden. Ich werde auf den Kleinen aufpassen. Ich werde sogar Windeln wechseln. Na ja, das können wir zusammen machen. Gib den Traum von deinem Salon nicht auf. Halte dein Wort Tom gegenüber – sei seinem Sohn eine gute Mutter und sei eine gute Ehefrau, die ihr Versprechen einlöst, eine der aufregendsten jungen Designerinnen zu werden, die London je gesehen hat.«

Edie lächelte leise, als sie ihren Säugling hochhob, damit er sein Bäuerchen machen konnte. »Hast du nicht gesagt, du willst nie wieder zurück nach Paris?«

Madeleine sah das Funkeln in Edies Blick. »Man sollte niemals nie sagen, Eden.«

Edie runzelte die Stirn und dachte ernsthaft über den Vorschlag nach. »Ich käme mir vor, als wenn ich vor meinen Problemen weglaufen würde …«

»Und wem sollte das schaden? Wenn du deine Probleme aus einiger Entfernung betrachtest, dann scheinen sie gar nicht mehr so groß; du siehst dann auch alles andere darum herum.«

Edie nickte. »Ich habe ja das Geld von dem Stoffverkauf«, sagte sie. Tom hatte ein Konto speziell für Edies neuen Salon eingerichtet.

»Du könntest den Laden deines Vaters auch verkaufen.«

Als Edie sie verletzt anblickte, umarmte die Freundin sie. »Sei doch realistisch, Eden. Kein Mann möchte einen Anzug von einer Frau angepasst bekommen. Jedenfalls heutzutage noch nicht. Aber jeder Mann, der den Ruf deines Vaters kennt, wird seiner Frau sagen, dass sie in deinen Salon gehen soll.«

Edie schluckte. »Bei dir klingt alles so leicht. Was ist mit ihm?« Sie blickte auf ihr schläfriges Kind, das sich an ihre Brust gekuschelt hatte.

»Mach es dir nicht selbst zu schwer. Du hast doch Hilfe. Und wir können auch noch jemanden einstellen, wenn du möchtest. Jetzt kann man ihn noch überallhin mitnehmen, und er ist ein so pflegeleichtes Baby. Tom hat für euch beide vorgesorgt. Du brauchst auch das Cottage nicht zu verkaufen. Ich weiß, dass du das nicht gerne willst, aber du kannst in die Stadt ziehen und dich dort mit dem Erlös eures Londoner Hauses wirklich einrichten.« Sie umarmte Edie. »Was sagst du?«

Edie dachte an das Geld im Lederrucksack. Tom war entschlossen gewesen, sie ihren Traum realisieren zu lassen, aber eine Familie war auch ein Teil seines Traums gewesen. »Wir fahren nächstes Frühjahr. Dann ist er kräftiger – kräftig genug für diese Reise. Nächstes Jahr im April komme ich mit dir nach Paris«, wiederholte sie, sichtlich aufgeregt wegen ihrer Entscheidung.

Madeleine nickte. Sie hatte zwar einen Sieg errungen, sah aber keinen Anlass zur Prahlerei.

Das Baby gähnte, und Edie erkannte, wie ähnlich es seinem Vater dabei sah. »Ich werde ihn Tommy nennen. Thomas Daniel Valentine.«

»Bravo, ma chérie«, sagte Madeleine und gab dem Baby einen Kuss. *»Bonjour, Tommy, tu es si beau, mon petit.«*

18

April 1921

Alex fand es unglaublich, wie schnell die Zeit vergangen war. Er hatte sich ganz bewusst mit Arbeit überhäuft. Er hatte in geschäftlicher Hinsicht so viel nachzuholen, wodurch es ihm auch leichterfiel, der schmerzlichen Wahrheit aus dem Weg zu gehen: Er war aus dem einen Niemandsland in ein anderes entkommen. Das Leben auf Larksfell war zwar privilegiert und geordnet, aber genauso hoffnungsleer, wie die Schützengräben es gewesen waren. Ihm war klar, dass er sich eigentlich nicht so fühlen sollte, und wenn er nachts endlos lange wach lag, dann redete er sich ein, dass alles mit der Zeit leichter werden und er sich mit diesem Leben wieder verbunden fühlen würde.

Aber der Gedanke, zu jemandem gehört zu haben, nagte unablässig an ihm. Er lauerte im Dunkeln wie eine unausgesprochene Anklage, die Gestalt angenommen hatte … und doch keine Form hatte. Es war kein Gesicht, kein Name, keine Stimme, nur ein Geräusch. Das Geräusch war das Klappern von Absätzen auf Stein, aber es entfernte sich immer von ihm. War er mit jemandem zusammen gewesen, der ihn verlassen hatte? Er hatte eine Geliebte gehabt, da war er sich ganz sicher. Das rote Taschentuch bezeugte das, und deshalb trug er es als Talisman immer bei sich. Er hoffte, dass sein Geheimnis vielleicht eines Tages enthüllt und er dann endlich die Wahrheit über die letzten Jahre erfahren würde.

In der Zwischenzeit jedoch wollte er den Rest der Familie nicht mit seinen geheimen Ängsten quälen. Sie sollten besser denken, dass er überglücklich war, wieder in die Familie zurückgekehrt zu sein, stolz darauf, das Imperium seines Vaters zu lenken, und erfüllt davon, dass er zu Hause in Larksfell war und Frieden auf der Welt herrschte.

Und deshalb hatte Alex Wynter sich in die Arbeit im Unternehmen gestürzt und sich erneut mit der Welt des Wynter-Imperiums vertraut gemacht. Das bedeutete endlose Sitzungen mit den Finanzleuten der Firma, Anwälten und Bankiers und ebenso häufige Reisen, meistens in den Norden, um alle Produktionsstätten zu besuchen. Er verbrachte viel Zeit in Manchester, wobei er zum Glück auch die Zeit fand, Fußballspiele zu besuchen und seiner Lieblingsmannschaft zuzujubeln. Er investierte viel Zeit, um die Manager der verschiedenen Unternehmenszweige genau kennenzulernen und ihnen zu vermitteln, dass sie der Sohn genauso unterstützte, wie der Vater es getan hatte.

Am Abend zuvor hatte er seiner Mutter gestanden, dass er sich langsam bereit fühlte, strategische Entscheidungen zu treffen.

»Ich frage mich, ob du langsam wohl auch wieder bereit bist, an unserem Leben teilzunehmen«, hatte sie gesagt, als ob sie nur laut denken würde.

»Was soll das heißen?«

Sie blickte ihn aus ihren kühlen, hellen Augen an. »Du bist zwar körperlich hier, aber nicht geistig, Lex. Meine Gespräche mit dir sind immer ein bisschen traurig. Ich habe dich zwar wieder, aber nicht vollständig.«

Alex schüttelte bestürzt den Kopf. »Was fehlt denn, Mutter?«

»Du bist jetzt schon acht Monate wieder da, aber mir kommt es so vor, als ob du auf Schlittschuhen über einen gefrorenen See gleiten würdest, auf dem schnellsten Weg von einem Ufer zum anderen, und dabei kaum nach rechts oder links siehst.«

Er ging auf ihr Bild ein. »Und was ist auf der anderen Seite?«

»Das Alter, mein Liebling. Du hast schon Herbst und Winter kaum wahrgenommen, und jetzt befinden wir uns mitten im Frühling, und ich wette, du kannst noch nicht einmal sagen, wann du dir zuletzt einen Tag frei genommen hast, um die Jahreszeit zu genießen.«

»Drück dich deutlich aus, Mutter.«

»Ich dachte, das hätte ich. Hör auf, so hart zu arbeiten, und fang endlich an, dein Leben zu genießen. Das ist wichtig, Alex. Die letzten Jahre waren furchtbar für dich, und ich möchte nicht, dass du innehältst und feststellen musst, dass schon wieder ein Jahr vergangen ist!« Seine Mutter blickte ihn kopfschüttelnd an, als ob sie seine wild umherwirbelnden Gedanken alle kennen würde. »Sag mir doch, woran du die ganze Zeit denkst.«

Darauf konnte er ihr keine Antwort geben; er zog es vor, ihr nicht zu gestehen, dass er sich fehl am Platz fühlte, und so zuckte er nur mit den Schultern und schüttelte den Kopf.

Sie war aufgestanden und hatte seine Hand gedrückt. »Ich gehe ins Bett, Liebling. Versprich mir, dass du ab morgen wieder am Leben teilnimmst. Wenn sich dir eine Gelegenheit bietet, nimm sie wahr.«

Er hatte ihr stirnrunzelnd nachgeschaut, froh darüber, dass sie ihn nicht mehr ins Verhör nahm.

Acht Monate! Alex streckte sich. Seine Wirbelsäule knackte leise, und er stellte fest, dass er sich den ganzen Morgen lang nicht von seinem Stuhl wegbewegt hatte. Er blickte aus den Terrassentüren in den Garten – überall blühten schon Frühlingsblumen – Narzissen und Märzenbecher mischten sich mit den fröhlichen Farben der Krokusse. Bald schon würde der Park der Wynters ein einziges Blütenmeer sein.

Andererseits, überlegte er, hatte die Zeit der Familie eine Chance gegeben, sich an ihre neue Struktur zu gewöhnen. Dougie konnte wieder seine Rolle als mittlerer Bruder akzeptieren, obwohl Alex ihm absichtlich mehr Verantwortung übertrug. Die Brüder trafen sich mittlerweile regelmäßig, um ihre Ideen für die Zukunft auszutauschen und damit Dougie Alex über den Fortschritt der verschiedenen Projekte unterrichten konnte, mit deren Ausführung er betraut war.

Alex wandte seine Aufmerksamkeit dem letzten Schriftstück zu, das er unterschreiben musste, aber seine Gedanken schweiften ab. Dabei wollte er die Papiere morgen nach London auf den Weg bringen. Er setzte den Füller an, musste aber irritiert feststellen, dass keine Tinte mehr darin war. Als er ihn füllen wollte, klopfte es an der Tür. Er fuhr erschrocken zusammen, und dabei schnappte der Kolben zurück, und Tinte spritzte wie ein Regenschauer über sein kostbares rotes Taschentuch, das neben dem Tintenfass auf dem Schreibtisch lag. Entsetzt starrte er darauf.

»Verdammt!«

»Entschuldigung, dass ich Sie störe, Master Lex.« Bramson stand in der Tür. Er sah sofort, was passiert war, und wartete taktvoll, bis Alex das Tintenfass wieder verschlossen hatte.

»Ist etwas passiert, Bramson?«

»Nein, keineswegs, Sir. Äh, Sie haben einen Gast. Miss Aubrey-Finch ist hier und möchte Sie sehen.«

»Mich?« Alex runzelte die Stirn. »Ist meine Mutter nicht da?«

»Nein, Clarrie hat sie heute nach Hove gefahren. Sie besucht Freunde und wird erst am Abend zurückkommen.«

»Ach ja, sie hat so etwas erwähnt.«

»Miss Aubrey-Finch hat anscheinend ebenfalls davon gewusst, Sir«, sagte Bramson.

Alex warf ihm einen erstaunten Blick zu. »Sie kann doch unmöglich hier sein, um mich zu besuchen. Das muss ein Irrtum sein.«

»Kein Irrtum, Sir«, erwiderte der Butler trocken. »Ich habe sie in die Orangerie geleitet.«

Seufzend blickte Alex auf sein fleckiges Taschentuch. Seltsamerweise bekümmerte es ihn, dass er es schmutzig gemacht hatte. Kleine Tintenspritzer färbten die feinen Stiche, mit denen die Herzform eingefasst war. Es überraschte ihn, wie weh es ihm tat, das zu sehen. »Nun, es ist sicher Zeit für einen Kaffee«, sagte er zerstreut.

»Ich habe ihn bereits bestellt, Master Lex.«

»Dann will ich mal hinuntergehen«, sagte er und zwinkerte dem Butler zu. Hoffentlich verbarg er seine Angstgefühle gut genug.

Bramson verzog keine Miene. »Ich sage Ihrem Gast Bescheid.«

Alex verließ das Arbeitszimmer seines Vaters – jetzt sein Arbeitszimmer – und ging auf die wärmere Seite des Hauses, die in der Morgensonne lag. Der Stolz seiner Mutter, die Orangerie, strahlte in der hellen Frühlingssonne, die durch die Glasscheiben im Dach fiel. Darüber wölbte sich ein wolkenloser blauer Himmel. Korinthische Säulen ragten auf wie Alabasterwachposten, umgeben von Feigenbäumen und Palmen. Am Boden bildeten Farne einen weichen Hintergrund für Cecilys atemberaubende Sammlung von Orchideen mit ihren zarten Blüten und den ovalen Blättern.

Alex sah, wie Penny eine exquisite trompetenförmige Blume bewunderte, die rosig schimmernde Blüten hatte. Unwillkürlich betrachtete er die schlanke Figur und die sanfte Rundung von Pennys Brüsten, als sie sich über die Pflanze beugte.

»Ist sie nicht wunderschön?« Sein Gast fuhr erschrocken herum. Alex grinste. »Mutter ist sehr stolz auf ihre Vanille-Orchidee. Außerhalb der Subtropen gelingt die Zucht nur wenigen Gärtnern.«

»Ich habe dich gar nicht kommen hören. Der Krieg hat dich anscheinend gelehrt, dich anzuschleichen.«

Alex nickte. »Du hast recht, Penny … Entschuldigung, ich sollte jetzt besser Penelope sagen, oder?« Er trat über den schwarz-weißen Fliesenboden auf sie zu und küsste sie leicht auf beide Wangen.

»Pen ist in Ordnung«, sagte sie leichthin. Es überraschte ihn, dass sie errötete. »Ich hoffe, es macht dir nichts aus, dass ich einfach so hier hereinschneie.«

»Nein, keineswegs«, log er, um sie nicht zu beleidigen. »Du erhellst einen Tag, der sonst langweilig gewesen wäre. Ich habe im Büro gehockt, dabei sieht es draußen doch ganz anständig aus.«

»Nun, dann solltest du es auch genießen.«

»Wie meinst du das?«

»Mach mit mir ein Picknick.«

Alex blickte sie erstaunt an. »Äh … ich muss Verträge unterschreiben …«

»Ach komm, Alex. Ich warte schon die ganze Zeit darauf, endlich richtig mit dir reden zu können«, sagte sie und stupste ihn leicht. »Ich habe mich monatelang zurückgehalten, weil du anscheinend nie Zeit gehabt hast.«

Perplex blickte er sie an. »Pen, ich hatte unglaublich viel zu tun …«

»Ich weiß, ich weiß. Deine Mutter, Bramson … alle erzählen mir, wie du dich in die Arbeit gestürzt hast, aber irgendwann musst du ja auch mal Luft holen, sonst verpasst du am Ende noch völlig den Frühling.«

»Jetzt klingst du wie meine Mutter«, sagte er. Er fragte sich, ob sie hinter Pennys Besuch steckte.

»Du brauchst ein Leben, Alex! Sonst würde es ja gar keinen Sinn ergeben, dass du zurückgekommen bist.«

Er grinste. »Bist du sicher?«

»Wie meinst du das? Wegen des Picknicks?«

»Nein, dass du mich wirklich besuchen wolltest. Ich dachte, du wolltest nur höflich sein, weil meine Mutter nicht da ist.«

Wirkte sie ein klein wenig schuldbewusst? »Ich bin absichtlich zu dir gekommen. Ich habe dir doch gesagt, dass ich schon seit Wochen versuche, dich alleine zu erwischen. Dass Cecily heute nicht da ist, wusste ich. Sie ist bei den Smyth-Carters«, fügte sie hinzu, als Alex schwieg.

»Ja, das habe ich mir gedacht. Äh …«

»Und, sollen wir aufbrechen?« Sie zeigte auf einen Korb. »Ich habe mich nämlich vorbereitet.«

»Tatsächlich.«

»Na los.« Sie scheuchte ihn aus dem Glashaus. »Raus aus diesem Jackett und dieser Krawatte. Zieh dir einen Pullover an und lass uns fahren. Und sag nicht, dass du arbeiten musst. An einem solchen Tag wie heute sollte niemand arbeiten.«

Sie hatte recht. Und weil er an den Vortrag dachte, den seine Mutter ihm gehalten hatte, beschloss er, sich durchaus einmal einen freien Tag leisten zu können. Die Büroarbeit musste eben warten. Deswegen würde niemand sterben. »Gib mir ein paar Minuten Zeit.«

Madeleine streckte ihre langen Gliedmaßen, und Edie stellte amüsiert fest, dass der Körper ihrer Freundin die volle Länge des französischen Betts einnahm. Ihre Füße hingen sogar herunter. An sie gekuschelt lag Tommy, und Edie sah Madeleine an, dass auch sie dieses Kind zutiefst liebte.

»Weder England noch Frankreich ist für mich gebaut«, knurrte Madeleine.

»Mads, wir sind fast wie ein Ehepaar, was? Wir leben zusammen, reisen zusammen, ziehen Tommy zusammen auf.«

»Vorsichtig!« Die Französin gähnte. »Die Leute werden reden.«

»Das ist mir egal.« Edie lehnte sich zurück in die Kissen ihres Doppelbetts. »Ich fühle mich völlig verändert.«

»Wie das?«

»Ich habe in diesen letzten Monaten gelernt, dass ich aufhören muss, mich danach zu sehnen, dass Tom wieder in mein Leben tritt und …«

Madeleine wartete.

»Und mich rettet.«

»Vor was?«

»Ach, ich weiß nicht. Mein ganzes Leben war von Männern geprägt. Mein Vater, mein Bruder, die Ältesten, Ben … selbst Tom, obwohl er mich wenigstens in jeder Hinsicht als Partnerin gesehen hat. Jetzt bin ich allein auf mich gestellt. Ich brauche keinen Mann, um etwas zu erreichen.« Edie schob ihren Finger in Tommys Hand, und sofort schlossen sich seine kleinen Finger darum, und er zog ihn zielsicher in den Mund. »Das ist der kleine Mann in meinem Leben, und er ist völlig abhängig von mir. *Er* ist jetzt mein Leben. Er und der Salon.«

»Und Tom?«

»Ich habe die Hoffnung noch nicht aufgegeben. Aber ich habe ihn zuletzt an einem heißen Augusttag gesehen. Und jetzt sind wir hier … es ist wieder Frühling … und wir sind in Paris.« Sie hob eine Schulter. »Ich muss dieses Bedürfnis, jede Straße nach ihm abzusuchen, endlich loslassen. Ich starre in jeden Bus, in jedes Taxi. Jeder große, dunkelhaarige Mann wird eingehend gemustert. So kann ich nicht mehr leben. Tom hätte mich nie wissentlich verlassen, und da es kein Zeichen von ihm gibt, keinen Hinweis darauf, dass er in einem Krankenhaus – oder im Leichenschauhaus – liegt, muss ich daraus folgern, dass meine größte Angst wahr geworden ist.«

»Er hat sein Gedächtnis wiedererlangt«, beendete Madeleine den Satz für sie. »Merkwürdig, wenn es tatsächlich stimmt, dass er sich jetzt an dich nicht mehr erinnern kann.«

»Die Ärzte hatten Tom gesagt, dass das Schützengrabentrauma unterschiedliche Auswirkungen haben kann. So kann die Erinnerung daran, wer er früher war, die Erinnerung an das, was er bei mir war, ausgelöscht haben.«

»Du machst mich ganz schwindlig«, sagte Madeleine.

»Es kreist auch unablässig durch meinen Kopf, und langsam ist es an der Zeit, dass ich es abstelle.«

Madeleine setzte sich auf und blickte ihre Freundin an, die gerade Tommy auf den Arm nahm. »Das ist eine große Veränderung, Eden.«

»Du und Tommy, ihr seid jetzt meine Familie.« Sie blickte auf ihr Kind hinunter, das sie zahnlos anlächelte. »Sieh dir mal diese zwei kleinen Perlen an«, sagte sie stolz und zeigte auf winzige Zähne vorne. »Und er hat sich gar nicht beklagt.«

»Tommy ist ganz ruhig und einfach, das stimmt«, sagte Madeleine.

»Genau wie sein Vater, der hier durch seinen Sohn bei uns ist. Und das muss reichen. Wenn Tom zurückkommt, haben wir Glück, aber mein Herz hält diese ständige Sehnsucht nicht mehr aus. Ich werde meine ganze Kraft in den Salon und Tommys Erziehung stecken. Und das ist genug.«

»Bravo, Eden«, sagte Madeleine und nahm sie in den Arm.

Edie lächelte traurig. »Du hast mir das Leben gerettet, und dass du mit mir hierhergefahren bist, hat mir neue Perspektiven eröffnet.«

»Eden, mein Liebling, du hast dein Leben ganz alleine gerettet, weil du den Mut hattest, dich ihm zu stellen.«

»Und jetzt sind wir hier.« Edie stand auf. Sie drückte einen zärtlichen Kuss auf den dunklen Flaum auf dem Köpfchen ihres Sohnes. »Paris«, sagte sie verträumt. »Du bist ein glücklicher Junge, Tommy. Reist schon jetzt zu so weit entfernten Orten. Du liebe Güte, was das für ein Gehetze war. Ich kann es gar nicht glauben, dass wir fast den Zug verpasst hätten. Ich bin in meinem ganzen Leben noch nie so schnell auf hohen Absätzen gerannt. Ich dachte, mir weht es den Hut weg.«

Madeleine begann zu kichern, als sie daran dachte. »Wir haben bestimmt sehr lustig ausgesehen – wie wir da wie zwei Schauspielerinnen den Bahnsteig entlanggerannt sind und dem Schaffner befohlen haben, den

Zug anzuhalten … und dann noch das Kind! Na ja, beim nächsten Mal sind wir reich genug, um den British Pullman zu nehmen und stilvoll zu reisen … und dann halten sie uns die Waggontür auf.«

»Das nächste Mal, Mads, fahren Tommy, du und ich mit dem Orient-Express nach Istanbul«, versicherte Edie ihr.

»Na, du redest ja. Jetzt begnügen wir uns erst mal mit der Fähre und einem Aufenthalt in der Wohnung meines alten Freundes.«

»Ja. Wer ist Monsieur Faubourg eigentlich? Sag nicht, ein früherer Liebhaber.«

Madeleine zog eine Augenbraue hoch. »Doch, er war einmal mein Liebhaber.«

»Ich weiß ja, dass du solche Dinge sagst, um mich zu schockieren. Das funktioniert nicht mehr!«

»Weil du eine völlig veränderte Frau bist.«

»Ja«, seufzte sie. Sie trat zu Madeleine ans Fenster und beschirmte Tommys Augen vor dem grellen Sonnenlicht. »Ich habe das Gefühl, mehrere Leben gelebt zu haben: das Leben als Tochter meines Vaters und Schwester eines Bruders, dann das Leben als Gefährtin meines Vaters, als sein Freund und Partner im Geschäft.« Sie schwieg. »Und dann mein Leben als liebende Frau … als Ehefrau und jetzt als Mutter.« Ihre Stimme zitterte leicht. »Keine Angst. Ich habe nicht vor, in Paris trübsinnig zu werden.«

»Eden, ich würde mir mehr Sorgen machen, wenn du gar nichts sagen würdest. Mir ist es lieber, du zeigst deine Gefühle. Außerdem machen Franzosen das auch so.«

»Ich kann verstehen, warum du gerade Paris gewählt hast. Es ist so lebendig und überschäumend. Selbst diese Wohnung hier; ich kann mir kaum vorstellen, wie viel sie wert sein mag.«

Madeleine drehte sich zur Wohnung um. »Ein kleines Vermögen, wie ihr Engländer sagen würdet. Nichts in dieser Gegend hier ist billig.«

»Dieser Parkettboden ist so wundervoll«, sagte Edie und schlüpfte aus ihren Schuhen, um das glatte Holz unter ihren Füßen zu fühlen. »Alles in dieser Wohnung, von den Vergoldungen bis hin zu den prächtigen Fenstern mit den romantischen Holzläden, spricht meinen Sinn für Stil an.«

»Gut, dann benutze ihn!«

»Wann treffen wir uns mit Madame Veronique?«

»Morgen um zehn. Heute können wir die Stadt erkunden. Seid ihr beiden bereit?«

»Ich könnte es nicht ertragen, die Zeit hier mit Schlafen zu vergeuden. Außerdem will ich nicht träumen. Dort wartet Tom.«

»Dann schlafen wir erst, wenn wir tot sind«, verkündete Madeleine, und sie brachen beide in Lachen aus.

»Mads, du tust mir so gut. Und danke, dass du einen Kinderwagen besorgt hast.«

»Keine Ursache. Meine alten Freundinnen schulden mir sowieso noch Gefallen. Komm, wir ziehen uns jetzt unsere elegantesten Kleider an und spazieren durch den Jardin du Luxembourg. Tommy freut sich bestimmt über die frische Luft, und du wirst glauben, du seiest gestorben und in den Himmel gekommen. Ach nein, so wirst du dich erst in Versailles fühlen. Beeil dich. Vielleicht hören wir heute Abend Kiki singen.«

»Kiki?«

»Modell, Sängerin, Kabarett-Künstlerin. Die Schöne vom Montparnasse.«

»Kennst du Kiki?«

»Sie kennen? Wir sind zusammen aufgewachsen. Und

ich habe mit ihr zusammen als Aktmodell gearbeitet!« Sie machte eine dramatische Pause, und Edie keuchte pflichtbewusst auf.

»Ich rufe besser erst einmal Ben an. Ich habe es ihm versprochen.«

»Es freut mich, dass ihr eure Freundschaft erneuert habt. Er scheint Tommy gern zu haben.«

Edie nickte. »Zu gern für meinen Geschmack.«

Während Edie und Madeleine über ihn sprachen, saß Benjamin Levi in seinem Büro, nicht weit vom Strand entfernt, und blickte wie gebannt auf ein Foto in der Morgenzeitung, das ihm den Atem geraubt hatte. Die dampfende Tasse Tee, die seine Sekretärin gebracht hatte, stand unberührt da und war kalt geworden.

Er hörte weder die Verkehrsgeräusche oder das langsame Ticken seiner Kaminuhr noch das ferne Klappern der Schreibmaschinen hinter der Tür seines Büros. Er starrte auf das Gesicht eines Mannes, der das Potenzial besaß, sein Leben zu ruinieren … ein weiteres Mal. War er es tatsächlich, oder bildete er es sich nur ein?

Ben holte tief Luft und leckte sich über die trockenen Lippen. Er hatte das Gefühl, seine Haare stünden zu Berge, und die Wärme des Kaminfeuers konnte die Kälte, die in ihm hochkroch, nicht überdecken. Er konnte nicht aufhören, die Meldung zu lesen …

> *Alexander Wynter, neuer Vorstandsvorsitzender der Wynter & Co Ltd, tritt die Nachfolge seines Vaters an, des Industriellen Thomas Wynter, der im August 1920 verstorben ist. Auf der Fotografie sehen Sie Mr Wynter, der eine Rede zur Eröffnung der neuen Abfüllanlage in Wigan hält.*

Ben wandte den Blick vom Artikel ab und betrachtete die Gesichtszüge, die früher einmal durch einen Bart verdeckt gewesen waren. Einige Minuten lang war er noch schwankend und sagte sich, dass er sich das vielleicht nur einbildete. Er wusste es doch gar nicht mit Sicherheit, und trotzdem sagte ihm sein Instinkt, dass es keinen Zweifel gab. Konnte das wirklich der mittellose Tom sein? Tom, der Kriegsheld? Tom, der Dieb, der ihm Edie gestohlen hatte? Tom, der seiner Braut nur ein verfallenes Cottage auf dem Land und einen Teilzeitjob als Buchhalter bieten konnte?

Er konnte es nicht mit Sicherheit wissen. Aber er konnte auch den Blick nicht abwenden von dem attraktiven Mann mit dem jungenhaften Lächeln.

Der Anwalt stieß ein raues Lachen aus. War der armselige Tom mit seinen großartigen Ideen und den guten Manieren tatsächlich einer der reichsten Söhne der Nation, aus einer Familie mit einem beneidenswerten Stammbaum? Es entsetzte ihn. Alex Wynter konnte Edie Valentine alles bieten. Eifersucht auf diesen Fremden schoss in ihm hoch, dicht gefolgt von jäher Wut. Vielleicht war er ja gar kein Fremder.

Hatte Edie heute Morgen auf dem Weg nach Paris die Morgenzeitung gesehen? Wenn ja, dann war sein Versuch, ihre Zuneigung wiederzugewinnen, vielleicht bereits verloren. Für ihn hatte es nie eine andere gegeben, und ihren öffentlichen Verrat würde er ihr nur verzeihen können, wenn sie einen erneuten Heiratsantrag von ihm annähme. Seine Mutter hatte ihm gestanden, dass sie am liebsten auf Nina Valentines Grab gespuckt hätte, weil ihre Tochter solche Schande über die Familie Levi gebracht hatte, aber Ben war so besessen von Edie wie eh und je. Höflich hatte er alle möglichen Partnerinnen abgelehnt, bis selbst die entschlossene Dena einsehen musste, dass ihre Kampagne, ihren Sohn mit einem anderen Mädchen zu verheiraten, zum Scheitern verurteilt war.

Toms Verschwinden hatte Ben so gefreut, dass er sich beinahe schon deswegen schämte. Er konnte Edie erst einen Besuch abstatten, als er seine Freude einigermaßen unter Kontrolle hatte. Und dann hatte er erneut begonnen, um sie zu werben. Langsam und sanft hatte er ihr gezeigt, dass er ihr die Vergangenheit nicht mehr zum Vorwurf machte. Zweimal in der Woche hatte er Edie im Krankenhaus in Epping besucht, ihr Modezeitschriften und Blumen mitgebracht, Babykleidung für ihren Sohn. Und wenn man seine Gefühle für Edie als obsessiv bezeichnen konnte, so war seine Faszination für das Kind verzehrend geworden. Ein Sohn. Die Erfüllung seiner Träume, alles, was seine Eltern noch vom Leben erwarteten. Am liebsten wäre ihm gewesen, es wäre sein Kind. Er würde ihm ein Zuhause geben, seinen Namen und würde nie darüber nachdenken, wer dieses Kind gezeugt hatte. Er würde bei diesem Kind nur nach Ähnlichkeiten mit Edie suchen und alles ignorieren, was von seinem wirklichen Vater stammen könnte.

Es schmerzte ihn, dass sie das Kind Tommy genannt hatte, aber wenn er sie zurückgewinnen würde, könnte er sie sicher dazu überreden, den Jungen bei seinem zweiten Vornamen zu nennen. Daniel war jüdisch. Daniel Levi hörte sich richtig an. Aber in der Zwischenzeit stellte Ben natürlich keine Forderungen. Er wusste, dass er zuerst Edies Vertrauen wiedergewinnen musste und dann ihre Freundschaft, bis sie sich auf ihn verließ und wieder mit ihm lachte. Dann musste er sie in ihren Bestrebungen unterstützen, ihr zeigen, dass er ein anderer Mann geworden war – obwohl er es verabscheute, dass sie so moderne Gedanken hatte und ihr eigenes Geld verdienen wollte, während sie gleichzeitig das Kind großzog.

Er hatte sich auch sehr angestrengt, um alle Tests zu bestehen, die ihre französische Freundin ihm auferlegte. Mittlerweile kam sie ihm nicht mehr so anstrengend vor und schien akzeptiert zu haben, dass er wieder in Edies Leben aufgetaucht war. Madeleine war nicht eifersüchtig auf ihn, aber sie beschützte Edie. Ein Trumpf dabei war, dass sie Tom nicht kannte. Sie hatte seinen Charme und seine Anziehungskraft, mit der er Edie von ihm fortgerissen hatte, nie erlebt.

Er lehnte sich zurück und starrte auf das lächelnde Foto von Wynter.

»Bist du das, Tom?«, murmelte er. Die Freude in Wynters Gesichtsausdruck wirkte aufrichtig, und doch glaubte Ben, die Gespenster dahinter zu erkennen. Wenn Alex Wynter Tom Valentine war, dann konnte er doch gar nicht an Edie denken, oder? Dann wäre er doch sofort bei ihr. Was war also passiert? Niemand, der bei Verstand war, würde Eden Valentine verlassen. Wenn Wynter tatsächlich Tom war, dann hatte er sie vergessen.

Ben knurrte leise. Oh, er war schon so nahe dran. Edie war mittlerweile mehr als nur wieder seine Freundin. Sie öffnete sich für seine Zuneigung, sie ließ zu, dass er ihre Hand hielt, sie so umarmte, wie sich Menschen umarmten, die mehr als Freunde waren. Bald würde er all seinen Mut zusammennehmen, Edie küssen und ihr seine Liebe gestehen. Aber das alles würde zusammenbrechen, wenn sie auch nur den leisesten Verdacht hatte, dass Tom da war.

Edies Zukunft erschien ihm strahlend hell, wenn sie Tom vollständig loslassen könnte, aber hier lagen auch Bens Unsicherheiten. Er wollte den Brautsalon, damit

Edie dadurch ihre Verletzungen überwand, doch sie sollte durch den Salon nicht so unabhängig werden, dass sie Bens Antrag nicht mehr annahm. Er fühlte sich in der Falle. Insgeheim verabscheute er ihre wachsende Unabhängigkeit, musste sie jedoch scheinbar fördern, wenn er sie zurückgewinnen wollte. Und mehr noch, er musste die Tatsache ignorieren, dass Tom wahrscheinlich noch lebte, weil er sonst das Gesetz brechen würde, wenn er Edie heiratete … falls sie ihn überhaupt haben wollte.

Er gab ein leises Grollen von sich. Er riss die Seite aus der Zeitung. Dabei merkte er gar nicht, dass er die Faust so fest geballt hatte, dass die Knöchel weiß hervortraten. Das Telefon klingelte.

»Ja!«, knurrte er.

»Verzeihen Sie, Mr Levi, aber ich dachte, Sie wollten vielleicht gerne diesen Anruf von Miss Valentine entgegennehmen. Sie ruft aus Paris an.«

»Ja … ja, natürlich«, sagte er und blinzelte verlegen. »Danke.« Er wartete und lauschte auf die Stille, auf die ein mehrfaches Klicken folgte.

»Bitte sehr«, sagte seine Sekretärin, und das Verbindungsgeräusch ertönte.

»Hallo, Edie?« Ihm war übel. Es kam ihm so vor, als wüsste sie, was er plante. Er schob die Zeitung beiseite, als ob er befürchtete, sie könne sie sehen und Verdacht schöpfen.

»Oh, Ben, hallo!« Ihre leise Stimme klang atemlos. »Entschuldigung. Hoffentlich störe ich dich nicht.«

Er schluckte. »Nein, nein … keineswegs. Äh, du klingst so, als würdest du aus den Tiefen des Meeres anrufen.«

»Ich weiß … es hallt auch schrecklich. Ich werde mich kurzfassen. Ich wollte dir nur Bescheid sagen, dass wir heil angekommen sind.«

War das alles? »Oh … gut. Exzellent, ich habe mir schon Gedanken gemacht. Du weißt ja, ich denke ständig an dich und Tommy, Edie.«

»Ja, das weiß ich. Das ist sehr lieb von dir.«

»Wie geht es meinem kleinen Mann?« Er hielt den Atem an. Übertrieb er es?

»Perfekt. Er hat die Reise völlig ohne Klagen überstanden. Es ist kühl hier, aber trotzdem schönes Wetter. Kein Regen. Wir haben allerdings beinahe den Zug verpasst. Wir mussten um unser Leben rennen, um ihn noch zu erreichen.«

»Wirklich? Dann hattet ihr also keine Chance, Zeitschriften oder Zeitungen zu kaufen, die ihr während der Fahrt hättet lesen können?« Er zuckte zusammen, weil er so offensichtlich klang.

»Nein, keine Chance. Wir haben nur unsere Hüte festgehalten und sind den Bahnsteig entlanggerannt. Es gibt doch wohl keine Nachrichten, die besorgniserregend klingen?«

»Nein, Edie.« Er atmete erleichtert aus. »Alles langweilig wie immer. Kein Vergleich zu deinem Aufenthalt in Paris. Hoffentlich habt ihr Spaß.«

»Danke, Ben. Ich beeile mich jetzt besser. Mads wartet schon – wir sind in einer Wohnung am linken Seine-Ufer und gehen heute Abend zum Montparnasse. Madeleines Freundin passt auf Tommy auf. Eine reizende ältere Dame, die in der Wohnung unter uns wohnt.«

»Vielleicht zeigst du mir ja eines Tages dein Paris.« *In unseren Flitterwochen,* fügte er insgeheim hinzu.

»*Au revoir,* Ben.« Er stellte sich vor, wie sie lächelte, als sie seinen Namen aussprach.

»Sei brav«, scherzte er.

»Immer. In ein paar Tagen bin ich wieder da.«

»Ich führe dich zum Essen aus, wenn du zurück bist. Sorge bitte dafür, dass Madeleine auf das Kind aufpassen kann.«

»Ich verlasse mich darauf. Ich muss jetzt los.«

Er hörte das Klicken, als sie auflegte. Er rechtfertigte vor sich selbst, dass Edie von ihm nicht zu erfahren brauchte, was sie nicht wusste. Mit frisch gewonnenem Selbstbewusstsein beschloss er, einen weiteren Anruf zu wagen.

Mit klopfendem Herzen griff er wieder zum Hörer und bat seine Sekretärin, ihn mit einer neuen Nummer zu verbinden. Nervös wartete er, bis das Telefon klingelte. Erschrocken zuckte er zusammen.

»Ja.«

»Ich habe Mr Wynters Vorzimmer für Sie in der Leitung.«

»Danke.« Mit trockenem Mund wartete er.

»Hallo, Mr Levi, hier spricht Alex Wynters Sekretärin.«

Er wusste, dass seine Sekretärin den Namen seiner Anwaltskanzlei in der City erwähnt hatte. Es sollte nicht allzu schwierig sein, an Wynters Sekretärin vorbeizukommen. Ben räusperte sich. »Ist Mr Wynter zu sprechen? Es handelt sich … um eine persönliche Angelegenheit.«

»Darf ich Sie bitten, einen Augenblick lang in der Leitung zu bleiben?«

»Natürlich.«

Atme, befahl er sich, während er wartete. Es klickte und summte seltsam, und wie von ferne waren Stimmen in der Leitung zu hören.

»Ich stelle Sie jetzt durch, Mr Levi«, sagte die Sekretärin plötzlich laut in sein Ohr.

»Hallo, Alex Wynter«, ertönte eine vertraute Stimme. Ben schnürte es die Kehle zu. Kein Zweifel. Das war Tom.

»Mr Wynter. Ich bin äh … Benjamin Levi«, sagte er. Er sprach seinen Namen vorsichtig aus und lauschte gespannt auf die Reaktion. Dann sagte er den Namen seiner Kanzlei. Wynter unterbrach ihn nicht. »Ich glaube, mein Vater kannte Ihren Vater, und da mein alter Herr gesundheitlich angeschlagen war«, log er, »dachte ich, ich sollte das Beileid unserer Familie zu Ihrem Verlust übermitteln.«

»Das ist sehr freundlich von Ihnen«, sagte Wynter. Ben hörte leise Irritation in seiner Stimme. »Es ist jetzt beinahe ein Jahr her, Mr Levi.«

Ben überlegte schnell. »Ja. Verzeihen Sie mir, dass ich erneut an dem Thema rühre. Der Name ist in einer Unterhaltung gefallen, und mein Vater erwähnte, wie leid es ihm tue, dass er der Familie nicht rechtzeitig sein Beileid ausgesprochen habe. Ich … äh, nun, ich hatte das Gefühl, es sei meine Pflicht. Verzeihen Sie mir den Anruf, Mr Wynter, vielleicht hätte ich besser schreiben sollen.« Wynter schwieg. Ben leckte sich über die Lippen. Das angespannte Schweigen wurde lediglich durch das Klicken und Surren der Verbindung unterbrochen. »Ich möchte keine alten Wunden aufreißen, aber mein anderer Grund für den Anruf war, den rechtlichen Beistand meiner Kanzlei anzubieten, sollten Sie ihn jemals benötigen«, fuhr er fort. Die Dienste seiner Kanzlei anzubieten war vertrauterer Boden für ihn. »Da unsere Väter sich schon lange vor dem Krieg gekannt haben, hielt ich es für eine Frage der Höflichkeit, dass auch unsere Generation die Verbindung aufrechterhält. Allerdings steht selbstverständlich kein Druck dahinter. Ich gehe davon aus, dass Sie einen Rechtsbeistand haben, Mr Wynter, aber sollten Sie jemals einen unabhängigen Rat wünschen, zögern Sie bitte nicht.« Im Stillen stieß er erleichtert die Luft aus, weil er sich relativ gut geschlagen hatte.

»Danke«, erwiderte Wynter. Sein Tonfall klang jetzt wesentlich freundlicher. »Es tut mir leid, dass ich Ihren Familiennamen nicht erkannt habe. Ich war, nun … während des Krieges nicht da, und danach hat es eine Weile gedauert, bis ich wieder zu meiner Familie gekommen bin.«

»Natürlich«, sagte Ben. »Ich wünsche Ihnen viel Erfolg bei der Leitung von Wynter & Co.«

»Ja, vielen Dank. Auf Wiedersehen, Mr Levi.«

»Auf Wiedersehen, Mr Wynter.« *Auf Nimmerwiedersehen, Tom.* Ben gestattete sich ein selbstgefälliges Lächeln, als er einen Schluck Tee trank. Ihm fiel nicht auf, dass er so kalt war wie sein Herz.

An ihrem ersten Tag in Paris stürzte auf Edie ein wahrer Tornado von Farben, Geräuschen, Klängen, Anblicken und Geschmäckern ein. Tommy war verständlicherweise völlig erschöpft und schlief jetzt unter dem wachsamen Blick von Madeleines alter Freundin, Madame Charlotte.

Madame Charlotte war wie eine dicke Glucke, aber sie besaß Stil und trug trotz ihrer sechzig Jahre ohne jede Scham ein leuchtendes Violett. Ihre Enkelin Juliet wohnte für ein paar Wochen bei ihr, und die Zwölfjährige war hingerissen von Tommy. Sie spielte mit ihm und fütterte ihn geduldig zu seinen Mahlzeiten.

Edie hatte beobachtet, wie die beiden mit ihrem Sohn umgingen, und um acht Uhr schließlich, nachdem der kleine Junge selig eingeschlafen war, fühlte sie sich bereit zu gehen.

»*Alors*, weg mit euch«, hatte Charlotte gesagt und ihre mit Ringen bedeckten Hände geschwenkt.

»Sag ihr, dass wir spätestens um halb elf zurück sind!«

Madeleine schnaubte verärgert, übersetzte Edies Äußerung aber.

»*Oui, je comprends*«, sagte Charlotte und nickte.

Edie umarmte Madame Charlotte, blies Juliet einen Kuss zu und ließ sich von Madeleine aus der Wohnung im obersten Stockwerk an der Rue de Rennes in den kühlen Pariser Abend ziehen. Edie warf einen Blick zurück auf das hoch aufragende Haussmann-Gebäude aus hellem Sandstein am linken Seine-Ufer, wo Künstler die Brasserien und Bars des Montparnasse bevölkerten. Sie bewunderte die Eleganz der filigranen schmiedeeisernen Balkone vor den hohen dekorativen Fenstern, die die Geradlinigkeit des Sandsteins noch betonten. Auf der Straße wimmelte es von Menschen und Fahrzeugen, und Edie fand, dass alle so aussahen, als ob sie sich großartig amüsierten. In London schien der Verkehr immer nur hektisch und angestrengt – die Leute eilten einfach von A nach B. Paris hingegen schien sich in seinem eigenen Tempo zu bewegen, als ob die Einwohner verstünden, dass die Schönheit dieser Stadt nicht gedrängt werden dürfte. Sie seufzte vor Vergnügen über die Straßenlaternen, die den breiten Boulevard, auf dem Madeleine und sie sich befanden, in ein warmes Licht tauchten. Edie stellte fest, dass insbesondere die Amerikaner, die leicht zu erkennen waren, sich bei ihren französischen Gastgebern überraschend wohl zu fühlen schienen. Unwillkürlich musste sie lächeln, als sie den breiten Akzent hörte.

»Amerikaner, vor allem mittellose Dichter und Schriftsteller, lieben Paris«, bemerkte Madeleine, die ihr Interesse spürte. »Wir gehen heute Abend ins Bobino.« Sie zog eine Augenbraue hoch. »Sehr ›in‹, wie ihr Briten sagt.« Edie lachte. Sie spürte, wie sich ihre Laune hob. Paris war wirklich eine großartige Idee gewesen. »Aber zuerst«, fuhr Madeleine fort, »kenne ich eine hervorragende Bar.« Sie grinste verschwörerisch.

»In Paris steht Stil an erster Stelle«, stellte Edie später in La Closerie des Lilas staunend fest. Sie hatten Kiki singen hören und saßen jetzt in der bekannten Brasserie. Es war gegen zehn Uhr abends und ziemlich kalt, aber der Frühling und die Tatsache, dass sie im Ausland waren, machte sie wagemutig. Die beiden Frauen ignorierten die Kälte einfach. Sie saßen draußen, mit dem Rücken zu den Fenstern des Cafés, und schauten den Passanten zu, die vorbeigingen. Dabei tranken sie schwarzen Kaffee und aßen Kuchen, der besser war als alle anderen Kuchen, wie Edie fand. »Ich meine, sieh ihn dir doch an. Das ist Schokoladenkuchen, aber die Pariser erheben ihn zu etwas Kosmischem. Ich kann es fast nicht ertragen, dieses exquisite Schokoladengemisch zu essen. Und dann diese Kunst, ihn wie einen Violinschlüssel zu formen! Selbst die Creme schmeckt anders.«

»Chantilly«, erwiderte ihre Freundin amüsiert und zündete sich eine lange, dünne Zigarette an.

»Goldene und silberne Blätter auf einem Kuchen!«, rief Edie aus und fuchtelte mit ihrer Kuchengabel herum. »Wie konntest du all das nur hinter dir lassen?«

»Wenn du wüsstest, was ich erlebt habe, dann würdest du verstehen, dass es mir nicht schwergefallen ist wegzugehen. Allerdings vermisse ich es jetzt schon … jetzt, wo ich mit dir hier bin und alles durch deine Augen sehe.« Sie bemerkte, wie sich Edies Gesichtsausdruck veränderte. »Nein, Eden, keine Sorge, du wirst nicht alleine nach London zurückkehren. Dort lebe ich jetzt, und ich habe große Pläne für uns beide.«

»Wir machen es wirklich, oder?«, sagte Edie und schob das letzte Stückchen Biskuit mit Creme in ihren Mund.

»Wir werden das Valentine's eröffnen, und du wirst für die Crème der Londoner Gesellschaft schneidern … für

Bälle, Verlobungen, Hochzeiten und was sonst nicht noch. Alles, was die moderne Frau in ihrer Garderobe braucht, kannst du entwerfen und nähen.«

»Und wenn du die Kleider vorführst, wird niemand meinen Entwürfen widerstehen können.«

»Lass uns darauf trinken. Ich wünschte, ich könnte mit einem Glas *Fée verte* mit dir anstoßen, aber es ist vor über zehn Jahren verboten worden, weil es zu gefährlich ist. Ich habe es schon einmal probiert. Es ist ein merkwürdiger Likör.«

»Was bedeutet denn der Name?«

»Die grüne Fee. Absinth. Er hat gefährlich viel Alkohol, und man sagt, er brächte Halluzinationen und Persönlichkeitsveränderungen mit sich.«

»Du liebe Güte. Woraus wird er gemacht?«

»Aus Wermut, was auch immer das ist. Lass uns stattdessen Champagner trinken.«

»In Ordnung.« Edie blickte sie unsicher an. »Aber nur ein paar Schlucke. Ich bin an dieses Leben nicht gewöhnt.«

»Dann musst du dich eben daran gewöhnen. Du wirst wahnsinnigen Erfolg haben, Eden. Hast du nicht gemerkt, wie die Frauen in diesem Lokal deine Kleidung beäugt haben, als wir hereingekommen sind?«

Edie schüttelte den Kopf.

»Oh, bitte, hör endlich auf, so verträumt zu sein. Sie wollten am liebsten alle darin stecken.«

Edie grinste. »Aber aussehen wollen sie lieber so wie du.«

Madeleine bestellte den Champagner, wobei sie unwillkürlich mit dem Kellner flirtete. Er brachte zwei Champagnerflöten und ein paar Petit Fours, aufs Haus, wie er augenzwinkernd bemerkte.

»Worauf sollen wir trinken?«

»Auf einen Neuanfang, Eden. Für uns beide.«

»Absolut«, sagte Edie mit einem Seufzer, in dem mitschwang, dass die Trauer sie nie verlassen würde, aber es klang auch Vorfreude auf das Kommende mit. »Auf den Neuanfang«, wiederholte sie, und dieses Mal klang ihre Stimme fest.

Sie fuhren in Pens Wagen, Alex am Steuer, über Landstraßen, die von hohen Hecken begrenzt wurden. Alex roch den mineralischen Duft des salzigen Marschlandes, der von den Pevensey Levels herüberwehte. Zwar erinnerte er ihn vage an den Geruch des Schlamms in den Schützengräben in Flandern, aber dies hier war der vertrautere, beruhigende Duft der Kindheit.

Alex atmete tief ein. »Ich liebe Sussex«, sagte er und lächelte seine Beifahrerin an. »Schöner Wagen übrigens. Gehört er deinem Vater?«

»Wie kannst du es wagen!«, sagte Pen gespielt entsetzt. »Wir befinden uns im Jahr 1921, Lex Wynter, nicht im finsteren Mittelalter. Der Wagen war mein Geburtstagsgeschenk dieses Jahr. Dad hat endlich nachgegeben.« Sie lachte. »Ich wollte eigentlich einen AC – einen Zweisitzer mit offenem Verdeck. Aber stattdessen habe ich den hier bekommen. Mummy meinte, er sei passender für eine junge Dame.« Schmollend schürzte sie die Lippen. »Eines Tages kaufe ich mir meinen eigenen Roadster, und ich werde so schnell damit fahren, dass meine Haare waagerecht hinter mir her wehen.«

»Wie alt bist du eigentlich?«, fragte Alex.

»Es verletzt mich, dass du dich nicht daran erinnerst.«

»Ich kann mich daran erinnern, wie ich dich huckepack genommen und mit dir zum Haupthaus gerannt bin, als du in die Brennnesseln gefallen bist. Ich kann mich daran erinnern, wie ich dich auf der Schaukel unten an unserem Fluss angeschubst habe. Ich kann mich daran erinnern, wie ich nach Pennys getaucht bin, die du in den Swimmingpool geworfen hast. Wie du gekreischt hast, wenn ich dich nass gespritzt habe. Du warst immer so ein kleiner, goldhaariger Engel, hast immer gelacht, hattest nie Angst, wenn du versucht hast, mit uns Schritt zu halten.«

Sie nickte. »Und du warst immer mein großer, dunkelhaariger Held«, sagte sie gespielt atemlos und drückte sich theatralisch die Hand aufs Herz. »Ich bin zweiundzwanzig, Lex. Mehr als alt genug.«

Jetzt blickte er sie gespielt entsetzt an. »Für was?«

»Für absolut alles, was ich gerne tun möchte«, erwiderte sie von oben herab. »Ich will nicht so werden wie Mummy, die ihren Eltern bedingungslos gehorcht hat und danach, kaum dass sie verheiratet war, Dad genauso bedingungslos gehorcht hat. Du liebe Güte … ein Leben in Gehorsam ist nichts für mich. Ich will diese alten Strukturen durchbrechen.«

Alex schmunzelte. »Dann bist du also eine moderne Frau, was, Pen?«

»Ich hoffe, du glaubst mir«, sagte sie mit fester Stimme.

»Ja, das tue ich. Jede Frau aus diesem Hinterland, die ihren Vater ›Dad‹ nennt, ist eine moderne Frau. Ich glaube, jetzt muss ich rechts abbiegen«, murmelte er, als sie an einer T-Kreuzung hielten.

»Dad behauptet ja, dass es sich nach Mittelschicht anhört, aber ich glaube, insgeheim gefällt es ihm. Er findet viele meiner Freundinnen unerträglich … aber ich glaube, ich auch. Sie sind alle ›Papas kleines Mädchen‹. Wohin fahren wir?«

»Ich glaube, ich kann mich hier an einen wunderschönen Flecken im Wald erinnern.«

»Ich habe einen furchtbar schlechten Orientierungssinn, auf mich kannst du nicht zählen«, gestand sie. Alex bog scharf nach rechts ab, und schon bald erstreckten sich dunkle Laubkronen vor ihnen. »Du hast recht. Gut gemacht! Wer sagt denn, dass dein Gedächtnis Schaden genommen hat?«

Alex parkte am Straßenrand, öffnete Pen die Wagentür, und sie holte den Picknickkorb aus dem Kofferraum. »Oh, hier ist es wunderschön!«, sagte sie und streckte sich.

Alex war sich nicht sicher, ob sie es absichtlich tat oder ob sie einfach nur völlig arglos war, auf jeden Fall konnte er einen bewundernden Blick auf Pennys überraschend üppige, doch perfekt geformte Brüste werfen. Er musste zugeben, dass die kleine Penny, die früher auf seinen Schultern geritten war, heute ein prachtvoller Anblick in ihrem pastellgelben Kleid war. Sie besaß Rundungen, die nach seiner Aufmerksamkeit verlangten.

Sie ergriff seine Hand. »Dann führ mich zu deinem geheimen Ort«, sagte sie.

Alex hatte das Gefühl, erröten zu müssen. Flirtete seine Cousine etwa mit ihm? »Äh, hier entlang. Wir müssen allerdings einen kleinen Bach überqueren, wenn mich nicht alles täuscht.«

»Oh, ich bin sicher, dass du stark genug bist, um mich hinüberzutragen«, sagte sie.

Nein, er bildete es sich nicht ein. Penny Aubrey-Finch flirtete tatsächlich mit ihm! Als sie am Bach ankamen, wartete sie sogar, bis Alex den Picknickkorb am anderen Ufer abgesetzt hatte. Sie machte keine Anstalten, selber hinüberzuspringen. Alex trug sie pflichtbewusst und mit Leichtigkeit auf die andere Seite, und als er sie um die Taille packte, durchzuckte ihn einen Wimpernschlag lang die Erinnerung daran, wie er so etwas irgendwo anders auf dem Land schon einmal getan hatte … aber nicht mit Penny. Und auch nicht mit einer blonden Frau.

»Was ist los, Lex?« Unsicher lächelnd schaute sie ihn an.

»Nichts … nur … nein, nichts.«

»Eine Erinnerung?«

»Mmm, möglich.«

»Was hast du gesehen?«, fragte Penny. Sie strich ihren schmalen Rock glatt.

»Es war eigentlich kein Bild«, sagte er und ergriff den Korb. »Eher ein Gefühl.«

»Ein Déjà-vu?«

Er zuckte mit den Schultern. »Es ist schon wieder weg, Pen.«

»Das wird vermutlich häufiger passieren. Du wirst dich daran gewöhnen, und vielleicht bleiben irgendwann einige Gefühle und verwandeln sich in reale Erinnerungen.«

»Das hoffe ich.«

Erneut ergriff sie beiläufig seine Hand, als ob es völlig natürlich sei, und in diesem Moment fühlte er sich durch ihre weiche, behandschuhte Hand in seiner auch getröstet. »Ja, wirklich? Warum lässt du die Vergangenheit nicht einfach ruhen?«

»Ich wünschte, ich könnte es.« Er nickte. »Dort hinüber zur Lichtung.«

Sie folgte ihm. »Das kannst du doch. Lass einfach los. Was auch immer passiert ist, war Teil des Krieges. Du warst allein und verwundet. Erst wenn du alles hinter dir lässt, alle Erinnerungen, auch die verschütteten, kannst du wirklich gesund werden.«

Er blieb stehen und blickte sie an. »Und du bist wirklich erst zweiundzwanzig?«

Sie kicherte. »Ich fand schon immer, dass das Alter keine Rolle spielt.«

»So, jetzt noch an dieser Baumgruppe vorbei …«, murmelte er. »Ah ja, hier sind wir ja.«

»Oh Lex, an diesen Ort kann ich mich erinnern!«, sagte sie staunend. Alex grinste. Die Freude in ihrem Tonfall entzückte ihn. »Hier sind wir im Frühjahr einmal gewesen … ich meine, wir alle – mit unseren Eltern?«

»Ja, genau.«

»Ein Teppich aus Glockenblumen!«, rief sie aus.

Eine gute Beschreibung, dachte er, froh darüber, dass er sich an diesen Picknickplatz erinnert hatte, den er in seiner Kindheit immer mit einem Zauberwald assoziiert hatte. Die hellgrünen Laubkronen der Buchen bildeten einen Schirm über den großen Flächen voller blauer Blumen. Nur die Vögel leisteten ihnen Gesellschaft.

»Das ist ein sehr romantischer Ort. Danke, Alex.«

An Romantik hatte er gar nicht gedacht. »Ich habe früher immer gesagt, beim Anblick der Glockenblumen hier in diesem Waldstück könnte selbst ich anfangen, Gedichte zu schreiben – und dabei bin ich gar kein Dichter.«

»Ach, ich weiß nicht. Ich meine, mich erinnern zu können, dass du immer schon eine sentimentale Ader hattest.«

Er blickte sich nach einer geeigneten Stelle um, wo sie die Wagendecke ausbreiten konnten. »Ich will die Blumen nicht zerdrücken«, sagte er.

»Ich habe immer geglaubt, dass sich die Blumen über Hunderte von Meilen erstrecken«, sagte sie, und Alex nickte amüsiert, während er die Decke ausbreitete. »Du hast mir glaube ich erzählt, dass in den Glocken Feen leben würden. Und ich habe dir geglaubt.«

Er reichte ihr die Hand und half ihr, sich hinzusetzen. Pen schlüpfte aus ihren flachen Schuhen, setzte ihren kleinen Strohhut mit dem buttergelben Satinband ab und hockte sich mühelos auf die Knie, ohne auf ihr elegantes Kleid zu achten. Sie hob das Gesicht zu den Sonnenstrahlen, die sie in einen goldenen Schimmer tauchten. Ihre Haare leuchteten, und winzige Insekten schwirrten um sie herum, als wollten sie dem Engel in ihrer Mitte Ehre erweisen. Es war warm, und Geräusche machten nur die Amseln und Drosseln, die sich die Seele aus dem Leib sangen. Das Vogelgezwitscher fand Alex zutiefst tröstlich. Der Krieg lag hinter ihm. Sein neues Leben winkte.

»Du hast noch nicht einmal mehr Sommersprossen«, bemerkte er.

Pen warf ihre Autohandschuhe, die sie nicht gebraucht hatte, nach ihm. »Zum Glück! Ich habe meine Sommersprossen gehasst. Du hast mich immer damit geneckt; du hast gesagt, sie würden größer werden, wenn ich wachse.«

Alex lachte. »Du kannst dich aber an viele meiner Äußerungen erinnern, was?«

Ihr Blick wurde plötzlich intensiver, so als ob er zu einem Pfeil würde, den sie auf ihn abschoss. »Ich habe nichts von dir vergessen, Lex.«

Er hörte die Leidenschaft in ihrer Stimme, zog es aber vor, sie zu ignorieren, und wechselte das Thema. »Was haben wir denn hier mitgenommen?«, sagte er und zog den Korb zu sich heran.

»Sandwiches mit Huhn und Walnüssen, ein bisschen Madeira-Kuchen. Und ich habe Kirschen in unserem Obstgarten gepflückt ... und dann das hier!« Pen zog eine Flasche Champagner aus dem Korb.

»Du liebe Güte! Gibt es etwas zu feiern?«

Sie zuckte mit den Schultern. »Dich! Seit dem Morgen, an dem du zum Frühstück aufgetaucht bist, wollte ich deine Rückkehr mit dir feiern.«

»Wirklich? Aber das ist doch schon wieder eine Ewigkeit her, und du hast kaum mit mir geredet.«

»Ich stand unter Schock«, sagte sie. »Außerdem warst du ja die ganze Zeit von deiner Familie umringt. Da hielt ich es für das Beste, dich deinen Lieben zu überlassen.«

Er runzelte die Stirn. »Du warst auch bei der Verlesung des Testaments gar nicht dabei, oder?«

Sie schüttelte den Kopf.

»Warum eigentlich nicht? Vater hat dich in seinem Testament bedacht. Ich bin froh, dass du dieses Gemälde bekommen hast. Halber Penny hat er dich immer genannt. Du warst aber auch wirklich winzig.«

»Nein, ihr wart nur alle schrecklich groß. Selbst Charlotte scheint auf Stelzen zu gehen. Ich habe deinen Vater schrecklich gerngehabt, Lex. Dieses Gemälde liebe ich sehr, und wenn ich es anschaue, werde ich immer an Onkel Thomas denken.«

»Komisch, mir hat das Bild immer Angst gemacht.«

»Warum?«

»Weil sie so traurig aussah.«

»Nicht traurig. Wehmütig«, sagte Pen und lächelte verlegen. »Ich hatte immer eine Beziehung zu dem Mädchen, das für dieses Bild Modell gesessen hat, wer auch immer sie gewesen sein mag.«

»Warum?«

Sie seufzte. »Das kann ich dir nicht sagen, jetzt jedenfalls noch nicht. Es gibt jedoch zwei Gründe dafür, und der zweite ist, dass ich ein Einzelkind bin. Es hat seine Vorteile. Das muss ich wirklich zugeben. Aber du kannst dir nicht vorstellen, wie es ist, wenn sich die Aufmerksamkeit deiner Eltern einzig und allein in jedem einzelnen Moment auf dich richtet.«

Alex begann, sich die Hemdsärmel hochzurollen. Es war ein wunderbar milder Tag, selbst im Schatten der Bäume. »Nein, wahrscheinlich nicht.«

»Bitte«, sagte sie und bot ihm etwas zu essen an. »Ich habe alles selbst gemacht.«

Er sah sie beeindruckt an.

»Na ja, du hast natürlich als Erbe auch immer im Mittelpunkt des Interesses gestanden.«

»Ja, das ist wahr«, sagte er und nahm das dreieckige Sandwich entgegen, dessen Kruste sorgfältig abgeschnitten war.

Pen schwieg und bedachte ihn erneut mit einem intensiven Blick. »Es hat deinem Vater das Herz gebrochen, weißt du … Ich meine, endlose Monate gab es keine Nachricht.«

Alex schluckte. Er dachte an das ernste, aber freundliche Gesicht seines Vaters – an die Falten und Linien, die darauf hindeuteten, dass er mehr zugehört als gesprochen hatte. Er hatte lieber Informationen gesammelt, statt Ratschläge zu geben, nachgedacht, lange bevor er selbst gesprochen hatte. Fremde hatten oft gedacht, Thomas Wynter sei taub oder vielleicht sogar unhöflich, weil er selten sofort auf eine Frage antwortete. Wer ihn gut kannte, wusste jedoch, dass er nur jede seiner Antworten gründlich überlegte. »Ich kann mir vorstellen, dass mein Vater als Letzter die Hoffnung aufgegeben hat.«

»Nein, eigentlich nicht. Ich glaube, deine Mutter und ich sind uns einig, dass dein lieber Vater letztendlich krank wurde und starb, weil er die Hoffnung aufgab, dich jemals wiederzufinden – lebendig oder …« Sie lächelte das Wort weg, das sie nicht aussprechen wollte. »Aber es gab eine Person, die nie aufgegeben hat, Lex.«

Er ahnte, was jetzt kommen würde. Pen war reifer geworden, aber eines hatte sich seit ihrer Kindheit nicht geändert, stellte er fest, und das war ihr offener Gesichtsausdruck. Er hatte schon früher immer gewusst, was sie dachte.

»Ich habe nie die Hoffnung aufgegeben, dass du zurückkehren würdest.«

Er räusperte sich leise. »Dafür bin ich dankbar.«

»Ja?« Sie legte ihm ihre kühle Hand auf den Arm, und er spürte, wie sich die Haut an seinem Arm zusammenzog. Er blickte auf ihre makellose blasse Hand mit den gut proportionierten Fingern und den manikürten Nägeln, die auf seiner von Natur aus dunkleren Haut lag. An ihrer Geste war etwas schrecklich Intimes. Er wünschte, sie täte es nicht, und doch fand er es angenehm. Sie wusste es auch, das sah er an dem Funkeln in ihren Augen, die so blau waren wie die Glockenblumen. Sie vermittelte ihm eine Botschaft, und sie wollte, dass er sie richtig verstand.

Und jetzt legte sich ein Schleier über diese blauen Augen. »Ich begann in Schottland«, sagte sie.

»Womit?«

»Mit meiner Suche nach dir.«

Alex war eigentlich sicher, dass ihn so schnell nichts mehr schockieren konnte, aber bei ihrer Bemerkung blieb ihm der Mund offen stehen.

Sie nickte und lächelte matt. »Alle sagten, ich sei verrückt – auch unsere beiden Väter, aber ich glaube, Onkel Thomas bewunderte mich insgeheim dafür. Bevor er starb, gestand er mir, dass er immer nur beruhigende Worte von sich gegeben habe, die ihm schrecklich hohl erschienen. Aber er musste ja deine Mutter trösten. Er zählte auf mich, weil ich als Einzige wirklich daran glaubte, dass du irgendwie überlebt hattest und zurückkehren würdest. Deshalb hat er auch das Kodizill an das Testament angefügt.« Sie tupfte sich mit einem Spitzentaschentuch eine Träne weg, aber es schien ihr nichts auszumachen, vor ihm zu weinen. »Meine Eltern versuchten alles, um mir die Suche auszureden, aber ich habe nicht auf sie gehört, Lex. Wenn du zu finden warst, musste ich dich finden. Ich suchte in sämtlichen Militärkrankenhäusern und in allen öffentlichen Krankenhäusern, die heimgekehrte Soldaten aufgenommen hatten. Ich kann dir nicht sagen, mit wie vielen Oberschwestern ich gesprochen habe.« Alex blickte sie entsetzt an. »Und ich weiß auch nicht mehr, wie viele Wochen ich mit meiner Suche in den Krankenhäusern verbracht habe. Und als ich dann das Krankenhaus entdeckte, in dem du gelegen hattest, da warst du …«

Schockiert unterbrach er sie: »Zum Teufel, Pen! Was hast du dir nur dabei gedacht?« Alex fuhr sich mit der Hand durch seine sorgfältig gekämmten Haare und brachte sie so durcheinander, dass ihm eine Locke in die Stirn fiel.

Er wusste, dass sie es gesehen hatte. »Das ist vermutlich Liebe«, erwiderte sie und schaute ihn aus tränenfeuchten Augen an.

Zwar hatte Alex diese Erwiderung herausgefordert, aber trotzdem war er geschockt. Er blickte sie unbehaglich an.

»Nun.« Sie durchbrach das Schweigen, das eingetreten war, und schenkte ihm ein wässeriges Lächeln. »Es freut mich, dass ich dich noch überraschen kann.«

»Oh Pen.«

Sie wich seinem Blick aus und machte sich am Picknickkorb zu schaffen. »Findest du es so unmöglich, dass ich in dich verliebt bin? Es immer gewesen bin? Immer sein werde?«

Er wusste nicht, was er sagen sollte, schüttelte aber leicht den Kopf.

Pen rettete ihn, indem sie ihn wieder ansah. »Wusstest du es nicht?«

»Nein.«

Sie lachte traurig. »Lex, du bist wirklich jämmerlich. Seit ich sieben war, bin ich verrückt nach dir.«

»Was?«

»So alt war ich in etwa, als unsere Familien begannen, sich regelmäßig zu treffen. Du musst damals vierzehn gewesen sein. Und du wurdest mit jedem Jahr attraktiver. Hast du dich nie gefragt, warum ich immer unbedingt die Ferien hier verbringen wollte?«

»Ich dachte, weil du mit Charlie befreundet bist. Ich meine, du bist schließlich unsere Cousine.«

»Ach, Unsinn! Die Erwachsenen haben das immer so hingestellt. Ja, wir sind miteinander verwandt, aber so entfernt, dass ich wahrscheinlich näher mit eurem Torwächter verwandt bin!«

»Tut mir leid, Pen.«

»Was?«

»Dass ich es nicht gemerkt habe.«

»Ich habe es gut verborgen. Ehrlich gesagt hatte ich schreckliche Angst, dass du es merkst.«

Er schüttelte den Kopf. »Ich dachte immer, du findest mich unerträglich.«

»Ganz im Gegenteil.« Sie lachte, und er musste zugeben, dass er sie dabei höchst attraktiv fand. »Ich hatte solche Panik, dass ich mich vielleicht verplappere, befürchtete sogar, du könntest hören, wie mein Herz klopft, wenn du neben mir stehst, oder dass ich in Ohnmacht fallen würde, wenn du mich versehentlich berührst. Deshalb habe ich den Kontakt vermieden, als wir älter wurden. Ich war ein dummes kleines Mädchen.«

»Jetzt aber nicht mehr.«

Sie schüttelte den Kopf. »Nein, absolut nicht. Und verzeih mir, dass ich so direkt bin, aber du solltest besser wissen, dass meine mädchenhafte Schwärmerei für dich immer noch fortbesteht. Sie ist sogar noch tiefer geworden. Du bist immer noch der gutaussehende, charmante, lustige Alex Wynter, an den ich mich erinnere.«

»Ich bin schockiert.«

»Das sehe ich. Aber als du fortgingst, war ich erst fünfzehn und …«

»Pummelig.«

Sie versetzte ihm einen spielerischen Schlag.

»Haben wir dich nicht Pummelchen genannt?«

»Ja, das war nicht sehr nett.«

»Na ja, das hat sich ja alles ausgewachsen. Jetzt bist du ja ein richtig guter Fang, Pen.«

»Ich will nicht für irgendjemanden ein guter Fang sein, Lex. Ich will dir gehören.«

Er bekam plötzlich keine Luft mehr. Immer wenn er versuchte, das Gespräch auf ein anderes Thema zu lenken, zog sie ihn tiefer hinein. Sie grinste entwaffnend. »Bin ich dir zu schnell?«

Nervös kratzte er sich den Kopf. »Ja, ein bisschen. Über Schützengräben zu springen, während um mich herum geschossen und gebombt wird, scheint mir fast leichter zu sein, als meinen Weg durch dieses Minenfeld zu finden.«

Sie rückte näher und ergriff seine Hand. »Ich will dich nicht bedrängen, aber ich habe mir geschworen, keine Minute Zeit zu verlieren und dir zu sagen, was ich für dich empfinde, wenn meine Gebete erhört werden und du wieder zu uns zurückkehrst. Es tut mir leid, dass ich dich damit so überfalle, aber ich muss es dir einfach jetzt sagen, sonst finde ich nie mehr den Mut dazu – und es bietet sich mir wahrscheinlich auch keine Gelegenheit mehr, mit dir auf einer Wiese voller Glockenblumen allein zu sein.« Sie wollte offensichtlich witzig klingen, aber in Alex' Ohren klang es so intensiv, dass er sie am liebsten davon abgehalten hätte, noch mehr zu sagen. Unbeirrt redete sie weiter. »Hier bin ich also nun. Ich habe dich geliebt, seit ich alt genug war, um den Unterschied zwischen der Liebe zu Haustieren und der Liebe zu meinen Eltern zu erkennen. Von meinem elften Lebensjahr an warst du in meinem Leben wie ein brennender Meteorit, und in meiner Vorstellung hast du nie an Feuer verloren. Ich habe dir erzählt, dass ich jeden Winkel in England nach dir abgesucht habe, und das ist nicht gelogen. Selbst deine Mutter hat mich gebeten aufzuhören, weil sie Angst hatte, ich würde wahnsinnig werden.« Sie zuckte mit den Schultern. »Sie hatte recht. Ich war sicherlich ein bisschen wahnsinnig. Ich war überzeugt, dass du durchgekommen warst, dass du verletzt irgendwo lagst und nicht wusstest, wie du nach Hause kommen solltest.«

»Das trifft es wahrscheinlich ziemlich genau.«

»Ich weigerte mich zu glauben, dass der Mann, den ich heimlich liebte – der Mann, dem ich nie hatte sagen können, wie ich wirklich für ihn empfand –, nicht mehr da war. Ich musste dich finden, Lex.«

Ohne über die potenziellen Konsequenzen nachzudenken, zog Alex ihre Hand sanft an seine Lippen. Er machte nicht den Versuch, sie zu küssen, aber auch mit diesem sanften Akt der Zuneigung riskierte er, dass die junge, leidenschaftliche Penelope Aubrey-Finch sehr viel mehr in dieser Geste las.

»Danke, dass du mich nicht aufgegeben hast.«

»Oh Lex.« Sie schlang die Arme um seinen Hals und schmiegte sich an ihn. Er fühlte, wie ihr Körper zitterte, und obwohl er es nicht wagte, sie fest zu umarmen, streichelte er sie wie ein Bruder.

»Na komm. Ich bin ja jetzt zu Hause.«

Sie löste sich von ihm und betrachtete ihn mit feuchten Augen. Er wusste, dass sie ihn am liebsten küssen würde, aber er empfand eine seltsame innere Sperre, die er sich nicht erklären konnte. Er war sich zwar nicht sicher, ob eine Beziehung zu Pen falsch wäre, aber jetzt zumindest fühlte sie sich absolut nicht richtig an.

»Lass uns den Champagner öffnen, Pen. Das müssen wir doch feiern, oder?«

Sie rückte ein bisschen näher und küsste ihn auf die Wange. »Ich bin den Engeln so dankbar, dass sie dich beschützt haben. Ich werde geduldig sein, aber nicht mehr lange«, flüsterte sie. Dann wandte sie ihre Aufmerksamkeit der Champagnerflasche zu. »Meinst du, er ist gut?«

Alex betrachtete das Etikett: *Veuve Clicquot Ponsardin.*

»Brut«, verkündete er erfreut und versuchte den Kuss und ihre Warnung zu ignorieren.

»Ich habe ihn aus Dads Weinkeller gestohlen. Eine einzige Flasche vermisst er nicht«, sagte sie und zwinkerte ihm verschwörerisch zu.

Alex ließ den Korken absichtlich knallen, und der Champagner lief in einer Kaskade von Bläschen über. Er goss die blass goldene Flüssigkeit in zwei Gläser.

»Auf deine sichere Heimkehr«, sagte Pen und hob ihr Glas. »Ich feiere, dass du wieder in meinem Leben bist«, fügte sie hinzu. »Ich werde es jetzt sagen, Lex, auch wenn es dich schockiert. Ich weiß, dass ich Geduld haben muss, bis du auch zu der Schlussfolgerung gekommen bist, dass ich deine Frau werden sollte.«

Alex, der gerade das Glas heben wollte, erstarrte mitten in der Bewegung.

»So, jetzt habe ich es gesagt«, sagte sie, deutlich nervöser als vorher. »Niemand wird mir je vorwerfen können, dass ich das Thema vermieden habe oder in diese schreckliche britische Falle geraten bin, nicht auszusprechen, was man meint. Ich bin lieber aufrichtig.«

»Ja, das bist du in der Tat«, sagte Alex.

»Ich hoffe, es macht dir keine Angst?« Pen runzelte die Stirn.

Alex schüttelte den Kopf, halb amüsiert, halb verblüfft. »Nein, du bist äußerst erfrischend.«

»Gut!«, sagte sie eifrig. »Ich glaube, gerade deswegen habe ich die meisten anderen Verehrer abgeschreckt.«

»Tatsächlich?«

»Nun ja, und natürlich wegen der Tatsache, dass mein Herz immer nur für den Mann geschlagen hat, der nicht wusste, wie es um mich stand. Jetzt weißt du es«, setzte sie nachdrücklich hinzu. »Willst du mit mir auf Aufrichtigkeit trinken?«

Alex hob sein Champagnerglas. »Auf die Aufrichtigkeit.«

»Wirst du immer aufrichtig zu mir sein, Lex?«

»Ich verspreche es.«

Sie stießen miteinander an und tranken einen Schluck. »Hm, das ist köstlich. Sollen wir jetzt weiteressen?«

Er lachte. »Du bist wirklich ein ganz besonderes Mädchen, Penelope.«

»Ja, das bin ich. Ich hoffe, ich beeindrucke dich so sehr, dass du es wirklich glaubst. Meine Familie besitzt mehr als genug, also werde ich mir um Geld niemals Sorgen machen müssen, das weißt du.« Sie blinzelte. »Ich bin nicht Fern. Außerdem brauche ich euren Namen ganz sicher nicht, um meinen gesellschaftlichen Status oder meine Sicherheit zu erhöhen.«

»Nein, in der Tat nicht«, sagte Alex. Er aß noch ein Sandwich, obwohl er auf einmal so eine trockene Kehle hatte, dass er kaum schlucken konnte.

»Ich bin an nichts interessiert, was den Wynters gehört – nur an dir. Wenn du nach Südamerika auswandern und allem hier den Rücken kehren wolltest, dann würde ich sofort mit dir kommen. Ich weiß, ich bin noch jung, und ich sehe an deinem fassungslosen Gesichtsausdruck, dass du immer noch damit kämpfst, in mir etwas anderes als deine ›kleine Cousine‹ zu sehen, aber geh mit mir nächste Woche zum Ballett und gib mir einfach eine Chance. Ich bitte dich nur darum, mich zu begleiten. Lass uns sehen, wie wir miteinander zurechtkommen.«

Er blinzelte und sah sie aufmerksam an.

Plötzlich runzelte sie die Stirn. »Oh Lex, ich war so unsensibel … gibt es eine andere? Ein Mädchen in Frankreich oder Belgien, zu dem du zurückgehen musst? Vielleicht war da eine Krankenschwester, während du im Krankenhaus gelegen hast?«

Alex seufzte. »Ich weiß nicht, Pen. Habe ich in den vergangenen Jahren wie ein Mönch gelebt … oder hat es jemand Besonderen in meinem Leben gegeben?« Er dachte an das Taschentuch mit dem ausgeschnittenen Herz. »Ich weiß es nicht, fürchte aber, dass es jemanden gibt.«

Sie blickte ihn niedergeschlagen an. »Und?«

»Ich kann mich einfach nicht erinnern. Das ist wirklich eine verwirrende Zeit für mich.«

»Empfindest du etwas für jemand anderen?«

Alex zuckte mit den Schultern. Er entschloss sich, aufrichtig zu sein. »Ich fühle gar nichts. Eine Leere.«

Sie warf ihm einen mitfühlenden Blick zu. »Hat es auf deine Fotografie vor ein paar Tagen in der Zeitung keine Anrufe gegeben?«

»Nein. Abgesehen von einem Anwalt, der seine Dienste anbot und den Tod meines Vaters und familiäre Verbindungen zum Vorwand nahm. Er hat den Artikel zwar nicht erwähnt, aber der Zeitpunkt wirkte ziemlich offensichtlich.« Er stieß einen verächtlichen Laut aus. »Und die Polizei hat angerufen und gesagt, ein Barbier in der Stadt habe mich erkannt und bei der Wache angerufen, aber als er befragt wurde, war er sich auf einmal nicht mehr so sicher. Außerdem hatte er sowieso kaum Informationen zu bieten. Er konnte sich weder an den Namen des Kunden erinnern noch daran, wo er herkam oder hinging – er wusste nur, dass er so aussah wie der Mann auf dem Foto, das er über die Schulter eines Kunden in der Zeitung gesehen hatte. Er konnte der Polizei lediglich berichten, dass der Mann an seinem Geburtstag bei ihm gewesen sei und feiern wollte. Mehr wusste er nicht. Das Gespräch war so allgemein gewesen, dass er sich an nichts Wichtiges erinnerte.«

»Na ja, das warst du ganz bestimmt nicht. Du hast ja im Februar Geburtstag, wenn ich mich nicht irre.«

»Nein, du irrst dich nicht.«

»Und außerdem feierst du nicht gerne Geburtstage.«

»Du kennst mich wirklich gut. Das war bestimmt nur ein Zufall.« Er seufzte. »Mutter meinte, ich solle die Vergangenheit auf sich beruhen lassen.«

»Das kann ich verstehen, Lex. Sie hat dich endlich zurück, und für sie zählt sonst nichts. Und jemand von Bedeutung hätte dich bestimmt erkannt und wäre auf dich zugekommen. Vielleicht musst du einfach zulassen, dass es kein großes Geheimnis gibt? Du warst im Krankenhaus, dann nicht mehr, du warst krank und wurdest vielleicht von einer Familie gepflegt, aber das bedeutet nicht zwangsläufig, dass irgendetwas zu fürchten wäre.«

Alex ließ die Schultern sinken. »Bei dir klingt alles so leicht … als ob ich einfach mein Leben weiterleben könnte.«

»Warum auch nicht? Niemand kommt auf dich zu. Also dann sei einfach Alex Wynter, heimgekehrter Soldat.«

Er dachte darüber nach. Sie hatte recht. Für so eine junge Frau war Penelope Aubrey-Finch wirklich beeindruckend reif. Und er müsste lügen, wenn er abstreiten würde, wie schön und angenehm im Umgang sie war.

»Du tust mir gut«, sagte er seufzend.

»Dann … willst du uns eine Chance geben?«

Alex lächelte leise. »Ich werde dich auf jeden Fall ins Ballett begleiten.«

Ihr bekümmerter Gesichtsausdruck legte sich. Sie strahlte ihn voller reiner Freude an. »Das ist zumindest ein Anfang.«

»Lass uns auf Neuanfänge trinken«, sagte er, und das meinte er ernst.

19

August 1921

Die beiden Frauen betrachteten die Tür zum Salon und sagten erst einmal lange Zeit gar nichts.

»Du hast es geschafft, Eden. Es ist perfekt.«

»Bist du sicher?«

»*Absolument!*«, rief Madeleine aus. »Es sieht aus wie in einem der ersten Pariser Modehäuser. Du hast diesen Geist eingefangen. Und doch ist es auch so wie du – sehr *modern*. Ich kenne keinen einzigen Modesalon in Paris, der so aussieht.«

»Und was soll das heißen?«

»Diese klaren, kräftigen, kühnen Linien. Hier ist nicht eine Unze von … wie heißt das Wort, das ich brauche? Ach, du weißt schon, wenn man Eiweiß schaumig schlägt.«

»Baiser?«, sagte Edie. »Zuckerschaum?«

»*Oui!* Ja. An diesem Salon ist nichts zuckerschaumig.«

Edie liebte Madeleines Akzent. »Na ja, vielleicht weil an mir auch nichts Zuckerschaumiges ist.«

»Das ist wahr. Ich liebe es, Eden. Und deine Kundinnen werden es auch lieben.«

Edie war immer noch nicht überzeugt. »Die Farben …«

»Da hattest du absolut recht. Ich werde nie wieder deinen Geschmack in Frage stellen. Ich weiß, dass ich tropische Farben vorgeschlagen habe, weil die jetzt anscheinend jeder vorzieht, aber deine Zurückhaltung funktioniert. Wie nennst du das?«

»Monochrom.« Edie musste es wiederholen, weil Madeleine es nicht sofort verstand. »Ich war zwar noch nie in New York, aber ich habe Fotos gesehen und wollte genau dieses Aussehen erreichen.«

»Ah, eines Tages werden wir beide dorthin fahren und dein Auge für Stil feiern. Aber in der Zwischenzeit ist das hier schon perfekt. Die Spiegel sind göttlich. Sie lassen den Salon doppelt so groß erscheinen.«

»Ja, nicht wahr?« Edie schlang die Arme um sich.

»Ich nehme an, manche Frauen werden nur hierherkommen, um den Salon zu sehen und ihren Freundinnen sagen zu können, dass die neueste Londoner Designerin für sie arbeitet. Es ist wirklich kühn, Eden. Ich war in genügend Modehäusern Mannequin, um zu wissen, dass viele dieser Salons den Frauen das Gefühl geben wollen, sich in ihrem *boudoir* aufzuhalten. Aber du …« Sie schüttelte den Kopf.

»Was denn?«, fragte Edie.

»Valentine's sieht aus wie ein Ort voller Geheimnisse, er gewährt aber auch einen Blick in die Zukunft.«

»Wir wollen mal hoffen, dass es nicht zu kühn ist; ich möchte keine potenziellen Kundinnen vergraulen.«

Madeleine schüttelte den Kopf. »Alle werden den Salon sehen wollen.«

»Vielleicht sollte ich Eintritt verlangen.« Edie kicherte. »Und Toms Geld wieder hereinholen.«

»Nicht Toms Geld. Deins.« Madeleine warf ihr einen festen Blick zu. »Es ist schon ein Jahr her, Eden.«

Sie nickte. »Ich habe ganz vergessen, es dir zu erzählen. Tommy hat gestern Abend seine ersten Schritte gemacht.«

»Das habe ich verpasst?« Madeleine klang aufrichtig enttäuscht.

»Ich habe nicht so schnell damit gerechnet.« Edie zuckte mit den Schultern. »Gestern Abend krabbelte er im Park über den Rasen zu einer Bank, hat sich hochgezogen und stand da einen Moment lang. Ich war so geschockt, dass ich mich nicht bewegen konnte. Und dann drehte er sich um und lächelte mich so siegreich an, dass ich nur noch weinen konnte.«

Madeleine schüttelte verblüfft den Kopf. »Ich kann mir nur vorstellen, wie gewaltig so ein Moment für eine Mutter sein muss.«

»Er hat mich in diesem Augenblick des Triumphs so sehr an Tom erinnert. Das gleiche ansteckende Grinsen. Und als ich ihn rief, da ließ er die Bank los und wackelte auf mich zu, obwohl ihm die Entfernung endlos vorgekommen sein muss. Hingefallen ist er erst, als er bei mir war.«

»Ich wünschte, ich wäre dabei gewesen.«

Edie drückte ihrer Freundin das Handgelenk. »Das warst du doch. Du bist immer bei uns. Jetzt ist er natürlich nicht mehr aufzuhalten. Die arme Louise, sie wird alle Hände voll zu tun haben.«

»Oh, dein Kindermädchen liebt das. Sie hat mir schon gesagt, dass sie es kaum erwarten kann, dass er endlich läuft«, sagte Madeleine. Sie zupfte an einem Schal im Schaufenster, der ihrer Meinung nach nicht richtig hing.

»Lulu, wie Tommy immer sagt, ist eine Heilige. Ich danke meinem Glücksstern für den Tag, an dem Tilda sie uns vermittelt hat. Sie ist verrückt nach Tommy.«

»Ja, das habe ich auch gemerkt. Man kann sich kaum vorstellen, dass sie jetzt schon seit fast einem Jahr zu deinem Kreis gehört.«

Edie lächelte Madeleine an. Vor einem Jahr um diese Zeit hatte sie Tom zuletzt in den Armen gehalten. Es kam ihr unwirklich vor. An manchen Tagen fühlte es sich so an, als wäre es erst gestern gewesen. Und dann gab es Zeiten wie jetzt, wenn sie innehielt in ihrem geschäftigen Leben und all ihren Ablenkungen und feststellte, dass Wochen, ja sogar schon Monate vergangen waren, ohne dass sie sich in den Schlaf geweint oder ihren Kummer tagsüber verborgen hatte.

»Tommy ist ein glücklicher kleiner Junge. Das allein ist wichtig. Und ich liebe meine Arbeit.«

»Es könnte also alles nicht glücklicher sein?«, sagte Madeleine trocken.

Edie konnte ihre beste Freundin nicht täuschen. »Ich wünschte, ich hätte ein Foto von ihm«, murmelte sie. »Mit jedem Tag werden seine Gesichtszüge ein wenig undeutlicher.«

»Das ist gut so«, sagte Madeleine. »Vielleicht lässt du jetzt Mr Levi wieder in dein Leben.«

»Der arme Benjamin. Er ist auch ein Heiliger.«

»Nein, Eden. Er ist nur ein verliebter Mann. Und er hat sehr viel Geduld dir gegenüber an den Tag gelegt.«

Edie nickte stirnrunzelnd. »Ja. Ben hat sich geändert. Es ist noch gar nicht so lange her, da glaubte er, mein Platz sei im Kinderzimmer und hinter dem Herd.«

»Ach komm. Er sieht gut aus, ist ledig und ganz offensichtlich in dich verliebt.« Madeleine hakte sich bei Edie unter, und sie gingen durch den Salon nach hinten. Edie fuhr mit den Fingerspitzen über die Chaiselongue, die sie selbst entworfen hatte. Sie hatte den Stoff ausgesucht und dann das Möbelstück bauen lassen. Die Kissen hatte sie selbst genäht und sie mit winzigen Perlenknöpfen verziert, als Hommage an die Bräute, die hier sitzen und zuschauen würden, wie Madeleine Kleider vorführte.

»Nun, er ist außergewöhnlich stolz auf das, was du hier geschaffen hast … Gib ihm eine Chance, Eden.«

Unwillkürlich fragte sich Edie, ob Ben ihre Freundin darum gebeten hatte, ihr das zu sagen. »Wann war er denn hier?«

»An dem Tag, als du die Frühjahr-Sommer-Kollektion beendet hast und früh nach Hause gegangen bist. Das war der Tag, an dem du so wütend warst, weil die Vorhänge nicht gekommen waren und Tommy sich auf dein violettes Kleid übergeben hat.«

Edie lachte. »Wie könnte ich diesen Tag vergessen!« Sie ergriff eine mit einem Band zugebundene Mappe. »Es kommt mir so vor, als wäre mein ganzes Leben hier drin«, gestand sie. Sie löste das Band, um wieder einmal ihre Skizzen durchzublättern. »All meine Träume sind hier abgebildet.«

»Sie sehen auf Papier schon exquisit aus, Eden, und wenn du sie erst einmal genäht hast, dann werden die Frauen in Scharen hier einfallen.« Madeleine lächelte. »Das hier mag ich besonders«, sagte sie und zeigte auf ein Modell.

»Die Party ist besser gewesen, als ich zu hoffen gewagt habe.« Edie seufzte.

Die inoffizielle Eröffnung von Valentine's am östlichen Ende der King's Road am Sloane Square hatte den Gattinnen und zukünftigen Gattinnen der reichsten Männer Londons Gelegenheit geboten, eine Cocktailparty zu besuchen und mit Stoffen, Entwürfen und Farben zu »spielen«. Das Mannequin des Hauses, Madeleine Delacroix, war über den aufsehenerregenden schwarz-weißen Teppich des Salons gelaufen und hatte einige der Hochzeitskleider vorgeführt.

»Tom hat die Lage so gut ausgesucht«, fuhr Edie fort.

»Zuerst dachte ich, er wollte den Laden barmherzig im riesigen Schatten von Peter Jones verstecken.« Sie schüttelte den Kopf. »Aber jetzt sehe ich, wie klug seine Wahl war. Die Frauen von Belgravia, Knightsbridge und Chelsea kaufen vor allem bei Peter Jones ein. Tom muss gewusst haben, dass ihren geübten Augen Valentine's nicht entgehen würde, ganz gleich wie winzig der Laden neben dem Kaufhaus ist.«

»Ich muss zugeben, dein Mann war wirklich klug.«

»Er *ist* klug, Mads. Ich bin noch nicht bereit, in der Vergangenheit von ihm zu reden. Und da meine Lieblingsläden gleich nebenan in der Petticoat Lane sind, fühlt sich auch alles so vertraut an«, sagte sie ein wenig wehmütig. »Mein Vater hat viele Materialien in der Petticoat Lane gekauft. Die Knopfmacher und Seidenimporteure haben mir wegen seines guten Rufs gleich Kredit angeboten.«

»Er würde bestimmt wollen, dass du davon profitierst, Eden, zumal ja deine offizielle Eröffnung schon in ein paar Wochen ist.«

Zur offiziellen Eröffnung würden neben ein paar Persönlichkeiten der Londoner Gesellschaft auch Zeitschriftenverleger und Journalisten kommen. Das Ereignis sollte Aufmerksamkeit wecken für die Inhaberin und »Avantgarde-Designerin«, wie der Chefredakteur der *Vogue* Eden in einem Zeitungsartikel über neue Trends bezeichnet hatte. Noch wichtiger für ihren Erfolg würde jedoch sein, wenn sie bei Tischgesprächen, bei Bridgepartien und während der Cocktails vor dem Theater und bei Abendessen danach erwähnt würde.

Der Redakteur der britischen *Vogue* beschrieb den Salon als »kühle Oase in einer Wüste britischer Mode-Innovationen« und prophezeite, dass die »wie ein Engel aussehende Designerin hinter dem Label gemeinsam mit der in Frankreich geborenen Göttin, die ihre Kleider vorführte, himmlische Mode für die Bräute des neuen Jahrzehnts kreieren würde«.

Eden kicherte, als Madeleine diesen letzten Satz aus der Morgenzeitung erneut vorlas.

»Du kannst nicht behaupten, dass du dich nicht durchsetzen wirst.« Madeleine blickte Edie mit gespieltem Zorn an.

»Es hängt alles nur von der richtigen Eröffnung ab, wenn meine Entwürfe veröffentlicht sind und die Leute sich eine Meinung dazu bilden.«

»Wie viele Kundinnen brauchen wir, was meinst du?«

Edie hob eine Schulter und ließ sie wieder sinken. »Ich glaube ehrlich gesagt an Qualität, nicht an Quantität. Tom sagte immer, Wahrnehmung sei alles, und ich verstehe jetzt, was er damit meinte. Ich glaube, wir brauchen nicht mehr als eine Handvoll reicher, einflussreicher Kundinnen, die sich in den Kreisen des Queen-Charlotte-Balls bewegen und während der ›Debütantinnen-Saison‹ auf der Suche nach Ehemännern für ihre Töchter sind. Dann wird alles schon von selber in Bewegung geraten.«

»Du hast gesagt, Miss Fincham sagt vielleicht zu.«

Edie grinste. »Sie heiratet nächsten April. Sie wird sich beeilen müssen mit ihrer Entscheidung.«

Madeleine sah sie erfreut an. »Sag mir bitte, es lag daran, dass ich dieses prachtvolle cremefarbene Kleid mit der durchsichtigen Spitze getragen habe.«

»Natürlich lag es daran! Das Problem ist nur, dass sie es in Weiß haben will.«

»In Elfenbein ist es besser.«

»Da bin ich ganz deiner Meinung, und ihre erste Brautjungfer im Übrigen auch, aber ihre Mutter möchte, dass sie in Weiß heiratet, und Lady Fincham widerspricht man nicht.«

»Die Kundin hat immer recht, Eden.«

»Das ist ein Mythos. Außerdem ist es mein Entwurf. Ich möchte, dass dieses Kleid zuerst in dem elfenbeinfarbenen Satin gesehen wird, in dem es entworfen wurde.«

»Das Fincham-Brautkleid und ihre Aussteuer, die Kleider für ihre zehn Brautjungfern und das Kleid der Brautmutter werden uns, wie sagt man, auf den Weg bringen?«

»Ja, das wäre tatsächlich so, aber ich kann nicht schon vor der Eröffnung Kompromisse machen, nicht nachdem die *Vogue* so hohe Erwartungen in mich setzt.«

»Ich denke mal, du musst deine ästhetischen Werte gegen dein Einkommen abwägen.«

»Ich will meinen Salon nur etablieren, Mads. Die Leute müssen wissen, dass ein Valentine-Kleid ganz besonders aussieht. Und wir wissen beide, dass das Kleid, das Miss Fincham haben will, mein führendes Modell für das nächste Jahr ist. Es muss entweder in Elfenbein getragen werden oder gar nicht.«

Madeleine zog besorgt die Augenbrauen hoch. »Nun, ich hoffe, du hast genügend Überzeugungskraft.«

»Ich habe eingewilligt, dass einige der Skizzen veröffentlicht werden können, in der *Sunday Times,* und dazu gehört auch dieses.« Sie wies auf das Fincham-Kleid.

»Hat sie nichts dagegen?«

»Sie wird die Aufmerksamkeit genießen, und außerdem sind eine Skizze und ein fertiges Kleid zwei völlig verschiedene Dinge. Wenn sie es getragen hat, ist es mir egal, wenn eine Kundin es in Hellblau oder Rosa mit violetten Bändern haben will. Die Abbildung in der *Sunday Times* schafft die breite Welle von Interesse – das hat auch Tom gesagt –, und danach werden wir wahrscheinlich

Aufträge für mindestens ein Dutzend neue Frühjahrs-Hochzeitskleider bekommen, die noch zu haben sind.«

»Und jede Menge Kleider für Brautjungfern, für Mütter und eine riesige Menge an Flitterwochen-Garderobe, vor allem einen großen Auftrag von Lady Pippa Danby.«

»Den Auftrag für das Danby-Kleid hätte ich gerne, Mads. Ich weiß schon, worin ich Lady Pippa sehe.«

»Eden, wenn alles nach Plan läuft, wie sollen wir das alles schaffen? Ich meine, ich kann dir helfen, Knöpfe anzunähen, kann sogar ans Telefon gehen … aber …«

»Ich werde dir sagen, was wir *nicht* tun werden, Mads. Wir werden auf keinen Fall nervös werden. Wir haben keinen Zweifel an unserem Erfolg, und im Gegensatz zu meinem Vater werde *ich* Personal einstellen. Viel Personal sogar; ich kenne sehr viele erfahrene Näherinnen, die gerne arbeiten würden. Aber zuerst müssen wir unsere Seiden und Voiles bestellen, unsere Garne und Pailletten, unsere Spitze und unseren Satin.« Edie rieb sich die Augen. »Du liebe Güte, ich werde wahrscheinlich eine Woche lang nur mit der Stoffauswahl zubringen müssen.«

»Da gehen sie dahin, meine schönen, ruhigen Sonntage«, stöhnte Madeleine. »Und dabei hatte ich schon vor meinem geistigen Auge gesehen, wie ich sie mit Mr Quinn im Bett verbringe.«

Edie fuhr herum. »Und wer ist Mr Quinn? Ich dachte, du triffst dich mit einem Mann namens Fallon.«

»Ja, das habe ich auch getan. Aber er ist ziemlich langweilig geworden. Jetzt ist es Quinn, obwohl ich ein Auge auf Jonathan Gamble geworfen habe.«

»Den Juwelier?«

»Er ist viel mehr als nur ein Juwelier. Er hat mittlerweile fünf Läden. Aber seine Schmuckläden interessieren mich nicht«, sagte sie verschmitzt.

»Das funktioniert bei mir nicht mehr, Mads«, sagte Edie lachend. »Dich zieht doch ganz bestimmt das Glitzern seiner Diamanten an, oder?«

Mads lächelte nur.

»Du brauchst deine Sonntage nicht aufzugeben. Wir müssen einen Tag in der Woche Ruhe vor dem Salon haben – die Chance, einmal nichts mit dem Laden und mit Mode zu tun zu haben. Ich glaube, nächsten Sonntag werde ich Tommys Geburtstag feiern. Ich werde endlich mal wieder Kuchen backen. Du kannst Quinn oder Gamble, oder wer auch immer dich in London in schicke Lokale ausführt, gerne mitbringen. Mit dir kann ich nicht mithalten, Mads.«

Madeleine stöhnte. »Eine Geburtstagsparty? Diesen Sonntag wollte ich einmal ausschlafen.«

»Dann tu es. Du kannst ja zum Tee mit uns frühstücken – mir ist es egal, wann du isst, wenn es bloß mein Kuchen ist.« Sie lachte. »Ich lade Tilda ein und Louise natürlich. Vielleicht ist ja auch Delia an dem Tag in der Stadt. Meine Nachbarn lieben Tommy auch, also lade ich sie ebenfalls ein. Es wird bestimmt lustig. Und ich will Tommy so richtig verwöhnen.«

»Als ob du das nicht längst tätest. Apropos Essen, warst du nicht mit Ben verabredet?«, erinnerte Madeleine sie und blickte auf ihre Armbanduhr.

»Ja.« Edie begann die Skizzen einzupacken. »Ich nehme sie mit nach Hause.«

Madeleine runzelte die Stirn. »Warum?«

»Ich möchte an den Kleidern für die Fincham und die Brautjungfern noch ein paar letzte Änderungen vornehmen, für den Artikel.«

»Was ist mit House of Ainsworth?«

Edie zuckte die Schultern. »Ich habe keine Angst vor

der Konkurrenz. Die *Vogue* hat gesagt, dass unsere Entwürfe Trends setzen würden. Das bedeutet, dass alle anderen nachziehen.«

»Nun, pass gut auf deine kostbaren Skizzen auf!«

Es klopfte an der Tür. Benjamin stand da mit einem Blumenstrauß.

Edie lächelte ihn an. »Tut mir leid, noch nicht geöffnet.«

»Ich führe euch beide zum Abendessen aus«, rief er durch die Glasscheibe.

»Ich bin doch kein Anstandsmiau«, grollte Madeleine. Edie lachte. »Was ist?«

»Es heißt Anstandswauwau.«

»Na los, geh schon. Ich kann abschließen. Gib Tommy einen Kuss von mir. Sag ihm, wie stolz ich auf ihn bin, dass er laufen kann!«

Edie küsste Madeleine. »Danke, Liebling.« Sie wandte sich zu Ben. »Ich hole nur rasch meinen Mantel«, rief sie.

»Du wirst ihn auch brauchen. Das ist der kälteste August, den ich je erlebt habe.« Arm in Arm gingen sie hinaus. Ben zeigte auf den Sloane Square. »Lass uns zu Star & Gartner gehen«, schlug er vor.

Die Straßenlaternen waren bereits angezündet, als sie unter der endlos langen Markise entlanggingen, die an den tiefroten Backsteinen der Ladenfront von Peter Jones angebracht war.

»Wusstest du eigentlich, dass du jetzt in dieses Kaufhaus gehen und alles kaufen kannst, von Linoleum bis hin zu Eichhörnchen?«, rief Edie aufgeregt aus. Sie staunte darüber, wie weit sich das Peter-Jones-Imperium mittlerweile die Straße entlang erstreckte.

Ben ergriff Edies Hand und führte sie über die breite Straße. Geschickt wich er Pferdekutschen und Automobilen aus. »Wie geht es dem kleinen Mann?«

»Mit Tommy ist alles bestens. Ich habe großes Glück, dass Mrs Miller sich um ihn kümmert, wenn ich in den Salon muss. Meine Entwürfe kann ich zu Hause machen, und wenn wir keine Termine haben, führt Mads den Salon. Und nachts nähe ich und schaue Tommy beim Schlafen zu. Ich muss ein bisschen jonglieren, aber es funktioniert. Oh, das habe ich dir noch gar nicht erzählt. Er kann laufen!«

»Oh! Ich kann es kaum erwarten, das zu sehen. Jetzt werden wohl deine Probleme anfangen.« Er grinste.

»Ja, da hast du wohl recht. Wenn er größer wird, werde ich mir sicher etwas anderes überlegen müssen. Es ist nicht ideal, aber im Moment werde ich gut unterstützt, und Tommy ist glücklich.« Sie sah Ben an, dass er gerne etwas zu dieser letzten Bemerkung gesagt hätte. Ihr war klar, dass er nur zu gerne seine Unterstützung – in finanzieller wie auch in körperlicher Hinsicht – angeboten hätte, aber Edie wandte sich absichtlich ab, um die Schaufenster anzuschauen. »Ich muss mir wirklich langsam überlegen, was ich ihm zum Geburtstag schenken soll. Außer Pappkartons und Holzlöffeln, mit denen er Krach machen kann, scheint er nie etwas haben zu wollen.« Lachend versuchte sie, Bens Gedanken in eine andere Richtung zu lenken.

»Ich habe ihm eine Eisenbahn gekauft.«

»Oh Ben, wie lieb von dir, dass du daran gedacht hast!«

»Ich werde wohl kaum vergessen, wie ich diesen Jungen letztes Jahr kurz nach seiner Geburt auf dem Arm gehalten habe. 17. August?«

»Neunzehnter«, korrigierte sie ihn leise. Das war für sie ein bittersüßes Datum. »Aber eine Eisenbahn? Ist das nicht ein bisschen extravagant für einen Einjährigen?«

»Vielleicht. Aber ich habe mir jahrelang eine Eisenbahn gewünscht, und ich glaube, ich habe meine erste erst mit zehn bekommen. Wen soll ich denn sonst verwöhnen, wenn nicht euch zwei?«

Edie lächelte, sie musste jedoch wegschauen. Diese forschende Frage wollte sie nicht beantworten. »Nun, er ist ein glücklicher Junge«, sagte sie und wechselte wieder das Thema. »Ich dachte, wir wollten in den Pub?«

»Nein, du hast etwas Besseres verdient als einen lauten Pub. Es gibt ein neues Restaurant, das ich gerne ausprobieren würde. Sie sollen eine grandiose Seezunge haben.«

»Die Blumen sind wundervoll«, sagte Edie und sog tief den Duft ein. »Vielleicht hätte ich sie besser im Salon lassen sollen.«

»Nein, sie sind für deine neue Wohnung.«

»Ich liebe es, in Chelsea zu leben. Und wir sind so nahe am Park.«

»Nun, und ich liebe es, dass du wieder in London wohnst. Das bedeutet, dass ich dich häufiger sehen kann.«

Es begann zu regnen, und sie eilten zu dem neuen Restaurant, von dem Edie noch nicht einmal den Namen mitbekam.

Sie begann ihre leichte Stola mit dem Pelzrand abzulegen.

»Du siehst wunderschön aus, Edie«, murmelte er, als er sie ihr von den Schultern nahm und sie dem Mädchen an der Garderobe reichte.

»Danke«, sagte Edie. Sie hatte bereits gewusst, dass ihr Etuikleid aus Organza und elfenbeinfarbener Spitze Aufmerksamkeit erregen würde. Sie dachte auch an eine Brautkleid-Version dieses Modells, wollte aber den Look zunächst einmal an einem Kleid ausprobieren, bevor sie so viel Geld in teuren Stoff investierte.

»Entschuldigen Sie, Miss. Möchten Sie das auch hierlassen?«, fragte das Mädchen und wies auf Edies Mappe.

Ben warf ihr einen fragenden Blick zu. »Mach es ruhig.«

»Nein, danke. Viel zu kostbar.«

»Ach ja?«, sagte er. Er lächelte den Kellner an, der sie begrüßte. »Ich habe einen Tisch auf den Namen Levi reserviert.«

Während der Mann im Reservierungsbuch nachschaute, warf Ben Edie einen Blick zu. »Salon-Geheimnisse?«, fragte er und blickte erneut auf die Mappe.

»Meine Skizzen. Mein Leben«, entgegnete sie gespielt dramatisch. »Die Konkurrenz würde sie nur zu gerne in die Finger bekommen und meinen Salon ruinieren, noch bevor er eröffnet ist.«

»Hier ist die Mappe doch bestimmt in Sicherheit, oder, junge Dame?«, sagte Ben, der das Garderobenmädchen kaum anschaute. Rasch trat er auf den Oberkellner zu, um mit ihm zu sprechen.

Das Mädchen war offensichtlich daran gewöhnt, ignoriert zu werden, denn sie antwortete Ben erst gar nicht. Ihr Blick galt Edie. »Ich gebe sie nur darauf heraus, das verspreche ich«, erwiderte sie und reichte Edie ein Ticket. Edie gab nach und ließ auch die Mappe an der Garderobe zurück. »Sie brauchen sich keine Sorgen zu machen. Ich werde sehr gut darauf aufpassen. Mein Name ist Sarah.«

»Danke, Sarah.«

Das Mädchen lächelte glücklich. Edie wandte sich zu Ben, der bei dem Oberkellner stand.

»Ausgezeichnet, Sir. Folgen Sie mir bitte. Wir haben einen hübschen Tisch am Fenster für Sie reserviert.«

Nach aufgeregtem Geplauder über den Eröffnungstag des Salons und nach Seezunge als Hauptgang leckte sich Edie die Lippen. »Ich hatte ganz vergessen, wie gut Butter schmeckt. Es kommt mir wie ein Luxus vor, dass ich sie wieder kaufen kann, wann immer ich will … oder auch Zucker, Kaffee oder Weißbrot, das nicht mit grobem Korn gestreckt ist.«

Ben lächelte. »Ich liebe es, dir beim Essen zuzuschauen, Edie. Das war schon immer so.«

»Wie meinst du das?«

»Du nimmst so winzige Bissen, um alles auf deinem Teller genau zu schmecken.«

»Vaters Training. Bei Tisch war er immer so streng.«

»Du vermisst ihn sicher.«

»Ja. Aber es ist seltsam, Ben, seit …« Sie blinzelte. »Ich musste völlig unabhängig werden, und ich würde lügen, wenn ich nicht zugeben würde, wie gut mir die Freiheit gefällt, die das mit sich bringt.«

»Ich beneide dich.«

»Warum?« Edie griff nach ihrem Weinglas.

Er zuckte mit den Schultern. »Liegt das nicht auf der Hand? Ich lebe bei meinen Eltern! Ich tue immer noch, was mein Vater verlangt, und fürchte insgeheim, dass meine Mutter mich ausschimpft, weil ich einen Fleck auf meinem Hemd habe …«

Edie lachte. »Dann zieh doch zu Hause aus! Du bist sowieso viel zu alt, um mit deinen Eltern unter einem Dach zu wohnen.«

Ben schaute sie aufgeregt an. »Nun, ich kann dir sagen, dass ich mir Häuser ansehe. Ich glaube sogar, ich habe schon eines gefunden.«

»Wirklich? Wo denn?«

»Nicht weit von hier. In Chelsea.«

»Oh …« Edie versuchte, ihr Entsetzen darüber zu verbergen, wie nahe er ihr auf einmal sein würde. »Das ist ja wundervoll.«

»Ja. Jetzt kann ich zu Fuß nach Hause gehen und dich öfter ausführen – euch beide, meine ich. Ich habe jetzt auch dauerhaft einen Wagen in London.« Ben redete hastig, und Edie spürte, dass er ihr diese Idee schmackhaft machen wollte. »Ich werde nicht mehr der Mann sein, der bei seinen Eltern lebt und sein gebrochenes Herz pflegt, das immer noch für das Mädchen schlägt, das er seit jeher geliebt hat.«

Seine Worte ließen Edie verstummen. Sie fühlte sich bedrängt und an vergangene Zeiten erinnert, aber eigentlich schockiert war sie nicht. Sie hatte seit Wochen geahnt, dass er ihr einen Antrag machen würde. Da sie zugelassen hatte, dass er sich als alter Freund wieder in ihr Leben gestohlen hatte, war es keine Überraschung für sie, dass seine Hoffnungen auf eine gemeinsame Zukunft wieder neu aufgeflammt waren.

Nervös fuhr er sich mit seinen langen Fingern durch die krausen schwarzen Haare. Sie blieben so unberührt, als wären sie aus Draht. Ben hatte eine üppige Haarpracht. Er würde niemals eine Glatze bekommen, dachte Edie. Tom allerdings auch nicht, und sie wusste genau, wessen Haare sie an ihrer bloßen Haut spüren wollte. Ben beobachtete sie aufmerksam aus seinen schokoladenbraunen Augen. Hatte er das Ganze geprobt? Er tat ihr leid. Im Aussehen war er noch genauso jungenhaft wie in seinen Launen; er suchte immer noch nach ihrer Zustimmung, wollte sie beeindrucken, aber zugleich auch besitzen und kontrollieren …

»Es tut mir leid«, sagte er, als er merkte, dass sie das verlegene Schweigen nicht durchbrechen wollte. »Für mich hat sich nichts geändert.« Besorgt blickte er sie an und ergriff ihre Hand. »Verzeih mir, Edie. Ich wollte mit dir feiern. Du sollst dich nicht unbehaglich fühlen.«

»Du brauchst dich nicht zu entschuldigen, Ben. Du warst immer sehr nett zu mir.«

»Aua!« Er ließ sie los, griff nach seinem Weinglas und

trank einen großen Schluck. »Ich hasse es, wenn du mich als nett bezeichnest. Auf jeden Fall gibt es jetzt einen kleinen Jungen, um den man sich Gedanken machen muss. Du weißt ja, wie gern ich ihn habe. Er braucht einen Vater. Ich möchte …«

»Er hat einen Vater.«

»Ich meine, dein Sohn braucht einen Mann in seinem Leben. Er ist nur von Frauen umgeben.«

Edie zwang sich, ruhig zu atmen, obwohl sie das Gefühl hatte, ersticken zu müssen. »Sein Name ist Tommy. Du sagst ihn nie.«

»Tommy«, wiederholte er.

»Du magst den Namen nicht, oder?«

Er zuckte mit den Schultern, aber sie sah den schuldbewussten Ausdruck in seinen Augen. Rasch wandte er den Blick ab. »Du kannst mir nicht übelnehmen, dass es nicht mein Lieblingsname ist. Aber seinen zweiten Namen mag ich sehr.«

»Ben …« Er blickte auf. »Ich habe dich verletzt. Ich habe einen anderen geliebt. Ich liebe ihn immer noch.« Sie sah, wie ein unergründlicher Ausdruck auf Bens für gewöhnlich so offenem Gesicht erschien. Edie schüttelte den Kopf. »Was ist?«

»Nichts«, sagte er und rang sich ein Lächeln ab. Sie hörte den falschen Ton in seiner fröhlichen Stimme. »Entschuldigung, ich musste gerade an alte Zeiten denken, daran, wie langweilig ich dir vorgekommen sein muss. Doch ich habe dich immer geliebt, Edie, und auch wenn es unmöglich scheint, so liebe ich dich jetzt sogar noch mehr. Ich habe dich gehen lassen, weil mir nichts anderes übrig geblieben ist. Aber jetzt muss das nicht mehr sein. Du sollst wissen, dass es mir nichts ausmacht, dass du einen anderen Mann geliebt hast.«

»Dass ich einen anderen Mann geheiratet habe«, korrigierte sie ihn.

»Tom kommt nicht zurück, Edie«, sagte er vorsichtig und blickte sie forschend an.

Edie drehte ihr Glas. Das schwere Kristall funkelte im Kerzenschein. Im Geiste vermerkte sie, für einen Entwurf Kristallperlen zu benutzen. »Ich bin nicht dumm. Ich bin nur so eigensinnig, dass ich es nicht akzeptiere.« Sie blickte Ben an. »Ich glaube nicht, dass er tot ist. Das wüsste ich hier drin«, sagte sie und legte die Hand auf ihr Herz. »Das ist mein Problem.«

»Nun, wenn es dich tröstet, ich habe schon vor langer Zeit akzeptiert, dass du Tom liebst. Als er in dein Leben trat, war kein Platz mehr für mich. Aber jetzt, wo Tom weg ist ...«

Sie konnte nicht antworten. Sie weigerte sich, an diesem Gespräch teilzunehmen, und ließ erneut Stille eintreten.

Ben räusperte sich leise. »Ja ... jetzt ist er weg. Und du bist immer noch die gleiche prachtvolle Edie, die ich immer geliebt habe, nur dass da jetzt auch Tommy ist, und er braucht mehr. Ich weiß, dass du einsam bist, obwohl du ein Kind hast und Madeleine und eine ganze Schar neuer Bekanntschaften. Ich weiß, dass du hier drin«, jetzt berührte er seine Brust, »immer noch die gleiche Edie bist. Du willst, dass Tommy Geschwister bekommt. Dir gefällt die Vorstellung, Teil einer Familie zu sein. Du glaubst immer noch an die Ehe.« Er zuckte mit den Schultern. »Du bist immer noch jüdisch. Niemand versteht dich besser als ich, und niemand kann dir das, was du brauchst, so bieten wie ich.«

Jetzt musste sie eingreifen. Sie öffnete den Mund, aber er hob die Hand.

»Warte, Edie. Lass mich nur das noch sagen: Ich kenne dich in- und auswendig, ich weiß, was du sein willst, und ich weiß, dass ich mich geirrt habe, weil ich dich, deine Bedürfnisse und deine Träume unterschätzt habe. Ich bin jetzt anders.«

Bist du das wirklich, Ben? Sie glaubte ihm nicht; das Gegenteil war eher der Fall – er wurde immer mehr so wie die Generation vor ihm. Allein sein Beruf stieß ihn immer tiefer in diese Tradition hinein. Edie vermutete, dass ihn der Gedanke, die Frauen könnten tatsächlich so gleichberechtigt sein, dass sie ebenfalls wählen durften, insgeheim erschreckte. Er empfand allerdings große Zuneigung zu Tommy – das hatte sie schon vor langer Zeit gespürt –, und diese Zuneigung war ebenso wenig von der Hand zu weisen, wie sie fragwürdig war. Denn warum sollte er gerade das Kind des Mannes lieben, den er hasste? Vielleicht weil Tommy auf seine unschuldige und sonnige Art so bezaubernd war, aber vielleicht war es auch einfach nur ein anderer Weg, um Kontrolle auszuüben. Toms Frau, Toms Kind … er wollte, dass beide ihm gehörten. Und ihr Sohn war mit jedem gut Freund. Er schenkte seine Zuneigung großzügig her, und Ben war von ihm offensichtlich genauso bezaubert wie Madeleine oder Lulu. Und er war ein Junge – das spielte für einen Mann mit traditionellen Werten wie Ben eine große Rolle. Tommy war dunkelhaarig und klein für sein Alter. Redete Ben sich ein, dass er ohne Weiteres als sein Sohn durchgehen könnte? Edie überfiel Sorge; man brauchte nicht viel Fantasie, um zu sehen, dass Tommy seinem Vater wie aus dem Gesicht geschnitten war. Und er würde genauso groß und stark werden wie Tom.

Ben redete immer noch. »Ich will auch Kinder, aber wir haben Zeit.«

»Ich hätte gerne, dass Tommy Geschwister bekommt«, seufzte sie. Dann sah sie seinen hoffnungsvollen Blick. Sie hätte das nicht sagen dürfen.

»Edie, ich kann Personal für dich einstellen, damit du Familie und Karriere vereinbaren kannst. Ich weiß, dass du nach New York fahren willst … wir können für die Flitterwochen eine Transatlantik-Schiffspassage buchen.« Seine Augen glänzten vor Eifer im Kerzenschein, und Edie merkte jedem seiner Worte an, wie sorgfältig er dies alles geplant hatte. »Ich will dich nicht bedrängen. Sag mir einfach nur, dass du über meinen Antrag nachdenkst, und vergiss dabei auch bitte nicht, wie einsam wir beide sind. Wenn du es zulässt, Edie, kann ich dich glücklich machen.«

»Du vergisst, dass ich immer noch verheiratet bin, Ben.«

Er schüttelte den Kopf. »Und du vergisst, dass ich Anwalt bin. Es gibt legale Wege, um diese Situation zu regeln. Ich kann Tommy adoptieren und ihm meinen Namen geben.« Edie versuchte, nicht zusammenzuzucken, als er ihre Hand ergriff. *Tommy Levi?* Oder würde er den Namen in *Daniel Levi* ändern wollen, wenn sie erst einmal verheiratet waren? »Denk einfach mal darüber nach, Edie.«

Sie nickte unverbindlich. Insgeheim jedoch dachte sie, dass Tommy niemals anders als Valentine heißen würde. »Erzähl mir von Sol«, sagte Edie, um das Thema erneut zu wechseln.

»Es geht ihm nicht gut. Der Krebs hat sich ausgebreitet.«

»Ich wünschte, er hätte meinem Vater davon erzählt.«

Ben zuckte mit den Schultern.

»Ich hätte ihn besuchen sollen. Er war der beste Freund meines Vaters.«

»Sol versteht das.« Er räusperte sich. »Er hat sich Toms Verschwinden nie verziehen.«

»Ihn trifft keine Schuld. Aber ich kann ihm auf jeden Fall vor seinem Tod noch sagen, dass ich ihm verzeihe. Ich glaube, ich nehme Tommy mit und fahre ihn morgen besuchen. Wir können den Bus nehmen.«

»Ich würde mit dir kommen, aber ich muss meine Eltern nach Brighton fahren.«

»Nicht nötig«, sagte sie. Sie lächelte, als ihr einfiel, dass im August ein äußerst wichtiger Geburtstag anstand. »Großtante Esther?«

Er nickte. »Siehst du, du gehörst eben doch zu unserer Familie. Ihr zweiundneunzigster. Mutter sagt, sie wird bestimmt ewig leben.«

Sie konnte beinahe hören, wie sich die Rädchen in seinem Kopf drehten, und bevor er die unvermeidliche Einladung aussprechen konnte, tat sie so, als müsste sie gähnen. »Wünsche ihr alles Gute von mir. Ich sollte jetzt besser gehen«, sagte sie und nahm das Garderobenticket aus ihrer Tasche. »Ich habe gesagt, dass ich Tommy um sieben Uhr abhole. Danke für den schönen Abend. Kannst du das bitte für mich einlösen?« Sie reichte ihm das Ticket. »Ich pudere mir nur rasch die Nase.« Sie stand auf, froh darüber, endlich zu entkommen.

Als Edie zurückkehrte, wartete Ben bereits an der Tür mit ihrem Mantel und ihrer Mappe. Er rief ihr ein Taxi, wünschte ihr Glück für ihre bevorstehende Eröffnung und überraschte Edie dann damit, dass er sie mitten auf den Mund küsste. Es war zwar nur ein sanfter Kuss, aber vielleicht doch etwas zu vertraut. »Denk über das, was ich gesagt habe, nach«, murmelte er, während sie versuchte, sich von ihrem Schock zu erholen. »Seit jenem Tag im November 1918 habe ich nie aufgehört, dich zu lieben.«

»Ben, ich will nicht …«

»Unsinn«, sagte er so selbstbewusst, dass es ihr vorkam wie ein Tadel. »Wir waren doch so verliebt, bevor ihr Daniel verloren habt, bevor Tom auftauchte. Du hast es einfach nur vergessen.« Grinsend klopfte er auf das Dach des Taxis. »Bis bald. Alles Liebe für Tommy.«

Angesichts seiner Herablassung fehlten Edie die Worte, und ihr war klar, dass ihr Gesichtsausdruck ihre Fassungslosigkeit widerspiegelte. Sie zwang sich zu nicken. Eine andere Geste fiel ihr nicht ein, zumal sie ein Lächeln nicht zustande brachte. Und als das Taxi losfuhr, spürte Edie nur zu deutlich, dass sich Bens Kuss auf ihren Lippen so falsch anfühlte wie eh und je.

20

Es war Samstag, und Alex folgte seiner Mutter in die Orangerie. Vor einer Viertelstunde hatte sie ihm einen kleinen Korb in die Hand gedrückt. Er füllte sich jetzt mit abgestorbenen Blättern, die sie mit ihrer scharfen Gartenschere abschnitt.

»Mutter?«

»Ich habe dich gehört, Lex.«

»Und?«

Sie richtete sich auf und drehte sich zu ihm um. »Was soll ich deiner Meinung nach sagen?«

»Vielleicht, dass du zustimmst.«

»Das tue ich.«

»Aber?«

Seufzend streifte sie ihre Handschuhe ab und warf sie in den Korb mit den Blättern. »Stell den Korb mal ab. Lass uns einen Kaffee trinken. Heute ist es zum Schneiden sowieso zu kalt.«

Cecily ging mit ihrem Sohn in den Salon, wo bequeme Sessel um ein prasselndes kleines Feuer standen. Sie zog an dem langen Teppichband, mit dem im Untergeschoss des Hauses die Glocke ausgelöst wurde, die dem Personal mitteilte, dass die Wynters gerne ihren Kaffee serviert hätten.

»Und?«, sagte er.

»Lass uns auf den Kaffee warten. Wie geht es dir denn? Ich habe dich ja mindestens seit vierzehn Tagen nicht gesehen. Bramson sagte, du warst oben im Norden? Ich hätte schwören können, dass du mir aus dem Weg gehst.«

Er schüttelte den Kopf. »Ich habe mir unsere Investitionen in den Stahlwerken in Newcastle angesehen. Passagierschiffe sind die Zukunft.«

»Wirklich, Liebling, du solltest wissen, dass ich an den geschäftlichen Angelegenheiten deines Vaters nie auch nur das geringste Interesse hatte, und bei dir ist das genauso. Ist das unhöflich?«

Er lachte. »Ja, wenn du das so offen äußerst.«

»Ach du meine Güte, und ich habe immer geglaubt, dass die Männer der Wynters genau das an mir lieben.«

Er beugte sich zu ihr hinunter und gab ihr einen Kuss. »Das stimmt auch, Mutter. Und um deine Frage zu beantworten: Es geht mir gut.«

Sie plauderten über die Familie – darüber, ob Julian Phelps tatsächlich so gut zu Charlotte passte, dass Fern wieder häufiger vorbeikam und dass Rupe ein wenig Abstand von der Arbeit brauchte. Sie waren sich einig, dass sie im Namen seines Vaters eine Stiftung gründen wollten, um die sich mehrere Universitäten bemühten, und dass sie dem King's eine große Schenkung für seine neue Bibliothek zukommen lassen wollten.

Ein Hausmädchen brachte das Kaffeetablett, und Bramson überwachte es, als es Tassen und Unterteller sowie eine hohe Kaffeekanne auf den Tisch stellte.

»Ich habe die Milch erwärmt, wie Sie es gerne mögen, Ma'am. Soll ich Ihnen einschenken?«

»Nein, es ist gut so, danke, Elsie. Mein Sohn bedient seine Mutter gerne«, sagte sie, und das schüchterne Mädchen lächelte, als es sich zurückzog.

Bramson nickte ihnen beiden zu und verließ ebenfalls das Zimmer. Alex schenkte den Kaffee ein. Er inhalierte tief den Duft der afrikanischen Bohnen, die seine Mutter immer nach ihren Maßgaben in Hove rösten ließ. Aber mit dem betörenden Duft kam auch ein sehnsuchtsvolles Gefühl.

»Ich glaube, an meinen dunkelsten Tagen wäre ich für eine Tasse echten Kaffee nackt durch das Niemandsland gelaufen.« Als seine Mutter ihm einen unglücklichen Blick zuwarf, fügte er hinzu: »Ich kann nichts dafür. Die einfachsten Erlebnisse können eine Erinnerung auslösen.«

»Du darfst nicht immer versuchen, dich zu erinnern, Liebling«, sagte Cecily. »Wir wissen alle, dass es furchtbar gewesen sein muss, aber jetzt schauen alle nach vorne.«

»Die Zukunft ist auch nicht einfach, Mutter. Der Aufschwung nach dem Krieg war von kurzer Dauer, und überall in Europa brechen die Börsenkurse ein. Die Wynters hat es noch nicht betroffen, aus Gründen, mit deren Erläuterung ich dich nicht langweilen will, aber draußen in der wirklichen Welt tun sich die Leute sehr schwer … Leute wie Elsie zum Beispiel.«

»Ich glaube, wir kümmern uns gut um unsere Angestellten«, sagte Cecily und nahm ihre Kaffeetasse von ihm entgegen. »Besser jedenfalls, als die Favershams ihre Leute behandeln.«

»Ich habe Elsie nur als Metapher für all die arbeitenden Familien in Großbritannien genommen. Für die breite Bevölkerung brechen harte Zeiten an. Es wird Unruhen geben, da die Arbeiter sich gegen ihre Bedingungen auflehnen – keine Lohnerhöhungen, die üblichen Probleme. Dabei haben sie nach all dem Leiden im Krieg das Gefühl, mehr von ihren Arbeitgebern erwarten zu können.«

»Alexander, ich könnte dir aus dem Stand ein Dutzend gute Familien aufzählen, die zwei oder mehr Männer aus ihrer Familie verloren haben. Ich glaube, unsere Gesellschaftsschicht hat genauso einen hohen Preis gezahlt wie Elsies Leute, da alle unsere Männer sich verpflichtet fühlten, in den Krieg zu ziehen und zu führen.«

»Ich weiß, ich weiß, Mutter. Ich war einer von ihnen, erinnerst du dich?« Er warf ihr einen entschuldigenden Blick zu. »Darüber wollte ich gar nicht mit dir reden. Es geht um Pen.«

»Hm, die hübsche Penny«, sagte sie und trank einen Schluck Kaffee. »Ah, das tut gut.«

Alex runzelte die Stirn. Er blickte ins Feuer.

»Lex?«

Er schien sie nicht zu hören.

»Alex, ist alles in Ordnung?«

»Verzeih mir«, sagte er. »Etwas, was du gesagt hast … es …«

»Was habe ich denn gesagt? Wir haben doch nur über Penelope Aubrey-Finch geredet, oder?«

Es war sowieso weg. »Ja … äh, ja, das stimmt.«

»Liebling, bist du dir sicher?«, fragte seine Mutter. Sie klang müde. »Ist sie wirklich die Richtige für dich?«

»Meinst du wegen ihres Alters?«

»Ihr Alter, ihre Geschichte mit uns …«

»Aber sie ist keine Blutsverwandte, Mutter. Und ich denke, ihre Familie, ihr Stammbaum, eigentlich alles an ihr passt perfekt zu den Wynters. Sie ist jung, das muss ich zugeben, aber sie ist überraschend reif für ihr Alter.«

»Ich weiß, was du meinst«, sagte Cecily. »Und ich nehme mir in der Tat auch mehr Zeit für Penelope als für die meisten anderen jungen Frauen, denen ich begegne. Aber bist du schon bereit zur Ehe? Bereit, eine Familie zu gründen? Vielleicht brauchst du noch mehr Zeit …«

»Ich finde sie ganz reizend, und wenn ich sie jetzt

zurückweise … dann verletze ich sie vielleicht so, dass ich sie verliere.« Er trank seinen Kaffee aus. »Gestern Abend hat sie mir gesagt, wenn ich sie nicht heiraten will – und sie akzeptiert voll und ganz, dass das vielleicht der Fall ist –, macht sie zuerst eine Transatlantik-Reise und dann eine große Europa-Rundreise. Vielleicht entschließt sie sich sogar dazu, für immer in Amerika zu leben.«

»Du liebe Güte«, sagte Cecily angemessen schockiert, aber dann musterte sie ihren Sohn mit scharfem Auge. »Und, liebst du sie denn?«

»Was ist das denn für eine seltsame Frage?«

»Das finde ich nicht. Eine Mutter kennt schließlich ihr Kind. Du kannst alle Welt täuschen, aber nicht mich.«

Alex atmete hörbar ein. »Was soll ich tun? Liebeslieder singen? Stepptanz aufführen?«

»Bleib ruhig, Lex. Und jetzt hör mir zu. Als ich dich gebeten habe, dein Leben wiederaufzunehmen und gesellschaftliche Anlässe wahrzunehmen, habe ich damit nicht gemeint, dass du das erste Mädchen heiraten sollst, das dir unter die Augen kommt.« Sie hob einen Finger, damit er sie nicht unterbrach. »Lass mich ausreden. Penny ist einer meiner Lieblinge. Dein Vater hat sie wie eine Tochter geliebt, deshalb kannst du darauf bauen, dass ihn nichts glücklicher gemacht hätte, als euch zwei vor dem Altar stehen zu sehen. Aber!« Sie beugte sich vor, stellte ihre Tasse und Untertasse auf den Tisch neben sich, ließ ihn aber dabei nicht aus den Augen. »Sie hat etwas Besseres verdient, als für dich ein angenehmes Mittel zum Zweck zu sein.«

»Das ist ziemlich unfair.«

»Ach ja? Du liebst sie doch nicht, Lex, oder?«

Schuldbewusst hob er die Schultern und blickte auf seine Hände. »Sie hat so lange gewartet, Mutter, hat nach mir gesucht, als mich die meisten schon aufgegeben haben. Sie hat ihre Liebe bewiesen. Ich kann doch lernen, sie zu lieben, oder?«

Cecily presste die Lippen zusammen.

»Ich werde immer aufmerksam ihr gegenüber sein.«

»Aber abwesend.«

»Nein. Ich werde dir jetzt versprechen, dass ich …«

»Ich meine hier drin«, sagte seine Mutter und legte die Hand auf ihr Herz.

Alex holte tief Luft. Traurig schüttelte er den Kopf. »Ich kann die Vergangenheit nicht loslassen. Ich habe versucht, mich in die Arbeit zu stürzen, weil ich gedacht habe, dass Ablenkung helfen würde. Ich habe versucht, an allen gesellschaftlichen Verpflichtungen von Pen teilzunehmen, aber ich verabscheue das. Ich bin zum Fischen nach Schottland gefahren – und habe gehofft, dass in der Einsamkeit und Stille meine Erinnerung zurückkehrt. Aber ich habe mich einfach nur einsam gefühlt. Ich habe sogar angefangen, im Garten zu arbeiten – hast du das gemerkt?«

»Clarrie hat mir deine neuen Rosen gezeigt.«

»Ich weiß nicht, warum, aber ich sehe vor meinem inneren Auge alte Rosensorten, und ich dachte, es löst vielleicht etwas aus, wenn ich welche pflanze. Aber es ist nichts passiert. Ich glaube mittlerweile, dass ich wieder ganz von vorne anfangen muss. Es ist zwar nicht das Leben, nach dem ich mich sehne, aber ich weiß auch nicht, wonach ich mich eigentlich sehne. Also werde ich mir ein neues Leben aufbauen und zusehen, dass es funktioniert, denn sonst könnte ich genauso gut bei den Toten im Schützengraben liegen.«

»Sag so etwas nicht.«

»Ich bin hier drinnen tot, Mutter«, enthüllte er ihr. Er

legte sich die Hand aufs Herz und sah, wie Cecily bei seinen Worten das Gesicht verzog. »Ich kann es nicht erklären. Ich liebe Pen nicht so, wie ich es wahrscheinlich sollte, aber ich mag sie sehr gerne, und ich weiß, dass ich sie glücklich machen kann, wenn ich ihren Wunsch erfülle. Und sie ist absolut entschlossen, meine Frau zu werden. Ich weiß nicht, wie ich sie abwehren soll. Wenn ich nicht ja sage, werde ich sie zutiefst verletzen, und ich habe keine Alternative. Warum also nicht? Ich kann dafür sorgen, dass es klappt.«

»Du könntest auch ihr Leben ruinieren.«

Er zuckte mit den Schultern, aber die Geste wirkte eher hilflos als herzlos.

»Was für eine größere Beleidigung gibt es für eine Frau als unerwiderte Liebe?«

»Und was soll ich deiner Meinung nach tun?«, fuhr er sie plötzlich an. Er stand auf und lehnte sich an das Kaminsims. Finster blickte er sie an. »Ich versuche, es allen recht zu machen. Wenn ich Pen heirate, gibt mir das eine gewisse Struktur – ein Fundament, auf dem ich aufbauen kann. Irgendwo muss ich doch anfangen.«

»Nur dir machst du es nicht recht«, sagte seine Mutter mit gepresster Stimme.

»Das kann ich nicht, weil ich nicht weiß, wie. Dieser Schmerz muss ein Ende haben.« Alex zog das rote Taschentuch aus seiner Tasche.

Cecily runzelte die Stirn. »Was ist das?«

»Ich halte mich daran fest. Aber frag mich nicht, was es bedeutet.«

Seine Mutter betrachtete blinzelnd das rote Quadrat mit dem ausgeschnittenen Herzen in der Mitte. »Es braucht gar nichts zu bedeuten.«

Alex nickte und seufzte. »Oder alles.«

»Aber in diesem einen Jahr ist niemand auf uns zugekommen.«

»Genau! Deshalb habe ich auch Pen an mich herangelassen.«

Cecily verzog resigniert das Gesicht.

»Letztendlich bin ich zu der Schlussfolgerung gekommen, dass ich die nächsten Jahre damit zubringen kann, weiter über diesen verlorenen Teil meines Lebens nachzudenken«, sagte Alex und fuhr mit dem Finger an dem Umriss des Herzens entlang, »oder dass ich einfach weiterlebe. Diese Chance eröffnet mir Penelope.«

»Es klingt so nüchtern, wenn du das sagst.«

»Aber mit Pen fühlt es sich nicht so an. Wir passen gut zusammen.«

»Du willst also meinen Segen?«, fragte sie.

Alex beugte sich vor und küsste seine Mutter auf die Wange. »Wie würde dir eine Hochzeit im Mai gefallen?«

Cecily lächelte, und Alex fand es schrecklich, dass sie dabei so traurig aussah, wie er sich insgeheim fühlte. »Nun, Liebling, im Frühling ist es auf Larksfell immer am schönsten.«

Tommy saß auf Edies Schoß, als sie mit dem Bus fuhren.

»Hallo, meine Schöne«, sagte der Schaffner zu Edie und wuschelte Tommy durch die Haare. »Sind Sie sicher, dass Sie nicht eigentlich für ein Taxi geschaffen sind?«

Edie lächelte. Wahrscheinlich sah sie vornehm aus, aber für ihre Verhältnisse war sie konservativ gekleidet. Zumindest der Schnitt war konservativ. Das Orange ihres ansonsten schlichten Kleides war grell genug, um Aufmerksamkeit zu erregen, und das fuchsiafarbene Band um ihren Hut machte die Farbgebung sicherlich noch auffälliger. »Nach Golders Green, bitte.«

»Schöner Tag, um hier oben zu sitzen«, sagte der Schaffner und blickte sich auf dem leeren obersten Deck um. »Nur für die meisten am Sonntag ein bisschen zu früh.«

Sie lächelte höflich und nahm ihre Tickets entgegen. »Ja, ich dachte mir, dass es Tommy vielleicht Spaß machen würde.«

Endlich kamen weitere Leute nach oben. »Einen schönen Tag, ihr zwei!« Er zwinkerte ihnen zu.

Edie nickte und zog Tommy an sich. »Alles in Ordnung mit dir?«, flüsterte sie ihm zu und küsste ihn auf seine weiche, runde Wange.

Er nickte fröhlich. Tommy redete nicht viel, aber sie hatte sich an seine ruhige Art gewöhnt. Manchmal dachte sie, dass er ja vielleicht nach der Familie seines Vaters kam.

Sie drückte ihre Wange an seine und schaute ebenfalls auf das, was Tommy so faszinierte: Busse und Automobile fuhren vorbei. »Hotta-hü.« Er zeigte hin.

»Ja, das ist aber ein großes Pferd, was? Und genauso stark wie du«, sagte sie. Er lächelte breit. Mittlerweile hatte er schon eine Menge winziger Zähne. Er wuchs so schnell.

Tommy nickte. Er drehte sich auf ihrem Schoß um, um dem Pferd nachzuschauen. Sie betrachtete sein fröhliches, offenes Gesichtchen, und wie immer zerschmolz ihr Herz vor Liebe. *Ich wünschte, du könntest ihn sehen, Tom*, sagte sie im Stillen. »Weißt du was, Tommy? Du machst, dass ich in allem besser sein will.« Er hörte gar nicht zu, weil er sich bemühte, noch einen letzten Blick auf das Pferd zu erhaschen. Sein Atem roch süß von den drei Gummibärchen, die sie ihm erlaubt hatte. Sie hatte ihn ermutigt, die Farben laut zu sagen, als er sie konzentriert aussuchte. Rot, grün und gelb. Die Wörter konnte er noch nicht richtig aussprechen, aber er war ja auch noch klein. Dieses Jahr wollte sie ihm einen Kanarienvogel zum Geburtstag schenken. Nächstes Jahr vielleicht einen kleinen Hund.

Er nickte schüchtern und überraschte sie, indem er ihr einen langen, nassen Kuss auf die Nase pflanzte, der sicher nach Gummibärchen schmeckte.

Tränen der Freude traten ihr in die Augen. *So viel schöner als ein Kuss von Ben,* dachte sie insgeheim.

Es gab Edie einen Stich, als sie den sterbenden Mann sah. Sol schlief. Er war grau im Gesicht und nur noch die Hälfte des Mannes, an den sie sich erinnerte. Er wirkte so erschreckend klein im Bett. Wenn sich seine Brust nicht unter den schwachen, mühsamen Atemzügen gehoben und gesenkt hätte, hätte sie glauben können, dass sein Geist ihn schon verlassen hatte.

»Weck ihn auf«, hatte Irena gedrängt. »Er wird auf keinen Fall verpassen wollen, dass ihr beide hier seid. Ich koche einen Kaffee. Komm, Liebling, du kommst mit Tante Irena.« Sols Frau hatte zum Schlafzimmer gewiesen und war dann mit dem kleinen Jungen in die Küche gegangen. Edie spürte keine Verlegenheit, aber Angst stieg in ihr auf. Angst davor, an ihr früheres Leben erinnert zu werden – das Leben, von dem sie sich so mühevoll distanziert hatte.

Doch sie musste den Mut aufbringen. »Sol …«, flüsterte sie. Sie trat näher ans Bett und ergriff seine Hand. Sie war trocken, seine Haut war wie Pergament. »Sol, ich bin es. Edie. Edie Valentine.«

Er regte sich. »Edie?«, krächzte er. Seine Augenlider flatterten.

»Ja, ich bin hier.«

Sol wandte den Kopf zu ihr. »Ich dachte, ich träume. Hallo, meine Schöne.«

Sie lächelte, als sie seinen liebevollen Kosenamen für sie hörte, und unwillkürlich traten ihr Tränen in die Augen, Tränen um einen guten Mann und alten Freund.

»Weine nicht um mich, Edie. Es ist nicht so schlimm, Liebes. Keine Schmerzen.«

»Oh Sol. Es tut mir so leid, dass ich nicht …«

»Sei still. Du hast mir den Tag gerettet.« Er runzelte die Stirn. »Ist es überhaupt Tag?«

Sie lachte unter Tränen und blickte zum Fenster, an dem die schweren Vorhänge zugezogen waren. »Ja.«

»Das Licht tut mir in den Augen weh. Schande. Ich würde lieber in den Himmel schauen.«

»Nicht, Sol«, murmelte sie.

»Irena hat mir erzählt, wie erfolgreich du bist. Du machst uns alle so stolz.«

»Das hoffe ich.«

»Es tut mir leid, dass ich ihn verloren habe, Edie«, krächzte er und griff nach ihrer Hand.

»Mir auch. Ich vermisse Abba jeden Tag.«

Sol lächelte traurig. »Ich meinte Tom«, sagte er. Er klang so schwach, dass sie am liebsten seine Frau gerufen hätte, damit sie Tommy rasch hereinbrachte. Er sollte doch den kleinen Burschen sehen. Aber sie traute sich nicht, seine Hand loszulassen oder auch nur einen Augenblick lang die Augen abzuwenden. »Das wollte ich dir schon vor langer Zeit sagen.«

Jetzt flossen ihr die Tränen über die Wangen. Sie konnte sie nicht mehr zurückhalten.

»Er wollte dir nur ein Geschenk kaufen.«

Edie hielt den Atem an. Das war der erste kleine Hinweis zu Toms Verschwinden, den sie seit jenem schrecklichen Tag gehört hatte.

»Wirklich? Das hast du damals gar nicht erwähnt.«

Sol rang nach Luft, aber er war entschlossen, alles zu sagen, was ihm auf dem Herzen lag. »Ich habe es vergessen. Und dann dachte ich, dass Abe es wahrscheinlich erwähnt hatte. Wir sind alte Männer, Edie. Unser Verstand funktioniert auch nicht mehr so wie früher. Tom sagte, er würde sich stark fühlen. Er wollte zum Piccadilly Circus, aber als wir näher kamen, merkte er, dass es zu viel war, und deshalb setzte ich ihn am Green Park ab.«

»Das habe ich gehört. Ich habe nie verstanden, warum er nicht mit dir bis zur Savile Row gefahren ist. Warum du ihn abgesetzt hast. Ich dachte, er hätte Angst bekommen und beschlossen, mit einem Bus aus der Innenstadt nach Hause zu fahren. Und dass ihm dann alles zu viel wurde.«

»Er hätte bei mir bleiben sollen. In der Row ist es ruhig.«

Edie nickte.

»Ich habe kürzlich von Tom geträumt.«

Sie schniefte. »Ich träume ständig von ihm. Schrecklich, oder?«

Ihr Sohn spähte durch den Türspalt. Sie sah ihn und winkte ihn zu sich.

»Sol … das ist unser kleiner Junge. Ich habe ihn Tommy genannt.«

»Tommy«, wiederholte er staunend mit brüchiger Stimme.

»Sag hallo zu Solly«, flüsterte sie.

»Hallo, Solly«, lispelte der kleine Junge.

Sol schmunzelte. »Oh Edie. Er ist ein kleiner Valentine, aber ich kann Tom in ihm erkennen.«

»Ich auch. Es freut mich, dass du die Ähnlichkeit auch siehst.«

»Nach meinem Traum habe ich mich an etwas erinnert. Es war, als ob ich wieder da gewesen wäre. Es war alles so klar und deutlich, dass ich dachte, die Hand ausstrecken zu können, um ihn zu dir zurückzubringen.«

Edie schnürte es die Kehle zu, aber sie wollte nicht anfangen zu weinen.

»Du musst den alten Mann finden.«

»Den alten Mann?«, wiederholte sie mit zitternder Stimme.

»Das ist mir damals nicht eingefallen. Es war alles so … so hektisch, als die Polizei den Fall untersuchte.« Er schwieg und schluckte vernehmlich. »Und dann starb Abe. Ich fühlte mich für alles verantwortlich, Edie. Ich glaube nicht, dass ich noch klar denken konnte. Aber in meinem Traum sah ich ihn, einen alten Mann, der auf Tom zuging. Ich habe ihn schon öfter gesehen, wenn ich ausgeliefert habe. Ich glaube, er füttert die Vögel im Park.«

Edie drückte Sols Hand. »Denk noch einmal nach. Sag mir alles, woran du dich erinnern kannst. Jedes noch so winzige Detail, Sol.«

Es regnete zwar für die Jahreszeit ungewöhnlich viel, aber es war trotzdem heiß, und die Leute flüchteten ans Meer. Alex hatte einen Tisch im Grand Hotel in Brighton reserviert und kutschierte eine entzückte Pen in Ruperts neuem Auto in einer Wolke von Benzindüften an die Küste.

»Ich bin froh, dass ich mir diesen Wagen geliehen habe. Meiner ist viel zu behäbig. Ich werde mir definitiv auch so einen kaufen«, rief er ihr über das Motorgeräusch hinweg zu.

»So schnell wie möglich«, erwiderte sie. Sie hielt ihren Hut fest, und ihr Gesicht glühte vor Glück.

Dass sie während des Essens viel lachten und auch noch ein Glas Champagner tranken, trug zur prickelnden Stimmung des Nachmittags bei. Nach dem Essen schlug Alex einen Spaziergang auf der Promenade vor.

»Ich muss dir sagen, Pen, du schaffst es, trotz dieser Hitze kühl wie Eiscreme auszusehen und auch genau so köstlich.«

Sie grinste. »Bei dieser Bemerkung geht mir eine freche Antwort durch den Sinn.«

Er lachte entzückt. »Das kann ich mir schon vorstellen.«

Sie versetzte ihm einen Klaps. »Neck mich nicht. Ich müsste jetzt eigentlich erröten.«

»Wirklich?«

»Ich wünschte, es wäre nicht nur ein Necken.« Sie warf ihm einen Blick von der Seite zu, dem er ausweichen musste.

Sie blieben stehen und lehnten sich an die schmiedeeiserne Balustrade, die die Promenade vom Kieselstrand trennte. Dort konnten sie die leichte, kühlende Brise genießen.

»Danke, dass du heute mit mir hierher gefahren bist. Es ist wundervoll, dich lachen zu hören.«

»Ich wollte dir eigentlich eine Frage stellen«, begann er. Er runzelte die Stirn. War dies der Moment, in dem er das Leben, das er bisher geführt hatte, losließ? Er fühlte das rote Taschentuch in seiner inneren Brusttasche und stellte sich vor, wie es sich gegen sein Herz drückte und ihn anflehte, treu zu bleiben. Wer immer sie auch war, sie suchte nach ihm. Und als Pen sich dem Wind zudrehte, damit er ihr die Wangen kühlte, hörte Alex ihr Flehen. *Finde mich.* Verdammt! Diese Stimme. Sie huschte durch seinen Kopf und löste sich genauso schnell wieder auf, wie sie gekommen war. Dabei musste er an einen Garten denken. Einen ruhigen, perfekten Garten voller Geborgenheit. Interessierte er sich deshalb auf einmal für Gartenarbeit? War ihr Name Rose? Pflanzte er deshalb prächtig duftende Rosen an einer Laube nahe seinem Arbeitszimmer?

»Frag ruhig«, sagte Pen fröhlich. »Ich freue mich, wenn ich dir behilflich sein kann.«

Alex wappnete sich und lächelte sie an. Er würde es schaffen. Er musste es schaffen, wenn er jemals wieder eine Chance auf Normalität haben wollte. »Es ist etwas, wobei ich deine Hilfe tatsächlich brauchen könnte, Pen. Weißt du, ich glaube, ich brauche eine Frau.«

Ihr Kopf fuhr herum, und sie schaute ihn mit aufgerissenen Augen an. Auch wenn sie sich danach gesehnt hatte, hatte sie es nicht kommen sehen, und dafür mochte er sie noch mehr. Ihre Augen, die normalerweise ins Violette gingen, spiegelten den sommerblauen Himmel, dessen Farbe perfekt zu ihrem Kleid passte. Nie war sie schöner gewesen, und er sah ihr an, dass die Liebe sie tatsächlich sprachlos machte.

»Meinst du das ernst, Alex?«, flüsterte sie.

»Möchtest du mich heiraten, Pen?«

Ihr Freudenschrei übertönte die Musik und die lauten Geräusche von den Karussells auf dem West Pier. Alle drehten sich nach ihnen um, aber sie sahen nur eine Frau, die von der Welt um sie herum nichts wahrnahm, außer den Mann, der neben ihr stand.

»Auf der Stelle«, stieß sie hervor, ergriff seine Hand und zog sie an ihr Herz.

Niemand hätte ihr widerstehen können. »Das heißt dann also ja?«

»Ja, oh ja, ich will dich heiraten. Von ganzem Herzen.«

»Darf ich dich küssen?«

»Ich sterbe, wenn du es nicht tust.«

Ältere Leute, die vorbeispazierten, gaben leise missbilligende Laute von sich, während jüngere Leute pfiffen, als das Paar sich auf der Promenade von Brighton küsste und damit eine Gesellschaftsverlobung besiegelte, die in London Aufsehen erregen würde.

Und dabei roch Alex den Duft von Rosen und hörte, wie sich die Schritte einer Frau auf hohen Absätzen von ihm entfernten, während ein Rotkehlchen sang.

21

Edie starrte dumpf auf die Zeitung. Auf ihren schon blassen Wangen erschienen weiße Flecken wie Nachtcreme, die sie vergessen hatte einzumassieren. Madeleine stand nervös schweigend neben ihr, die Hände in die Hüften gestemmt, und beobachtete Edie.

»Sag etwas«, murmelte sie schließlich. »Lass es heraus.«

»Ich neige nicht zu hysterischen Anfällen.«

»Kannst du mir das übersetzen?«

»Ich halte nichts von Schreien, Haareraufen und Türenknallen … aber ich habe das Gefühl, ich tue innerlich all das.«

»Wie konnte das passieren, Edie?«

»Ich bilde mir das doch nicht ein, oder?« Flehend schaute sie die Freundin an. »Das sind doch meine Skizzen.«

Madeleine schluckte. »Das sind nicht deine Skizzen, aber das sind deine Entwürfe. Ohne jeden Irrtum.« Sie stellte sich direkt hinter Edie, die wie erstarrt im Salon saß. »Wie konnte das passieren? Du hast diese Mappe gehütet wie deinen Augapfel.«

»Ich habe sie nicht aus der Hand gegeben.«

»Wo ist sie jetzt.«

»Hier, im Büro. Ich nehme sie überallhin mit.«

»Warte, ich hole sie.« Madeleine ging und kam mit der Mappe wieder. Sie reichte sie Edie, die das Band löste und die Mappe öffnete.

Edie blätterte die Skizzen durch und suchte nach den Entwürfen, die in der Zeitung abgebildet waren. Mit einem leisen Laut der Verzweiflung schaute sie sie noch einmal durch. »Sie sind weg. Das fällt mir erst jetzt auf, weil sie ja fertig waren und ich an den anderen gearbeitet habe. Die drei Kleider, die im Artikel gezeigt werden, fehlen«, sagte sie. »Es waren die dramatischsten, meine besten, und zugleich waren sie so mühelos schlicht. Mit erfahrenen Näherinnen konnten die Diebe sie innerhalb weniger Tage nacharbeiten.«

Ihre Stimme klang völlig leidenschaftslos. Madeleine legte ihre Hände auf Edies Schultern. »Du klingst viel zu ruhig. Was ist los?«

»Ruhig? Ich fühle mich tot, Mads.« Sie warf die Zeitung beiseite und stand auf, die Arme um sich geschlungen, als hätte sie Schmerzen. »Nach und nach ist mir alles, was ich liebe, genommen worden. Ich habe mir gesagt, es gibt Menschen um mich herum, die weit mehr verloren haben … ich habe Tommy, Freunde, etwas Geld, und ich habe meine Träume. Ich habe mir eingeredet, all das ist genug – verzeih mir Madeleine, ich will dich nicht beleidigen.«

»Nein, ich verstehe dich.«

Edie schüttelte den Kopf. »Als Tom verschwand und ich dann auch noch Abba verlor, hatte ich das Gefühl, mein Leben sei vorbei.«

Madeleine nickte. »Das ist nur natürlich, aber da Tommy dich gebraucht hat, hast du dich zusammengenommen und dich allem gestellt.«

»Manchmal sage ich insgeheim: ›Finde mich, Tom!‹, und rede mir ein, er könne es irgendwie hören und zurückkommen.«

Madeleine konnte die Verzweiflung, die sie beim Anblick ihrer Freundin empfand, nicht verbergen.

»Aber das hier … das kommt mir vor wie das Ende für mich, Mads. Ich bin so müde.«

»Eden, jemand hat deine Entwürfe gestohlen. Werde wütend, besorg dir einen Anwalt … aber gib nicht auf!«

»Ich habe einen Anwalt.«

»Dann frag Ben, was du tun sollst.«

»Das Wort von House of Ainsworth steht gegen meines. Ich kann nicht beweisen, dass dies meine Entwürfe sind.«

Das Telefon läutete. Madeleine nahm ab. »Valentine's. Guten Morgen. Ah, Lady Fincham, guten Morgen. Wir haben noch nicht offiziell eröffnet, aber wir freuen uns …«

Edie hatte die Zeitung wieder aufgeschlagen und betrachtete erneut die Entwürfe, die beschrieben wurden als »Neue Welle von Brautkleidern, die die Ära von Jazz und Cocktail ankündigen«. Abgebildet waren sie in der Wochenendbeilage über Frühlings-Brautmode in der *Sunday Times*. Edie hatte die Zeitung erst heute Morgen gesehen, da sie den ganzen Sonntag über bei Sol gewesen war, der sich auf einmal mit erstaunlicher Klarheit an den letzten Nachmittag mit Tom erinnern konnte. Als sie wieder in ihrer Wohnung in Chelsea ankam, war ihr nicht klar, dass Sol bereits im Sterben lag, erleichtert, dass er endlich mit Edie über diesen schrecklichen Tag gesprochen hatte. Kopfschüttelnd betrachtete sie immer noch ungläubig die Entwürfe. Sie hatte keine Ahnung, wer sie ihr sozusagen vor ihren Augen hatte stehlen können. *Nur Mads hatte jederzeit Zugang dazu*, ging ihr durch den Kopf. Aber diesen verräterischen Gedanken verwarf sie sofort wieder, und außerdem hatte sie in der letzten Woche die Skizzen immer dabeigehabt.

Madeleine legte auf und warf Edie einen unsicheren Blick zu. »Das war Lady Fincham.«

Edie konnte sich denken, was jetzt kam. Sie machte es ihrer Freundin leicht. »Ich nehme an, sie will jetzt zu House of Ainsworth gehen.«

Madeleine zögerte. »Sie sagte, dass sie ihr das Kleid in Weiß machen.«

»Ja, natürlich machen sie das. Sie haben ja auch keinen Geschmack«, erwiderte Edie bitter. »Hat sie sich wenigstens darüber gewundert, wie dieser Brautsalon an den gleichen Entwurf kommt, um ihn ihrer Tochter anzubieten?«

»Das hat sie nicht erwähnt«, erwiderte Madeleine, aber Edie merkte ihr an, dass sie log, um ihre Gefühle zu schützen. Lady Fincham hatte wahrscheinlich Edie beschuldigt, die Entwürfe von jemand anderem zu kopieren. Es tat weh. Aber sie hatte keine Tränen mehr.

Das Telefon klingelte erneut. »Das wird wahrscheinlich der Danby-Auftrag sein«, murmelte Edie. »Ich vermute, Pippa Danby will ihr Kleid auch bei House of Ainsworth machen lassen. Ich muss weg, Mads. Kümmerst du dich darum?«

»Ja, natürlich, aber …«

»Ich brauche nur etwas frische Luft.«

Wenn ihr Mantel nicht neben der Tür gehangen hätte, hätte sie vergessen, ihn anzuziehen, obwohl mit dem Regen auch kühle Luft gekommen war. Sie hatte ihre Tasche nicht dabei, und auch ihre Mappe mit den kostbaren Entwürfen interessierte sie plötzlich nicht mehr. Ihr Traum war zerplatzt.

Ziellos lief sie umher, starrte blicklos in die Schaufenster von Peter Jones, wo bereits Herbstmode und sogar ein paar Weihnachtsdekorationen ausgestellt waren. Schon bald würden überall in London die Lichterketten aufgehängt, und die Leute würden langsam in festliche Stimmung kommen. Sie würde irgendwann abends mit Tommy hinausgehen, damit er sich daran erfreuen konnte. Aber im Moment gab es für Edie nichts zu feiern. Sie konnte sich auf nichts freuen und sah nur das Elend ihres geplatzten Traums.

Seltsamerweise musste sie an Ben denken, an seinen Wunsch, sie bei ihrer Karriere zu unterstützen. Aber vielleicht war seine frühere Haltung doch richtig gewesen. Vielleicht sollte sie jetzt besser über Sicherheit nachdenken, über Heirat, eine Zukunft mit jemandem, eine neue Familie …

Ben wollte sie heiraten. Ihm würde es nichts ausmachen, dass ihr Geschäft gescheitert war, noch bevor es überhaupt begonnen hatte. Er würde sich um den Papierkram kümmern, der ihre Ehe mit Tom für ungültig erklärte. Ben bot ihr ein Leben ohne Leid. Sie wäre wieder regelmäßig in Golders Green, obwohl sie ja anscheinend weiter in Chelsea wohnen konnten. Es gäbe wieder Synagogen, Schabbat, und sie würde eine pflichtbewusste Ehefrau sein. Keine Skizzen mehr, keine Träume. Wahrscheinlich konnte sie wieder anfangen, für einige der Schneider in der Savile Row zu arbeiten …

Sie sah ihr Spiegelbild im Fenster, stellte fest, dass ihr doch die Tränen über die Wangen gelaufen waren, aber vor allem fiel ihr der gewagt männliche Schnitt des grauen Mantels aus weichem Wildleder auf, der unten in einem breiten Streifen Kaninchenpelz endete, um Weiblichkeit zu vermitteln. Sie bewunderte das breite violette Band, mit dem sie Taschen und Aufschläge eingefasst hatte. Das Seidenfutter ihres Mantels und das Band um ihren dunkelgrauen Cloche-Hut hatten die gleiche Farbe. Würde sie sich als Bens Frau auch so anziehen? Das bezweifelte sie. Ben war so konservativ, dass er sicher keinen Sinn für ihre Kleidung haben würde. Er hatte ja noch nicht einmal einen Blick auf die Skizzen werfen wollen, die sie stolz an jenem Abend ins Restaurant mitgebracht hatte.

Das Restaurant! Vor acht Tagen! Das war das letzte Mal gewesen, dass sie die Mappe aus den Augen gelassen hatte. Sie hatte die Mappe an der Garderobe abgegeben, und Ben hatte sie nach dem Essen dort abgeholt.

Edie wandte sich auf dem Absatz um und lief zurück in den Salon.

»Mads!«

Ihre Freundin blickte auf. Ihr Gesichtsausdruck war ernst. »Vier Absagen, Eden. Ich will nicht lügen.«

»Das spielt jetzt keine Rolle. Wir können es nicht ändern. Aber wir können den Schuldigen finden.«

»Wie meinst du das?«

Edie erklärte es ihr.

»Warte«, sagte Madeleine warnend, »du glaubst, ein Garderobenmädchen hat deine Entwürfe gestohlen und sie an House of Ainsworth verkauft?«

»Das war das letzte Mal, dass ich die Mappe aus der Hand gegeben habe. Kannst du dir eine andere Erklärung vorstellen?«

Ihre Freundin zuckte traurig die Schultern. »Es klingt logisch, aber …«

»Warum nicht? Meinst du, ein Mädchen, das in einer Garderobe arbeitet, hat nicht auch Träume? Vielleicht war sie neugierig, weil ich so gezögert habe, die Mappe aus der Hand zu geben. Vielleicht hat sie verstohlen einen Blick hineingeworfen, festgestellt, dass die Skizzen einen Wert haben …« Edie zuckte mit den Schultern. »Vielleicht ist sie ja an Mode interessiert und verfolgt in den Groschenblättern die Geschichten über Rocklängen und die Ankunft des Jazz-Zeitalters.«

»Aber woher soll sie denn wissen, was sie damit tun soll?«

»Ich weiß nicht, Mads. Ich versuche ja nur, eine Antwort zu finden. Wenn ich weiß, was passiert ist, kann ich besser damit umgehen.«

»Na gut. Erinnerst du dich noch an ihren Namen?«

»Sarah. Ich weiß allerdings nicht, wie das Restaurant geheißen hat«, fuhr sie fort. Madeleine warf ihr einen leicht verzweifelten Blick zu. »Aber ich weiß, wo es ist. Unten am Sloane Square.«

»Na gut, dann gehen wir dahin.«

»Jetzt?«

»Hast du etwas Besseres zu tun, Eden? Wir haben im Moment keine Kundenaufträge, und ich nehme an, du wirst das Kleid für die Fincham nicht in Weiß nacharbeiten.«

Edie schüttelte den Kopf. »Ich hoffe, es sieht schrecklich aus.« Sie schluckte. »Das habe ich jetzt nicht wirklich gesagt, oder?«

Madeleine ergriff sie am Arm. »Weißt du, manchmal ist es ganz gesund, *méchant* zu sein, wie wir Franzosen sagen.«

Edie seufzte. »Und danach?«

»Na ja, es hat ja wohl keinen Zweck, sie anzuzeigen.«

»Nein?«

»Was hätten wir denn davon? Weder dein Name noch dein Ruf noch deine Skizzen würden dadurch wiederhergestellt …«

»Du meinst, der Schaden ist so oder so entstanden?«

Madeleine nickte traurig. »Es lenkt nur noch mehr Aufmerksamkeit auf eine Situation, bei der wir nicht noch mehr Öl ins Feuer gießen müssen. Lass es auf sich beruhen, Eden. Dein Talent kann niemand stehlen.«

»Noch mal von vorne anfangen?«, sagte Edie erschöpft. »Ich möchte den Dieb bestrafen.«

»Bleib optimistisch. Der Redakteur der *Vogue* fand deine Entwürfe großartig. Du musst nur die Entwürfe ersetzen, die du verloren hast.«

»Aber diese Skizzen waren meine besten! Sie waren so frisch und neu!«

»Eden, wenn ich eines im Leben gelernt habe, dann, dass Mode auf niemanden wartet. Entwirf irgendetwas, was noch spektakulärer ist!«

»Für wen?«, sagte Edie düster. »Wir haben doch keine Kundinnen mehr.«

»Ach komm, die Saison fängt doch gerade erst an. Irgendjemand aus der Gesellschaft hat sich bestimmt verlobt. Irgendein schrecklich reicher Mann hat gerade einer ebenso reichen Frau einen Antrag gemacht, sodass zwei schrecklich reiche Familien zusammentreffen, die nur zu gerne eine schrecklich große Summe für die Hochzeit ausgeben wollen.«

Edie lachte. »Wo ist sie, Mads? Wo ist meine schrecklich reiche Verlobte?«

»Da draußen. Und sie sucht gerade nach dir. Sie wird nicht zu House of Ainsworth gehen, von denen jeder redet. Das stünde für unser Mädchen außer Frage. Sie will dich, Eden. Du musst sie nur wissen lassen, dass du hier bist und auf sie wartest.«

»Ich liebe dich, Mads.« Edie umarmte ihre Freundin. »Aber ich möchte der Diebin in die Augen sehen, damit sie weiß, dass ich es weiß.«

Madeleine seufzte. »Das hilft dir doch nicht weiter. Ich gehe mit dir, dann kannst du es dir auf dem Weg noch einmal überlegen und deine Meinung ändern.«

Als sie zum Sloane Square gingen, erzählte Edie ihrer

Freundin von Sols Traum und von seiner Erinnerung an den alten Mann, der vielleicht gesehen hatte, in welche Richtung Tom gegangen war … möglicherweise hatten sie sich ja sogar unterhalten.

An der Ecke, wo die King's Road auf den Sloane Square traf, blieb Madeleine an einem Pub stehen.

»Vergiss Sarah. Wir haben doch schon gesagt, dass wir nichts tun können.«

»Sie darf nicht einfach so damit durchkommen.«

»Aber das ist sie doch schon. Steck deine Energie lieber in Tom. Lass uns diesen alten Mann suchen. Wir gehen jetzt sofort zum Green Park.« Madeleine blickte zur Uhr über Peter Jones. »Um wie viel Uhr hat Sol Tom abgesetzt?«

»Kurz vor zwölf.«

»Nun, es ist gerade Viertel nach zehn. Lass uns zum Green Park gehen. Im schlimmsten Fall wird es ein angenehmer Morgenspaziergang an der frischen Luft. Wir können in der Savile Row vorbeigehen – du sagst doch immer, dass du das gerne möchtest –, und dann können wir uns mit klarem Kopf an die Ausarbeitung neuer Entwürfe machen und uns darauf einigen, dass Valentine's die große Erfolgsgeschichte für die Londoner Brautmoden-Szene im Jahr 1922 wird.«

Eden holte tief Luft.

»Sie hat nicht unser Leben ruiniert. Sarah – wenn sie es überhaupt war – hat dich nur um ein paar Wochen zurückgeworfen, Eden.«

»Mir wurde beigebracht, auch die andere Wange hinzuhalten.«

»Abe hat dich klug erzogen. Na komm. Ein Nachmittag im Park winkt.«

Alex hatte gerade die Aubrey-Finchs zu »den glücklichsten Eltern der Welt« gemacht, wenn er Pens Mutter Glauben schenken sollte. Sie küsste ihn auf die Wange. »Na los, ihr beiden. Wir gesellen uns später am Ententeich zu euch. Ihr wollt doch sicher ein bisschen Zeit für euch alleine haben«, sagte Pens Mutter und scheuchte sie weg. Sie betupfte sich die Augen und blickte ihren Mann mit wässerigem Lächeln an. Er zog sie nachsichtig lächelnd an sich.

»Ich brauche dich sicher nicht zu fragen, wie es mit Dad gegangen ist.« Pen hakte sich bei Alex ein. »Ich wette, meine Mutter wollte nur alleine sein, weil sie es kaum erwarten kann, die Neuigkeiten überall zu verbreiten.«

Alex grinste, um sein Unbehagen darüber zu verbergen, dass sich die Nachricht nun wie ein außer Kontrolle geratenes Buschfeuer im ganzen Land verbreiten würde. Schweigend wanderten sie in das kleine Wäldchen um das Anwesen der Aubrey-Finchs, das auf zahllosen Hektar fantastischem, fruchtbarem Land um Rye in Sussex stand.

»Erinnerst du dich noch an den Ententeich? Wir sind immer darin geschwommen«, sagte Pen zu ihrem Verlobten.

»Ja, natürlich erinnere ich mich daran.«

Der Ententeich kam in Sicht. Auf seiner leicht gekräuselten Oberfläche schwammen zwei zufriedene Enten.

»Lex, das ist der glücklichste Moment meines Lebens«, sagte Pen. »Zusammen mit dem Moment, als du von den Toten zurückgekehrt bist, und dem Moment, als du mir in Brighton den Antrag gemacht hast. Mein Traum ist in Erfüllung gegangen.«

»Ich spüre ein ›aber‹ dahinter«, sagte er und ließ sich auf eine bequeme Stelle im Gras nieder.

Sie setzte sich zu ihm. »*Aber* … trotz all dieser träumerischen Glückseligkeit hast du noch nicht ein einziges Mal gesagt, dass du mich liebst.«

Damit hatte Alex gerechnet.

»Ich … ich bestehe nicht darauf, dass du es sagst«, fügte sie nachdenklich hinzu. »Ich mache mir nur ein wenig Sorgen, dass ich dir vielleicht nicht genüge.«

»Wie meinst du das?«, fragte er. In ihren Augen stand eine leise Verletzung, und es gefiel ihm nicht, dass er die Ursache dafür war.

»Es gibt Augenblicke, in denen du zwar körperlich anwesend bist, aber mit den Gedanken ganz woanders.«

»Pen …«

»Ich weiß … ich weiß. Ich habe mir selbst gelobt, dich nicht zur Rede zu stellen, und doch tue ich jetzt genau das, weil ich so ein verräterisch eifersüchtiges Ungeheuer geworden bin. Und dabei weiß ich noch nicht einmal, auf wen ich eifersüchtig sein soll.«

»Gespenster. Weiter nichts«, stieß er hervor, hörte aber die Lüge, weil in seinem Kopf die Schritte der Frau auf hohen Absätzen hallten.

»Ich finde es furchtbar, wie jämmerlich und bedürftig ich mich anhöre«, fuhr sie fort, und er wünschte sich auf einmal, er könnte das Karussell, auf dem er saß, anhalten. Es drehte sich immer schneller. Die lächelnden Pferdchen verschwammen zu einer einzigen schnellen Bewegung, die nirgendwohin führte, sondern immer nur rundherum im Kreis.

Rotes Taschentuch, klappernde Absätze, Nähmaschinenöl, ein gutgeschnittener Anzug, Rosen, Gartenlaube, Lederrucksack … ein Herz. Immer wieder ein Herz.

»Ich liebe dich so sehr, Alex. So sehr, dass mir manchmal vor Glück der Atem stockt, weil du am Leben bist.

Aber ich will dich in meiner Liebe nicht gefangen halten. Ich will nicht, dass nur meine Liebe uns aneinander bindet. Ich mache mir Sorgen, dass du mich nur heiraten willst, weil du keine bessere Wahl hast.«

»Das stimmt nicht … und es ist auch nicht fair.«

»Nein«, sagte sie und errötete leicht über seinen Tadel. »Es ist wahrscheinlich überhaupt nicht fair, von dir zu erwarten, dass du deine Braut liebst.« Sie blickte ihn forschend an.

Alex räusperte sich. »Hör zu, Pen. Mein Leben war in der letzten Zeit seltsam, um es einmal vorsichtig auszudrücken. Es ist unmöglich zu erklären, wie merkwürdig ich mich manchmal fühle.«

»In meiner Gegenwart?«

»Nein, nicht bei dir … aber mit dem Leben im Allgemeinen, und dazu gehörst auch du. Aber hör mir jetzt zu.« Er ergriff ihre Hand und küsste sie. »Die Verwirrung lässt mich seltsam erscheinen, aber sie spiegelt nicht wider, wie ich fühlen möchte. Ich kann mir keine geeignetere Frau als dich vorstellen …« Als er den Alarm in ihren Augen aufflackern sah, drückte er ihre Hand. »Und auch niemanden, mit dem ich mein Leben lieber verbringen möchte. Ich weiß im Moment nicht, wie ich lieben soll. Manchmal durchzuckt mich eine Erinnerung, aber es sind keine Bilder, nur Gefühle. Ich habe nichts Greifbares.«

»Und was sagen die Ärzte dazu?«

»Nichts, was mir weiterhilft.«

»Vielleicht müsstest du zu einem Spezialisten gehen?«

»Ich gehe vielleicht noch einmal zu Cavendish. Er ist der Arzt, der mir in der Savile Row geholfen hat. Aber, Pen, willst du wirklich, dass ich mehr erfahre?«

Sie legte den Kopf auf seine Schulter, und er tat ihr den

Gefallen, den Arm um sie zu legen. Er wusste, dass sie genau das jetzt brauchte. »Lex, ich liebe dich, aber dass du glücklich bist, will ich noch mehr als deinen Ring. Du musst dich nicht um mich kümmern oder für mich sorgen. Du sollst mich nur lieben.«

Alex war entsetzt darüber, wie einfach er es fand, sie zufriedenzustellen. »Ich glaube, diese Stimmung wird vergehen. Wir werden heiraten und schrecklich glücklich sein.« Er musste es sich selber einreden.

Sie drehte den Kopf und blickte ihn an. »Ich hoffe, das meinst du auch so.«

»Du gibst mir ein sicheres Gefühl, mit dir möchte ich eine Familie gründen und der Alex Wynter sein, wie ihn mein Vater immer erwartet hat. Und vor allem machst du mich stolz.«

Sie lächelte. »Stolz?«

»Stolz auf die Frauen in diesem Land … du bist ein wundervolles Vorbild. Diese Familie braucht dich … ich brauche dich, Pen. Ist das genug?«

Pen blickte mit ihren sanften Augen zu ihm auf und küsste ihn lange und zärtlich. »Für den Moment, ja«, murmelte sie.

22

Edie und Madeleine hatten den Bus genommen und saßen jetzt eng aneinandergedrückt in der kühlen Brise auf einer Bank im Green Park, in der Hoffnung, »einen alten Mann« zu sehen.

»Anscheinend füttert er die Vögel hier«, bemerkte Edie.

»Aber wir sind jetzt fast schon zwei Stunden hier. Ich bezweifle, dass er noch kommt.«

»Möglicherweise haben wir ihn verpasst ...«

»Oder er ist tot.«

Edie warf Madeleine einen scharfen Blick zu. »Vielleicht ist es heute einfach nur zu windig. So besonders angenehm ist das Wetter ja nicht.« Sie blickte zum Himmel. »Und jetzt zieht auch noch Regen auf.«

»Genau.« Madeleine erhob sich. »Nun, hier hatten wir kein Glück. Mir sind die Beine eingeschlafen, ich muss dringend ein paar Schritte laufen.«

»Zur Savile Row?«, schlug Edie vor.

»Ja, komm. Du wirst aber nicht wieder trübsinnig, oder?«

»Nein. Ich werde einfach noch einmal hierherkommen. Sarah ist mir gleichgültig. Auch die Skizzen sind mir egal. Davon geht die Welt nicht unter.«

»Ich bin stolz, das zu hören.«

»Danke. Komm, wir schauen uns jetzt ein paar gutaussehende, reiche Herren an.«

»Von denen viele hübsche, unverheiratete Töchter haben«, sagte Madeleine und tippte sich an die Nase.

Rasch gingen sie gegen den Wind, vorbei an einem Barbierladen.

»Mein Vater hat sich hier gerne die Haare schneiden und rasieren lassen. Aber da war er noch viel jünger. Mittlerweile hat, glaube ich, der Sohn übernommen«, sagte Edie und starrte ins Schaufenster. Das Schild in der Tür verkündete, dass der Laden geschlossen war, aber sie hätte ja sowieso keinen Grund gehabt hineinzugehen. »Vielleicht hat Tom an jenem Tag auch hier durchs Schaufenster geschaut«, sagte sie und berührte die Glasscheibe.

Madeleine zog sie am Arm. »Komm weiter. Werde nicht sentimental. Sonst siehst du am Ende noch überall Hinweise, wo es gar keine gibt. Geh mit mir zur Savile Row.«

Edie führte sie den Piccadilly hinunter zur St.-James-Kirche. Als sie in die Sackville Street einbogen, mussten sie ihre Hüte festhalten, weil der böige Wind sie ihnen vom Kopf zu wehen drohte. Die hohen grauen Steingebäude schufen einen regelrechten Windkanal.

Sie eilten weiter in die Vigo Street. Hier war London stiller, und als sie in die Burlington Gardens einbogen, war der Wind nicht mehr so heftig. »Hier entlang.« Edie zeigte über die Straße, und sie gingen nach rechts. »Das ist die Savile Row«, sagte sie triumphierend. Hier waren kaum Verkehrsgeräusche zu hören, und auch die Menschen bewegten sich langsamer.

Madeleine stieß einen leisen Pfiff aus, als sie ein imposantes Gebäude mit Backsteinfassade betrachtete. Runde Bogenfenster und Türeingänge waren mit Ziegeln eingefasst, und der Haupteingang lag ein wenig zurückgesetzt in einem Bogen mit steinernen Säulen.

»Das ist Gieves & Hawkes, Herrenausstatter. Drei Stockwerke und ein Untergeschoss. Ich war schon so oft hier, dass ich es gar nicht mehr zählen kann. Abba war einer der Lieblingszulieferer des Chef-Schneiders.«

»Warum?«

Edie lächelte. »Abba hatte, was Schneider als steinernes Auge bezeichnen.« Als Madeleine fragend die Stirn runzelte, fügte sie hinzu: »Das bezeichnet jemanden, der so erfahren ist, dass er keinen Maßstock braucht.«

»Maßstock?«

Edie ergriff Madeleines Arm und ging weiter. »Die meisten Schneider oder Näherinnen schneiden nach Mustern zu, die auf sorgfältig durchgeführten Messungen beruhen. Zuschneiden und Nähen beruht vor allem auf Mathematik, um das Kleidungsstück für den Kunden so perfekt wie möglich zu machen. Abba schnitt nach dem Instinkt zu. Er hatte zwar die Schnittmuster vorliegen, aber er brauchte sie nicht. Das ist eine Gabe. Man nennt sie steinernes Auge.«

»Du besitzt das auch! Ich weiß, dass du bei mir nur gemessen hast, weil du dich dazu verpflichtet fühltest. Gib es zu, du hattest meine Maße im Kopf und hättest das erste Kleid nur von der Skizze her nähen können.«

»Ja, vermutlich«, sagte Edie und ging weiter.

»Ich wusste es, Eden. Ich bin in meinem ganzen Leben noch nie jemand mit solchem Talent begegnet. Du bist in allem absolut die Tochter deines Vaters!«

Eden nickte. »›Das Schneidermädchen‹ haben sie mich als kleines Kind hier immer genannt«, sagte sie. Lächelnd zeigte sie auf ein anderes Gebäude. »Hier ist Anderson & Sheppard. Sie gehören auch zu Abbas Bewunderern. Und da ist der Chef-Schneider – ein reizender Herr namens Percival Fitch.«

Fitch war gerade nach draußen getreten, um die Farbe eines Stück Stoffs im schwachen, grauen Tageslicht zu prüfen. »Du liebe Güte! Das bist doch nicht etwa du, Edie Valentine?«

»Doch! Wie geht es Ihnen, Mr Fitch?«

»Komm her!« Sie war überrascht, als er sie mit aufrichtiger Freude umarmte. »Das ist ja eine Ewigkeit her. Oh, sieh dir den Ring an; Abe sagte immer, du würdest Benjamin Levi heiraten. Meinen Glückwunsch!«

Edie blinzelte. Sie wollte Mr Fitch die Wahrheit nicht mitteilen, und es spielte ja jetzt auch keine Rolle.

»Ich habe von Abe gehört«, fuhr Fitch fort. »Dein Verlust tut mir schrecklich leid.«

»Danke.« Edie hätte noch viel mehr sagen können, aber sie fuhr rasch fort: »Mr Fitch, das ist meine beste Freundin, Miss Madeleine Delacroix.«

»Enchanté, Mademoiselle«, sagte er lächelnd.

»Merci, Monsieur Fitch.«

Fitch lächelte Edie an. »Eden, stimmt es, dass du einen Salon für Brautmode eröffnest?«

Edie nickte.

»Nun, wir alle in der Row werden stolz sein auf unser kleines Schneidermädchen.«

Edie warf Madeleine einen Blick von der Seite zu. »Danke. Und wie läuft das Geschäft, Mr Fitch?«

»Oh, wie immer. Unsere treue Kundschaft hält die Geschäfte am Laufen.«

Edie wandte sich an ihre Freundin. »Mr Fitch sagte immer, dass die Herren zwar in erster Linie hierherkommen, um sich einen Anzug machen zu lassen, aber auch, um ihren nörgelnden Frauen und dem anderen Lärm zu entkommen. Diskretion ist auf der Row oberstes Gebot.«

Fitch wirkte verlegen. »Wir haben es gerne friedlich hier. Keine Aufregung, wenn es nach uns geht.«

»Ist das nicht langweilig?«, fragte Madeleine.

Er wusste, dass sie ihn nur necken wollte. »Wir mögen es langweilig. Es ist noch gar nicht so lange her, da wurde einer unserer geschätztesten Kunden auf der Savile Row von einem Taxi überfahren. Das hat so einen Aufruhr verursacht, dass es Tage gedauert hat, bis sich alles wieder beruhigte.« Er schüttelte irritiert den Kopf.

Beide Frauen lachten. »Ich hoffe, Ihr Kunde hat sich wieder erholt, Mr Fitch«, sagte Edie.

»Oh, er war zum Glück nicht verletzt, sondern nur für kurze Zeit benommen. Wir hatten ihn seit Jahren nicht gesehen, hatten aber zufällig immer noch einen Vorkriegsanzug für ihn, sodass ich ihm ihn geben konnte, da sein dunkelblauer Anzug zerrissen war. Ich hörte später von einem anderen Kunden – einem Arzt –, dass er sich überraschend gut erholt und sich am Abend noch auf den Heimweg gemacht hat.«

»Na, das klingt aber nach einem ungewöhnlichen Tag.« Edie musste an Toms dunkelblauen Anzug denken, eine gewagte Farbe, die sie immer an ihm geliebt hatte.

»In der Tat. Vor allem, da er ein aus dem Krieg zurückgekehrter Offizier war, der …«

»Entschuldigung, Mr Fitch.« Ein junger Mann tauchte hinter ihm auf. »Ihr Fünfzehn-Uhr-Termin wird eine halbe Stunde früher kommen. Ist das in Ordnung für Sie?«

Fitch runzelte die Stirn, zog seine Taschenuhr heraus und schnalzte mit der Zunge. »Ja, das muss es vermutlich. Verzeihen Sie, meine Damen. Die Pflicht ruft«, sagte er.

»Keine Ursache.«

»Mademoiselle Delacroix.« Er nickte Madeleine galant zu, bevor er Edies Arm liebevoll drückte. »Alles Gute, Edie. Ich werde deine Fortschritte mit Interesse verfolgen.«

Die Frauen machten sich auf den Weg über die Conduit Street in die Regent Street, um von dort aus den Bus nach Hause zu nehmen.

»Er hätte uns ja hereinbitten können, damit wir uns aufwärmen können«, beklagte Madeleine sich.

»Anderson & Sheppard ist kein Ort für Frauen, Mads. Die gesamte Savile Row ist nicht für Frauen, aber ich bin froh, dass ich dir die Straße endlich einmal gezeigt habe.«

»Einer Französin brauchst du nichts über Diskretion zu erzählen. Das ist für uns selbstverständlich, weil alle Affären haben!«, sagte Madeleine trocken.

»Die Läden in der Savile Row sind alle sehr traditionsbewusst, aber auch dort wird es letztlich Veränderungen geben, wenn Jüngere nachfolgen. Kleidung von der Stange ist im Kommen. Wenn ich ein paar Bräute in den Salon bekomme, kann ich neben den maßgeschneiderten Kleidern über meine erste Kollektion nachdenken. Konfektionskleidung zu kaufen ist die Zukunft.«

Wieder einmal versammelte sich die Familie im großen Salon von Larksfell. Fern war nicht dabei, was Alex vermuten ließ, dass sie noch nicht bereit war, dem Wynter-Clan erneut gegenüberzutreten, da ja offensichtlich etwas Formelles bevorstand.

Der Nachmittagstee war serviert worden, und Elsie hatte gerade eine mit Puderzucker bestäubte Biskuitrolle angeschnitten.

»Haben Sie noch einen Wunsch, Ma'am?«

»Nein, danke, Elsie«, sagte Cecily.

Bramson blieb am anderen Ende des Zimmers stehen, weg von der Wärme des Feuers, aber nie so weit entfernt, dass er nicht alles im Haushalt mitbekam. Cecily Winter konnte sich blind auf ihn verlassen.

»Also, Mutter, was bringt uns denn so bald schon wieder zusammen und ist so unaufschiebbar, dass ich extra aus London hierherkommen musste?«, sagte Rupert und gab einen Löffel Zucker in seinen Tee.

»Und dann auch noch an so einem kalten Montagnachmittag«, fügte Dougie hinzu.

»Ja, wirklich Mutter«, beschwerte sich Charlotte. »Julian und ich wollten gerne ein paar Tage zusammen verbringen.«

»Es tut mir leid, meine Lieben, aber es gibt überraschende Neuigkeiten.«

Ihre Worte entlockten den Anwesenden ein Stöhnen.

»Oh nein«, sagte Charlotte, »keine schlechten Nachrichten mehr, bitte.«

»Eigentlich sind es gute Nachrichten«, warf Alex ein und übernahm das Gespräch. Er warf Pen, die ganz still dasaß, einen beruhigenden Blick zu.

»Zahlst du uns eine neue Dividende aus oder so etwas, Lex? Spuck es aus!«, drängte Rupert.

Alex grinste. »Nein, alter Knabe. Wir haben euch alle hier zusammengetrommelt, weil ich verkünden möchte, dass ich nächstes Frühjahr heirate.«

Tassen wurden klappernd auf die Unterteller gesetzt, und alle Wynters redeten durcheinander.

»Du bist doch gerade erst zurück! Wie kannst du denn da schon deine Verlobung verkünden?«, quietschte Charlotte.

»Hurra! Jetzt werde ich wenigstens in Ruhe gelassen!«, witzelte Rupert.

Dougie stöhnte: »Das ist nicht dein Ernst!«

»Meine Lieben, bitte«, rief ihre Mutter. »Ich bekomme Kopfschmerzen!«

»Wer ist denn die Glückliche, Bruder?« Rupert zwinkerte Pen zu.

»Nun ja … ihr kennt sie alle ziemlich gut.«

»Du liebe Güte!«, rief Dougie aus. »Pen, kannst du etwas Licht in die Angelegenheit bringen? Alex drückt sich wohl absichtlich so geheimnisvoll aus.«

Pen zuckte nicht mit der Wimper, als sich auf einmal alle Augen auf sie richteten.

»Das kann ich in der Tat, Dougie. Zufällig kenne ich die Glückliche äußerst gut«, sagte sie verschmitzt. »Ich bin es nämlich.«

Später, nachdem der erste Schock abgeklungen war und alle gratuliert hatten, verabschiedete sich Rupert als Erster. Kurz nach ihm brach Dougie auf.

Alex begleitete seinen mittleren Bruder zur Tür. »Hast du keine Probleme damit, dass wir entfernt verwandt sind?«

Dougie schüttelte den Kopf. »Das hält es in der Familie, würde ich sagen, aber wenn ich ehrlich bin, dachte ich, dass du Pen gegenüber nur wie ein Bruder empfindest. Das haben wir alle gedacht. Und schließlich bist du ja auch nicht … äh, nun ja, übermäßig zärtlich.« Alex zuckte zusammen, und sein Bruder lachte leise. »Na, du bist auf jeden Fall immer für eine Überraschung gut, Lex. Aber das ist bisher die beste. Du bist dir doch sicher, oder?«

»Pen ist ein großartiges Mädchen.«

»Das klingt unglaublich romantisch«, erwiderte Dougie mit leisem Spott. »Ich weiß nicht, warum ich geschockt bin. Ich wusste immer schon, dass Pen dich anhimmelt, aber ich dachte, das wächst sich aus.«

»Das hat es auch. Aus der Schwärmerei ist Liebe geworden.«

»Ja, aber in *deiner* Stimme höre ich keine Liebe.«

»Sei einfach dankbar, dass es dir mit Fern anders geht, und urteile nicht über andere. Ich tue mein Bestes, Dougie.«

Bramson blinzelte, als Alex in den Salon zurückkehrte.

Alex hatte keine Ahnung, was er damit sagen wollte. Er hoffte nur, dass er so seine Zustimmung ausdrückte.

»Nun, ich bin froh, dass es vorbei ist«, sagte er und schenkte sich eine frische Tasse Tee ein.

»Du musst ihnen zugestehen, dass sie geschockt sind, Lex«, beruhigte Charlotte ihn. »Es ist seltsam, aber ich finde, ihr passt äußerst gut zusammen, und ich hoffe, ihr werdet sehr glücklich.« Sie ergriff Pens Hand.

»Gut gesagt, Charlie«, sagte Cecily. »Die Jungs werden sich daran gewöhnen. Rupert kann sich jetzt offiziell als der Wynter-Playboy bezeichnen, und Dougie ist einfach nur ein bisschen eifersüchtig. Du bist ein guter Fang, Pen, meine Liebe, daran gibt es keinen Zweifel. Alex ist ein Glückspilz!«

»Und … dein Kleid!«, rief Charlie aus. »Dein Kleid wird hier im Süden in aller Munde sein!«

»Leider ja«, erwiderte Pen. »Einziges Kind, einzige Tochter – es wird leider eine große Hochzeit werden, Lex. Tut mir leid, Tante Cecily. Ich weiß, dass dir kleinere Anlässe lieber sind.«

»Unsinn, Liebling. Das wird der größte Tag deines Lebens, und deine Mutter kann ihn so laut und prächtig gestalten, wie sie will.«

»Pen, ich glaube nicht, dass ich eine riesige Gesellschaftshochzeit ertragen könnte …«, meinte Alex.

»Das musst du aber vielleicht«, sagte Pen entschuldigend. »Ich habe dir Gelegenheit gegeben, mich auf dem Brighton Pier zu heiraten, aber das wolltest du ja nicht. Also beiß die Zähne zusammen und trage es wie ein Mann. Ich verspreche dir, nach der Hochzeit setze ich dich keinem unnötigen Pomp mehr aus … noch nicht einmal bei der Taufe unserer Kinder, die wir gerne in der Wynter-Kapelle abhalten können.«

»Nicht so schnell«, warnte Charlotte. »Ich will zuerst über dein Kleid reden. Weiß natürlich.«

»Ich dachte eher an Elfenbein«, sagte Pen.

»Ich habe in der Sonntagszeitung gesehen, dass House of Ainsworth gewagte neue Entwürfe für nächstes Frühjahr vorstellt«, warf Cecily ein.

»Oh, die habe ich auch gesehen. Sehr aufregend«, sagte Charlie. »Du musst unbedingt dorthin gehen.«

Pen zuckte mit den Schultern. »Das habe ich eigentlich nicht vor. Wusstet ihr, dass ich Nicola Finchams erste Brautjungfer bei ihrer Hochzeit bin?«

Alex wirkte bereits gelangweilt und warf Bramson einen flehenden Blick zu, damit er ihn rettete. »Ich weigere mich, über die Rüschen von Trauzeuginnen und Brautjungfern zu reden.«

»Rüschen? Wie kommst du denn darauf?«, neckte seine Mutter ihn.

»Äh … Mr Alex, könnte ich Sie bitte sprechen?«, sagte Bramson, der den Hinweis verstanden hatte. »Verzeihen Sie die Störung.«

»Ja, natürlich«, erwiderte Alex dankbar und trank seinen Tee aus. »Entschuldige mich, Mutter. Es dauert sicher nicht lange.«

Die Frauen merkten kaum, dass er ging.

»Erzähl mal«, sagte seine Schwester zu Pen, begierig, mehr zu erfahren.

»Du liebe Güte, Charlie«, sagte Cecily. »Ich habe ja gar nicht gewusst, dass du dich für Kleider interessierst, geschweige denn für Brautmoden. Können wir etwa bald Hochzeitsglocken von dir und Julian erwarten?«

Charlie errötete, und Pen kreischte auf. »Wirklich?«

»Du und Alex habt mir die Überraschung verdorben«, gab sie zu.

»Oh Liebling!«, sagte Cecily und zog ihre Tochter an sich. »Wie aufregend! Ich freue mich für dich.«

»Julian hat es leider ein bisschen eilig, deshalb bin ich ganz froh darüber, dass ihr zwei mir in die Quere gekommen seid. So kann ich das Tempo ein wenig herunterschrauben. Aber ich will seinen Antrag annehmen, und Vater mochte Julian doch auch, oder?«

Ihre Mutter nickte. »Sehr sogar. Und ich auch. Ich billige deine Wahl ohne jeden Vorbehalt, wenn du also bereit bist, dann kannst du deinem jungen Mann eine Antwort geben.«

»Danke. Ich wollte demnächst mit Lex darüber sprechen. Auf jeden Fall darfst du nicht denken, dass ich euch böse bin. Ich bin eher erleichtert. Wirst du mir denn bei meinem Kleid helfen?«

»Nur, wenn du meine Brautjungfer wirst. Ich will von Wynters eingerahmt sein!«

Charlie grinste. »Das würde ich schrecklich gerne.«

»Nun, Nicola war ursprünglich in einem ziemlich aufregenden neuen Salon in Chelsea, dem Valentine's. Nicht nur der Salon ist beängstigend gewagt, sondern auch die Besitzerin – Eden Valentine – ist überwältigend, und ihre Entwürfe sind atemberaubend originell. Alles, was wir in amerikanischen oder französischen Modemagazinen sehen, hat sie bereits umgesetzt, aber noch besser.«

Ihre Zuhörer wirkten beeindruckt.

»Und warum gehen sie dann für die Brautausstattung zu House of Ainsworth?«, fragte Cecily erstaunt.

»Keine Ahnung, aber ich werde auf jeden Fall bei Eden Valentine bleiben. Ich finde sie fabelhaft, und an ihrem Mannequin sähe wahrscheinlich ein Lumpensack noch spektakulär aus. Ich werde mich definitiv von ihnen einkleiden lassen.«

»Sehr gut, Pen. Dann mache ich das auch«, sagte Charlie. »Das klingt ja aufregend.«

»Da wir ja jetzt schon deine Tage mit Julian ruiniert haben, würdest du denn mit mir nach London kommen, damit wir zu ihr gehen können?«

»Ja, ihr zwei. Ab nach London mit euch. Ihr könnt in der Wohnung in Belgravia wohnen, Charlie.«

»Perfekt, Mutter. Von da aus können wir sicher zu Fuß zum Salon gehen, oder?«

»Absolut«, sagte Pen. »Wenn ich das Telefon hier benutzen darf, kann ich gleich einen Termin vereinbaren.«

Alex kam wieder ins Zimmer. »Oh, ihr redet doch nicht etwa immer noch über Satin und Spitze, oder?«

»Wir sind gerade fertig geworden«, sagte Pen. »Fährst du uns morgen nach London, Lex?«

»Ja, warum nicht? Ich muss sowieso zu meinem Schneider. Es ist höchste Zeit für die Vorbereitung einer neuen Frühlingsgarderobe.«

»Und einen grauen Morgenanzug für die Hochzeit, Liebling«, erinnerte ihn Pen.

Obwohl sie sich so nahestanden wie Schwestern, zogen Edie und Madeleine es vor, nicht in einer gemeinsamen Wohnung zu wohnen, auch wenn es Sinn ergeben hätte. Edie hatte angeboten, nach einer Wohnung mit drei Schlafzimmern Ausschau zu halten, aber Madeleine hatte darauf hingewiesen, dass ein solches Arrangement schnell für beide Seiten störend werden könnte.

»Ich bleibe abends lange auf, ich rauche, trinke Champagner, wenn ich es mir leisten kann, und ich empfange gerne Männerbesuch, wenn ich Lust dazu habe. Außerdem spiele ich auf meinem Grammofon sehr lauten Jazz, wenn der Mann und ich es uns schön machen. Ich laufe gern im Morgenmantel herum oder besser noch nackt.« Sie hatte ihre Freundin träge angelächelt. »Ich habe schon zu lange alleine gelebt, *chérie*. Ich liebe dich, ich liebe Tommy, aber ich lebe nach meinen eigenen Regeln, die nicht ideal für einen Haushalt mit Kind sind.«

Während also Madeleine in eine Mietwohnung am Thurloe Square in South Kensington gezogen war, hatte Edie sich in einer kleinen Wohnung mit zwei Schlafzimmern in der Flood Street in Chelsea eingerichtet, die sie hatte kaufen können. Sie lag so günstig zu ihrem Salon, dass sie zu Fuß zur King's Road gehen konnte. Am Ende der Straße lag das Coopers Arms, wo sie und Madeleine etwas essen konnten, wenn sie zu müde zum Kochen waren. Wenn Edie ihren Cottage-Garten in Epping vermisste, konnte sie frohe Stunden im Chelsea Physic Garden am Ende ihrer Straße verbringen, und Tommy konnte dort spielen.

Eine Dame aus der Nachbarschaft, eine pensionierte Lehrerin, war nur zu froh, dass sie sich ein wenig dazuverdienen konnte, wenn sie auf Tommy aufpasste. Sie und Tilda überschütteten Tommy förmlich mit großmütterlicher Liebe. Bei Mrs Miller war Tommy an den meisten Tagen für ein paar Stunden, nur montags nahm Eden sich frei, um zu Hause bei ihrem kleinen Jungen sein zu können. Mittwochnachmittags nahm sie Tommy mit in den Salon. Der vierzehn Monate alte Junge gedieh gut in der Obhut so vieler Frauen und würde schon bald in den Kindergarten gehen können.

Die geschäftige King's Road entlang fuhren Busse, aber Edie ging lieber zu Fuß, an den Geschäften vorbei, weil sie so ein Gefühl dafür bekam, was die Menschen auf der Straße anhatten.

Für gewöhnlich schloss Madeleine morgens auf,

da Edie selten vor Viertel nach zehn im Salon war. Sie musste ja immer zuerst Tommy zu Mrs Miller bringen. Madeleine betrat die »Garderobe«, wie sie es nannten, um sich das Kleid anzuschauen, an dem Eden gearbeitet hatte. Eden hatte den Mantel des Schweigens darüber ausgebreitet, selbst vor Madeleine. Anscheinend hatte sie Angst vor missbilligenden Blicken, weil sie dieses Mal einen noch gewagteren Weg einschlug.

Und als das französische Mannequin jetzt den baumwollenen Kleidersack öffnete, der das zarte Kleid beschützte, keuchte es vor Entzücken leise auf.

Das Kleid war exquisit. Entgegen dem Trend in Richtung immer kürzerer Rocksäume reichte es Madeleine bis an die Knöchel. Madeleine wusste, dass es auf ihre Größe und ihre Figur zugeschnitten war, und sie erkannte instinktiv, dass das die bisher genialste Kreation ihrer Freundin war.

Sie dachte an Edies Worte nach dem Fincham-Fiasko: »Ich finde, eine Braut in einem kurzen Kleid, ganz gleich wie jung sie ist, wirkt irgendwie würdelos. Mit Schleier und Schleppe wird die Länge sofort unausgewogen.«

Und hier war das Ergebnis. Madeleine strich über das Kleid aus weichem Organza und ecrufarbenem *Crêpe de Chine.* Es hatte eine tiefe Taille und war am Saum reich mit Perlen bestickt. Ärmel aus durchsichtiger Brüsseler Spitze verliehen dem Kleid etwas Provokatives, ohne vulgär zu sein. Die Haut der Braut würde durchschimmern, war aber bedeckt. »Oh Eden, du bist eine Zauberin mit der Nadel«, flüsterte Madeleine. »Keine Frau könnte diesem Kleid widerstehen.«

Das Telefon läutete, und Madeleine blickte auf ihre Armbanduhr. Es war noch nicht einmal halb zehn. Sie lief aus der Garderobe ins Büro.

»Valentine's, hier spricht Madeleine?«

»Oh, guten Morgen, Madeleine. Ich weiß nicht, ob Sie sich an mich erinnern, aber mein Name ist Penelope Aubrey-Finch. Ich war mit Miss Fincham im Salon.«

Madeleine zögerte, als sie an die abtrünnigen Finchams dachte.

»Ah ja, ich habe Ihnen das Brautkleid und die Kleider der Brautjungfern vorgeführt«, sagte sie, sorgfältig darauf bedacht, alle Bitterkeit aus ihrem Tonfall zu verbannen. »Ich hoffe, Sie wollen nicht um Miss Valentines Entwürfe bitten ... sie sind seltsamerweise verschwunden.« Sie ließ die Anschuldigung einfach so im Raum stehen.

»Ich habe den Zeitungsartikel gesehen. Wegen des Kleids habe ich mich tatsächlich gewundert und mich gefragt, ob es wirklich zu House of Ainsworth gehört. Was vorgefallen ist, tut mir sehr leid.«

Madeleine wartete ab. Plötzlich war sie neugierig geworden.

»Wissen Sie, ich heirate auch ... äh, wir haben es eilig. Ach du liebe Güte, das klingt ja schrecklich. Aber ich liebe diesen Mann schon, seit wir Kinder waren, und jetzt hat er mich endlich wahrgenommen, und ich will ihm keine Chance mehr geben, seine Meinung zu ändern!«

Madeleine lächelte. Miss Aubrey-Finch klang herzerwärmend. »Herzlichen Glückwunsch.«

»Oh, danke. Ich bin so glücklich, dass ich platzen könnte.«

Madeleine schmunzelte. »Wie kann das Valentine's Ihnen behilflich sein, Miss Aubrey-Finch?«, fragte sie, obwohl sie es sich schon denken konnte.

»Nun, ich fand Miss Valentines Kleid hinreißend. Ich fand ihren Salon und ihre Skizzen hinreißend, und die

Kleider, die wir uns angeschaut haben, waren die aufregendsten Entwürfe, die ich je gesehen habe. Ich möchte sie bitten, mein Brautkleid und die Kleider meiner Brautjungfern zu machen.«

Madeleine stockte der Atem.

»Und ich möchte auch wissen, ob Miss Valentine vielleicht bereit ist, eine neue Garderobe für mich zu schneidern. Wissen Sie, ich fand, sie ist eine Frau mit Stil. Am liebsten hätte ich ihr dieses prachtvolle Tweedkostüm vom Leib gerissen und es mir angeeignet«, sagte Pen kichernd. »Sie halten mich bestimmt für verrückt, entschuldigen Sie. Ich bin nur außer mir vor Glück. Das legt sich schon wieder.«

»Ich halte Sie keineswegs für verrückt. Eden Valentine ist meine Freundin, aber auch wenn ich voreingenommen bin, glaube ich fest, dass sie stürmisches Interesse erregen wird.«

»Oh, das glaube ich auch! Und ich möchte eine ihrer ersten Bräute sein!«

»Sie wären die allererste, Miss Aubrey-Finch.«

»Umso besser. Und ich werde ihren Namen in die richtigen Kreise einführen, wenn Sie auf meine Hilfe Wert legen.«

»Zut alors!«

Die Kundin kicherte. »Ich bin eine Zeitlang in Paris zur Schule gegangen, Madeleine«, sagte sie in akzentfreiem Französisch.

Madeleine freute sich, als sie ihre Muttersprache hörte, und plauderte angeregt mit ihrer neuen Kundin. »Danke, dass Sie Valentine's den Auftrag geben möchten, Miss Aubrey-Finch. Seitdem wir entdeckt haben, dass die Skizzen verschwunden und unter dem Namen eines anderen Modehauses veröffentlicht worden sind, war die Stimmung hier ziemlich düster. Aber Eden wird auch dieses Hindernis überwinden und von vorne anfangen. Verzeihen Sie mir, aber der Ausruf in meiner Muttersprache ist mir einfach so herausgerutscht.«

»Das verstehe ich«, sagte Pen. Dann redete sie auf Englisch weiter. »Oh Gott, sie ist wirklich eine Heilige.«

Auch Madeleine fiel wieder ins Englische. »Sie ist ungeheuer begabt, und dem Kleid nach zu urteilen, mit dem Eden jetzt ihr führendes Modell ersetzt hat, wird sie sogar noch mehr Aufsehen erregen. Sie wäre sicher entzückt, Sie für die Flitterwochen und darüber hinaus auszustatten.«

»Sie haben mich neugierig gemacht. Am liebsten möchte ich den neuen Entwurf auf der Stelle sehen!«

Madeleine lächelte. »Sind Sie in London, Miss Aubrey-Finch?«

»Ab morgen. Kann ich übermorgen in den Salon kommen?«

»Selbstverständlich. Sollen wir dann sagen, elf Uhr am Donnerstag?«

»Perfekt.«

»Begleitet Sie jemand?«

»Ja, Miss Charlotte Wynter. Sie wird meine erste Brautjungfer.«

»Exzellent. Und Ihre Mutter?«

»Nein. Ich treffe die Entscheidung über mein Kleid selbst, Madeleine. Mummy kann es bei der ersten Anprobe sehen.«

Madeleine lächelte und jubelte innerlich über die guten Nachrichten, die sie Eden überbringen konnte. »Wir freuen uns darauf, Sie am Donnerstag zu sehen – *à bientôt*.«

»Bist du ganz sicher?«, fragte Eden.

»Es ist eine Minute nach elf. Und es nieselt, Eden. Sie wird kommen, ich verspreche es.«

»Oh, ich hoffe es. Ich habe mich nach Miss Aubrey-Finch erkundigt. Oberste Gesellschaftsschicht, Mads. Die Eltern sind unermesslich reich … altes, altes Geld, offensichtlich mit Verbindungen in Frankreich.«

»Nun, ich muss sagen, am Telefon hat sie sich entzückend angehört. Ah, da kommt sie ja. Sie steigt gerade auf der anderen Straßenseite aus dem Auto.« Sie klatschte in die Hände. »Geh nach hinten, Eden. Du musst einen entsprechenden Auftritt haben.«

»Was?«

Madeleine zischte nur und scheuchte sie weg.

Edie konnte nichts sehen, aber sie musste einfach lauschen, als die Ladenglocke bimmelte und eine Frauenstimme rief: »Wiedersehen, Lex. Noch einmal danke, Liebling.« Zwei Frauen retteten sich lachend vor dem Nieselregen in den Salon. *Wo ist nur der Sommer geblieben?*, dachte Edie. Mit einem Wimpernschlag verschwunden, und jetzt war es bereits Oktober. Hoffentlich ging Mrs Miller mit Tommy in den Park …

»Miss Aubrey-Finch?«, hörte sie Madeleine sagen.

»Ja, aber bitte nennen Sie mich Penelope. Sie müssen Madeleine sein. *Enchanté.*«

»*Enchanté*«, erwiderte Madeleine. »Und … Miss Wynter, glaube ich?«

»Charlotte. Aber nennen Sie mich Charlie, das sagen alle zu mir.«

»Ich werde Sie Charlotte nennen, weil der Name ebenso schön ist wie die Frau, die ihn trägt«, sagte Madeleine, und Edie musste grinsen. »Geben Sie mir Ihre Mäntel, meine Damen. War das Ihr Verlobter, Penelope?«

»Ja. Alex hat uns gestern nach London gefahren, und da er viel zu galant ist, als dass er seine Lieblingsmädels nass werden ließe, hat er uns seinen schwarzen Regenschirm gegeben. Ich lege ihn hierhin, ja?«

»Der Mann gefällt mir.« Madeleine lächelte. »Geben Sie mir den Schirm. Ich hole Miss Valentine. Kann ich Ihnen etwas bringen?«

Eden strich ihr Oberteil glatt, als sie hörte, dass die Frauen höflich ablehnten und erklärten, dass der Mann namens Alex sie heute früh zu einem Frühstück eingeladen hatte. Sie holte tief Luft. Heute war sie äußerst gewagt gekleidet, auf eine maskuline Art, was nicht jede kichernde Braut nebst Brautjungfer verstehen würde. Die kastenförmige Jacke aus dunkelblauer Wolle bildete mit einem schmalen Rock ein schlichtes Herbstkostüm, dessen einziger Schmuck scharlachrotes Wildseidenfutter war, das nur aufblitzte, wenn sie die Jacke auszog. Am meisten Aufmerksamkeit erregte sicher das Accessoire, das sie gewählt hatte.

Madeleine kam herein und nickte ihr zu. »Bereit zum Kampf?«

»Zieh dir das neue Kleid an! Wenn schon, denn schon!«

Sie umarmten sich. Madeleine schlüpfte bereits aus ihrem Wickelrock, während Eden die Schultern straffte und mit raschen Schritten ihren Salon betrat.

»Miss Aubrey-Finch und Miss Wynter, wie schön, Sie bei Valentine's begrüßen zu können.«

Beide Frauen keuchten hörbar auf.

Das hatte Eden vorausgesehen. Sie war erleichtert. Offensichtlich hatte sie beide schon gewonnen. »Ist etwas nicht in Ordnung?«, fragte sie.

»Nein, nein, keineswegs«, sagte die Blonde mit dem strahlenden Lächeln. Sie stand auf und reichte ihr die

Hand. Das musste Penelope sein. »Ihre Krawatte … sie ist … wundervoll! Bitte, nennen Sie mich Penelope.«

»Danke. Das wird demnächst der letzte Schrei sein, und da dachte ich, ich kann ja schon einmal damit anfangen.«

»Einfach wundervoll! Die Farbe ist … gefährlich.«

Eden lächelte. »Nun, im britischen Winter – der sicher schneller kommt, als wir alle gehofft haben – kann einen nichts besser aufheitern als eine fröhliche Farbe an einer Frau, finden Sie nicht auch?«

»Ja. Oh, Sie sind eine Frau nach meinem Herzen, Miss Valentine. Das ist Charlotte, meine Brautjungfer.«

»Und ich bin Eden«, sagte Edie, wobei sie zum ersten Mal ihren vollen Namen benutzte, da Madeleine immer behauptete, er sei so kraftvoll. »Ich sehe an Ihrem Kleidungsstil, Penelope, dass ich Ihnen nur wenig erklären muss, wie Sie Ihre Schönheit betonen können. Ich denke, Sie verstehen Ihren Körper und kleiden ihn elegant.«

Die blonde Frau warf ihrer Freundin einen erfreuten Blick zu. »Danke. Das von Ihnen zu hören bedeutet mir viel.«

»Ein Brautkleid ist unbestreitbar das wichtigste, potenziell das teuerste, häufig das öffentlichste Kleid, das eine Frau jemals tragen wird. Manche Frauen brauchen mehr Anleitung, was ihnen am besten steht. Ich finde, Sie brauchen das nicht, deshalb werde ich mir einfach anhören, worin Sie sich selber sehen. Ich nehme an, die Hochzeit findet im Frühjahr statt?«

»Ende April, ja«, erwiderte Penelope. »Aber ich möchte nicht in Weiß heiraten. Elfenbein war meine erste Idee, aber ich bin mir nicht sicher, ob die Farbe so gut zu meinen Haaren passt. Ich habe mir einen wärmeren Cremeton vorgestellt. Seide und Spitze natürlich.« Sie zuckte mit den Schultern. »Das will wahrscheinlich jedes Mädchen für die Hochzeit. Was den Schnitt angeht, da höre ich mir lieber an, was Ihrer Meinung nach genügend Aufmerksamkeit erregt.«

Edie wusste schon jetzt, dass ihr luftiges, ecrufarbenes Modellkleid für Miss Aubrey-Finch perfekt sein würde. Sie rief nach Madeleine, und selbst Edies Herz blieb einen Moment lang stehen, als ihre Freundin in ihrer neuesten Kreation hereinschwebte. Der Stoff umspielte ihre Figur.

Verstohlen warf Edie einen Blick auf Penelope. Der Mund ihrer Kundin stand offen, ihre weit aufgerissenen Augen glänzten vor Ehrfurcht. Ja, in der Tat, das war das Kleid für Penelope Aubrey-Finch, und Valentine's würde damit auf die Liste der Marken für jede Debütantin kommen.

»Oh Eden, das ist ein Traum«, flüsterte Penelope.

»Ist es denn Ihr Traum?«, fragte Edie.

Penelope nickte. »Ich will nichts anderes mehr sehen. Es ist sogar schöner als das, was Sie für Nicola gemacht haben.«

Edie musste ihr zustimmen. »Es freut mich, dass Sie so denken. Ich gehe davon aus, dass jedes Brautkleid im nächsten Frühjahr und Sommer kurze Ärmel hat, weil es dieses Jahr so in der *Vogue* abgebildet war. Aber ich finde, eine Braut sollte immer ein bisschen zurückhaltend sein … es ist auf jeden Fall wesentlich verführerischer, die Haut nur ahnen zu lassen, statt sie zu zeigen.«

Die vier Frauen lachten wissend.

»Und jetzt werde ich Ihnen an Madeleine zeigen, wie wir es für Ihren großen Tag herrichten werden.«

Die nächste halbe Stunde verging mit der Wahl des richtigen Schleiers und der Schleppe. Edie schlug einen ganz blass mokkafarbenen Netzstoff für den Schleier vor. Madeleine sah als Braut unglaublich gut aus, und sie sahen beide, dass ihre Kundin hingerissen war. »Ich glaube, je schlichter, desto besser«, fuhr Edie fort. »Ihre Schönheit reicht schon aus, Penelope. *Sie* tragen dieses Kleid … lassen Sie nicht zu, dass es Sie trägt. Wir müssen dafür sorgen, dass Sie im Vordergrund stehen, und wenn wir zu viele … äh … Verzierungen haben, dann wirkt das Kleid eher unruhig als elegant. Wenn wir es jedoch schlicht halten, wird dieser Schleier förmlich um Sie ›leuchten‹.«

Penelope nickte. Sie war mit allem einverstanden, was Edie vorschlug.

»Was die Schleppe angeht, so dachte ich, könnten wir uns ein bisschen austoben. Ich habe an Seiden-Charmeuse gedacht, im gleichen Ecru-Ton, sodass es leicht bleibt, aber nicht hinterherflattert, und es schleift auch nicht auf dem Boden, wenn Sie den Mittelgang entlangschreiten. Wir könnten die Schleppe ein bisschen gewichtiger und ein bisschen üppiger machen, indem wir sie mit goldener Futterseide einfassen und mit Perlen verzieren.« Sie blickte ihre Kundinnen an. »Charlotte, Ihnen würde ein weiches Grün oder Mauve hervorragend stehen, und Frühlingsblumen für den Brautstrauß wären eine großartige Ergänzung. Die Mutter der Braut in Altrosa, die Mutter des Bräutigams in Silbergrau oder umgekehrt. Denken Sie an Frühlingsblumen und haben Sie auch keine Angst vor leuchtenden Farben wie Fuchsia oder Zinnoberrot.«

»Und Ausgehkleidung?«, sagte Charlotte aufgeregt.

»Oh, ein Kostüm natürlich … vielleicht mit passendem Mantel und Cape für das Frühjahr. Und ich würde eine kühle Farbe vorschlagen. Hellblau oder Violett, was zu Ihren Augen passen würde, Penelope.«

Die beiden jungen Frauen seufzten. »Nun, Valentine's ist engagiert, Eden. Bitte schreiben Sie einen Auftrag für alles, was wir besprochen haben, einschließlich meiner Mutter, sechs Brautjungfern, zwei Blumenmädchen und einem Pagen, wenn Sie ihn auch einkleiden können.«

Edie widerstand der Versuchung, Madeleine einen Blick zuzuwerfen oder den Freudenschrei auszustoßen, der ihr die Brust zu sprengen drohte. »Natürlich«, sagte sie professionell. »Ich werde das noch heute erledigen.«

»Alex wird mir in diesem Kleid nicht widerstehen können.«

»Warum sollte er Ihnen auch widerstehen?«, fragte Edie.

»Nun, es ist ja kein Geheimnis, dass ich schon als Kind verrückt nach meinem Verlobten war«, sagte Penelope und warf Charlotte einen Blick zu.

»Wirklich? Das ist doch reizend.«

Penelope zuckte mit den Schultern. »Ich hatte mir insgeheim vorgenommen, nie zu heiraten, wenn Lex nicht aus dem Krieg zurückkommen würde. Für mich hat es nie jemand anderen gegeben als Lex Wynter.«

»Nun, er ist ja nach Hause gekommen, und er hat Sie gefragt, also liebt er Sie ja offensichtlich auch«, erwiderte Edie, aber sie sah Zweifel in Penelopes Augen.

»Charlotte heiratet wahrscheinlich in den nächsten zwölf Monaten ebenfalls, nicht wahr, Liebes?«, wechselte Penelope hastig das Thema. Zumindest kam es Edie so vor. »Ich glaube, Sie können mit einer weiteren Hochzeitsgesellschaft der Wynters rechnen.«

»Absolut!«, sagte Charlie. »Ich warte, bis sich die Aufregung um den großen Tag von Pen und Alex ein bisschen gelegt hat, und dann heiraten wir wahrscheinlich im Spätsommer oder im Frühherbst.«

Edie drückte Charlottes Hand. »Das sind ja schöne

Nachrichten. Und natürlich werde ich Ihnen sehr gerne ein Brautkleid entwerfen, das Ihren Vater stolz macht, wenn er sie in die Kirche führt.«

»Äh, mein Vater ist verstorben«, sagte Charlotte.

»Oh, verzeihen Sie mir«, erwiderte Edie bestürzt. Sie konnte gut verstehen, wie sich die junge Frau fühlen musste. »Mein Vater ist kurz nach meiner Hochzeit gestorben. Es tut mir leid«, sagte sie und legte ihre kühle Hand auf Charlies Arm.

»Das konnten Sie ja nicht wissen«, sagte Penelope. »Es war sehr schmerzlich, als wir damals Onkel Thomas verloren haben, aber genau zu diesem Zeitpunkt ist auch Alex wieder in unser Leben gekommen.«

Edie nickte verlegen. Sie wusste nicht so recht, was sie sagen sollte.

»Oh, haben Sie Eden gegenüber die Garderobe für Europa erwähnt?«, fragte Penelope Madeleine.

Edie nickte. »Ja, das hat sie, aber nur vage. Ich habe eine Reihe von Skizzen und Stoffmustern, die Sie sich bei Ihrer ersten Anprobe anschauen können. Ich werde an einer Frühlingsgarderobe für Europa arbeiten. Wohin wollen Sie reisen?«

»Lex fährt mit mir nach Paris, und dann wollen wir mit dem Zug durch Europa nach Istanbul fahren.«

Edie keuchte auf. »Das war immer mein Traum, Penelope! Mein Mann und ich haben darüber geredet, diese Reise zu machen.« Sie dachte an ihr gemeinsames Bad am Sonntagmorgen, als die Kirchenglocken läuteten.

»Nun, wenn ich mein erstes Glas Champagner im Orient-Express trinke, werde ich an Sie denken.«

»Könnten Sie auch noch einmal Ihr Glas in Venedig auf mich erheben? Tom und ich wollten mit der Eisenbahn von Paris nach Venedig fahren.«

»Tom?«, warf Charlotte ein. »Mein Vater hieß Thomas. Großmutter hat ihn manchmal Tom genannt.«

Penelope stand auf und gab Edie einen Kuss auf die Wange. »Ich verspreche es. In Venedig trinke ich auf Sie. Und wenn ich an Tom und Sie denke, werde ich Alex küssen.«

23

Edie ging nach hinten in den Salon, während Madeleine ihre neuen Kundinnen zur Tür brachte. Penelope winkte zu einem eleganten Auto auf der anderen Straßenseite. Edie kniff die Augen zusammen, um den Mann am Steuer zu sehen, der das Herz ihrer Kundin seit der Kindheit so gefesselt hatte, aber sein Gesicht lag im Schatten, und dann rumpelten zwei Busse vorbei und versperrten ihr die Sicht.

Als sie schließlich weg waren, stand Madeleine vor ihr. »Jetzt machen wir den Champagner auf, *non*?«

Edie seufzte und umarmte die Freundin. »Danke! Du warst großartig!«

»Miss Aubrey-Finch wollte den Auftrag von vorneherein an Valentine's geben.«

»Ja, das ist wahr. Was für eine reizende Person sie doch ist. Und so verliebt.«

»Ich finde es ja immer ein bisschen beängstigend, jemanden so sehr zu lieben. Hast du nicht diesen Ausdruck von Gefahr in ihrer Miene gesehen?«

»Doch, das habe ich.«

»Nun, es geht uns ja nichts an, aber ich hoffe, Mr Wynter liebt sie genauso sehr wie sie ihn.«

Edie dachte an den Zweifel in Penelopes Augen und war traurig für sie … irgendwie fühlte sie sich ihr verwandt. Sie hatte sich insgeheim immer Sorgen gemacht, dass ihre Liebe zu Tom so überwältigend war, dass sie ihn eines Tages verlieren würde. Und genau das war passiert.

Ihre Gedanken wanderten zu dem Mann, der Penelope aus dem Auto zugewinkt hatte. Vielleicht wusste er gar nicht, wie verzweifelt sich seine Verlobte danach sehnte, ihn zu lieben und wiedergeliebt zu werden … aber vielleicht wusste er es auch. Sie hatte gar nicht gemerkt, dass sie so tief in Gedanken versunken war.

»Wo warst du gerade?«, fragte Madeleine.

»Entschuldigung. Ich habe nur gerade über den Zufall nachgedacht, dass Penelopes Schwiegervater Thomas hieß.«

»Der Name kommt in England häufig vor, habe ich festgestellt. Wie Henri oder Pierre in Frankreich. Außerdem glaube ich nicht an Zufälle.«

»Nein?«

»Ich glaube an das Schicksal und an das Geheimnis des Lebens. Zufall ist bedeutungslos. Er dient lediglich als zynische Erklärung, wenn das Schicksal dich zu etwas drängt.«

Edie kicherte. »Nun, jetzt drängt das Schicksal uns definitiv zu unserer offiziellen Eröffnung. Und mit Zufällen können wir jetzt umgehen, Mads. Zwei hochrangige Kundinnen und jede Menge Arbeit, die vor uns liegt. Ach übrigens, du kannst diese Monique einstellen. Sie kann nach Weihnachten anfangen.«

»Hervorragend.«

»Wir brauchen sie als deine Assistentin hinten, da du von jetzt an für jede Kundin einige Änderungen vornehmen wirst, und ich glaube, wir sollten auch noch eine Vollzeitkraft einstellen, die mich bei den Terminen und bei der Bestellung von Stoffen unterstützt. Ich stelle ein Schild ins Schaufenster.«

Die Tür ging auf, und beide Frauen lächelten, als Ben Levi eintrat.

»Was machst du denn hier?«, fragte Edie.

»Ich hatte einen Termin in Mayfair. Ich bin nur vorbeigekommen, um dich zu fragen, ob du Zeit für einen Kaffee hast … äh, ob du über unser Gespräch beim Abendessen nachgedacht hast.«

Edie vermied es, Madeleine anzusehen, die Ben vermutlich verzückt musterte.

»Äh, nun …«

»Heute haben wir keine Termine mehr, Eden«, sagte Madeleine trocken.

»Komm doch – nur auf einen Kaffee«, drängte Ben.

»Warum nicht?« Edie, die sich bedrängt fühlte, gab nach. »Ich kann aber nicht lange bleiben. Wir haben viel zu tun. Wir haben gerade einen großen Braut-Auftrag angenommen, und ein weiterer Auftrag kommt danach.«

»Exzellent«, sagte er, allerdings ohne allzu viel Enthusiasmus. »Hol deinen Mantel.«

Als sie draußen waren, blickte sie ihn stirnrunzelnd an. »Du scheinst dich nicht besonders für mich zu freuen.«

»Nicht? Verzeih mir. Mir geht so vieles im Kopf herum, wegen der Arbeit.«

»Nun, wenn du so viel zu tun hast, warum willst du mich dann unbedingt am Vormittag ausführen, wo wir beide eigentlich arbeiten müssten?«

»Weil ich dich sehen wollte. Ich will dich am liebsten jeden Tag sehen, Edie.«

Verlegen entschuldigte sie sich. »Tut mir leid, Ben. Aber es ist so ein großes Ereignis für mich, vor allem nach dem, was mit den Skizzen passiert ist.«

»Ja, und es war unsensibel von mir, nicht mehr Freude zu zeigen. Ich bin sehr froh für dich. Wer ist die Kundin?«

Sie warf ihm einen gespielt entsetzten Blick zu. »Schäm dich. Ich frage dich ja auch nicht nach deinen Mandanten, Benjamin Levi. Brautkleider-Entwürfe und die Kundinnen dazu gehören zu den bestgehüteten Geheimnissen in der Gesellschaft.« Sie grinste, aber sofort wurde ihr Gesicht wieder ernst. »Was den Diebstahl meiner Entwürfe umso schlimmer macht.«

»Ach, übertreib nicht, Edie. Du hast sie wahrscheinlich nur verlegt, und sie sind in die falschen Hände gefallen.«

»Ich habe sie nicht verlegt. Sie waren alle zusammen in der Mappe an jenem Tag – an dem Tag, an dem du mich zum Essen ausgeführt hast.«

»Ich weiß, ich weiß. Darüber haben wir schon oft genug geredet«, sagte er.

»Wie würdest du dich denn fühlen, wenn du einen wichtigen Fall an einen anderen Anwalt verlieren würdest?«

»Das wäre mir schrecklich unangenehm.«

»Das ist noch sehr gelinde ausgedrückt.«

»Es ist nicht dasselbe, Edie.«

»Oh Ben, lass es. Du machst mich schon wieder wütend. Du unterstützt mich nicht bei meinem Geschäft und verhältst dich ganz anders, als du versprochen hast.«

»Oh bitte, lass uns jetzt nicht streiten. Was geschehen ist, ist geschehen. Ich … ich wollte mit dir über unsere Zukunft reden.«

Edie ignorierte ihn und blickte über die Straße. »Ich gehe jetzt noch einmal in das Restaurant und spreche mit dem Garderobenmädchen. Es kann nur sie gewesen sein. Wenn es sein muss, rede ich mit dem Geschäftsführer.«

Ben packte sie am Arm und hielt sie so fest, dass sie den Griff durch ihren Mantel spürte.

»Du machst dich komplett zum Narren, Edie.«

Sie warf ihm einen bösen Blick zu und riss sich los.

»Was geschehen ist, ist geschehen. Du kannst die Zeit nicht zurückdrehen, selbst wenn du den Diebstahl beweisen könntest, was du nicht kannst.« Er seufzte. »Edie, Liebling. Als dein Rechtsbeistand fühle ich mich verpflichtet, dir zu sagen, dass ihr Wort gegen deines stehen wird, und du hast absolut keinen Beweis …«

»Was? Sie war die Einzige, die Zugang dazu hatte.«

»Aber es waren doch mehrere Garderobenmädchen, und andere vom Personal hatten auch Zugang zur Garderobe. Sarah ist vielleicht in die Pause gegangen. Jeder könnte einen Blick in deine Mappe geworfen und ein paar Blätter herausgenommen haben … festgestellt haben, dass es mehr als nur einfach Skizzen sind und …«

»Und was? Genau gewusst haben, wem er sie verkaufen soll? Meinem direkten Konkurrenten?«

»Nun, woher sollte Sarah das denn wissen?«

»Ich weiß es nicht, Ben.«

»Nun, bis du es weißt, solltest du deine Anschuldigungen lieber für dich behalten.«

Edie schüttelte den Kopf. Sie sah die Warnung in seinem Blick. »Wer auch immer das getan hat, hat mich zurückgeworfen. Er hat mich beinahe zu Fall gebracht, Ben, aber ich kämpfe weiter.«

»Schön für dich«, murmelte er, aber sie hörte den Mangel an Aufrichtigkeit.

Ihr Zorn war verraucht, und Edie fröstelte. »Warum freust du dich nicht für mich?«

»Das tue ich doch. Aber ich würde mich noch mehr freuen, wenn du meinen Antrag annehmen würdest, Edie.«

Sie starrte ihn an, und in diesem Moment verließ sie auf einmal jede Kraft. Sie konnte nicht auch noch gegen ihren glühendsten Unterstützer kämpfen. »In Ordnung,

Ben«, sagte sie. »Bereite die Dokumente vor, die mich zu einer freien Frau machen, und ich werde deinen Antrag ernsthaft in Betracht ziehen.«

Sie lächelte schwach, als er erfreut reagierte, und verbarg ihre Vorbehalte und einen schrecklichen, ganz neuen Gedanken, der ihr auf einmal in den Sinn gekommen war.

»Ich werde dich so glücklich machen«, versprach er.

Sie nickte. »Verzeih mir, aber mir ist auf einmal sehr kalt, und ich habe Kopfschmerzen. Ich möchte lieber doch keinen Kaffee trinken. Wahrscheinlich gehe ich früh nach Hause und verbringe den Nachmittag mit Tommy.«

»Ich bringe dich nach Hause …«

»Nein, nicht nötig. Ich muss erst noch einiges erledigen, bevor ich gehe. Mach du weiter.«

Er runzelte die Stirn. »Edie, versprich mir, dass du nicht mit Sarah sprichst. Die Konsequenzen könnten peinlich sein.«

Ja, aber für wen?, fragte sie sich. Sie bemühte sich, sich nichts anmerken zu lassen. »Ich verspreche es.«

Später im Salon erzählte sie Madeleine, dass sie in die Vorbereitungen für die rechtliche Auflösung ihrer Ehe eingewilligt hatte.

»Das freut mich für dich«, erwiderte Madeleine. »Zumindest glaube ich das.«

»Wirklich? Ich fühle mich nur leer. Tom ist da draußen irgendwo. Ich weiß es. Er weiß nur nicht, wie er mich finden soll.«

»Ben glaubt, dass du ihn lieben könntest.«

Edie stöhnte. »Liebe ich ihn, wie ich Tom geliebt habe? Nein, niemals. Noch nicht einmal annähernd.«

»Führe ihn nicht an der Nase herum. Das hat er nicht verdient. Er ist ein guter Mann.«

»Tatsächlich?« Endlich sprach Edie den Gedanken aus, der seit dem Gespräch mit Ben an ihr genagt hatte.

»Wieso? Ist er es nicht?«

Nervös fuhr sich Edie mit der Hand durch die Haare. »Ich muss dir etwas erzählen. Ich habe keinen Beweis, deshalb ist es nur Spekulation.«

Madeleines Miene verfinsterte sich.

»An jenem Abend, als ich die Skizzen verlor, hat Ben das Mädchen, das mich an der Garderobe bedient hat, kaum angeschaut. Er hat sie von oben herab behandelt. Seit er in seiner Anwaltskanzlei Partner geworden ist, behandelt er jeden so, der ihn bedient. Und seit er Mitglied im Swithin's Club in der City geworden ist, lässt er auch viele seiner alten Freunde links liegen, so erfüllt ist er von seiner eigenen Bedeutung. Ich glaube, für Ben ist es sehr wichtig, mit jedem Zoll den erfolgreichen Anwalt aus der Stadt zu verkörpern.« Sie zuckte mit den Schultern. »Er zieht jetzt endlich in sein eigenes Haus … in Chelsea. Und jetzt braucht er eine Frau und Kinder. Er ist bereit, seinen Stolz herunterzuschlucken und es noch einmal mit mir zu versuchen, aber er kämpft mit der Tatsache, dass ich ein Geschäft führe.«

»Und was hat das alles mit den fehlenden Skizzen zu tun?«

»Nun, wegen seiner Einstellung hat er dem Garderobenmädchen, das meine Mappe entgegengenommen hat, kaum Beachtung geschenkt.«

»Und?«

»Bei unserem Streit heute hat er sie beim Namen genannt; er nannte sie Sarah. Ich weiß zufällig, dass das tatsächlich ihr Name ist, weil sie ihn mir gesagt hat, aber Ben war nicht dabei.«

Madeleine starrte sie an.

Edie trat auf die Schneiderpuppe zu, die Madeleine aufgestellt hatte. Sie griff nach einem Ballen *Crêpe de Chine* und rollte ihn auf dem Arbeitstisch aus. Sie begann, den Stoff auf der Puppe zu drapieren, und verlor sich einen Moment lang in dem vertrauten, sicheren Ritual, das Gewicht, den Fall und den Glanz des Stoffes zu betrachten.

»Ben hat an jenem Abend meine Mappe an der Garderobe abgeholt«, sagte sie. »Aber ich habe heute gesehen, wie nervös er geworden ist, weil ich Sarah oder den Geschäftsführer darauf ansprechen wollte.«

»Und jetzt glaubst du, dass Ben, der Mann, der behauptet, dich zu lieben, deine Entwürfe gestohlen und sie deinem Konkurrenten gegeben hat?«

»Ich sage nur, ich glaube, dass er die Gelegenheit dazu hatte.«

»Und sein Motiv?«

»Meinen Traum zu zerstören.« Sie zuckte zusammen, als sie sich mit einer Nadel stach. Ein Blutstropfen bildete sich auf ihrem Finger. »Verdammt!« Sie trat einen Schritt zurück. »Er wollte nie, dass ich den Salon eröffne.«

»Eden …«

»Nein, lass mich ausreden. Ich glaube, er ist dazu fähig, Mads, weil ich ihn verletzt habe. Ich habe ihn zutiefst verletzt, indem ich mich für Tom entschieden habe. Er wusste, welchen Schaden der Diebstahl anrichten würde. Er hatte die Gelegenheit dazu, er wusste, wem er meine Entwürfe zeigen musste, um den größtmöglichen Effekt zu erzielen … und dabei konnte er die ganze Zeit über den Helden spielen und mir helfen.« Edie saugte an ihrem Finger. Sie nahm das Nadelkissen vom Handgelenk.

»Eden, hör auf! Das ergibt keinen Sinn!«

»Doch, für mich ergibt es plötzlich sehr viel Sinn.« Sie

drehte sich zu Madeleine um. »Ben will nicht, dass ich nach Paris oder nach New York fahre … er will nicht, dass ich neue Rohseide aus China oder gefärbte Seidenstoffe aus Italien einkaufe. Er will nicht, dass ich nach Belgien fahre, um Spitze einzukaufen. Er will, dass ich wie ein gefangener Vogel in seinem Haus in Chelsea lebe, Kaffee mit Freundinnen trinke, die er mir aussuchen wird, ein Kleinkind auf dem Schoß und ein weiteres Kind unterwegs. Er hat immer schon gewitzelt, er wolle eine ganze Armee von Kindern. Er will, dass ich das Ideal der ›jüdischen Frau‹ verkörpere, das er im Kopf hat. Ich habe mich ein einziges Mal gegen meinen Vater aufgelehnt, und das war, als ich Tom mit nach Hause gebracht habe. Und danach war unser Leben nicht mehr dasselbe.« Mit leisem Schmerz dachte sie an ihren ersten leidenschaftlichen Kuss in der Gasse. Ihre Augen wurden weit und ihr Gesichtsausdruck gequält. »Ich muss ihn finden.«

»Eden … wir …«

»Nein, hör mir zu«, sagte sie und ergriff Madeleines Hände. »Wenn ich dir an diesem Tag all meine verrückten Gedanken offenbaren soll, dann lass sie mich auch alle aussprechen.«

»Alle? Was denkst du denn sonst noch?«

»Ich habe nur so ein paar quälende Gedanken, die ich nicht aus dem Kopf bekomme.«

»Erzähl es mir.«

»Erinnerst du dich an Percival Fitch in der Savile Row?«

»Ja.«

»Er erzählte uns von einem Mann, der einen Unfall hatte … er wurde von einem Taxi überfahren.«

»Ja, ich erinnere mich an die Geschichte. Er war ganz benommen, sein Anzug war zerrissen, und sie hatten noch einen Anzug aus Vorkriegstagen, der ihm wie angegossen passte«, sagte Madeleine. »Ich passe auf, Eden, das weißt du.«

Edie leckte sich über die Lippen. »Er war ein heimgekehrter Offizier – vor dem Krieg war er einer von Mr Fitchs Stammkunden, und sie hatten ihn jahrelang nicht gesehen.«

»Ja, natürlich, er war im Krieg.«

»Mads, das ist zwei Jahre nach Kriegsende passiert.«

»Oh, du armes Kind! Du denkst, der Mann könnte Tom gewesen sein.«

»Es *ist* Tom, und zwar aus verschiedenen Gründen. Der Zeitpunkt klingt richtig. Die Tatsache, dass er ein heimgekehrter Offizier war, der so lange weg war und dann auf einmal ohne Termin einfach auftauchte. Tom war in Green Park – einen Katzensprung von der Savile Row entfernt. Vielleicht war er dorthin geirrt, wurde überfahren, wie Mr Fitch uns erzählt hat, und erlangte mit dem Bewusstsein auch das Wissen um seine Vergangenheit wieder. Er wusste wieder, wer er war.«

»Aber er hatte vergessen, dass er Tom war?« Edie nickte. »Eden, das ist ja noch verrückter, als zu glauben, dass Ben deinen Salon ruinieren will.«

»Nicht ruinieren. Schlicht und einfach versenken«, erwiderte Edie gereizt.

Madeleine schaute sie vorwurfsvoll an.

»Mads«, flehte Edie, »der Mann, von dem Fitch redete, trug einen dunkelblauen Anzug.«

»Und du wirst mir jetzt sagen, dass auch Tom an jenem Tag einen dunkelblauen Anzug trug, oder?«

Edie nickte. In ihren Augen schimmerten Tränen.

»Eden«, begann Madeleine und hob einen sorgfältig manikürten Zeigefinger. »Das sind gefährliche Gedanken.«

»Abba und ich fanden immer, dass Tom so eine kultivierte Aussprache hatte, aber ich wollte es einfach nicht akzeptieren«, schluchzte Edie. »Deshalb habe ich ihn wahrscheinlich auch aus London weg in unser stilles, einsames Cottage in Epping gebracht, wo niemand auf ihn aufmerksam werden konnte. Die Leute da sahen nur ein nettes, junges, gebildetes Paar. Ich habe allen erzählt, Tom sei im Krieg verletzt worden, und habe den Rest ihrer Fantasie überlassen. Oh Mads, verstehst du nicht? Tom könnte der Mann aus der Savile Row sein, und jetzt ist er in sein früheres Leben zurückgekehrt, wo immer das auch ist. Ich bin durch den Riss in seinem Leben gefallen … ich, sein Kind, unser Leben … alles verschwunden.«

Madeleine packte Edie an den Schultern. »Das ergibt in deinem Kopf nur einen Sinn, Edie, weil du möchtest, dass es die Wahrheit ist.«

»Aber es ist plausibel.«

»Genauso plausibel wie der Gedanke, dass Ben dich vernichten und trotzdem heiraten will.«

Edie spürte, wie die Tränen ihr die Luft abschnürten. Die Dunkelheit stieg wieder auf. Sie hatte sie in Schach gehalten, obwohl es in ihr gewispert hatte, seit Percival Fitch ihr von den kleinen Zufällen berichtet hatte, die ein Ganzes ergaben.

»Wenn Sarah Bens Vorgehen bestätigt, glaubst du mir dann?«

»Ja.«

Edie putzte sich die Nase. Ihr Taschentuch war genauso rot wie ihre Krawatte, und sie dachte an das Herz, das sie aus Toms Taschentuch herausgeschnitten hatte, um es ihm zum Abschied mitzugeben. Sie hatte den kleinen Stofffetzen immer noch zu Hause und machte sich im Geiste eine Notiz, ihn von jetzt an einzustecken und bei sich zu tragen.

»Ich kann sie nicht darauf ansprechen, Mads. Ich habe es Ben versprochen.«

»Oh, auf einmal machst du dir Gedanken über Bens Gefühle?«

»Nein, ich will lediglich mein Versprechen halten.«

»Gut«, sagte Madeleine. Sie ergriff ihr Cape, das am Garderobenständer hing. »Dann werde ich zu Sarah gehen und sie darauf ansprechen. Lass uns diese Spekulationen endlich beenden.«

»Was ist mit Tom?«

»Alles zu seiner Zeit, Eden. Ich kann nur ein Drama auf einmal bewältigen.«

Sie marschierte aus dem Salon, und Edie blieb zurück. Sie starrte auf das rote Taschentuch. Sie hatte so viel zu tun, aber ihre Gedanken drehten sich nur darum, dass Tom möglicherweise in ihrer Nähe war. Sie griff zum Telefon und bat die Vermittlung, sie mit Anderson & Sheppard zu verbinden. Es dauerte einige Minuten, bis eine Stimme antwortete.

»Oh, guten Tag, hier spricht Miss Eden Valentine von Valentine's Brautsalon am Sloane Square.«

»Hallo, Edie. Jonathan Elton am Apparat.«

»Ah, Jonathan, danke. Ist Mr Fitch vielleicht zu sprechen?«

»Mr Fitch, nein, leider nicht. Er hat seinen Jahresurlaub genommen. Ich glaube, er ist für drei Wochen in den Lake District gefahren.«

»Oh, ich verstehe«, sagte Edie enttäuscht.

»Kann ich etwas für Sie tun?«

»Äh, ja, vielleicht. Ich weiß nicht, ob Sie sich erinnern, aber Mr Fitch hat uns von dem Gentleman erzählt, der vor einer Weile in der Savile Row überfahren worden ist … einer Ihrer Kunden.«

Er zögerte. »Ja, ich erinnere mich.«

Sie wusste, dass es falsch war zu fragen. »Könnten Sie mir bitte seinen Namen sagen?« Sie konnte sich förmlich vorstellen, wie Jonathan sein freundliches, jungenhaftes Gesicht besorgt verzog. »Ach nein, Jonathan, lassen Sie es«, sagte sie hastig. Sie war indiskret, dem Mann und auch Mr Fitch gegenüber. Sie kannte den Kodex der Savile Row besser als die meisten. »Ich weiß, dass wir bei unserer Arbeit nicht so indiskret sein dürfen, aber vielleicht kann ich die Frage anders stellen. War der Name des Kunden vielleicht Tom?« Sie stocherte im Nebel. Wenn sie tatsächlich glaubte, dass der Mann Tom gewesen war, dann würde er wohl kaum diesen Namen erwähnt und dann gleich wieder vergessen haben. Es war lächerlich, so etwas zu fragen, aber jetzt war es zu spät. »Es tut mir leid, dass ich so verzweifelt klinge, Jonathan, aber ich bekomme einfach den Gedanken nicht aus dem Kopf, dass ich diesen Gentleman kenne, nur kannte ich ihn als Tom, und er lebte in Epping.«

Jonathan klang erleichtert, als er sagte: »Ich kann Ihnen versichern, dass dieser Name nie erwähnt wurde, und ich war die ganze Zeit dabei, als es passierte, Miss Edie. Ganz bestimmt nicht Tom. Und Epping wurde auch nicht erwähnt.«

Sie nickte, und das Herz tat ihr weh, als schon wieder eine Hoffnung zerstört wurde. »In Ordnung, Entschuldigung wegen der Störung. Danke, Jonathan, und bitte richten Sie Mr Fitch meine besten Grüße aus.«

»Das mache ich. Auf Wiedersehen, Edie.«

»Auf Wiedersehen, Jonathan«, sagte sie leise. Sie legte den Hörer auf und kam sich auf einmal ziemlich lächerlich vor. Was hätte sie überhaupt zu Fitch sagen wollen? *Ich glaube, einer Ihrer Kunden ist mein verschwundener Ehe-*

mann? Nein, es tut mir leid, seinen Namen kenne ich nicht. Ich kenne ihn nur als Tom. Sie zuckte zusammen. Sie wusste, dass sie sich irrational benahm, und jetzt hatte sie Madeleine auch noch in ihre wirren Gedankengänge hineingezogen.

Die Türglocke bimmelte, und als sie sich umdrehte, stand Madeleine mit Sarah in der Tür.

Sarah war ganz rot im Gesicht, und Madeleine wirkte ungewöhnlich nervös. »Sarah möchte dir etwas erzählen«, sagte sie. Sie bedeutete dem Garderobenmädchen einzutreten. »Komm, Sarah. Erzähl Eden, was du mir erzählt hast.«

24

Alex saß an seinem Schreibtisch auf Larksfell und starrte auf sein rotes Taschentuch.

»Es gehört zur Vergangenheit, Lex. Du musst es loslassen. Gib es mir jetzt – ich werde es verbrennen«, hatte seine Mutter gesagt.

Alex war aufgesprungen. »Nein. Du wirst es nicht verbrennen. Ich räume es weg, versprochen.«

»Ich hasse dieses Taschentuch. Wenn ich es irgendwo sehe, lasse ich es verschwinden. Dieser rote Fetzen hält dich zurück.«

Er hatte gezwungen gelacht, um zu beweisen, dass er keineswegs emotional abhängig davon war. »Ich habe doch gesagt, ich lege es weg.«

Und das hatte er auch. Er hatte das Taschentuch ganz hinten in seine Schreibtischschublade gesteckt. Aber jetzt hielt er es schon wieder in der Hand.

Er war gerade dabei gewesen, einen Scheck für die Flitterwochen zu unterschreiben, hatte jedoch innegehalten, als er das Taschentuch sah. Es in der Hand zu halten weckte alle Gedanken an eine Geliebte, eine Freundin … vielleicht sogar eine Ehefrau aufs Neue, obwohl er sich so sorgsam davon ferngehalten hatte. Er hatte seine ganze Willenskraft aufbringen müssen, um diese mysteriöse, unsichtbare Frau zu verbannen und sich auf seine Verlobte und ihre bevorstehende Hochzeit zu konzentrieren. Er hatte einen Pakt mit sich geschlossen, das zu tun: Er war es Pen, seiner Familie, sich selber schuldig.

Und seiner Vorstellung nach hatte er diesen Kampf gewonnen, aber ein einziger Blick auf das Taschentuch, und alle Dämonen waren wieder da. Und erneut kreiste die quälende Frage in seinem Kopf: *Wer bist du?*

»Es geht alles so schnell«, murmelte er.

»Was ist los, Liebling?«, fragte seine Mutter.

Er verbarg das Taschentuch in seinem Schoß. Cecily Wynter hatte einen Hang dazu, sich anzuschleichen, machte das aber auf so eine lebhafte Art, dass man ihr Verhalten nicht als verstohlen bezeichnen konnte. Jetzt stand sie mit einem Teller voller Essen vor ihm. »Alex, wenn du mich schon zum Abendessen zu Hause versetzt, dann versprich mir jetzt wenigstens, dass du etwas isst«, sagte sie liebevoll. »Oh, du hast es schön warm hier drin«, fügte sie hinzu und trat zum Kamin, nachdem sie den Teller vor ihn hingestellt hatte. »Iss, Alex, sonst hast du nicht genug Kraft, um mir mein erstes Enkelkind zu schenken.«

»Sei nicht vulgär, Mutter, das steht dir nicht«, sagte er trocken. Cecily kicherte.

»Ist alles in Ordnung?«

Er griff nach einem Sandwich und gab einen dankbaren Stöhnlaut von sich, als er auf warmes gebratenes Hühnchen biss.

»Ist das Dearies selbstgemachtes Chutney?«

»Ja, aus unseren Äpfeln.«

Er nickte und aß hungrig.

»Siehst du, du hattest Hunger.«

Als sie sich abwandte, steckte er das Taschentuch in die Tasche und trat zu seiner Mutter an den Kamin. Den Teller nahm er mit. »Ich habe die Zeit vergessen. Ich hasse den Gedanken, dass ich das alles hier vier Wochen sich selbst überlassen muss.«

»Unsinn, Lex. Deine Hochzeit ist noch einige Monate entfernt, und ich kann nicht begreifen, wieso du dir jetzt schon wegen der Arbeit Gedanken machst. Du sollst die wundervolle Pen zur Frau nehmen und sie sehr, sehr glücklich machen. Und ihr sollt mir ein Enkelkind schenken.«

Er bedachte seine Mutter mit einem leise verzweifelten Blick.

»Und warum geht es zu schnell für dich?«, fragte sie.

»Pen hat es so eilig zu heiraten, dass ich kaum zum Luftholen komme bei all den Arrangements. Welches Society-Mädchen plant denn schon eine Hochzeit in weniger als einem Jahr? Pen drängt das alles auf wenige Monate zusammen. Der erste April wird schneller kommen, als du denkst.«

»Sie ist doch nicht schwanger, Liebling, oder?«

Er warf ihr einen warnenden Blick zu.

»Na ja, am ersten April schickt man die Leute in den April, oder?« Sie zuckte die Schultern. »Hast du Bedenken?«

»Keine Bedenken, ich mache mir nur Gedanken. Warum muss alles so schnell gehen?«

»Na ja, sie denkt wahrscheinlich, dass sie lange genug auf dich gewartet hat!«

Resigniert seufzte er. »Es gibt wahrscheinlich Schlimmeres.«

»Oh Lex. Das ist der Rest deines Lebens, Liebling!« Cecily warf ihrem Sohn einen gequälten Blick zu.

Alex schluckte. Das Sandwich schmeckte auf einmal nach nichts mehr. Er schaute in die Flammen, und einen Moment lang durchzuckte ihn die Erinnerung an ein Kaminfeuer in einem Wohnzimmer … ein eleganter Raum, aber nicht besonders groß oder schick. Er sah einen alten Mann vor sich … aber dann flatterte die Erinnerung wieder weg wie ein Schmetterling.

»Alex? Was ist los?«

Er konnte die Orangenblüten im Parfüm seiner Mutter riechen. Er hatte die schlichte ovale Flasche mit ihrem nach Zitrusfrüchten duftenden Cologne selbst gesehen, warum sah er auf einmal eine andere Flasche vor sich und roch einen blumigen Duft?

»Ich … ich rieche einen Duft. Irgendwie nach Veilchen.«

Seine Mutter zuckte mit den Schultern. »Es gibt ein Parfüm, das ›April Violets‹ heißt, glaube ich. Von Yardley oder so. Ich habe es auch einmal ausprobiert, aber ich bekomme Kopfschmerzen davon.«

»Yardley«, murmelte er. Er drehte und wendete das Wort in seinem Kopf, weil es so vertraut klang.

»Sie sind auf der Bond Street, Liebling«, sagte Cecily.

»Es tut mir leid. Ich scheine mich immer häufiger an etwas zu erinnern.«

Sie blinzelte. »Das musste ja wahrscheinlich so kommen. Hoffentlich bringt es dir Erleichterung.« Daran schien Cecily allerdings trotz ihrer positiven Äußerung Zweifel zu haben.

»Ja, aber es sind Leute in meinen Erinnerungen, Mutter. Anscheinend Leute, die meine fehlenden Erinnerungen ergänzen können.«

»Du wirkst so besorgt.«

»Ja, das bin ich auch. Was ist denn, wenn ich … nun ja, mit jemandem zusammen war?«

»Mit der Person mit dem Yardley-Parfüm, meinst du?« Sie warf ihm einen vorwurfsvollen Blick zu. »Du hast es versprochen.«

»Jemand hat auf dieses Taschentuch Sorgfalt verwandt. Was es bedeutet, liegt auf der Hand. Es tut mir leid, Mutter, aber ich kann es nicht einfach missachten«, sagte er. Ihre zweifelnde Miene sagte ihm, dass jemand, der »April Violets« benutzte und Herzen in Taschentücher schnitt, nicht das richtige »gesellschaftliche« Material für einen Wynter war.

»Na gut, lass uns einen Moment lang diesem Gedanken nachgehen. Aber danach werde ich nie mehr mit dir darüber sprechen. Ich möchte, dass dieses Thema ein für alle Mal beendet ist.« Sie holte hörbar Luft. »Was kannst du denn tun, selbst wenn du mehr wissen möchtest?«

Alex empfand Bewunderung für seine Mutter. Sie war immer fair, das musste man ihr lassen.

»Ich habe viel darüber nachgedacht und bin zu dem Schluss gekommen, dass es nur einen einzigen Ort gibt, an den ich gehen kann. Ich muss dorthin zurückkehren, wo man mich gefunden hat. Es ist der einzige Ansatzpunkt, den ich habe.«

»Du meinst, Dr. Cavendish?«

»Ich meine Fitch und seine Leute in der Savile Row.«

Seine Mutter schüttelte den Kopf. »Das ist doch eine Nadel im Heuhaufen, Lex. Und es wirbelt viel zu viel Staub auf. Schließlich willst du heiraten.«

»Mutter … und wenn ich schon verheiratet bin?«

»Ach du liebe Güte!« Sie wirkte aufrichtig geschockt.

»Es könnte sein, dass ich Pen gar nicht heiraten darf. Du willst doch sicher keinen Fall von Bigamie in der Familie Wynter, oder?«

Cecilys normalerweise ausgeglichene Miene wich tiefer Besorgnis. »Nein, ganz bestimmt nicht. Bis jetzt war ich noch gar nicht auf die Idee gekommen, dass du verheiratet sein könntest.«

Er schluckte. »Ich war immerhin so lange weg, dass ich auch Kinder haben könnte.«

Cecily schaute ihren Sohn entsetzt an. »Oh Lex«, flehte sie, »jetzt machst du aber Witze. Du weißt ja, wie sehr ich einen Enkelsohn möchte ... und noch viele andere Enkel.«

Schuldbewusst, weil er ihr Angst machte, zuckte er mit den Schultern. »Ich sage ja nur. Wir wissen es ja nicht.«

»Nun. Ich werde morgen früh mit Gerald sprechen ...«

Alex stand auf. »Nein. Ich werde mich um die Sache kümmern. Wenn wir Gerald hinzuziehen, wird alles viel größer und ernster, als es vielleicht sein muss. Es mag sein, dass ich ganz unnötig das Schlimmste fürchte. Ein paar gezielte Fragen bringen vielleicht Licht ins Dunkel.«

»Nun gut. Ich kann verstehen, dass du zögerst, gleich die Kavallerie zu schicken.«

»Cavendish und Fitch waren dabei, als ich das Bewusstsein wiedererlangte. Bei ihnen werde ich beginnen und sie bitten, mir jedes Detail zu berichten, an das sie sich von jenem Tag erinnern. Vielleicht war jemand bei mir?«

»Sagtest du nicht, du hättest einen alten Anzug angehabt?«

Er nickte. »Soweit ich mich erinnere, war er nicht alt. Er war zerrissen – vermutlich durch den Sturz –, aber der Anzug selbst war gut geschnitten und aus feinem Tuch ...« Er zuckte mit den Schultern. »Nicht meine Farbe, obwohl ich zugeben muss, dass ich vorher einfach nicht auf den Gedanken gekommen wäre, Marineblau zu tragen.«

»Was war in den Taschen?«

»Die Taschen waren leer. Das Taschentuch ist nur nicht aufgefallen, weil es in einer geheimen Innentasche steckte.«

Cecily runzelte die Stirn. »Nichts in deinen Taschen. Warum? Wo war dein Geld?«

»Meine Theorie ist, dass ich von Dieben überfallen wurde. Ich möchte mir gerne vorstellen, dass ich mich gewehrt habe, aber wenn nicht, ist das auch möglich.«

»Warte«, sagte sie. »Der Anzug war gut geschnitten. Dann hat ihn also ein Schneider für dich gemacht, aber nicht Percy Fitch, sagst du.«

»Definitiv nicht.«

»Nun, Liebling … was für ein Etikett war denn in dem Anzug? Wenn du das weißt, kannst du ihn doch zu dem Schneider zurückverfolgen.«

Alex öffnete staunend den Mund, dann stürzte er auf seine Mutter zu und küsste sie auf beide Wangen. »Oh, du bist so klug! Vater hat dich definitiv nicht nur geheiratet, weil du so hübsch warst.«

»Nein, das kann ich dir versichern«, erwiderte sie. »Kannst du dich an den Namen im Anzug erinnern?«

»Nein, aber ich werde Percival Fitch morgen früh gleich anrufen.«

»Was ist mit Penny?«

»Kein Wort, Mutter. Das würde zu nichts führen.«

Sie nickte. Leise stöhnend ließ sie sich von ihm aufhelfen. »Ein Wort der Warnung, Lex. Ich weiß, dass Penny wie eine fröhliche junge Frau wirkt, aber weißt du, sie hat nie wirkliche Probleme gehabt. Sie musste noch keine Todesfälle in der Familie verkraften, und du bist der Einzige, nach dem sie sich jemals verzehrt hat, Liebling. Sie musste noch nie die Lektion lernen, wie gefährlich es ist, Emotionen nicht zu kontrollieren.«

»Im Gegensatz zu uns, meinst du.«

Cecily lächelte traurig. »Wir haben gelernt, unsere Emotionen zu unterdrücken.«

»Es ist nicht meine Absicht, Penny zu verletzen, aber ich muss das tun.«

»Dann werde ich dir so gut helfen, wie ich kann.«

Nach einer unruhigen Nacht war Alex in nervöser Stimmung, als er sich an den Frühstückstisch setzte, um seinen Porridge mit Kompott zu essen.

Ein kleiner Krug wurde auf den Tisch gestellt. »Haben Sie nicht gut geschlafen, Master Lex?«

»Sieht man mir das an?«

Bramson schwieg.

»Ich fahre morgen wahrscheinlich nach London, Bramson; ich bin mit Miss Aubrey-Finch in der Stadt verabredet.«

»Gehen Sie ins Theater, Sir? Ich habe gehört, diese lustigen Amerikaner, die Marx Brothers, müssen großartig sein.«

Alex runzelte die Stirn. »Das überlasse ich alles meiner Verlobten, Bramson. Ich fürchte, ich war ein bisschen wortkarg wegen all der Vorbereitungen, die sie betreibt. Dann kann ich sie nach einem hektischen Einkaufstag wenigstens zum Essen ausführen.«

Bramson schmunzelte. »Sie muss schrecklich aufgeregt sein, Mr Alex.«

Alex zuckte mit den Schultern. »Wie das eben so ist mit Frauen und Hochzeiten, Bramson. Die meisten Männer wollen es doch einfach nur hinter sich bringen, was?«

Der Butler lächelte nachsichtig. »Mr Jones ist wieder da. Ich werde ihn bitten, den Wagen zu holen. Sie wollen doch sicher gefahren werden, Sir, oder?«

»Jones?« Alex überlegte. Der Name kam ihm vage bekannt vor.

»Sie kennen ihn nicht, Master Lex, aber er ist seit 1915 einer der Chauffeure der Familie. Sein Bruder war schwerkrank, und Ihre Mutter hat ihm freigegeben, damit er ihn besuchen konnte. Mittlerweile ist sein Bruder leider verstorben.«

»Oh, das ist ja schlimm. Ein Soldat?«

»Kriegsverletzungen, die sich verschlimmert haben, ja, Sir. Jonesy … äh, Mr Jones stand seinem Bruder sehr nahe.«

Alex blickte Bramson erschrocken an.

»… ich glaube, sie waren Zwillinge«, schloss der Butler. »Master Lex?«

»Was? Entschuldigung.«

»Oh, Sie sahen gerade so aus, als hätten Sie einen Geist gesehen, Sir. Ist alles in Ordnung?«

»Ja, natürlich. Verzeihen Sie mir. Ich weiß gar nicht, wo ich mit meinen Gedanken war. Was haben Sie gesagt?«

»Ich habe gerade erklärt, dass Jones ein Zwilling ist, deshalb stand er wahrscheinlich seinem Bruder auch so nahe. Äh, sind Sie sicher, dass ich bei Mrs Dear nicht doch ein komplettes Frühstück für Sie bestellen soll?«

»Nein, das ist genug, danke«, sagte Alex. Seine Gedanken kreisten immer noch um das, was der Name Jones bei ihm ausgelöst hatte. Und auch noch Jonesy … *Warum? Was bedeutete das? Und warum dachte er dabei an ein Krankenhaus?* Schweigend aß er seinen Porridge, wobei er kaum einen Blick in die bereitliegende Zeitung warf. Heute war er an nichts anderem als an seiner Mission interessiert. Selbst die Ereignisse der Welt konnten warten. Er löffelte seinen Porridge schneller, als seine Mutter es billigen würde, aber der warme Haferbrei beruhigte ihn und verscheuchte die Dämonen der Nacht und seine unruhigen Träume … an die er sich jetzt schon gar nicht mehr erinnern konnte.

»Warum verschwinden nur die Träume immer so schnell wie Treibsand aus unserem Kopf, Bramson?«, dachte er laut. Er tupfte sich mit seiner Serviette den Mund ab und erhob sich.

»Ja, das ist wahr, Sir. Aber ich denke, Mutter Natur würde schon dafür sorgen, dass wir uns daran erinnern können, wenn sie es wollte. Unsere Träume sind die Reisen unseres Schlafs, und dort sollen sie auch bleiben, nehme ich an.«

Alex tätschelte dem Butler den Arm. »Wo ist Mrs Wynter?«

»Hier, Liebling«, sagte seine Mutter, die wie aufs Stichwort in der Tür auftauchte.

»Guten Morgen, Mutter.« Er küsste sie auf die Wange. »Ich habe leider viel zu tun. Lass dir deine Eier schmecken.«

»Nun, die Zeitung brauchst du wohl auch nicht, die werde ich jetzt an mich nehmen. Ich habe gestern Abend mit deiner Schwester telefoniert, und sie erzählte mir, dass heute von Pennys Brautkleid-Designerin ein Interview in der Zeitung steht, und ich habe versprochen, es mir anzuschauen. Eine schöne junge Frau, sagt Charlotte. Sie hat schon Witze gemacht, dass du sie hoffentlich nie kennenlernst – vor allem nicht vor dem großen Tag, denn sie muss wohl absolut dein Typ sein.«

Der Butler räusperte sich.

»Oh Bramson, das war nur ein Scherz!«

Alex verabschiedete sich amüsiert und verschwand in seinem Arbeitszimmer. Binnen Kurzem war er mit Anderson & Sheppard verbunden.

»Oh, guten Morgen, Mr Wynter. Wie geht es Ihnen, Sir?«

»Sehr gut, danke, Elton. Viel besser als bei unserer letzten Begegnung.«

Sie lachten beide.

»Das freut mich zu hören, Sir. Wir haben uns alle Sorgen gemacht, sind aber erleichtert, dass Sie zurückgekehrt sind.«

»In der Tat«, sagte Alex. »Äh, könnte ich wohl Mr Fitch sprechen?«

»Es tut mir leid, Sir. Mr Fitch ist im Urlaub.«

»Ach?«

»Er fährt gerne in den Norden. Lake District, Sir.«

»Du liebe Güte. Liegt da nicht schon Schnee?«

»Wahrscheinlich, Sir.«

»Wann kommt er zurück, Elton?«

»Nächste Woche, Mr Wynter. Kann ich Ihnen behilflich sein?«

Alex spielte mit dem Gedanken, den jungen Jonathan Elton um Hilfe zu bitten, aber der Chefschneider nahm es mit dem Protokoll sehr genau und führte seinen Laden wie eine Militäreinheit.

»Äh … nein, ich warte dann, Elton. Sagen Sie Mr Fitch, ich komme nächste Woche nach London. Ist Dienstag recht?«

»Ja, Sir. Er ist zwar schon am Montag wieder da, nimmt aber erst für den Tag darauf Termine an. Sollen wir sagen gegen Mittag?«

»Perfekt. Danke, Mr Elton. Ich wünsche Ihnen eine schöne Woche.«

Alex legte auf und biss sich auf die Lippe. Jetzt, wo er sich selbst den Floh ins Ohr gesetzt hatte, wollte er auch etwas Konstruktives tun, um ihn loszuwerden. Er nahm das rote Taschentuch aus der Schublade und breitete es auf dem Schreibtisch aus. Nachdenklich betrachtete er es, als wollte er es drängen, seine Geheimnisse preiszugeben.

Er berührte die handgenähte Kante des Herzens, fühlte die Knötchen des roten Nähgarns und bettelte innerlich darum, es möge ihm sagen, wer die Nadel geführt hatte. Selbst ein ungeübtes Auge erkannte die tadellose Näharbeit: fein, regelmäßig, sorgfältig. Er stellte sich eine Frau mit Nadel und Faden vor, die am Fenster saß, um gutes Licht zu haben, und sah, wie das Taschentuch in ihrem Schoß lag und ihre Finger sich um die Baumwolle bewegten.

Er wollte wissen, wer sie war! Wollte sie anschauen! *Finde mich,* rief sie ihm zu. Ihre Schritte entfernten sich von ihm, führten ihn an einen anderen Ort … einen sicheren Ort voller Liebe. Oder bildete er sich das alles nur ein?

Alex ergriff den Stofffetzen, knüllte ihn zusammen und hielt ihn an seine Nase. Er wollte keinen noch so schwachen Hinweis auf seine Vergangenheit verpassen. Das und der dunkelblaue Anzug waren seine Geschichte. Alex schloss die Augen, verbannte alle angstvollen Gedanken aus seinem Kopf und schnupperte noch einmal am Taschentuch. Er ließ sich einfach von seinen Sinnen leiten.

Von ferne drang ein leiser Duft nach Veilchen zu ihm.

War das das Parfüm, von dem seine Mutter gesprochen hatte? Aber es spielte eigentlich keine Rolle – wichtig war nur, dass er endlich etwas von dieser Frau hatte. Sie muss jung sein, dachte er. Eine ältere Frau hätte ein so offensichtliches Objekt der Leidenschaft nie genäht. Er beschloss, sich eine Flasche des Yardley-Parfüms zu kaufen, von dem seine Mutter gesprochen hatte.

War sie also meine Geliebte? Oder meine Frau? Alex schluckte.

Edie nickte Sarah zu, und obwohl das Garderobenmädchen sie angstvoll anblickte, war sie es, die errötete.

»Hallo, Sarah. Erinnern Sie sich an mich?«

»Ja, Miss.« Sie blickte Madeleine an, die ihr zunickte. »Sehr gut sogar.«

»Setzen Sie sich«, sagte Edie und wies auf das Zweiersofa. »Wie kommt es, dass Sie sich so gut an mich erinnern?«

Sarah hockte sich auf die Kante der Bank und umklammerte mit ihren behandschuhten Händen eine alte, aber sehr schöne Tasche. Edie sah, dass sich unter dem leicht altmodisch geschnittenen Kostüm eine große, schlanke Frau mit junger, fester Figur verbarg. So sehnsüchtig, wie sie die Modelle auf den Kleiderbügeln in Edies Salon musterte, wäre sie wahrscheinlich am liebsten sofort in eines dieser Kleider geschlüpft.

»Miss Valentine, ich habe Ihre Skizzen nicht gestohlen. Ich habe noch nicht einmal in die Mappe geschaut«, sprudelte es so aufrichtig aus ihr heraus, dass Edie blinzeln musste.

»Ich habe ja gar nicht behauptet, dass Sie das getan haben«, erwiderte sie.

Sarah holte tief Luft. »Ich kann mich deshalb so gut an Sie erinnern … weil Sie unvergleichlich sind.« Sie lächelte verlegen. »Mir ist aufgefallen, wie wunderschön Sie an jenem Tag angezogen waren. Ich musste die ganze Zeit an Ihre Stola denken. Eines Tages … nun, ich liebe Kleider, Miss Valentine.« Sie zuckte mit den Schultern.

Edie warf Madeleine einen Blick zu. Die Freundin hatte die Arme verschränkt und blickte Edie auffordernd an, als wartete sie auf ihre Reaktion. Dann lächelte sie Sarah an.

»Sarah, erzähl Miss Valentine, was du mir erzählt hast.«

Und während Edie den Worten des Mädchens lauschte, wurde sie blass. Ihr Herz begann schmerzhaft gegen ihre Rippen zu schlagen.

Alex fühlte sich matt und zerschlagen. Er steckte das Taschentuch in die Tasche, ergriff eine dicke Jacke und einen Schal und trat durch die Terrassentüren seines Arbeitszimmers hinaus in den Garten. Die Welle kalter Luft, die ihm entgegenschlug, brachte ihn zum Keuchen; ihm war, als liefe er in Brighton ins eiskalte Wasser.

Der Geruch nach Rauch aus den Kaminen seines Anwesens war heimelig und tröstlich. Noch beruhigender war der Duft, der aus Mrs Dears Herd aufstieg – es duftete nach den Plumpuddings, die sie jetzt schon für Weihnachten vorbereitete.

Alex hatte kein Ziel, er wusste nur, er wollte sich seine Frustration ablaufen. Er marschierte am Obstgarten vorbei, die Hände tief in die Taschen gesteckt. Er wünschte sich, er hätte daran gedacht, Handschuhe mitzunehmen. Tief vergrub er sein Kinn in seinem Schal und atmete durch die Kaschmirwolle, um die beißende Kälte erträglicher zu machen.

Schließlich stand er am Eingang zum Labyrinth von Larksfell, ein Ort, an dem die Wynter-Kinder früher gerne gespielt hatten. Er betrat das Labyrinth am nördlichen Ende und ging an den Ligusterhecken entlang, bis er zu der Steinbank in der Mitte gelangte. Die Kälte drang eisig durch seine Hosenbeine, als er sich daraufsetzte, aber er genoss das Alleinsein und die Stille. Nur ein Rotkehlchen leistete ihm Gesellschaft.

»Hallo, mein kleiner Freund«, murmelte er.

Es überraschte ihn, als der kleine Vogel zu zwitschern begann, und auf einmal fiel ihm ein anderes Rotkehlchen an einem anderen Tag ein, als er auf einer anderen Bank in einem Rosengarten gesessen und Frieden gesucht hatte.

»Natürlich, das Krankenhaus!«, rief er aus und erschreckte den kleinen Vogel. Er flog sofort davon, und Alex sprang auf. Hastig lief er durch die hohen Heckenkorridore, wobei er sich nur am Rande darüber wunderte, dass er den Weg aus dem Labyrinth auch nach so langer Zeit nicht vergessen hatte, sich aber nicht an etwas erinnern konnte, was noch vor einem Jahr stattgefunden hatte. Er erreichte den nördlichen Ausgang, rannte am Obstgarten vorbei, durch die Terrassentüren in sein Arbeitszimmer und wurde erst langsamer, als er das Haus durchquert hatte und der Kies der Einfahrt unter seinen Schuhen knirschte. Aber offensichtlich hatte er sein Tempo nicht genug gedrosselt, denn Bramson, der vor dem Haus stand und ins Gespräch mit Clarrie vertieft war, blickte auf.

»Alles in Ordnung, Mr Alex?«

»Ja, großartig, danke«, sagte er, machte sich aber nicht die Mühe, Bramson in seine Gedanken einzuweihen. Er ging zur Nordseite von Larksfell, zu den Garagen, wo er, wie zu erwarten gewesen war, auf einen Mann traf, der gerade eines der zahlreichen Automobile der Wynters auf Hochglanz polierte.

»Jones?«, fragte er, noch ganz außer Atem.

»Ja, Sir!«, erwiderte der Mann und richtete sich auf. »Äh …«

Alex schniefte und war kurz versucht, nach seinem roten Taschentuch zu greifen. »Entschuldigung, ich bin zu schnell gelaufen«, sagte er, obwohl er dem Fahrer keine Erklärung schuldete.

»Kann ich Ihnen helfen, Sir?«

»Ja …« Er grinste und holte tief Luft. »Ich bin Alex Wynter«, sagte er. Die Augen des Mannes weiteten sich. »Hat Mr Bramson erwähnt, dass ich vorhabe, nach London zu fahren?«

»Ja, Sir. Morgen, glaube ich.« Jones blickte ihn nervös an.

»Was hielten Sie denn von einer kleinen Spritztour heute? Allerdings nicht in die Innenstadt, sondern eher nach Middlesex.«

»Heute? Natürlich, Sir.« Er blickte auf das Gewirr von Schwämmen und Eimern um ihn herum. »Äh, wann, Sir?«

»Wie wäre es mit sofort? Wir können uns eine Thermosflasche mitnehmen und uns unterwegs eine Tasse Tee teilen.« Der Vorschlag schien Mr Jones nicht zu entspannen. Alex grinste. »Kommen Sie, Jones. Lassen Sie uns gefährlich leben.«

Der Hauch eines Lächelns zuckte um die Mundwinkel des Mannes. »Ich räume nur rasch auf, Sir. Ist in zwanzig Minuten in Ordnung?«

»Sagen wir, in einer halben Stunde. Ich organisiere die Thermosflasche mit dem Tee«, sagte Alex. Er hob die Hand. »Bin gleich wieder da.«

25

Alex genoss den Geruch des weichen dunkelroten Leders, das sich im Auto wärmend um ihn schmiegte. Auf den dicken Mantel konnte er allerdings trotzdem nicht verzichten. Seine Handschuhe machten ein quietschendes Geräusch, als er über die beschlagenen Fenster rieb, sodass er beobachten konnte, wie die idyllische Landschaft allmählich in dichter bebaute Flächen überging. Hier in London schien es kälter zu sein als in Larksfell.

»Wissen Sie, Jones, Ihr Nachname scheint eine Bedeutung für mich zu haben, und er ist auf irgendeine Weise mit dem Edmonton Hospital verbunden«, bemerkte Alex, als sie über die Brücke fuhren, die zu dem Krankenhaus im nördlichen Middlesex führte.

»Tatsächlich, Sir?«, sagte Jones über die Schulter. »Das kann ich mir kaum vorstellen – dass so ein gewöhnlicher Name wie meiner eine Bedeutung für Sie hat.«

»Nun ja, gerade deswegen, wissen Sie. Man hat Ihnen ja sicher erzählt, dass ich gegen Ende des Krieges das Gedächtnis verloren habe. Anscheinend wurde ich letztendlich hierher nach Edmonton gebracht – das versichert mir wenigstens meine Verlobte. Sie nannten mich Mr Jones, weil sie meinen Namen nicht kannten, und ich ja auch nicht. Vermutlich haben sie andere Soldaten in ähnlichen Situationen Mr Smith oder Mr Green genannt … Namen, die man sich leicht merken konnte.«

Es befriedigte Alex, endlich einmal einen – wenn auch nur kleinen – Aspekt seines Gedächtnisverlusts erklären zu können. Warum hatte er nicht schon früher daran gedacht, das Krankenhaus zu kontaktieren? Auch das kam ihm vor wie ein Triumph, und er glaubte fest daran, dass der heutige Ausflug mehr Licht auf sein Rätsel werfen würde.

»Ich verstehe, Sir«, sagte Jones. Er blickte in den Rückspiegel und nickte. »Das ergibt Sinn. Erinnern Sie sich denn an diese Umgebung hier, Mr Wynter. Wir sind gerade über die Lea Valley Bridge gefahren und biegen jetzt in die Angel Road ein.«

»Nein, leider nicht. Obwohl – warten Sie einmal«, murmelte er und kniff die Augen zusammen, als ein großes Backsteingebäude in Sicht kam. Er beugte sich vor, um es durch die Windschutzscheibe zu mustern, und bemühte sich, einen flüchtigen Gedanken festzuhalten. »Dieses Gebäude kommt mir irgendwie bekannt vor.«

»Das ist das Krankenhaus, Sir. Es wurde während des Krieges vom Militär genutzt.«

Staunend schüttelte Alex den Kopf, als zarte Erinnerungsfäden sich ansammelten. Er hatte das Gefühl, den Bildern nur nachgehen zu müssen, sodass die einzelnen Fäden stärker wurden, so wie Dr. Cavendish es ihm vorausgesagt hatte.

Aber die Zeit ist gegen mich!, dachte er, und erneut stieg Frustration in ihm auf, weil er sich auf einmal schon voller Zweifel vor dem Altar stehen sah, während der Hochzeitsmarsch erklang und Penelope Aubrey-Finch langsam den Mittelgang entlangschritt. Er musste sich sicher sein hinsichtlich dieser anderen Frau, die er nicht aus dem Sinn bekam – ihre Schritte, die er hörte, ihr Parfüm, ihr rotes Taschentuch.

»Warum, Sir?«

Alex hatte gar nicht gemerkt, dass er seine Sorge über den Zeitmangel laut ausgesprochen hatte. »Nun, ich muss die weißen Flecken in meiner Erinnerung schnell ausfüllen, sonst werde ich noch wahnsinnig, Jones.«

»Das verstehe ich gut, Sir.«

Alex war überzeugt, dass Jones ihm lieber gesagt hätte, er solle sich damit zufriedengeben, dass er einer der reichsten Unternehmer in ganz England war, und aufhören zu jammern. Darin lag eine gewisse Wahrheit, natürlich, aber die Geister der Vergangenheit quälten ihn.

Edies heftiges Herzklopfen hatte sich wieder beruhigt und war neuer Energie gewichen. Sie hoffte, die beiden anderen Frauen merkten nicht, wie sie zitterte. Und falls sie es doch bemerkten, würden sie es hoffentlich nur auf die Wut zurückführen, die sie empfand. Sie sammelte sich einen Moment lang, dann trat sie zu einem Ensemble, an dem sie gerade für ihre neueste Kundin arbeitete.

»Was halten Sie davon, Sarah?«

Das Mädchen blinzelte nervös.

»Es ist sehr hübsch.«

»Oh, kommen Sie. Das können Sie besser. Könnten Sie es verbessern, wenn Sie Gelegenheit dazu hätten? Seien Sie aufrichtig. Ich werde nicht beleidigt sein.«

Sarah trat an die Schneiderpuppe und betrachtete nervös das Kleid. Edie musterte sie. Sie war sich ziemlich sicher, dass Sarah in ihrer Bescheidenheit nicht ahnte, wie hübsch sie war, mit ihrem klaren, süßen Profil und der kecken Stupsnase. Als Sarah sich zu ihr umdrehte, fielen Edie ihre seelenvollen braunen Augen auf, die wundervoll zu ihren goldblonden Haaren passten, die sie kinnlang trug. Edie dachte daran, wie sehr sie damals an der

Garderobe des Restaurants von dem warmen Lächeln der jungen Frau eingenommen gewesen war.

»Ich … ich würde überlegen, ob ich es nicht in ein Kleid mit einem passenden Mantel verwandeln könnte«, sagte Sarah.

Edie musterte ihren Entwurf, den sie bisher nur aus gebleichtem Baumwollstoff hergestellt hatte.

»Einem leichten Mantel«, fuhr Sarah fort und überraschte Edie, weil ihr Tonfall plötzlich viel selbstbewusster klang. »In einer pastelligen, aber gewagten Farbe für den Frühling.«

»Was für eine Farbe?« *Jetzt sag nicht Rosa, Sarah. Überrasch mich,* dachte Edie.

»Oh, vielleicht ein ganz zartes Hellblau«, kam die Antwort. »Wie der erste Frühlingshauch … wie die Gletscherbilder, die ich in einer Zeitschrift gesehen habe.«

Edie wurde es leicht ums Herz. »Sarah?«

»Ja?«

»Ich möchte mich entschuldigen, weil ich Ihre Aufrichtigkeit in Frage gestellt habe. Verzeihen Sie mir die Missverständnisse?«

»Natürlich. Ich bin froh, dass wir es aufgeklärt haben, Miss Valentine.«

»Und vor allem möchte ich Ihnen sagen: Warum arbeiten Sie nicht für mich? Wir könnten eine neue Assistentin gebrauchen. Wir suchen gerade eine per Anzeige. Ich brauche jemanden, der hier draußen die Augen und Ohren für mich aufsperrt. Können Sie nähen?«

Sarah nickte; sie wirkte völlig erstaunt.

»Nun, denken Sie darüber nach. Vielleicht …«

»Ich brauche nicht darüber nachzudenken!«, stieß Sarah hervor. »Ja, Miss Valentine! Ja, bitte!« Sie ließ alle Zurückhaltung fallen und lächelte strahlend. In ihren

Augen schimmerten Tränen des Glücks. »Ich würde hier sogar umsonst arbeiten!«

Edie war gerührt. Die Glut von Sarahs Freude taute das Eis auf, das sich bei Sarahs Bericht über Edies Herz gelegt hatte. Damit würde sie sich später befassen.

Madeleine lächelte zustimmend. »Nun, du solltest im Restaurant so bald wie möglich kündigen, Sarah.« Sie wandte sich an Edie: »Fängt sie morgen schon an?«

»Sagen wir lieber übermorgen. Dann kann ich Ihnen ein schönes schwarzes Shiftkleid nähen, das Sie im Geschäft tragen können. Haben Sie schwarze Pumps?« Alle drei Frauen blickten auf Sarahs Füße. Edie stellte fest, dass die Schuhe zwar geputzt waren, aber schon so durchgelaufen, dass die junge Frau sie wahrscheinlich seit Jahren jeden Tag getragen hatte. »Madeleine, gib Sarah bitte zwei Pfund.«

Sarah blickte sie verwirrt an, während Madeleine ins Hinterzimmer ging. Edie lächelte Sarah beruhigend zu.

»Kaufen Sie sich morgen ein Paar schwarze Pumps mit Knöchelriemchen.«

Sarah riss die Augen auf. »Oh, Miss Valentine. Genau solche habe ich bei Peter Jones gesehen! Ich weiß gar nicht, was ich sagen soll!«

»Wenn Sie hier arbeiten, müssen Sie auch danach aussehen, deshalb brauchen Sie gar nichts zu sagen. Betrachten Sie dies nicht nur als Teil meiner Entschuldigung, sondern auch als notwendig, um Ihre Garderobe zu vervollständigen. Nach und nach werden wir Ihnen eine passende Garderobe zusammenstellen, aber diese Schuhe werden den Winter über, im Frühjahr und im Herbst dazu passen. Wir müssen Sie rasch ausmessen, und dann wünsche ich Ihnen viel Vergnügen an Ihrem Einkaufstag. Oh, und Sarah?«

Die junge Frau drehte sich um. »Ja?«

»Sagen Sie noch niemandem, wo Sie arbeiten … erst an dem Tag, an dem Sie hier anfangen. Dann können Sie es allen erzählen.«

Sarah strahlte. »Unser Geheimnis.«

Alex betrachtete das imposante dreistöckige Gebäude. Aus der Ferne, vom Auto aus, hatte es eine Erinnerung ausgelöst, aber hier vor dem Haupteingang kam ihm das Krankenhaus bedeutungslos vor.

»Sie sehen enttäuscht aus, Sir«, sagte Jones, als er ihm die Autotür öffnete.

Alex seufzte leise, und es hatte nichts mit dem Nieselregen zu tun, der eingesetzt hatte. »Ich hatte gehofft, es würde eine ganze Flut von Erinnerungen auslösen, aber da ist nichts.«

Der Chauffeur schlug die Tür hinter ihm zu. »Vielleicht erinnern Sie sich nicht an diesen Eingang, Mr Wynter. Wenn Sie verletzt waren, sind Sie wahrscheinlich sowieso hier hereingebracht worden, ohne allzu viel davon zu merken.« Er lächelte ihn ermunternd an. »Drinnen kommt es Ihnen vielleicht vertrauter vor.«

»Danke, Jones«, sagte Alex und nickte ihm zu. »Wünschen Sie mir Glück.«

»Viel Glück, Sir«, sagte der Chauffeur und tippte sich an die Mütze. »Ich warte hier draußen.«

Alex ging die Treppe hoch in die riesige Empfangshalle. Seine Schritte hallten auf dem Steinboden. Vom Empfangsbereich gingen diverse Korridore ab in die verschiedenen Flügel des Krankenhauses, aber nichts kam ihm vertraut vor, abgesehen von dem starken Geruch nach Desinfektionsmitteln und Karbolseife.

»Kann ich Ihnen helfen?«, fragte die zierliche Krankenschwester hinter dem Empfangstresen. Sie war eine von drei Frauen in Schwesterntracht am Empfang; zwar nicht die hübscheste der drei, aber ihm gefiel sofort die Wärme in ihrer Stimme.

Alex schilderte ihr seine Situation, und ihr Gesicht nahm einen erstaunten Ausdruck an. Sie schenkte ihm ein herzliches Lächeln, das wahrscheinlich schon vielen verwundeten Soldaten das Herz leichter gemacht hatte. »Oh, Mr Wynter, das ist ja ein glückliches Ende!«

»Ja, nun ja, vermutlich«, sagte er.

»Ich bin leider erst vor wenigen Monaten ans Edmonton versetzt worden«, fuhr sie fort, »aber ich werde versuchen, jemanden zu finden, der während Ihres Aufenthaltes schon hier war. Erinnern Sie sich an überhaupt niemanden?«

Alex zuckte mit den Schultern. »Nein, leider ist da nur ein großes Loch.«

»Nun, machen Sie sich keine Sorgen. Mein Vater ist auch ein wenig verwirrt aus dem Krieg zurückgekehrt«, sagte sie und tippte sich an die Schläfe. »Aber jetzt geht es ihm schon viel besser.«

Er lächelte nachsichtig. Es war erstaunlich, was Krankenschwestern manchmal so daherplapperten, ohne den Patienten wirklich auf die Nerven zu gehen.

»So, ich höre mich rasch um und erkundige mich nach Ihnen. Möchten Sie sich setzen, Sir?«

»Äh, darf ich nach Ihrem Namen fragen?«

Sie lächelte. »Betty, Sir.«

»Nun, Betty, meinen Sie, ich dürfte hier ein wenig herumlaufen und sehen, ob irgendetwas meine Erinnerungen weckt?«

Sie runzelte die Stirn. »Äh, das darf ich Ihnen leider nicht gestatten, Mr Wynter«, sagte sie zögerlich. Wahrscheinlich war sein »entwaffnendes Lächeln« nicht ohne Wirkung geblieben.

»Ach, kommen Sie, Betty. Wie wäre es, wenn ich Sie einfach begleite? Könnten Sie mich vielleicht in den Flügel bringen, wo die Soldaten gelegen haben?«

»Oh, nun gut. Das kann ja nicht schaden. Schließlich ist es unsere Aufgabe zu heilen, nicht wahr?«

»Gut gesagt, Betty. Ich wette, Sie sind bei den Patienten sehr beliebt.«

Sie kicherte und errötete ein wenig. »Ich tue mein Bestes, Mr Wynter. Es kostet schließlich nichts, fröhlich und freundlich zu sein.«

»Das ist wohl wahr«, sagte er und ging neben ihr her.

Während sie durch den Flügel des Krankenhauses gingen, nahm seine Enttäuschung zu: Er erkannte nichts und niemanden.

Betty – oder Bet, wie er sie auf ihren Vorschlag hin nannte – wirkte ebenso niedergeschlagen wie er. »Es hat so viele Änderungen gegeben, seit Sie hier waren, Mr Wynter.«

»Wer ist denn die älteste Krankenschwester … oder noch besser, die Oberschwester?«

Danach zu fragen war anscheinend eine gute Idee gewesen. »Schwester Bolton! Sie ist schon seit Jahrhunderten hier! Aber sie ist nicht in diesem Teil des Krankenhauses. Sie kümmert sich um das Sanatorium.« Bei den letzten Worten schien Bets Stimme leiser zu werden.

»Was geschieht dort?«

»Nun, wie ich es verstanden habe, ist es mittlerweile die Abteilung für die unheilbaren Fälle und die Patienten, die wahnsinnig geworden sind. Ich weiß allerdings nicht, wie dieser Flügel während und nach dem Krieg benutzt wurde.«

»Können wir es herausfinden?«

»Natürlich. Ich sage nur meiner Kollegin Bescheid, dass ich mit Ihnen dorthin gehe.«

Als Alex die Krankenschwester in diesen abgelegeneren Bereich des Krankenhauses begleitete, spürte er zum ersten Mal eine vage Vertrautheit.

»Und, löst das etwas aus?«

Er wollte nicht zu viel sagen, aber er nickte. »Hoffentlich sind wir hier auf der richtigen Spur«, sagte er.

Bet hielt eine rothaarige Schwester mit forschem Gang an, die sich gerade einen dunklen Umhang am Hals zuband. Alex schätzte sie etwa zehn Jahre älter als Bet. Als die Krankenschwester sich zu ihnen umdrehte, durchzuckte ihn eine Erinnerung. »Oh, Nancy«, begann Betty, »Entschuldigung, kann ich dich fragen, ob …«

»Jonesy!«, rief die rothaarige Schwester aus.

Alex drehte sich auf einmal alles vor Augen. »Erkennen Sie mich?« *Nancy … Nancy,* wiederholte er im Stillen, und dann war es plötzlich, als würde ein Vorhang in seinem Kopf aufgezogen … *Nan?* Daran erinnerte er sich. Ein Name. Und er fühlte sich richtig an, da war er sich ganz sicher.

Sie blickte ihn entzückt an. Unter ihrer Haube kringelten sich rotblonde Locken hervor. »Ja, ja, natürlich erinnere ich mich an Sie! Dieses jungenhafte Lächeln würde ich niemals vergessen!« Sie kniff die Augen zusammen. »Sie haben eine ziemliche Panik hier verursacht, Jonesy, als Sie während der Friedensparty einfach so weggelaufen sind. Können Sie sich daran erinnern?«

Er starrte sie verständnislos an, aber sie wartete erst gar nicht auf seine Antwort. »Sie haben mich gegenüber der Oberschwester in solche Schwierigkeiten gebracht, kann ich Ihnen sagen.« Sie versetzte ihm einen spielerischen Klaps auf den Arm, und das löste eine weitere Erinnerung aus.

»Schwester Nancy«, murmelte er und rieb sich versonnen das Kinn.

»Ich sehe, Sie haben sich endlich rasiert. Wow, Sie sind ja ein gutaussehender Mann, Jonesy … aber ich habe nicht so hohe Ansprüche, denn ich habe Sie auch mit dem Bart immer attraktiv gefunden.« Kichernd stupste sie ihn an. »Du liebe Güte, Sie sehen wirklich hervorragend aus!«

Betty, der Nancys Reaktion anscheinend zu viel war, ergriff die Flucht.

»Danke, Betty«, sagte Alex, als sie sich verabschiedete. Im Geiste machte er sich eine Notiz, dass er ihr eine nette Kleinigkeit schicken wollte, um sich für ihre freundliche Unterstützung zu bedanken. Dann wandte er der Rothaarigen wieder seine volle Aufmerksamkeit zu. »Nancy, ich brauche Ihre Hilfe.«

»Ooh! Und das nach all dem Kummer und den Problemen, die Sie mir bereitet haben!«

Alex sah ihr an, dass sie ihn immer noch neckte. »Mein Name ist Alex Wynter. Ich habe meine Familie gefunden.«

»Das ist wundervoll.« Sie strahlte ihn aufrichtig erfreut an, und Alex wurde auf einmal klar, dass nicht alle Leute die Londoner Wirtschaftsnachrichten lasen. Nancy hatte ihn sofort auch ohne Bart erkannt, vielleicht hätte er also einfach ein Foto und eine Nachfrage in die *Evening News* setzen lassen sollen, die immerhin fast eine Million Leser hatten. Sie wurde mit kleinen gelben Lieferwagen an die Zeitungsjungen ausgeliefert, und die acht Seiten wurden jeden Tag von vielen Leuten aus den unterschiedlichsten Gegenden von Golders Green bis Middlesex gelesen. Er konnte es natürlich immer noch tun, aber als er sich die sauren Mienen seiner Mutter und seiner Verlobten vorstellte, nahm er lieber Abstand davon.

Nancy blickte ihn voller Erleichterung an. »Mr Wynter«, wiederholte sie und trat einen Schritt zurück, um ihn besser anschauen zu können. »Das steht Ihnen gut. Dann hat diese schöne junge Frau Sie also schließlich doch gefunden? Wie war noch mal ihr Name? Ich kann mich nicht mehr daran erinnern, aber sie hat das ganze Land nach Ihnen abgesucht. Sie war so bekümmert, als wir Sie nirgends auffinden konnten, und es war dem Krankenhaus natürlich auch sehr peinlich, dass es Sie verloren hatte.«

»Ihr Name ist Aubrey-Finch.«

»Ah ja, das stimmt. Ist sie Ihr Schatz? Was ist passiert?«

Er war froh über ihre endlose Neugier. Über Pen wollte er lieber nicht reden, deshalb beantwortete er ihre letzte Frage. »Nun, Nan, das ist der Grund, warum ich hier bin. Ich weiß nämlich nicht, was passiert ist. Ich hoffe, Sie können mir helfen.«

Verwirrt runzelte sie die Stirn.

»Ich erkläre es Ihnen. Als ich mich wieder erinnerte, wer ich war, hatte ich vergessen, wer ich gewesen war. Und Sie haben mir gerade den ersten Hinweis gegeben … Sie haben Jonesy zu mir gesagt.«

Ihr Gesicht nahm einen erschrockenen Ausdruck an. »Mr Jones. Ja.« Verlegen zuckte sie mit den Schultern. »Wir haben allen heimgekehrten Soldaten Namen gegeben, die man sich leicht merken konnte.«

Alex blickte sich um. Sie standen mitten im Flur, und so konnte er sich nicht mit ihr unterhalten. »Nan, können wir uns für ein paar Minuten irgendwo hinsetzen? Vielleicht haben Sie gerade Pause? Ich kann Sie zu einer Tasse Tee in der Cafeteria einladen.«

Sie lachte. »Endlich die Verabredung mit Ihnen, die ich immer erhofft habe.«

Er blickte sie fragend an.

»Oh, machen Sie sich nichts draus. Meine Pause hat gerade begonnen. Ich habe zehn Minuten Zeit für Sie, es sei denn, Sie möchten den Film *Die drei Musketiere* sehen, der im Palace gespielt wird?«, sagte sie. »Douglas Fairbanks …«

Er hatte die Plakate gesehen und grinste. »Das geht leider nicht, Nan.«

»Dann sind Sie richtig mit Miss Aubrey-Finch zusammen?«

Er nickte. »Sie ist meine Verlobte.«

Nancy verzog bedauernd das Gesicht. »Das ist nachvollziehbar«, sagte sie. »Na gut, dann also eine Tasse Tee in der Kantine.«

Sie fanden einen kleinen Tisch in einer Nische am Fenster, und Alex bemühte sich, die Blicke der anderen Krankenschwestern zu ignorieren.

»Nun«, bemerkte Nancy, »da werden sie was zu reden haben. Sie fragen sich alle, wer mein gutaussehender Gast ist.«

Er lächelte. »Danke, Nancy, für alles, was Sie für mich getan haben. Es tut mir leid, dass ich mich an nichts erinnern kann.«

»Oh, das ist schon in Ordnung. Sie waren ein einfacher Patient. So höflich, charmant und witzig, wenn Sie es wollten. Meistens waren Sie allerdings mürrisch, weil Sie sich so hoffnungslos fühlten.«

Alex kam sofort auf den Punkt. »Woran können Sie sich an jenem Tag erinnern, als ich von der Station verschwand? Ich war doch auf einer Station, oder?«

»Ja.« Nancy runzelte die Stirn. »Das stimmt. Sie waren

im Sanatorium, aber alles war ganz normal. Sie waren ein bisschen niedergeschlagen und hassten die Vorstellung, sich einen Anzug anziehen und zur Friedensparty gehen zu müssen, weil wir es von Ihnen erwarteten.«

Alex lächelte. »Erzählen Sie weiter.«

Nancy berichtete ihm alles, was sie von jenem Tag noch wusste, einschließlich der Ankunft von Penelope und der darauf folgenden Panik, als sie entdeckten, dass er verschwunden war.

Schließlich trank sie, durstig vom vielen Reden, ihren Tee. Alex hatte ihr auch ein Stück Kuchen spendiert.

Jetzt nickte er ihr zu. »Essen Sie nur. Sie können es vertragen«, sagte er, weil er wusste, dass jede Frau so etwas gerne hörte. »Wo war ich, als ich verschwand?«

Nan widmete sich zuerst ihrem Kuchen und schob sich ein großes Stück in den Mund. Während sie kaute, redete sie weiter, und Alex unterdrückte ein Lächeln. »Soweit ich mich erinnern kann, waren Sie im Garten, um eine Zigarette zu rauchen. Sie saßen gerne draußen vor der Station. Hinterher haben Sie immer von dem kleinen Rotkehlchen erzählt, das Sie dort gesehen haben.«

Alex nickte. Ihm fiel ein, dass er sich auch im Labyrinth dem kleinen Vogel irgendwie verbunden gefühlt hatte.

»Wir dachten, dass Schwester Bolton die letzte Person war, die Sie gesehen hat. Oh, sie war so wütend auf Sie – Sie hatten gesagt, Sie würden sie auf der Party sehen, und niemand versetzt Schwester Bolton!«

Alex lachte und trank einen Schluck von seinem Tee, der mittlerweile kalt geworden war. »Dann bin ich also weggegangen?«

Sie nickte. »Durch das Seitentor, das für die Lieferanten immer offen ist. Das war ganz schön gerissen von Ihnen, vor allem, wenn ich bedenke, dass es Sie eigentlich immer nervös gemacht hat, was Sie außerhalb des Krankenhauses erwartet.«

»Wie meinen Sie das?«

»Ich glaube, Sie waren beleidigt, weil niemand nach Ihnen gefragt hat, und nach und nach machte der Gedanke an die Außenwelt Sie immer nervöser, da Sie nicht wussten, wer Sie eigentlich waren.«

Nancy mochte ja ein einfaches Mädchen sein, aber sie nahm ihre Umwelt sehr genau wahr, und Alex war sicher, dass sie eine hervorragende Krankenschwester war. »Glauben Sie, mir hat jemand geholfen?«

»Das wissen wir nicht. Die einzigen Besucher zur Zeit Ihres Verschwindens waren Bill Lockley, der immer die Waren vom Gemüsehändler auslieferte, und Mr Fairview, ein Arzt, der zu Besuch kam. Aber die beiden wussten nichts von Ihnen.«

»Nancy, ich habe erst 1920 auf der Savile Row das Bewusstsein und meine Erinnerung wiedererlangt.«

Sie keuchte. »Sie machen Witze!«

Alex schüttelte traurig den Kopf. »Ich habe keine Ahnung, wo ich die Zeit dazwischen verbracht habe, aber ich war auf jeden Fall gut genährt, gesund, rasiert und trug einen hochwertigen Anzug. Ich muss sogar Geld in der Tasche gehabt haben, aber …«

Nancy blickte ihn erschrocken an. Als er schwieg, zog sie ungläubig die Augenbrauen hoch, während sie ihren Tee austrank. Alex blickte aus dem Fenster auf den Regen, der jetzt heftiger fiel und in Bächen an der Fensterscheibe entlangrann. Erneut trank er einen Schluck Tee, der ihm nicht schmeckte. Er war zu stark und erinnerte ihn an das Leben in den Schützengräben. Das Geplapper und Lachen der Krankenschwestern an den anderen Tischen klang wie das Gegacker von Hühnern über dem Klappern der Teller und des Bestecks. Er entsann sich an den Essenswagen, der durch die Gänge geschoben wurde. Abgesehen davon, dass die Räder dringend geölt werden mussten, hatte auch hier immer diese Kakophonie von Geräuschen in der Luft gelegen.

Und zu all diesen sensorischen Informationen gesellten sich unerwarteterweise das Klacken hoher Absätze auf einem Weg und die Erinnerung daran, wie Nancy und er am Fenster gestanden hatten.

Er schluckte. Seine Kehle war auf einmal wie ausgetrocknet. Erst da merkte Alex, dass Nancy ihn am Arm schüttelte.

»Mr Wynter?« Sie klang besorgt.

»Es tut mir leid«, sagte er, als er ihren besorgten Gesichtsausdruck sah. »Verzeihen Sie mir. Das passiert manchmal. Ich bin gerade einer Erinnerung nachgejagt, die mir immer wieder entflieht.«

Unsicher lächelte sie ihn an. »Geht es Ihnen gut?«

»Ja, wirklich. Von Zeit zu Zeit blitzen Momentaufnahmen auf, die durch die seltsamsten Ereignisse ausgelöst werden. Ich habe mich gerade daran erinnert, wie wir vor einem vom Frost angelaufenen Fenster gestanden haben, während sich jemand auf hohen Absätzen über den Weg entfernte und Sie mich ermahnten, mich endlich zu rasieren.«

Sie runzelte die Stirn. »Hmm, lassen Sie mich nachdenken. Wenn ich mich recht erinnere, war es ein paar Tage lang sehr kalt, und ich hatte der Oberschwester mein Wort gegeben, dass Sie sich endlich rasieren lassen würden … das muss also ungefähr im November gewesen sein. Sie hatten eingewilligt, sich für die Party einen Anzug anzuziehen, und ich hatte Ihnen einen mitgebracht.«

»Ja?«

Sie nickte und steckte sich ein weiteres Stück Kuchen in den Mund. »Und Sie hatten einen grünen Lieblingspullover, den eine Frau aus dem Freiwilligen-Corps gestrickt hatte.«

Eine vage Erinnerung stieg in ihm auf, verschwand aber wieder, bevor er sie greifen konnte.

Nan runzelte die Stirn. »Ich erwähnte Ihren vornehmen Akzent, und Sie sagten, Sie seien vielleicht Schauspieler gewesen, aber ich hielt Sie eher für einen Bankier oder Anwalt.«

»Und dann?«

»Nichts. Wir redeten über die Spanische Grippe und wahrscheinlich auch über das Wetter. Das war alles. Am nächsten Tag war es fast genauso, abgesehen davon, dass Sie fest entschlossen waren, hinauszugehen und wie ein alter Griesgram in der Kälte zu sitzen.«

Alex dachte an das Labyrinth in Larksfell, das ihm geholfen hatte, sich an ein Gefühl aus der Vergangenheit zu erinnern. »Gab es dort eine Ligusterhecke?«

Sie nickte. »Die gibt es immer noch. Sie saßen gerne dort und beobachteten Ihren kleinen Freund, das Rotkehlchen. Sie erzählten mir, Sie hätten Leute vorbeigehen hören. Die höheren, lauteren Kinderstimmen seien leichter zu unterscheiden gewesen, haben Sie gesagt.«

»Ich hatte einen kleinen Vogel. Sein Name war Enza. Ich öffnete das Fenster. Und In-flu-Enza«, sang er leise, erstaunt darüber, dass die Erinnerung ihm so leicht in den Sinn kam.

»Wo haben Sie das denn her?«, fragte sie und schaute auf ihre Taschenuhr, um zu sehen, wie spät es war. Diese Geste half ihm dabei, Nancy endlich in seinem Kopf zu verankern. Er erinnerte sich jetzt an sie, zwar nicht so klar und deutlich, dass er sie unter mehreren Frauen hätte herausfinden können, aber es war viel Vertrautes an ihr, von ihren spielerischen Berührungen bis hin zu ihrem gewohnheitsmäßigen Blick auf die Uhr. »Ich muss leider gehen«, sagte sie.

Der Kinderreim hallte immer noch leise in seinem Kopf nach.

»Nancy, darf ich Sie anrufen, wenn ich mich an etwas erinnere, das der Klärung bedarf?«

»Wenn das bedeutet, ob ich ab und zu mit Ihnen ausgehen möchte, dann ist die Antwort ja.«

Sie lachten beide. »Ich habe vielleicht noch ein oder zwei Fragen.«

»Natürlich«, sagte sie. Sie stand auf, und auch Alex erhob sich. »Es freut mich, dass Sie so wohlauf sind.«

»Sie sind die Beste, Nancy«, sagte Alex und streckte die Hand aus. Aber das kam ihm viel zu förmlich vor. Obwohl sie Publikum hatten, beugte er sich über den Tisch und küsste Nancy sanft auf die Wange. Dabei hielt er ihre Hand einen Moment länger als notwendig. »Danke, dass Sie sich so gut um mich gekümmert haben.«

Sie blickte sich verlegen um. »Das gibt Gesprächsstoff für mehrere Schichten!«

»Nun, ich begleite Sie jetzt hinaus. Wir wollen doch mal sehen, ob wir die anderen nicht sofort dazu bringen können, über uns zu reden.«

Kurz ging ihm durch den Kopf, ob er sie bitten sollte, ihm die alte Station zu zeigen und ihn zu Schwester Bolton zu bringen, aber er hatte bereits zu viel von Nancys Zeit in Anspruch genommen und wollte es nicht übertreiben. Er konnte ja jederzeit noch einmal hierherkommen.

Als er wieder im Auto saß, brannte er darauf, das Gehörte noch einmal durchzugehen, um vielleicht Bedeutungsvolles zu entdecken.

»Wohin, Sir?«

»White's Club, bitte, Jonesy … St James's.«

»In Ordnung, Mr Wynter. Übernachten Sie im White's, Sir?«

»Ja, möglich«, sagte Alex zerstreut. »Aber Sie können heute Abend nach Sussex zurückfahren. Ich brauche den Wagen nicht.«

Jones nickte. »Und haben Sie gefunden, wonach Sie gesucht haben, Sir?«

»Nicht ganz, aber ich glaube, ich bin der Sache viel näher gekommen«, antwortete er, als sich eine beiläufige Erinnerung aus der Masse an Informationen, die er heute bekommen hatte, löste und sich in seinem Hinterkopf festsetzte.

26

Der Swithin's Club, von Benjamin Levi liebevoll und vielleicht ein wenig herablassend als »Swines« bezeichnet, lag in der Innenstadt von London, nicht weit von der mittelalterlichen anglikanischen St.-Swithin-Kirche entfernt. Zurzeit lag er im dichten Londoner Nebel, der sich noch nicht gelichtet hatte. Edie wusste, dass der Mann, den sie suchte, hier gerade beim Frühstück saß – Ben nahm all seine Mittagsmahlzeiten hier ein, und mittwochs frühstückte er hier immer, weil »sie einen köstlichen Schellfisch machten« und einen Weizenbrei, der wohl wesentlich besser schmeckte als »normaler, klumpiger Porridge«.

Es machte sie wütend, von der anderen Straßenseite auf dieses Gebäude zu schauen – eine Bastion männlicher Herrschaft, von der Ben absolut begeistert war. Aber nichts kam an ihre tiefe Enttäuschung über das, was sie erfahren hatte, heran. Da sie jedoch sicher war, nicht alle Fakten zu kennen, zügelte sie ihre Wut. Sie wollte Ben Gelegenheit geben, alles zu erklären. Doch er sollte keine Gelegenheit bekommen, sich ihr gegenüber wie ein Anwalt aufzuführen und sein Plädoyer vorzubereiten.

Edie holte ein letztes Mal tief Luft und lief über die Straße, bereit für ihren Überfall.

Bartholomew Hudson war seit der Gründung kurz vor der Jahrhundertwende Portier im Swithin's Club. Er hatte den Krieg, die Spanische Grippe, die Ankunft des Jazz-Zeitalters, die Kohlenrationierung wegen des Bergarbeiterstreiks und selbst die undenkbare Zulassung einer Frau in den Club überlebt. Aber er hatte sich mit dem Gedanken getröstet, dass Ivy Williams das Eindringen auf männliches Territorium verziehen werden konnte, weil sie aus einer angesehenen Juristenfamilie kam, selber eine brillante Anwältin war und eine der ersten Frauen, die einer der Anwaltskammern angehörten. Außerdem hatte ihr Bruder, ebenfalls Anwalt und Mitglied im Swithin's, sein Leben im Kampf für das Vaterland gelassen.

Hudson hatte jedoch keinen Moment lang geglaubt, dass damit ein Trend eingeläutet würde und weitere Frauen regelmäßig Einlass in den Club verlangten, deshalb sah er mit Entsetzen, wie diese attraktive Frau über die Cannon Street auf den Eingang zukam. Er beobachtete sie schon seit einigen Minuten; unter all den Anzugträgern war sie schwer zu übersehen in ihrem pflaumenfarbenen Mantel und dem Pelzhut. Zuerst hatte Hudson gedacht, sie bewundere nur das Gebäude, aber mittlerweile bezweifelte er das. Offensichtlich wollte sie eintreten.

Es war sehr kalt, trotz des Nebels, und in dem Dunst wirkte die dunkelhaarige Schönheit noch wesentlich überirdischer, als sie nur noch wenige Schritte von ihm entfernt war. Es wäre flegelhaft gewesen, ihr das Eintreten in die Empfangshalle zu verweigern, und so betätigte er den Messingtürgriff, den er jeden Tag aufs Neue polierte.

»Äh, guten Morgen, Miss«, sagte er, als sie durch die Tür schlüpfte und einen Schwall kalter Luft mitbrachte. »Entschuldigung, aber Sie befinden sich möglicherweise im falschen Gebäude.«

»Das glaube ich nicht«, sagte sie und entwaffnete ihn nicht nur mit ihrer leicht heiseren Stimme, sondern auch mit einem Lächeln, das ihn wärmte. »Das ist doch hier der Swithin's Club, oder?«

»Ja, in der Tat«, erwiderte er. »Äh … ein *Herren*club, Miss … äh?«

»Eden Valentine«, sagte sie und streckte die Hand aus. Sie trug schwarze Wildlederhandschuhe.

Es wäre unhöflich gewesen, ihr nicht die Hand zu schütteln, aber ihr selbstbewusstes Eindringen machte ihn nervös.

»Bartholomew Hudson. Ich bin der Chefportier, Miss Valentine. Brauchen Sie eine Wegbeschreibung?«

Sie achtete gar nicht auf seinen Versuch, sie wieder zurück in die Kälte zu schicken. »Ja. Danke, Mr Hudson. Sie können mir den Weg in Ihr Frühstückszimmer beschreiben, bitte.«

Er starrte sie verblüfft an.

»Dem Speckgeruch nach zu urteilen, ist es wohl oben«, sagte sie und wies auf die mit Teppich belegte Treppe, die sich in der Mitte der Lobby emporschwang.

Mitglieder kamen vorbei und warfen verwirrte Blicke in ihre Richtung. Das Herz des Portiers sank, als zwei bedeutende Strafverteidiger die Treppe herunterkamen.

»Miss Valentine, verzeihen Sie, aber Frauen sind im Swithin's Club nicht zugelassen.«

»Das weiß ich wohl, Mr Hudson. Männer dürfen auch meine Kleider nicht tragen, aber deswegen verbiete ich ihnen noch lange nicht, meinen Salon zu betreten.«

Während er noch nach der richtigen Antwort suchte, ging sie rasch an ihm vorbei, und dann sah er nur noch ihre schmalen Fesseln, als sie ins obere Stockwerk verschwand. Alarmiert versuchte Hudson, ihr nachzulaufen, aber der Schwarm von Männern, die gerade die Treppe herunterkamen, da das erste Frühstück vorbei war, behinderte ihn. Er beschloss, stattdessen das Telefon zu benutzen.

Er rief im Speisezimmer an, aber als jemand abhob, war es bereits zu spät.

Edie kam sich vor wie ein stromaufwärts schwimmender Lachs, als sie sich an den kräftigen Männerkörpern vorbeidrängte. Sie ignorierte die erschrockenen Blicke und das Gemurmel, das ihr Anblick unter den Frühstücksgästen auslöste, die aus den Flügeltüren am Ende des Korridors strömten.

»Junge Dame. Dürfen Sie überhaupt hier sein?«, sagte ein älterer Mann.

»Ich muss Mr Benjamin Levi finden.«

Der Mann blickte sie verwirrt an.

»Ist Mr Levi im Speisezimmer?«, fragte Edie.

»Ja, ich habe ihn drinnen gesehen.« Ein jüngerer Mann zwinkerte ihr zu. »Du liebe Güte, lassen wir jetzt auch weibliche Mitglieder zu?«

Sie drängte sich an ihnen vorbei, bevor der arme alte Hudson sie einholen konnte.

Edie betrat das Speisezimmer und blickte sich in dem großen Raum suchend nach Ben um. Ihr scharfes Auge nahm sofort die Opulenz der Einrichtung wahr. Sie bemerkte die Vergoldungen und Kronleuchter, den dicken Teppich, der alle Geräusche dämpfte, sodass das Klappern des Bestecks unaufdringlich war und die Unterhaltung leise. Es roch nach Leder und süßem Tabak, gemischt mit den Gerüchen nach Schellfisch und gekochten Eiern. Die hohen georgianischen Fenster gaben wie riesige Bilderrahmen den Blick auf die Stadt frei. Die strahlend weißen Tischtücher, schimmerndes Silberbesteck und funkelndes Kristall ließen ahnen, wie hell es hier an einem sonnigen Tag sein mochte. Vielleicht ziehen sie ja dann die schweren smaragdgrünen Samtvorhänge zu, dachte sie geistesabwesend. Und dann sah sie die vertraute Gestalt.

Ben las die Morgenzeitung. Er saß mit dem Rücken zu ihr und hatte die Laute des Unbehagens der anderen Männer noch nicht mitbekommen.

Edie wartete. Sie wehrte die drängenden Fragen der Kellner ab und ignorierte einen großen Gentleman in dunklem Anzug, der sichtlich bestürzt zu ihr sagte: »Madam, ich muss Sie wirklich bitten, mir zu folgen …« Edie blieb einfach stehen, entschlossen zu warten, bis Ben ihr seine Aufmerksamkeit schenkte. Mit jeder Sekunde wuchs ihre Wut.

Schließlich kam ihm doch zu Bewusstsein, wie sich die Männer um ihn herum räusperten und schließlich ganz still wurden. Er drehte sich um und wurde blass, als er sie sah.

»Hallo, Ben.«

»Mr Levi, verzeihen Sie mir das unbefugte Eindringen«, begann der Mann, der Edie am Arm gefasst hatte, verlegen.

»Lassen Sie Miss Valentine sofort los, Sir!«, fuhr Ben ihn in seinem Schock an, woraufhin der Oberkellner Edies Arm augenblicklich losließ, als hätte er sich verbrannt. Ben stand auf und griff nach einer Serviette, um sich die Lippen abzutupfen. »Das ist meine Verlobte, und sie würde nur in einem Notfall hierherkommen.« Er warf Edie einen flehenden Blick zu, damit sie bestätigte, dass das stimmte. »Ist alles in Ordnung, Edie, meine Liebe?«

Es war schade, dass sie erst jetzt merkte – in diesem

unbehaglichen Schweigen und unter den Blicken der anderen Anwesenden –, wie gut Ben Levi aussah. Sie hatte es nie wirklich gesehen. Wie er da stand, groß und in einem eleganten dunklen Anzug mit Fliege, seiner neuesten Vorliebe, die Stirn besorgt gerunzelt und die dichten schwarzen Haare aus dem jungenhaften Gesicht gekämmt, musste Edie zugeben, dass er wirklich ein gutaussehender Mann war. Rein objektiv betrachtet wäre er ein guter Partner für sie gewesen, in körperlicher, finanzieller und religiöser Hinsicht, aber ganz gewiss nicht in spiritueller oder emotionaler Hinsicht.

Er hatte sie noch nie »meine Liebe« genannt; es klang so väterlich, dass Edie innerlich seufzte. In diesem Moment verließ sie das Verlangen, mit ihm zu kämpfen. Ihre Schultern sanken herab, als ihre Wut sich in diesem Seufzer auflöste und Edie eine weitere wichtige Entscheidung traf.

»Es tut mir leid, Ben, dass ich hier so hereinplatze, aber es ist tatsächlich wichtig … und dringend«, sagte sie und blickte auf die Männer, die sie umringten.

»Lassen Sie bitte, Mr Barnsley, danke«, sagte Ben. »Entschuldigung, meine Herren«, sagte er zu den übrigen Anwesenden. Er ließ sich die Verlegenheit über die peinliche Situation, die sie verursacht hatte, nicht anmerken. »Liebste, vielleicht können wir nach draußen gehen?«

Sein Tonfall war so höflich, dass sie nicht heftig darauf reagieren konnte. Sie nickte zustimmend und spürte, wie sich die anderen Männer im Raum entspannten. Sie setzten sich wieder, und der Oberkellner räusperte sich und wandte sich ab, als Ben Edie am Arm ergriff.

»Nebenan ist ein privater Raum.« Mehr sagte er nicht. Er führte sie in einen kleinen Salon und schloss die Tür hinter ihnen. Dann stieß er die Luft aus. »Edie, was tust du hier?«

»Ich bin gekommen, um dir zu sagen, dass ich dich nicht heiraten kann, Ben.«

Sie hatte Zorn, zumindest Irritation erwartet, aber sein leises Lachen überraschte sie.

»Schon wieder? Du tust es schon wieder?«

»Es war ein Fehler, überhaupt in eine Heirat mit dir einzuwilligen. Ich weiß nicht, was ich mir dabei gedacht habe.«

»Edie«, sagte er mit leichter Empörung. Er blickte auf seine Taschenuhr, die an seiner Weste hing. »Vor nicht ganz …«, er hielt inne, um nachzurechnen, »… äh, vierzehn Stunden haben wir über unsere Hochzeit gesprochen. Was hat dieses seltsame Verhalten ausgelöst? Bist du nervös? Es wäre vollkommen verständlich.«

Sie bewunderte seinen ruhigen Tonfall. Aber Ben stritt sich selten.

»Ich bin heute voller Wut hierhergekommen, und ich wollte dir eine Szene machen. Ich wollte mich in aller Öffentlichkeit mit dir streiten.«

Verwirrt schaute er sie an. »Du hast einen wahren Aufruhr verursacht. Das wird sicher *das* Gesprächsthema im Club werden.« Seine Stimme klang spöttisch amüsiert.

»Du hast ja breite Schultern«, erwiderte sie.

»Ja, es kann mir nur Ruhm einbringen«, sagte er. »Sag mir, was los ist. Was ist passiert?«

»Sarah ist passiert«, antwortete sie. Ihre Stimme war leise, aber sie wich seinem Blick nicht aus.

»Sarah?«

»Lass das, Ben. Ich habe deinen Respekt verdient.«

Er wirkte völlig verwirrt. Entweder war er ein guter Schauspieler, oder Sarah hatte gelogen. Edie wollte ihr jedoch nicht misstrauen; er spielte mit ihr und überdachte wahrscheinlich die Situation.

»Sarah«, fuhr sie fort, wobei sie sich zwang, ruhig zu bleiben, »ist das ehemalige Garderobenmädchen aus dem Restaurant, in das du mich an dem Abend ausgeführt hast, als meine Skizzen gestohlen worden sind.«

Er zuckte mit den Schultern. »Und was hat das mit mir zu tun?«

Enttäuscht wandte sie den Blick ab. Noch in dieser Sekunde hatte sie gehofft, er würde aufrichtig zu ihr sein. »Du warst immer mein bester Freund. Kannst du dich noch an unseren Pakt erinnern, den wir an dem Tag geschlossen haben, als wir mit all unseren Vettern und Cousinen auf dem Jahrmarkt waren und Riesenrad gefahren sind?«

»Ich habe versprochen, dich zu heiraten und immer zu lieben«, sagte er. »Und ich wollte, dass du mir das auch versprichst.«

»Genau darum geht es mir, Ben. Wir haben uns auch versprochen, uns nie anzulügen. Ich konnte dich schon damals nicht belügen und habe dir nicht versprochen, dich zu heiraten. Aber ich weiß, dass du mich jetzt belügst.«

Sie war nicht darauf vorbereitet gewesen, wie schnell er auf sie zutrat und sie an den Armen packte. »Was ist los? Was glaubst du?«

Clever. Er war ein geschickter Anwalt. Rational, ruhig, gerissen; er warf ihr den Ball wieder zu.

Sie holte tief Luft. »Ich habe Grund zu der Annahme, dass ich Sarah fälschlicherweise beschuldigt habe, meine Entwürfe gestohlen zu haben. Du hast sie genommen und sie der Konkurrenz gegeben. Du hast mich gedemütigt, versucht, meine Träume zu zerstören, bevor ich sie überhaupt umsetzen konnte. Und du warst es, der sich darangemacht hat, mein Geschäft zu untergraben.«

Sie sah die Wut, die in seinen Augen aufflammte. »Und wie kommst du an diese Informationen, Edie? Ich dachte, ich hätte dir ausdrücklich verboten …«

»Oh Ben, du hast mir gar nichts zu verbieten!«, fuhr sie ihn an und riss sich los. »Ich gehöre dir nicht!«

Er blickte sich um, als hätte er Angst, man könne sie hören.

»Verzeih mir«, sagte er und fuhr sich nervös durch die sorgfältig gekämmten Haare. »Das hat sich falsch angehört. Ich hatte dich gebeten, die Angelegenheit nicht aufzurühren.«

»Und ich verstehe jetzt auch, warum.«

»Wie kannst du nur das Wort einer gewöhnlichen Diebin über meines stellen? Ich mache diesem Mädchen natürlich keinen Vorwurf«, fuhr er herablassend fort. »Sie weiß wahrscheinlich nicht, wie sie ihre Miete bezahlen soll.«

Edie schüttelte den Kopf. »Es tut mir leid. Ich glaube dir nicht, und das bedeutet, dass ich dir nicht vertraue.«

»Edie, bitte.« Er griff erneut nach ihrem Arm, aber sie wich zurück.

»Ich habe dich dafür bewundert, wie du es weggesteckt hast, dass ich dich beim letzten Mal verletzt habe. Ich habe darauf vertraut, dass wahre Freundschaft eben alle Verletzungen überwinden kann. Dafür danke ich dir, Ben. Aber dieses Mal hast du dich zynisch verhalten, und ganz gleich, wie ich es betrachte, es gefällt mir nicht. Ich glaube, du wolltest mir eine Lektion erteilen, bist es aber heimlich angegangen. Oder vielleicht wolltest du auch nur eine Frau, die ihrem Mann ergeben dient. Deshalb habe ich Tom ja so geliebt.« Allein schon bei der Erwähnung seines Namens traten ihr die Tränen in die Augen. »Tom hat mich immer als gleichberechtigt angesehen.

Eigentlich hat er mich sogar auf einen Sockel gestellt und mich meine Träume leben lassen, mir dabei geholfen, sie wahr zu machen, während du das Gegenteil betrieben hast. Sarah hat mir gesagt, sie habe die Mappe gar nicht aufgemacht und dass niemand außer dir sie berührt habe von dem Moment an, wo ich sie in ihre Obhut gegeben habe. Sie sagte, sie habe gesehen, wie du sie geöffnet hättest, ein paar Blätter herausgenommen, sie zusammengefaltet und in die Tasche gesteckt hättest. Und ich glaube ihr, Ben.«

»Ich fasse deine Anschuldigungen nicht«, stieß er hervor.

»Was geschehen ist, kann nicht ungeschehen gemacht werden, und ich werde auf die verlorenen Entwürfe keine Energie mehr verschwenden. Ich vertraue Sarahs Erklärung, weil sie ein Gespür für Mode hat und sicher gewusst hätte, wo sie die Skizzen verkaufen kann.«

Ben warf ihr einen verächtlichen Blick zu. »Ist das deine ganze Beweisführung?«

»Keineswegs. Jemand, der so viel von Mode versteht, möchte doch bestimmt diese Art von Mode auch tragen.«

»Dann wird sie das Geld, das sie bekommen hat, eher unklug ausgeben und nicht ihre Miete bezahlen, sondern sich neue Kleider kaufen.«

»Genau das würden die meisten Leute denken, ich auch. Wenn also Sarah so eine gerissene Opportunistin ist, mit einem Näschen für Stil und einem so unerwarteten Geldregen, würde sie dann immer noch in alten, unmodernen Schuhen herumlaufen, mit geflicktem Rock und einer schäbigen Tasche?«

Ben wurde rot und gab keine Antwort.

»Ich habe Sarah dafür entschädigt, dass du sie so zynisch als Sündenbock benutzt hast, aber ich sehe leider keine Möglichkeit für dich, mich zu entschädigen, Ben.«

Jetzt endlich veränderte sich sein Gesichtsausdruck. Er zeigte offen, was er wirklich dachte. »Ich habe dir eine zweite Chance gegeben, meine Frau zu werden, Edie. Ich habe meinen Stolz und all den Schmerz hinuntergeschluckt, und jetzt stehst du hier und schlägst mir auf die andere Wange. Was ich getan habe, habe ich zu unserem Besten getan. Ich kann keine Ehefrau haben, die nichts anderes als eine etwas bessere Ladenbesitzerin ist und sich potenziell zum Narren macht.«

Edie nickte dankbar. »Endlich hast du die Wahrheit gesagt. Ich weiß nicht, was ich gedacht habe, Ben, und ich habe nicht die Absicht, die Dokumente zu unterzeichnen, die mich aus meiner Ehe mit Tom, dem Vater meines Sohnes, lösen. Ich weiß, dass du Tommy gern zu deinem Kind gemacht hättest. Ich denke, du hättest dir sicher auch Mühe gegeben, ein guter Vater zu sein. Aber nicht für Tommy. Er braucht dich nicht.«

Ben lachte grausam. »Er kommt nicht zu dir zurück, Edie. Dein Vater hat einmal zu mir gesagt, er fürchte den Augenblick, in dem Tom sein Gedächtnis wiedererlangen würde … anscheinend waren seine Worte klug.«

Bei Bens abfälligen Worten hatte Edie das Gefühl, ihr würde der Boden unter den Füßen weggezogen. Sie wurde blass, und ihr kam es vor, als wäre sie in einen schrecklich dunklen Tunnel gestürzt worden. Der Schweiß lief ihr über den Rücken, und ihre Kleider fühlten sich auf einmal unbequem und eng an. Keuchend rang sie nach Luft.

»Ich sehe, das weckt deine Aufmerksamkeit, meine liebe Edie. Du Arme. Der arme Tom. Oder vielleicht der gar nicht so arme Tom.«

Edies Lippen waren ganz taub. »Was weißt du?«, krächzte sie.

»Ich kann dir nur den Rat geben, ihn zu vergessen, da er dich offensichtlich vergessen hat. Es liegt auf der Hand, dass er nicht mehr in dein kuscheliges kleines Häuschen in Epping zurückkehrt.«

»Du hast ihn gesehen?«, fragte sie. Die Worte taten weh.

Ben zuckte mit den Schultern. »Ich habe etwas gelesen, oder vielleicht wurde mir auch etwas zugetragen, als du weg warst.«

»Aber du hast nicht daran gedacht, es zu erwähnen?«, flüsterte sie.

»Du warst eine ganze Woche lang weg. Ich habe es vergessen.« Sie wusste, dass er log, sah es daran, wie sein Adamsapfel sich auf und ab bewegte. »Er kann sich offensichtlich nicht an dich erinnern und auch nicht an die Tatsache, dass er Vater ist. Du brauchst mich nicht weiter nach ihm zu fragen, ich habe dem Ganzen nicht viel Aufmerksamkeit geschenkt.«

»Nein, ich werde dich auch nicht fragen«, sagte sie und wandte sich zur Tür. Der Raum, in dem sie standen, war auf einmal unerträglich stickig. »Du und ich, wir werden nie wieder von Tom sprechen. Wir werden überhaupt nicht mehr miteinander sprechen. Leb wohl, Ben.«

Edie wartete nicht auf seine Erwiderung. Sie floh über den verlassenen Korridor und die Treppe in den kalten Londoner Morgen. Nach Luft ringend rannte sie die Cannon Street entlang und hoffte, dass die Kälte sie aus ihrer Starre herausholen und ihr helfen würde, klar zu denken. Sie eilte am Terminus Hotel neben dem Bahnhof an der Cannon Street vorbei und durch den Eingang in die Bahnhofshalle. Dort blieb sie unter der großen Kuppel aus Glas und Eisen stehen und holte erst einmal tief Luft.

Sie zog ihr Taschentuch aus der Tasche und trocknete sich die Tränen, und dann begann sie trotz aller Verzweiflung zu lachen. Und als sie nach oben durch das Glas auf den bewölkten, fast weißen Novemberhimmel blickte, spürte sie, wie ihre Stimmung sich hob.

Tom lebte. Und sie würde ihn finden.

27

Alex schreckte auf, als er das Geräusch klappernder Absätze hörte. Einen kurzen Augenblick lang wusste er nicht, wo er war, aber dann merkte er, dass er zusammengesunken in einem Ledersessel saß. Anscheinend hatte er laut geschrien, denn die anderen Mitglieder seines Clubs warfen ihm erstaunte Blicke zu.

»Noch einen Brandy, Sir?«, fragte ein Kellner. Alex blickte auf den Beistelltisch neben dem Sessel, auf dem eine fast leere Kristallkaraffe stand.

»Äh, nein danke, Albert. Könnten Sie bitte das Feuer schüren? Vielen Dank.« Er erhob sich aus seinem Sessel und gähnte. Im selben Augenblick versetzte ihm jemand einen festen Schlag auf die Schulter.

»Ich hoffe, du hast gewonnen!«

»Was? Oh, hallo, Denton. Immer noch hier?«

»Ich sagte, hoffentlich hat sie gesiegt, alter Knabe.«

Verwirrt blickte Alex ihn an. »Wovon redest du da eigentlich, Timothy?«

»Von Pretty Penny. Es klang so, als hättest du sie durchs Ziel geritten.«

»Penny ist meine Verlobte, du Hornochse«, erwiderte Alex müde. »Verdammt, ich muss eingenickt sein.« Er blickte auf die große Uhr über dem Kaminsims des Raucherzimmers im Club.

»Ich weiß, aber das machte es ja gerade so lustig«, fuhr Denton amüsiert fort. »Sie mag ja deine Verlobte sein, aber vor ein paar Jahren war Pretty Penny eben auch ein tolles Pferd. Hat nie ein Rennen verloren. Irgendjemand muss ein Vermögen mit ihr gewonnen haben, weil sie praktisch aus dem Nichts kam.« Er tippte sich an die Nase. »Ich hatte meine Chance. Wünschte, ich hätte sie ergriffen. Nacht, Wynter.«

Pretty Penny? Hatte er das wirklich geschrien? Er hatte noch nie in seinem Leben auf ein Rennpferd gewettet … jedenfalls nicht, soweit er wusste. Er stöhnte. Und von ferne hallten immer noch die Schritte.

Seufzend starrte Alex in die Flammen, die dank Albert jetzt wieder hochloderten, und dachte an morgen. Würde er beim Schneider etwas erfahren, was ihn irgendwie weiterbrachte? Er griff nach dem Cognacschwenker; der Duft des Brandys ließ ihn an frische Blumen und reife Aprikosen denken. Er trank den letzten Schluck, und der Alkohol rann scharf durch seine Kehle. Alex traf eine Entscheidung. Er wusste, dass er ein Doppelleben führte – eines, in dem er kurz davorstand, zu heiraten und eine Familie zu gründen, und dann ein anderes, dunkleres Leben, das in den Schatten lag und Gedanken an eine andere Frau in ihm weckte, die er unbedingt wiedersehen wollte … Die Gedanken brachten ihn aus der Fassung, zerstörten sein Gleichgewicht und hinderten ihn letztendlich daran, in die Normalität zurückzukehren. Solange er nicht wusste, wer er gewesen war, würde er nicht zur Ruhe kommen, und das konnte für ihn und Pen jede Chance auf zukünftiges Glück zerstören. Sie hatte etwas Besseres verdient als einen halben Mann. Was für eine Bedeutung hatten Pretty Penny und all die anderen scheinbar bedeutungslosen Gedankenfetzen, die ihn vielleicht zu der Besitzerin des roten Taschentuchs führen konnten?

Entscheide dich, Alex, befahl er sich stumm, während

die Flammen tanzten und ihn an ein anderes Kaminfeuer in einem weitaus kleineren Zimmer erinnerten, das elegant und behaglich war … und erfüllt von Liebe. Er hielt den Atem an. Er irrte sich nicht; die Erinnerungen kamen definitiv näher. Verlor die Amnesie an Stärke, oder war er nur ein Opfer seiner eigenen Verzweiflung? War überhaupt etwas real?

Genug! Wie lange noch konnte er diesen schwankenden Zustand ertragen? Real oder nicht, die Hochzeit fand in wenigen Monaten statt, und er hörte im Geiste schon die Klänge des Hochzeitsmarsches. War er mit Pen nicht schon viel zu weit gegangen? Er hasste sich für seine Unentschlossenheit und dafür, dass er wirklich nur noch ein halber Mann war.

Während Alex in die Flammen starrte, schloss er einen Pakt mit sich. Wenn der Termin bei Percival Fitch keine weitere Spur eröffnete, dann würde er aufhören zu suchen und sich auf seine Zukunft mit Pen konzentrieren. Wie viele arme Soldaten würden ihre Seelen für das geben, was er hatte – eine zweite Chance? Wie oft hatte er sie vor dem Angriff in den Schützengräben murmeln hören, dass sie nur zu gerne einen Arm oder ein Bein geben würden, wenn sie nur noch einen einzigen Tag mit ihren Liebsten verbringen könnten. Sein Mangel an Dankbarkeit bereitete ihm Übelkeit. Der Himmel hatte ihm eine zweite Chance gegeben … warum sollte er sie aufs Spiel setzen?

Alex hätte auch in der Wohnung der Familie in Belgravia übernachten können, aber er zog die Bequemlichkeiten im Club vor und ging die Treppe zu den Gästezimmern hinauf. Er schlief in seinen Kleidern, lockerte kaum seinen Kragen, und träumte von einem Werkzeugschuppen im Garten und einem Holzrahmen, der aussah wie eine Babywiege.

Madeleine hatte Edie geholfen, ihre Sorgen zu ertränken, und geduldig den lallenden Worten ihrer Freundin gelauscht.

»Ich wusste gar nicht, wie grausam Ben sein kann. Das tut wirklich weh.«

»Oh, Menschen tun seltsame Dinge, wenn sie lieben, Liebling. Er ist weder immun noch ein Heiliger. Schließlich ist er ein Mann!« Madeleine musste über sich selber lachen, aber dann blickte sie ihre Freundin an. »Eden, ich bin so beschwipst, dass ich heute Nacht bei dir schlafen muss.«

Edie betrachtete die leere Champagnerflasche und kicherte, weil sie an den Rat ihrer Freundin dachte: »Beweine nie das Ende einer Liebesaffäre, *ma chérie*. Erhebe einfach dein Glas auf die nächste!«

»Natürlich«, lallte sie. »Such dir ein Plätzchen zum Schlafen. Mads, bin ich betrunken?«

»Ich hoffe es. Dann wäre ich zumindest nicht die Einzige, bei der sich alles dreht.«

Sie lachten, aber Edie verstand auf einmal gar nicht mehr, warum sie sich so fröhlich anhörte, weil ihr plötzlich so schlecht war. »Ich muss nach Tommy sehen.«

»Tommy schläft tief und fest«, erwiderte Madeleine. »Aber wir müssen unseren Schönheitsschlaf haben. Du weißt ja, dass morgen die Aubrey-Finch-Gesellschaft kommt.«

»Oh nein. Sag, dass das nicht wahr ist«, stöhnte Edie und verbarg ihren Kopf in einem Kissen. »Um wie viel Uhr?«

»Um zehn.«

»Gut, dann schlafe ich jetzt gleich hier ein«, sagte Edie.

»Dann kann ich ja dein Bett nehmen, Liebling, weil ich ja morgen die Flitterwochen-Garderobe vorführen muss.« Madeleine blies der Freundin einen Kuss zu. »Ich schaue nach Tommy. *Bonne nuit, ma chérie.*«

»Bonnie«, lallte Edie, wobei sie der festen Überzeugung war, perfektes Französisch zu sprechen. Sie schlief auf der Stelle ein und träumte davon, mit Tom in der Badewanne zu liegen und Apfel-Brombeer-Kuchen zu essen, während die Hochzeitsglocken für eine Trauung läuteten, die zwar seine war, aber nicht ihre.

Das Pfeifen des Wasserkessels tat ihrem Kopf weh. Edie stöhnte leise, als Madeleine fluchend hinrannte, um ihn vom Herd zu nehmen.

Edie blickte mit blutunterlaufenen Augen auf. »Wenn du mich jemals wieder betrunken machst«, begann sie, aber dann hielt sie sich plötzlich den Bauch, wobei sie ein würgendes Geräusch von sich gab. »Schnell, aus dem Weg!« Sie sprang auf, schob Madeleine Tommys Porridge-Schüssel zu und rannte ins Badezimmer.

Madeleine zog die Augenbrauen hoch und blickte Tommy an, der geduldig in seinem Hochstühlchen saß und auf den nächsten Löffel voll Haferbrei wartete. »Hier, mein schöner Junge. Versuch es mal selber mit dem Löffel. Genau so, mein kluger Tommy. Du bist noch nicht mal zwei Jahre alt, und Mummy kann damit angeben, wie gut du schon ohne Hilfe essen kannst. Ich mache ihr besser eine Kanne Tee.« Sie schaute sich nach Honig und Zitrone um. Tommy amüsierte sich währenddessen mit seinem Porridge, quetschte ihn durch seine kleinen Finger und verschmierte ihn auf dem Tablett seines Hochstühlchens.

Als Edie zurückkam, war sie blass, und ihre normalerweise glänzenden schwarzen Haare hingen in feuchten Strähnen um ihr Gesicht. »Tommy! Was machst du für eine Schweinerei!«

Madeleine kicherte. »Das kriegt man mit einem Schwamm und etwas Wasser in Null Komma nichts wieder weg. Mach dir keine Gedanken! Er ist glücklich, und er isst. Hier, trink das.«

»Ganz bestimmt nicht. Ich werde nie wieder etwas trinken, was du mir gibst. Die morgendliche Übelkeit war nichts gegen das eben«, murmelte sie.

»Aber das hier geht wieder vorbei, mein Liebling«, sagte Madeleine und trat mit einem warmen, feuchten Lappen zu Tommy.

Edie lächelte. »Was hätte ich bloß getan, wenn du nicht in mein Leben getreten wärst? Du sammelst immer wieder die Scherben meiner schlechten Entscheidungen ein.«

»Es gab keine schlechte Entscheidung, Eden. Aber Ben hat dich getäuscht. Ihr habt euch beide verletzt. Es ist vorbei.« Sie zuckte mit den Schultern. »Morgen kommt vielleicht ein anderer Mann.«

Eden warf ihr einen vernichtenden Blick zu. »Ich habe dir doch erzählt, was Ben gesagt hat. Ich habe jedenfalls vor herauszufinden, was er über Tom erfahren hat.«

»Vielleicht hat er gelogen«, sagte Madeleine.

»Nein, er wusste etwas. Ich werde mit den Zeitungen auf der Fleet Street anfangen. Vielleicht hat er einen Artikel gelesen.«

»Du hast weder einen Namen noch irgendwelche Details. Wo willst du denn anfangen?«

Edie zuckte mit den Schultern. »Er ist irgendwo da draußen. Ich werde ihn finden. Was ist das hier überhaupt für ein Gebräu?«

»Honig … Zucker hilft bei einem Kater immer. Die Zitrone enthält Vitamin C – hat dir deine Großmutter das nicht beigebracht?«

»Ja, das habe ich gelernt.«

»Und dann noch eine Überraschungszutat, die das Wichtigste ist. Nichts Schlimmes«, versicherte Madeleine ihr. »Trink es, und in einer halben Stunde geht es dir besser.«

Edie legte den Kopf zurück und trank die Tasse in einem Zug leer. Anklagend blickte sie Madeleine an, dann weiteten sich ihre Augen bei dem prickelnden Gefühl auf ihrer Zunge. Madeleine wusste, dass sie gleich anfangen würde zu brennen. »Was zum …«

»Cayennepfeffer, Liebes. Chili nimmt den Schmerz, ob du es glaubst oder nicht.«

Edie hustete und begann zu spucken.

»Vertrau dem Rezept meiner französischen Großmutter«, sagte Madeleine. »So, es ist noch nicht einmal halb acht, und der Termin mit Miss Aubrey-Finch ist um zehn. Wir haben also noch viel Zeit …«

Edie küsste Tommy auf den Scheitel. Dann sank sie wieder auf ihren Stuhl und legte den Kopf auf die Tischplatte. »Nein, Mads«, stöhnte sie. »Ich kann sie heute nicht empfangen. Nicht in diesem Zustand.«

»Es wird dir gut gehen.«

»Wird es nicht. Mir ist übel. Mein Kopf tut weh. Gleich muss ich mich wieder übergeben. Ist Sarah heute nicht im Salon?«

»Ja.«

»Ich werde Mrs Miller bitten, eine Stunde bei Tommy zu bleiben, bis ich wieder klar im Kopf bin. Könnt ihr beiden die Anprobe übernehmen?«

»Das könnten wir sicher, aber Miss Aubrey-Finch wird enttäuscht sein. Und wenn nun Änderungen vorgenommen werden müssen oder sie dreihundert Pfund mehr ausgeben will?«

Obwohl ihr der Kopf wehtat, musste Edie lachen. »Ruf

sie von hier aus an und verschieb den Termin. Gib mir die Schuld. Sag ihr, ich sei krank.«

»Oh Eden. Sie wollte doch heute die Rechnung zahlen, oder?«

»Mach mir keine Vorwürfe. Das ist alles sowieso deine Schuld. Oh bitte, Mads, ruf an«, drängte sie. Mühsam erhob sie sich. »Ich bleibe heute früh im Badezimmer.«

Nachdem Madeleine Tommy unten bei Mrs Miller abgeliefert hatte, suchte sie im Auftragsbuch des Salons, das Edie gestern Abend mit nach Hause gebracht hatte, Miss Aubrey-Finchs Nummer. Sie blickte auf die Uhr. Es war kurz nach acht.

Ein paar Minuten später klopfte sie an die Badezimmertür. »Eden?«

»Mmm?«

»Brauchst du Hilfe?«

»Dieses Chili hat sich durch meinen gesamten Körper gebrannt.«

»Dann musst du später noch einen Schluck trinken. Leg dich ins Bett.«

»Mein Schlafzimmer ist viel zu weit weg.« Edie öffnete die Badezimmertür. Ihre Haare waren wirr, und sie war kreidebleich.

»Ich habe den Termin auf morgen verschoben.«

»Danke, Mads.« Edie ging in ihr Zimmer.

Madeleine wartete, bis Edie sich ins Bett gelegt hatte, dann deckte sie sie gut zu. »Und sie hat gesagt, das Geld würde sie heute vorbeischicken.«

»Ich habe dir doch gesagt, dass es in Ordnung ist.« Edie gähnte mit geschlossenen Augen.

»Ruf im Salon an, wenn du aufstehst«, sagte Madeleine. »Erhol dich, Eden.«

Sie ließ ihre Freundin in der Wohnung in Chelsea zurück und fuhr mit einem Taxi zu ihrer Wohnung, die sie eine Stunde später perfekt zurechtgemacht in einer Pferdedroschke verließ, um zum Salon zu fahren. Sarah kam kurz nach ihr.

»*Bienvenue.*« Madeleine strahlte. Da das Mädchen mit der Begrüßung nichts anfangen konnte, fügte sie hinzu: »Willkommen. Nervös vor dem ersten Tag?«

Sarah nickte. »Mir ist ganz schlecht.«

»Miss Valentine geht es leider auch nicht gut. Sie kommt heute nicht.« Sarahs Schultern sanken herab.

»Oh? Hoffentlich nichts Ernstes?«

Madeleine schüttelte den Kopf. »Kopfschmerzen. Sie braucht nur ein bisschen Ruhe.« Sie musterte Sarah. »Du siehst ganz reizend aus.«

Sarah hatte ihren Mantel ausgezogen und zupfte jetzt verlegen an ihrem Rock. »Oh, das freut mich, dass es Ihnen gefällt, Miss Delacroix. Und … ich habe Ihnen noch gar nicht dafür gedankt, dass Sie an jenem Tag zu mir ins Restaurant gekommen sind. Sie waren wie ein Engel vom Himmel. Die Arbeit im Restaurant habe ich gehasst, aber das hier ist eine neue Welt«, sagte sie und blickte bewundernd auf die Ständer, an denen die Kleidersäcke hingen. »Ist das die Kollektion für Aubrey-Finch?«

»Ja. Das hast du dir ja gut gemerkt. Aber heute wird sie noch nicht ausgepackt. Trotzdem haben wir viel zu tun. Möchtest du deine neue Uniform anprobieren? Sie wird Wunder an deiner hübschen Figur wirken und perfekt zu diesen neuen Schuhen passen. Oh, und bitte halte Ausschau nach einem Boten, der die Zahlungsanweisung von Miss Aubrey-Finch bringt …«

Alex war mit dumpfen Kopfschmerzen erwacht und dachte schuldbewusst an den Brandy gestern Abend. Das Telefon klingelte, und als er zähneknirschend die Beine aus dem Bett schwang, stellte er fest, dass er noch den Anzug von gestern trug. Pen war am Apparat, um ihn um einen Gefallen zu bitten.

»Ich habe den Umschlag schon mit einem Fahrer an deinen Club geschickt. Wenn du ihn vorbeibringen könntest, würde mir das viel Mühe ersparen«, sagte sie.

»Ja, ist in Ordnung. Ich kann ihn für dich abgeben.« Alex gähnte. »Was ist mit heute Abend?«

Er lauschte ihren Vorschlägen für die Abendunterhaltung. »Ich glaube nicht, dass ich Lust habe, eine Show zu besuchen«, erwiderte Alex und wartete auf ihr unvermeidliches leises Grummeln. Er wusste, dass sie ins Theater gehen wollte, aber er konnte das heute nicht ertragen. Also bot er ihr eine Alternative an. »Wie wäre es mit diesem neuen Jazz-Club, von dem du mir erzählt hast?«

»Meinst du Murray's?«

»Ja, genau«, antwortete er. »Wir könnten dort etwas trinken und dann ins Cecil Hotel fahren.«

»Ja, das ist in Ordnung«, willigte sie ein. »Alex, ich höre ja, wie schläfrig du bist. Vergiss die Zahlung nicht. Ich habe es versprochen.«

»Ich gehe heute Nachmittag vorbei«, sagte er.

»Danke. Dann bis um sieben, Liebling. Ich komme dich mit dem Taxi abholen. Ich liebe dich.«

Alex legte auf. Er blinzelte. Pen konnte ihre Liebe mühelos zum Ausdruck bringen, während er es noch nicht über sich bringen konnte, ebenso zu reagieren. Er wusste, dass es sie verletzte, aber seine Mutter hatte es treffend auf den Punkt gebracht: »Penny hat die Geduld eines Krokodils.«

Erneut griff er zum Telefonhörer und machte noch einen Anruf, um den Termin in der Savile Row zu bestätigen. Nach der Entscheidung von gestern Abend war heute ein wichtiger Tag: ein Wendepunkt. Am Mittag würde er die Vergangenheit losgelassen haben. Nach dem heutigen Treffen mit Mr Fitch und der wahrscheinlichen Nachricht, dass ihn nichts weiter in die Vergangenheit führen würde, würde er einfach alles loslassen, sodass es wie ein Ballon auf dem Jahrmarkt davonfliegen konnte.

Er lehnte sich in die abgenutzten Lederpolster der Hansom-Kutsche und blickte in den kalten Londoner Morgen. Die Luft roch nach Schnee, und überall in den Schaufenstern tauchten schon die ersten Weihnachtsdekorationen auf. Ein neues Jahr winkte und mit ihm hoffentlich ein ganz neues Leben.

Die Pferdehufe klapperten in die Savile Row, und Alex sah die Stelle, wo er umringt von Leuten aufgewacht war. Seine Wangen röteten sich bei der Erinnerung, und er war froh, als die Kutsche langsamer wurde. Alex stieg aus und bezahlte den Kutscher. Als er sich zur Fassade von Anderson & Sheppard umdrehte, strahlte ihn Percival Fitch von der obersten Stufe der kleinen Ladentreppe an.

»Guten Morgen, Mr Wynter.«

»Morgen, Fitch. Hoffe, Sie haben ein schönes, kleines Feuer im Kamin.«

Jonathan Elton, der gerade von einem Botengang kam, folgte Alex hinein. Er zitterte vor Kälte und pustete sich in die Hände. »Eine Kälte da draußen! Eine Tasse Tee, Sir?«

»Gute Idee«, erwiderte Alex, und während Elton im Korridor verschwand, folgte er dem Chefschneider in den Hauptsalon. »Nun, Sie sehen wohlauf aus, Fitch. Die Landluft bekommt Ihnen offensichtlich.«

»Das ist wahr.« Fitch klopfte sich auf die Brust. »Und meinem Arzt gefällt, was sie für mein Herz tut. Ich nehme an, Sie sind nicht wegen eines Anzugs hier, Sir? Mr Elton sagte, Sie wollten mich sprechen.«

»Nun, jetzt, wo Sie es erwähnen, denke ich, dass Sie besser Maß für einen neuen Anzug nehmen. Ich werde heiraten, Fitch!« Der Schneider blickte ihn aufrichtig erfreut an.

»Oh, meinen Glückwunsch, Mr Wynter. Das sind ja wundervolle Neuigkeiten. Also einen neuen Morgenanzug, neuen Abendanzug und vermutlich Reisekleidung, oder?«

»Ja. Die Hochzeit ist im April. Wir werden unsere Flitterwochen in Europa verbringen und bis nach Konstantinopel fahren.«

»Dann brauchen Sie auch Leinenhemden.«

»Das überlasse ich alles Ihnen. Die Hochzeit ist am ersten April.«

»Am ersten April?«, wiederholte Elton, der mit einem Teetablett eintrat. »Hoffentlich kein Aprilscherz, Sir«, sagte er grinsend.

Fitch räusperte sich. »Der Tee, bitte, Elton.« Er wandte seine Aufmerksamkeit wieder Alex zu. »Hochzeiten im Frühjahr sind immer besonders schön«, bemerkte er. »Vorausgesetzt natürlich, es regnet nicht. Nun, Sir, wir nehmen rasch Maß, wenn es Ihnen nichts ausmacht.«

»Nein, natürlich nicht.«

Elton schenkte Tee ein, und Fitch machte sich daran, bei Alex Maß zu nehmen.

»Ich muss mit Ihnen über den Tag reden, an dem ich in der Row gestürzt bin«, begann Alex.

»Oh?«, sagte Fitch. »Wie kann ich Ihnen behilflich sein?«

Alex seufzte. »Ich bin mir eigentlich nicht sicher. Ich möchte alles über den Moment wissen, in dem ich wieder zu mir kam.«

»Ich werde mein Bestes tun, Sir.« Fitch notierte sich ein paar Zahlen und begann, über die Ereignisse zu berichten, während er weiter Maß nahm.

Schließlich richtete Fitch sich wieder auf. »… und ich schickte es direkt zu Ihnen.«

»Dieses Taschentuch?«, fragte Alex und zog es aus seiner Tasche. Er bemerkte, dass Fitch sich unbehaglich fühlte.

»Äh, ja, Sir. Jetzt ist es ja wegen Ihrer bevorstehenden Trauung sicher nicht mehr wichtig, aber damals fand ich es notwendig, es Ihnen zurückzugeben.« Der Schneider wunderte sich offensichtlich, warum Alex das Taschentuch immer noch mit sich herumtrug.

»Fitch, das ist meine einzige Verbindung zu einer Vergangenheit, an die ich mich nicht erinnern kann. Ich habe keine Ahnung, wem es gehört oder warum ich es habe. Sie werden mir zustimmen, dass die Näharbeit gekonnt und fein ausgeführt ist. Mir ist klar, dass alle mir den Kopf tätscheln und mir einreden wollen, das sei von einem dankbaren Mädchen in einem Bordell, aber …« Er schüttelte den Kopf. »Ich glaube es einfach nicht.«

»Ich kann leider für Sie kein Licht in dieses Dunkel bringen«, erwiderte Fitch.

»Vielleicht können Sie aber etwas zum Anzug sagen?«

»Der Anzug?« Fitch runzelte die Stirn. Er hängte sich sein Maßband um den Hals.

»Der Anzug, den ich getragen habe, bevor Sie mir freundlicherweise einen neuen gegeben haben. Ich habe gehofft, dass es da vielleicht irgendwelche Hinweise geben könnte.«

»Nein, Sir, das bezweifle ich. Ich habe die Taschen selbst geleert und nur dieses Taschentuch gefunden. Sonst war da nichts. Ich habe mir hinterher überlegt, dass Sie vielleicht überfallen und ausgeraubt wurden.«

Alex begann, auf und ab zu gehen, obwohl der Schneider noch nicht fertig mit Maßnehmen war. »Ja, genau.«

»Es tut mir leid, Mr Wynter«, sagte Fitch sanft.

»Was ist denn mit dem Anzug passiert?«, fragte Alex.

Fitch wurde blass. »Sie haben mich gebeten, ihn wegzugeben, Sir.«

»Und das haben Sie auch getan?«

Die Miene des Schneiders wurde immer verlegener.

»Ich mache Ihnen gar keinen Vorwurf, Fitch. Ich versuche nur, einer vagen Spur nachzugehen.«

»Ich verstehe, Sir. Aber leider habe ich Ihre Anweisung tatsächlich befolgt. Mr Elton hat das übernommen. Wir, äh … nun, ich glaube, er ist in die christliche Mission in Nordlondon gegangen. Mr Elton wohnt dort in der Nähe, und er hat den Anzug selbst zur Mission gebracht, wenn ich mich recht erinnere. Nicht wahr, Mr Elton?«

Jonathan wurde rot. Er stellte die Teekanne ab, öffnete den Mund, um etwas zu sagen, und schloss ihn dann wieder.

Fitch blinzelte verwirrt. »Jonathan?«

»Verzeihen Sie, Mr Fitch. Es war ein sehr schöner Anzug.«

Alex' Herz machte einen Satz. »Elton, haben Sie ihn etwa noch?«

»Ich nicht, Sir. Äh … mein Bruder hat die gleiche Größe wie Sie, Mr Wynter. Er hat sich damals gerade um eine Stelle im Hotel Cecil beworben, Sir, und musste einen guten Eindruck machen.«

»Und ist es ihm gelungen?«

»Wie meinen Sie das, Sir?«

»Hat er in meinem Anzug einen guten Eindruck gemacht?«

Elton grinste. »Ja, Mr Wynter. Er arbeitet mittlerweile als Oberkellner im privaten Speiseraum.«

»Es freut mich, dass mein Anzug geholfen hat. Glauben Sie, er hat ihn noch?«

Elton nickte und warf seinem Vorgesetzten einen entschuldigenden Blick zu. »Wahrscheinlich. Äh, ja, Sir.«

»Wirklich, Jonathan.« Fitch stieß empört die Luft aus.

»Bitte, Fitch«, sagte Alex, »ich bin entzückt, dass der Anzug so gute Verwendung gefunden hat, und noch mehr freue ich mich darüber, dass er noch vorhanden ist. Er bietet mir vielleicht einen Anhaltspunkt für meine Vergangenheit, wissen Sie. Elton, ich weiß, dass es ungewöhnlich ist, aber ich frage mich, ob ich vielleicht selbst einen Blick darauf werfen könnte? Können wir vielleicht im Hotel anrufen?«

»Mr Wynter«, sagte Fitch, »ich will mich nicht einmischen, aber darf ich mit allem Respekt fragen, was Sie zu finden hoffen?«

»Das Etikett! Ich habe gehofft, den Mann aufsuchen zu können, der den Anzug gemacht hat. Ich will noch einen einzigen Versuch unternehmen, Mr Fitch. Sie können sich nicht vorstellen, wie frustrierend es ist zu wissen, dass Sie irgendwo ein Leben geführt haben, aber keine Erinnerung daran haben.«

Der Schneider nickte. »Ich verstehe Ihr Verlangen nach der Wahrheit, Mr Wynter, und ich wollte gerade sagen, dass ich weiß, wer den Anzug gemacht hat. Das könnte ich Ihnen sogar sagen, ohne aufs Etikett zu schauen.«

Alex' Herz machte einen Satz. »Wirklich?«

»Natürlich. Das war ein Anzug von Abraham Valentine. Er war ein jüdischer Schneider, der seinen eigenen Laden in Golders Green hatte, aber er arbeitete häufig für viele der Schneider hier. Alle mochten ihn, und ich dachte immer, er würde eines Tages einen Salon auf der Savile Row eröffnen, aber er wohnte über seinem Laden und war glücklich in seiner Gemeinschaft in Golders Green.«

Alex hing an seinen Lippen. »Was wissen Sie sonst noch?«

Fitch zuckte mit den Schultern. »Er war ein sehr guter Schneider, Sir.«

»Sie sagten, *war*?«

»Ja, Sir. Er ist vor nicht allzu langer Zeit gestorben. Sein Leben war recht tragisch – er verlor früh seine Frau, dann fiel sein Sohn im Krieg, und danach war er nie wieder der Alte. Aber er hat eine schöne Tochter hinterlassen, die wir alle schon als kleines Mädchen gekannt haben. Sie hat in die Gemeinschaft geheiratet.«

»Dann wurden also die Anzüge mit diesem Etikett nur in Golders Green verkauft?«

»Die meisten, ja.«

»Die meisten?«

Fitch zuckte mit den Schultern. »Oh, ich weiß, dass er ab und zu andere Kunden hatte. Ich habe ihn zum Beispiel dem Direktor von einem der großen Krankenhäuser in Nordlondon empfohlen.«

Alex, der versonnen auf die Straße geschaut hatte, fuhr herum. »Was für ein Krankenhaus, Fitch?«, fragte er.

»Äh … das Edmonton, glaube ich … das stimmt doch, Elton, oder?«

Elton nickte.

»Mr Fitch.« Alex räusperte sich. »Das Edmonton war das Krankenhaus, in dem meine Familie mich aufgespürt hat.«

»Du liebe Güte, Sir! Ich hatte ja keine Ahnung. Aber was wollen Sie damit sagen?«

»Ich weiß nicht!« Alex schüttelte hilflos den Kopf, aber das prickelnde Gefühl auf seinem Rücken sagte ihm, dass es womöglich eine Spur war. »Vielleicht sollte ich nach Golders Green fahren?«

»Ich bezweifle, dass Sie dort etwas finden werden, Mr Wynter. Abe ist schon seit einer Weile tot; der Laden ist geschlossen. Seine Tochter habe ich vor Kurzem gesehen; ich meine, sie hat einen jungen Anwalt geheiratet.«

Der metaphorische Floh, der sich ihm ins Ohr gesetzt hatte, summte nun vor Energie und wollte unbedingt freigelassen werden.

»Äh … Mr Wynter, was ist mit meinem Bruder? Soll ich im Hotel Cecil anrufen?«

»Nein, danke, Elton. Lassen Sie uns zu Ende maßnehmen, Fitch. Ich muss noch etwas erledigen, und wenn ich Glück habe, schaffe ich es noch ins Edmonton-Krankenhaus.«

»Wirklich, Sir? Ist es das wert?«

Alex nickte. »Jeder Stein muss umgedreht werden, wie mein Vater immer zu sagen pflegte.«

»Nun gut, Mr Wynter«, sagte Fitch und zog sich das Maßband vom Hals. »Nur noch die Taille und das Innenbein, dann können Sie in Ruhe Ihre Nachforschungen anstellen. Trinken Sie doch Ihren Tee, während ich die letzten Maße nehme.«

28

Madeleine blickte seufzend auf die Uhr im Salon. Wo war nur der Tag geblieben? Sie überlegte, ob sie Edie anrufen sollte, um ihr zu erzählen, wie Sarah sich gemacht hatte. Das waren nur gute Nachrichten. Sarah begriff alle Vorgänge schnell und hatte Madeleine sogar ein neues Ablagesystem für Kundenkollektionen gezeigt, das sie im Restaurant benutzt hatte.

Sarah lächelte stolz. »Ich möchte Sie beide beeindrucken, weil Sie mir diese Chance gegeben haben.«

Madeleine legte ihr die Hand auf den Arm. »Das hast du schon. Jetzt muss ich rasch zur Bank, bevor sie schließt, und das Geld für die Kaffeekasse nächste Woche holen. Ich hatte eigentlich gedacht, dass das Aubrey-Finch-Geld schon hier wäre, aber jetzt kann ich nicht mehr länger warten – vielleicht bringt sie es ja auch erst morgen mit. Kannst du in der Zwischenzeit auf den Salon aufpassen? Ich bin höchstens eine Viertelstunde weg.«

»Und wenn eine Kundin kommt?«

»Jetzt kommt niemand mehr. Kundinnen, die ein Kleid von Valentine wollen, rufen an, um einen Termin zu vereinbaren.« Sie zog eine Augenbraue hoch.

»So wie Miss Aubrey-Finch?«, fragte Sarah.

»Sie ist eine der nettesten Frauen mit Doppelnamen, die mir je untergekommen ist.«

»Bodenständig?«

»*Exactement.*«

»Ich verstehe. Gehen Sie nur.«

Sarah war damit beschäftigt, in einer Ecke Stoffe zu einer dekorativen Skulptur zu drapieren, als die Türglocke bimmelte und ein großer, dunkelhaariger Mann den Salon betrat. Sarah war an den Anblick reicher Leute gewöhnt, schließlich hatte sie über ein Jahr an der Garderobe des Restaurants gearbeitet, und alles an diesem Mann schrie förmlich nach Geld. Allerdings erregte nicht nur sein gut sitzender Maßanzug ihre Aufmerksamkeit.

»Guten Tag«, sagte er mit kultivierter Stimme und verzog lächelnd den Mund, obwohl Sarah ihm anmerkte, dass er sich in dieser ganz und gar weiblichen Domäne nicht wohlfühlte.

»Guten Tag, Sir. Kann ich etwas für Sie tun?«

»Ja, wenn Sie die Person sind, bei der ich eine Rechnung begleichen kann.«

»Ist es für Miss Aubrey-Finch, Sir?«

Er lächelte sie so erfreut an, als wäre sie die einzige Person in der Welt, die ihn jemals bezaubert habe. »In der Tat. Danke. Ich finde es sehr einschüchternd, mich als Mann an diesem Ort zu bewegen. Du liebe Güte, was für ein aufsehenerregender Salon«, sagte er.

»Wir haben Sie bereits erwartet, Mr …«

»Wynter.« Er streckte die Hand aus. »Alex Wynter.«

»Danke, Sir. Ich bin Sarah.« Sie hatte alle Unterlagen vorbereitet, da Madeleine schon den ganzen Tag auf das Geld gewartet hatte. »Hier ist die endgültige Abrechnung, Mr Wynter. Äh … ich denke, Sie werden sehen, dass alles in Ordnung ist. Die Rechnung umfasst die Ausstattung der Braut, der Brautjungfern, der Blumenkinder und des Pagen.«

»Exzellent, vielen Dank.« Er reichte ihr einen Scheck.

Sarah las die Bankverbindung, Coutts & Co., auf dem Scheck und stellte fest, dass der Betrag korrekt war. »Sehr gut. Danke, dass Sie ihn vorbeigebracht haben.«

Wynter schüttelte den Kopf. »Ich bin sowieso hier vorbeigekommen«, sagte er geistesabwesend. Aufmerksam betrachtete er das Styling des Salons. »Das ist ein äußerst gewagtes, schönes Design«, sagte er bewundernd.

»Gefällt es Ihnen, Mr Wynter?«, fragte Sarah.

»Ja. Es ist aufregend. Die Fensterdekoration ist hinreißend. Ich glaube, ich bekäme Lust, diese Kleider zu tragen.«

Sarah kicherte. »Miss Valentine hat einen exzellenten Geschmack«, sagte sie. »Ich bin sicher, dass der Anblick Ihrer Braut Ihnen den Atem rauben wird.«

»Sie verkaufen Miss Valentines Begabung sehr gut, Sarah. Ist sie da, damit ich mich bei ihr bedanken kann?«

»Oh nein, heute ist sie leider nicht da, Sir. Wie schade.«

»Oh, nun ja, vielleicht kreuzen sich unsere Wege ja ein anderes Mal.«

»Bestimmt. Kommen Sie gerne wieder herein. Ich glaube, ein Mann, der sich hier hereinwagt, würde sie beeindrucken.«

Er grinste. »Kein Wunder, dass meine Verlobte so gerne hierherkommt.«

»Ich freue mich schon darauf, Miss Aubrey-Finch morgen endlich kennenzulernen. Heute ist mein erster Tag.«

»Wirklich?« Er blickte sie überrascht an. »Komisch«, sagte er, setzte seinen Hut wieder auf und wandte sich zum Gehen.

»Was, Sir?«

»Ich bin gerade dabei, einen Anzug zu finden, der von einem gewissen *Abraham* Valentine gemacht worden ist.

Die Namensgleichheit ist mir bis jetzt gar nicht aufgefallen, aber ich bin wahrscheinlich heute nicht ganz auf der Höhe.«

Sarah hatte gelernt, dass man beim Small Talk mit reichen Leuten am besten schwieg und lächelte, und das tat sie jetzt.

»Miss Valentines Vater war nicht zufällig Schneider?«, fragte er.

Sarah zuckte mit den Schultern. »Ich weiß nicht, Mr Wynter. Ich muss noch viel über das Geschäft lernen.«

»Natürlich.« Er lupfte den Hut. »Nun, ich wünsche Ihnen einen guten Tag, Sarah. Viel Vergnügen bei Ihrer Arbeit hier.«

Einen Moment lang blockierten seine breiten Schultern die Tür, dann sah Sarah, wie Madeleine zurückkam. Anscheinend führten die zwei ein kurzes Gespräch. Sarah seufzte innerlich. Sie hoffte sehr, eines Tages auch einen so attraktiven Mann wie Mr Wynter zu finden.

Madeleine fragte sich, ob es wohl am Champagner gestern Abend oder an ihrem Alter lag, aber sie spürte in der letzten Zeit den nahenden Winter stärker als sonst. Fröstelnd eilte sie die King's Road entlang, um so schnell wie möglich wieder in den Salon zu kommen, abzuschließen und zu Hause nach einem heißen Bad früh ins Bett zu gehen. Der Gedanke an Essen kam ihr nicht ein einziges Mal; sie aß nur, wenn sie großen Hunger hatte, und auch dann nur, um ihren Magen zu füllen. Im Augenblick jedoch hätte sie gerne eine von Edies Hühnersuppen gehabt. Sie hatte das Bedürfnis nach Heilung. Gerade überlegte sie, ob sie auf dem Heimweg noch ein Hühnchen kaufen sollte, als sie beinahe mit einem großen Mann zusammenstieß, der gerade aus dem Salon getreten war.

Weil sie so überrascht war, sagte sie in ihrer Muttersprache: *»Oh, bonjour, monsieur.«*

»Mademoiselle«, erwiderte er.

»Verzeihen Sie mir, ich hatte es eilig.«

»Ja, das sehe ich. Hier«, sagte er und hielt ihr die Tür auf. Sie schlüpfte an ihm vorbei. »Kommen Sie in die Wärme.« Lächelnd blickte er sie an, und sein Charme entzündete einen Funken in ihr, der lange erloschen gewesen war.

»Vielen Dank. Madeleine Delacroix«, stellte sie sich vor und streckte ihre Hand aus.

»Alex Wynter. Ich bin mit Miss Aubrey-Finch verlobt. Sie ist unglaublich glücklich mit der Situation.«

Madeleine konnte einem kleinen Flirt nicht widerstehen. »Das kann ich gut verstehen«, sagte sie und musterte ihn ungeniert.

Ihr Kompliment brachte ihn zum Lachen. »Ich hoffe doch sehr, dass die Damen zur Hochzeit kommen und sich anschauen, wie ihre Kleider den Gang entlangschreiten?«

»Wir werden mit Freude dabei zuschauen, wie aus Miss Aubrey-Finch Mrs Wynter wird.«

»Guten Tag, Mademoiselle Delacroix«, sagte er, und kurz hatte sie das Gefühl, dass sein Lächeln erlosch, als wäre ihm ihre Bemerkung unangenehm.

Und dann war der gutaussehende Mr Wynter weg. Er hob die Hand, um sich ein Taxi zu rufen, und verschwand im Verkehr auf der King's Road.

»St James's, bitte. Dort warten Sie bitte und fahren mich dann nach Middlesex. Ist das in Ordnung?«, fragte er den Fahrer des Automobils.

»Es ist mir ein Vergnügen, Sir. Geld ist Geld, was?«

»Ja, in der Tat. Dann also zuerst zum White's Club in der St James's Street.«

»Ja, kenne ich«, sagte der Taxifahrer. Alex lächelte, als er durch das Wagenfenster noch einen Blick auf Valentine's Salon erhaschte. In seiner Erinnerung meldete sich etwas, aber der Fahrer begann, über den Weihnachtsbaum zu reden, der vor dem Buckingham Palace aufgestellt werden würde, weshalb er den Gedanken wieder verlor.

»Nur ein paar Minuten«, sagte er, schlüpfte rasch aus dem Wagen und lief die drei Stufen zur Eingangstür des Clubs hinauf. Da er nicht stehen bleiben wollte, vermied er den Blickkontakt mit dem Portier.

»Oh, Mr Wynter?«

Alex drehte sich um. »Ja, Henry?«

»Ihr Tisch bei Murray's ist für heute Abend acht Uhr reserviert. Möchten Sie ein Taxi haben, Sir?«

»Danke. Und nein, ich brauche kein Taxi. Ich werde abgeholt.«

»Sehr wohl, Sir.«

Alex ging rasch in den ersten Stock, wo er ungestört telefonieren konnte. Er ließ sich mit dem Edmonton-Krankenhaus verbinden. Es kam ihm so vor, als müsste er endlos lange auf diese Verbindung warten, aber ein Blick auf seine Uhr sagte ihm, dass es erst sechs Minuten waren. Endlich war am anderen Ende der Leitung eine Stimme zu hören.

»Mr Wynter?«

»Nancy, sind Sie das?«

»Ja. Sie erinnern sich also noch an mich?« Sie kicherte.

»Nancy, ich muss Sie sehen.«

Ihre Stimme wurde tiefer. »Das wollte ich schon mein ganzes Leben lang hören«, schnurrte sie.

»Es dauert nicht lange, nur ein paar Minuten. Ich habe lediglich zwei Fragen.«

Nancy seufzte.

»Um wie viel Uhr endet Ihre Schicht?«

»Nun, ich muss noch Besorgungen machen …«

»Ich komme mit dem Auto, dann kann ich Sie nach Hause fahren. Wie fänden Sie das?«

»Sie machen doch keine Witze, oder?«

Er ließ seine Stimme eine Spur verführerischer klingen. »Ganz sicher nicht. Es ist sehr kalt, wird bestimmt noch regnen, und ein hübsches Mädchen wie Sie sollte in einem bequemen Wagen nach Hause gefahren werden.« Er sah förmlich vor sich, wie sie lächelte.

»Ich habe um halb vier Feierabend.«

Alex berechnete die Zeit, die er brauchte. »Nancy, ich kann Sie am Krankenhaus abholen, und mein Fahrer kann uns überall hinfahren, wo Sie hinmüssen. Wir könnten auf dem Weg miteinander reden.«

»Sie wollen wirklich nur reden, was? Oder haben Sie gehofft, ich bitte Sie hinein?«

»Sie brauchen mir nur fünf Minuten Ihrer Zeit zu opfern, Nancy. Aber das Erfreuliche daran ist, dass Sie nicht in der Dunkelheit mit dem Bus nach Hause fahren müssen.« Er blickte auf, und obwohl es erst drei war, hatte er das Gefühl, es würde schon dunkel draußen.

»Dann sehe ich Sie in einer halben Stunde vor dem Krankenhaus.«

Alex schlang sich seinen Schal wieder um den Hals und lief zurück durch die Lobby.

»Oh, Mr Wynter, da ist ein Gentleman …«

»Bin bald wieder zurück, Henry. Spätestens um sechs«, rief er dem Portier zu. Im Taxi gab er dem Fahrer die Adresse. »Schaffen wir die Strecke in einer halben Stunde?«

»Mit Leichtigkeit«, sagte der Mann und fuhr los.

Mit Sarahs Hilfe hatte Madeleine nicht nur den Aubrey-Finch-Scheck noch bei der Bank eingezahlt, sondern auch alles für den morgigen Termin vorbereitet und Termine mit weiteren Bräuten samt Anhang gemacht, die über den »Buschfunk« – wie Edie es gerne nannte – von Miss Aubrey-Finchs Wahl des Salons gehört hatten. Sie hatten ein paar Möbelstücke im Salon umgeräumt, und Sarah hatte zwei Stoff-Skulpturen gemacht, die Madeleine beeindruckten.

»Ich muss sagen, Sarah, das sieht auf eine entspannte Art und Weise sehr chic aus.«

Die neue Assistentin lächelte. »Glauben Sie denn, dass es Miss Valentine auch gefällt?«

»Oh, sie wird es lieben. Vor allem wird ihr gefallen, dass du Initiative und Mut gezeigt hast. Deine Skulpturen machen den Kundinnen Lust auf unsere Stoffe.«

»Ich denke gerne praktisch, Miss Delacroix.«

Madeleine nickte. »Ein guter erster Tag. Und jetzt ab nach Hause, Sarah. Es ist eiskalt draußen, und du hast noch einen weiten Weg … nach Lambeth, nicht wahr?«

Sarah nickte. »Das Haus meiner Eltern liegt direkt hinter der Clapham Common.«

»Umso mehr Grund, sofort aufzubrechen. Häng deine Uniform auf. Du trägst sie besser nicht zu Hause.«

Sarah ging nach hinten, um sich umzuziehen, und Madeleine schaltete die kleinen Lampen im Schaufenster an, in dem sie zwei ganz unterschiedliche Brautkleider präsentierten. Eines war wadenlang, schmal und gerade geschnitten und sprach die moderne Frau an. Das andere war knöchellang mit einem eher traditionellen Schnitt, üppig mit Brüsseler Spitze verziert und mit einem Mieder, das den Oberkörper eng umschloss. Beide waren wunderschön und kosteten mehr, als Sarah in mehreren

Monaten verdiente, aber für die wohlhabenden Frauen, die in Knightsbridge wohnten und an diesem Schaufenster vorbeispazierten, waren sie absolut erschwinglich.

Madeleine dachte an Penelope Aubrey-Finch und lächelte, als ihr der gutaussehende Mr Wynter einfiel. Was für ein schönes Paar sie abgeben würden!

Sarah kam aus dem Hinterzimmer in ihrem schweren Wollmantel, den Hut tief ins Gesicht gezogen, dicke Handschuhe an den Händen und mit einem Schirm. »Bis morgen dann. Mein erster Tag war wundervoll.«

»Bon«, sagte Madeleine. »Ich fand dich auch wundervoll«, fügte sie hinzu und wandte sich vom Schaufenster ab.

»Mr Wynter hat einen Kommentar über das Fenster abgegeben. Er hat das Wort ›hinreißend‹ benutzt.«

»Das hören wir doch gerne. Was hat er denn sonst noch so gesagt? Wir bekommen nicht oft die Meinung eines Mannes zu hören.«

Sarah berichtete von ihrem Gespräch.

»Komisch, er wirkte auf mich ein wenig zögerlich, was die Hochzeit anging.«

Sarah zuckte mit den Schultern. »Ich habe kaum Luft bekommen, er sieht so gut aus!«, sagte sie errötend. Dann brach sie in Lachen aus.

»Ja, er sieht wirklich sehr gut aus«, stimmte Madeleine ihr zu. »So, spann draußen deinen Schirm auf.«

An der Tür blieb Sarah noch einmal stehen. »Er hat mich nach dem Namen des Salons gefragt. Ich meine, wo er herkommt. Ich glaube, er hat mich gefragt, ob Miss Valentine eine Verbindung mit … oh, warten Sie, wie war noch mal der Name?« Sie runzelte die Stirn. »Ah, genau, er fragte, ob sie mit einem gewissen Abraham Valentine verwandt sei.«

Madeleine nickte. »Das war Edens Vater.«

»Oh, das tut mir leid. Das wusste ich nicht.«

»Woher solltest du das auch wissen? Er war Schneider …«

»Ja, genau. Er erwähnte, er versuche einen Anzug zu finden, den Abraham Valentine gemacht hatte.«

»Einen Anzug?«

»Das waren seine Worte.«

»Seltsam. Ich frage Eden«, sagte Madeleine.

Madeleine folgte Sarah aus dem Salon. Mittlerweile hatte sich ihre Stimmung gehoben, aber der Gedanke an einen Teller dampfender Hühnersuppe reizte sie immer noch. Sie konnte sich bestimmt an die Zutaten dafür erinnern, und dann würde sie ihre Freundin mit einer Mahlzeit überraschen. Sie würden noch ein bisschen zusammensitzen, aber danach würde sie definitiv nach Hause und früh ins Bett gehen.

Nancy wartete an der Krankenhaustreppe, als das Taxi hielt. Grinsend winkte sie Alex zu, als er ausstieg, um ihr die Tür aufzuhalten.

»Oh, ganz ehrlich, das fühlt sich so nobel an«, sagte sie.

Alex ergriff ihre Hand und half ihr in den Wagen.

»Danke, Mr Wynter.«

»Bitte sagen Sie Alex. Schließlich haben Sie mich gebadet.« Nancy kicherte vor Entzücken und blickte ihn gespielt kokett an. »Wir warten auf Ihr Kommando, Nancy«, fuhr Alex fort. »Sagen Sie dem Fahrer, wohin Sie fahren möchten.«

»Oh.« Sie beugte sich vor und sagte eine Adresse. »Wie geht es Ihnen denn, Alex? Sie sehen gut aus.«

»Mir geht es auch gut. Ja«, sagte er, als ob er versuchte, sich selbst zu überzeugen. »Und wie geht es Ihnen?«

»Oh, überarbeitet, schlecht bezahlt, von der Oberschwester angepfiffen – Sie wissen ja, wie es ist. Aber«, sie stieß einen Seufzer aus. »Ich liebe meine Arbeit.«

Alex nickte. »Die Patienten haben wirklich Glück, dass es Sie gibt. Und übrigens, vielen Dank, dass Sie eingewilligt haben.«

»Wann wird man schon einmal in einem schicken Taxi nach einer langen Schicht nach Hause gefahren? Also, schießen Sie los, was für eine Frage liegt Ihnen denn auf dem Herzen?«

»Es ist eine verrückte Frage, ich weiß«, begann Alex. »Aber ich habe einen ständig wiederkehrenden Traum … eigentlich eher einen Gedanken, Nancy, weil es eher ein Geräusch als ein Bild ist.«

Sie runzelte die Stirn und nickte, damit er fortfuhr.

»Ich höre Absätze, die Absätze einer Frau, und sie entfernen sich von mir. Und es ist verbunden mit dem Krankenhaus.«

Nancy blickte ihn verblüfft an. »Nun, vom Personal trägt natürlich niemand hohe Absätze. Nur Besucher, und es gab nur wenige Besucher auf Ihrer Station. Insgesamt waren Sie nur vier Patienten. Die drei anderen wurden ziemlich schnell von ihren Angehörigen gefunden. Vielleicht hat es etwas mit jemandem aus diesen Familien zu tun? Obwohl, mir fällt gerade ein, dass diese Jungen von ihren Vätern und einer von den Eltern gefunden wurden. Die Mutter war schon älter, es ist also unwahrscheinlich, dass sie hohe Absätze trug.«

Alex seufzte. Schon wieder war eine Tür zugeschlagen worden. Jetzt war nur noch eine einzige Tür offen. Alex holte tief Luft – es war seine letzte Chance.

»Nun gut, Nancy. Ich sagte ja, ich hätte zwei Fragen.

Jetzt kommt die letzte, und danach lasse ich das Thema fallen, versprochen.«

»Sie sehen so aus, als hätten Sie ein schönes Leben, Alex. Viele Männer kamen nach Hause und erfuhren, dass liebe Menschen gestorben waren. Andere waren zu schwer verwundet, um noch ein erfülltes Leben führen zu können.«

Aber Alex musste diese Frage stellen, auch wenn Nancy ihn davor warnte, sich an diesem Thema festzubeißen. »Ich habe herausgefunden, dass ein Schneider namens Abraham Valentine Anzüge für den Krankenhausdirektor gemacht hat, der zu der Zeit, als ich Patient war, das Krankenhaus geleitet hat.«

Nancy nickte. »Und?«

»Wir glauben, dass der Anzug, den ich trug, als ich mich schließlich an meinen richtigen Namen erinnerte, ein Abraham-Valentine-Etikett hatte.«

Nancy biss sich auf die Lippe. »Und wie soll Ihnen das helfen? Was wollen Sie herausfinden?«

»Nun, zuerst einmal, können Sie sich daran erinnern, ob der Anzug, den Sie mir gegeben haben, von diesem Schneider stammte?«

Nancy schüttelte lächelnd den Kopf. »Nein. Er war nicht so schick. Wenn der Leiter des Krankenhauses Anzüge von diesem Schneider trug, dann kann ich Ihnen versichern, dass Archie Blundell, der den Anzug vor Ihnen getragen hat, ganz bestimmt nicht zum selben Schneider ging. Der Anzug, den ich Ihnen gegeben habe, war an mehreren Stellen geflickt und von wirklich schlechter Qualität.« Sie lächelte breiter. »Aber an Ihnen sah er fantastisch aus.«

Alex runzelte die Stirn. »Sind Sie sicher? Er hatte Flicken?«

»Ja.«

»Der Anzug, den ich meine, hatte keine Flicken. Er war dunkelblau und aus hochwertigem Tuch.«

Nancy zuckte mit den Schultern. »Dann war es ganz bestimmt nicht derselbe. Hilft Ihnen das?«

»Ich weiß nicht. Es bedeutet, dass ich einen neuen Anzug gekauft habe. Leider ist Abraham Valentine tot.«

»Nun, aber seine Tochter lebt wahrscheinlich noch. Sie hat die Anzüge immer ins Krankenhaus gebracht. Warum suchen Sie sie nicht auf? Sie haben Geld und Verbindungen. Sie können sie doch sicher ganz leicht finden, und sie würde einem Kriegsveteranen bestimmt gerne helfen. Wahrscheinlich können Sie sich daran nicht erinnern, aber wir haben über ihren Bruder gesprochen, der in Ypern gefallen ist.«

»Ja?«

»Ja. Ich habe es einmal erwähnt, weil sie am Garten vor Ihrem Fenster vorbeigegangen ist, und ich glaube, sie ist auch am Tag der Party wegen eines Anzugs noch einmal da gewesen. Ja, genau. Ich habe gesehen, wie sie mit der Oberschwester gesprochen hat.« Sie blickte nach vorne und beugte sich leicht vor, um abschätzen zu können, wo sie gerade waren. »Fahren Sie bitte links über die Brücke, Fahrer, und dann ist es die erste rechts.«

»Gewiss, Miss«, sagte er über die Schulter.

Sie lehnte sich wieder zurück und lächelte Alex strahlend an. »Vielen Dank dafür. Das wäre ein feuchter Heimweg für mich geworden. Auf die Besorgungen verzichte ich heute. So kann ich länger in Ihrem schicken Auto fahren.«

»Keine Ursache«, sagte er. In seinem Hinterkopf hatte sich ein Gedanke festgesetzt.

»Ja, genau hier, bitte«, sagte Nancy. »Es tut mir leid,

dass ich Ihnen nicht mehr helfen konnte. Ich möchte mir gerne vorstellen, dass Sie mit Ihrer jungen Braut sehr, sehr glücklich sind, und vielleicht können Sie den Krieg mit seinen Problemen hinter sich lassen.« Sie tätschelte ihm den Arm, und die Geste war ihm schmerzlich vertraut. Kurz stand ein Bild vor seinen Augen, wie Nancy in Schwesterntracht vor ihm stand und ihn aufmunternd anlächelte. Plötzlich roch er Kohlenteerseife und stand vor einem fleckigen Spiegel. Schuhe mit Absätzen entfernten sich, und er sah eine Münze schimmern … ein Rotkehlchen zwitscherte, und um das Krankenhaus herum und auf dem kurzen Weg zu einer Ligusterhecke hingen Girlanden für die Party.

»Hier ist es«, sagte Nancy fröhlich. »Nummer fünf, direkt an der grünen Tür.« Sie blickte zum dunklen Himmel. Der Nieselregen war stärker geworden. Dann wandte sie sich zu Alex. »Steigen Sie nicht aus. Sie werden nur nass. Passen Sie auf sich auf, Alex … und vor allem seien Sie glücklich.«

Sie öffnete die Tür, um auszusteigen, aber Alex packte sie plötzlich am Arm. »Nancy, warten Sie!«

Sie hielt inne. »Was ist?«

»Sie haben gesagt, die einzigen Besucher am Tag meines Verschwindens seien der Bote vom Lebensmittelhändler und ein Arzt gewesen, oder?«

Sie runzelte die Stirn. »Ja.«

»Aber eben haben Sie erwähnt, dass auch die Tochter des Schneiders da war.«

»Ja, das stimmt. Sie machte eine Bemerkung über die hübsche Dekoration, wollte aber nicht zum Fest bleiben.«

»Nancy … trug die Tochter des Schneiders Schuhe mit Absätzen?«

Nancy lachte. »Ja. Und sie war auch immer tadellos

gekleidet. Sie war sehr hübsch. Klein, dunkelhaarig, hübsche Figur – und die Kleider! Vermutlich hat sie sie selbst genäht. Sie war sehr modebewusst.« Nancy spannte ihren Schirm auf und rief im Gehen: »Auf Wiedersehen, Alex!« Dann war sie hinter ihrer grünen Tür verschwunden.

Alex hatte nicht mehr richtig zugehört, seit Nancy bestätigt hatte, dass Abraham Valentines Tochter Schuhe mit hohen Absätzen trug. Jetzt erst fiel ihm ein, dass er sie gar nicht nach dem Namen gefragt hatte. Der Taxifahrer fragte ihn, ob er zurück nach London wolle. Draußen war es bereits dunkel, und er würde zu spät kommen.

»Ja, bitte, in die St James's«, antwortete er. Höflich erwiderte er eine Bemerkung des Fahrers über das schlechte Wetter, doch eigentlich war er im Geiste woanders. Seine Gedanken überschlugen sich, und auf einmal war er überzeugt davon, dass die Tochter des Schneiders den Schlüssel zu seiner Vergangenheit in den Händen hielt.

Er musste sie finden. Valentine war ein ungewöhnlicher Name, und vielleicht war ja die Besitzerin von Pens Brautsalon eine Verwandte und konnte ihm sagen, wo er suchen sollte.

Er zog das rote Taschentuch aus der Tasche und starrte auf den herzförmigen Ausschnitt in der Mitte. Der Fahrer beobachtete ihn durch den Rückspiegel.

»Von Ihrem Schatz zum Valentinstag, Sir?«, fragte er.

Und einen Moment lang blieb Alex fast das Herz stehen.

29

Edie hatte immer größere Gewissensbisse bekommen, seit sie sich am späten Vormittag aus dem Bett gequält hatte. Nach einer heißen Dusche war ihr Kopf klarer gewesen, und die Übelkeit hatte sie nicht mehr so geplagt. Jetzt ging es auf vier Uhr nachmittags zu, und sie hatte ein schlechtes Gewissen, weil sie Miss Aubrey-Finchs Termin verschoben hatte und Sarah ihren ersten Tag im Salon alleine mit Madeleine verbringen musste. Niedergeschlagen blickte sie in den trüben Himmel und dann zu Tommy, der mit Holzklötzchen spielte … oder zumindest mit der Pappschachtel, in der sie sich befanden. Beim Anblick des Spielzeugs, das früher einmal Daniel gehört hatte, fühlte sie sich auf einmal einsam. Ihre optimistische Stimmung vom Vorabend verwandelte sich in leise Melancholie. Trotz ihrer Wut auf Ben machte es sie traurig, jede Verbindung zu ihrem Kindheitsfreund abgebrochen zu haben.

»Sollen wir in den Park gehen, Tommy?«, bot sie ihrem Sohn an, obwohl es schon leicht dämmerte. Aber sie konnten sich ja beeilen, außerdem würde ein bisschen frische Luft ihr guttun.

»Park«, wiederholte er und blies ihr einen Kuss zu. Diese liebe Geste ihres kleinen Jungen rief ihr in Erinnerung, wie viel Liebe und Zuneigung es in ihrem Leben gab.

Das Telefon klingelte. »Geh schon mal deinen Wollschal

holen, Tommy. Den blauen, so wie bei mir.« Sie zeigte auf ihre Strickjacke. »Blau. Und deine Handschuhe«, sagte sie und tat so, als würde sie Handschuhe überziehen. Tommy sprang eifrig auf und wackelte auf erstaunlich sicheren Beinchen davon. Obwohl er zu früh auf die Welt gekommen war, hatte er sich gut entwickelt. Bald schon würde er schnell laufen können, doch der Gedanke daran, so aufregend er sein mochte, machte sie nur noch trauriger. *Werde nur nicht zu schnell groß, Tommy, und verlass mich nicht so bald …*

Sie nahm den Hörer ab. »Eden Valentine?«

»Oh, hallo, Eden. Verzeihen Sie, dass ich Sie zu Hause störe, obwohl Sie heute krank sind.« Penelope Aubrey-Finchs helle Stimme klang besorgt.

»Hallo, Miss Aubrey-Finch.«

»Oh, bitte, nennen Sie mich Pen.«

Eden lächelte. Sie fragte sich, ob jeder, der dieses Mädchen kennenlernte, sich in es verliebte? »Entschuldigung … Pen. Ist etwas nicht in Ordnung?«

»Nein, keineswegs. Ich wollte mich nur vergewissern, dass es Ihnen wieder besser geht. Ich möchte nicht, dass Sie sich extra für mich aus dem Bett quälen. Wissen Sie, ich wollte Sie morgen zum Lunch ins Savoy einladen. Der Küchenchef Monsieur Escoffier wird Ihnen das Gefühl geben, sich im Himmel zu befinden. Ich treffe mich dort mit ein paar Freundinnen – alle stehen kurz davor, sich zu binden, also neues Material für Ihre Mühle … wenn Sie verstehen, was ich meine.« Sie kicherte so ansteckend, dass Edies düstere Stimmung sich in Wohlgefallen auflöste. »Ich bin es ehrlich gesagt leid, Blumen für jedes Zimmer auszusuchen, mir die Überlegungen meiner Mutter für das Menü oder die vergoldeten Buchstaben auf den Einladungskarten anzuhören!«

Edie lächelte. »Die übliche Niedergeschlagenheit vor der Hochzeit.«

»Ich will es einfach nur noch hinter mich bringen.«

»Ach was, das glaube ich Ihnen nicht.«

»Doch, Eden. Wirklich. Ich brauche kein Ritual und kein großes Tamtam. Missverstehen Sie mich nicht. Ich liebe mein Kleid, und gewisse Aspekte machen mir großen Spaß – vor allem der Salon –, aber ich kann es kaum noch ertragen, wie meine Mutter sich für dieses Ereignis aufreibt. Es gibt so viel zu bedenken, dabei wäre ich zufrieden damit, einfach nur in einer kleinen Kirche in Schottland oder Devon zu heiraten und anschließend wegzufahren.«

Sie keuchte leise. »Oh, daran hätte ich schon früher denken können! Wir hätten zusammen nach Paris durchbrennen können!«

»Das klingt wirklich romantisch.«

»Ja, nicht wahr? Alex ist heute im Salon vorbeigefahren, um den Scheck abzugeben. Schade, dass Sie ihn nicht kennengelernt haben. Ich hätte so gerne, dass Sie beide sich kennenlernen.«

»Oh, jetzt finde ich es auch schade. Er scheint wirklich der absolute Märchenprinz zu sein.«

»Das ist er auch. Er ist der Mann meiner Träume, Eden.«

Edie blinzelte. »Sie klingen ein bisschen traurig.«

»Ja? Na ja, vermutlich schon. Alex ist im Moment ein bisschen abwesend. Ich nehme an, dass ihm die ganze Planung auch zu viel wird.«

»Bleiben Sie fröhlich, Pen. Seine Familie wird wahrscheinlich genauso viel Aufhebens machen.«

»Oh ja. Seine und meine Mutter brüten stundenlang über der Gästeliste. Ich hasse das alles.«

»Gesellschaftshochzeiten sind sicher harte Arbeit.«

»Ich wette, Ihre Hochzeit war viel lustiger und viel weniger hektisch.«

Edie lächelte leise. »Es war der glücklichste Tag meines Lebens. Wie Sie Mr Wynter lieben, liebte ich Tom. Und liebe ihn immer noch.«

»Ich bin ein Idiot. Es tut mir leid. Jetzt klingen *Sie* traurig.«

»Es ist eine alte Wunde. Ich kann sie einfach aus meinen Gedanken verbannen. Lassen Sie sich von der Aufregung um die Hochzeit mitreißen. Und machen Sie sich nur Gedanken um Dinge, die Sie in der Hand haben.«

»Meine Garderobe.«

»Genau!« Eden lachte. »Mr Wynter werden die Augen aus dem Kopf fallen, wenn Sie an seine Seite treten, das verspreche ich Ihnen. Ich habe übrigens auch schon Entwürfe für Ihre Hochzeitsnacht-Ausstattung gemacht …«

Pen stieß einen leisen Schrei aus. »Ach du liebe Güte, daran hatte ich ja noch gar nicht gedacht.«

»Nun … was für ein Glück, dass ich daran gedacht habe. Was ich mir so vorstelle, wird Ihnen gefallen. Aber bitten Sie mich besser nicht, Ihnen die fast nicht vorhandene Spitze zu erklären. Vielleicht wäre es ein Vorwand für einen weiteren Ausflug nach London?«

»Ich kann es kaum erwarten. Ihnen gelingt es immer, Vorfreude in mir zu wecken, Eden.«

»Und Sie haben mich aufgeheitert.«

Tommy kam mit seinem blauen Schal und den Handschuhen an. »Park«, rief er.

»Ist das Ihr kleiner Junge?«, fragte Pen.

»Ja. Ich habe Tommy versprochen, dass wir noch kurz in den Park gehen. Wir waren beide den ganzen Tag nur in der Wohnung, und nach einem Spaziergang fühle ich mich bestimmt besser.«

»Dann halte ich Sie nicht weiter auf. Kommen Sie morgen mit mir zum Lunch? Ich möchte Sie allen zeigen, meine neue, liebe Freundin. Und ich bin sicher, mein Mann wird Sie küssen wollen, wenn er mich in unserer Hochzeitsnacht in Ihrem dünnen Gewand sieht.«

»Hauchzart«, murmelte Edie. »Danke für Ihre Einladung – ich komme sehr gerne.«

»Perfekt! Ich hole Sie dann um zwölf Uhr im Salon ab. Tragen Sie doch Ihre wundervolle rote Krawatte.«

»Oh nein! Ich muss mir etwas weit Theatralischeres ausdenken.«

Die beiden Frauen lachten und verabschiedeten sich. Edie hatte gerade aufgelegt, als Madeleine die Haustür aufschloss.

»Hoffe, es macht dir nichts aus, dass ich mit meinem Schlüssel aufgeschlossen habe. Das habe ich nur getan, falls du im Badezimmer gelegen hättest und ich dich hätte retten müssen.«

»Hallo, Mads.«

»Nun, du siehst ja munter aus.«

»Es tut mir leid wegen heute. Ist alles gut gegangen? Kannst du mir bitte Tommys Dufflecoat reichen? Wir wollen kurz in den Park gehen.«

Madeleine reichte ihr das Mäntelchen, und Edie steckte die kleinen Arme ihres Sohnes in die Ärmel. *Vielleicht sollte ich eine Kinderkollektion entwerfen?*, dachte sie. *Um es den Müttern einfacher zu machen …*

Dann hörte sie wieder Madeleine zu. »… Sarah ist ein Engel. Und wir haben drei neue Termine«, berichtete die Freundin stolz und begann, ihre Einkäufe auszupacken. »Ich habe für eine Hühnersuppe eingekauft, aber du siehst viel zu wohl dafür aus.«

»Für Hühnersuppe kann es einem nie zu gut gehen.

Setzt du sie schon auf?« Madeleine nickte. »Und jetzt erzähl mir von Sarahs erstem Tag.«

Madeleine berichtete noch ein paar Minuten lang, half Tommy in seine Stiefel und setzte ihm die Mütze auf, während Edie Pfefferkörner aus dem Schrank holte und die Zutaten inspizierte, die ihre Freundin einfach auf den Tisch geworfen hatte.

»Perfekt«, sagte sie schließlich. »Gut. Dann gehen wir mal in den Park.« Sie ergriff Tommys Hand.

»Oh, das muss ich dir noch erzählen«, sagte Madeleine, als sie sie zur Tür brachte. »Ich bin heute Alex Wynter begegnet, dem zukünftigen Ehemann unserer Kundin.«

»Und ich kann dir erzählen, dass ich mit Pen telefoniert habe, kurz bevor du gekommen bist. Sie hat mich für morgen zum Lunch ins Savoy eingeladen.«

Die Französin riss überrascht die Augen auf. »Hat sie mich auch eingeladen?«

Edie grinste. »Leider nicht, Mads. Das hätte sie eigentlich tun müssen! Anscheinend will sie mich einer ganzen Schar von Freundinnen vorstellen. Sie ist entschlossen, das Valentine's zu *dem* Brautsalon der Gesellschaft zu machen.«

Madeleine stieß einen leisen Pfiff aus. »Nun, sie ist wirklich nicht mit Gold zu bezahlen, was?«

»Ja. Und dabei hat dieses Mädchen überhaupt keine Launen oder Allüren. Ich mag sie wirklich sehr.« Edie ging zur Treppe.

»Dann hat sie ihren gutaussehenden Bräutigam verdient.«

»Meinst du?«, sagte Edie und zog ihrem Sohn die Pudelmütze zurecht. »So, jetzt siehst du noch viel besser aus als Mr Wynter«, sagte sie und umarmte ihn.

»Wynter sieht nicht nur gut aus – diese Beschreibung

ist völlig unzureichend. *Non*«, sagte Madeleine lächelnd. »Monsieur Wynter ist heiß!«

Edie musste grinsen. »Du kannst mir von ihm erzählen, wenn wir zurückkommen.«

»Viel Spaß, ihr beiden. Kommt nicht zu spät zurück. Ich muss heute Abend noch nach Hause.«

Edie stapfte mit Tommy an der Hand über den rot-goldenen Blätterteppich auf den Wegen des Parks, und während sie seinem Geplapper lauschte, hob sich ihre Stimmung sichtlich.

Sie spielten Fangen und erholten sich bei ihrem obligatorischen Besuch am Teich, wo Tommy jedes Mal, wenn er einen der dicken Goldfische entdeckte, in Entzückensrufe ausbrach. Wieder einmal wurde Edie daran erinnert, dass sie fast alles im Leben besaß, was sie sich nur wünschen konnte.

»Dein Daddy wird uns finden, Tommy. Wusstest du das?«

Er nickte schüchtern, ohne sie anzusehen.

Edie wusste, dass sie ihn genauso gut hätte fragen können, ob er Schokolade zum Abendbrot haben wollte, und er hätte die gleiche Antwort gegeben. Es spielte keine Rolle. Sie schlang ihre Arme um ihr Kind, weil sie sich sicher und ausgeglichen fühlte, wenn sie Tommy so hielt. Trotz Bens Verrat hatte er ihr unbewusst ein Geschenk gemacht, nach dem sie sich gesehnt hatte. Er hatte ihr Tom geschenkt. Jetzt wusste sie, dass er am Leben war.

»Zwar nicht morgen, weil ich viel nachzuholen habe«, fuhr sie fort, »aber übermorgen fange ich an, nach Daddy zu suchen, um ihn nach Hause zu holen.«

Tommy lachte. »Da«, brabbelte er. Es hätte alles Mögliche bedeuten können, aber in Edies Ohren klang es wie *Daddy*.

»Ja, Liebling. Wir wollen ihn beide zurückhaben.«

Als sie zu Hause ankamen, fühlte Edie sich gestärkt und frisch.

»Ihr habt beide rosige Wangen bekommen«, stellte Madeleine fest.

»Der Wind hat allen Nebel aus meinem Kopf gepustet.«

Nach dem Abendessen badete Madeleine Tommy und las ihm noch eine Geschichte vor, während Edie die Küche aufräumte und Kaffee kochte. Es war mittlerweile nach sieben, und als sie mit dem Tablett ins Wohnzimmer trat, kam auch Madeleine gerade auf Zehenspitzen angeschlichen.

»Er schläft fest«, sagte sie.

»Danke, Mads. Ich habe dir Kaffee gemacht.« Edie schaltete eine kleine Lampe ein und drehte die Heizung höher. »Ich schwöre dir, dieses Jahr fühle ich die Kälte früher.« Sie lehnte sich auf der Couch zurück und wärmte sich die Hände an der Kaffeetasse. »Du wolltest mir von Miss Aubrey-Finchs Verlobtem erzählen.«

»Ah ja. Danach muss ich aber gehen. Wo soll ich anfangen, Liebling? Er ist groß. Das ist unerlässlich, was?«

Edie nickte und hob einen Finger, um auszudrücken, dass das ein Muss war.

»Sehr dunkle Haare.«

Edie hob lächelnd den zweiten Finger.

»Jetzt die Augen. Wie soll ich ihr Blau beschreiben?« Madeleine trank einen Schluck Kaffee. »Wie ein stürmisches Meer – der Atlantik. Nein … weißt du noch, diese wunderschöne Seide, von der du ein Muster hattest, die in diesem tiefen Blau gefärbt war?« Edie nickte. »Die Farbe meine ich.«

»Unergründlich«, murmelte Edie, die an Toms Augenfarbe denken musste. »Das sind drei wichtige Punkte.«

»Er ist charmant, aber, wie sagt man, zurückhaltend?« Edie nickte. »Und er sieht sehr gut aus. Seine Stimme ist ruhig. Er ist geheimnisvoll.«

Edie hob einen vierten Finger. »Kein Wunder, dass sie ihn seit der Kindheit haben wollte!«

»*Absolument!* Wenn der Mann nicht der Bräutigam einer Kundin wäre, hätte ich ihn zu mir nach Hause eingeladen.«

»Schäm dich!«

»Warum denn? Noch ist er nicht verheiratet.«

Edie seufzte. »Nun, die Beschreibung klingt auf jeden Fall wie ein Traum.« Sie verzog die Mundwinkel. »Er erinnert mich an Tom. Ich werde ihn finden, Mads.«

»Ich weiß, Liebling. Ist der Schneider wieder da, den du nach dem Mann fragen wolltest, der Tom sein könnte?«

»Mach dich nicht lustig über mich. Ich bin fest entschlossen, mit Percival Fitch zu reden, wenn er wieder da ist.« Sie rief Madeleine ins Gedächtnis, dass sie außerdem vorhatte, in die Fleet Street zu gehen. Ihre Freundin nickte. »Aber in der Zwischenzeit kann es ja nicht schaden, wenn wir Mr Wynter mal fragen, ob er nicht irgendwelche ledigen Freunde für uns hat, was?«

Die Passanten, die an dem Regency-Gebäude, in dem sich die Wohnung befand, vorbeigingen, hörten Frauen lachen. Der Nieselregen wurde stärker, und das Pflaster der Straße schimmerte nass im Schein der Gaslaternen.

Alex eilte in die Lobby des Clubs. Er griff nach seiner Taschenuhr, wusste jedoch auch so schon, dass er zu spät war.

»Mr Wynter?«

Er schloss die Augen und holte tief Luft. Dann wandte er sich um. »Ja, Henry?«

»Eine Nachricht für Sie, Sir«, sagte er. »Miss Aubrey-Finch hat angerufen. Sie hat ein Automobil für heute Abend ›besorgt‹ statt eines Taxis, und sie kommt Sie abholen. Die neue Uhrzeit ist neunzehn Uhr dreißig.«

Alex war erleichtert. Jetzt brauchte er sich nicht mehr so zu beeilen. »Oh, hervorragend, danke, Henry. Der Verkehr war heftig vom Norden bis hierher.«

»Das liegt am Regen, Sir«, sagte Henry. »Ach, und noch etwas, Sir – ein Gentleman rief für Sie an, kurz bevor Sie gingen. Ich konnte Ihnen die Nachricht nicht überbringen, weil Sie es so eilig hatten.«

»Ja?«

»Äh … er ist im Salon, Sir.«

»Hier … im Club?«

»Ja, Sir. Ich habe ihm gesagt, er könne auf Sie warten. Es scheint ziemlich wichtig zu sein.«

Alex runzelte die Stirn. »In Ordnung. Danke, Henry.« Wer wollte denn jetzt noch etwas von ihm? Es ging auf sechs Uhr zu. Er betrat den Salon, wobei ihm die Rauchwolke in der Luft kaum auffiel.

Ein großer, schlanker Mann mit ordentlich gekämmten, welligen schwarzen Haaren in einem dunklen Dreiteiler und mit Fliege erhob sich und trat zu ihm. »Mr Wynter?«

Alex runzelte die Stirn. »Ja?« Fragend schaute er den Fremden an.

»Mein Name ist Benjamin Levi«, sagte er.

Alex fragte sich, warum Levi ihn so staunend ansah. »Sollte ich Sie kennen?«

Levi lächelte. »Eigentlich ja, aber mir ist klar, warum das nicht der Fall ist.«

»Mr Levi, verzeihen Sie, ich hatte einen langen Tag, und ich treffe mich gleich mit meiner Verlobten, wenn Sie also bitte …«

»Ah ja, Miss Aubrey-Finch …«

Alex kniff die Augen zusammen. »Worum geht es?«

»Sollen wir hinausgehen?«

Alex zuckte mit den Schultern. »Sie sind hier nicht Mitglied, Levi, und ich nehme an, Sie sind auch kein Gast. Ich bin nicht gerne unhöflich, aber ich bin ziemlich in Eile, also …«

»In Eile zu heiraten?«, warf Levi ein.

»Sie wollen mir eine Falle stellen, Mr Levi.«

»Das ist nicht meine Absicht.«

»Aber Sie leugnen es auch nicht.«

Levi grinste. Er schaute auf den dicken Orientteppich, der auf dem hellen Steinfußboden der Lobby lag. »Nein. Aber ich bin Ihnen etwas schuldig.«

»Sie schulden mir etwas?«, wiederholte Alex. »Was?«

»Nun, das hier zum Beispiel«, sagte Levi und versetzte Alex einen Fausthieb ins Gesicht.

Weil die Männer zu dicht beieinanderstanden, landete der Hieb nicht auf Alex' Kinn, sondern auf der Wange, unter dem Auge. Alex wich automatisch zurück und geriet ins Taumeln. Sein Schuh verfing sich in den Fransen des Orientteppichs, und er stürzte. Sein Kopf schlug auf dem Steinboden auf.

Als Alex die Augen wieder öffnete, sah er vertraute Gesichter über sich. Alle betrachteten ihn besorgt, und Henry schien außer sich vor Zorn zu sein. Die ganze Situation kam ihm schrecklich vertraut vor.

»Unerhört! Halten Sie diesen Mann fest!«, befahl Henry.

Alex blinzelte und richtete sich auf. Angestellte des Clubs hielten seinen Angreifer fest, der ihn hasserfüllt anstarrte.

»Ben?«, sagte er. Er hatte den Namen ausgesprochen, bevor ihm klar wurde, woher er ihn kannte.

»Ist alles in Ordnung, Sir?«, fragte ein Angestellter besorgt, und Alex hörte das Murmeln der anderen Clubmitglieder. Alle Männer, die im Salon gesessen hatten, drängten sich in die Lobby, viele mit ihrem ersten abendlichen Glas Whisky oder Gin in der Hand. Einige wirkten erschrocken, andere ärgerlich über die Störung und einige wenige einfach nur amüsiert.

»Helfen Sie ihm auf, Charles«, fuhr Henry einen jüngeren Portier an.

»Machen Sie sich keine Umstände«, bat Alex. Er wurde hochgezogen. Vorsichtig betastete er die Stelle oben an seiner Wange.

»Morgen hast du ein Veilchen, alter Knabe«, bemerkte ein Witzbold lachend.

»Soll ich die Polizei rufen, Sir? Möchten Sie Anzeige erstatten?«, fragte Henry aufgeregt.

Alex betastete sein Kinn. »Nein, lassen Sie uns bitte allein.« Er bedeutete den Angestellten, den Mann loszulassen.

»Sind Sie sicher, Sir? Kennen Sie diesen Mann, Mr Wynter?«

Alex musterte Benjamin Levi. »Ja, ich erkenne ihn«, sagte er. Der Geist seiner Vergangenheit legte ihm eine eiskalte Hand auf die Schulter. »Ich kümmere mich darum, Henry. Entschuldigt bitte alle die Störung«, wandte er sich an die Umstehenden. »Mr Levi möchte sich sicher auch gern entschuldigen.«

Levis trotziger Gesichtsausdruck veränderte sich nicht, aber er sagte zumindest: »Ich entschuldige mich bei allen.«

»Sie sollten sich vor allem bei Mr Wynter entschuldigen,

und danach werde ich Sie persönlich aus dem White's begleiten, Sir«, versicherte Henry dem Eindringling.

Alex sagte zu einem Kellner: »Bringen Sie mir einen Scotch. Einen doppelten.« Fragend blickte er Ben an. »Nein, besser zwei Doppelte. Wir sind im Billardzimmer.« Alex holte tief Luft. »Komm mit, Ben.«

Sein Gast folgte ihm schweigend. Alex öffnete die Flügeltür zum Billardzimmer und schaltete eine Lampe ein, die tief über einem einzelnen Billardtisch hing, der für das abendliche Spiel bereits vorbereitet war.

»Sie kommen erst später«, sagte Alex. Er räusperte sich und lehnte sich an die dicke, abgerundete Kante des Tischs. Schweigend blickten sie einander ein paar Sekunden lang an. Alex wusste nicht so recht, wo er anfangen sollte.

»Warst du im Krieg, Ben?« Irgendwo musste das Gespräch ja anfangen, und er sah Levi an, dass er es nicht beginnen würde. Leider klang seine Frage wie eine Anschuldigung, und Levi verstand sie auch so.

»Ich bin kein Held wie du, Wynter, wenn du das meinst. Aber ich wurde im März 1916 eingezogen. Einzelne Männer in einem bestimmten Alter wurden herangezogen, und ich tat meine Pflicht. Nur …«

Alex erfuhr nichts mehr von Bens Zeit als Soldat, da es in diesem Moment an der Tür klopfte. Der Kellner trat ein und brachte ein Tablett.

»Ihre Whiskys, Mr Wynter. Henry … ich meine, Mr Johnson hat mich gebeten, Ihnen auch die Flasche mitzubringen, Sir.«

»Sagen Sie ihm vielen Dank, bitte.« Alex nahm beide Gläser und die halbleere Flasche vom Tablett und wartete, bis der Mann gegangen war, bevor er Ben ein Glas reichte. Er stellte die Flasche auf die Billardtischkante und kippte den Whisky herunter. Er brannte in der Kehle, und schon das Öffnen des Mundes tat ihm jetzt weh. Auch seine Augenhöhle pochte.

Ben Levi trank ebenfalls seinen Whisky. Er lehnte sich an die Wand. »Meine Tat hätte mich die Anwaltslizenz kosten können. Ich sage es ungern, aber ich danke dir, dass du nicht die Polizei gerufen hast.«

Alex warf ihm einen finsteren Blick zu. Er wünschte, er könnte sich an noch mehr erinnern. Aber immerhin kamen die Erinnerungen jetzt regelmäßig, und er spürte, dass er den Geheimnissen seiner Vergangenheit nie näher gewesen war als in diesem Moment. »Bedank dich nicht bei mir. Ich kann eine öffentliche Prügelei genauso wenig brauchen wie du. Du hast mich angerufen, nachdem mein Vater gestorben war. Das kam mir schon damals komisch vor. Was wolltest du herausfinden?«

»Sagen wir mal, ich habe ein bisschen im Trüben gefischt.«

»Warum? Du meine Güte, drück dich klar aus, Mann, und sag endlich, warum du hierhergekommen bist!« Er schenkte sich noch einen doppelten Whisky ein, trank ihn aber nicht. »Sag es mir«, verlangte er. Sein Tonfall klang angewidert. An Bens Schläfe pochte eine Ader.

»Ich bin heute nicht wegen dir, sondern wegen jemand anderem hierhergekommen. Jemand, den ich zutiefst verletzt habe. Jemand, den ich mein ganzes Leben lang geliebt und nun – wieder – verloren habe.«

Alex trank einen Schluck und fasste sich an den Hinterkopf, wo er auf den Steinfußboden aufgeschlagen war. Leichte Kopfschmerzen kündigten sich an. »Und was hat das mit mir zu tun, Ben Levi?«, fragte er. Als er den Namen aussprach, stieg eine Ahnung in ihm auf. Es fühlte sich an, als ginge er durch einen dunklen Flur auf einen von Kerzen beleuchteten Raum zu, den er gesucht hatte. Aber er musste erst durch ein Gewirr von Korridoren seinen Weg finden, Spinnweben und dunkle Vorhänge zur Seite schieben. Und plötzlich kam ihm der Anblick von Ben Levi, der mit gesenktem Kopf dastand und eine Entschuldigung murmelte, seltsam vertraut vor, und er hatte das Gefühl, gleich würde er aus der Dunkelheit auftauchen.

»Sagt dir der Name Valentine etwas?«

Der Whisky verlor seine Süße und wurde sauer in seiner Kehle. »Immer mehr, ja«, krächzte Alex. »Ich habe erst heute entdeckt, dass der Anzug, den ich trug, als ich auf der Savile Row überfahren wurde und nach Jahren mein Gedächtnis wiedererlangte, dem Etikett nach von Abraham Valentine stammte. Und ebenfalls durch Zufall habe ich festgestellt, dass meine Verlobte sich ihr Brautkleid in einem Salon in Chelsea schneidern lässt, der Valentine's heißt. Und Valentine war auch der Name der Frau, die Anzüge in das Krankenhaus, in dem ich nach meiner Verwundung gelegen habe, geliefert hat.« Noch während er sprach, spürte er, wie sich die Ereignisse miteinander verbanden. Es erschreckte ihn, versetzte ihn aber auch in Hochstimmung. »Gibt es zwischen diesen Personen eine Verbindung?«, fragte er und hielt den Atem an, während er auf Levis Antwort wartete.

Ben nickte. »Abraham Valentine, der Schneider aus Golders Green, ist der Vater der Designerin, die das Brautkleid deiner Verlobten entworfen hat.«

»Dann muss ich mit ihr sprechen«, sagte er und stellte sein Glas ab. »Sie hält wahrscheinlich den Schlüssel in der Hand …«

»Warte, Wynter! Jetzt musst du auch alles hören. Ich möchte mich noch einmal entschuldigen, weil ich dich niedergeschlagen habe. Die Tatsache, dass sie nie aufgehört hat, dich zu lieben, und du noch nicht einmal mehr ihren Namen weißt, hat mich wütend gemacht. Ich hasse dich von ganzem Herzen, aber ich schäme mich meines Verhaltens der Frau gegenüber, die ich mein ganzes Leben lang geliebt habe. Ich kann nicht zulassen, dass du Miss Aubrey-Finch heiratest, da du bereits eine Ehefrau hast.«

Seine Worte trafen Alex mit voller Wucht; er spürte den Schock im ganzen Körper. Seine Lippen wurden taub, und seine Gedanken überschlugen sich. Er schwankte leicht und musste sich am Billardtisch festhalten, als immer mehr Spinnweben beiseitegeräumt wurden und der Kerzenschein immer deutlicher zu sehen war. »Eine Ehefrau?«, stieß er hervor. Seine Erinnerungen nahmen an Tempo und Bedeutung zu. »*Meine Frau*«, wiederholte er verwundert.

»Erinnerst du dich an ihren Namen, Wynter? Kannst du wenigstens damit beweisen, dass du sie verdient hast?«

Alex bewegte den Kopf hin und her, griff nach dem Geräusch der Absätze, die sich entfernten, und dem Duft nach Veilchen. Er hörte Kirchenglocken und Lachen, das Spritzen von Badewasser, sah das Bild langer, dunkler Haare an seiner Brust. Er stöhnte.

»Wynter. Bist du …«

Alex hörte ihn nicht. Levis Stimme verlor sich in der Ferne. Er klammerte sich an seine Gedanken, ließ sich von ihnen mitziehen. Als Kind war er einmal mit dem Zug nach Schottland gefahren und hatte den Kopf aus dem Fenster gesteckt. Der Wind war durch seine Haare gefahren und hatte in seinen Ohren gepfiffen, ihm den Atem genommen und ihn gezwungen, die Augen so zuzukneifen, dass er die Landschaft, die vorbeiflog, nur noch undeutlich wahrnahm. In einem Moment sah er ein Bauernhaus, dann war es schon wieder vorbei, und er richtete seinen Blick auf das nächste, das ebenso vorbeiflog. Genauso fühlte sich dieser Augenblick an. Wie ein Wasserfall rauschten Bilder durch seinen Kopf. Und wie bei einem Wasserfall sammelten sie sich in einem Becken. Das Becken füllte sich rasch und überflutete seine Gedanken mit Vertrautem und Erkenntnis. Sein Kopf pochte, bis er das Gefühl hatte, er müsse platzen, und dann kam mit dem Geräusch der klackenden Absätze plötzlich ein Bild … und das Bild hatte eine Stimme. Und sie hatte einen Namen.

Er keuchte.

»Edie«, stöhnte er. Tränen traten ihm in die Augen und rannen über seine Wangen. Endlich waren die letzten Spinnweben heruntergerissen, und er konnte sich wieder an alles erinnern. »Eden Valentine«, sagte er. Er stieß sein Glas um. Es landete mit einem dumpfen Knall auf dem dicken Teppich im Billardzimmer, und der Whisky spritzte auf seine Schuhe. Die Szenen in seinem Kopf füllten alle Ecken mit Ausschnitten aus seinem Leben mit Eden Valentine.

Alex hörte, wie sich die Tür leise schloss. Benjamin Levi hatte ihn seinen Erinnerungen überlassen.

30

Penelope Aubrey-Finch hielt genau vor dem Eingang zum White's Club in der St James's und drückte auf die Hupe des neuen Autos, mit dem sie vorgefahren war. Sie genoss nicht nur die missbilligenden Blicke, die ihr die Club-Mitglieder zuwarfen, sondern auch das verstohlene Staunen, das dieser Zweisitzer hervorrief.

»Da bist du ja, Liebling«, sagte sie, als Alex endlich aus dem beleuchteten Eingang trat. »Ich dachte schon, du wolltest mich versetzen. Tut mir leid, dass ich zu spät komme, aber wenn du das hier siehst, verstehst du mich vielleicht?«

Er beugte sich zu ihr und küsste sie auf die Wange. »Sollen wir fahren?«, fragte er.

Pen runzelte die Stirn, achtete aber zunächst nicht auf seinen undurchdringlichen Gesichtsausdruck, sondern gab Gas und ordnete sich in den Verkehr ein. »Hast du die empörten Blicke gesehen, die deine spießigen Club-Mitglieder mir zugeworfen haben?« Sie blickte ihn amüsiert an und wartete einen Moment. »Oh, komm schon, Alex. Sag mir was Schlimmes oder sag mir was Wundervolles, aber sitz nicht so da wie ein Trauerkloß.« Sie hupte, als ihr ein Fahrradfahrer in die Quere kam. »Was ist denn los mit dir, Liebling?«

»Pen, macht es dir sehr viel aus, wenn wir nicht zu Murray's gehen?«

»Oh Alex, warum denn?« Ihr Tonfall klang enttäuscht.

»Ich habe schreckliche Kopfschmerzen, und die Jazzmusik würde sie nur noch schlimmer machen … und … nun ja, ich muss mit dir reden.«

»Du kannst ja beim Essen mit mir reden. Wir gehen ins Ritz. César findet bestimmt einen Platz für uns.«

»Pen …« Er stieß einen tiefen Seufzer aus.

»Ist etwas passiert?«

»Ja.«

»Oh.« Damit hatte sie nicht gerechnet. »Nun, wohin soll ich fahren?«, fragte sie verwirrt.

»Fahr einfach … fahr aus London hinaus, irgendwohin, wo es ruhig ist.«

Sie fuhren zwanzig Minuten in angespanntem Schweigen. Penny war froh, dass sie das Verdeck des Wagens nicht geöffnet hatte, wie sie es eigentlich vorgehabt hatte. An einem so kalten Abend mit offenem Verdeck zu fahren wäre Wahnsinn gewesen.

»Ich glaube, ich möchte lieber nicht hören, was du mir zu sagen hast«, durchbrach sie schließlich das Schweigen. »So düster und nachdenklich habe ich dich noch nie erlebt.«

Er schaltete die Heizung ein, sagte aber nichts.

»Es müssen sehr schlechte Nachrichten sein«, fuhr sie fort. »Warum würdest du dich sonst so seltsam benehmen?«

Es irritierte sie, dass er immer noch schwieg.

»Soll ich Richtung Brighton fahren?«

Er nickte. »Wie du willst. Mir ist es gleich.«

Ja, sie vermutete, sie wusste schon, was jetzt kam. Pen bog auf die Hauptstraße ein, die direkt nach Sussex führte, und trat aufs Gaspedal. Vielleicht konnte sie froh sein, wenn er heute Abend gar nichts mehr sagte. Sie würde einfach vor all seinen Problemen davonfahren.

»Wem gehört das Auto?«, fragte er in diesem Moment und wies auf das Armaturenbrett.

»Nun, ich glaube, es wird mir gehören.«

»Hast du es gekauft?«

»Ich bin dabei. Es gehört einem Freund meines Vaters. Er hat sich schon einen neuen Wagen angeschaut. Ich dachte, er würde nie in einen Verkauf einwilligen, aber dann war er doch einverstanden.«

Alex schwieg.

»Und, was meinst du?«

»Er passt zu dir, Pen.«

»Ja, das finde ich auch. Schön, aber ein bisschen gefährlich, oder?«

»Nun ja, so würde ich ihn nicht beschreiben, aber …« Er beendete den Satz nicht, sondern blickte hinaus in die Dunkelheit.

»Ich ertrage das nicht mehr«, sagte sie plötzlich und bog von der Hauptstraße ab, als sie an Crawley vorbeifuhren. Alex merkte kaum, dass sie die Richtung geändert hatte. Sie fuhr planlos durch die Gegend, bis sie einen Parkplatz sah. Darauf fuhr sie zu.

Hier draußen auf dem Land war der Abend eisig kalt, und obwohl sie Schals und warme Mäntel trugen, fror sie. Aber das eisige Gefühl in ihrem Körper hatte nichts mit dem Winterabend zu tun. Sie lachte in die Stille der schwarzen Moorlandschaft, die sich bis zum Horizont erstreckte.

»Was ist so lustig?«, fragte Alex.

»Wynter ist dein Name, und Winter liegt über der Landschaft.«

Alex stieg aus dem Auto und knallte die Tür zu.

»Was tust du da?«, rief sie. »Alex? Alex!« Sie folgte ihm, wobei sie mit ihren hohen Seidenpumps im weichen

Boden einsank. Pen zog den Pelzmantel enger um sich und blickte hilflos auf die Silhouette des Mannes, den sie liebte. Er stand da, allein und wütend, wie es schien. Wenn die Scheinwerfer des Wagens nicht gewesen wären, hätte sie ihn gar nicht gesehen. »Liebling, bitte. Lass mich dir doch helfen. Was auch immer es ist, wir können es doch gemeinsam bewältigen. Du musst die Hochzeit aufschieben, oder?«

Er drehte sich um und marschierte aufs Auto zu. »Ja«, sagte er mit erstickter Stimme. Es klang resigniert. Sie bekam auf einmal Angst, weil sie spürte, dass er ihr mit dem, was er zu sagen hatte, wehtun würde.

Erst jetzt, im Licht der Scheinwerfer, sah Pen, dass seine Wange und der Bereich um das Auge aufgeplatzt und geschwollen waren. »Um Gottes willen! Alex, was ist passiert?«

Er berührte seine Wange und nickte traurig. »Ich habe mein Gedächtnis wiedererlangt, Pen. Das hier gehört dazu.«

Erschrocken schüttelte sie den Kopf.

»Hör zu«, sagte sie in beruhigendem Tonfall. »Ich sehe ja, wie aufgebracht du bist und dass etwas passiert ist, aber es ist mir egal, dass wir die Hochzeit verschieben müssen. So etwas kommt vor. Du bist ein Geschäftsmann, leitest ein riesiges Imperium, und wir leben in herausfordernden Zeiten. Ich verstehe das, und ich werde dir nie das Leben schwermachen, Alex. Wir können die Hochzeit verschieben. Sommer ist genauso gut – oder, Liebling, lass uns doch einfach dieses Riesenfest vergessen und durchbrennen!«

Er warf ihr einen finsteren Blick zu, aber da sie ihn nicht deuten konnte, redete sie weiter.

»Ich meine es ernst. Lass uns durchbrennen, Alex. Vergiss den ganzen Gesellschaftskram, vergiss den Pomp und das Tamtam und die Zeremonie. Ich brauche noch nicht einmal ein fabelhaftes Kleid. Lass uns einfach vergessen, dass es Eden Valentine gibt, und …«

»Ich kann nicht«, sagte er mit erstickter Stimme.

Pen blinzelte. Im Stillen schrie sie zum Himmel, aber vor Alex wahrte sie die Fassung und redete mit ruhiger Stimme weiter.

»Was kannst du nicht?«, fragte sie.

Alex schüttelte hoffnungslos den Kopf. Mit brüchiger Stimme sagte er: »Alles, Pen. Ich kann nicht mit dir durchbrennen. Ich muss gestehen, dass ich dich nicht so lieben kann, wie du es gerne hättest und wie du auch geliebt werden solltest, weil du wirklich anbetungswürdig bist. Du hast etwas viel Besseres verdient. Ich kann dich nicht heiraten.«

Selbst in diesem furchtbaren Moment der Zurückweisung flog ihr Herz ihm zu, weil er so sehr litt. Sie konnte es hören, sah ihm an, wie traurig es ihn machte, und doch musste er sie verletzen. Pen begann am ganzen Körper zu zittern. Sie fühlte nur noch, wie weh seine Worte taten und wie sie ihr Herz zum Bluten brachten.

»Warum, Alex, warum?«

»Du sagtest, vergiss Eden Valentine.«

Verwirrt schüttelte sie den Kopf. »Was hat Eden damit zu tun?«

»Alles.«

»Alles?«, wiederholte sie, und er war gezwungen, es ihr zu erklären.

»Ich habe mich heute Abend an etwas so Wichtiges, etwas so Schreckliches und zugleich so Wundervolles erinnert, dass ich kaum atmen kann.«

Pen wartete, gefährlich nah an der Klippe, unter der ein Abgrund gähnte.

»Weißt du, Pen«, begann er stockend.

»Sag es einfach, Alex«, sagte sie erschöpft.

»Ich bin bereits verheiratet.«

Jedes einzelne Wort traf sie wie ein Keulenschlag.

»Ich habe es vor einer Stunde herausgefunden. Ein Anwalt ist zu mir in den Club gekommen, und sagen wir mal so: Er hat eine Abkürzung gefunden, um mir meine Erinnerung zurückzugeben.«

Pen interessierte es nicht die Bohne, dass Alex sein Gedächtnis wiedererlangt hatte. Was sie jedoch interessierte, war der Name der Person, mit der er verheiratet war.

»Und diese Person, mit der du verheiratet bist, lebt?«

»Ja«, erwiderte er trübe. »Ich glaube, wir haben sogar ein Kind.«

»In England?«

»In London.«

Sie schluchzte laut auf, und es hörte sich an, als müsste sie sich übergeben.

»Kenne ich sie?«, stieß sie hervor.

Er schlug die Augen nieder.

Und endlich überkam sie Wut. Es war all die Wut und Frustration, die sich in den Jahren seit ihrer Jugend angesammelt hatte, als sie zugesehen hatte, wie Alex mit Frauen schäkerte und ausging, die älter waren als sie. Und dann war er auf die Universität gegangen, und gerade als es so aussah, als ob er nach Hause käme, verlor sie ihn an die Armee und an den Krieg … doch nicht eine Sekunde lang hatte sie akzeptiert, dass er nicht mehr wiederkommen würde. Es waren ihre Liebe, ihr Optimismus und ihre Besessenheit gewesen, die ihn nach Hause gebracht hatten. Jetzt überfiel sie all diese Wut, und sie knurrte wie ein verwundetes Tier. »Ich sagte …«

»Ihr Name«, unterbrach er sie, kaum in der Lage, seine

eigene Wut zu unterdrücken, eine Emotion, die sie noch nie bei ihm erlebt hatte, »ist Eden Valentine.«

Es dauerte einen schrecklichen Moment lang, bis die Worte einen Sinn ergaben.

»Meine Eden?«, flüsterte sie schließlich. Ihr Körper war wie erstarrt.

»*Meine* Eden«, entgegnete er mit brüchiger Stimme. Sein Zorn war verraucht. »Verzeih mir«, sagte er in so einem liebevollen Ton, dass es sie noch mehr schmerzte. »Es ist nicht deine Schuld. Ich bin wütend wegen der Situation – ich habe sie verloren, dich gefunden, euch beide verletzt, weil ich euch beide geliebt habe. Pen, sie hat einen Mann ohne Gedächtnis geheiratet, einen Mann, der nicht einmal seinen Namen kannte. Als er gebeten wurde, sich einen Namen auszusuchen, wählte er Tom, vielleicht ein Echo des Vaters, an den er sich nicht erinnern konnte. Sie wurden Mr und Mrs Valentine und lebten in einem Cottage am Rand des Epping Forest.«

Pen dachte daran, mit welcher Zärtlichkeit Eden von ihrem Mann namens Tom gesprochen hatte. Sie schlug die Hand vor den Mund, um ihre Schreie zu ersticken, aber aus ihren Augen liefen Tränen, und sie sah Alex nur noch als wässerigen Umriss.

Er nickte. »Wir hatten nicht viel, aber wir hatten unsere Träume, und wir gingen unseren Weg. Eden war schwanger, als ich …« Er schüttelte den Kopf und räusperte sich. »Ich war heute im Salon!«, stöhnte er. »Ich habe sie nicht gesehen.«

»Sie hat dich heute Nachmittag erwähnt«, flüsterte Pen schließlich. »Sie sagte, wie leid es ihr getan habe, dass sie dich verpasst hat.« Ihre Erstarrung wich dem Gefühl, am ganzen Körper Nadeln zu spüren. Ihr Verlobter war der Vater von Edens Kind …

Alex gab einen gequälten Laut von sich. »Meine Schuld! Es ist alles nur meine Schuld! Oh Pen …«

Penelope Aubrey-Finch hatte kurze Zeit einen Freudentaumel erlebt, hatte sich vorgestellt, wie Alex Wynter nackt in ihren Armen liegen würde, aber jetzt wich das alles der Vision von Eden Valentine in ihrem Brautkleid, dem Kleid, das Eden für sie geschneidert hatte. Ein scharfer Schmerz fuhr durch ihren Körper, und sie war sich sicher, dass sie hören konnte, wie Stoff zerriss.

So fühlt es sich also an, wenn das Herz bricht, dachte sie distanziert, als wenn es nicht ihr passieren würde.

»Nun, wir können nicht zulassen, dass du Bigamie begehst.« Ihre Stimme klang hart und tonlos. »Wirst du dich von ihr scheiden lassen, Alex?«

Seine Bestürzung verwandelte sich in blankes Entsetzen. Sie kannte ihn viel zu gut, um nicht zu wissen, dass sie ihn jetzt vollständig verloren hatte.

»Ich liebe sie, Pen. Ich liebe sie so, wie du mich liebst. Es ist nicht gesund und ganz bestimmt nicht klug, jemanden so sehr zu lieben, aber du kannst nichts dagegen tun, und ich kann es auch nicht. Ich wusste es nur nicht.«

»Sie weiß es auch nicht, das kann ich dir versichern. Aber sie redet die ganze Zeit von Tom und bat mich, mit dir anzustoßen, wenn wir im Orient-Express sitzen, weil sie und Tom immer über diese Reise geredet hatten. Jetzt verstehe ich auch, warum du mich dahin mitnehmen wolltest.« Sie stieß ein freudloses, höhnisches Lachen aus. »Ich könnte jetzt wünschen, dass du in Ypern gestorben wärst. Ich bin nicht sicher, wie ich mit dem Gedanken weiterleben kann, dass du eine andere liebst.«

Er trat auf sie zu, aber sie wich zurück.

»Es tut mir leid, aber ich kann dich nicht lieben, Pen.«

Voller Verzweiflung atmete sie tief die kalte Luft ein

und stolperte mit ihren hohen Absätzen über den aufgeweichten Boden zum Auto. Sie stieg ein und schlug die Tür zu. Alex' Schultern sanken herab, und er kam unglücklich näher, aber sie konnte es nicht ertragen. Sie konnte seine Nähe nicht ertragen, konnte seinen unglücklichen Gesichtsausdruck nicht mehr sehen, konnte nicht mit seinem Mitleid leben. Sie wollte seine sanfte Stimme nicht mehr hören, wollte nicht seine Finger sehen, wie sie an der Heizung drehten oder den Schal festbanden. Sie hatte von diesen Fingern auf ihrem Körper geträumt, hatte sie in sich gespürt … Sie wollte diese neue Welt nicht – lieblos und öde ohne Alex. Und die Vorstellung, wie Alex mit Eden Valentine, der wahren Mrs Wynter, zusammen war, rann wie Gift durch ihre Adern und überzog alles mit Schmerz.

Als Alex die Hand nach dem Türgriff ausstreckte, drückte sie auf den Anlasser, dankbar dafür, dass Freddy Batemans Behauptung, dieses Auto würde immer auf Anhieb anspringen, sich bewahrheitete. Sie wendete den Wagen und hätte Alex angefahren, wenn er nicht zur Seite gesprungen wäre. Pen wusste kaum, was sie tat. Es war grausam, Alex hier, in der Dunkelheit am Rande des Moors, zurückzulassen, aber dafür hatte sie keinen Raum in ihrem Herzen, denn ihr Herz war tot.

Alex beobachtete, wie Pen das Auto gefährlich herumriss, auf die schmale Straße schleuderte und mit kreischenden Reifen auf die Hauptstraße abbog. Der Motor dröhnte immer lauter, als sie auf der Brighton Road beschleunigte.

Er atmete tief aus. Er hatte sie schrecklich verletzt, aber er wusste jetzt, dass er ihr in den kommenden Jahren noch viel mehr Schmerz zugefügt hätte.

Steif vor Kälte ging er zur Autowerkstatt im Ort und

bezahlte jemanden dafür, dass er ihn nach Ardingly fuhr. Innerhalb von zwei Stunden hatte sich der Kreis geschlossen. Er saß auf dem Baumstumpf im Park, starrte auf Larksfell und versuchte, irgendeinen Sinn in das Geschehene zu bekommen. Im Haus war alles still. Soweit er wusste, war nur seine Mutter zu Hause. Plötzlich jedoch ging überall das Licht an, und Schatten bewegten sich hinter den Fenstern. Alex stand auf, wobei er erst jetzt merkte, wie taub sein Hinterteil war und wie sehr sein zerschlagenes Gesicht vor Kälte schmerzte.

Unschlüssig, welche der zahlreichen Seitentüren er benutzen sollte, ging er auf das Haus zu, aber anscheinend hatte Bramson bereits für die Nacht alles zugesperrt. Also ging er zur Hintertür und klopfte an das Fenster der Küche, wo die alte Mrs Dear gerade den Wasserkessel füllte.

»Was machst du denn noch so spät hier, Dearie?«, sagte er zärtlich und umarmte sie.

»Oh, Master Lex, Gott sei Dank, dass Sie da sind, Sir. Oben ist etwas Schreckliches im Gange.«

Alex runzelte die Stirn. »Was?«

»Ich weiß nicht. Mr Bramson hat einen Anruf von der Polizei bekommen, habe ich gehört. Sie sind schon unterwegs.«

»Polizei …«, murmelte Alex. Er nickte Mrs Dear zu, die viel zu verstört war, um sein geschwollenes Auge zu bemerken, und eilte durch das Untergeschoss von Larksfell zur Treppe, die nach oben führte.

Durch den Dienstboteneingang betrat er die Eingangshalle, wo seine Mutter und Bramson angstvoll miteinander redeten.

»Lex! Oh, Gott sei Dank!« Seine Mutter begann zu weinen.

Alex trat zu ihr. »Mutter. Um Himmels willen! Was ist denn passiert?«

»Ich dachte schon, du hättest auch im Wagen gesessen«, stieß sie hervor. Dann fasste sie sich. »Bramson …«

Der Butler räusperte sich und blinzelte. »Master Lex, es hat einen schrecklichen Unfall gegeben. Es … nun ja, es handelt sich um Miss Aubrey-Finch.«

»Pen«, stieß Alex hervor. »Wie geht es ihr?« Sein Mund war auf einmal ganz trocken.

»Wir wissen es nicht«, sagte Bramson. »Die Polizisten konnten es uns nicht sagen. Sie sind auf dem Weg hierher.«

Alex wurde die Kehle eng. Seine Gedanken überschlugen sich. »Was ist mit ihren Eltern? Sind sie noch in Rom?«

»Ja. Sie kommen am Wochenende zurück«, sagte Cecily. »Die Polizei hat wegen dir bei uns angerufen.«

Alex rieb sich über das Gesicht. Er hatte Angst vor der Wahrheit, und vor allem hasste er den Gedanken daran, dass er Anteil daran gehabt hatte. Es kam ihm vor wie ein schrecklicher Albtraum. »Wir wissen also nichts?«

»Wir wissen nur, dass es einen Autounfall gegeben hat, Sir«, sagte Bramson. »Mrs Wynter, kommen Sie, setzen Sie sich an den Kamin. Mrs Dear hat schon den Wasserkessel aufgesetzt. Soll ich Ihnen etwas Eis bringen, Master Alex?« Bramson nickte zu Alex' Schwellung hin, aber Alex schüttelte den Kopf.

Sie gingen ins Wohnzimmer. »Ich schüre das Feuer, Bramson«, sagte Alex und griff zum Schürhaken, um die glühenden Scheite im Kamin erneut anzufachen. Es war leichter, wenn er etwas zu tun hatte.

»Wir waren alle schon zu Bett gegangen«, stammelte seine Mutter. »Sieh mich an, ich bin schon im Nachthemd!«

Alex dachte daran, in welchem Zustand Pen davongefahren war, wie sie auf der Brighton Road schneller geworden war, in einem Fahrzeug, das für sie ungewohnt war, und sein Herz schlug schneller, aus Angst, dass alles seine Schuld war. »Mutter, ich habe dir etwas zu sagen, während wir auf die Polizei warten.«

Sie musterte ihn, und jetzt, wo sie wusste, dass ihm nichts passiert war, wurde ihr Blick wieder nüchterner. »Das habe ich mir schon gedacht. Du bist im Dinner-Anzug und solltest eigentlich mit Penny in London sein. Hattet ihr zwei einen Streit? Hast du deshalb ein blaues Auge?«

Er zwang sich, die wunde Stelle nicht zu berühren. »Das war nicht Pen.« Stöhnend hielt er sich den Kopf. Was er ihr sagen musste, quälte ihn; er hatte es bereits zu einer schönen jungen Frau sagen müssen, die jetzt wahrscheinlich nicht nur emotional verletzt war, sondern auch noch körperlichen Schaden davongetragen hatte. »Was für ein Chaos. Lass mich bitte ausreden. Verurteilen kannst du mich danach.«

Der Tee wurde serviert und wurde kalt, die Tassen blieben unberührt, während Cecily Wynter der traumatischen Erzählung ihres Sohnes lauschte, und als er schließlich schwieg, blickte sie in die Flammen, sah jedoch nur das orangefarbene Flackern, während ihr sorgenvolle Gedanken durch den Kopf gingen. Draußen fuhr ein Automobil vor.

Alex stand auf, reichte seiner Mutter die Hand, und gemeinsam erwarteten sie die Polizei. Sie hörten Stimmen, und dann führte Bramson die Polizisten ins Wohnzimmer. Zwei Männer in Straßenanzügen und einer in Uniform traten ein, die Hüte in der Hand, die Mienen ernst.

»Guten Abend, meine Herren«, begrüßte Alex sie.

»Mr Wynter, Mrs Wynter«, sagte der älteste der drei Männer. »Ich bin Inspector Philips.«

Alex und seine Mutter nickten, als er die beiden anderen vorstellte, aber Alex hörte die Namen kaum. Es schien zwar ungehörig, den Polizisten in dieser kalten Nacht nicht wenigstens eine Tasse Tee anzubieten, aber Alex wollte nur hören, dass Pen nichts passiert war. Und so fragte er direkt nach der Vorstellung: »Ist Miss Aubrey-Finch verletzt, Mr Philips? Sie fuhr heute zum ersten Mal ein neues Auto.«

Die Männer warfen sich verlegene Blicke zu. »Es tut mir furchtbar leid, Ihnen sagen zu müssen, dass Miss Aubrey-Finch heute Abend einen Autounfall gehabt hat und an ihren Verletzungen gestorben ist.«

Im Zimmer wurde es so still, dass Alex noch nicht einmal mehr das Knacken und Knistern des Feuers hören konnte. Er war nicht in der Lage zu atmen, als er im Geiste wiederholte, was der Inspector gesagt hatte. Er merkte noch nicht einmal, dass seine Mutter sich hingesetzt hatte.

»Wie … was … ich …« Er starrte die Männer an.

Philips ersparte ihm die vergebliche Suche nach Worten. »Sie war auf der Stelle tot, da sind wir sicher. Der Unfall geschah in Hassocks. Sie bog um eine Kurve und krachte gegen einen Baum. Ein Arzt, der zufällig in der Nähe war, war sofort am Unfallort, aber Miss Aubrey-Finch …« Er schluckte. »Es tut mir leid, Sir, sie war bereits tot.«

Bramson trat näher, sichtlich besorgt um seine Herrin. Er stellte sich neben sie, zweifellos ebenso unter Schock wie Alex und seine Mutter. Alex merkte, dass alle auf ein Wort von ihm warteten, aber er bekam keine Luft. Sein Blut rauschte, und in seinem Kopf war ein lautes Dröhnen. Der Polizist begann wieder zu sprechen.

»… wir haben erfahren, dass ihre Eltern auf Reisen sind«, sagte Philips.

»Ja … ja, sie sind in Europa und kommen am Wochenende zurück«, sagte Alex, der endlich seine Stimme wiedergefunden hatte. »Sollen wir sie benachrichtigen?« Das schien ihm naheliegend, und es half ihm, sich zu konzentrieren. Etwas zu tun war immer besser, als sich im Schock zu verlieren.

»Nun, es ist vielleicht das Beste, wenn ein Freund der Familie es tut.«

»Bramson, holen Sie meine beiden Brüder und Charlie bitte nach Hause«, sagte Alex zu dem Butler. »Rufen Sie sie an, wecken Sie sie, wenn es sein muss.« Er übernahm das Kommando, da seine Erstarrung wich und er wieder rational denken konnte. Das taten Offiziere an der Front jeden Tag. Sie übernahmen die Verantwortung.

»Sofort, Sir«, erwiderte Bramson.

»Ich sollte Ihnen sagen, dass ich heute Abend mit Miss Aubrey-Finch zusammen war, Inspector Philips.«

Der Mann blickte ihn scharf an. »Dann brauchen wir Ihre Aussage, Sir.«

»Natürlich. Können wir Ihnen etwas anbieten? Bramson?«

Der Butler hatte sich schon zum Gehen gewandt. »Ich kümmere mich darum, Sir.«

»Kommen Sie, wärmen Sie sich auf.« Alex wies auf den Kamin. Seine Stimme war fest, aber das Zittern seiner Hand war ein deutliches Zeichen für seinen Schock. »Ich sage Ihnen alles, was ich weiß.« Er hatte während des Kriegs Traumata erlebt, doch der Schmerz zu begreifen, dass die lachende, liebende, großzügige Pen in der eisigen Kälte auf der Straße und voller Bitterkeit auf ihn gestorben war, war in diesem Moment größer als all seine vergangenen Leiden.

31

Edie legte den Hörer auf. Sie war blass und zitterte. Am liebsten hätte sie geglaubt, dass sie sich das Gespräch gerade nur eingebildet hatte. Sie versuchte, sich vorzustellen, wie sie aufwachte und erleichtert feststellte, dass es nur ein böser Traum gewesen war.

Madeleine kam in den Salon. »Bist du immer noch allein? Ich dachte, Miss Aubrey-Finch wäre mittlerweile da. Ich habe Kuchen besorgt und …« Sie brach ab, als sie sah, in welcher Verfassung Edie war. »Eden, was ist los?« Sie eilte zu ihrer Freundin. »Was ist passiert? Ist irgendwas mit Tommy?« Sie schaute sich um und sah Tommy, der in einer Ecke des Salons spielte.

»Es ist wegen Pen.«

»Oh, Gott sei Dank. Verspätet sie sich?«

»Sie ist tot.«

»Tot?«, wiederholte Madeleine fassungslos.

Edie nickte und schlug sich die Hand vor den Mund. Sie hielt sich an einer der Sitzgelegenheiten im Salon fest und ließ sich zitternd darauf nieder. »Sie ist gestern Abend bei einem Autounfall ums Leben gekommen. Mads … ich hatte noch ein paar Stunden zuvor mit ihr telefoniert. Sie klang so fröhlich. Wir wollten uns heute zum Lunch treffen …«

Madeleine setzte sich vorsichtig neben ihre Freundin, die sichtlich unter Schock stand. »Ein Unfall?«

Edie nickte. »Irgendwo in der Nähe von Brighton.

Sie ist gegen einen Baum gefahren. Am Telefon gerade, das war Charlotte Wynter. Sie ist völlig außer sich vor Trauer …« Edie schüttelte den Kopf und wischte sich eine Träne weg. Tommy kam zu ihr gewackelt, und sie nahm ihn auf den Schoß und umarmte ihn.

»War sie allein?«

Edie keuchte. »Nach Mr Wynters Zustand habe ich gar nicht gefragt. Oh, wie schrecklich unsensibel von mir. Ja, sie war allein.«

»Er steht wahrscheinlich auch völlig unter Schock.«

»Er will mich sehen.«

»Wynter? Warum das denn?«

Edie zuckte mit den Schultern. »Charlotte sagte, es sei wichtig. Es ist sehr seltsam, Mads. Er kommt nicht in den Salon, was ich verstehen kann, deshalb treffen wir uns im Chelsea Physic Garden.«

»Vielleicht will er Pens Geld zurück?«

»Das kann ich mir nicht vorstellen. Von Geld war nicht die Rede, obwohl ich das meiste nur zu gerne zurückzahlen würde. Nein, er versucht wahrscheinlich, sich ein Bild von den gestrigen Ereignissen zu machen.«

»Vielleicht muss die Polizei mit dir reden?«

»Möglich, obwohl Charlotte sagte, dass es nichts Verdächtiges gegeben habe. Laut Polizeibericht war es ein Unglück. Einfach nur ein Unglück.«

»Oh Eden, es tut mir so leid. Das sollte dein großes Debüt sein.«

Edie schüttelte den Kopf. »Ich will jetzt nicht darüber nachdenken, aber vielleicht ist es ein Zeichen, dass ich diesen Salon nicht haben soll, Mads. Oh, dieses arme, reizende Mädchen!«

»So darfst du nicht denken. Wir haben das Buch voll mit Aufträgen, und um Pens willen musst du es jetzt sogar noch mehr versuchen. Sie liebte deinen Stil, Eden … du darfst nicht zulassen, dass diese traurige, entsetzliche Tragödie dich aus der Bahn wirft.«

»Ich weiß, ich weiß, Mads, ich bin es nur leid, mich immer wieder aufraffen zu müssen, nur um dann erneut am Boden zu liegen … Und jedes Mal, wenn ich mich stabiler fühle, das Leben optimistischer angehe, kommt die Dunkelheit.«

»Um wie viel Uhr triffst du dich mit Mr Wynter?«

»Um elf. Ich kann es kaum fassen, dass er so kurz nach dem Ereignis schon wieder nach London fährt.«

Madeleine nickte. »Schock ruft manchmal die seltsamsten Verhaltensweisen hervor.« Sie blickte auf ihre Armbanduhr. »Soll ich deinen Mantel holen?«

»Ja, danke. Tommys auch, bitte. Ich wollte ihn zwar über Mittag eigentlich hierlassen, aber ich glaube, zu diesem Treffen nehme ich ihn besser mit. Vielleicht lockert er ja die Stimmung ein bisschen auf. Aber wie soll ich Mr Wynter denn erkennen?«

Madeleine warf ihr einen forschenden Blick zu. »Ich verspreche dir, Liebling, du wirst ihn erkennen; auch wenn er in Trauer ist, wird er der attraktivste Mann im Park sein.«

Der bewölkte Himmel spendete ein bisschen Wärme, doch obwohl es bedeckt war, glaubte Edie nicht, dass es regnen würde. Zur Sicherheit jedoch nahm sie ihren Schirm mit.

Da sie heute eigentlich mit Pen und ihren Freundinnen zum Mittagessen verabredet gewesen war, hatte Edie ein kastanienbraunes Satinkleid angezogen. Darüber trug sie einen knallroten Mantel. Der Stoff war aus Italien importiert, und die Verschlüsse bestanden aus Hornspitzen, die ihr Lieferant in der Petticoat Lane direkt aus Afrika bezog. Der Mantel hatte einen tiefsitzenden Gürtel aus einem schmalen Lederstreifen und reichte ihr bis knapp über die Knöchel. Ihre Schuhe waren einfache, spitze, schokoladenbraune Pumps, die zu ihren Lederhandschuhen und ihrer kleinen Handtasche passten. Ein dramatischer, übergroßer ecrufarbener Pelzkragen lag um ihren Hals, und die Ärmel waren mit Kaninchenfell gesäumt. Sie hatte sich die Cloche in Creme und Rot tief ins Gesicht gezogen, und darunter schauten ihre glänzenden dunkelbraunen Haare hervor. Sie wusste, dass das Ensemble Aufsehen erregen würde, und hatte sich daran gewöhnt, als lebende Schneiderpuppe für ihre Kleider herumzulaufen, aber heute genoss sie die Aufmerksamkeit nicht. Sie dachte an ihre tote Kundin. Was sollte sie zu Penelope Aubrey-Finchs Verlobtem nur sagen?

Tommy lief neben ihr her, seine kleine Hand fest in ihrer, während sie die kurze Strecke zum Park zurücklegten. Edie musste daran denken, wie aufgeregt sie gewesen war, als sie von Sol erfahren hatte, dass Tom in der Londoner Innenstadt ein Geschenk für sie besorgen wollte. Für die meisten wäre dieser Hinweis bedeutungslos gewesen, aber für sie war er wie ein Tropfen aus reinem Gold … eine weitere kostbare Erinnerung, die sie in ihrem Herzen bewahren konnte. Und genauso wollte sie auch ihr Möglichstes tun, um sich an jede Nuance in Pens Stimme zu erinnern, an jeden Moment des Gesprächs, das sie gestern geführt hatten, in der Hoffnung, dass Alex Wynter darin Trost finden würde … wenn er sich von ihr welchen erhoffte.

Sie kamen in Tommys Tempo voran, durch das welke Herbstlaub, vorbei an dem gerade eröffneten Chelsea-

Polytechnikum in der Manresa Road. Der Geruch von den Gaswerken am Hafen von Chelsea erregte ihre Aufmerksamkeit, und sie beschleunigte ihre Schritte.

Schließlich gelangten sie an das imposante schmiedeeiserne Flügeltor, das in den Physic Garden führte. Sie betrachtete die idyllische Anlage, und als sie tief die kalte, frische Luft einatmete, hob sich ihre Stimmung. Sie waren eine Viertelstunde zu früh, und sie hatte noch genügend Zeit, um das blau-goldene Wappen auf den Toren zu betrachten – auch verblichen sah es noch dramatisch aus, mit Apollo, dem griechischen Gott der Heilung, der die Schlange der Krankheit tötete. Dieser Park gehörte der Worshipful Society of Apothecarists, der Apotheker-Gesellschaft, und war ursprünglich für Heilkräuter angelegt worden, seitdem jedoch durch andere Pflanzen erweitert worden. Sie nahm Tommy auf den Arm und ging weiter, wobei sie durch eines der kleineren Seitentore den stillen Park betrat, durch den sie immer nach Hause lief.

Edie hoffte, dass Mr Wynter sich nicht verspätete, weil ihr sonst bestimmt die Zähne vor Kälte klappern würden. Sie schlug den Weg zur Hans-Sloane-Statue ein, die man von den meisten Stellen im Park aus sehen konnte und die sie Charlotte Wynter als Treffpunkt vorgeschlagen hatte. Edie war es seltsam vorgekommen, dass Alex Wynter sich nicht persönlich mit ihr verabredet hatte, aber sie war viel zu schockiert gewesen, um darüber nachzudenken. Aber es war doch ungewöhnlich, dass er die Verabredung über seine Schwester getroffen hatte. Andererseits hatte er vermutlich genug mit der Polizei zu tun und konnte wahrscheinlich kaum einen klaren Gedanken fassen. Edie konnte sich an dieses Gefühl reinen Schocks nur zu gut erinnern.

Der Park war verlassen. Es war kälter geworden, und Wind war aufgekommen. Edie fröstelte. Keine der Bänke war besetzt, sie hatte die freie Auswahl. Sie suchte sich eine aus, und als sie sich setzte, stieg ihr der süße Duft eines unscheinbaren Strauchs mit langen, ledrigen Blättern und cremeweißen Blüten in die Nase.

Edie dachte an ihren morgigen Besuch in der Fleet Street. Er schien ihr wichtig zu sein – ein weiterer Versuch, nicht aufzugeben. Sie dachte an Percy Fitch. Sie würde nach ihrem Besuch in der Fleet Street bei ihm vorbeigehen. Es bestand noch eine letzte, geringe Chance, dass sein Kunde, der überfahren worden war, Tom gewesen war.

»Warum mache ich mir eigentlich ohne Hoffnung so viel Mühe?«, murmelte sie zu ihrem Kind. Erst jetzt sah sie, dass Tommy einen kleinen Waggon seiner Eisenbahn in der Hand hielt. Schmerz durchzuckte sie, als ihr einfiel, wer ihm die Eisenbahn geschenkt hatte. *Verdammt, Ben!* Um sie herum zwitscherten Vögel, der Duft des Lorbeerbuschs und von Rosmarin umgab sie, und Edie machte im Stillen einen Handel mit dem Himmel.

Wenn ich Ben verzeihe, dann gib mir bitte, bitte Tom zurück. Das ist alles, worum ich bitte. Lass ihn mich finden, und ich werde dich nie wieder um etwas bitten.

Sie schickte ihre Hoffnung an jeden Engel, der Tom während des Krieges beschützt hatte, und während sie das tat, vergab sie Ben. Mads hatte recht mit ihrer Behauptung, dass Edie sich nur selbst das Gift, das Ben zu seinem Verrat an ihr gebracht hatte, verabreichen würde, wenn sie weiter so wütend auf ihn wäre. »Du stehst doch darüber. Du bist freundlicher, großzügiger und kannst dich an all das Gute in Ben von früher erinnern«, hatte Mads gesagt.

Tommy hatte festgestellt, dass er mit dem weichen Stein, den er aufgeklaubt hatte, auf dem Weg malen konnte, und jetzt war er eifrig damit beschäftigt, Linien zu ziehen. Edie steckte die Hand in die Tasche, um ein Taschentuch zu suchen, und lächelte, als sie das rote, sorgfältig in der Mitte gefaltete Stoffherz herauszog. Das war das Zeichen. Die Engel hatten ihr geantwortet. Sie blickte zu Tommy.

»Daddy kommt«, flüsterte sie, und in diesem Moment glaubte sie fest daran.

Edie tupfte sich die Augen und betrachtete das herzförmige Stück Stoff. Sie trug es immer bei sich, und ohne genau zu wissen, warum, schob sie es jetzt unter den weichen Pelz ihres Handschuhs, sodass sie es an ihrer Handfläche fühlen und festhalten konnte. Sie ballte ihre Hand zur Faust.

Komm schon, Tom. Finde uns, drängte sie.

Im Salon ging Madeleine ans Telefon

»Oh hallo, Mr Fitch. Ja, ich erinnere mich an Sie. Erinnern Sie sich auch an mich?«

»Wie könnte ich eine so schöne Dame wie Sie vergessen, Mademoiselle Delacroix?«

Madeleine lächelte. »Was kann ich für Sie tun, Mr Fitch?«

»Ich erwidere Edies Anruf. Ich war weg, und es hat ein paar Tage gedauert, bis ich mich bei ihr melden konnte. Leider war ich mit Terminen überschwemmt.«

»Sie haben sie gerade verpasst, Mr Fitch. Sie hat einen Termin außerhalb des Salons und kommt heute wahrscheinlich nicht mehr wieder.«

»Oh wie schade. Wären Sie so freundlich, eine Nachricht zu übermitteln, damit wir nicht weiter vergeblich versuchen müssen, uns telefonisch zu erreichen?«

»Aber gerne.«

»Danke. Mein Assistent, Mr Elton, erwähnte, dass Edie sich nach einem unserer geschätzten Kunden erkundigt hat.«

»Ja, Mr Fitch. Sie müssen Eden verzeihen. Sie hat in letzter Zeit sehr unter Stress gestanden, und sie hat viele Menschen verloren, die sie liebt, einschließlich ihres Ehemannes, und …«

»Du liebe Güte, Miss Delacroix. Wann hat sie denn ihren Mann verloren?«

»Er ist nicht tot, Mr Fitch. Aber er ist verschwunden, wird vermisst.«

»Aber ich habe Ben Levi doch erst vor ein paar Tagen gesehen!«

»Mr Levi ist nicht ihr Ehemann. Ihr Mann heißt Tom.«

Das Schweigen in der Leitung war fast mit Händen zu greifen.

Schließlich räusperte sich Fitch. »Nun, nun … ich habe angenommen …«

»Manchmal ist es leichter, nicht alles wieder aufzuwühlen. Ich betrachte Eden als meine Familie, und ich mache mir manchmal Sorgen, weil sie so verbissen nach ihrem Mann sucht. Er war ein verwundeter Kriegsheimkehrer, der zuletzt in der Nähe der Savile Row gesehen wurde.«

»Ah …« Fitch seufzte. »Jetzt verstehe ich alles. Oh, die arme, liebe Edie. Ich weiß nicht, was ich sagen soll. Eigentlich ist es nicht meine Gewohnheit, Namen weiterzugeben, aber in diesem Fall werde ich meine eigene Regel brechen, wenn es ihr vielleicht Frieden bringt. Der fragliche Mann ist Alex Wynter. Er …«

»Warten Sie«, unterbrach Madeleine ihn. »Sie meinen nicht etwa den Industriellen Alex Wynter, oder?«

»Äh …« Fitch klang plötzlich defensiv. »Kennen Sie ihn?«

»Wir sind uns schon begegnet«, sagte Madeleine. Ihr Herz begann schneller zu schlagen. »Er heiratet … nun, er wollte eine der Kundinnen dieses Brautsalons heiraten.«

»Du liebe Güte, die Welt ist klein, was?«, rief Fitch aus. »Nun, dann wissen Sie ja Bescheid, Miss Delacroix.«

»Danke für Ihre Freundlichkeit, Mr Fitch. Ich sage Eden Bescheid.«

Madeleine legte den Hörer auf und starrte einen Moment lang dumpf auf das Telefon. In ihrem Kopf hallte das Echo von Fitchs Worten. *Alex Wynter konnte unmöglich Edies Tom sein.*

Edie blickte zu der Statue von Sir Hans Sloane auf, dem irischen Philanthropen, Arzt und Botaniker, der sein Anwesen und die dazugehörigen Ländereien in Chelsea dem Park der Apotheker, dem zweitältesten Garten in Großbritannien, vermacht hatte. Normalerweise befand sich hier ein kleiner Wald – Eiben und Fichten, Ulmen und Eichen. Jetzt waren die Laubbäume schon so gut wie kahl, und Sir Hans blickte aus dieser nackten Umgebung ernst auf sie herunter, aber Edie hatte doch das Gefühl, dass in seinen Mundwinkeln ein Lächeln lauerte, so als ob er ihren Handel gutheißen würde.

Sie seufzte leise und blickte auf ihre Armbanduhr. Es war Punkt elf, was die Glocke vom nahen Kirchturm bestätigte. Jetzt müsste Mr Wynter eigentlich kommen. Sie stand auf, steckte ihr Taschentuch in die Tasche und richtete ihren Mantel. Hoffentlich waren ihre Augen nicht rot. Sie kniff sich in die Wangen und biss sich leicht auf die Lippen, um etwas Farbe in ihr Gesicht zu bringen.

Dann zog sie Tommy den Schal fester und lächelte, als er – schneller denn je zuvor – auf seinen kleinen Beinchen einer Taube hinterherrannte. Ihm machte die Kälte nichts aus. Edie schaute zum Südeingang, aber dann hörte sie hinter sich Schritte auf dem Kies und drehte sich um.

Alles in ihrem Leben stand auf einmal still, auch ihr Herz, da war sie sich sicher. Sie versuchte zu schlucken, aber ihre Kehle war plötzlich wie ausgedörrt. Ein Schluchzen entrang sich ihr.

»*Edie …*«, sagte der Mann mit einer schmerzlich vertrauten Stimme, die den Bann brach. Plötzlich konnte sie sich wieder bewegen, und ihre Zähne klapperten, so heftig zitterte sie.

Edie beugte sich nach vorne und umfasste ihren zitternden Körper, als hätte sie Schmerzen. Mit wenigen Schritten war der Mann, nach dem sie sich so lange gesehnt hatte, bei ihr, umschlang sie mit seinen starken Armen und hob sie hoch. Vielleicht dachte er ja, sie würde zusammenbrechen. Kurz dachte sie, wie unmöglich es war, dass er sie an diesem öffentlichen Ort wie ein Kind auf den Arm nahm, aber es war ihr auch völlig egal, weil Tom da war. Tom hatte sie gefunden, obwohl er nicht aussah wie Tom, aber seine Stimme war dieselbe – und seine Hände, seine breite Brust …

»Edie«, flüsterte er wieder und setzte sie auf die nahe Bank.

Sie konnte immer noch nicht sprechen. Konnte seinen Namen nicht sagen, fand kein einziges Wort, um auch nur einen Bruchteil der Emotionen zu vermitteln, die sie überwältigten. Sie blickte zu Tommy, der nicht weit entfernt mit Blättern spielte, dann wieder zu seinem Vater, traute ihren feuchten Augen kaum, musste seine Wange berühren, um sicher zu sein, dass sie nicht träumte. Er hatte ein blaues Auge.

»Tut es weh?«, flüsterte sie.

»Ich heiße den Schmerz willkommen. So weiß ich, dass dieser Moment real ist.«

»Bist du das wirklich?«, krächzte sie.

Er nickte. »Ich habe mich verlaufen, Edie«, sagte er leise. Seine Stimme klang brüchig vor Trauer.

»Aber du hast deinen Weg zu mir zurück gefunden.«

Tom hielt sie fest umschlungen. Bewegungslos und schweigend saßen sie einige Augenblicke da, aber für Edie fühlten sie sich an wie ein ganzes Leben.

Plötzlich umwölkten sich ihre Gedanken. Sie hörte Tommy plappern, stellte fest, dass er sich hinter der Statue versteckt hatte.

»Warte …«, stammelte sie und löste sich von ihm. »Woher wusstest du, wo du mich findest? Wie konntest du …«

»Schscht, Edie … Ich erkläre dir alles.«

Sie blickte ihn mit aufgerissenen Augen an, nahm jedes Detail aus seinem glatt rasierten Gesicht auf, das genauso attraktiv war, wie Madeleine es beschrieben hatte … aber das hatte Edie bereits gewusst. Im selben Moment hatte sie den feinen Savile-Row-Schnitt seines Anzugs bemerkt, unverkennbar eine Kreation von Anderson & Sheppard und zweifellos aus der Hand von Percival Fitch. All ihre Vermutungen und Hoffnungen flossen zusammen in einem Gedanken, und ihre Hand zitterte, als sie auf ihn zeigte und die Worte aussprach.

»*Du* bist Alex Wynter?«, sagte sie mit leiser Stimme voller Staunen und Verzweiflung.

Er nickte. »Ich kann alles erklären.«

Edie wand sich aus seinen Armen und stand schwankend auf. Sie musste sich an der Rückenlehne der Bank festhalten, weil ihre Beine nachgaben.

»Du wolltest Pen heiraten?« Ihre normalerweise ein wenig heisere Stimme klang unnatürlich hoch.

»Edie ... ich werde dir alles erzählen, aber ich fange am besten mit dem Ende an. Wer ich war, fiel mir erst wieder ein, als dein Freund Ben Levi mir gestern Abend einen Besuch abstattete.«

»Ben? Ben war bei dir?«

Er nickte und wies auf sein blaues Auge. »Unter anderem hatte er das Gefühl, mir das hier schuldig zu sein«, sagte er trocken. »Er füllte die Lücken, die ich hatte, seit ich in der Savile Row überfahren wurde. Und weißt du, mein Liebling, als dieser Teil meiner Erinnerung wiederkam, ersetzte er das, was ich vorher gehabt hatte, nämlich mein Leben mit dir.«

Edie unterdrückte ein Schluchzen.

»Hör mir bis zum Ende zu und urteile dann, aber zuerst ...« Er brach ab, als Tommy mit zwei Eicheln in der Hand stolz auf sie zukam. Er erstarrte und blickte von dem kleinen Jungen, der ihm seine Trophäen in den Schoß legte, zu Edie. »Unser Sohn?« Seine Stimme bebte.

Edie nickte unter Tränen. »Sag hallo, Tommy«, stieß sie hervor. »Daddy ist hier.«

»Da«, sagte Tommy lächelnd.

Edie sah, wie Alex Wynter voller Staunen auf den kleinen Jungen blickte, der gähnte und die Arme nach seiner Mutter ausstreckte.

Sie nahm ihn auf den Arm und warf ihrem Mann einen scheuen Blick zu. Alle möglichen Emotionen überwältigten sie – von Freude über Ungläubigkeit und einem Gefühl dankbarer Hingabe bis hin zum Loslassen. *Er war hier.* Sie musste nicht mehr stark sein. Sie würde sich nicht mehr in den Schlaf weinen oder sich auf Tommy verlassen müssen, wenn ein neuer Tag anbrach. Und Edie weinte, weil der Mann, den sie liebte – der so viel Grausamkeit und Verzweiflung erlebt hatte –, beim Anblick seines Sohnes in Tränen aufgelöst war.

Sie sah, wie er sich mit dem Handrücken über die feuchten Augen wischte. »Verzeih mir. Ich trauere um Pen, aber, Edie, das hier ist auch der glücklichste Moment meines Lebens. Darf ich?« Edie nickte, und der Mann, den sie liebte, öffnete die Arme für Tommy. Mit einem Gefühl überwältigender Liebe sah sie, wie ihr Sohn es zuließ, zum ersten Mal von seinem Vater auf dem Arm gehalten zu werden.

»Wie wäre es mit einem Hallo, Tommy?« Halb lachte sie, halb weinte sie. »Weißt du noch, wie du Mummy immer küsst, wenn ich nach Hause komme?« Und in seiner unnachahmlichen Art pflanzte Tommy einen nassen Kuss auf die Nase seines Vaters und strahlte ihn mit einem Lächeln an, das die ganze Düsternis des Winters vertreiben konnte.

»Tommy«, flüsterte Alex und zog seinen Sohn an sich. »Das habe ich in meinen Träumen gesehen, Edie«, sagte er mit erstickter Stimme. »Ich musste euch beide suchen.« Er zog auch Edie in seine Umarmung, und sie blieben so, bis der Kleine sich frei strampelte.

Edie lachte. »Er will zum Teich. Wir können dort reden.«

In behaglichem Schweigen folgten sie Tommy, der eilig zu seinem Lieblingsplatz wackelte.

Und während Tommy mit den Fischen brabbelte, saß Edie da und hörte Alex Wynter zu. Sie bemerkte weder, wie kalt es war, noch, wer vorbeikam. In dieser Stunde erlebte sie aufs Neue ihrer beider Leben seit 1920. Sie weinte, als Alex zu dem schmerzlichen Teil kam, wie Penelope Aubrey-Finch schließlich den Mann gewann, den sie seit ihrer Kindheit geliebt hatte. Edie ergriff seine Hand, da seine Stimme ganz leise wurde, als er ihr von den Ereignissen der vergangenen Nacht erzählte.

»Sie wusste also von mir?«

Er nickte und ließ traurig den Kopf hängen. »Ich glaube, tief in ihrer Seele hat Pen immer gewusst, dass da eine andere war.«

Edie erinnerte sich an Pens seltsame Wehmut, als sie vor wenigen Tagen von ihrem Verlobten gesprochen hatte. »Sie liebte dich so sehr«, sagte sie.

Alex stieß einen tiefen Seufzer aus. »Ja. Ich habe sie im Stich gelassen. Die Wahrheit ist, ich fühlte mich wie ein Geist. Ich ging durchs Leben als Alex Wynter – ich war zwar körperlich da, aber geistig eigentlich nur selten. Weißt du, Edie, ich fühlte mich nur lebendig und zugehörig, wenn ich versuchte herauszufinden, von wem das hier war.« Er griff in seine Tasche und zog ein rotes Taschentuch heraus.

Edie keuchte leise.

»Das habe ich immer bei mir getragen – ich habe es jeden Tag angeschaut und auf eine Eingebung gehofft. Ich wusste, da draußen ist jemand. Ich habe blindlings nach dir gesucht; *ich konnte dich fühlen.*« Er rückte näher an sie heran. »Edie, ich habe noch nie eine Frau so sehr geliebt wie dich.« Er ließ den Kopf wieder sinken. »Ich schäme mich für das, was passiert ist. Ich werde um Pen trauern, aber ich hätte sie unglücklich gemacht, Edie, weil ich dich selbst dann liebte, als mir die Erinnerung an dich gestohlen wurde. Ich liebte dich in meinen Träumen – ich konnte das Klicken deiner Absätze hören, dein Parfüm riechen und beinahe, wenn auch nicht ganz, deine Haut und deine Haare berühren. Deine Haare! Das gefällt mir übrigens«, sagte er lächelnd, und Edie lachte leise unter Tränen. Es stimmte ja, auch sie sah anders aus in seinen Augen.

»Sei wieder meine Frau, Eden Valentine … du kannst mich auch Tom nennen, wenn dir das leichterfällt. Ich habe den Namen immer gemocht – mein Vater hieß so.«

Edie schniefte. »Nein, es gibt ja jetzt Tommy. Alex«, sagte sie langsam. »Ich bin froh, dass du deinen Namen gefunden hast.«

»Wenn du mich jetzt zurückweist, muss ich das akzeptieren, aber du sollst wissen, dass ich nie wieder heiraten werde, denn es wird niemals eine andere für mich geben.« Er strich Tommy über die dunklen Haare.

»Das weiß ich.«

»Ja?«, fragte er.

Edie nickte.

»Sag mir – sag mir, dass du es wirklich verstehst, dass ich ohne dich keine Zukunft habe.«

Edie zog ihren Handschuh ab und hielt ihm ihre Hand hin. Auf ihrer Handfläche lag ein kleines Stück roter Stoff. »Weil ich daran geglaubt habe, dass du mich wiederfindest, wenn ich dein Herz immer bei mir trage«, flüsterte sie. Sie küssten sich lang und innig, bis ihr Sohn, dessen Händchen vom Plantschen im Teich ganz nass waren, nach ihnen griff.

Und als sie sich aufmachten, um der Welt außerhalb dieser zeitweiligen Zuflucht entgegenzutreten, fühlte Eden Valentine, wie sich die Liebe, nach der sie sich gesehnt hatte, wieder um ihr Herz legte, und ihre Seele jubelte hell wie ihr Sohn, der vor Freude quietschte, als sein Vater ihn hoch auf seine breiten Schultern schwang und sie an sich zog.

Dank

Woher kommen die Ideen für Geschichten? Diese Frage wird Schriftstellern ständig gestellt, und meistens fällt es uns schwer, die Quelle der Inspiration zu erklären. Sie kann aus einer Reihe von Ideen oder Zufällen entstehen. Bei dieser Geschichte jedoch weiß ich ganz genau, was sie ausgelöst hat. Unser Sohn Jack hat, seitdem er gelegentlich als Verkäufer in der Herrenabteilung eines Warenhauses jobbt, eine Leidenschaft für das Schneiderhandwerk entwickelt. Ich glaube, wenn er mit seinem Jurastudium nicht schon fast fertig wäre, wäre er einfach nach Europa aufgebrochen, um mehr über diese Seite der Modebranche zu lernen. Während ich in Großbritannien war, um für *Wenn der Lavendel wieder blüht* zu recherchieren, schickte Jack mich wegen eines Kleidungsstücks zu einem bestimmten Herrenausstatter, und ich fand mich in der Savile Row wieder.

Ich muss zugeben, dass mich Gieves & Hawkes in No. 1 fasziniert haben, und meine Faszination verstärkte sich noch, als ich die Row entlangschlenderte, vorbei an den Schaufenstern mit Livreen und Jagdausstattung, prachtvollen Tweedanzügen und eleganten Smokings, Plaketten, die zeigten, wer Hoflieferant war, ganz zu schweigen von der Stille und Zurückhaltung in dem Geschäft, das ich zu betreten wagte. Für mich war es kein großer Sprung von der faszinierten Touristin zur inspirierten Autorin.

Ich las einen Stapel Bücher über das Leben an der Westfront im Ersten Weltkrieg und Anfang der 1920er Jahre in England, aber letztlich habe ich es der eifrigen, großzügigen Unterstützung anderer zu verdanken, die für mich die größte Schatztruhe an Informationen geöffnet haben. Joanna Legg, danke für deine wichtigen Informationen über den Ersten Weltkrieg. Dank an Derek Killen in den Vereinigten Staaten für die Informationen über den finanziellen Druck in dieser Zeit, die für mich genau zum richtigen Zeitpunkt kamen. Tony Berry gilt mein Dank, weil er mich in London herumgeführt und mir Eindrücke seines Lebens als Sohn einer Schneiderin in den 1950er Jahren geschildert hat.

Ein ganz besonderes Dankeschön an Ali Watts, meiner Heldin und brillanten Verlegerin von Frauenliteratur bei Penguin Books, die, nachdem sie die erste Fassung gelesen hatte, begeistert anrief, um mir zu versichern, dass ich »genau« das abgeliefert hatte, worauf sie gehofft hatte, die mich aber dann erneut an das Manuskript setzte, damit ich es umschrieb. Saskia Adams, noch einmal danke, weil du dir in deinem Urlaub die Zeit genommen hast, zwischen deinen Tauchgängen mein Manuskript zu lesen und zu redigieren und mich mit deinen täglichen Ängsten um meine Charaktere zu unterhalten. Herzlichen Dank an alle bei Penguin – meine Cheerleader, die hinter den Kulissen so hart arbeiten –, vor allem an das großartige, oft unerwähnte Vertriebs- und Marketing-Team.

Danke, Ian, weil du den Stapel an Recherche-Material, der nötig war, besorgt hast, und an meine enthusiastischen Erstleserinnen – Pip K, Judy B und Nigelle-Ann B. Ich hätte mir nie vorstellen können, einmal eine so außergewöhnliche Liebesgeschichte zu schreiben, aber dieser Roman war eine ungeheuer befriedigende Reise. Ich glaube, er ist mein Lieblingsroman. Danke an alle Buchhändler für ihre Unterstützung und danke an meine wundervollen, treuen LeserInnen. Viel Vergnügen beim Lesen. Fx